에도가와 란포와
요코미조 세이시

에도가와 란포와
요코미조 세이시

江戸川乱歩
と
横溝正史

나카가와 유스케 지음
권일영 옮김

차례

일러두기

* 본문의 각주는 모두 옮긴이 주입니다.
* 단행본은 『』, 단행본이나 잡지에 수록·연재된 소설, 수필, 평론 제목은 모두 「」로 표기합니다(같은 작품이라도 단행본을 가리키는 경우를 제외하고는 「」로 표기). 잡지나 신문 등의 정기간행물은 《》, 영화와 방송은 〈〉로 표기합니다.
* 에도가와 란포와 요코미조 세이시의 작품은 최초 1회 원제를 병기합니다. 기타 인명, 지명, 작품명, 용어 등은 필요하다고 판단되는 경우에 한해 한자 혹은 각주를 추가합니다.
* 행정구역은 일본 독음을 살리지 않고, 도도부현都道府県, 시군구市郡區, 촌村, 정목丁目 등으로 표기합니다.
* 본문에 등장하는 인명이나 작품명 등은 최대한 꼼꼼히 확인하여 옮겼으나, 일부 정확한 정보 확인이 어려운 경우가 있어 미리 밝혀둡니다.

'그 도둑놈이 부러워'로 시작해 43년 뒤에 '소년 탐정단, 만세……'
로 끝나는 것이 에도가와 란포江戸川乱歩의 소설가 인생이다.

요코미조 세이시橫溝正史의 소설가 인생은 '4월 1일 오전 3시쯤'
으로 시작해 59년 뒤에 『겐지모노가타리源氏物語』의 끝맺지 못한
마지막 권처럼'으로 끝난다.

두 사람은 거의 같은 시대에 데뷔했다. 처음 20년은 에도가와
란포가 인기 작가로서 부동의 지위를 누렸다. 전쟁 중 5년은 두
사람 모두 탐정소설을 쓰지 못했다. 그리고 그다음 20년은 두 사
람이 함께 인기 작가가 되었으며, 다음 10년은 사람들이 세상을
떠난 란포의 작품을 읽었지만 요코미조 세이시는 잊혔다. 하지
만 마지막 5년간 요코미조 세이시는 일찍이 볼 수 없던 엄청난
붐을 일으켰다.

이 60년 동안 전쟁이 있었고, 작가와 출판계도 그 커다란 파도

에 휩쓸렸다. 그사이에 많은 출판사가 생겨나고 사라져갔다. 그리고 에도가와 란포와 요코미조 세이시의 작품은 그 격동 속에서 살아남았다.

에도가와 란포에 관해서는 수많은 연구서가 나와 있고, 작품에 관해서나 인물에 관해서나 충분히 다루어지고 있다. 요코미조 세이시에 관한 연구서도 란포만큼은 아니지만 여러 권 있다. 굳이 따지자면 에도가와 란포는 작품보다 작가론, 인물론이 우세하고 요코미조 세이시는 작품론이 대부분을 차지하는 느낌이지만, 동시대의 탐정소설 작가들 가운데 두 사람은 우뚝한 존재다.

이 책은 두 사람의 '교우交友'에 초점을 맞춘다. 둘은 탐정소설 애호가로 만났고, 그 관계는 평생 지속되었다. 재미있는 탐정소설을 발견하면 서로 공유했고, 서로의 작품을 칭찬했다. 때때로 소원해지거나 다투기도 했지만, 우정은 변치 않았다.

요코미조 세이시는 태평양전쟁이 일어나기 전에 편집자로서 란포를 도운 적이 있었다. 에도가와 란포는 태평양전쟁이 끝난 뒤 편집자가 되어 요코미조 세이시가 최고 걸작을 쓰도록 지원했다. 두 사람은 서로 상대에게 읽히려고 탐정소설을 쓴 게 아닐까 하는 가설을 주장하고 싶을 만큼 농밀한 관계다.

그러나 그 정도 내용이라면 이미 충분히 논의되었다. 새삼스럽게 두 사람의 이름을 제목에 내걸고 책 한 권을 쓰려면 새로운 시점이 필요하다. 그래서 이 책은 '출판의 역사' 위에 두 작가를 올려놓고 그들이 살아간 삶의 궤적을 그린다.

이 두 사람은 데뷔한 이래 '발표할 지면도 없이 소설을 쓰는'

일은 없는 작가였다. 잡지나 신문, 출판사로부터 원고 청탁을 받아서 쓰는 작가였다. 당연한 얘기지만 모든 작가가 이런 환경을 누리지는 못한다. 게다가 둘은 서점 매대에서 거의 항상 그 저서를 찾아볼 수 있는 작가이기도 했다. 가도카와문고가 긴다이치 탐정 이야기로 붐을 일으키기 전까지 '요코미조 세이시는 잊힌 상태였다'라고 하지만, 신작은 없어도 구간은 끊이지 않고 장정을 바꾸며 나오고 있었다.

두 사람이 데뷔한《신세이넨新青年》을 발행하던 출판사는 일찍이 출판 왕국이라 불리던 하쿠분칸博文館이다. 하지만 출판 왕국의 자리는 고단샤講談社가 빼앗는다. 그에 따라 에도가와 란포가 활약하는 무대도 고단샤로 바뀌었다. 전쟁 전에 란포 전집을 낸 곳은 헤이본샤平凡社, 요코미조의 첫 전작[1] 소설을 낸 곳은 신초샤新潮社로, 의외의 출판사가 이들과 깊은 관계를 맺고 있었다. 태평양전쟁이 끝난 직후에 생겨난 신흥 출판사 가도카와쇼텐角川書店과 하야카와쇼보早川書房, 고분샤光文社가 탐정소설은 물론 두 작가와 어떻게 관계를 맺어가는지, 두 사람의 대작가를 통해 일본 출판계의 흥망의 드라마를 그린다.

이 책은 '평전'이라는 장르로 구분될 테지만 '문학론'이나 '작가론'을 쓸 마음은 없다. 그런 의미에서 '본격적인 평전'이 아니라 무엇보다 읽을거리가 될 수 있도록 재미를 추구하며 썼다. 란포가 자기 작품을 '통속 장편'이라고 불렀듯이 '통속 평전'을 목

---

1   全作. 다른 매체에 연재된 일이 없는, 온전하게 새로 쓴 작품.

표로 했다. 물론 사실 관계는 문헌 자료와 대조해 확인한 내용만을 담았으므로, '언제' '어디서' '누가' '무엇을' '했다' 혹은 '말했다'에 있어서는 창조나 창작이 아니라 완전한 논픽션이다.

하지만 란포와 요코미조를 포함한 관계자 대부분은 '작가'이며 그 회상록이나 수필은 논픽션이라고 하더라도 서비스 정신으로 재미있게 각색되었을 가능성이 있다. 가능한 한 여러 문헌을 대조해 사실을 밝혔지만 그렇게 각색된 부분이 남아 있을 가능성도 있다는 점은 이해해주시기 바란다.

본문에서 에도가와 란포는 '란포', 요코미조 세이시는 '요코미조'로 부른다. 에도가와 란포를 란포라고 부른다면 요코미조 세이시는 세이시로 불러야 할 테고 그런 책은 많다. 하지만 중학교에 다닐 때 가도카와문고로 요코미조 세이시를 만났고, 일찍이 그 예를 찾아볼 수 없던 '요코미조 붐'—'세이시 붐'이라고는 하지 않았다—이 한창일 때 고등학교 시절을 보낸 사람으로서 이 작가를 '세이시'라고 부르는 데 위화감을 느낀다. 마찬가지로 에도가와 란포를 에도가와라고 하는 것도 위화감이 들기 때문에 서로 맞아떨어지지는 않지만 '란포와 요코미조'라고 하겠다.

란포를 정자로 쓰면 '亂步'이며 전후 일정 시기까지는 책에서도 이름을 이렇게 표기했지만, 생존해 있을 때부터 '乱步'로 표기한 책도 있고 또 육필 서명에도 '乱步'라고 새 표기로 적기도 했다. 따라서 인용할 때를 제외하면 데뷔 시절 이야기부터 이 책에서는 '乱步'로 표기한다. 참고해주시기 바란다.

제1장

등
장

《신세이넨》

~1924

에도가와 란포와 요코미조 세이시가 처음 만나 이야기를 나눈 때는 1925년(다이쇼大正 14) 봄이었다. 이때 에도가와 란포는 이미 《신세이넨》에 「2전짜리 동전二錢銅貨」을 비롯한 초창기 단편들을 발표한 뒤였다. 요코미조도 「무서운 만우절恐ろしき四月馬鹿」로 《신세이넨》 현상 공모에 입상해 데뷔한 상태였다. 이때 요코미조는 아직 전업 작가가 아니었다. 투고한 작품 몇 편이 잡지에 게재된 아마추어 작가에 지나지 않았고, 집안의 약국을 물려받은 지 얼마 되지 않아 작품을 전혀 집필하지 않던 시기였다.

하지만 1925년 봄의 첫 만남이 있기 3년 전, 두 사람은 같은 날 같은 곳에 있었다. 때는 1922년(다이쇼 11) 7월부터 11월 사이의 어느 날, 장소는 고베에 있는 도서관, 두 사람은 바바 고초[2]의 강연을 들으러 갔다.

2 馬場孤蝶(1869~1940), 영문학자이자 번역가, 평론가, 시인, 게이오기주쿠대학 교수.

바바 고초 강연회

두 사람이 같은 시간, 같은 장소에 있었던 기념할 만한 날에 대해 요코미조는 구체적인 날짜를 어디에도 기록해두지 않았다. 란포는 자서전인 『탐정소설 40년探偵小説四十年』(이하 『40년』이라고 한다)에 '실업자 시절(다이쇼 11년 7월경부터 11월쯤까지)'이라고 기록했다. 이것을 근거로 삼아 많은 란포 관련 문헌들은 '7월부터 11월 사이 바바 고초의 강연을 들었다'라고 하는데, 날짜를 정확하게 밝혀낼 수는 없을까?

란포가 도쿄에서 오사카로 온 때가 1922년 7월이니 분명 그 이후일 것이다. 그리고 이 강연에 자극받아 전부터 줄거리가 나와 있던 「2전짜리 동전」과 「영수증 한 장一枚の切符」을 단숨에 썼다고 하니, 틀림없이 두 작품을 쓰기 시작한 날짜보다 먼저 바바 고초의 강연회가 열렸을 것이다.

그러면 「2전짜리 동전」과 「영수증 한 장」의 집필 시기는 언제인가? 『40년』에서는 '8월경이었던 것 같다'라고 했다. 하지만 1929년 7월에 쓴 수필 「이 작품 저 작품―무대 뒤 이야기あの作この作(楽屋噺)」에는 '다이쇼 11년 10월에 쓰고'라고 되어 있다. 또 《혼노테초本の手帖》 1961년 11월호에 실린 수필에는 '다이쇼 11년 여름'으로 되어 있어 확실하지 않다.

그런데 란포가 모든 기록의 원본이라고 할 수 있는 신문 기사나 엽서 등을 모아놓은 스크랩북 『하리마제 연보貼雜年譜』를 보면 9월 21일부터 23일까지 「영수증 한 장」의 초고를 썼고 26일부터 며칠 동안 「2전짜리 동전」의 초고를 쓴 것으로 되어 있다. 가장 오래된 기록이니 이쪽이 맞을 것이다.《신세이넨》에 게재되었을 때도 「영수증 한 장」은 '11년 9월 25일', 「2전짜리 동전」은 '11년 10월 2일(혹은 11일)'로 탈고 날짜가 적혀 있다. 그렇다면 바바 고초의 강연회는 9월 21일 이전이다.

잠시 바바 고초의 동향을 살펴보면, 그는 같은 해 7월 29일부터 9월 15일까지 30년 만에 고향인 고치에 와 있었다. 지금처럼 비행기나 고속철도가 없던 시대다. 바바 고초는 도쿄에 살았기 때문에 강연만 할 생각으로 고베에 가지는 않았을 것이다. 고치를 방문하며 오는 길이나 가는 길에 고베에서 강연했을 가능성이 크다.

그러면 7월 29일 며칠 전이거나 9월 15일의 며칠 뒤다. 하지만 고치로 가던 길에 강연했다면 그것을 듣고 란포가 「영수증 한 장」을 쓰기까지 2개월이나 기간이 벌어진다. 란포는 강연에 자극받아 바로 썼다고 하니 바바는 고치에서 도쿄로 돌아오는 길, 9월 16일부터 20일 사이에 고베에서 강연했다, 라고 생각해도 좋을 것이다.

어느 정도 시기가 좁혀졌으니 당시 신문을 살펴보자.《오사카 마이니치신문大阪每日新聞》9월 17일 자 석간에 '탐정소설 이야기, 바바 고초 씨 강연'이라는 제목으로 '고베 오쿠라야마시립도서관 주최로 게이오대학의 바바 고초 교수 강연회가 17일 오후 7시부터 동관同館에서 열린다. 누구나 자유롭게 들어와 들을 수 있다'라는 기사가 실렸다. 역시 바바 고초는 고치에서 도쿄로 돌아가는 길에 고베에 들러 강연한 것이다.

바바 고초(본명은 바바 가쓰야)는 메이지明治 시대의 문학가이다. 1869년(메이지 2)에 도사번 도사군(지금의 고치시)에서 태어났다. 1878년에 부모와 도쿄로 이주해 메이지학원에 들어갔으며 시마자키 도손[3], 도가와 슈코쓰[4]와 동급생이 되었다. 졸업 후 중학교 영어 교사로 일하며 동인지《분가쿠카이文學界》에 참여해 소설과 수필, 평론을 발표했다. 1897년(메이지 30)부터는 닛폰은행[5]에 근무하는 한편《분가쿠카이》《묘조明星》[6]《게이엔藝苑》[7] 등에 기고했다. 1906년(메이지 39)에는 게이오기주쿠대학 문학부 교수로 자리를 옮겼다. 그 이듬해 바바 고초는 1년간 와세다대학에서도 강사로서 '유럽 최근 걸작 연구'를 강의했다. 당시 학생 가운데 나중에《신세이넨》의 편집장이 되는 모리시타 우손森下雨村이 있었다. 고초와 우손의 사제 관계는 이렇게 시작되었다. 만약 어느 쪽이건 1년만 어긋났어도 두 사람은 평생 만나지 못했을지 모른다. 우손은 1890년(메이지 23)에 태어났으니 고초보다 스물한 살 아래다.

바바 고초는 서양문학에 정통했다. 그의 지식은 대중소설에도

---

3   島崎藤村(1872~1943), 시인, 소설가. 대표작으로 『파계』 『봄』 등이 있다.

4   戶川秋骨(1871~1939), 영문학자, 번역가, 평론가, 수필가.

5   1882년에 설립된 일본의 중앙은행으로 우리나라의 한국은행과 같은 역할을 한다.

6   1900년 4월부터 1908년 11월까지 간행된 시 중심의 월간 문예지. 낭만주의적 분위기에 유미적 경향이 강하고 서양문학도 많이 소개했다.

7   1906년 1월부터 1907년 5월까지 사쿠라쇼보佐久良書房에서 간행한 문예지. 예술지상주의적 경향을 보였으며 시마자키 도손, 모리 오가이, 이시카와 다쿠보쿠 등이 주요 집필자로 활동했다.

이르러 탐정소설에 밝았다. 모리시타 우손은 1920년(다이쇼 9)에 《신세이넨》의 편집장이 되자 고초에게 어떤 해외 탐정소설을 번역하면 좋을지 조언을 구하고 나아가 탐정소설에 대한 수필을 부탁하기도 했다.

이렇게 해서 1922년(다이쇼 11) 즈음에 바바 고초는 일본에서 가장 탐정소설에 밝은 인물이 되었고, 고향에서 도쿄로 돌아가던 길에 고베의 도서관에서 강연하게 된 것이다.

요코미조 세이시는 고베에서 태어났다. 바바 고초가 강연회를 하던 해에는 만 열아홉 살이었고 아직 고베에서 살고 있었다. 어렸을 때부터 탐정소설에 빠져 지냈기 때문에 자기가 사는 고베에서 '탐정소설 이야기'라는 제목을 내건 강연이 열린다는 소식을 듣고 달려간 것은 아주 자연스러운 일이었다.

하지만 에도가와 란포는 고베와 아무런 인연도 없다. 그는 미에현에서 태어나 나고야에서 자랐다. 그리고 도쿄의 와세다대학에서 공부한 뒤 여러 직업을 전전했다. 그러면 스물일곱 살이 된 사람이 대체 무슨 사정으로 같은 해 7월부터 오사카부 모리구치정(지금의 모리구치시)에 살고 있었을까?

히라이 다로, 에드거 앨런 포를 만나다

에도가와 란포의 본명은 히라이 다로平井太郎다. 히라이 가문은 무사 계급으로 지금의 미에현에 해당하는 쓰번津藩의 번주였던 도도 가문에 봉사했다. 아버지는 히라이 시게오, 어머니는 기쿠라고 한다. 다로는 이 부부의 장남으로 1894년(메이지 27) 10월

21일에, 미에현 나바리군 나바리정(지금의 나바리시)에서 태어났다. 그때 시게오는 나바리 군청에서 서기로 일했다. 그러다 다로가 두 살 되던 해에 전근하게 되어 스즈카군 가메야마정(지금의 가메야마시)으로 이사하고, 이듬해에는 나고야시로 옮겼다. 그 뒤로도 시내에서 여러 차례 이사하지만, 다로는 열여덟 살까지 이 지역에서 살았다. 나중에 아버지가 나고야 상공회의소의 '법률 부문 촉탁'이 되지만 다시 사업을 시작했다가 실패해 파산했다. 첫째인 다로는 남동생 셋에 여동생 하나를 두었는데 바로 아래 동생은 일찍 세상을 떠났다.

다로는 어머니가 읽던 구로이와 루이코黒岩涙香의 탐정 이야기들을 보며 책을 처음 접했다. 여섯 살부터 일곱 살까지 구로이와 루이코의 책을 읽었는데 이때는 삽화를 보고 즐기는 정도였다.

구로이와 루이코는 일본 탐정소설 역사의 첫머리에 그 이름을 새긴 인물이다. 도쿠가와 정권이 저물어가던 1862년(분큐[8] 2), 도사번의 안키군 기타가와촌에서 태어났다. 본명은 슈로쿠, 열여섯 살에 오사카 영어학교에 들어가 공부하고 이듬해 도쿄로 가서 게이오기주쿠에서도 공부했으나 졸업은 하지 않았다. 자유민권운동이 한창이던 시기라 정론 연설가가 되어 논문도 쓰고 여러 신문의 주필을 맡았으며 소설 번역에도 손을 댔다. 1888년(메이지 21)《곤니치신문今日新聞》에 영국의 휴 콘웨이가 1884년 발표한 『어두운 나날Dark Days』을 「법정의 미인」이라는 제목으로 번

---

8   文久, 일본 에도 시대의 연호 가운데 하나로 1861년부터 1864년까지를 가리킨다.

역·연재하여 큰 인기를 모았다. 이것이 일본어로 쓰인 최초의 탐정소설이다. 이후 5년 사이에 부아고베[9], 가보리오[10], 콜린스[11], A. K. 그린[12] 등이 쓴 소설 서른두 편을 번역했는데 대부분 탐정소설이었다. 1892년(메이지 25)에는 신문사인 '조호샤朝報社'를 설립해 《요로즈초호萬朝報》[13]를 창간, 이 신문에 「암굴왕巖窟王」(원작은 알렉상드르 뒤마의 『몽테크리스토 백작』), 「아, 무정噫無情」(원작은 빅토르 위고의 『레 미제라블』) 등을 옮겼다.

구로이와 루이코가 옮긴 소설들은 요즘의 '번역'과 달리 '번안'이라고 부른다. 등장인물은 모두 일본인이고 무대도 일본으로 옮겼다. 루이코는 1889년(메이지 22)에 오리지널 탐정소설인 『무참無慘』도 썼다. 란포가 어렸을 때는 루이코가 살아 있었지만 1920년(다이쇼 9)에 세상을 떠났기 때문에 작가 에도가와 란포의 데뷔는 보지 못했다.

히라이 다로가 탐정소설을 만난 것은 소학교 3학년 때로, 《오사카마이니치신문》에 연재되던, 기쿠치 유호[14]가 번역한 「비밀

---

9   Fortuné du Boisgobey(1821~1891), 프랑스 소설가. 탐정소설과 역사소설을 주로 썼다. 구로이와 루이코는 부아고베가 쓴 『생마르 씨의 두 마리 티티새Deux Merles de Monsieur de Saint-Mars』를 영역본을 바탕으로 번안해 『철가면』이라는 제목으로 내놓았다.

10   Etienne Èmile Gaboriau(1832~1873), 프랑스 소설가. 대표작 『르루주 사건』(1863)은 최초의 장편 추리소설로 꼽힌다.

11   William Wilkie Collins(1824~1889), 찰스 디킨스와 더불어 빅토리아 시대를 대표하는 작가로 꼽혔던 영국의 소설가 겸 극작가.

12   Anna Katharine Green(1846~1935), 미국의 추리소설가. 여성 최초로 장편 추리소설을 썼다고 하여 '추리소설의 어머니'로 불린다.

13   1892년 11월 1일부터 1940년 10월 1일까지 발행된 일간신문.

14   菊池幽芳(1870~1947), 소설가. 오사카마이니치신문 이사를 지냈다.

중의 비밀」이 처음이었다. 원작이 무엇인지는 알려지지 않았는데, 영국 탐정 작가로 스파이 소설도 쓴 윌리엄 르 큐[15]가 1903년에 발표한 『티켄코트의 보물The Tickencote Treasure』이라는 사실이 최근에 밝혀졌으며 완역판도 나왔다(히라야마 유이치 옮김, 히라야마 탐정문고 발행). 유령선에서 발견한 보물과 암호가 줄줄이 나오는 모험 이야기였다. 이 이야기로 소설이 얼마나 재미있는지 알게 된 소년 다로는 중학교에 들어갈 무렵에는 오시카와 슌로押川春浪나 구로이와 루이코에 푹 빠져 있었다.

히라이 다로는 열세 살이던 1907년(메이지 40) 중학교에 입학했다. 그해 여름방학에 친할머니와 아쓰미 온천에 가서 한 달쯤 머무르며 그곳 대본소에서 빌린 구로이와 루이코의 『유령탑幽霊塔』을 읽고 '이야기 세계의 재미'에 감명을 받았다. 나중에 란포는 이 번안 소설을 다시 번안한다.

요코미조 세이시는 란포보다 여덟 살 아래다. 그는 자전적 수필 『쓰지 않아도 될 이야기 속편続・書かでもの記』에서 8년이라는 차이는 크다며 다음과 같은 상황을 언급했다. 란포가 중학생 무렵에 인기 작가였던 오시카와 슌로는 요코미조가 책을 읽을 때쯤이면 '이미 자취를 감추어서 헌책방이나 대본소를 뒤져도 작품을 찾아보기 힘들'었다. 요코미조는 나아가 '란포를 비롯한 여러 작가가 어느 정도 슌로의 영향을 받은 게 아닌가 생각된다'고 했

---

15   William Tufnell Le Queux(1864~1927), 영국 언론인, 소설가, 외교관, 여행가. 국제적인 음모를 다룬 빠른 템포의 미스터리와 로맨스를 특기로 삼은 작가. SF 작품을 발표하기도 했다.

다. 란포는 『40년』에서 '슌로도 즐겨 읽었는데 그보다 조금 뒤에 루이코에 푹 빠져 슌로와 루이코를 함께 애독한 것으로 기억한다. 슌로는 무협과 모험이라는 재미를, 루이코는 괴기와 공포라는 재미를 충족시켜주었다'라고 썼다.

소년 다로는 이 무렵 지쓰교노니혼샤実業之日本社가 내던 어린이 잡지 《니혼쇼넨日本少年》을 매달 빠뜨리지 않고 읽었다. 지쓰교노니혼샤는 1897년(메이지 30)에 잡지 《지쓰교노니혼実業之日本》을 창간하며 시작해 오늘에 이른다. 이 잡지가 궤도에 오르자 1906년(메이지 39)부터 8년에 걸쳐 '지쓰교노니혼샤의 5대 잡지'로 불리는 《후진세카이婦人世界》《니혼쇼넨》《요넨노토모幼年の友》《쇼조노토모少女の友》를 줄줄이 창간했다.

그 시절 출판계는 하쿠분칸의 황금기였는데 그 뒤를 쫓는 곳이 지쓰교노니혼샤였다. 《후진세카이》는 지금도 출판 유통에 이용하는 '위탁판매 제도'를 도입했다는 점에서도 획기적이었다. 팔고 남은 책을 출판사에 반품할 수 있는 이 제도 덕분에 서점은 재고 걱정 없이 책을 받아들이게 되었다. 《후진세카이》의 발행 부수는 최대 31만 부에 이르렀으며 잡지, 서적의 발행 부수가 증가하는 시대를 맞이했다. 하쿠분칸은 완전매입 제도로 성공했기 때문에 위탁판매 제도로 쉽게 전환하지 못해, 지쓰교노니혼샤나 뒤이어 등장하는 다이닛폰유벤카이코단샤大日本雄辯会講談社(지금의 고단샤講談社)에 추월당하고 만다.

다로는 《니혼쇼넨》을 정기 구독했지만 1908년(메이지 41)에 하쿠분칸이 《보켄세카이冒險世界》를 내자 갈아탔다. 이 잡지는 러일전쟁 때인 1904년에 창간된 《니치로센소샤신가호日露戦争写真画報》[16]가 전신이며, 전쟁 후 《샤신가호写真画報》가 되었다가 나중에 제호를 《보켄세카이》로 변경했다. 인기 작가 오시카와 슌로의 주도하에, 모험소설과 스포츠 사진을 중심으로 한 지면으로 소년들을 들뜨게 했다.

《보켄세카이》의 편집장이기도 했던 오시카와 슌로는 1876년(메이지 9)에 태어났다. 본명은 오시카와 마사아리로, 기독교 목사의 아들이었다. 슌로는 일본에 모험소설이라는 장르를 확립한 작가이며 SF도 쓰고 또 야구 보급에도 힘쓴 인물이다. 1900년(메이지 33)에 『해도모험기담 해저군함海島冒険奇譚 海底軍艦』이 이와야 사자나미[17]에게 인정받아 분부샤文武社에서 출판되며 인기를 끌었다. 그 이와야의 소개로 하쿠분칸에서 일하게 되었고 《보켄세카이》의 편집을 맡은 것이다. 오시카와 슌로는 많은 작가와 화가를 키워낸 유능한 편집자였는데, 그가 발굴한 작가 가운데 한 명이 미쓰기 슌에이三津木春影다.

미쓰기 슌에이(본명은 가즈미)는 1881년(메이지 14)에 태어났으니 슌로보다 다섯 살 아래다. 원래 자연주의 문학 작가를 꿈꾸며 1905년(메이지 38)에 《신세이新声》[18]라는 잡지에 「파선破船」

---

16   우리말로 옮기면 '러일전쟁 사진화보'이다.

17   巖谷小波(1870~1933), 소설가, 아동문학가, 시인, 수필가. 일본에서 처음으로 창작 동화를 발표해 아동문학의 선구자로 불린다.

18   1896년(메이지 29)에 창간되어 1910년(메이지 43)에 폐간된 문예지. 1904년 5월에 창간된 《신초新潮》의 전신이라고 할 수 있다.

을 발표했지만《니혼쇼넨》에 탐정소설을 쓰고《보켄세카이》가 창간되자 편집을 맡게 되었다. 이렇게 해서 미쓰기 슌에이는 오시카와 슌로 아래서《보켄세카이》에 탐정소설을 번안하고, 또 직접 탐정소설이나 스파이 소설, 괴기소설을 썼다.

오시카와 슌로는 1911년(메이지 44)에 '야구 해독론[19]'이 일자 야구를 옹호하는 쪽에서 반론을 펼쳤으며 이를《보켄세카이》에 싣느냐 마느냐로 하쿠분칸 경영진과 맞서다가 결국 퇴사하고 교분샤興文社의 도움을 얻어《부쿄세카이武俠世界》를 창간했다. 하지만 지나친 음주로 건강을 해쳐 1914년(다이쇼 3)에 서른여덟 살의 나이로 숨을 거두고 말았다. 이듬해인 1915년, 미쓰기 슌에이도 서른세 살이라는 아까운 나이에 세상을 떠났다.

중학생이었던 히라이 다로가《보켄세카이》를 애독하던 시기는 그야말로 오시카와 슌로의 전성기였다. 다로는《보켄세카이》를 매달 읽었고, 구로이와 루이코도 거의 다 읽었을 무렵 중학교를 졸업하게 된다.

1912년, 메이지 시대에서 다이쇼 시대로 바뀌었다. 그대로 고등학교에 진학했다면 히라이 다로는 문학에 더욱 가까워졌을 테지만, 그의 아버지가 사업에 실패해 파산하고 말았다. 성적도 그리 좋지 않아 다로는 아이치현립 제8고등학교 입학을 포기하고, 재기하려는 아버지를 따라 한반도로 건너갔다. 다로는 개간 사

19 학생 야구의 인기가 매우 높아져 과열 양상을 보이자《아사히신문朝日新聞》은 1911년부터 지면을 통해 야구가 사회에 해롭다는 주장을 펼쳤다.

업을 계획하는 아버지를 거들 작정이었지만, 진학의 꿈을 떨치지 못하고 홀로 도쿄로 갔다. 그리고 예전에 아버지 밑에서 일하며 공부하던 사람의 집에 신세를 지며 와세다대학 정치경제학부에 입학했다.

첫 1년은 생활을 위해 아버지 고향인 미에현 출신의 국회 중의원이었던 가와사키 가쓰가 발행하는 정치 잡지를 편집하기도 하고 활판인쇄소에서 '사환'으로 일하느라 공부할 시간도 책을 읽을 시간도 낼 수 없었다. 그러나 이때부터 그는 '출판'과 관계된 분야에서 일했다. 이듬해인 1913년 봄에는 우시고메키쿠이정에 집을 얻은 외할머니와 함께 살게 되었다. 마침내 공부와 독서를 할 시간이 나자 다로는 다시 구로이와 루이코에 빠져들었다. 이미 세는나이로 20세(만 19세)가 되었지만, 다로는 그즈음 문학청년이 읽던 자연주의 소설이 '지나치게 성적인 소설이라는 인상을 받았을 뿐이고 그런 성생활 일기 같은 것'에 흥미를 갖지 않았기 때문이라고 한다.

할머니와 함께 사니 집세 걱정은 없어도 고학생 처지라는 점은 변함이 없어서 문학에 쏟을 시간은 많지 않았다. 전공이 정치경제학이었기 때문에 당시 문단과는 더욱 거리가 멀었다.

대학 2학년인 1914년(다이쇼 3), 히라이 다로는 친구들끼리 돌려 보는 회람잡지 《핫코白虹》를 만들었다. 인쇄는 하지 않고 각자가 직접 손으로 써서 모은 형태의 동인지로 1년 동안 다섯 권을 만들었다. 다로는 경제학 논문이나 번역을 맡았고, 환상소설과 서사시도 번역했다. 그리고 《데이코쿠쇼넨신문帝國少年新聞》을 발행할 생각도 하지만 실천에 옮기지는 않았다. 같은 해 여름, 어머니가 동생 도루와 도시오를 데리고 도쿄로 와서 하숙집을 시작했기 때문에 다로는 외할머니 집을 나와 어머니와 함께 살게 되었다.

히라이 다로에게 대학 시절은 그다지 즐거운 나날이 아니었다. 경제적으로 불안정해 가정교사, 정치 잡지 편집, 도서관 대출 담당 등의 아르바이트에 쫓겼다. 유일한 즐거움이 탐정소설이었을지도 모른다.

그해 가을, 히라이 다로는 에드거 앨런 포와 코넌 도일의 작품을 원서로 읽으며 '단편 탐정소설의 묘미를 알게 된다'. 다로는 구로이와 루이코 같은 이들이 번안한 소설을 닥치는 대로 읽었다. 그 가운데는 가보리오, 부아고베, 그린, 프리먼[20] 같은 작가들의 작품을 원작으로 삼은 것도 있었지만, 그 이전의 작가, 즉 탐정소설의 선조라고 해야 할 포나 도일의 작품은 읽지 못한 상태였다. 주위에 같은 취미를 지닌 사람이 없었기 때문에 어떤 작품부터 읽어야 할지, 탐정소설의 역사에 대해 잘 몰랐기 때문이다.

히라이 다로는 포와 도일을 읽기 전까지만 해도 탐정소설을 루이코식의 '절반은 인정소설, 절반은 추리소설인 이도 저도 아닌 모습을 지닌 것'으로 여겼기에 그와 전혀 다른 '이지적인 단편 탐정소설'에 충격을 받았다. 드디어 탐정소설에 눈을 뜬 것이다.

20　Richard Austin Freeman(1862~1942), 영국 추리 작가. 존 이블린 손다이크 박사를 주인공으로 내세운 추리소설로 인기를 모았다. 도서추리소설의 창시자로 꼽힌다.

그 시절에는 번역된 탐정소설이 많지 않았기 때문에 다로는 시중에 나와 있던 책을 거의 다 읽은 뒤 도서관에서 원서를 빌려 샅샅이 읽기 시작했다. 와세다대학 도서관 말고도 우에노나 히비야, 그리고 하쿠분칸이 설립한 오하시도서관[21]에도 드나들었다. 히라이 다로는 탐정소설을 닥치는 대로 읽고 꼼꼼하게 메모해 손수 책자를 만들어 「기담奇譚」이라는 제목을 붙였다. 코넌 도일의 단편소설을 몇 편 번역해보기도 했다. 유명 작가가 된 뒤에도 에도가와 란포가 가장 힘을 쏟았던 일이 탐정소설 연구와 전문 잡지 편집이었다는 점을 떠올리면 데뷔 이전부터 란포는 이미 란포였던 셈이다.

그리고 이즈음 히라이 다로는 「화승총火繩銃」이라는 제목을 붙여 밀실 트릭을 사용한 단편소설을 일기장 여백에 썼다가 《보켄세카이》에 보냈는데 아무런 답변도 받지 못했다. 이 작품은 나중에 헤이본샤판 '에도가와 란포 전집'에 수록되었다. 같은 시기, 《니혼쇼넨》에 미쓰기 슌에이가 연재하던 모험소설이 작가의 갑작스러운 사망으로 끝을 맺지 못하자, 출판사에서는 상금을 걸고 그 뒷이야기를 공모했다. 이때 다로도 써보기는 했으나 자신이 없어 응모하지는 못했다.

일본 탐정소설 역사상 최고의 작가는 아직 이름 없는 학생이었다.

---

21 당시 일본에서 손꼽히던 출판사인 하쿠분칸이 1902년에 창립 15주년을 기념해 창립자 오하시 사헤이大橋佐平의 성을 따서 설립한 사립 도서관이다. 1953년까지 운영되었으며 이후 공익재단법인 산코문화연구소 부속 산코도서관으로 명맥이 이어져 오늘에 이른다.

한편 고베에 살던 소년 요코미조 세이시도 이 무렵부터 탐정 소설에 푹 빠져 있었다.

요코미조 일족

요코미조 세이시의 집안은 그가 나중에 쓴 소설 속 어떤 일족처럼 복잡하다.

아버지 요코미조 기이치로는 1869년(메이지 2)에 태어났다. 그의 가문은 오카야마현 아사구치군 후나오촌 아자야나이하라에 있는 아주 유서 깊은 집안으로, 조상이 쌓은 성의 흔적도 남아 있었다. 한마디로 성을 소유했던 가문인 셈이다. 제2차 세계대전이 끝나갈 무렵부터 종전 이후까지 요코미조가 전쟁 때문에 피신해 지내며 『혼진 살인사건本陣殺人事件』『나비부인 살인사건蝶々殺人事件』『옥문도獄門島』를 쓰게 되는 기비군 오카다촌 아자사쿠라와는 직선거리로 4킬로미터쯤 떨어진 곳이다. 기이치로는 촌사무소의 부촌장이 되어 결혼 후 가나오라는 아들을 낳았다.

어머니 하마의 결혼 전 성은 이치카와였다. 오카야마현 기비군에서 감나무가 많은 부농의 딸로 태어났다. 기이치로보다 세 살 위라고 하니 막부幕府 말기에 태어난 셈이다. 하마는 후나오촌의 촌장이 될 남자와 결혼해 2남 1녀를 두었다. 그런데 자세한 사정은 알 수 없지만, 촌장의 아내 하마와 부촌장인 요코미조 기이치로가 사랑에 빠지고 말았다. 말하자면 불륜이었다. 두 집안은 원래 대대로 사이가 좋지 않았다. 그런 집안의 아들이 촌장과 부촌장이 되었으니 툭하면 서로 으르렁거렸다. 기이치로는 대대로 원수인 집안의 아내와 불륜 관계를 맺은 셈이다.

1896년(메이지 29), 기이치로는 아내와 아들 가나오를 두고 마을을 떠났고, 하마는 아들 둘은 남겨둔 채 기시에라는 딸만 데리고 집을 나갔다. 두 사람은 미리 약속한 곳에서 만나 오카다촌에 숨어 있다가 뒤쫓는 사람이 없다는 걸 확인하고는 고베로 갔다. 기이치로가 27세, 하마가 30세 때의 일이었다.

이렇게 해서 요코미조 기이치로와 하마는 고베시 히가시카와사키에 있는 가와사키조선소(지금의 가와사키중공업) 근처에서 살았다. 기이치로는 이세철공소라는 작은 공장의 지배인이 되었다. 가와사키조선소의 하청 업체였을 것이다. 미리 고베에 일자리를 마련한 것으로 보이지만 자세한 사정은 요코미조 세이시도 모르는 듯하다. 기이치로가 회사에서 일하는 동안 하마는 집에서 생약방을 열었다. 친정이 약재와 관계가 있었던 모양이다.

이 부부 사이에서 도미에, 고로, 세이시, 도메코가 태어났다. 세이시의 생일은 1902년(메이지 35) 5월 25일.[22] '正史'는 원래 '마사시'라고 읽는다. 작가가 된 후 책 판권에 '마사시'로 읽는다고 발음을 적어놓은 적도 있으니 어느 시점부터 '세이시'로 자처한 것은 아닌 셈이다. 모리시타 우손이나 에도가와 란포 같은 이들이 '세이시'인 줄 알고 '요코미조 마사시'를 '요코세시'라고 줄여 부르자 차츰 '요코미조 세이시'로 자리를 잡은 듯하다. 요코미조

---

[22] 요코미조 세이시의 생일에 대해서는 '24일설'과 '25일설'이 있으며, 이 책은 고단샤의 『일본 인명 대사전』 등을 바탕으로 '25일설'을 채택하였다.

세이시는 이 시절 작가로서는 보기 드물게 본명의 한자를 그대로 필명으로 삼았다.

요코미조 기이치로와 하마 사이에서 태어난 네 자녀 가운데 막내인 도메코는 태어난 지 얼마 되지 않아 세상을 떠났다. 하마와 전남편 사이에서 태어난 기시에는 고베에서 여학교를 마친 뒤 고향으로 돌아갔는데 심장병을 앓다가 숨을 거두었다. 그리고 하마는 요코미조 세이시가 다섯 살이 되던 1907년(메이지 40)에 뇌일혈로 세상을 떠났다. 홀아비가 세 아이를 키우기는 힘들었다. 기이치로는 바로 오카야마 출신인 아사에와 재혼했다. 아마 오카야마에 사는 지인이 소개했으리라.

아사에는 세이시를 비롯한 세 아이의 존재를 미리 알고 결혼했지만 첫째 부인이 낳은 가나오도 있다는 사실은 결혼 뒤에야 알게 되었다. 아사에는 품이 넓은 사람이었던지 가나오를 맡아 키우겠다며 오카야마로 가서 기이치로의 어머니와 함께 데리고 왔다. 세이시가 여섯 살 되던 해였다. 어머니가 죽고 새어머니가 생긴 것만 해도 힘들 텐데 느닷없이 아홉 살이나 많은 형까지 함께 살게 되었다. 이때 가나오는 이미 15세였기 때문에 고베에 있는 시립 신고상업학교에 들어갔다. '가나오'라는 특이한 이름은 요코미조의 팬이라면 기억할 것이다. 『악마의 공놀이 노래』에 등장하는 인물 가운데 한 명이다. 이 소설의 인물 관계도와 요코미조 세이시의 가계도는 무척 비슷하다. 가나오의 어머니, 즉 기이치로의 첫 번째 부인은 남편에게 버림받은 뒤 친정으로 돌아갔으나 수치심을 견디지 못해 자살했다.

아사에는 그 뒤 다케오, 아야코, 히로시 등 2남 1녀를 낳았다. 하지만 아야코는 어려서 죽었다.

기이치로의 세 번째 아내가 된 아사에도 재혼이었는데 전남편과의 사이에는 1남 3녀가 있었다. 아사에의 친정은 기비군 구시로촌에 있는 유명한 집안이었다. 처음 시집간 모리야 가문은 오다군 가와모촌의 대지주였다. 남편이 세상을 떠나자 아사에는 시동생에게 모든 재산을 넘겨주는 조건으로 세 딸은 여학교를 마친 뒤 결혼할 때까지, 막내인 아들은 전문학교를 마칠 때까지 돌봐주겠다는 약속을 받고 친정으로 돌아왔다. 그리고 그 무렵 아내를 잃은 기이치로를 소개받아 재혼했다. 이때 아사에는 전남편과 낳은 딸 가운데 둘째인 미쓰에만은 데려와 키우기로 했다. 그래서 미쓰에는 고베 히가시카와사키에 있는 요코미조의 집에서 자랐다. 미쓰에와 요코미조 세이시는 피가 섞이지 않았지만, 제2차 세계대전 말기에 오카야마로 소개疏開되었을 때 미쓰에에게 신세를 지기도 한다.

정리해보자. 요코미조 세이시의 집에는 아버지인 기이치로와 첫 번째 부인이 낳은 아들 가나오, 하마가 낳은 도미에, 고로, 세이시, 아사에가 낳은 다케오와 히로시, 그리고 아사에가 전남편과의 사이에서 낳아 데리고 온 미쓰에가 함께 살았다. 가나오에게 있어 하마는 아버지를 친어머니로부터 빼앗은 원수지만 동시에 자신을 맡아 길러준 은인이기도 했다. 그런데 아사에와 가나오는 사이가 좋지 않아 집안 분위기가 험악했다고 한다. 가나오와 고로는 처음에는 사이가 좋았지만 차츰 관계가 틀어졌다. 하

요코미조 세이시 가계도

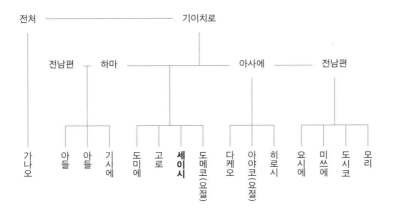

지만 고로나 가나오나 둘 다 세이시를 귀여워했다.

나중에 요코미조 세이시는 에도가와 란포나 모리시타 우손 같은 선배 작가들의 보살핌을 받게 된다. 아마 태생적으로 윗사람의 귀여움을 받는 '아우 성격'이었던 모양이다.

큰형인 가나오는 신고상업학교를 졸업하자 가와사키조선소 본사에 취직했다. 지인에게 취직 자리를 부탁했다고 한다. 도미에는 히가시카와사키 심상소학교[23] 개교 이래 가장 빼어난 재원이라는 칭찬을 받으며 현립 여학교에 진학했다. 하지만 가업인 약방을 돕느라 공부할 시간을 쉽게 내지 못했고, 과로 때문인지

---

23 '심상소학교尋常小学校'는 1886년부터 1941년까지 존재했던 일본의 초등교육기관이며 의무교육이었다. 처음에는 4년제였지만 1907년부터 국민학교로 바뀌는 1941년까지는 6년제였다.

병을 앓아 휴학했다가 등급이 낮은 다른 여학교로 옮겼다. 고로는 동생인 세이시가 보기에 문학 소년이었고 머리는 좋았지만 고등소학교[24]를 마친 뒤 진학하지 않고 어느 상점에 먹고 자며 일하는 점원으로 취직했다. 아버지인 기이치로가 가나오를 진학시키지 않았기 때문에 눈치가 보여 고로도 진학시키지 않았던 걸까? 요코미조는 형제 가운데 고로와 사이가 좋아, 그에게 어떤 책을 읽으면 좋을지 물었다고 한다.

요코미조 세이시도 구로이와 루이코에게 푹 빠진 소년 가운데 한 명이었다. 루이코를 처음 읽은 것은 소학교 4학년 때로, 같은 동네에 살던 또래 친구에게 『암굴왕』을 빌렸다.

세이시는 영화 〈암굴왕〉을 보았지만, 아직 어렸던 탓에 긴 장편소설을 억지로 영화 한 편에 담은 줄거리가 쉽게 이해되지 않았다. 그래서 『암굴왕』은 재미없다는 인상을 품고 있었다. 하지만 굳이 빌려주겠다고 하니 책을 받아 와 읽어본 것이다. '오싹오싹하며 루이코의 번역을 읽느라 밤을 새웠다. 나는 정신없이 빠져들고 말았다.' 그렇지만 세이시가 원하던 것은 탐정소설이었다. 이때만 해도 루이코가 『사미인死美人』[25] 같은 탐정소설도 썼다는 사실을 알지 못했기 때문에 그는 시간이 더 흐른 뒤에야 루이코에게 빠져들게 된다. 작가의 이름을 외우거나 이 사람의 글은

---

24 심상소학교 이후에 진학하는 교육기관. 4년제였다가 1907년부터 2년제로 바뀌었다. 지금의 중학교 1, 2학년에 해당한다.

25 가보리오가 만든 르코크 탐정을 주인공으로 삼아 부아고베가 쓴 『르코크 씨의 만년La vieillesse de Monsieur Lecoq』(1878)을 번안한 소설.

재미있다고 생각하기에는 아직 어린 나이였다.

세이시가 처음으로 이름을 외우고 빠져든 작가는 미쓰기 슌에이였다. 1912년(메이지 45), 소학교 4학년이었던 세이시는 그즈음 읽던 잡지 《쇼가쿠세이小学生》에 연재되던 미쓰기 슌에이의 「구레타 박사吳田博士」를 읽고 이 소설이 '내게 탐정소설을 좋아하는 취미를 평생 가도록 심어주었다'고 했다(이 소설이 게재된 정기 간행물은 지지신보샤時事新報社[26]가 발행하던 《쇼넨少年》이니 기억이 잘못되었을 것이다). 몇 해 뒤에는 단행본도 손에 넣었다. 「구레타 박사」 단행본은 주코칸쇼텐中興館書店에서 1911년에 제1권이 나오고 1915년에 제6권이 나왔다. 란포도 이 무렵에 읽었다.

이듬해, 요코미조 세이시가 소학교 5학년이 되자 큰형인 가나오가 《니혼쇼넨》을 매달 사주었고, 세이시는 이 잡지에 실리는 미쓰기 슌에이가 번역한 스파이 소설을 즐겨 읽었다. 어른이 되어서도 스파이 소설은 그리 즐기지 않았지만 슌에이의 작품에 대해서는 '매회 트릭이 재미있고 크고 작은 도구를 다루는 방식이 어딘가 탐정소설적이며, 이것이 나와 탐정소설과의 첫 만남이었을 것이다'라고 『쓰지 않아도 될 이야기 속편』에 썼다.

세이시 소년은 미쓰기 슌에이라는 이름을 기억해두었다가, 그가 《쇼조노토모》에도 소설을 쓰고 있다는 사실을 알게 되자 헌책방에서 사들인 뒤 그 소설만 오려내고, 도화지로 만든 표지를

26　1882년 3월 1일에 교육가이자 계몽사상가인 후쿠자와 유키치가 창간해 1936년까지 《지지신보時事新報》를 발행하던 회사. 발행 당시 '도쿄 5대 신문' 가운데 하나로 꼽혔다.

붙여 책처럼 만들었다. 슌에이가 소년 잡지에는 액션이 많은 스파이 소설을, 소녀 잡지에는 인간미가 느껴지는 탐정소설을 썼는데 세이시는 후자를 더 좋아했다.

소년 시절 요코미조 세이시에게 미쓰기 슌에이는 우상이었다. 그래서 그는 나중에 '유리 린타로由利麟太郎' 시리즈에서 왓슨 역 등장인물에 '미쓰기 슌스케'라는 이름을 붙이기까지 했다.

1914년(다이쇼 3)에 소학교 6학년이던 세이시는 동네에 사는 여성에게 미쓰기 슌에이가 번역한 『고성의 비밀』 전편前篇을 빌렸다. 동네에 그가 탐정소설을 좋아한다는 소문이 났던 모양이다. 『고성의 비밀』은 모리스 르블랑이 쓴 『813』이 원작이다. 당시 세이시는 르블랑이 누군지 전혀 몰랐으나 표지에 '미쓰기 슌에이'라는 이름이 적혀 있는 것을 보고 신나서 빌려 읽었다. 소설은 기대보다 훨씬 재미있었다. '나는 지금도 이렇게 생각한다. 이런저런 복잡한 조건을 생략하면 『813』이야말로 세상에서 제일 재미있는 탐정소설 아니겠는가?'라고 요코미조 세이시는 60년이 지난 아득히 먼 훗날에 썼다.

그런데 빌려준 책은 전편뿐이었다. 그 여성은 후편을 가지고 있지 않았던 모양인데 얼마 안 가 이사하고 말았다. 세이시 소년은 세상에서 가장 재미있는 소설을 읽다가 도중에 그만두어야 했다. 이렇게 잔인한 일은 없다. 도서관에 가도 늘 누가 빌려 간 상태라 읽을 수 없었다. 그즈음 도서관은 예약 제도가 없었던 모양이다. 이렇게 세이시 소년에게 『고성의 비밀』 후편은 환상 속의 책이 되고 말았다.

『고성의 비밀』 후편을 읽지 못한 채 세이시 소년은 1915년(다이쇼 4)에 중학생이 되었고, 도쿄에 있던 히라이 다로는 대학 3학년이 된다.

중학생과 대학생은 나이 차이가 나지만 이미 요코미조 세이시와 히라이 다로가 읽는 책들은 서로 비슷해지고 있었다. 요코미조가 조숙한 건지 히라이가 늦깎이인지.

히라이 다로는 독학으로 탐정소설을 공부해야 했지만, 요코미조 세이시에게는 중학교 2학년이 되자 탐정소설을 아주 좋아하는 친구가 생겼다. 니시다 도쿠시게라는 친구였다. 그는 유복한 집안의 아들이었고 탐정소설을 좋아하는 형까지 있어, '탐정소설이란 탐정소설은 모조리 자기 집 서고에 가지고 있었다'라고 표현할 만큼 좋은 환경을 갖추고 있었다. 도쿠시게는 형의 장서 가운데 탐정소설을 골라 세이시에게 빌려주었다. 덕분에 세이시는 구로이와 루이코의 작품을 거의 다 읽을 수 있었다.

니시다 도쿠시게의 형인 니시다 마사지西田政治는 도쿠시게보다 여덟 살이나 아홉 살 위였다고 하니 히라이 다로와 거의 같은 나이일 것이다. 마사지는 이미 사회인이 되어 은행에 근무하고 있었다. 원래 유복한 집안이었기 때문에 은행에서 받은 급여로 구할 수 있는 탐정소설을 전부 사들이며 틈틈이 '셜록 홈스'를 번역하고 있었다. 출판사의 의뢰를 받아서가 아니라 취미로 번역한 것이다. 그는 그 번역 원고를 동생이 발견하기 쉽도록 놓아두었다. 이렇게 해서 니시다 도쿠시게와 그 친구인 요코미조 세이시는 니시다 마사지가 번역한 '셜록 홈스'를 읽었다.

하쿠분칸

여기서 태평양전쟁이 일어나기 전의 에도가와 란포와 요코미조 세이시에게 가장 중요한 출판사인 하쿠분칸에 대해 이야기하기로 한다.

창업자인 오하시 사헤이(1835~1901)는 도쿠가와 정권 말기 덴포[27] 시대에 지금의 니가타현 나가오카시에서 목재상의 아들로 태어났다. 요코미조 세이시의 『이누가미 일족犬神家の一族』에 등장하는 지방 재벌의 창업자 이누가미 사헤의 이름은 오하시 사헤이에서 따왔을 것이다. 소설 속에서 이누가미는 '사헤옹'으로 불리는데 오하시도 요코미조가 입사할 무렵 하쿠분칸에서 '사헤이옹'으로 불리고 있었다.

오하시 사헤이는 기억력이 좋고 호기심도 왕성하며 남에게 지기 싫어하는, 입지전적 인물이 될 만한 성격을 지녔다. 기름장사를 하던 집안이었으나 사헤이의 아버지 대에 목재상으로 바꾸었고, 사헤이도 그 사업을 물려받았으나 그것만으로는 성에 차지 않아 양조업에도 손을 댔다. 나아가 나가오카 경제의 발판인 시나노가와강의 수상 운송 권리마저 따내, 도시의 실력자가 되었을 무렵 메이지유신이라는 동란을 맞이했다. 유신 후 조닌[28] 출신이지만 관리가 되어 민정소에서 군사방 겸 학사방으로 근무하며 학교 설립에 힘을 기울였다. 출판 사업에 손을 대기 시

---

27 天保, 닌코 일왕이 사용한 연호로 1831년부터 1845년까지를 가리킨다.

28 町人, 에도 시대에 도시에 거주하던 숙련 기술자와 상인을 두루 가리키는 말.

작한 때는 1877년(메이지 10)으로 나가오카출판회사長岡出版会社 설립에 참여해 공동 경영자가 되면서부터다. 이 회사는 서적과 잡지 소매업을 기본으로 삼았는데 오하시 사헤이는 출판을 본 업으로 해야 한다고 주장했다. 그것이 통하지 않자 오하시는 혼자서 《호쿠에쓰잣시北越雑誌》를 창간했다. 하지만 1년을 넘기지 못했고, 다음에는 《호쿠에쓰신문北越新聞》을 창간하는데 동업자와 의견이 맞지 않아 갈라선 뒤에 《에쓰사마이니치신문越佐毎日新聞》을 창간했다. 또 1879년(메이지 12)에는 서적과 잡지를 소매하는 '오하시서점'도 문을 열었다.

오하시 사헤이가 이처럼 출판과 신문 사업에 진출한 것까지는 괜찮았지만 사업적으로는 성공을 거두지 못했다. 앞날을 내다보는 그의 안목은 너무 앞선 것이었다. 니가타의 출판과 신문 시장은 아직 그리 무르익지 못한 상태였다. 그래서 오하시 사헤이는 나가오카에서 하는 사업을 성인이 된 아들 신타로(1863~1944)에게 맡기고 도쿄에 진출하기로 마음먹었다. 오하시 사헤이가 52세 되던 해의 새 출발이었다.

오하시는 새 출판사 이름을 당시 내각총리대신이었던 이토 히로부미伊藤博文의 이름을 따서 '하쿠분칸博文館'이라고 짓고 1887년(메이지 20)에 도쿄시 혼고구 유미정(지금의 분쿄구 혼고)에서 창업했다. 이토 히로부미와 교류가 있지는 않았다. 메이지유신 때 오하시는 나가오카번에서 삿초[29]를 중심으로 하는 관군과 싸

29　薩長, 사쓰마번과 조슈번을 줄여 부르는 말.

운 쪽이었다. 적이었던 조슈 출신 이토 히로부미의 이름을 회사
이름으로 따온 까닭은 과거사 같은 것을 마음에 두지 않는 성격
이었기 때문일까?

오하시 사헤이가 도쿄로 올라와 제일 먼저 찾아간 곳은 고
향인 나가오카 출신의 제국대학 의과대학(지금의 도쿄대학 의
학부) 교수이며 의학자이자 해부학자인 고가네이 요시키요
(1858~1944)의 집이었다. 불쑥 찾아가 묵을 만한 곳을 소개해달
라고 부탁했다. 요즘 같으면 뻔뻔하다는 핀잔을 들을 짓이지만
메이지 시대에는 흔한 일이었다. 게다가 오하시는 앞으로 출간
하려는 잡지에 고가네이가 쓴 최신 잡지의 논문을 옮겨 싣게 해
달라고 부탁했다.

오하시 사헤이는 아들 신타로가 낸 아이디어를 바탕으로 다
양한 분야의 전문 잡지에 실린 주요 기사를 요약한 잡지를 창간
하려고 궁리하고 있었다. 고가네이가 전재轉載를 허락하자 오하
시 사헤이는 이름 높은 학자들을 계속 찾아다니며 "고가네이 선
생님도 허락해주셨다"고 설득해 논문을 받아냈다. 이렇게 해서
1887년(메이지 20) 6월에 창간한 《니혼타이카론슈日本大家論集》
에는 정치, 법률을 비롯해 문학, 이학, 의학, 사학, 철학, 공학, 종
교, 교육, 위생, 권업, 기예에 이르기까지 온갖 분야의 논설이 실
렸다. 그 논설들 모두 전문 잡지에 실린 것을 요약해 다시 게재한
것이었다. 그 시대에는 저작권 개념이 확립되어 있지 않았기 때문
에 새로 원고료를 지불하지는 않았다. 하지만 옮겨 실은 집필자도
자기가 쓴 것이 더 널리 읽히기를 바랐기 때문에 아무런 문제도

되지 않았다(일본에서 저작권법이 제정된 것은 12년 뒤인 1899년이다).

아무도 생각하지 못한 전문지 게재 논문 요약 잡지는 성공을 거두었다. 그 시절 잡지 발행 부수는 1천 부 전후가 보통이었고 많아야 2천 부 내외. 가격도 20센[30]에서 30센이 일반적이었다. 그런데《니혼타이카론슈》는 80쪽에 가격은 10센이며 3천 부나 찍는다고 신문에 소개되었고, 다 팔려나가 판을 거듭하며 1만 부 넘게 찍었다. 그 시절 출판계에서는 전에 없던 히트를 기록한 셈이다. 공무원 초임이 20엔 전후였던 시대에 10센이라면 요즘 돈 1천 엔쯤 될까? 결코 싼 잡지는 아니지만 다른 잡지의 반값 이하 가격에 여러 분야의 논문을 읽을 수 있어 크게 성공한 것이다.

그런데 하쿠분칸의 큰 은인인 고가네이 요시키요의 이름은 작가 호시 신이치[31]의 팬이라면 눈에 익을 것이다. 고가네이 요시키요는 아내와 사별한 뒤 모리 오가이[32]의 여동생인 기미코와 재혼했다. 이 부부 사이에서 태어난 딸 세이가 제약 회사 사장 호시 하지메(1873~1951)와 결혼해 낳은 큰아들이 바로 호시 신이치다.

하쿠분칸은 호시 신이치의 외할아버지 도움 없이는 성공할

---

30 '센銭'은 엔의 100분의 1 가치를 지닌 화폐 단위였다.

31 星新一(1926~1997), 일본 SF의 효시로 불리는 소설가.

32 森鷗外(1862~1922), 소설가이자 번역가. 독일에서 유학하고 돌아와 일본문학의 근대화에 크게 공헌했다.

수 없었을 테고, 그랬다면《신세이넨》도 창간되지 않았을 테니 에도가와 란포나 요코미조 세이시도 작가가 되지 못했을 것이다. 그러면 일본 패전 후에《호세키宝石》라는 잡지도 생기지 않았을 테고 이 잡지로 호시 신이치가 데뷔할 일도 없었을 것이다. 호시 신이치의 외할아버지가 오하시를 도와주지 않았다면 일본 탐정소설의 역사는 완전히 달라졌을 것이다.

기세가 오른 하쿠분칸은 8월에《니혼노스가쿠日本之数学》《니혼노조가쿠日本之女学》《니혼노쇼닌日本之商人》《니혼노쇼쿠산日本之殖産》《니혼노지지日本之時事》 등의 전문지를 계속 창간했으며 잡지뿐 아니라 일반 서적도 내면서 빠르게 큰 출판사로 성장했다. 오하시 신타로도 도쿄로 와서 하쿠분칸 일을 돕게 되었다. 나가오카에서 하던 사업은 셋째 아들인 쇼고에게 넘겼다.

신타로가 가세하면서 사업은 더욱 확장되었다. 하쿠분칸은 서적과 잡지를 발행하는 한편 1890년에는 유통 회사인 도쿄도東京堂(지금의 도쿄도서점東京堂書店과 도한[33]의 전신이다)를 설립하고 나아가 1894년에는 나이가이통신사內外通信社, 1897년에는 교도인쇄共同印刷의 전신인 하쿠분칸인쇄소博文館印刷所와 인쇄용지 대리점까지 설립해 출판을 수직통합형 비즈니스로 전개했다. 이 과정에서 서적 발행의 한 형태로 '전집'이라는 장르를 확립해 '소년문학' '역사독본' '여학전서' '일본문학전서' 등 많은 전집을 내놓았다.

---

33 トーハン. 1949년에 설립된 출판물 전문 유통 회사.

하쿠분칸이 발행하는 출판물 가운데 공전의 히트를 기록한 잡지가 《닛신센소짓키日清戦争実記》였다. 그즈음 최신 인쇄 기술인 사진 동판을 써서 전쟁의 모습을 보도한 것이다.《닛신센소짓키》는 1894년(메이지 27) 8월부터 한 달에 3회, 1896년(메이지 29) 1월까지 간행되어 누적 발행 부수 500만 부로 추정된다. 그 기간 중인 1895년(메이지 28)에 그때까지 내던 잡지 13종은 모두 폐간하고 새로운 종합잡지인 《다이요太陽》와 《쇼넨세카이少年世界》《분게이클럽文藝倶楽部》을 창간했다. 《다이요》는 15센이라는 싼 가격에 10만 부를 찍었고, 바로 다 팔려 중판을 찍었다. 나머지 두 잡지도 성공을 거두었다. 《분게이클럽》에서는 많은 작가가 탄생했는데, 그 가운데 한 명이 히구치 이치요[34]였다.

3대 잡지 창간과 같은 해인 1895년에는 '하쿠분칸 일기'도 내기 시작했다. 하쿠분칸이 내던 잡지는 이제 아무것도 남지 않았지만 '하쿠분칸 일기'만은 지금도 발매되고 있다. 게다가 하쿠분칸은 교과서 출판 분야에도 진출했다.

창업자인 오하시 사헤이는 1901년(메이지 34)에 65세를 일기로 세상을 떠났다. 이듬해, 하쿠분칸 창업 15주년 기념사업으로 유료 사설 도서관인 오하시도서관(나중의 산코도서관)이 문을 열었다.

1904년에 러일전쟁이 일어나자 청일전쟁 때와 마찬가지로

---

34 樋口一葉(1872~1896), 여성의 삶과 고뇌를 주로 그린 소설가. 현행 5천 엔권 지폐 속 인물이다.

《니치로센소짓키日露戦争実記》《니치로센소샤신가호》를 간행해 이번에도 대성공을 거두었다. 《니치로센소샤신가호》는 전쟁이 끝나자 《샤신가호》로 이름을 바꾸더니 나중에는 《보켄세카이》로 옷을 갈아입고 모험소설 및 스포츠 전문지로 소년들에게 다가갔다.

그 독자 가운데 한 명이 히라이 다로, 후에 에도가와 란포로 불리는 인물이었다.

자복[35]의 나날 : 1916~1919년

이제부터는 연도별로 이야기하기로 한다.

1916년(다이쇼 5) 중학교 2학년 학생이던 요코미조 세이시는 앞에서 이야기했듯이 니시다 도쿠시게를 만나 친구가 된다.

히라이 다로는 봄에 와세다대학을 졸업했다. 성적이 우수하여 학자가 되기를 원했으나 경제 사정 때문에 그건 무리였다. 그래서 미국으로 건너가 접시닦이를 하며 영어를 익혀, 그곳에서 탐정소설을 발표하려는 궁리도 했다. 일본에는 탐정소설 전문 잡지가 없었으므로 이런 나라에서 서양 스타일의 이지적인 탐정소설을 써봐야 소용없다고 생각했기 때문이다. 영국이 아니라 미국으로 가려고 한 까닭은 그 시절 미국 탐정 잡지에 실리는 작품이 별 볼 일 없다고 보고 자기는 더 재미있는 작품을 쓸 수 있다

35　雌伏, 장래의 활약을 기약하며 굴복하여 따르거나 세상일에서 물러나 숨어 사는 것을 가리키는 말.

고 믿었기 때문이다. 하지만 미국에서 작가로 데뷔하는 꿈은 여비를 마련하지 못해 물거품이 되고 말았다.

히라이 다로는 어쩔 수 없이 가와사키 의원의 소개로 오사카에 있는 가토양행이라는 회사에 취직했다. 이 회사는 태평양 지역과의 무역을 통해 성공한 회사다.

1917년(다이쇼 6), 요코미조 세이시는 중학교 3학년이 되었다. 니시다 도쿠시게와 우정을 이어가며, 탐정소설에 대한 둘의 열정은 더욱 불타올랐다. 요코미조 소년은 니시다의 집 서고에 있는 탐정소설이라면 비슷한 작품들까지 모조리 다 읽어버렸다. 요코미조는 니시다 도쿠시게와 함께 고베의 헌책방을 찾아다니며, 서양 원서와 잡지를 닥치는 대로 긁어모았다. 아직 영어가 서툴렀기 때문에 삽화가 있거나 살인murder, 형사detective, 경찰police 등 탐정소설에 자주 나오는 단어가 있는 소설을 찾아 사들였다. 그 가운데 하나가 L.J. 비스턴[36]의「옐로 마이너스The Yellow Minus」였다. 나중에 니시다 마사지가 번역해《신세이넨》에「마이너스의 야광주」라는 제목으로 실린 작품이다.[37]

요코미조에게 있어 외국과 교류가 활발하게 이루어지는 고베라는 도시에서 태어나고 자랐다는 점은 큰 행운이었다. 서양 책과 잡지를 읽으려면 영어 공부가 필요했는데, 이때 한 기초 훈련

---

36   Leonard John Beeston(1874~1963), 영국의 소설가. 1920~1930년대에 활동했으며 단편소설과 TV 시리즈 대본을 주로 썼다.

37   《신세이넨》1921년 하계 증간호에 실렸다.

덕분에 나중에 요코미조는 편집자가 되어 외국 문예지를 읽고 어떤 작품을 번역해 실을지 판단할 수 있었으며 때로는 손수 번역에 손을 대기도 했다.

히라이 다로는 1년 만에 무역 회사 일에 싫증을 느껴, 부모님에게 이야기도 하지 않고 멋대로 그만둔 다음 오사카에서 야반도주했다. 도쿄로 가려다가 도중에 가진 돈이 떨어질 때까지 이즈에 있는 온천들을 방랑했다. 히라이 다로-에도가와 란포는 살면서 몇 차례 모든 걸 내던지고 방랑 여행을 떠나는데, 이때가 그 첫 번째였다. 그는 이 여행 중에 다니자키 준이치로[38]의 작품을 처음 읽었다.

히라이는 도쿄에 도착한 후 일단 지닌 물건을 팔아 생활비로 쓰면서 활동사진 회사(영화사)를 찾아다니며 변사가 되고자 했다. 어느 변사를 소개받아 제자로 들어갈까 했는데 급여가 없다는 말을 듣고 포기했다.

그 뒤로 전업 작가가 될 때까지 히라이 다로는 여러 직업을 전전한다. 그리고 취직 후 얼마 지나지 않아 그만둔다. 마치 그가 나중에 탄생시키는 괴인 이십면상怪人二十面相처럼, 어느 때는 타자기 행상인, 어느 때는 조선소 서무 담당, 어느 때는 도쿄시 공무원, 어느 때는 라면 노점상, 어느 때는 헌책방, 어느 때는 만화 잡지 편집자로 8년 동안 열 가지가 넘는 직업을 거쳤다.

---

38   谷崎潤一郎(1886~1965), 일본 탐미주의 소설의 대가로 꼽히는 작가. 대표작으로 『세설』『치인의 사랑』 등이 있다.

그해에 히라이 다로는 타자기 행상을 그만두고 아버지의 지인 소개로 도바조선소에서 서무 담당 직원으로 일하게 되었고, 11월에 미에현 도바정(지금의 도바시)으로 이사했다. 그해에는 영화에 관한 글이나 나중에 「화성의 운하火星の運河」의 바탕이 될 산문시 형식의 소설을 썼지만 그야말로 '쓰기만' 했을 뿐 발표할 곳은 없었다.

1918년(다이쇼 7), 세이시는 중학교 4학년이 되었다(당시 중학교는 5년제). 9월에 형제들 중 가장 가까웠던 형 고로가 세상을 떠났다. 결핵에 걸려 일하던 곳에서 집으로 돌아와 요양했지만 낫지 않았다. 세이시는 부모나 마찬가지였던 형을 잃고 말았다.

니시다 도쿠시게와는 계속 친하게 지냈고 탐정소설에 대한 열정도 여전했다. 둘은 매일 고베에 있는 헌책방을 돌며 탐정소설이나 잡지를 사 모았다. 어느 날 니시다가 미쓰기 슌에이가 번역한 『구레타 박사』의 원서로 보이는 책을 발견했다. 오스틴 프리먼의 '손다이크 박사' 시리즈였다.

미쓰기 슌에이의 『탐정 기담 구레타 박사』 제1권은 1911년(메이지 44)에 간행되었는데, 그 서문에서 '프리먼 씨의 최근 저서 『손다이크 박사의 탐정 사건』이라는 책 속에 있는 마흔다섯 편을 번안한 것이다'라고 밝혔다. 제2권부터는 원작을 언급하지 않았는데, 그러던 중에 제1권마저 절판되는 바람에 원작이 무엇인지 알 수 없었던 모양이다.

니시다 도쿠시게와 요코미조는 프리먼의 원서를 발견해 읽어보고, 그게 『구레타 박사』의 원작이라는 사실을 밝혀낸 것이다.

히라이 다로에게 1918년은 본인보다 가족에게 여러 가지 일이 일어났던 해였다. 다로는 작가가 되기 전에 수차례 직업을 바꾸었는데 아버지 시게오도 못지않게 여러 직업을 전전했다. 사업을 시작하면 금방 실패했다. 그해에 시게오는 아내와 딸을 데리고 다시 일확천금을 노리고 한반도로 건너갔다. 8월에 다로의 외할머니가 세상을 떠났다. 다로가 도쿄에 갔을 때 함께 살던 분이다. 2천 엔이라는, 당시로서는 거액의 유산을 남겨, 외삼촌의 제안으로 추첨을 통해 상속인을 결정하게 되었다. 그 결과 그 외삼촌의 장남과 다로의 동생 도시오가 1천 엔씩 받게 되었다.

히라이 다로가 도바조선소 시절에 한 일 가운데 하나는 사외보인 《히요리日和》[39] 편집이었다. 조선소와 지역 주민들의 소통을 도모할 목적으로 발간되는 잡지였다. 다로는 또 문학을 좋아하는 젊은 동료들과 함께 '도바오토기클럽'[40]을 만들어 극장이나 소학교에서 이야기하는 모임을 열었다. 이 클럽 활동으로 가까운 섬들을 돌아다니게 되었고, 그 가운데 한 곳인 사카테지마라는 섬에 갔을 때 소학교 교사로 일하던 무라야마 류코를 알게 되었다. 나중에 아내가 되는 여성이다. 그 뒤로 류코와 편지를 주고받게 되었는데, 류코가 편지에 결혼을 언급하자 다로는 답장에

---

39 '히요리'는 '좋은 날씨'라는 뜻.
40 '오토기おとぎ'는 옛날이야기, 공상적인 이야기를 뜻한다.

자신은 독신주의자여서 결혼할 생각이 없다고 쓴다.

도바조선소에서 일하던 때에 히라이 다로는 도스토옙스키의 『카라마조프가의 형제들』을 읽고 감명을 받았다. 청년 히라이 다로가 인정하는 문학은 다니자키 준이치로와 도스토옙스키였으며, 이 두 사람의 세계와 탐정소설을 융합하려고 한 것이 에도가와 란포라는 작가다. 단순하게 표현하면 이렇게 되지만 물론 문학은 그리 단순하지 않다.

히라이 다로는 무라야마 류코와 만나 결혼 문제에 관해 이야기할 생각이었으나, 조선소를 그만두고 도쿄로 가게 되었다. 도쿄에는 한반도에서 돌아온 동생 도루와 도시오가 있었다. 삼형제는 외할머니가 남겨준 유산을 밑천으로 삼아 헌책방을 하게 되었다. 그러기 위해 두 동생은 간다에 있는 헌책방에서 일을 배운다.

고단샤의 시작

1919년(다이쇼 8) 봄, 요코미조 세이시는 중학교 5학년이 되었다. 니시다 도쿠시게와의 우정도, 탐정소설에 대한 열정도 이어지고 있었다.

히라이 집안의 삼형제가 2월에 헌책방을 열었다. 도쿄시 혼고구 고마고메에 있는 단고자카에 가게를 내고 '산닌쇼보三人書房'라는 이름을 붙였다.

이 무렵 단고자카에 있던 다이닛폰유벤카이와 고단샤는 《유벤雄弁》《고단클럽講談俱楽部》《쇼넨클럽少年俱楽部》의 성공으로 사원도 늘리고 매년 사옥을 증개축하고 있었다. 그해에는 제6차 확장, 증축이 이루어졌으며 하쿠분칸, 지쓰교노니혼샤에 이어 제3의 잡지 왕국이 탄생했다.

고단샤의 예전 명칭은 '다이닛폰유벤카이코단샤'였는데, 그 이전에는 다이닛폰유벤카이와 고단샤가 별도의 사업체였다. 이 둘이 합쳐져 다이닛폰유벤카이코단샤가 되었고, 일본 패전 후 '고단샤'가 되었다. 이 두 사업체를 창업한 인물은 노마 세이지 野間清治로, 그 후 오늘에 이르기까지 고단샤는 노마 가문이 경영하고 있다.

노마 세이지는 1878년(메이지 11)에 군마현 야마다군 신슈쿠촌(지금의 기류시)에서 소학교에 고용된 교사 조수의 아들로 태어났다. 심상소학교를 졸업하고 고등소학교에 진학해, 그 무렵부터 이야기나 고단[41]에 흥미를 품었다. 19세 때 군마현 심상사범학교(지금의 군마대학 교육학부)에 입학했고 졸업 후 모교인 고등소학교의 교사가 되었다. 하지만 시골에서 이대로 교사로 살아도 좋을까 고민하다가, 도쿄제국대학 문과대학(지금의 도쿄대학 문학부)의 제1임시교원양성소 국어한문과에 입학했다. 연설과 스포츠를 좋아하는 피 끓는 학생이었다.

1904년(메이지 37), 노마는 교원양성소를 졸업하고 '가장 급여가 많은 지역'에 지원했다. 오키나와로 가서 오키나와현립 오

---

41   講談, 공연자가 관중보다 높은 자리에 놓인 샤쿠다이釈台라는 작은 책상 앞에 앉아 부채로 그걸 두드려 박자를 맞추며 주로 역사와 관련된 이야깃거리를 읊는 일본의 전통 공연.

키나와중학교(지금의 오키나와현립 슈리고등학교) 교사가 되었다. 1907년에는 이 학교 교장의 소개로 도쿠시마시에서 상업에 종사하는 핫토리 가문의 딸 사에와 결혼했다. 그녀는 도쿠시마사범학교 여자부를 수석으로 졸업하고 5년간 소학교 교단에선 지성과 교양을 갖춘 여성이었다.

둘의 결혼 피로연이 한창일 때 도쿄대학의 임시교원양성소 은사가 보낸 전보가 도착했다. 도쿄제국대학 법과대학(지금의 도쿄대학 법학부)의 수석 서기로 추천했으니 당장 도쿄로 오라는 것이었다. 노마는 망설이다가 사에를 데리고 도쿄로 갔다. 수석 서기라고는 해도 사무원이었다. 야심이 큰 노마는 그 정도 자리에서 머물 생각이 없었다.

1909년 4월에 장남 히사시가 태어났다. 그 무렵 러일전쟁도 끝나 세상은 들뜬 분위기여서 웅변 활동이 활발했다. 도쿄제국대학 법과대학에서도 변론부를 만들자는 목소리가 높아졌다. 노마는 사무원으로서 바삐 뛰어, 같은 해 11월에 변론부를 설립했다. 노마는 이 변론부의 연설 속기를 맡기로 했다. 그때까지는 간다구(지금의 지요다구)에 살았으나, 대학과 가까운 혼고구 고마고메에 있는, 흔히 '단고자카'라고 부르는 지역의 신축 2층 건물로 세를 얻어 옮겼다. 그리고 속기로 기록했다가 풀어 쓴 연설을 출판할 작정으로 '다이닛폰유벤카이'라는 간판을 내걸었다. 실제로 출판 활동은 이듬해인 1910년 2월에 시작하지만 현재 고단샤는 1909년 11월을 창립일로 삼고 있다. 이때 노마 세이지는 서른 살이었다.

노마 세이지는 1910년 2월 11일 기원절[42]에 변론 잡지 《유벤》을 창간했다. 명사로 꼽히는 사람들의 연설과 강연을 속기로 기록해 옮긴 내용이 중심이었다. 본문 165쪽, 정가 20센이었는데, 발매와 동시에 6천 부가 팔려나가 3천 부를 증쇄하고 그것도 다 팔려 또 더 찍어 1만 4천 부를 파는 대히트를 기록했다. 잡지는 3천 부를 팔면 성공했다고 여기던 시절이었다.

노마는 《유벤》을 내면서 법과대학에 계속 근무했다. 1911년, 이번에는 잡지 《고단클럽》을 창간하기 위해 다이닛폰유벤카이와는 다른 고단샤를 설립했다. 《고단클럽》은 고단을 속기로 기록해 풀어 쓴 내용이 중심이라, 이야기한 내용을 글로 옮기는 방식은 《유벤》과 비슷하다. 그렇지만 이쪽은 오락물이기 때문에 다이닛폰유벤카이에서 낼 수 없어 고단샤를 만든 것이다. 이 두 회사는 노마의 자택을 사무실로 썼으니 실제로는 같은 회사다.

《고단클럽》 창간호는 1911년 11월 3일 천장절[43]에 발행되었다. 본문 160쪽, 정가 18센으로 1만 부를 찍었다. 지쓰교노니혼샤에서 배워 반품을 인정하는 위탁판매제를 택했기 때문에 최종적으로는 1800부 정도밖에 팔리지 않았다. 반품률이 82퍼센트였다. 노마는 그래도 포기하지 않고 자금을 마련하면서 두 잡지를 계속 간행해 1년도 되지 않아 흑자로 만드는 데 성공했다. 그리고 드디어 출판에 전념하기 위해 1913년 2월에 대학을 그만두었다.

---

42 紀元節, 초대 일왕이라는 진무덴노神武天皇가 즉위한 날을 기리는 경축일.
43 天長節, 일본의 경축일 가운데 하나로 재임 중인 일왕의 생일을 말한다.

무명 시절의 요시카와 에이지[44]가 이《고단클럽》에 투고하고 있었다.

1914년(다이쇼 3), 창업 6년째 되는 해에 노마는 단고자카에 있는 셋집에 인접한 토지와 건물을 사서 사옥으로 증개축했다.《유벤》과《고단클럽》이 잘 팔리자 사원도 더 뽑았다. 그리고 같은 해 11월에 세 번째 잡지《쇼넨클럽》을 창간했다. 란포와 요코미조가 소년 시절에 읽었던 하쿠분칸의《쇼넨세카이》와 지쓰교노니혼샤의《니혼쇼넨》에 맞서기 위한 소년 잡지였다.《유벤》과《고단클럽》은 다른 출판사에서 손대지 않는 틈새를 노려 성공했지만, 이번에는 2대 출판사가 어려움을 겪고 있는 분야에 도전한 것이다.

《쇼넨클럽》을 창간하면서 노마는 하쿠분칸의 역사와 현황을 철저하게 조사했다. 그 결과 상대가 너무 거대해 정면으로 맞붙어서는 이길 수 없다고 판단했다. 특히 가격 경쟁을 하면 당연히 규모가 작은 쪽이 먼저 나가떨어지게 될 것이다. 그래서《쇼넨클럽》은 고급 노선을 채택하기로 했다.《쇼넨세카이》와《니혼쇼넨》은 둘 다 100쪽에 10센이었기 때문에《쇼넨클럽》은 두 배 가까운 198쪽에 정가는 15센으로 정했다. 페이지 단가를 따지면《쇼넨클럽》이 더 싸기 때문에 얼핏 생각하기에 가격 경쟁으로 나온 것 같지만 노마로서는 고급 소년지를 만든 셈이었다.

---

44 吉川英治(1892~1962), 일본을 대표하는 대중소설가. 1914년 「에노시마 이야기」가《고단클럽》에 3등으로 당선되었다.

《쇼넨클럽》창간호는 6만 부를 찍을 작정이었지만 거래처의 반대로 3만 부로 출발해 1914년 11월에 다이닛폰유벤카이에서 창간했는데 절반은 반품되었다. 노마가 항상 성공만 한 것은 아니었다. 타개책으로 노마는 1915년 4월부터 《쇼넨클럽》의 콘셉트를 '도움이 되는 이야기'가 담긴 잡지에서 '재미있는 이야기'가 담긴 잡지로 전환해 성공했다. '도움이 되는 이야기'는 학교에서 하면 된다. 잡지의 역할은 학교와 다르다. 노마는 그걸 깨달았던 것이다.

1916년 9월, 노마는 고단샤에서 《오모시로클럽面白倶楽部》[45]을 창간했다. 역사소설, 탐정 실화, 새로운 스타일의 고단, 라쿠고[46] 등을 실은 오락 잡지다. 이때 처음으로 대대적인 홍보를 시도했다. 선전용 미니어처 북을 무료로 배포하고 발매일에는 진돈야[47]가 샘플을 뿌렸다. 《고단클럽》에 투고하던 요시카와 에이지는 《오모시로클럽》에 「겐마쿄보사쓰劍魔侠菩薩」를 연재하며 작가로 출발했다.

산닌쇼보

1919년 히라이 다로는 고단샤와 아주 가까운 곳에 살았지만, 이 출판사와는 아무런 인연도 없는 무명 청년이었다.

산닌쇼보는 주로 소설을 취급하기로 하고, 가게 내부 설계는

---

45 '오모시로面白'는 '재미'라는 뜻이다.

46 落語, 일본식 만담.

47 チンドン屋, 북 같은 악기를 두드리며 사람들 눈길을 끌어 상품을 홍보하는 사람.

다로가 맡았다. 가게 안에는 응접실처럼 테이블과 의자를 두어 손님이 쉴 수 있도록 했다. 축음기도 마련해 음악을 틀었다. 이 살롱 같은 가게로 인근에 사는 인텔리 청년들이 모여들었다. 아사쿠사오페라[48]의 다야 리키조[49] 후원회를 만들어 산닌쇼보에서 가극 잡지를 발행하자는 이야기도 나왔다. 하지만 잡지는 자금이 없어 내지 못했다.

히라이 다로는 어떤 경로인지는 알 수 없으나 만화 잡지《도쿄팍東京パック》[50]의 편집 하청을 받았다. 하지만 보수는 받지 못했다. 히라이 다로가 손수 그린 만화를 싣고 기명 기사를 쓰기도 해서 만화가들이 항의했기 때문이다. 수입이 없어진 히라이 다로는 당시 '일본 최고의 사설탐정'이라는 말을 듣던 '이와이 사부로 탐정사무소'를 소개도 없이 찾아가 자기를 써달라고 부탁했지만 거절당했다.

그 무렵 이노우에 가쓰요시라는 도바조선소 시절의 동료가 도쿄로 왔다. 이노우에 역시 탐정소설을 좋아하는 사람이었다.

생활도 곤란해졌다. 어떤 사연이 있었는지 모르지만, 히라이

48　浅草オペラ, 1917년부터 도쿄 아사쿠사에서 공연해 큰 인기를 끈 오페라, 오페레타 및 그 움직임을 가리킨다. 간토대지진으로 큰 피해를 입고, 1925년 10월 〈오페라의 유령〉 공연을 끝으로 사라졌다.

49　田谷力三(1899~1988), 남성 오페라 가수. 아사쿠사오페라의 주인공으로 인기를 모았다.

50　1905년에 유라쿠샤有楽社가 창간호를 냈으며 데즈카 오사무에게 영향을 끼친 만화가 기타자와 라쿠텐이 중심이었다. 기타자와의 스승인 호주 출신 만화가 프랭크 A. 낸키벨의 권유로 시작했는데, 낸키벨이 편집장으로 있던 미국 풍자만화 잡지《팍PUCK》을 본따 제호를 지었다. 1912년, 1915년, 1923년, 1941년에 종간과 재창간을 반복하다가 1948년에 사라졌다.

와 이노우에는 중국식 국수를 팔기 시작했다. 그 일은 돈이 되었다. 그때 도바에서 무라야마 류코가 위독하다는 연락이 왔다. 안 그래도 류코가 사는 섬에서는 그녀와 히라이 다로가 편지를 주고받는다는 사실이 널리 알려져 다들 두 사람이 결혼할 것으로 여기고 있었다고 한다. 그런데 히라이로부터 '나는 독신주의자라 결혼할 수 없다'는 편지를 받고 류코는 슬픔에 잠겨 병으로 쓰러지고 말았다. 그 시대, 특히 섬이라는 폐쇄적인 지역이기에 일어난 비극이었다.

히라이 다로는 류코와 손도 한번 잡지 않았는데 이런 상황이 닥치자 당황했지만, 류코를 구하기 위해서는 결혼할 수밖에 없다고 마음을 굳혔다. 히라이는 한반도에 가 있던 부모에게 결혼 승낙을 얻어 류코에게 '결혼하겠다'는 뜻을 담은 편지를 보냈다. 그러자 류코가 자기 오빠와 함께 도쿄로 왔고, 두 사람은 11월 26일에 결혼했다.

결혼을 계기로 히라이 다로는 돈벌이가 되던 국수 장사를 그만두었다. 뭔가 다른 일을 찾기로 하고 류코는 그때까지 친정에서 기다리게 되었다.

그해에 하쿠분칸에서는 입사한 지 얼마 되지 않은 모리시타 우손이 새로운 잡지 창간을 준비하고 있었다. 그 새로운 잡지 《신세이넨》은 1920년(다이쇼 9) 1월호가 창간호라서 1919년이 저물기 전에 나온 상태였다. 에도가와 란포와 요코미조 세이시의 운명을 바꿀 잡지였다.

모리시타 우손

'일본 탐정소설의 아버지'로 불리는 모리시타 우손은 1890년 (메이지 23)에 고치현 사카와정에서 대지주의 아들로 태어났으며 본명은 이와타로다. 1907년(메이지 40)에 와세다대학 고등예과에 입학해 1909년에 영문과로 들어갔다. 모리시타 우손은 하세가와 덴케이長谷川天溪(1876~1940)의 강의를 듣고 감동해 그의 집을 찾아가서 스승으로 섬기며 가르침을 받았다. 하세가와는 니가타현 출신으로 와세다대학의 전신인 도쿄전문학교를 졸업하고 하쿠분칸에 입사해《다이요》라는 잡지를 편집하고 평론도 쓰고 있었다. 와세다대학에서 강사가 된 이듬해인 1910년부터 1912년(다이쇼 원년)까지 회사 지시에 따라 유럽 출판 사정을 시찰하기 위해 유학했고, 귀국한 뒤에는 하쿠분칸의 이사를 맡는 한편 와세다대학에 출강도 하고 있었다.

모리시타 우손이 와세다대학에서 공부하던 무렵, 바바 고초도 강사로 교단에 서고 있었다. 그러니 우연이라고는 해도 우손은 덴케이, 고초의 가르침을 받은 셈이다.

우손은 학창 시절에 소년들을 위한 소설을 써서 출판할 만큼 조숙했다. 졸업 후 일단 고치로 돌아가 병역 의무를 마친 뒤 문학을 하려고 했는데, 부모는 가업인 농사와 지주로서의 일을 물려받으라고 강요하며 억지로 맞선을 보게 해 결혼시켰다. 1913년 (다이쇼 2), 우손이 24세 되던 해였다. 아내가 되는 요시모토 데루는 17세였다. 부모는 그가 가업을 이으리라 믿었지만 우손은 아내를 남기고 가출하듯 도쿄로 가서 야마토신문[51]에 들어갔다.

모리시타 우손은 야마토신문에 4년 동안 근무했는데, 그 기간인 1915년(다이쇼 4)부터 대학 시절 친구가 편집을 맡고 있던 지쓰교노니혼샤의 《쇼조노토모》에 소설을 쓰게 되어 과학소설 「이상한 별의 비밀」을 연재할 때 처음으로 '모리시타 우손'이라는 필명을 썼다. 《쇼조노토모》의 인기 작가였던 미쓰기 슌에이가 갑자기 세상을 뜨는 바람에 그 빈자리를 메우는 형태였다.

그 무렵 하쿠분칸의 제2대 사장인 오하시 신타로는 출판 사업에 만족하지 않고 재계 거물이 되어 있었다. 그는 도쿄마차철도를 비롯해 닛폰전등, 닛폰강관, 메이지제당, 닛폰우선, 오지제지, 닛폰맥주, 도쿄해상 등 50개가 넘는 대기업, 은행의 임원이 되었고, 나아가 정계에도 진출했다. 그래서 1918년(다이쇼 7), 신타로는 하쿠분칸을 주식회사로 만들고 같은 해에 33세가 된 아들 오하시 신이치(1885~1959)에게 경영을 맡기기로 했다. 이에 따라 신타로는 급여를 많이 받던 유명 편집자들, 그들과 친한 필자를 모두 정리했다. 신이치가 경영하기 쉽게 해주려는 아버지의 마음이었다. 하지만 이것은 출판 왕국 하쿠분칸이 몰락하는 계기가 되었다. 경험이 풍부한 편집자가 떠나면서 자연히 내용이 부실해졌기 때문이다.

이 대폭적인 개혁은 신이치 체제 확립을 위해서이기도 했고 하세가와 덴케이가 각 잡지의 지면을 쇄신하기 쉽게 하기 위해서이기도 했다. 오랜 편집자 생활을 마친 뒤, 덴케이는 편집국장

---

51 やまと新聞, 1886년부터 1945년 사이에 발행된 일간신문.

으로서 16종의 잡지를 총괄하고 있었다. 자기 오른팔이 될 젊은 편집자가 필요해지자 그는 모리시타 우손을 떠올렸다.

이렇게 해서 모리시타 우손은 1919년(다이쇼 8) 하쿠분칸에 입사했다. 그 직전에 오시카와 슌로의 후임으로《보켄세카이》를 맡고 있던 편집자가 덴케이와 대립해 그만두었기 때문에 우손이 그 후임이 되었다. 하지만《보켄세카이》는 이미 전성기를 지났으므로 덴케이는 우손에게 새로운 잡지를 기획하라고 지시했다.

우손은 편집 조수 아이하라 시로와 계획을 짰다. 그즈음 출판계에서는 야마모토 사네히코(1885~1952)가 가이조샤改造社를 설립하고 잡지《가이조改造》를 창간해 새로운 시대의 잡지로 주목받고 있었다. 우손은《가이조》처럼 사회적 사명을 띤 종합잡지로 만들려고 '신세이新生' '가이호解放' '구로시오黑潮' 같은 이름을 후보로 삼아 기획했다. 그렇지만 사주인 오하시 신타로에게서 농촌 청년을 대상으로 한 해외 진출과 생산 증대를 목표로 하는 내용을 담은《신세이넨》이란 잡지 이름으로 하라는 지시를 받았다. 사주의 뜻이니 어쩔 수 없었다. 우손은 주어진 테두리 안에서 자기가 만들고 싶은 것을 만들 수밖에 없었다.

《신세이넨》창간 : 1920년

새 잡지《신세이넨》에는 오하시 신타로의 뜻에 따라, 해외에 나가 성공한 사람들 이야기, 히구치 레이요의 소설「미일전쟁 미래기日米戰爭未來記」와 전쟁 기록물을 연재하게 되었다.

하지만 이 정도로는 부족했다. 그래서 모리시타 우손이 생각해낸 것이 해외 탐정소설 번역이었다. 우손은 서점 마루젠[52]에 탐정소설 원서를 주문하고 덴케이와 바바 고초 두 스승의 도움을 받아 샅샅이 읽은 다음 재미있을 만한 작품을 골라 번역했다. 저작권법은 이미 제정되어 있었지만, 외국 작품은 자유롭게 번역해서 낼 수 있던 시절이었다. 그 번역도 요즘 같은 완역은 드물고 번안에 가까운 경우가 많았다.

창간호에는 덴케이가 고른 오스틴 프리먼의 『오시리스의 눈』을 「백골의 수수께끼」란 제목으로 호시노 다쓰오[53]가 번역했고, 그 밖에 '섹스턴 블레이크Sexton Blake 이야기(영국 탐정물로 복수의 작가가 몇십 년에 걸쳐 계속 썼다)'[54] 가운데 『침묵의 탑』을 우손이 직접 번역했다. 또 상금을 걸고 소설을 모집하기도 했다.

《신세이넨》 창간호가 나왔을 때 요코미조 세이시는 아직 고베 제2중학교 5학년이었고, 같은 해 봄에 졸업한다. 새로운 잡지를 손에 넣은 중학생 요코미조는 어떤 생각을 했을까? 그는 이 잡지에 대해서 『탐정소설 옛이야기探偵小說昔話』에 '젊은이여, 큰 뜻을 품으라, 하고 해외 진출을 독려하는 씩씩한 잡지였다. 그러나

52 　丸善, 1869년에 설립된 대형 서점.

53 　保篠龍緒(1892~1968), 문부성 관료이자 번역가, 작가. 모리스 르블랑의 '아르센 뤼팽' 시리즈 번역으로 유명하다.

54 　영국 펄프 매거진에 등장하는 가공의 남성 탐정이 활약하는 소설들을 말한다. 1893년에 해리 블라이스가 『백만장자의 실종The Missing Millionaire』에 처음 등장시킨 뒤로 영국을 비롯한 여러 나라에서 다양한 언어로 발표되었다. 200명 이상의 작가들이 1978년까지 4천 편 넘는 작품을 썼다.

그것만으로는 팔리지 않을 테니 매력으로 내세운 것이 탐정소설 번역이고, 이 매력이《신세이넨》의 이름을 드높였다'라고 썼다.

그리고『요코미조 세이시 자전적 수필집橫溝正史自伝的随筆集』에서는 번역 탐정소설이 실린 일에 대해 '이때 비로소 해외 탐정소설을 향한 창이 열린 것이다. 우리 탐정소설 마니아가 기뻐하고 동경하며 몰려든 것도 무리는 아니다'라고 했다.

그러나 에도가와 란포는 창간 때의《신세이넨》에 대해『40년』에서 '첫해에는 탐정소설이 한두 편 실리지 않았던 것은 아니지만 전체적인 분위기는 해외 발전을 위한 청년 잡지여서 우리 관심을 크게 끌지는 못했다'라고 했다. 처음부터 모든 탐정소설 팬이 주목하고 곧바로 새로운 시대가 열린 것은 아니었다.

봄에 요코미조 세이시는 고베 제2중학교를 졸업하고 다이이치은행 고베 지점에 근무하게 되었다.『탐정소설 50년探偵小説五十年』에는 '가정 사정으로' '배다른 형이 있어서 가업을 잇는 일은 일단 사양했다'라고 적었다.

친구인 니시다 도쿠시게는 취직도 진학도 하지 않고 빈둥거리고 있었던 모양이다. 부잣집 아들이라 굳이 취직할 필요가 없었고, 병약했기 때문에 진학도 하지 않았을 것이다. 두 사람은 졸업한 뒤에도 자주 만났지만, 얼마 못 가 니시다가 탐정소설이 아닌 심령 문제에 관심을 갖고 사후 세계 이야기만 하는 바람에 요코미조와는 대화가 통하지 않게 되었다. 때로 요코미조가 니시다를 나무라기까지 하면서 차츰 만날 기회도 줄어들고 말았다.

가을에 니시다 도쿠시게가 세상을 떠났다. 살날이 얼마 남지 않았음을 깨닫고 사후 세계가 이러니저러니 했는지도 모른다— 요코미조는 그렇게 생각하며, 다투고 헤어진 꼴이 되고 만 둘의 우정이 끝난 것을 안타까워했다.

도쿠시게의 가족은 그에게 '요코미조라는 친구'가 있다는 사실은 알고 있었지만 어디 사는지는 몰라서 도쿠시게가 위독하다는 사실도, 세상을 떠났다는 이야기도 전할 수 없었다. 한 달쯤 지나서 다른 사람을 통해 도쿠시게의 사망 소식을 알게 된 요코미조는 깜짝 놀라 이름만 알던 도쿠시게의 형 마사지에게 편지를 썼다. 자기가 도쿠시게와 어떤 사이였는지 썼을 것이다. 쓰는 동안에 눈물이 흘렸다고 한다. 며칠 뒤, 그 편지를 읽은 니시다 마사지가 요코미조를 찾아왔다. 이렇게 해서 요코미조는 탐정소설에 있어서 스승이라고 할 수 있는 인물을 얻는다. 니시다 마사지는 요코미조 세이시에게 인생의 선배이자 형 같은 존재가 된다.

니시다 마사지는 《신세이넨》에 요코미조나 란포보다 더 빨리 데뷔했다. '탐정소설 원고 모집'에 응모했고, 제1회 현상소설[55]에 「사과 껍질」이 입선해 1920년 4월호에 게재되었다. 다만 그는 본명이 아닌 '야에노 시오지'라는 필명으로 응모했다.

니시다는 이 필명으로 《부쿄세카이》라는 잡지에도 번안 소설을 기고하고 있었다. 제2회에도 입선해 6월호에 「찢어진 원고지」가 실렸다. 이 무렵은 아직 동생인 도쿠시게가 살아 있을 때였다. 잡지에는 입상자인 야에노 시오지의 주소도 실려 있었는데, 그

55　懸賞小說, 언론 및 단체가 주관한 문예 작품 공모에 당선된 소설.

걸 본 요코미조는 바로 니시다 도쿠시게이거나 그 탐정소설 좋아하는 형이라고 생각해 도쿠시게에게 그즈음 본 영화 〈후 이즈 넘버 원Who is Number one〉을 본떠 '후 이즈 야에노 시오지Who is Yaeno Shioji'라고만 쓴 편지를 보냈다. 읽었다는 뜻이었다.

이 입선을 계기로 편집장 모리시타 우손과 니시다 마사지는 편지를 주고받기 시작했고, 니시다는 우손에게 해외 탐정소설 정보를 제공해 마침내 《신세이넨》 번역가 그룹에 들어갔다. 주고받은 편지에서 니시다는 동생이 미쓰기 슌에이의 『구레타 박사』의 원작은 코넌 도일의 셜록 홈스 이야기가 아니라 프리먼의 손다이크 박사라는 걸 발견했다고 우손에게 전했다. 깜짝 놀란 우손은 바바 고초에게 알렸고 그도 모르고 있었다. 고초도 몰랐던 모양이라고 우손에게 전해 들은 니시다는 프리먼의 원서를 우손에게 보냈고 이내 고초에게 넘어갔다. 고초는 니시다의 이름을 기억하지 못했지만, 고베에 열성적인 탐정소설 애호가가 있다는 사실은 인식했다.

우손이나 고초나 니시다 형제는 물론이고 요코미조도 『탐정기담 구레타 박사』 제1권을 갖고 있었다면 거기에 미쓰기 슌에이가 원작을 밝혔음을 알았을 테지만 당시 출판 사정상 대중오락소설은 책이 나왔을 때 바로 사두지 않으면 나중에는 구하기 매우 힘들었을 것이다.

환상의 잡지 《그로테스크》
히라이 다로는 결혼을 계기로 제대로 된 직업을 가져야겠다고 마음먹고, 대학을 졸업했을 때 가토양행에 취직할 수 있도록 소개해준 가와사키 의원에게 다시 고개를 숙여 도쿄시(지금의 도쿄도) 사회국에 근무하게 되었다. 이번에는 공무원이 된 것이다. 이렇게 해서 아내 류코를 도쿄로 불러 신혼 생활을 시작할 수 있게 되었다. 관공서 일은 편하긴 했어도 인간관계랄까, 다른 공무원들과의 관계에는 어려움이 있었던 모양이다.

그러나 공무원이 된 덕분에 생활은 안정되었고, 글을 쓸 시간적인 여유도 생겼다. 그는 「상사병恋病」이라는 수필을 써서 도바에 있을 때 인연을 맺은 미에현의《이세신문伊勢新聞》[56]에 보내 게재했다. 5월에는 「2전짜리 동전」과 「영수증 한 장」을 구상해 써 보았다.

그러자 탐정소설에 대한 열정이 다시 불붙었다. 도바조선소 시절의 친구 이노우에 가쓰요시와 재미 삼아 탐정소설 줄거리를 궁리하다가, 그중 하나를 실제로 써서 출판사에 보내기로 했다. 하지만 그때는 탐정소설을 전문으로 내는 출판사가 없었다. 그래서 미쓰기 슌에이의 『구레타 박사』를 낸 주코칸쇼텐에 편지를 보내서 탐정소설을 쓰려고 하는데 출판해줄 수 없겠느냐고 타진했다. 소설을 써서 원고를 보낸 것이 아니라 쓸 테니 출판해달라는 대담한 내용이었다. 그런 편지는 무시당해도 할 말이 없을 테지만, 주코칸쇼텐은 4월 1일 자로 정중한 거절 엽서를 보내왔다. 『구레타 박사』의 간행도 1915년이 마지막이고─슌에이가 갑작

---

56   1878년에 창간된 미에현의 지역 일간지.

스럽게 세상을 떠났기 때문이지만—그 뒤로는 증쇄도 하지 못한 상황이라고 적혀 있었다.

이에 히라이와 이노우에는 직접 출판을 하기로 했다. 지적소설간행회智的小説刊行会라는 단체를 만들어 잡지를 내기 위한 선금제 회원을 모집한다는 계획이었다. 잡지 이름은《그로테스크》로 정했다. 당시의 '그로테스크'는 '기묘' '기괴'라는 뉘앙스를 지닌 신기한 이미지를 풍기는 말이었다. 두 사람은 가지고 있던 자금으로《요미우리신문讀賣新聞》에 광고를 내 회원을 모집했는데 내용 샘플을 보내달라는 엽서만 열몇 장 오고 끝났다.

준비한 내용 샘플에는 예고로 '회원 창작 탐정소설 제1회 발표「돌덩이의 비밀」(약 100쪽) 에도가와 란포江戸川藍峯 지음'이라고 되어 있었다. 이것이 후에「영수증 한 장」이 되는데, 예고라고 내세웠지만 아직 다 쓴 상태는 아니었다.

이 광고에서 알 수 있는 사실은 이때 이미 히라이 다로가 에드거 앨런 포를 본뜬 필명을 생각하고 있었다는 점이다. '藍峯'는 나중에 '亂步'가 된다. 하지만 이 인물은 아직 히라이 다로이므로 조금 더 '平井太郎'로 쓰기로 한다.

잡지 창간은 단념할 수밖에 없었지만 히라이 다로는 구상한「돌덩이의 비밀」을 써보았다. 그리고 만화 잡지《도쿄팍》을 편집하며 알게 된 만화가에게 고단샤의《고단클럽》에 소개해달라고 부탁했다. 하지만 아무런 대답도 듣지 못했다. 그 만화가가《고단클럽》에 전달했는지 어떤지도 알 수 없었고, 원고가 돌아오지도 않았다. 같은 단고자카에 있었는데도 히라이 다로와 고단샤의 거리는 너무 멀었다.

고단샤와 다이닛폰유벤카이는 1920년 신년호를 발간할 때에 《유벤》《고단클럽》《쇼넨클럽》《오모시로클럽》 네 개 잡지 합계 34만 부를 내는 상태가 되어 있었다.

5월이 되자 히라이 다로는 직장인 도쿄시에 결근을 했다. 건강이 좋지 않다고 둘러댔지만, 사실은 공무원 생활이 내키지 않았기 때문이다. 이 무렵 그는 「트릭 영화에 관한 연구」「영화극의 우월성에 관하여(붙임─안면 예술로서의 사진극)」라는 영화론을 써서 영화사 여러 곳에 보냈다. 수습 감독으로 써주지 않겠느냐고 어필한 것이었지만 아무 데서도 반응이 없었다.

히라이 다로는 잦은 결근 탓에 7월 말 도쿄시에서 해고되었다. 말하자면 이 사람은 직장인이 맞지 않는다. 그리고 이런 사람은 계속해서 사업을 떠올린다. 다음에 생각한 것은 레코드판 음악회였다. 8월부터 9월에 걸쳐 이노우에가 가지고 있던 축음기와 서양음악 레코드판으로 감상회를 연 것이다. 레코드나 축음기나 모두 비싼 물건이었기 때문에 일반 가정에는 아직 보급되지 않은 상태였다. 그 점에 착안한 선견지명으로 이 사업에도 성공했지만 계속할 마음은 없었던 모양이다.

10월이 되자 한반도에서 돌아와 오사카에 머물고 있던 아버지가 오사카지지신보大阪時事新報 기자 자리를 마련해주어 히라이 다로와 류코는 오사카로 갔다. 이를 계기로 경영 상황이 좋지 않았던 산닌쇼보는 문을 닫기로 했다. 오사카지지신보에서는 지방판 편집을 담당했다. 기사가 들어오면 어느 것을 어디에 배치할지 생각해 제목을 다는 일로, 월급은 60엔이었다.

요코미조 세이시 데뷔 : 1921년

하쿠분칸의 《신세이넨》은 창간 2년째인 1921년(다이쇼 10) 신년호에 '탐정 기담호'라는 이름을 붙이고 호시노 다쓰오가 번역한 『호랑이 이빨』[57]의 연재 이외에 체스터턴[58], 코넌 도일, 아서 벤저민 리브[59], 윌리엄 르 큐의 작품을 실었다. 이것이 호평을 얻어 이후 몇 개월마다 탐정소설 특집호, 나아가 증간호가 나오게 된다.

오사카에 있던 히라이 다로는 이 호부터 《신세이넨》의 애독자가 되었다. 이 신년호야말로 '편집장 모리시타 우손이 탐정소설 애호가라는 사실을 처음으로 만천하에 밝혔다'라고 『40년』에 썼다.

그해에 고베에 있던 요코미조 세이시는 은행을 1년 만에 그만둔다. 은행에 다닐 때는 점포에 잡지가 잔뜩 있었기 때문에 읽을 기회가 많아, 거기에 게재되어 있던 우노 고지[60] 작품을 즐겨 읽게 되었다.

요코미조가 퇴직한 것은 오사카약학전문학교에 입학하기 위해서였다. 이 문제에 대해 요코미조는 『요코미조 세이시 독본横

---

57 모리스 르블랑 '아르센 뤼팽 전집' 제10권.

58 Gilbert Keith Chesterton(1874~1936), 영국의 소설가이자 평론가. 100여 편에 달하는 추리소설 '브라운 신부' 시리즈로 이름을 떨쳤다.

59 Arthur Benjamin Reeve(1880~1936), 미국의 추리소설가. 미국의 '셜록 홈스'로 불리는 '크레이그 케네디' 캐릭터로 유명하다.

60 宇野浩二(1891~1961), 고요하고 몽환적인 작품을 주로 쓴 소설가.

溝正史読本』에 실린 고바야시 노부히코와의 대담에서 '집안에 복삽한 사정이 있었는데 내가 사회인이 되어 문제가 해결되었으니 다시 가업을 잇자'라고 생각해 약사 자격을 따려고 약학전문학교에 들어갔다고 할 뿐, 그 '복잡한 사정'이 무엇인지는 여기서도 이야기하려고 하지 않는다.

요코미조는 중학생 시절에 소년 잡지에 투고해 게재된 적도 있었다.《신세이넨》이 현상소설을 모집하고 있다는 것을 알고 써보기로 마음먹었을 것이다. 게다가 친해진 니시다 마사지가 자기도 입선했으니 너도 써보라고 부추겼다.

요코미조 세이시는『자전적 수필집』에서 '얼른 한 편 써서 투고했는데 보기 좋게 1등에 당선'됐다며 처음 쓴 작품으로 1등을 한 것처럼 썼지만 사실은 그렇지 않다.「무서운 만우절」은《신세이넨》제7회 현상소설(4월호에 발표) 공모에서 1등으로 뽑혔다. 하지만 그 전에 제6회(2월호에 발표)에도 응모한 사실을 나카지마 가와타로[61]가『일본 추리소설사』제1권에서 밝혔다. 이 책에 따르면 제6회 현상소설 모집에 응모한 작품은 60편 남짓. 입선 작은 나카니시 가즈오가 쓴「우승기 분실」이며, 야에노(니시다 마사지)도 가작으로 당선되었다. 최종 심사에 올라온 작품은 모두 여덟 편이었는데 그중에 요코미조 세이시가 쓴「찢어진 편지 破れし便箋」와「남작 가문의 보물 男爵家の宝物」두 편이 있었다. 우

---

61   中島河太郎(1917~1999), 미스터리 평론가이자 어문학자로, 일본추리작가협회 제7대 이사장을 역임했다. 일본 추리소설 연구의 일인자로 꼽힌다.

손은 심사평에서 '요코미조 군의 작품은 이번에 처음 접했는데 이 방면에 비범한 재주를 지닌 듯하다'라고 적은 뒤, 나아가 「남작 가문의 보물」은 소재가 조금 복잡해서 아쉬움이 남지만, 「찢어진 편지지」는 구상에서부터 이야기를 다루는 솜씨까지 흠잡을 데 없는 좋은 작품이었다. 「찢어진 편지지」는 조만간 기회를 보아 지면에 소개하려 한다'라고 했다.

그리고 이어서 제7회에 「무서운 만우절」이 1등을 차지해 4월호에 게재되었다. 4월호는 두 번째 탐정소설 특집이라 '춘계 증대 괴기 탐정호春季增大怪奇探偵号'라는 이름을 달고 나왔다.

「무서운 만우절」은 가도카와문고판으로 7쪽 분량의 단편소설이며, 중학교 기숙사를 무대로 괴기스러운 사건을 그린다. '4월 1일 오전 3시경, M 중학교 기숙사 어느 방에서 자던 1학년 학생 하야마는 무서운 꿈에서 문득 깨어났다'라는 문장으로 시작한다. 하야마는 같은 방을 쓰는 구리오카가 피 묻은 셔츠를 벗더니 단도와 함께 고리짝에 넣는 모습을 보고 말았다. 아침이 되자 고사키라는 5학년 학생 방에서 이변이 일어났다. 방은 어질러져 있고, 시트에는 선명한 핏자국이 남아 있었다. 그런데 있어야 할 시체가 없다. 하야마는 구리오카가 했던 행동을 기숙사 사감에게 알린다. 증거물이 발견되자 구리오카는 체포된다. 그렇지만 자기는 죽이지 않았다고 하고……. 만우절 장난으로 속이려던 사람이 속아 넘어가며 엎치락뒤치락하는 이야기다. 범인 맞히기 수수께끼 풀이라기보다는 반전의 묘미를 보여준다.

모리시타 우손은 '무척 고심한 작품으로 보인다. 외국 학생 잡지에나 나올 법한 작품이다. 절대 평범한 솜씨가 아니다'라고 평하며 '구상을 보나 문장을 보나 요코미조 군의 작품을 1등으로 민다'라고 썼다.

이리하여 요코미조 세이시는 데뷔했다. 상금은 10엔이었는데 그가 소설을 써서 처음으로 번 돈이었다. 하지만 이때 요코미조는 프로 작가가 될 생각은 아니었던 듯하다. 속으로 작가가 되고 싶다고 생각했을 가능성은 높지만 그런 사정은 알 수 없다. 게다가 상을 받았다고 여러 잡지에서 집필 의뢰가 들어온 것도 아니다. 무엇보다《신세이넨》조차 요코미조에게 집필을 의뢰하지 않았다. 그 뒤에도 요코미조는 소설 현상 공모에 계속 응모했다.

《신세이넨》현상 공모는 2개월마다 있었다. 요코미조는 다음번인 제8회에도「죽은 자의 시계死者の時計」를 써서 응모했는데, 최종심까지 올라갔지만 입선은 하지 못했다. 확인할 수는 없지만 우손이 '좋은 작품'이라고 평가한「찢어진 편지지」를 고쳐 쓴 모양이다. 그다음인 제9회에는「심홍의 비밀深紅の秘密」로 3등에 입선, 8월호인 '하계 증간 탐정소설 걸작집夏季増刊探偵小説傑作集'에 실렸다.

10월호에는 요코미조라는 이름은 없었고, 12월호에 2등으로 입선해「한 자루 나이프로부터一個の小刀より」가 게재되었다. 이를 전후해 하쿠분칸에서 내는《포켓ポケット》이란 잡지에도 요코미조의 작품이 실렸다. 11월호에「등대바위의 시체燈台岩の死体」, 12월호에「단팥죽집 아가씨汁粉屋の娘」가 게재되었다.

한편 9월 27일, 요코미조 세이시의 큰형인 가나오가 세상을 떠났다. 작은형 고로와 친구 니시다 도쿠시게도 마찬가지였지만 이 시대에는 젊은 나이에 세상을 뜨는 사람이 많았다. 이제 요코미조 세이시에게는 형이 없어졌다. 누나는 결혼해서 떠났고 남은 형제는 새어머니가 낳은 동생 다케오와 히로시뿐이었다.

그해에 27세가 된 히라이 다로는 오사카지지신보에서 일하고 있었다. 3월에 장남이 태어나 아내 류코의 '류'와 자기 이름을 합쳐 '류타로'라는 이름을 붙였다. 히라이는 요령이 있어 일을 빨리 처리했기 때문에 10시에 출근해 오후 4시면 퇴근했다. 그렇게 편한 일이었지만 3월에는 도쿄에 있는 지인으로부터 닛폰코진클럽日本工人俱樂部(일반재단법인 일본과학기술자연맹으로 불리는 단체의 전신)의 서기장 자리를 맡지 않겠느냐는 권유가 들어와 '월급 100엔이면 좋다'고 대답했다. 그 조건이 받아들여져 4월에는 오사카지지신보를 그만두고 다시 도쿄로 갔다. 서기장이 된 그는 친구 이노우에 가쓰요시를 사무원으로 채용했다.

닛폰코진클럽은 기술자의 사회적 지위 향상을 목표로 삼아 직업 소개나 기관지 발행, 강연회 개최 등을 주요 사업으로 진행하고 있었다. 기술자의 친목 단체이기도 하지만 조사와 연구 및 그 결과 발표, 검정시험 등도 하고 있었다. 도쿄제국대학 공과대학(지금의 도쿄대학 공학부)을 졸업하고 농상무성 임시질소연구소에서 질소비료를 연구하던 하루타 요시타메라는 28세 기술자는 회원 가운데 한 명이었으며, 히라이 다로와 몇 차례 만나기도 했다. 하루타는 후에 이즈음의 히라이 다로에 대해 이렇게 썼다.

'새로 서기장으로 영입된 사람은 최근까지 오사카 지역신문에서 경제 담당 기자로 일하던 사람인데, 추천한 사람으로부터 대단한 수완가라는 이야기를 들었다. 나는 마침 그가 취임 인사를 하는 자리에 있었는데, 어느 모로 보나 신문기자답게 빠릿빠릿한 청년 신사였다. 악센트가 또렷한 듣기 좋은 말투라서, 일부러 그런 건 아닐 테지만 자신감이 넘쳐 꽤 믿음직해 보였다. 그 뒤에도 물론 클럽에 갈 때마다 이따금 얼굴을 보았고, 개인적으로 친하게 대화를 나누지는 않았지만, 회의 때 토론하면 상당히 입장이 명확해서 내 의견과 일치하는 때가 많았기 때문에 능력 있는 사람이구나 하고 생각한 일이 기억난다.'

하루타 요시타메는 2년 뒤인 1923년(다이쇼 12), 하쿠분칸이 발행하는 잡지《신슈미新趣味》의 소설 현상 공모에서 1등으로 입선해 탐정 작가가 되는 고가 사부로甲賀三郎(1893~1945)다.

히라이 다로는 이듬해 2월까지 닛폰코진클럽에 근무했다. 10개월간 일했으니 히라이 다로로서는 오래 다닌 편이었다.

운명의 강연회 : 1922년

1922년(다이쇼 11), 요코미조 세이시는 오사카약학전문학교에서 공부하고 있었다. 그해에도《신세이넨》의 소설 현상 공모에 계속 응모해, 제11회에서 두 번째로 고쳐 쓴 「찢어진 편지지」, 제12회에서 「협박자는 어디에脅迫者は何拠へ」가 최종 심사에 남았지만 둘 다 입선하지 못해 실리지는 않았다. 하지만 모리시타 우손의 소개로 「찢어진 편지지」는 「화학실의 이상한 불化学教室の怪火」

로 제목을 고쳐 하쿠분칸에서 내는《주가쿠세카이中学世界》2월호
에,「수달河獺」은《포켓》5월호에 게재되었다.

　그러나 요코미조는 이 작품들을 잊었는지,『50년』에서는 1922년
부터 1924년까지 창작 활동을 멈췄는데 그것은《신세이넨》이 소
설 현상 공모를 중단했기 때문이라면서, '그때 내겐 현상 공모가
있건 없건 탐정소설을 쓰겠다는 용기도 자신감도 없었다'라고
했다. 낙선 사실을 감추려는 의도인지 정말로 잊은 건지는 알 수
없다. 하기야『50년』은 1970년, 데뷔한 지 반세기가 흐른 뒤에 고
단샤판 전집의 월보[62]에 쓴 내용이다. 50년 전의 일을 잊었어도
이상할 것은 없다. 하지만 맨 처음에 쓴「찢어진 편지지」는 세 번
이나 썼으니 기억이 날 법도 한데.

　이 시기에 요코미조 세이시의 창작 소설은《신세이넨》에 전혀
실리지 않았다. 하지만 번역은 실렸다. 이 번역 작업에 대해 그는
『자전적 수필집』에서 이렇게 말했다. '외국 잡지를 마구 사 모아,
요즘엔 쇼트쇼트[63]라고 부르는 아주 짧은 소설을 영어 사전을 뒤
져가며 번역해서 보냈더니 이게 채택되어 한 장에 60센이라는
원고료가 들어왔다. 이쪽이 더 확실하고 괜찮은 수입이라고 생

62　月報, 전집처럼 연속으로 발행되는 출판물에 별도로 인쇄해 함께 제공하는 인쇄물
을 두루 가리키는 말. 주로 작가의 말이나 작품과 관련된 다양한 자료가 실린다.

63　short short story의 일본식 줄임말. 소설 중에서도 아주 짧은 작품으로, '짧으면서
도 이상한' 소설을 가리키기도 한다. 단편소설, 손바닥 소설과 구분하기도 하는데 서머싯
몸, 아이작 아시모프, 프레더릭 브라운 등이 유명했으며 일본에서는 쓰즈키 미치오, 호
시 신이치 같은 작가가 널리 알려졌다. 주로 미스터리, 과학소설, 유머소설 등의 장르에서
재미있는 아이디어를 떠올려 뜻밖의 결말이나 감동을 보여주는 스타일이 많다.

각해 나는 산노미야[64] 부근(깜빡했는데, 나는 고베에서 태어나고 자랐다)에 있는 헌책방을 돌아다니며 눈에 불을 켜고 외국 잡지를 찾았다.' 소설 현상 공모는 상금이 10엔이지만 입선한다는 보장이 없다. 분명 번역 쪽이 확실성은 있는 셈이었다.

《신세이넨》은 창간 3년을 맞이해 마침내 탐정소설 전문지처럼 되어갔다. 1월호에는 '탐정 명작집' 특집으로 코넌 도일, 에드거 앨런 포, 레버리지[65], 허먼 랜던[66] 등의 작품이 번역되었다. 정규 2월호가 나온 뒤 2월 증간호가 나왔다. 증간호는 '탐정소설 결작집'이라는 이름을 달고 작품 열 편을 실었다. 그 가운데 니시다 마사지가 옮긴 비스턴의 「샤론의 등불」이 있다. 니시다는 전부터 번역하고 있었는지도 모르지만, 당시에는 호시노 다쓰오처럼 유명한 번역가가 아니면 옮긴이 이름이 나오지 않았다. 그러나 이 2월 증간호부터 옮긴이 이름도 함께 실리게 되었다.

4월호도 '춘계 증대 괴기 탐정호'에 니시다 마사지의 이름이 옮긴이로 실려 있다. 그리고 8월 증간호가 나왔다. '탐정소설 결작선'이라는 이름을 달고 에드거 앨런 포의 「도둑맞은 편지」, 코넌 도일의 「토르교 사건」 등 열아홉 편의 해외 탐정소설이 게재되었다. 그중에 니시다 마사지가 옮긴 버턴 로프터스의 「의심은 의심을 낳고」, 그리고 요코미조 세이시가 번역한 로버트 윈터의

---

64   고베시 중심부에 있으며 이 지역에서 가장 큰 산노미야역이 있다.

65   Henry Leverage(1879~1931), 영국 런던 출신 작가.

66   Herman Landon(1882~1960), 미국의 추리소설가. 1921년 작 『그레이 팬텀The Grey Phantom』으로 유명하다.

「두 개의 방」이 있었다.

　이 《신세이넨》 8월 증간호가 히라이 다로의 운명뿐 아니라 일본 탐정소설의 운명을 바꾸었다.

　1922년 히라이 다로는 닛폰코진클럽에 근무하고 있었지만, 2월에 이 클럽을 소개한 농상무성의 쇼지 마사유키가 포마드 제조 판매 회사를 세워 그 일을 돕기로 했다. 다시 직장을 옮긴 것이다. 고가 사부로는 그런 사정을 몰랐는지, 닛폰코진클럽은 선배들의 의견이 먹히는 일이 많아 자기도 차츰 마음이 멀어졌기 때문인지 '서기장으로 불러들인 사람(히라이 다로=란포)도 역시 의견이 받아들여지지 않게 되자 점점 처음에 보였던 의욕을 잃은 듯하다는 이야기를 들었다. 결국 1년을 채우지 못하고 그만두고 나갔다는 이야기였다'라고 앞에 이야기한 수필에 썼다.

　닛폰코진클럽을 그만둔 뒤에도 히라이는 기관지 《고진工人》의 편집 하청을 받아 만들기로 하고, 쇼지가 차린 회사에서는 포마드 병의 디자인과 홍보 등을 담당했다. 하지만 얼마 지나지 않아 《고진》 일에서 손을 떼게 되었고 쇼지가 차린 회사에서도 자금 부족으로 약속했던 급여를 받을 수 없게 되었다. 처자식을 부양하기 어려워졌다. 장모님이 도쿄에 왔을 때 아들을 맡겨 오사카로 보냈고 아내 류코도 그 뒤를 따랐다. 다로는 홀로 도쿄에 남았다가 7월에 류코가 병들었다는 소식을 듣고 도쿄를 떠나 오사카의 부모님 밑으로 돌아와 살게 되었다.

　이때 다로의 아버지는 오사카에서 면포 도매상의 감사를 맡고 있었는데, 월급쟁이에 지나지 않아 생활은 넉넉하지 못했다. 동생 셋이 아직 부모 슬하에 있어 다섯 식구가 사는 집에 다로의 식구 세 명까지 얹혀살게 된 것이다. 일자리가 바로 나지는 않았다.

'일자리를 구하지 못한 와중에《신세이넨》이 세 번째 증간호를 냈고, 나는 없는 용돈을 털어 그걸 샀다. 먼저 나온 증간호 두 권과 함께 놓고 바라보면서 드디어 탐정소설을 쓸 때가 왔다고 생각했다. 직장이 없으니 시간은 충분하다. 만약 소설 원고가 팔리면 담뱃값에라도 보탤 수 있으니 이렇게 고마운 일이 없다. 여러 해 키워온 탐정소설에 대한 열정을 토해내야 할 때가 지금이라고 생각했다.'

그리고 그해 9월 17일, 히라이 다로는《오사카마이니치신문》의 석간을 읽다가 고베도서관에서 바바 고초가 강연한다는 예고를 보았다. 제1장 앞부분에 이야기한 그 강연회다.

란포는『40년』에서 '바바 선생의 강연은 최근 읽은 외국 탐정소설 줄거리를 계속 이야기하는 방식이었다. 그 강연에서 프리먼이 단편집『노래하는 백골』에서 범행 방법을 먼저 이야기하고 독자들이 이미 아는 사실을 탐정이 어떻게 추리하느냐 하는, 거꾸로 쓰는 방식을 시도했다는 말을 들었다. 처음 듣는 이야기라 무척 흥미를 느꼈던 기억이 난다'라고 했다(그러나 어쩌면 강연이 아니라 같은 시기에 읽은 수필에서 본 내용일지도 모른다고 단서를 달아두기도 했다). 어쨌든 히라이 다로는 훗날 도서추리소설이라고 불리는 것의 존재를 이 무렵 알게 되었고, 그 놀라움을 바탕으로「심리시험心理試驗」을 써낸 것이다.

강연이 끝난 뒤 히라이 다로는 고초에게 가서 대화를 나눈 모양인데, 아마 인사를 나눈 정도인 듯하다.

요코미조와 니시다 마사지도 바바 고초가 강연한다는 사실을 알고서 강연장에 와 있었다.

고초는 고베의 탐정소설 애호가에게 손다이크의 책을 빌렸던 걸 기억하고 있었으므로 강연 중에 "여기 그분이 계시나요?" 하고 물었지만 니시다 마사지는 자기 동생의 이름을 대지 못했다. 부끄러워서 그랬다고 한다. 니시다와 요코미조는 이름을 밝히지 않고 강연장을 나왔다.

나중에 평생의 친구이자 라이벌, 혹은 의형제 같은 관계가 되는 에도가와 란포와 요코미조 세이시는 같은 날 같은 곳에 있으면서도 스쳐 지나갔다. 두 사람이 탐정소설 이야기를 나누기까지는 2년 반이란 세월이 더 필요했다.

《신세이넨》 9월호에는 요코미조가 번역한 비스턴의 「샤론의 숙녀」가 실렸다. 10월호에는 프리먼의 세 작품이 게재되었다.

「영수증 한 장」과 「2전짜리 동전」을 《신세이넨》에 보내다

고베에서 돌아온 히라이 다로는 흥분해서 도쿄 고마고메의 단고자카에 있을 때 구상했던 두 편의 소설을 단숨에 썼다. 실직 상태였기 때문에 시간은 있었다. 이때 쓴 두 작품이 「영수증 한 장」과 「2전짜리 동전」인데, 집필 시기에 대해서는 앞에서 이야기했듯이 란포 자신의 회상과 차이가 난다. 『하리마제 연보』가 맞는다면 강연회 나흘 뒤인 21일부터 23일까지 「영수증 한 장」

의 초고를 쓰고 25일에 완성한 다음, 26일부터 며칠 사이에 「2전 짜리 동전」의 초고를 쓰고 10월 2일에 완성했다. 필명은 전에 생각했던 '에도가와 란포江戶川藍峯'에서 '란포藍峯'만 같은 발음이 나는 '亂步'로 바꾸었다.

완성된 원고를 어떻게 할 것인가. 란포는 쓰기 시작하면서 이미 정해두었다. 바바 고초에게 보낼 생각이었다. '당시 내가 판단하기에 그런 원고를 보고 제대로 평가해줄 사람은 바바 선생 말고는 없었다'라고 생각했기 때문이다. 『하리마제』에는 10월 4일에 고초에게 보낸 것으로 되어 있다. 누구의 소개도 없이 불쑥 우편물을 보낸 것이다. 바바 고초에겐 읽을 의무도 이유도 없다. 란포는 답장을 기다렸다. 받았다는 엽서 한 장쯤 보내주면 좋을 텐데 그것도 오지 않았다. 란포는 화가 났다. 그래서 고초에게 편지를 썼다. 원고가 도착했을 텐데 돌려달라는 내용이었다. 게다가 엽서를 동봉해 '1. 원고 받지 못함 2. 원고를 분실 3. 원고는 돌려보냈음' 가운데 어느 쪽인지 골라 돌려보내달라고 썼다. 바쁠 테니 답장을 쓰는 수고를 줄여주겠다는 배려라고 볼 수도 있겠지만 실례다.

그러나 바바 고초로부터 10월 26일 자로 정중한 사과의 글과 함께 원고가 돌아왔다. 편지에는 고초가 고치에서 돌아온 뒤 히구치 이치요의 비석을 세우는 일 때문에 다시 고후로 가는 바람에 원고를 읽을 시간이 없었다는 내용이 적혀 있었다. 실제로 10월 15일에 히구치 이치요의 비석 제막식이 고후에서 열렸고, 바바 고초도 참석했으니 꾸며낸 말은 아니다. 아무리 봐도 상대방 사정은 생각도 않고 보낸 란포가 무례했던 셈이다. 고초는 원고를 읽고 돌려보내야 마땅하지만 급한 것 같아 바로 보낸다며 '거듭 저의 게으름을 사과드립니다'라고 글을 맺었다. 매우 예의 바른 내용이었다.

란포는 이 편지를 받고 미안한 마음이 들었다. 그렇지만 다시 보낼 수도 없어 원고가 도착했다는 내용으로 감사의 편지를 보냈다. 원고를 다른 문인에게 보낼까도 생각해봤지만 결국 목적은 어느 잡지에 게재하는 것이었으므로 아예 《신세이넨》 편집장인 모리시타 우손에게 바로 보내기로 했다. 고초에게서 받은 편지는 10월 26일 자였으니 원고는 10월 중 란포에게 돌아왔을 것이다. 『40년』에는 '아마 11월 초'에 모리시타 우손에게 보냈다고 되어 있는데 그건 두 번째 편지일 것이다.

모리시타 우손은 이렇게 출판사로 직접 들어오는 원고에 익숙한지, 받았다는 편지를 바로 보내왔다. 하지만 일이 바빠서 당장 읽지는 못하고, 또 《신세이넨》은 번역 탐정소설을 중심으로 삼고 있어서 싣게 되더라도 다른 잡지에 소개하게 될 것이다, 라는 내용이었다. 우손은 지금까지 이렇게 들어오는 소설을 많이 보았다. 하지만 이렇다 할 작품이 없었고, 《신세이넨》은 소설 현상 공모가 있으니 편집자가 읽기를 원할 경우 응모하면 되지 않겠느냐는 생각도 들었을 것이다. 한편 란포의 경우에는 400자 원고지 10매라는 규정이 있는 공모에서는 쓰고 싶은 것을 쓸 수 없었다. 게다가 란포는 자기가 쓴 작품이 해외 탐정소설 못지않다고 자신하고 있었다.

보통은 다른 잡지에 소개해주겠다는 이야기만 들어도 고마워했을 테지만 란포는 달랐다. '다른 잡지라도 괜찮다고 생각했다면《신세이넨》편집장에게 보내지 않았을 것이다.《신세이넨》에 보낸 것은 내 작품이 번역 소설에 비해 크게 떨어지지 않는다고 생각했기 때문이다. 탐정소설 잡지 이외에 실리는 것은 사양한다'라는 내용의 편지를 보냈다. 아마 이 두 번째 편지를 보낸 날짜가『하리마제』에 나와 있는 '11월 21'일이리라.

모리시타 우손은 '에도가와 란포'라는 자신감 넘치는 남자로부터 두 번째 편지를 받고 일단 원고를 읽어보기로 했다. 당당하게 에드거 앨런 포의 이름을 본뜬 필명을 내세운 것을 보고 이 사람이 얼마나 자신감 넘치는지 알 수 있었다. 과연 포에 필적할 만한 진짜 천재인지, 나르시시스트에 지나지 않는지 어디 한번 보자는 생각도 있었을 것이다.

모리시타 우손은 원고를 읽고 깜짝 놀랐다. 그는 이때의 심정을《별책 호세키》42호(1954년 11월 발행)에 '36년 전의 일'이라며 이렇게 썼다.

'이게 일본인이 쓴 소설인가? 일본에도 이런 작가가 있단 말인가? 그저 놀라움에 눈이 휘둥그레질 뿐이었다. 속으로 혹시 무슨 외국 작품에서 힌트를 얻은 것은 아닐까 하는 걱정이 들 만큼 놀라웠다.'

우손은 란포를 의심하지는 않았지만「2전짜리 동전」이 너무도 잘 쓴 소설이라 모르는 외국 소설을 바탕으로 한 게 아닐까 싶어 만약을 위해 탐정소설을 잘 아는, 나고야에 사는 의학박사에게 보내 감상을 부탁했다. 그 의학박사가 고사카이 후보쿠[67]였다.

그때까지 아무 관계도 없던 이들이 우연히 서로 알게 되면서 화학반응을 일으켜 큰 변혁이 일어나는 일은 역사에서 종종 볼 수 있다. 일본 탐정소설 역사에서 1922년을 중심에 둔 몇 년 동안이 바로 그런 시기였다. 모리시타 우손이 새 잡지를 맡게 된다. 그의 스승이 바바 고초였다. 고베에서 니시다 마사지와 요코미조 세이시가 만난다. 그리고 직장을 잃은 에도가와 란포가 오사카에 살고 있다. 그때 바바 고초의 강연회가 열린다. 그 밖에도 모리시타 우손이 나고야에 있는 고사카이 후보쿠와 교류하게 된 것까지, 모두 하늘의 뜻인 듯하다.

고사카이 후보쿠는 본명이 미쓰지이며, 아이치현 아마군 가니에정에서 1890년(메이지 23)에 태어났다. 란포보다 네 살 많다. 그는 도쿄제국대학 의학부에서 생리학과 혈청학을 전공했다. 간염을 앓아 반년쯤 요양한 뒤, 1919년에 영국으로 유학을 갔다. 하지만 피를 토하고 요양하다가 좀 나아져 1920년 11월에 귀국했다. 도호쿠제국대학 의학부 교수에 임명되었지만 병 때문에 부임하지 못하고 고향인 아이치현에서 요양하며, 이듬해인 1921년에 의학박사 학위를 받았다.

1921년, 《신세이넨》을 창간한 지 2년째인 모리시타 우손은 고사카이 후보쿠가 《도쿄니치니치신문東京日日新聞》[68]에 연재하던

67　小酒井不木(1890~1929). 의학박사이자 번역가, 추리 작가. SF의 선구자로 꼽히기도 한다.

68　《마이니치신문每日新聞》의 동일본 지역 옛 제호.

「학자 기질」이라는 수필에서 '탐정소설'을 언급한 것을 보고 후보쿠에게 편지를 보내 꼭 탐정소설에 관한 이야기를 써달라고 부탁했다. 후보쿠는 흔쾌히 허락했다. 이렇게 해서 모리시타 우손과 고사카이 후보쿠의 교류가 시작되었다. 이를 계기로 고사카이 후보쿠는 우손에게 고문 같은 존재가 되어 있었다.

우손은 고사카이 후보쿠에게 「2전짜리 동전」을 보낸 일에 관해 이렇게 썼다. '새로운 혜성을 발견한 기쁨을 나누고 싶은 마음에 바로 나고야에 있던 고사카이 후보쿠 박사에게 속달로 원고를 보냈다. 고사카이 박사 역시 기쁨에 차서 작품을 보증한다는 답장을 보내온 것은 말할 필요도 없다. 마치 도스토옙스키의 첫 작품이 벨린스키[69]에게 발견된 것과 같은 이야기다.'

이렇게 해서 우손은 란포에게 보낸 12월 2일 자 편지에서 시기를 보아 《신세이넨》에 「2전짜리 동전」을 싣겠다고 약속했다. 란포는 「영수증 한 장」을 먼저 썼지만 우손은 「2전짜리 동전」을 먼저 읽고 크게 감탄했다. 그다음에 「영수증 한 장」을 읽고 이것도 좋은 작품이라고 생각했다. 아마 먼저 읽은 「2전짜리 동전」이 더 충격이 컸던 만큼 인상에 남아 이쪽을 게재하기로 했을 것이다.

하지만 「2전짜리 동전」이 《신세이넨》 지면에 등장하기까지는 4개월이 더 필요했다.

실업자인 히라이 다로는 생계를 위해 일자리를 찾아야만 했다. 우손으로부터 '가까운 시일 안에 싣겠다'는 편지를 받긴 했지

---

69   Vissarion Grigorievich Belinsky(1811~1848), 제정 러시아의 문예평론가.

만 언제가 될지 모르고, 원고료가 얼마일지도 알 수 없었다. 앞으로 작가가 될 수 있을지는 불투명했다. 우손의 편지로는 당장 생활비를 어떻게 하느냐 하는 문제를 조금도 해결할 수 없었다. 아버지가 부탁한 덕에 히라이 다로는 오하시 데쓰키치라는 민사 전문 변호사 사무실에 자리를 얻어 임시 직원이기는 하지만 실업자 생활을 벗어난 상태로 새해를 맞이했다.

《신세이넨》12월호에는 소설 현상 공모에서 입선한 미즈타니 준水谷準의 「호적수」가 게재되었다. 미즈타니는 1904년(메이지 37) 홋카이도 하코다테 출생이며, 본명은 나야 미치오다. 이때 와세다고등학원에 재학 중이었는데, 나중에 와세다대학 문학부 불문과를 졸업하고 하쿠분칸에 입사해 요코미조 세이시 밑에서 일하게 된다.

란포 데뷔 : 1923년

1923년(다이쇼 12)이 되었다.

그해에 만 21세가 된 요코미조 세이시는 오사카약학전문학교에 다니고 있었다. 4월에 3학년이 되었다. 학교는 니혼바시 5정목에 있어, 센니치마에, 도톤보리, 신사이바시스지에서 도지마로 나와 우메다역으로 가는 번화가가 통학로였다. 수업이 끝나면 카페를 옮겨 다니며 술을 마시는 날이 많았다.

1923년에 《신세이넨》은 여느 때처럼 1월호를 낸 뒤, 증간호라는 이름을 붙여 '탐정소설 걸작집'을 내놓았다. 여기에는 번역물이 서른 편이나 실렸는데, 그 가운데 일곱 편을 니시다 마사지가 번역했다. 1월, 2월, 3월호에도 다섯 편가량의 번역 소설과 일본인이 쓴 작품 한 편이 실려, 《신세이넨》은 이미 번역 잡지에 가까웠다. 하지만 3월호에서는 다음 호에 '창작 탐정소설'을 싣기로 했다는, 다음과 같은 예고가 실렸다. '에도가와 란포'의 이름이 처음 활자화되었다. 여기에는 「2전짜리 동전」이라는 제목이 당당하게 실려 있다.

'일본에도 외국 작품 못지않은 탐정소설이 나와야 한다고 우리는 늘 말해왔다. 그런데 드디어 그런 훌륭한 작품이 나타났다. 정말로 외국 명작에 뒤지지 않는, 아니 어떤 의미에서는 외국 작가의 작품보다 뛰어난 장점을 가진 온전한 창작물이 탄생했다. 이번 호에 발표하는 에도가와 씨의 작품이 그것이다. 해외 작품만 소개해온 본지가 이번 호를 특별히 창작 탐정소설호라고 내거는 이유 가운데 하나는 이 걸작을 널리 소개하기 위해서이다. 감히 독자 여러분께서 읽고 비판해주시기 바란다.'

예고대로 4월호에 「2전짜리 동전」이 실렸다. 4월호에 실린 창작 탐정소설은 그 밖에도 야마시타 리사부로의 「머리 나쁜 남자」, 마쓰모토 다이의 「사기꾼」, 호시노 다쓰오의 「산 넘어 산」이 있었다.

호시노 다쓰오(1892~1968)는 뤼팽 시리즈 번역으로 널리 알려졌지만 창작도 했다. 야마시타 리사부로(1892~1952)는 1922년 《신슈미》의 현상소설 공모를 통해 데뷔한 작가이고, 마쓰모토 다이(1887~1939)는 게이오기주쿠대학을 나와 영국에 유학한 뒤 1921년에 탐정소설 「짙은 안개」를 《오사카마이니치신문》 석간에 싣고, 1922년에는 『세 개의 지문』『저주받은 집』을 출간했다. 후에 그는 출판사 게이운샤奎運社를 세워 잡지《히미쓰탄테이잣시秘密偵探雜誌》《단테이분게이探偵文藝》를 발행한다.

결과적으로 이 세 사람은 란포의 들러리를 선 셈인데, 모리시타 우손에게 애초 그럴 의도가 있었는지는 알 수 없다.

「2전짜리 동전」은 "'그 도둑놈이 부러워.' 두 사람 사이에 이런 이야기가 오갈 만큼 그 무렵에는 궁핍했다'라는 문장으로 시작한다. 두 사람이란 변두리 왜나막신 가게 2층의 비좁은 단칸방에서 사는 '나'와 '마쓰무라 다케시'라는 남자다. 두 사람이 화제에 올린 것은 얼마 전 일어난 거금 5만 엔 도난 사건이다. 범인은 체포되었지만 훔친 돈은 나오지 않았다. 그런데 마쓰무라가 어디선가 그 돈을 가지고 왔다. 마쓰무라가 숨긴 장소를 찾아낸 것은 2전짜리 동전에 숨은 암호를 풀었기 때문이다. 이러면서 계속 엎치락뒤치락하는 이야기다.

「2전짜리 동전」을 읽고 고사카이 후보쿠가 쓴 비평도 실렸다. 그 글에는 우손이 보낸 이 작품을 받아 읽고 놀랐다는 내용과 이 글을 쓰게 된 경위가 적혀 있었다. '나는 「2전짜리 동전」의 내용에 멋지게 한 방 먹고 매우 유쾌했다. 동시에 일본에도 외국 유명 작가 못지않은 탐정소설이 있다는 사실에 한없는 기쁨을 느꼈다'라며 솔직한 감상을 적었다.

이어서 고사카이 후보쿠는 나름의 탐정소설관을 밝혔다. '뛰어난 탐정소설은 누가 읽어도 재미있어야 한다. 그리고 탐정소설은 묘사의 기교가 뛰어난 작품보다 플롯이 뛰어난 것을 가장 좋은 작품으로 꼽아야 한다고 생각한다.' '탐정소설이 주는 재미는 더 설명할 필요도 없이, 수수께끼와 비밀이 점점 풀려간다는 점과 사건의 결말이 의외라는 점에 있다. 또한 그 사건의 해결이나 전개는 반드시 자연스러워야만 한다. 바꿔 말하면 우연적, 초자연적 또는 인위적인 것을 허용하지 않는다. 이 부분에 작가의 뛰어난 솜씨가 발휘되어야 한다. 즉 천재성이 필요한 것이다.'

그리고 「2전짜리 동전」의 장점은 '그 교묘한 암호를 이용해 끝까지 독자 마음을 빼앗아 다른 생각을 할 틈도 없이 마지막에 이르러 보기 좋게 업어치기를 하는 데에 있다'라고 하면서, 르블랑이 쓴 「아르센 뤼팽 체포되다」를 읽었을 때와 같은 기분이었다고 한다. 작품 속 암호를 높이 평가하며 '이런 부분은 지하에 있는 에드거 앨런 포도 무서워하며 멀찌감치 피할 것이다'라고 절찬하고, '그 밖에 플롯을 짜는 솜씨나 묘사하는 필치 등 어디를 보아도 흠잡을 데가 없다'고 했다.

마지막으로 '이 작가가 앞으로 훌륭한 작품을 더 많이 내주기를 갈망하며, 동시에 이 작품이 다른 많은 훌륭한 탐정소설가를 배출하는 도화선이 되기를 바란다'라고 글을 끝맺었다.

비평을 먼저 읽는 사람도 있을 거라 생각하고 배려해서인지 요즘 표현으로 하면 '스포일러'는 없다. 「2전짜리 동전」이 일본 최초의 본격 탐정소설이라면 고사카이 후보쿠가 쓴 소개문은 일본 최초의 본격 탐정소설 작품론이 된다. 고사카이가 쓴 「2전짜리 동전」론으로 탐정소설 비평의 원점이 만들어졌다고도 할 수 있다.

이렇게 해서 에도가와 란포는 세상에 나왔다.

한편, 요코미조 세이시의 이름은 한 해 전 9월호에 비스턴이 쓴 「샤론의 숙녀」의 옮긴이로 실린 뒤,《신세이넨》 차례에서 사라졌다. 학업으로 바빴기 때문인지, 학교 친구들과 술을 마시러 다녔기 때문인지, 아니면 에도가와 란포의 등장에 충격을 받아 도저히 자기는 그런 걸 쓸 수 없다고 창작의 길을 단념해버린 것인지.

요코미조는 「2전짜리 동전」을 처음 읽었을 때 무슨 생각을 했을까? 『요코미조 세이시 독본』에 실린 고바야시 노부히코와의 대담에서, 고사카이 후보쿠가 「2전짜리 동전」을 읽고서 바로 우손에게 추천한 걸 두고 "안목이 좋다"라고 고바야시가 말하자, 그는 "「2전짜리 동전」이라면 누구라도 감탄하죠"라며 무뚝뚝하게 대꾸했을 뿐이다. 그가 쓴 수필에서도 '란포는 「2전짜리 동전」으로《신세이넨》에 데뷔해 주목받았다'라는 정도로 객관적 사실만 적었을 뿐이다.

이건 란포도 마찬가지여서 요코미조의 초기 단편을《신세이넨》에서 읽었을 때의 감상은 따로 적지 않았다. 사람은 너무 의식하면 오히려 침묵하게 된다.

간토대지진

탐정소설을 좋아하는 사람들에게는 에도가와 란포의 데뷔가 충격적이었을지 몰라도, 일반 문단이나 저널리즘까지 이 천재를 바로 주목한 것은 아니었다.

에도가와 란포는《신세이넨》에서 「2전짜리 동전」 원고료로

50엔을 받고, 원고지 한 장에 1엔이 조금 넘는다고 썼다. 따라서 분량은 40여 매[70]였을 것이다. 닛폰코진클럽에서 받던 월급이 100엔이었으니 그 절반이다. 최소한 매달 곱절을 써서 싣지 않으면 전업 작가로 생계를 꾸릴 수 없다는 계산이 나온다. 히라이 다로는 변호사 사무실 일을 계속할 수밖에 없었다.

게다가 5월에는 아내 류코가 복막염으로 입원했다. 입원 중에 《신세이넨》 7월호에 다음 작품 「영수증 한 장」도 실렸고, 편집장 모리시타 우손의 청을 받아 란포는 6월에 세 번째 작품 「무서운 착오恐ろしき錯誤」를 완성했다.

6월 21일에 류코가 퇴원하자 란포는 이를 계기로 아버지 집에서 나와 오사카부 기타카우치군 가도마촌에 집을 빌려 독립했다. 그리고 법률사무소를 그만두었다. 이때는 공백 기간 없이 아버지 지인의 소개로 오사카마이니치신문 광고부에 곧장 입사했다. 기본급은 80엔이었지만 광고 영업 성과급이 있었기 때문에 한 달 수입은 500엔에서 600엔에 이르렀다. 이 청년은 여러 직업을 전전했지만 일은 잘했다. 어디에 근무하더라도 우수한 직원이었다. 자기가 싫증이 나서 그만둘 뿐이지.

9월 1일, 대지진이 도쿄를 덮쳤다. 간토대지진이다. 많은 출판사와 인쇄소가 피해를 보았다. 《신세이넨》은 8월에 '하계 증간 탐정소설 걸작집'을 내놓고 9월호를 내려던 중에 지진 피해를 입었다.

---

70   일본은 400자 원고지를 기준으로 삼는다.

니혼바시에 있던 하쿠분칸 사옥도 불에 타, 편집부를 고이시 카와에 있는 오하시 저택으로 옮겨 업무를 이어갔다. 9월호가 발매된 뒤, 바로 10월호도 인쇄를 마쳐 '대지진 기념호'로 내놓았 다. 그러나 다음 호인 11월호는 원래 10월 상순에 발매할 예정이 었지만 늦어졌다. '제도 부흥호帝都復興号'라는 이름을 달고 나온 때는 10월 하순이었다. 란포가 6월에 써서 보낸 「무서운 착오」 원고는 지진에도 불타지 않고 무사했기에 11월호에 게재되었다. 11월에 발매할 예정이었던 12월호는 나오지 못하고 12월에 1월호 를 내면서 겨우 정상화되었다.

란포는 자기가 써놓고도 「무서운 착오」가 마음에 들지 않았 던 모양이다. 쓰고 싶어서 썼고 마음껏 썼지만 '결과적으로는 실 패였다. 즉 독선에 빠져 실력 부족을 드러내고 말았다'. 완성도가 떨어지는데도 게재된 것은 지진 피해로 다른 작가의 원고가 불 타버렸기 때문 아닐까, 하며 자조하듯 추측했다.

11월호에 고가 사부로가 쓴 「카나리아의 비밀」도 실렸다. 고가 는 같은 해 여름에 하쿠분칸이 내는 잡지 《신슈미》의 소설 현상 공모에서 「진주탑의 비밀」로 1등을 차지하며 8월호에 이름을 올 린 상태였다.

《신슈미》는 하쿠분칸이 내는 잡지로는 수명이 짧았다. 2년 전 인 1922년(다이쇼 11)에 나온 1월호가 창간호였다. 원래는 1906년 (메이지 39)에 창간한 《분쇼세카이文章世界》였는데, 이 잡지의 제 호를 1922년에 《신분가쿠新文学》로 바꿨지만 1년 만에 폐간하고 《신슈미》를 창간했다.

제호처럼 폭넓은 취미를 다루는 잡지였다. 연극, 노가쿠[71], 가부키, 영화, 스모, 점술, 고후쿠[72], 하카타 인형[73] 등에 관한 기사가 실렸다. 창간호부터 번역 소설도 실었다. 3월호에 '외국 탐정 소설집'이라고 한 뒤 4월호부터 탐정소설 전문지가 되었다고 편집 후기에서 공식적으로 선언했다.《신세이넨》과 경쟁 관계였지만, 모리시타 우손도 옮긴이로서 윌키 콜린스의 『월장석』을 연재하는 등 협력했다. '구라마텐구鞍馬天狗' 시리즈를 쓰기 전인 오사라기 지로[74]도 옮긴이로 등장한다.

《신슈미》도 현상소설 공모를 실시해 제2회인 1923년 10월호에 쓰노다 기쿠오[75], 제3회인 11월호에 야마시타 리사부로가 입선했다. 야마시타는 「2전짜리 동전」이 실린《신세이넨》1923년 4월호에 「머리 나쁜 남자」를 쓴 작가다.

그러나 간토대지진으로 인쇄소가 불타는 바람에 하쿠분칸은 이를 계기로 채산이 맞지 않는 잡지를 정리한다.《신슈미》는 11월호를 마지막으로《신세이넨》에 흡수되었다.

한편 노마 세이지가 이끄는 다이닛폰유벤카이와 고단샤는 고

71　能楽, 일본의 전통 예술 가운데 하나로, 피리와 북소리에 맞추어 노래를 부르면서 춤을 추는 가면 악극이다.

72　呉服, 일본 전통 복장을 만드는 봉제, 또는 전통 복장 자체를 가리킨다.

73　博多人形, 후쿠오카현의 전통 공예품. 흙을 구워 만드는 인형인데 전통 공연, 미인, 무사, 어린이, 불교나 도교, 장난감 등을 소재로 한 인형이 대표적이다.

74　大佛次郎(1897~1973), 역사소설, 현대소설, 동화, 논픽션 등 다양한 분야에서 수많은 작품을 남긴 대중문학 작가.

75　角田喜久雄(1906~1994), 탐정소설과 전기소설傳奇小說, 시대소설로 유명한 작가.

단자카에 있던 본사와 오토와의 노마 저택이 피해를 보긴 했으나 그 정도가 심각하지는 않았다. 노마도 월간지를 한 달 휴간하기로 했다. 그리고 지진 피해 상황을 전국에 알리는 서적을 긴급 출판하기로 했다. 제목을 『다이쇼 대진재 대화재大正大震災大火災』로 정하고, 300쪽(삽화, 그림 80쪽)에 1엔 50센의 가격을 붙여 내놓았다. 이 책은 다이닛폰유벤카이와 고단샤 두 회사가 공동 명의로 발행했는데 40만 부가 팔리는 베스트셀러가 되었다.

지진 직후에는 도쿄와 주변 지역 사람들은 책을 읽을 상황이 아니었다. 하지만 차츰 일상을 되찾으며 지진으로 책을 잃은 사람들이 새로 책을 찾게 되어 출판 경기가 좋아졌다. 그 분위기를 잘 탄 출판사는 하쿠분칸이 아니라 다이닛폰유벤카이와 고단샤였다. 새 잡지 창간도 이어졌다. 1922년 12월에 《쇼넨클럽》이 1923년 1월호로 다이닛폰유벤카이에서 창간되어 6만 7천 부가 팔렸다.

나아가 노마 세이지는 100만 부짜리 잡지를 만들겠다는 꿈을 품었다. 그래서 해외 잡지까지 포함해 연구하고 있었다. 이 구상이 실현된 때는 1924년 12월, 일본 최초의 밀리언셀러 매거진 《킹キング》이 바로 그 주인공이었다.

란포, 전업 작가가 되기로 결심하다 : 1924년

1924년(다이쇼 13) 3월에 요코미조 세이시는 오사카약학전문학교를 졸업하고 본가가 경영하는 생약방의 젊은 사장님이 되었다. 5월이면 만 22세가 될 나이였다.

그해 《신세이넨》1월호 다음에 나온 '신춘 증간 탐정소설 걸작집'에 모처럼 요코미조 세이시의 이름이 실렸다. 비스턴의 작품을 번역한 「과거의 그림자」였다. 이 호에는 스물일곱 편의 번역 탐정소설이 실렸는데, 니시다 마사지도 두 편을 번역했다.

전문학교도 졸업했으니 창작이나 번역을 위한 시간을 낼 수 있었을 법한데, 그해에 요코미조 세이시의 이름이 《신세이넨》에 실린 것은 이 신춘 증간호뿐이었다.

에도가와 란포도 반년 동안 침묵했다. 한 해 전 11월호에 실린 「무서운 착오」의 다음 작품은 「두 폐인二廢人」으로 6월호에 실렸다. 이 호에는 고가 사부로, 미즈타니 준, 야마시타 리사부로도 작품을 실었다. 8월에는 여름의 '증간 탐정소설 걸작집'이 나왔는데 여기에는 요코미조나 니시다가 번역한 소설은 없었다.

란포가 반년 동안 작품을 발표하지 않았던 까닭은 신문사 광고 영업 일이 바빴기 때문이었다. 10월의 '추계 증대 탐정 명작집'에 란포의 「쌍생아双生児」가 실렸다. 이 작품으로 2년 사이에 다섯 작품이 게재된 셈이 된다.

이 무렵 란포의 아버지가 후두암에 걸렸다. 가계 문제로 다시 처자식을 데리고 모리구치에 있는 아버지 집에서 함께 지냈는데, 얼마 지나지 않아 옆에 빈집이 나서 거기를 얻어 살았다. 이 빌린 집에서 쓴 소설이 「D언덕의 살인사건D坂の殺人事件」이었다. 모리시타 우손에게 보냈더니 좋은 평가가 돌아왔다. 기분이 좋아진 에도가와 란포는 「심리시험」과 「흑수단黒手組」도 단숨에 썼다. 이 세 편은 이듬해에나 《신세이넨》에 실리게 되는데, 란포는

자기가 쓴 작품에 뿌듯함을 느끼고 있었다.

한편 1년 가까이 하던 신문사 광고 일에 역시 슬슬 싫증이 났다. 그래서 「심리시험」을 고사카이 후보쿠에게 보내 전업 작가로 나설 수 있을지 평가해달라고 부탁했다. 고사카이 후보쿠는 '두 손 들고 찬성한다, 걱정 없다는 격려가 담긴 편지'를 보내주었다.

고사카이는 《다이슈분게이大衆文藝》 1927년 6월호에 실린 수필 「에도가와 씨와 나」에서 이렇게 회상했다. '간토에서 대지진이 일어난 뒤 나는 시골에서 나고야로 이사했다. 그 이듬해(1924년―인용자 주)에 에도가와 씨는 역시 드문드문 작품을 발표했다. 모두 다 걸작이다. 나는 에도가와 씨에게 탐정소설가로 나서면 어떻겠냐고 권했다. 그러자 모리시타 씨 쪽에서도 그 이야기가 있었는지, 에도가와 씨는 「심리시험」이란 작품의 원고를 내게 보내 이 작품을 읽고 추리소설가로 나설 수 있을지 어떨지 판단해달라는 내용의 편지를 보내왔다. 「심리시험」을 읽고 나는, 뭐라고 표현하면 좋을까, 완전히 두 손 들고 말았다. 고개가 절로 숙여졌다. 이제 탐정소설가로 나서고 말고도 없다. 해외 유명 탐정소설가들 중에도 이만큼 쓸 수 있는 작가는 거의 없을 것이다.'

고사카이가 보낸 답장을 읽고 자신감을 얻은 란포는 모리시타 우손에게 「심리시험」 원고를 보내면서 전업 작가로 나서고 싶다고 했다. 우손은 '고사카이 씨만큼 적극적인 답장을 주지는 않았지만 반대하지 않았고, 앞으로 내가 《신세이넨》에 6회 연속 단편소설을 실을 수 있도록' 해주었다. 고사카이 후보쿠는 책임질 수 있는 처지가 아니었다. 그렇지만 우손이 전업 작가가 되라고 하려면 글을 실을 자리를 마련해줘야 한다. 그리고 우손은 그 책임을 지기로 각오한 것이다.

이미 쓴 「D언덕의 살인사건」은 12월에 나오는 '탐정소설 걸작집'에 실리고, 2월호부터 6회 연속으로 단편을 실을 수 있게 되었다. 우손은 원고료도 올려주었다. 남은 문제는 란포의 재능이 고갈되지 않고, 그 작품들이 시류를 탈 수 있느냐, 하는 것이었다. 그건 우손이 보증할 수 없는 일이었다. 대신 당장 반년 동안의 생활비만은 보장해준 셈이었다.

히라이 다로는 11월 30일에 오사카마이니치신문을 그만두었다. 와세다대학을 나와 가토양행에 입사한 뒤로 쉴 새 없이 이어지던 직업 바꾸기가 이렇게 끝났다.

히라이 다로는 다양한 직업을 거쳤지만, 넓게 보면 기관지나 잡지 편집이라는 출판, 편집 관련 업무가 대부분이었다. 일본 패전 뒤에 에도가와 란포가 잡지 창간을 궁리하고, 나아가 《호세키》의 편집을 이끌게 되는 것은 이런 바탕이 있었기 때문이기도 하다. 란포는 원래 잡지를 만들고 싶어 하는 사람이었다고도 할 수 있다.

제2장

비
약

「심리시험」「광고 인형」

1925~1926

요코미조 세이시는 란포가 데뷔하자 투고 작가 생활을 접는다. 두 사람이 만나기까지는 아직 시간이 좀 더 필요했다.

아케치 고고로 등장

「2전짜리 동전」으로 데뷔한 지 3년째, 에도가와 란포는《신세이넨》1925년(다이쇼 14) 신년 증간호에 「D언덕의 살인사건」을 발표했는데, 여기서 명탐정 아케치 고고로明智小五郎가 탄생했다.

D언덕은 과거 란포가 동생들과 경영하던 헌책방이 있던 고단자카 언덕을 말한다. 소설의 무대도 헌책방인데, 실제로 존재했던 산닌쇼보에는 소설에 나오는 것처럼 아름다운 부인은 없었다.

탐정소설의 역사는 에드거 앨런 포의 「모르그가의 살인」에서 시작된다는 게 정설이고, 동시에 이 소설에 등장하는 오귀스트 뒤팽이야말로 역사상 최초의 '명탐정'이 된다. 그 뒤로 르코크, 홈스, 손다이크, 그리고 뤼팽을 포함해 수많은 명탐정이 일본에 소개되었다. 하지만 일본의 독자적인 탐정소설이 쉽게 탄생하지 않았듯이, 일본에는 활극의 주인공 역할을 하는 탐정은 있어도 이지적으로 수수께끼를 푸는 탐정은 없었다. 그런데 드디어 등장한 것이다.

원래 작가들 대부분은 처음부터 주인공으로 삼아 시리즈를 쓰려고 탐정을 만들어내지는 않는다. 한번 등장시켰더니 평이 좋아서 다음 작품에도 등장시키고, 두세 작품 계속 나오다 보면 인기 캐릭터로 자리를 잡는다. 따라서 탐정이 어느 해에 태어났고 어떻게 성장했는지 세세하게 궁리하는 일은 드물다. 대개 그런 설정은 그때그때 상황에 따라 짜 맞추기 때문에 탐정이 사건을 해결한 역사에는 모순이 생긴다. 이런 캐릭터의 모순을 처음 낳은 원조가 아케치 고고로다.

「D언덕의 살인사건」에서 아케치 고고로는 이렇게 소개된다. '요즘 저 하쿠바이켄에서 알게 된 남자가 있는데 이름이 아케치 고고로라고 했다. 이야기를 나누어보니 아주 괴짜에 머리가 좋은 듯했다. 게다가 탐정소설을 좋아한다고 해서 끌렸다. 아케치의 어렸을 적부터 친구인 여성이 지금 저 헌책방 안주인이라는 이야기를 얼마 전 그로부터 들었다.'

'나'가 헌책방 건너편의 카페에 앉아 있는데, 아케치가 와서 둘이 다니자키 준이치로의 「도상途上」에 관한 이야기를 하면서 헌책방을 바라보고 있었다. 그런데 기묘한 일이 일어나고 살인사건이 드러난다. 아케치가 본격적으로 '탐정'이 되어 활약하는 것은 후반부이며 '나'는 다시 이렇게 소개한다.

'그가 어떤 이력을 지닌 사람이고 무엇으로 생계를 꾸리며 무엇을 위해 사는지는 전혀 모른다. 다만 그가 이렇다 할 직업이 없는 일종의 룸펜[76]이라는 사실은 분명하다. 굳이 이야기하자면 서생書生이라고나 할까? 하지만 서생치고는 무척 괴짜 서생이다. 언젠가 그는 "나는 인간을 연구합니다"라고 한 적이 있다. 그때는 그게 무슨 뜻인지 제대로 이해하지 못했다. 다만 아는 것은 그가 범죄나 탐정에 대해 범상치 않은 관심과 무서울 정도로 풍부한 지식을 지녔다는 사실이다.'

다음 작품에서도 아케치가 어떤 집안에서 태어나 어떤 부모 밑에서 자랐는지, 어린 시절은 어땠는지 '과거'는 드러나지 않는다. 「D언덕의 살인사건」 이전의 아케치에 관해서는 이 소설에 나오는 '헌책방 여주인과 어렸을 적부터 친구'라는 정보 말고는 없다.

아케치 고고로의 외모에 관해서는 '나이는 나와 비슷하니 스물다섯은 넘지 않았을 것이다. 굳이 따지자면 마른 편이고 전에 이야기했듯이 걸을 때 어깨를 흔드는 버릇이 있다. 그렇지만 결코 호걸 스타일의 걸음걸이는 아니고'라고 하며, 그즈음 유명했던 고샤쿠시[77] 간다 하쿠류[78]를 닮은 걸음걸이라고 한다. 그리고 '미남은 아니지만, 왠지 귀엽고 아주 천재적일 것 같은 얼굴을 상

---

76 Lumpen, 부랑자나 실업자를 가리키는 말.

77 講釈師, 일본 전통 공연 예술인 '고단'을 무대에서 펼치는 연기자. 고단의 내용은 전쟁이나 정치 등 주로 역사에 얽힌 이야기다.

78 神田伯龍, 고샤쿠시의 명칭이다. 여기서는 본명이 도쓰카 이와타로인 제3대 간다 하쿠류를 가리킨다.

상하면 된다'. 또 아케치의 버릇이나 옷차림에 대해서, 머리카락 은 '길고 텁수룩하게 뒤엉켰다. 그리고 아케치는 남들과 이야기 하는 동안에도 자주 손가락으로 그 텁수룩한 머리카락을 더 텁 수룩하게 만들려는 듯이 여기저기 긁적거리는 게 버릇이었다. 옷차림은 전혀 신경 쓰지 않는지 늘 목면 기모노에 한 폭으로 된 허름한 허리띠를 둘렀다'.

나중에 요코미조 세이시가 탄생시킨 '명탐정' 긴다이치 고스 케金田一耕助의 외모와 버릇은 젊은 날의 아케치 고고로와 비슷하 다.「D언덕의 살인사건」은 1924년 가을에 썼다. 하지만 작품 안에 서 구체적으로 몇 년도에 일어난 사건인지는 밝히지 않는다. 첫 문장에 '9월 초순, 푹푹 찌는 어느 날 밤'이라고만 되어 있다. 란포 연구가인 히라야마 유이치[79]는 이렇게 추리한다. 우선 글에 나오 는 다니자키의「도상」은 1920년 1월에 발표되었으니 그 이후이 며, 1923년 9월에 간토대지진이 일어나니 그해는 제외할 수 있다. 그렇다면 1920년, 1921년, 1922년, 또는 1924년인데, 1924년 11월 에 아케치가 등장하는 두 번째 작품인「심리시험」에 '이 이야기는 「D언덕의 살인사건」으로부터 몇 해 뒤'로 되어 있다. 마찬가지로 「심리시험」도 살펴보면 1922년부터 1923년으로 추정되며「D언 덕」은 그보다 몇 년 전이니 1920년일 거라는 이야기다(앞으로 아 케치가 해결하는 사건이 일어난 연도와 날짜는 슈에이샤문고판

79　平山雄一(1963~), 치과 의사이자 추리소설 연구가, 번역가. 여러 권의 란포 연구 서 적을 냈으며 2007년에는『에도가와 란포 소설 키워드 사전』을 발표했다.

'아케치 고고로 사건집' 전 12권에 실린 히라야마 유이치의 해설을 따른다).

또 아케치의 출생 연도는 란포와 같은 1894년으로 여겨진다. 작품 속 '나'가 '나이는 나와 비슷하니 스물다섯은 넘지 않았을 것이다'라고 했기 때문이다.

1920년은《신세이넨》이 창간된 해다. 란포가 동생들과 단고자카에 산닌쇼보를 연 이듬해, 결혼을 계기로 도쿄시 공무원이 되어「2전짜리 동전」과「영수증 한 장」의 원형이 될 이야기를 궁리하던 해였다.

란포는 훗날 아케치는 한 작품만 쓸 작정이었는데 평이 좋아 계속 등장시키게 되었다고 이야기했다. 하지만「D언덕의 살인 사건」이《신세이넨》에 발표되기 전, 그러니까 독자가 아케치 고고로를 만나기 전에 이미「심리시험」과「흑수단」은 원고가 완성된 상태였다. 즉「D언덕」을 읽은 독자들 사이에서 아케치가 인기를 끌었기 때문에「심리시험」에도 등장시키는 일은 있을 수 없다.「D언덕」을 읽은 우손과 편집자로부터 아케치가 좋은 평을 얻었기 때문에「심리시험」이나「흑수단」에도 등장시켰는지 모른다. 그래도 뒤팽이나 홈스가 여러 작품에 등장한다는 사실을 알고 있던 란포가 명탐정 아케치 고고로를「D언덕」한 작품에만 쓸 생각으로 만들었다고 생각하기도 힘들다.

란포, 날아오르다

해가 바뀌어 1925년(다이쇼 14) 1월 중순, 에도가와 란포는 그때까지 만난 적 없는 모리시타 우손을 만나러 도쿄로 향했다. 가는 길에 얼마 전 나고야 시내로 이사한 고사카이 후보쿠를 방문하기 위해 나고야에서 내렸다. 그런데 란포가 역 대기실에서 하카마[80] 매무새를 다듬는 사이에 벤치에 두었던 지갑을 도둑맞고 말았다. 탐정소설가가 들치기를 당했다고 하면 세간의 웃음거리가 될 거라는 생각에 창피해서 파출소에 신고도 하지 못했다. 하는 수 없이 택시를 타고 고사카이의 집으로 가서 사정을 이야기하고 요금을 대신 치러달라고 부탁했다. 게다가 도쿄까지의 여비도 빌리는 처지가 되었다.

그러나 그런 어처구니없는 꼴을 보인 란포를 고사카이 후보쿠는 반갑게 맞아주었다. 두 사람은 대여섯 시간쯤 탐정소설에 관해 이야기를 나누었다. 이때 란포는 신문사를 그만둔 상태였고 이미 전업 작가로 나설 결심을 한 뒤였으나, 여전히 망설여지기도 했던 모양이다. 앞에서 소개한 고사카이의 수필에 따르면 전업 작가가 되기로 한 결심을 '더 강력하게 권하고 싶은 참에 조만간 한번 상경해서 여러 사람들을 만나보고 결정하고 싶다, 그때 들르겠다는 내용의 편지가 왔다'고 했다. 그리고 '나는 손꼽아 기다렸다. 다이쇼 14년 1월, 드디어 그가 찾아왔다. 처음 만나 인사를 나눌 때 머리숱이 줄어 신경이 쓰인다고 했다. 우리는 많은 이야기를 나누었다. 에도가와 씨는 앞으로 쓸 소설의 플롯을 이야기했다. 그게 나중에 「붉은 방赤い部屋」으로 발표되었다. 에도

80　袴, 기모노 위에 입는 남성의 전통 바지.

가와 씨는 이때 내게 창작을 해보라고 권했다. 당시 나도 소설을 써볼까 하는 마음이 조금은 있었던 터라 드디어 소설을 쓰게 된 것이다. 《조세이女性》 4월호에 실린 「저주받은 집」이 바로 내 첫 소설이었다.'

고사카이 후보쿠와 많은 이야기를 나눈 란포는 그날 바로 도쿄로 출발했다.

하쿠분칸은 간토대지진 때의 화재로 사주의 서택을 사무실로 쓰고 있었으므로 란포는 고이시카와에 있는 오하시 저택을 방문해 모리시타 우손과 만났다. 이게 둘의 첫 만남이었다. 맨 처음 「2전짜리 동전」과 「영수증 한 장」을 보낸 때가 1922년 11월이니 2년 넘게 걸린 셈이다. 그간에는 편지만 오갔을 뿐이다. 쌓인 이야기가 너무 많았다.

그 이튿날인가 사흘 후에는 모리시타가 《신세이넨》 집필진을 불러 모아 파티를 열었다. 모리시타 외에 다나카 사나에[81], 노부하라 겐[82], 고가 사부로, 마키 이쓰마(하야시 후보, 다니 조지)[83],

---

81   田中早苗(1884~1945), 잡지사 편집자를 거쳐 영어와 프랑스어 번역가로 활동했다. 《신세이넨》에 윌키 콜린스, 모리스 르벨, 에밀 가보리오, 가스통 르루 등의 작품을 소개했으며, 그가 번역한 작품들은 에도가와 란포를 비롯해 고사카이 후보쿠, 유메노 규사쿠夢野久作 등에게도 영향을 미쳤다.

82   延原謙(1892~1977), 편집자이자 번역가. 1928년에 《신세이넨》, 1932년에 《단테이쇼세쓰探偵小說》의 편집장이 되었다. 아서 코넌 도일의 '셜록 홈스' 전 작품과 다른 단편, 중편소설을 다수 번역했으며, 애거사 크리스티의 작품도 일본어로 소개했다.

83   모두 하세가와 가이타로長谷川海太郎(1900~1935)의 필명이다. 마키 이쓰마라는 필명으로는 범죄소설, 가정소설, 번역 등을 했으며, 하야시 후보라는 필명으로는 시대소설, 다니 조지라는 필명으로는 미국 체험기를 쓰기도 했다.

마쓰노 가즈오[84] 등이 자리를 함께했다. 고가와 만나는 것은 닛폰코진클럽을 그만둔 뒤로 처음이었고, 코진클럽에 드나들던 기술자 하루타가 고가 사부로라는 사실을 그제야 알았다. 이렇게 도쿄에 머물면서 란포는 존경하는 작가 우노 고지도 방문했다.

앞에서 이야기한 바와 같이 모리시타의 배려로《신세이넨》2월 호에「심리시험」, 3월호에「흑수단」이 연이어 게재되었다. 둘 다 한 해 전에 쓴 작품이었다.

그리고 4월호에는「붉은 방」, 5월호에는「유령幽靈」이 실렸다.「붉은 방」은 다니자키 준이치로의「도상」을 '더 통속적으로, 더 철저하게 써보려고' 한 것으로 이 작품에는 아케치 고고로가 등장하지 않는다. 다음 작품인「유령」은 연속 게재된 단편들 중에 '못 쓴 작품' '가장 재미없다'라는 생각이 들었다. 그래서 6월호에는 작품을 싣지 않았다. 우손의 호의로 시작한 6개월 연재는 2월호부터 4개월밖에 이어지지 못했다.

「붉은 방」이 실린《신세이넨》4월호 차례에는 란포 말고도 오시타 우다루大下宇陀児, 미즈타니 준, 다니 조지, 고가 사부로 같은 작가의 이름이 올라 있다. 번역물을 넣지 않아도 잡지 한 권을 만들 수 있을 만큼 일본인 작가가 많아졌다는 이야기다.

4월호를 통해 처음 등장한 작가가「입에 무는 부분에 금종이를 두른 궐련」을 쓴 오시타 우다루였다. 오시타는 1896년(메이

---

84   松野一夫(1895~1973), 서양화가, 삽화가. 1921년 5월호를 시작으로 여러 해에 걸쳐 《신세이넨》의 표지화를 담당했다. '《신세이넨》의 얼굴'이란 별명으로 불리기도 했다.

지 29)에 나가노현에서 태어났다. 란포보다 두 살 아래다. 제1고
등학교 이과를 거쳐 규슈제국대학 공학부 응용화학과를 나온 뒤
농상무성 임시질소연구소에 근무했는데, 이곳에서 동료인 고가
사부로를 만났다. 그는 고가가 탐정소설을 쓰고 있다는 사실을
알고서 자기도 써보았다. 마침 연구소에 모리시타 우손과 친구
사이인 오카자키라는 기사가 있었는데, 그가 우손에게 소개한다
며 원고를 보낸 것이 데뷔작이 되고 말았다. 오시타는 1929년(쇼
와昭和 4)에 연구소가 문을 닫자 전업 작가로 나선다.

란포와 고가, 고가와 오시타의 관계를 생각하면 세상은 참으
로 좁다.

그리고 8월 여름 증간호에서는 고사카이 후보쿠가 「안마」
「허실의 증거」라는 두 작품으로 《신세이넨》에 데뷔했다. 그는 한
해 전 어린이 탐정소설 「붉은 다이아몬드」를 《고도모노카가쿠子
供の科学》에 연재하며 탐정소설 창작을 시작해, 플라톤샤プラトン社
가 발행하는 잡지 《구라쿠苦樂》 3월호에 「화가의 죄?」, 마찬가지
로 플라톤샤가 발행하는 잡지 《조세이》 4월호에 「저주받은 집」
을 발표한 상태였다. 고사카이 후보쿠는 스스로 후자인 「저주받
은 집」을 자신의 첫 소설로 꼽았다.

고가 사부로, 오시타 우다루, 고사카이 후보쿠 등 이 일본 탐
정소설 여명기에 활약한 거장들은 모두 이과 계열의 대학을 나
왔다. 요코미조 세이시도 약학전문학교를 졸업한 이과 출신이며
바로 뒤이어 등장하는 운노 주자海野十三도 이과다. 란포도 와세
다대학 정치경제학부에서 문학이 아닌 경제학을 공부했다. 이런

현상은 일본 탐정소설의 특수성을 상징하는지도 모른다.

이 시기 란포는 처음으로《신세이넨》이 아닌 다른 매체에서도 원고 청탁을 받았다. 호치신문사報知新聞社가 한 달에 3회 내던 순간지[85]《샤신호치写真報知》였다. 그즈음 호치신문은 지금처럼 스포츠신문도 아니고 요미우리신문과 관계도 없는 도쿄 5대 신문 가운데 하나였다. 이 잡지에 모리시타 우손이 소개했다고도 하고 호치신문의 고문으로 있던 노무라 고도[86]가《신세이넨》에서 란포의 작품을 읽고 편집부에 추천했다고도 한다. 란포는 3월에 「주판이 사랑을 말하는 이야기算盤が恋を語る話」와 「일기장日記帳」 두 편을 발표했으며 5월에는 「도난盜難」, 7월에는 「백 가지 얼굴을 지닌 배우百面相役者」, 9월에는 「의혹疑惑」을 발표했다. 모두 짧은 내용이며 본격 탐정소설이라고는 볼 수 없다.

그리고 가와구치 마쓰타로川口松太郎(1899~1985)가 편집하던 《구라쿠》에서도 소설 원고 청탁이 들어왔다. 가와구치는 직업을 전전하다가 나중에 극작가 구보타 만타로를 사사하고 간토대지진 이후 오사카의 플라톤샤에 근무 중이었다. 이 출판사는 오사카에 있는 화장품 회사 나카야마타이요도의 관계사로, 1922년에 여성 독자를 위한 문예지《조세이》를, 1923년에 고급 문예지《구라쿠》를 창간했다. 《조세이》는 오사나이 가오루[87]가 편집을 맡았

---

85 旬刊紙, 열흘에 한 번씩 발행되는 간행물.

86 野村湖堂(1882~1963), 소설가, 인물 평론가. 일본작가클럽 초대 회장을 역임했다.

87 小山内薫(1881~1928), 연출가, 극작가, 소설가. 일본 연극계에도 큰 발자국을 남긴 인물이다. 가와구치 마쓰타로가 오사나이의 집에서 서생으로 지내기도 했다.

고,《구라쿠》는 가와구치와 나오키 산주고直木三十五가 편집을 담당하고 있었다. 가와구치는《신세이넨》에 실린 란포의 작품을 읽고 주목하고 있었는데, 우노 고지가 란포와 만났다는 이야기를 듣고 연락처를 알려달라고 해 찾아갔다고 한다.

《구라쿠》7월호에 란포는 「몽유병자의 죽음夢遊病者の死」(게재될 때 제목은 「몽유병자 히코타로의 죽음夢遊病者彦太郎の死」)을 썼다.

란포와 요코미조의 만남

한편 「D언덕의 살인사건」이 게재된 신년 증간호와 그 직전에 발표된 신년 증대호에 요코미조는 1년 만에 번역 작품을 발표했다. 증대호에는 호지스의 「여우와 너구리」, 토머스의 「약점을 이용하라」, 증간호에는 허스트의 「나머지 한 장」이었다.

란포는 정력적으로 작품을 쓰던 중에, 지난번에 근무한 오사카마이니치신문사 사회부 부부장인 호시노 다쓰이星野龍猪(1892~1972, 가스가노 미도리라는 필명으로 알려졌다)가 불쑥 보낸 편지를 받았다. 탐정 취미에 관해 이야기를 나누고 싶다는 내용이었다. 두 사람은 만나서 이야기를 나눈 뒤, 작가만이 아니라 법의학자, 변호사, 신문기자 등 동호인의 의견을 물어 '탐정 취미의 모임'을 만들기로 했다. 란포는 모리시타에게 부탁해 교토와 오사카, 고베 지역에 사는 탐정소설 애호가들의 연락처를 받았다. 모리시타가 가장 먼저 만나보라고 추천한 사람은 니시다 마사지였다.

란포로부터 '만나고 싶다'라는 연락을 받은 니시다는 요코미조 세이시도 불렀다. 이날의 일을 니시다는 1955년에 쓴 수필(슌요도春陽堂에서 발간한 《단테이쓰신探偵通信》 13호에 게재)에 이렇게 썼다.

'나는 아버지가 돌아가신 뒤, 집 내부를 내 마음에 들게 개조했다. 2층 응접실을 간단한 서양식으로 만들어 소파 같은 걸 들여놓았는데, 그 방에서 셋이 처음 이야기를 나누었다. 부끄러움을 많이 타서 처음 보는 사람과 이야기 나누는 일에 자신이 없었던 나는 그 무렵 동생처럼 여기던 요코미조에게 도움을 청해 함께 자리했다. 그때 란포 씨의 인상은 머리숱이 적지만 왠지 배우 같은 외모였고, 무척 정성 들여 지은 일본 옷을 입고 있었다. 요코미조도 나도 일본 옷을 입었던 걸로 기억한다. 이야기를 나눈 뒤 셋이서 함께 모토마치길을 걸었다.'

한편 란포는 『40년』에 이렇게 썼다.

'니시다 군은 지금도 그렇지만 말이 별로 없는 편. 요코미조 군도 결코 말이 많은 편은 아니었으나, 굳이 따지자면 요코미조 군이 더 많이 말했다. 나도 이야기를 조리 있게 하는 편이 아니라 셋이서 툭툭 끊어지는 대화를 나누었다. 내용은 거의 기억나지 않는다. 그렇지만 기뻤던 일은 30년 가까이 지나서도 잊히지 않는데, 요코미조 군이 내 「2전짜리 동전」을 읽었을 때 우노 고지가 가명으로 쓴 게 아닌가 생각했다고 말한 일이었다.'

요코미조는 『옛이야기』에 수록된 「처음 만난 란포 씨」에 그날의 일을 이렇게 적었다.

'내 운명은 이때 결정되었다. 만약 그 일이 없었다면 내성적인 나는 지금까지 고베에서 잘되지도 않는 약국을 꾸리면서 그럭저럭 살아가고 있었을 게 틀림없다. 그때 나이는 란포 씨가 32세, 나는 24세였다. 처음 만난 란포 씨는 이미 머리숱이 적었지만, 그게 전혀 흠이 되지 않을 만큼 아주 잘생겼을뿐더러 인품도 뛰어나 그런 점에 내가 매료되었던 듯하다.'

세 사람이 모인 날은 『40년』에 따르면 '4월 11일'로 되어 있는데 이날이 정설로 받아들여진다. 란포가 보관하고 있던 요코미조의 4월 12일 자 엽서에 '어제는 실례 많았습니다'라는 내용이 있기 때문이다. 엽서에는 이렇게 적혀 있다.

'어제는 실례 많았습니다. 덕분에 크게 참고가 될 이야기를 많이 들었습니다. 무엇보다 자극을 받을 수 있어서 기쁘고, 이런 기분으로 뭔가 하나 써내고 싶다는 생각이 듭니다. 그 「붉은 방」은 어쩜 그리 잘 쓰셨는지. 마지막에 약간 상투적인 느낌이 들기는 하지만, 다시 읽을 때마다 좋은 작품이라며 감탄합니다.'

이 엽서를 4월 12일에 썼다는 사실은 거의 틀림없으리라. 요코미조가 가짜로 날짜를 적을 이유는 없다. 따라서 요코미조와 란포가 하루 전인 '4월 11일'에 만난 것도 틀림없다. 그런데 이날은 『40년』에 따르면 오사카마이니치신문사에서 '탐정 취미의 모임' 회합이 있었던 날이다. 이 엽서의 '어제'란 니시다를 포함한 세 사람이 처음 만난 날이 아니라 '탐정 취미의 모임' 회합으로 보인다.

세 사람이 처음 만나, 니시다와 요코미조가 탐정 취미의 모임에 참가하겠다고 하고 그날이나 그 뒤에 회합이 열렸으리라 보아야 하므로 세 사람, 즉 란포와 요코미조, 니시다가 처음 만난 것은 4월 11일 이전일 거라고 신포 히로히사[88]는 고분샤문고판 전집 '주석'에서 지적했다. 아쉽게도 그날을 특정할 자료는 발견되지 않았다.

어쨌든 1925년 3월 하순이나 4월 초순에는 에도가와 란포와 요코미조 세이시가 만났다는 이야기다.

요코미조, 재가동 : 1925년

요코미조 세이시는 1925년 봄에 에도가와 란포를 만나 탐정소설 이야기를 실컷 한 뒤로 한동안 꺾여 있던 창작열을 다시 불태웠다.

바로 쓴 작품이 「화실의 범죄画室の犯罪」였는데《신세이넨》7월호에 게재되었다. 가도카와문고판 30쪽 분량으로 그때껏 쓴 작품보다 길다. 7월호는 6월에 발매되니 역산하면 란포를 만난 직후에 쓴 소설일까? 혹은 란포를 만나기 전에 썼을지도 모르겠다.

주인공인 탐정의 이름은 마지막에 니시노 겐지西野健二로 밝혀지는데, 소설은 그 니시노를 '나'로 삼아 1인칭으로 쓰였다. 20년 전, '나'가 스물다섯 살 때 처음 겪은, 즉 탐정으로서 처음 해결한 사건이라는 설정이다. 어느 화가가 자기 화실에서 살해된 사건을 다룬다. 니시노는 백수 상태. 오사카에서 형사로 일하는 사촌

---

88   新保博久(1953~), 에도가와 란포 전문가로 손꼽히는 일본의 미스터리 평론가. 1991년부터 10년에 걸쳐 추리소설 연구가인 야마마에 유즈루와 함께 에도가와 란포 장서 목록을 작성했다.

형 집에 신세를 지다가 이 사건에 얽힌다. 니시노의 1인칭 시점에서 다른 인물의 시점을 빌려 3인칭으로 옮겨 가 진행되다가, 다시 오키노라는 의사가 등장해 아는 사람으로부터 들은 이야기를 하는데 반전이 일어나며 작품은 끝난다.

투고 소설을 쓰던 때로부터 2년이 지나, 당연히 에도가와 란포의 작품을 꼼꼼하게 읽었을 요코미조 세이시의 변화가 엿보이는 소설이다. 결국 이 한 작품에만 등장하지만, 니시노 겐지라는 명탐정을 등장시킨 것은 시기로 보아 아케치 고고로를 의식한 결과이리라.

그러나 요코미조 세이시는 란포에게 보낸 7월 23일 자 편지에서 「화실의 범죄」에 등장시킨 니시다 마사지가 만족스럽지 못하다고 했다. '니시노 겐지'라는 이름이 '니시다 마사지'와 비슷했기 때문인지도 모른다. 그래서 요코미조가 다시 마음을 가다듬고 쓴 작품이 「언덕 위의 집 세 채丘の三軒家」인데, 니시다에게 보여주었더니 그는 침이 마르게 칭찬하며 "이 작품이 실리지 않는다면 편집자의 안목을 의심해야 한다"라고 말하기도 했다. 요코미조는 원고를 《구라쿠》에 보냈다. 에도가와 란포가 소개해주었기 때문이다. 란포에게 편지를 쓴 7월 23일 시점에는 《구라쿠》로부터 아무런 답변도 받지 못한 상태였지만 「언덕 위의 집 세 채」는 10월호에 게재되었다.

요코미조가 란포에게 편지를 쓴 것은 《신세이넨》여름 증간호에 게재된 「천장 위의 산책자屋根裏の散歩者」를 읽은 직후였다. 이 작품에 대해 요코미조는 '《신세이넨》의 딱딱한(실례지만) 번역

물들 가운데 그런 작품이 있어서 정말 구원받은 느낌입니다. 오히려 아까울 지경이네요. 이런 작품을 읽을 수 있다니, 정말이지 제가 창작하기 싫어집니다'라고 절찬했다.

그러나 한편으로는 '아케치는 이제 슬슬 그만 쓰시는 게 어떨까요?'라고도 한다. '이번 작품에서도 아케치가 조금 일찍 등장해 활약하게 만들고, 주인공의 이상한 성격, 취미 묘사에 힘을 기울였다면……'

요코미조의 조언에 따른 건지, 란포 자신도 아케치는 더 이상 필요하지 않다고 생각했는지, 일단 「천장 위의 산책자」가 아케치 고고로가 등장하는 마지막 단편소설이 된다.

1925년 1월에 국민 잡지로 불리게 되는 《킹》이 창간되었다(발매는 1924년 12월). 노마 세이지가 대형 잡지는 어떠해야 하는지 5년 동안 연구해, 출판인으로서의 총결산이라고 작정하고 창간한 잡지다. 노마는 《킹》 창간과 함께 두 개의 회사를 합병해 '다이닛폰유벤카이코단샤'라고 했다(전후 '고단샤'가 되니 이제부터 줄여서 '고단샤'로 표기한다). 캐치프레이즈는 '일본에서 가장 재미있다! 일본에서 가장 유용하다! 일본에서 가장 싸다!'로 정했다. 434쪽이나 되는 잡지인데 가격은 놀랍게도 50센이었다.

《킹》 창간호는 50만 부를 찍었다. 노마는 100만 부를 찍을 작정이었지만, 유통업자가 20만 부를 주장해서 협의한 결과 50만 부가 되었다. 전국 신문에 광고를 내고 편지 32만 5천 통, 엽서 183만 6천 장을 관공서, 학교, 단체, 유명인 등에게 보냈다. 발매일에는 서점에 진돈야가 나가 불꽃도 쏘아 올렸다고 한다. 이 선전비가 38만 엔이었다. 창간호 50만 부를 모두 팔아도 한 부에 50센이니 매출액은 25만 엔밖에 되지 않는다. 게다가 유통 비용을 빼면 출판사에 들어오는 돈은 3분의 2밖에 안 되리라. 완전히 적자지만, 창간호로만 끝나는 게 아니다. 이런 대대적인 선전 덕분에 추가로 인쇄하여 창간호는 74만 부를 팔았다. 그리고 2년 뒤인 1927년 신년호로 일본 출판 역사상 첫 100만 부 잡지가 된다. 창간호 때 《킹》의 대들보 노릇을 한 사람은 요시카와 에이지였다.

모든 면에서 스케일이 큰 《킹》은 소설 현상 공모에서도 파격적인 상금을 내걸었다. 400자 원고지 50매에서 100매 분량으로 현대물이건 시대물이건 탐정소설이면 되었다. 1등 상금은 1천 엔이었다. 《신세이넨》의 상금이 원고 매수는 다르다고 해도 10엔이었고, 다른 잡지도 비슷한 형편이었으니, 그 100배나 되는 금액이었다.

요코미조는 니시다나 란포에게 이야기하지 않고 400자 원고지 75매짜리 시대소설 「3년 동안 잠을 잔 스즈노스케三年睡った鈴之助」를 써서 응모해 2등으로 뽑혔다. 도쿄에 간 적도 없는데 에도를 무대로 한 사랑의 도피 이야기를 써서 2등을 차지했으니 요코미조의 문학적 재능은 참으로 놀랍다. 그는 나중에 참고 자료한 권만 읽고 에도 시대를 무대로 한 시대 추리소설[89] 여러 편을 써서 인기를 얻기도 했다. 타고난 재능이다.

---

89   일본에서는 '도리모노초捕物帳'라는 서브 장르로 구분한다. 이 책에서는 도리모노초를 '체포록'으로 옮긴다.

이 소설은《킹》에 게재되지 않았으나, 요코미조는 상금 500엔을 받았다. 그래서 그는 란포와 도쿄 여행을 하게 되었다.

그해에 요코미조는 번역에도 힘을 쏟았다.《신세이넨》1월호에 두 작품을 번역한 뒤, 신춘 증간호에 한 작품, 6월호에는 하코트의「마하트마의 마술」, 10월 가을 특별 증대호의 '비스턴 단편 모음'에는「한 달에 200파운드」「결투가 클럽」「부침」그리고「폐가에서 보낸 하룻밤」까지 모두 네 작품을 옮겼다.

이 밖에 란포와 만든 '탐정 취미의 모임' 기관지인《단테이슈미探偵趣味》에는 수필을 싣고, 오사카마이니치신문사가 편집, 발행하는《선데이마이니치サンデー毎日》에「킹 잭 바キャン・シャック酒場」라는 짧은 손바닥 소설도 썼다.

탐정 작가 요코미조 세이시는 란포와 만나면서 재가동을 시작한 셈이다.

첫 출판

1925년(다이쇼 14) 7월 18일을 발행일로 삼아 에도가와 란포의 첫 책『심리시험』이 슌요도에서 나왔다.「2전짜리 동전」「D언덕의 살인사건」「흑수단」「심리시험」「영수증 한 장」「두 폐인」「쌍생아」「일기장」「주판이 사랑을 말하는 이야기」「무서운 착오」「붉은 방」등 그해 4월까지 발표된 모든 단편이 실렸다. 고사카이 후보쿠가 서문을 썼고, 사륙판에 311쪽, 정가는 2엔이었다.

란포를 슌요도에 소개한 사람은 고사카이 후보쿠였다. 이름 높은 의학자이기도 했던 고사카이는 슌요도에서『과학 탐정』

『근대 범죄 연구』를 내며 아주 가까워진 상태였다. 고사카이는 같은 해 4월 11일 날짜를 적어 보낸 편지에서 '내 희망이지만, 지금까지 발표한 작품의 분량이 이제 상당할 테니 모아서 한 권의 책으로 만들면 어떨까요? 모리시타 씨와 의논하고 다른 출판사와 교섭한다거나 해서 산파역을 맡을 테니까' 하며 권했다. 란포는 모리시타와 의논하고 고사카이에게 모든 걸 맡겼다. 고사카이가 슌요도에 출간 의사를 타진하자 출판사도 흔쾌히 승낙했다. 이렇게 해서 5월에 에도가와 란포의 첫 책 출간이 결정되었다.

나아가 슌요도는 란포의 책 한 권만으로는 팔기 힘들겠다고 생각해 '창작 탐정소설집'이라는 시리즈 간행을 결정하고 『심리 시험』을 그 첫 번째 책으로 삼았다. 1927년(쇼와 2)까지 제2권은 란포의 『천장 위의 산책자』, 제3권은 고가 사부로의 『호박琥珀 파이프』, 제4권은 란포의 『호반정 사건湖畔亭事件』, 제5권은 고사카이 후보쿠의 『연애곡선』, 제6권은 고가 사부로의 『무서운 응시』, 그리고 제7권은 란포의 『난쟁이一寸法師』로 이어진다.

지금도 에도가와 란포의 작품을 간행하고 있는 슌요도는 1878년(메이지 11) 3월에 와다 도쿠타로和田篤太郎(1857~1899)가 창업했다. 약 140년의 역사를 지닌 오래된 출판사다. 와다는 기후현 출신으로, 유신 동란 시기에 도쿄로 왔지만 하던 장사가 잘되지 않았다. 사업 실패로 고생하다가 세이난전쟁[90]에 종군한 뒤, 전

90 　西南戦争, 사쓰마번의 사무라이들이 1877년에 일으킨 무력 반란. 일본 역사에서 마지막 내전으로 기록되어 있다.

쟁이 끝난 뒤에는 간다의 이즈미정에 책 소매점을 열었다. 출판에 진출한 것은 1882년(메이지 15) 무렵으로, 처음에는 주로 번역물을 냈다. 1889년(메이지 22)에 문예지 《신쇼세쓰新小説》를 창간했다. 하지만 1년 만에 폐간했다가 1896년(메이지 29)에 제 2기 《신쇼세쓰》를 창간했다. 이때 편집장은 고다 시게유키였는데, 그가 바로 나중에 문호로 이름을 떨치는 고다 로한[91]이었다. 로한은 이듬해에 사표를 냈지만 관계는 이어졌다.

슌요도는 미술 출판 분야의 선구자이기도 하다. 목판 채색 봉서접木版彩色奉書摺이라는 획기적인 인쇄 기법으로 호화로운 미술 잡지도 냈다. 문예 출판 쪽에서도 메이지 20년대부터 로한을 비롯해 오자키 고요[92], 이와야 사자나미, 쓰보우치 쇼요[93], 모리 오가이, 나쓰메 소세키[94], 이즈미 교카[95], 후타바테이 시메이[96], 구니키다 돗포[97], 다야마 가타이[98] 등 주요 작가 대부분이 슌요도

---

91   幸田露伴(1867~1947), 소설가, 수필가. 일본 제1회 문화훈장 수상자다.

92   尾崎紅葉(1868~1903), 소설가이자 하이쿠 시인. 메이지 시대의 사회상을 보여주는 풍속소설로 이름 높았다.

93   坪内逍遥(1859~1935), 소설가, 평론가, 번역가, 극작가. 셰익스피어 전집 번역으로도 유명하다.

94   夏目漱石(1867~1916), 일본 근대소설을 확립한 메이지 시대의 대표적 작가. 주요 작품으로 『나는 고양이로소이다』 『마음』 등이 있다.

95   泉鏡花(1873~1939), 소설가. 일본 근대 환상문학의 선구자로 꼽는다.

96   二葉亭四迷(1864~1909), 일본 근대문학의 선구로 평가받는 소설가이자 평론가. 러시아문학 번역에 힘을 쏟았으며, 자연주의 작가들에게 큰 영향을 끼쳤다.

97   国木田独歩(1871~1908), 소설가, 시인. 일본 자연주의 문학의 선구자로 꼽는다. 지금도 발행되는 《후진가호婦人画報》의 창간 당시 편집을 맡는 등 잡지 편집자로도 활약했다.

98   田山花袋(1872~1930), 자연주의 문학을 대표하는 작가 중 하나. 기행문으로도 유명하다.

에서 책을 냈고, 특히 나쓰메 소세키는 이와나미쇼텐岩波書店에서 『마음』이 출간될 때까지는 거의 모든 작품을 슌요도에서 냈다.

하쿠분칸이 잡지로 시작해 이를 바탕으로 출판 왕국을 이룩한 것과는 달리, 슌요도는《신쇼세쓰》같은 잡지도 있었으나 중심은 단행본이었다. 분야는 문학뿐 아니라 경제, 사상, 음악, 원예, 의학, 주식 등 다양했다.

슌요도와 탐정소설의 밀접한 관계가 시작되었다.

'탐정 취미의 모임'이 내는 잡지《단테이슈미》는 9월에 창간되었으며, 이듬해 제4호부터 슌요도가 발행을 맡았다.

『심리시험』이 나오자《선데이마이니치》에서 서평을 실어주기로 했다. 란포는 오사카마이니치신문의 가스가노에게 부탁했는데 가스가노는 "내 이름을 빌려줄 테니 요코미조 군에게 쓰라고 하라"며 거절했다. 그래서 란포는 고베로 찾아가 요코미조를 만나서 가스가노의 고스트 라이터 역할을 떠맡겼다. 요코미조는 편집자 시절에 많은 사람의 이름을 빌려 대신 작품을 쓰게 되는데, 그런 대작代作의 첫 번째가 가스가노 대신 쓴『심리시험』서평이었다.

요코미조가 쓴 서평을 읽고 란포는 "칭찬이 지나쳤다"며 나무랐다. 여덟 살 차이가 나는 두 사람의 형제 같은 관계는 이 무렵부터 시작되었다. 요코미조는 늘 란포의 말에 따랐다. 란포는 요코미조를 괴롭히는 듯 지켜봐주었다.

9월에 란포의 아버지 히라이 시게오가 세상을 떠났다. 후두암을 선고받고도 1년 동안 투병했다. 아버지가 위독할 때 쓴 작품이 「천장 위의 산책자」로, 《신세이넨》 여름 증간호에 게재되었다. 고사카이 후보쿠가 데뷔한 호였다.

그리고 슌요도가 발행하는 《신쇼세쓰》 9월호에 「일인이역一人二役」, 《샤신호치》 9월호에 「의혹」, 《구라쿠》 10월호에는 「인간 의자人間椅子」, 《에이가토탄테이映画と探偵》[99]라는, 오사카에 사는 미요시라는 사람이 내던 동인지로 보이는 잡지에 「입맞춤接吻」이 게재되었다.

《신세이넨》에 실린 「천장 위의 산책자」를 읽은 가와구치 마쓰타로가 《구라쿠》에도 그런 소설을 써달라고 부탁했다. 원고 청탁을 받아들인 것까지는 좋았는데 아이디어가 통 떠오르지 않았다. 등나무 의자에 기대앉은 란포의 바로 앞에 다른 등나무 의자 하나가 눈에 들어왔다. 의자 모양이 마치 사람이 웅크리고 앉은 듯하다는 생각이 들었다. 큰 팔걸이의자라면 사람이 들어갈 수 있지 않을까, 하는 생각이 들었다. 하지만 란포의 집에는 큰 팔걸이의자가 없었다. 요코미조 세이시로부터 고베에 서양 가구 경매 시장이 있다는 이야기를 들은 기억이 나서 얼른 요코미조를 찾아갔다. 란포는 신경이 쓰이기 시작하면 바로 행동으로 옮기는 편이었다.

그때 가구 경매 시장은 어디서도 열리지 않았다. 란포는 요코미조와 고베 시내에 있는 가구점을 찾아다녔다. 어느 가구점 앞에 큰 팔걸이의자가 보였다. 란포는 가게 직원에게 불쑥 "이 의

---

99   '영화와 탐정'이라는 의미이다.

자 안에 사람이 들어갈 수 있을까요?" 하고 물었다. 이렇게 해서 「인간 의자」가 태어났다. 이 명작에는 요코미조도 간접적으로 협력한 셈이다.

란포는 하세가와 신[100], 시라이 교지[101] 등 신흥 대중문학 작가들이 만든 '21일회'의 동인이 되었다. 이른바 문단 활동의 시작이었다.

도쿄로—란포, 요코미조 : 1929년

4월 이후로 란포와 요코미조의 교류는 계속 이어져 요코미조가 《킹》에서 상금 500엔을 받자 11월에 두 사람은 함께 도쿄로 향했다. 란포에 따르면 요코미조가 도쿄에 가고 싶다고 해서 동행했다고 한다. 출판계에서 11월은 12월에 발매되는 신년호를 만드느라 바쁜 시기다. 란포도 《신세이넨》 신년호를 위해 「춤추는 난쟁이踊る一寸法師」를 집필 중이었다. 오사카에서 앞부분을 쓰고, 뒷부분은 도쿄에 머무는 중에 썼다.

두 사람은 10월 31일 아침 출발해, 나고야에서 내려 고사카이 후보쿠를 방문하고 저녁에는 나고야 호텔에서 식사하게 되었다. 그 자리에 구니에다 시로国枝史郎가 왔다.

구니에다 시로는 1887년에 태어났으니 란포보다 일곱 살 위

100　長谷川伸(1884~1963), 소설가, 극작가. 유명한 역사소설가 이케나미 쇼타로池波正太郎의 스승으로 잘 알려져 있다.

101　白井喬二(1889~1980), 시대소설가. 수많은 작품을 발표해 대중문학의 거장으로 꼽힌다.

다. 나가노현 출신으로 와세다대학 영문과에 들어가 시와 연극에 빠져 지내던 시절도 있었지만, 대학을 중퇴하고 오사카마이니치신문에 들어갔다가 이내 그만두고 쇼치쿠자[102]의 전속 작가가 되었다. 하지만 바제도병[103]에 걸려 쇼치쿠자를 그만두고 요양에 들어갔다. 1921년에 기소후쿠시마정으로 이사한 뒤,《고단클럽》《고단잣시講談雜誌》《쇼넨클럽》 등에 여러 필명으로 집필하기 시작했다. 1922년(다이쇼 11)에《고단잣시》9월호부터 「쓰타카즈라키소노카케하시蔦葛木曽桟」[104]를 연재하기 시작했고, 1925년에는《구라쿠》1월호부터 「신슈 고케쓰성信州纐纈城」[105] 연재를 시작해 나고야로 이사한 상태였다. 구니에다 시로는 "아직 탐정소설은 쓰지 않지만 앞으로 쓰고 싶다"라고 했다.

란포와 요코미조는 야간열차를 타고 도쿄로 향했다. 도쿄에는 가와구치 마쓰타로가 한발 먼저 도착해 같은 마루노우치 호텔에 묵었다. 여기서 란포는 도바조선소에 근무할 때 동료였던 혼이덴 준이치와 재회했으며 조 마사유키[106]도 처음 만났다.

---

102 松竹座, 영화, 연극, 가부키 등의 배급을 맡는 유명한 쇼치쿠 주식회사가 경영하는 극장.

103 Basedow's disease, 갑상샘 항진증의 대표적인 질환으로, 안구 돌출을 수반한다.

104 무로마치 시대 말기를 배경으로 상상력을 한껏 펼친 전기소설. 지금도 많은 사람이 찾을 만큼 유명한 작품이다. 미카미 엔의 『비블리아 고서당 사건수첩』에서도 언급된 바 있다.

105 1925년부터 1926년에 걸쳐 연재되었다. 미완성 시대 전기소설이지만 걸작으로 꼽힌다. 1968년에 복간되었을 때 미시마 유키오가 높이 평가하면서 이 작품에 대한 재평가가 이루어졌고 많은 작가가 영향을 받았다.

106 城昌幸(1904~1976), 소설가, 시인, 편집자. 탐정소설과 시대소설을 주로 썼다. 요코미조 세이시가 만든 명탐정 긴다이치 고스케의 모델 가운데 한 명이기도 하다.

조 마사유키는 본명이 이나미 마사유키인데, 조 사몬이라는 필명을 쓰는 시인이기도 했다. 1904년에 도쿄시 간다에서 태어났으니 란포보다 열 살 아래, 요코미조보다 두 살 아래인 셈이다. 대학, 전문학교를 전전하다가 마쓰모토 다이가 주재하는 《단테이분게이》에 합류하게 되고, 《신세이넨》에는 같은 해 9월호에 「그 폭풍우」 「괴기의 창조」 두 작품을 게재한 상태였다. 그는 제2차 세계대전이 끝난 뒤 《호세키》 편집장, 호세키샤宝石社 사장이 되어 란포와 요코미조를 지원한다. 혼이덴도 이즈음에는 하쿠분칸에 들어가 《분게이클럽》의 편집자가 되어 있었다.

요코미조는 특별한 볼일이 없는 듯했지만, 란포는 도쿄에 있는 출판사와 협의할 일들이 있었다. 사실 이 시점에 란포는 도쿄로 이사할 생각을 하고 있어, 출판사를 돌며 다음에도 일이 있을지 타진하기 위해 도쿄에 온 것이었다고 요코미조는 지적했다. 란포는 다음 책인 『천장 위의 산책자』와 관련해 슌요도와 협의하고, 호치신문에서는 노무라 고도와 만났으며, 고단샤의 《킹》 편집자와도 만났다. 이때도 고사카이 후보쿠가 소개해주었다.

그러나 그 시절 최고 발행 부수를 자랑하던 잡지인 《킹》에서 하는 원고 청탁을 란포는 잘 받아들이지 않았다.

모리시타 우손은 란포가 요코미조와 도쿄에 왔음을 《신세이넨》 집필진에게 알리고 환영 파티를 열어주었다.

요코미조 세이시가 모리시타 우손을 만나는 것은 그때가 두 번째였다. 우손은 매년 한 차례씩 가족을 이끌고 고향인 도사를 방문했다. 시코쿠로 가기 위해 고베항에서 배를 타는데, 어느 해

귀성길에 오른 우손이 고베에서 니시다와 요코미조를 숙소로 불러 만난 적이 있다. 모리시타를 기리는 추도문(1965년)에서 요코미조는 '1923년, 1924년 무렵이었던 것 같다'며, 이때 우손이 '조 마사유키라는 젊고 유능한 신인 작가'를 화제에 올리고 그가 쓴 단편 내용을 이야기해주었는데, '그 말투가 40년이 지난 지금도 기억에 남아 있다'라고 했다. 그러나 조가 《신세이넨》으로 데뷔하는 것은 요코미조가 도쿄에 가는 1925년의 9월호였다. 1년 전에 원고를 읽었다는 걸까?

란포는 이듬해 1월호, 즉 12월에 발매되는 잡지 세 곳에 장편을 연재하기로 했는데, 그중 《구라쿠》에 싣기로 한 「어둠에 꿈틀거리다闇に蠢く」의 교정지가 여행 전에 도착했다.

호텔에서는 란포와 요코미조가 같은 방을 썼고, 란포는 「어둠에 꿈틀거리다」의 교정을 보고 「춤추는 난쟁이」 원고의 후반부를 썼다. 요코미조에게 「춤추는 난쟁이」를 읽고 의견을 말해달라고 하자 그는 "전반부는 재미있는데 후반부는 급히 써서 그런지 좀 떨어진다"라고 날카롭게 평가했다.

요코미조는 며칠 있다가 돌아갔지만, 란포는 월말까지 도쿄에 남아 있었다.

1925년에 잡지에 실린 에도가와 란포의 작품은 모두 열일곱 편이었다(발행일 기준).

또 슌요도는 단편집 『심리시험』에 이어 1926년 1월 1일 발행으로 두 번째 단편집 『천장 위의 산책자』를 내놓았다. 거기에는 표제작 말고도 「백일몽白昼夢」 「백 가지 얼굴을 지닌 배우」 「몽유병

자의 죽음」「유령」「일인이역」「의혹」「영화의 공포映画の恐怖」「춤추는 난쟁이」「반지指環」「도난」「독초毒草」「입맞춤」「인간 의자」가 수록되었다.

흔히 '란포 작품 가운데 진짜 명작이라고 부를 수 있는 초기 단편들만 모았다'라고 할 때는 바로 이 단편집을 가리킨다.

장편소설 세 편 연재

1926년은 다이쇼 연호를 쓰는 마지막 해였다. 12월 25일에 다이쇼 시대는 막을 내리고, 일주일 동안은 쇼와 원년이 된다.

에도가와 란포는 1월에 도쿄로 이사했다. 우시고메구 쓰쿠도 하치만정에서 아내와 어머니, 그리고 나이 차이가 크게 나는 여동생까지 함께 살았다.

1925년 연말에 발매된 1월호부터 잡지 세 곳에서 장편 연재가 시작된 상태였다. 《구라쿠》에 「어둠에 꿈틀거리다」, 《선데이마이니니치》에 「호반정 사건」, 《샤신호치》에 「공기남空気男」이었다.

여태 장편소설을 연재해본 적 없던 작가가 갑자기 세 편이나 동시에 시작했다. 도쿄로 이사하기 위한 자금이 필요하기는 했지만 대담하달까, 무모한 시도였다. 그래서 이 연재는 모두 파탄 상태에 빠지고 만다.

《구라쿠》에 연재하던 「어둠에 꿈틀거리다」는 '에로틱하면서도 무시무시한 내용'으로 쓰려고 했었다. '순수 탐정소설보다 그런 농염하고 괴기스러운 소설' 쪽이 더 크게 환영받을 거라는 저널리스트적 감각이 작동했기 때문이다. 애당초 란포에게는 순수한 이론을 중시하는 탐정소설뿐만 아니라 농염하고 괴기스러운 소설을 지향하는 면도 있었다.《구라쿠》는《신세이넨》과 달리 탐정소설 전문지가 아니라 일반 잡지여서 편집장인 가와구치 마쓰타로도 많은 사람이 좋아할 만한 소재를 선호했다고 한다.

이렇게 해서 란포의 새로운 경지라고 할 만한 괴기 농염 노선이 시작되었다.《구라쿠》의 신문광고에서는 마야마 세이카, 기쿠치 간, 사토미 돈, 다야마 가타이, 요시이 이사무, 나가타 미키히코, 구니에다 시로, 고사카이 후보쿠, 이토 지유 같은 인기 작가 이름이 즐비한 가운데 란포와 마야마 세이카, 두 사람이 특별히 크게 다루어졌다. 데뷔한 지 4년 만에 에도가와 란포는 대작가가 되어 있었다.

신문광고에서 이렇게 중요하게 다뤄지는 것은 란포가 처음 경험하는 일이었다. 요코미조 세이시와 만날 일이 있었다. 요코미조가 "광고를 보았을 때 아무리 찾아도 이름이 없어서 이번 호에는 실리지 않는 줄 알았더니 크게 실려 있었다. 너무 커서 알아차리지 못했다"라고 말했다. 에드거 앨런 포의 소설 중에 '지도에서는 지명의 글자 크기가 클수록 찾기 힘들다'라는 이야기가 있는데, 그것과 똑같다며 두 사람은 웃었다.

그 광고에는 '천하일품인 탐정소설을 이 분야의 유일한 작가가 집중하고 가다듬으며 계속 쓰고 있다. 세상에는 탐정소설이 헤아릴 수 없이 많지만, 이 「어둠에 꿈틀거리다」를 읽지 않고서 탐정소설을 읽었다는 이는 아직 진짜 탐정소설의 참맛을 모르는 사람이리라. 이제 괴기의 세계가 어둠 속에 깊숙하게 열려 거기

서 또 새로운 괴기가 탄생했다!'라고 적혀 있다. 가와구치 마쓰
타로가 쓴 내용이리라. 그렇지만 이 잡지 첫 페이지에는 '탐정소
설'이 아니라 '장편 괴기소설'이라고 했다.

란포는 「어둠에 꿈틀거리다」를 구상할 때, 구로이와 루이코의
『괴이한 것』을 읽고 이런 줄거리를 이용할 수는 없을까, 하고 막
연히 생각했다. 그 스토리를 그대로 사용하지는 않았지만, 1회를
읽은 요코미조 세이시는 "구로이와의 『괴이한 것』과 똑같다"라
고 지적했다. 란포는 '원래부터 요코미조 세이시 군은 내게 무서
운 존재다. 그를 알게 된 뒤로 오늘까지 좋은 쪽으로나 나쁜 쪽으
로나 그는 말없이 내 창작 생활을 좌우하는 면이 있다. 누구의 비
평보다 그의 비평이 내겐 가장 아프게 다가온다. 전생에 무슨 인
연인가'라고 6년 뒤인 1932년(쇼와 7)에 썼다.

《구라쿠》에 연재하는 「어둠에 꿈틀거리다」 1회를 10월 말까지
쓰고 난 뒤, 란포는 요코미조와 함께 도쿄로 갔는데, 그 뒤에 《선
데이마이니치》와 《샤신호치》에서도 연재 의뢰가 들어왔다. 《선
데이마이니치》는 오사카마이니치신문의 가스가노 미도리를 통
해 연재를 의뢰했다. 연재 이야기만이 아니라 가스가노는 《선데
이마이니치》 편집부에서 일하지 않겠느냐는 제안도 했다. 급여
도 우대하고 다른 잡지에 소설을 써도 괜찮다는 좋은 조건이었
다. 그때 이 잡지는 오사카에 편집부가 있어, 란포가 도쿄로 이사
한다는 이야기를 듣고 말리기 위해서였다. 조건은 좋았지만 《선
데이마이니치》 전속 작가가 되어야 한다는 염려와 이제 직장 생
활은 지긋지긋하다는 생각으로 취직 제안은 거절하고 연재 의뢰

만 받아들였다.

이렇게 해서 《선데이마이니치》에는 「호반정 사건」을 쓰게 되었다. 처음이자 마지막으로 주간지에 장편소설을 연재하게 된 것이다. 탐정소설로서의 요소가 강하고 사체를 토막 내 트렁크에 넣어 태워 없앤다는 이야기다. 이를 존경하는 우노 고지의 문체로 쓰겠다는 시도였다. 1월 3일 발행호부터 5월 2일 발행호까지 4개월에 걸쳐 연재되었는데 7회 때 한 차례 연재를 걸렀기 때문에 11회 연재로 완결되었다.

《샤신호치》는 전해에 단편을 실었으니 이번에는 장편소설을 연재하자고 원고 청탁을 해서 「두 명의 탐정소설가二人の探偵小説家」라는 제목으로 연재했다. 이게 헤이본샤판 전집에 미완인 채로 수록될 때 「공기남」으로 바뀌었다.

「공기남」은 고분샤문고판에서는 40쪽밖에 되지 않아 도저히 장편소설이라고는 할 수 없다. 애초 구상은 장편이었지만 쓰다 보니 글이 막혀 연재를 멈춘 뒤 더는 이어지지 않았다. 고단자카에서의 곤궁한 시절을 함께한 친구 이노우에 가쓰요시와의 관계를 모델로 삼은 사소설 스타일이다. 가난한 두 청년이 심심해서 탐정놀이를 하거나 탐정소설을 써서 잡지사에 보내며 노는데 진짜 범죄 사건이 일어난다. 완성되었다면 메타픽션적인 작품이 되었으리라. 모델이 있으면 편하게 쓸 수 있을 거라 생각해 이런 소재를 선택했을 테지만, 1월 5일 발행호에서 15일 발행호까지 연재한 다음 2월 5일에는 건너뛰고 2월 15일 발행호에 제4회를 실었다. 그런데 《샤신호치》가 폐간되어 연재는 중단되고 말았다, 라고 에도가와 란포는 기록했다. 하지만 고분샤문고판 해설에 따르면 그렇지 않다. 실제로는 잡지 발행이 계속되었고, 란포가 소설을 쓰지 못해 쉬는 동안에 잡지의 지면이 개편되면서 소설을 싣지 않기로 방침이 정해졌기 때문에 편집자도 연재를 중단할 수밖에 없었으리라는 이야기다.

따라서 연재물 세 작품을 동시에 쓰던 시기는 2월에 나온 잡지까지이며, 5월에는 「호반정 사건」도 끝나 「어둠에 꿈틀거리다」만 남게 된다.

「어둠에 꿈틀거리다」 연재는 11월호까지 이어졌지만, 4월호와 9월호는 쓰지 못해 걸렀다. 게다가 11월호에서 연재가 종료되는데 이야기는 끝나지 않았다. 미완인 상태로 중단된 것이다. 이듬해 10월에 헤이본샤에서 단행본으로 만들 때 결말 부분을 가필해 완성했다.

어느 연재나 스토리를 끝까지 정한 뒤에 쓰지 않고 마음 내키면 1회를 시작해놓고 그다음에는 머릿속에서 풀리는 대로 썼기 때문에 힘들 수밖에 없었다. 란포는 그런 글쓰기 습관을 반성하며 연재를 시작할 때마다 이번에는 진짜 마지막까지 정하고 쓰리라 마음먹었지만 결국 치밀한 구상 아래 쓰지는 못했다. 그런 자신이 싫어 자기혐오에 빠지면서 휴필休筆을 반복했다.

「2전짜리 동전」으로 데뷔한 란포는 「D언덕의 살인사건」과 「심리시험」에서 아케치 고고로를 등장시켜 탐정소설 세계에서는 단숨에 일인자가 되었다. 그러나 일반 잡지에도 연재하기 시작하면서 순풍에 돛을 달았던 에도가와 란포의 작가 생활은 위기를 맞이하고 있었다.

그런 란포를 구해준 사람이 바로 요코미조 세이시였다.

요코미조, 하쿠분칸으로

'다이쇼 15년 6월 어느 날, 나는 엉겁결에 하쿠분칸에 입사해, 모리시타 편집장 아래서《신세이넨》편집에 종사하고 있었다.' 요코미조는『50년』에 이렇게 썼다. 거의 주체성 없이 흐름에 몸을 맡긴 느낌인데 실제로도 그랬다.

요코미조는 1926년(다이쇼 15)에 6월까지 고베에서 약국을 하면서 탐정소설을 쓰고, 외국 소설을 번역하며 지냈다.《신세이넨》1월호에는「광고 인형広告人形」, 2월호에는「배신하는 시계裏切る時計」를 썼으며, 3월에 발행된 신춘 증간호에는 네 편의 번역 작품(밸런타인의「허실의 두 사람」, 라인하트의「진주 소동」, 호지스의「다툼」, 코널의「바보의 범죄」), 6월호에도 비어스의「어느 여름날 밤」을, 7월호에는「슬픈 우편집배원」을 번역해 실었다.《신세이넨》말고도《포켓》2월호에 시대소설「잠깐 맡은 밀서ぁ時の預かった密書」[107],《단테이슈미》4월호에「재난災難」,《선데이마이니치》7월 특별호에「쇼윈도 속의 연인飾窓の中の恋人」이 실렸다.《단테이슈미》에는 수필을 쓰기도 했다.

같은 시기에 란포는 앞에서 이야기했듯이 장편소설 세 편을 연재하느라 악전고투 중이었다. 그뿐만 아니라《신세이넨》에는

---

107 1939년 단행본에 수록될 때는「밀서왕래密書往来」로 제목을 바꾸었다.

신년 증대호에 「춤추는 난쟁이」, 4월호에는 「화성의 운하」, 5월호에는 다른 작가와 공동 연작으로 쓴 「5층의 창五階の窓」 1회를 썼으며, 《후진노쿠니婦人の国》[108] 1월호와 2월호에 「복면 쓴 무용가覆面の舞踏者」, 《다이슈분게이》 3월호에 「재티灰神楽」, 《신쇼세쓰》 6월호에 「모노그램モノグラム」, 《다이슈분게이》 7월호에 「오세이 등장お勢登場」[109]을 발표했다.

5월 31일, 란포는 오사카방송국(지금의 NHK 오사카방송국) 프로그램에 출연했고, 일을 마친 뒤 고베로 가서 요코미조 세이시를 만났다. 란포는 고베에 네댓새 머물다가 도쿄로 돌아갔다.

이 무렵 도쿄의 란포 주변에서는 영화 제작 이야기가 나오고 있었다. 『50년』에서 요코미조는 이렇게 썼다(1970년, 「드문드문 남기는 기록途切れ途切れの記」).

'이 일의 중심에는 란포 씨의 옛 동료인 혼이덴 준이치 군이 있었다. 혼이덴 군과는 한 해 전 란포 씨를 따라 도쿄에 갔을 때 만났는데, 혼이덴 군이 가끔 고베로 영화 이야기를 담은 편지를 보내주어 나도 거기에 답장을 쓰고 있었다.

소극적이며 겁 많은 성격이란 바꿔 말하면 신중한 성격이라는 이야기다. 그래서 나는 란포 씨가 아무리 인기 작가라 해도 영화 제작은 좀 아니지 않을까, 하고 생각했다. 하지만 란포 씨가 하고 싶어 하는데 찬물을 끼얹을 수는 없어 나도 크게 마음먹고

---

108 1925년에 신초샤가 창간한 잡지.

109 '오세이'는 작품에 등장하는 여성의 이름이다. 란포는 이 여성을 주인공으로 다른 작품도 구상했지만 이루어지지 않았다.

시나리오 비슷한 것을 써서 보내기도 하고 있었다.'

그러던 중에 란포가 찾아와 영화 이야기도 꺼냈으리라. 이듬해인 1927년에 요코미조는 《슈칸아사히週刊朝日》[110]에 「산책하고 나서散步の事から」라는 수필을 써서 1년 전에 있었던 일을 실감 나게 적었다.

'작년 7월이었다. 연초에 오사카를 떠나 도쿄로 이사한 에도가와 란포가 오사카에서 라디오방송에 출연한다고 들은 적이 있는데, 그때 그는 영화 제작에 심상치 않은 열정을 보였다. 그때 그가 한 말에 따르면 당장이라도 성사될 것 같았고, 게다가 이건 물론 농담이겠지만 "1만 엔은 벌 수 있을 거야. 1만 엔……"이라고 했다. 나는 적잖이 혹했다. 그즈음 나는 다른 일, 그것도 글쓰기와 전혀 관계없는 장사를 하고 있었다. 게다가 내가 없으면 아무래도 제대로 되지 않을 일이었기 때문에, 쉽사리 바로 도쿄로 달려갈 수도 없었다. 그래도 마침 그때 돈이 좀 들어올 일도 있어, 한번 놀러 가도 괜찮겠다고 생각하고 있었다. 나흘이나 닷새쯤 그가 고베에 머물다가 도쿄로 돌아갈 때 함께 가자는 걸 한 달 뒤에는 틀림없이 가겠다는 말로 거절했다.'

6월에 요코미조의 첫 작품집 『광고 인형』이 나왔으니 여기서 '돈이 좀 들어올 일도 있어'라고 한 것은 아마 그 인세를 말하는 것이리라.

---

110 1922년에 창간해 지금도 발행되고 있다. 2008년 3월까지는 아사히신문사에서, 그 뒤로는 아사히신문출판에서 발행하고 있다.

『광고 인형』을 낸 출판사는 우시고메구 요코테라정에 있던 슈에이카쿠聚英閣였다. 이 책은 '탐정 명작 총서' 가운데 한 권으로 나왔다. 이 시리즈를 순서대로 살피면 다음과 같다. 고사카이 후보쿠의 『죽음의 입맞춤』, 코넌 도일의 『운명의 탑』(노부하라 겐 옮김), 요코미조 세이시의 『광고 인형』, 스테이시 오머니어[111]의 『어두운 복도』(세노 아키오 옮김), 쓰노다 기쿠오의 『발광』 등이 나왔다.

『광고 인형』에는 표제작 말고도 「화실의 범죄」 「배신하는 시계」 「캔 잭 바」 「재난」 「언덕 위의 집 세 채」 「붉은 저택의 기록赤屋敷の紀錄」 「길가의 사람路傍の人」이 실렸고, 마지막 두 작품은 이 단행본을 위해 새로 썼다.

「산책하고 나서」를 계속 인용한다. '그렇지만 그로부터 3주 사이에 그 주변의 여러 친구로부터 그 일이 어떻게 진척되고 있는지, 이제 2, 3일이면 작업에 착수할 것 같다는 내용의 편지를 세 통인가 네 통인가 받았는데, 나중에는 어쨌든 오라고 나를 호출했다.'

하지만 1970년에 나온 「드문드문 남기는 기록」과는 이야기가 조금 다르다.

'어느 날, 불쑥 란포 씨가 "어쨌든 빨리 오라" 하는 전보를 보냈다. 나는 깜짝 놀랐다. 아니, 그렇다면 어느 정도 실현 가능성

---

111 Stacy Aumonier(1877~1928), 추리소설과 청소년 소설을 주로 쓴 영국 소설가. 노벨문학상 수상 작가인 존 골즈워디는 오머니어를 "시대를 통틀어 가장 뛰어난 단편 작가 가운데 한 명"이라고 평가했다.

이 있는 이야기인가, 하고 반신반의하면서도 어슬렁어슬렁 도쿄로 갔는데 역시 헛걸음이었다. "아니야, 자네 얼굴이 보고 싶어 전보를 친 거야." 란포 씨는 이렇게 말했지만, 화도 나지 않았다. 어차피 도쿄에 왔으니 잠시 놀다 갈까 생각했다. 여관은 비싸서 란포 씨 소개로 가구라칸이라는 하숙집에 머물게 되었다. 이부자리 같은 것들도 모두 란포 씨에게 빌렸다. 아니, 란포 씨가 그렇게 하라고 해서 나는 그냥 고분고분 시키는 대로 따랐을 뿐이다.'

란포는 『40년』에 이렇게 적었다. '혼이덴 준이치 군이 탐정 영화 프로덕션 설립 계획을 세우고 여러모로 알아본 적이 있다. 그 계획에 힘을 불어넣기 위해 요코미조 군에게 와달라고 내 명의로 "바로 오라"는 전보를 쳤다. 요코미조 군은 프로덕션이 정말 만들어지는 줄 알고 얼른 도쿄로 왔지만 그런 일이 쉽게 이루어질 리 없으므로 결국 헛걸음이 되고 말았다.'

요코미조가 속마음을 숨기지 않고 영화에 관심이 있는 모습을 보였다면 상황이 바뀌었을까?

하여간 요코미조는 약국 일을 내팽개치고 도쿄로 와서 란포의 집 근처, 우시고메에 있는 가구라칸에 묵게 되었다. 며칠 지난 어느 날 밤, 늦게 하숙집에 돌아오니 '하숙집 여종업원이 모리시타라는 분이 찾아왔다고 했다. 내일 5시쯤 고히나타다이정에 있는 집으로 저녁을 먹으러 오라는 전갈이었다. (중략) 대체 무슨 일일까 싶어 이튿날 고히나타다이정에 있는 댁으로 찾아가니 모리시타 선생께서 말씀하시기를, "어젯밤 란포 군 집에 잠깐 들렀을 때 자네에 관한 이야기가 나왔네. 고베에서 하는 일이 별로 재미없다고 하던데, 하쿠분칸에 들어와《신세이넨》을 함께 만들어 보지 않겠는가?"(『50년』)

란포는『40년』에 '요코미조 군도 약제사보다 문학 쪽에 마음이 있었다. 그래서 도쿄에 머물고 싶은 마음도 있어, 내가 중간에 서고 모리시타 씨가《신세이넨》에 들어오라고 권해 결국 도쿄에 눌러앉게 되었다'라고 썼다.

요코미조는 하쿠분칸에 들어오지 않겠느냐는 제안을 받고 깜짝 놀랐지만, 두말없이 "들어가겠습니다"라고 했다. 이튿날 고베에 있는 부모님께 '이제 고베에 돌아가지 않을 테니 약국은 알아서 처분해달라, 그리고 침구류를 이쪽으로 보내달라'는 내용으로 편지를 보냈다. 참으로 빠른 결단이었다.

이런 수필이나 회상은 작가가 쓴 것이라 각색되었다고 생각하고 읽는 편이 낫다. 영화 이야기가 얼마나 실현 가능성이 있었는지, 그걸 구실로 요코미조를 도쿄로 불렀을 뿐인지, 처음부터 란포와 모리시타 우손 사이에 요코미조를 하쿠분칸에서 일하게 하자는 이야기가 있었는지, 가만히 생각하면 수수께끼는 많다.

란포는 요코미조가《신세이넨》에서 일하게 되면 그 잡지에 좋아하는 작품을 쓸 수 있겠다고 생각했을 테고, 그즈음 모리시타는 하쿠분칸 내부에 하나부터 가르치며 일을 시킬 후배가 필요했던 상황이었음이 후에 드러난다. 그런 두 사람의 의도를 요코미조는 알고 있었을까?

영화 이야기는 란포의「천장 위의 산책자」를 기누가사 데이노스케[112]와 요코미쓰 리이치[113]나 가와바타 야스나리[114] 같은 신감각파 작가와 결성한 신감각파 영화 연맹이 영화화한다는 신문 기사가 있고, 란포가 주연을 맡고 요코미조도 출연자 가운데 한 명으로 적혀 있으니 완전히 뜬구름 잡는 이야기는 아니었다.

어쨌든 요코미조 세이시는 하쿠분칸에 입사했다. 나이 스물넷이었다. 아버지는 충격을 받아 '알코올 의존증이 되어버렸다'고 한다. 첫 월급은 60엔이었는데 "약혼자가 있어 내년에 결혼할 생각이다"라고 하자 10엔을 올려줘 70엔이 되었다. 그때 대졸 초임이 40엔이었다고 하니 꽤 괜찮은 대우였다. 게다가 책임을 느낀 란포와 우손이 대필 작가 일을 주었다. 고단샤가 발행하는《겐다이現代》10월호에 에도가와 란포의 이름으로 실린 「범죄를 쫓는 남자犯罪を猟る男」는 사실 요코미조가 써서 그 원고료 360엔을 모두 받았다. 모리시타 이름으로도 몇 편을 써서 160엔을 받았다.

이런 일들에 관해 요코미조는 '좋은 선배들 덕분에 너무도 행복한 출발을 할 수 있어서 다행이었지만 점점 인생을 쉽게 여기는 버릇이 들었던 모양이다'라고 『50년』에 썼다.

분명히 요코미조 세이시는 다른 사람들 덕에 큰 노력 없이도 성공해간다. 보기 드문 재능을 갖추었기 때문이기는 하지만, 운

---

112 衣笠貞之助(1896~1982), 영화감독. 에도 시대와 메이지 시대의 정서를 신파극 소재로 그려내는 데 일인자로 평가받았으며, 제7회 칸국제영화제에서 그랑프리를 수상했다.

113 橫光利一(1898~1947), 소설가, 평론가. 가와바타 야스나리와 함께 신감각파로 활동했다. 단편소설 「기계」는 일본 모더니즘 문학의 정점이라는 평가를 받는다.

114 川端康成(1899~1972), 신감각파 문학 운동을 대표하는 소설가. 주요 작품으로 『설국』 『산소리』 등이 있으며, 1968년 일본인 최초로 노벨문학상을 수상했다.

도 따랐을뿐더러 다른 사람의 호의를 이끌어내는 좋은 인품 덕분이리라.

하쿠분칸에 입사한 요코미조 세이시는 《신세이넨》에 배치되었다. 회사 내부 규칙에 따르면 자기가 편집하는 잡지에 글을 쓸 때는 원고료를 주지 않는다. 하지만 증간호나, 같은 회사에서 발행하더라도 다른 잡지에 쓸 때는 원고료를 받을 수 있게 되어 있었다. 그래서 그 뒤로 《신세이넨》에 요코미조 세이시라는 이름으로 소설을 쓰는 일은 드물어졌다. 번역이나 수필만 실렸고 소설은 다른 잡지에 쓰거나 다른 사람 이름으로 썼던 모양이다. 따라서 《신세이넨》 편집자 시절의 작가 요코미조 세이시에 관해서는 명료하지 않은 부분이 많다. 당분간 편집자 요코미조 세이시의 궤적을 따라가보자.

이 편집자가 없었다면 에도가와 란포의 걸작은 탄생하지 않았을 것이기 때문이다.

제3장

맹
우

'에도가와 란포 전집'

1926~1931

《신세이넨》편집자가 된 요코미조 세이시는 에도가와 란포로 하여금 명작 「파노라마섬 기담パノラマ島綺譚」과 「음울한 짐승陰獸」을 쓰게 하여 멋진 산파역을 맡았다.

란포는 《신세이넨》에는 본격 탐정소설을 쓰고, 다른 잡지나 신문에는 통속 장편소설을 쓰는 식으로 구분하여 인기 작가로 향하는 계단을 무서운 속도로 달려 올라간다.

「파노라마섬 기담」

하쿠분칸에 입사한 요코미조 세이시는 1926년(다이쇼 15) 10월호부터 《신세이넨》의 편집을 맡았다. 9월에 발매되었으니 편집, 제작 기간은 7월부터 8월까지다. 그런데 요코미조와 란포는 이 직업을 '편집자'가 아니라 '기자'라고 쓸 때가 많았다. 그 시절에는 잡지 편집자도 '기자'라고 불렀기 때문이다.

요코미조 밑에서 미즈타니 준은 '하쿠분칸 원외단院外団'으로서 요코미조를 돕게 되었다. 요코미조가 미즈타니와 처음 만난 때는 란포가 아직 오사카에 있던 시절, '탐정 취미의 모임' 정기 모임이 오사카마이니치신문사 지하에서 열렸을 때였다. 미즈타니는 와세다대학 학생이었는데《신세이넨》에 투고해 게재된 상태였다. 간사이 지역을 여행하다가 모리구치에 있던 란포를 찾아갔고, 란포가 모임이 있는 날이니 함께 가자며 데려간 자리에 요코미조가 있었다.

요코미조와 미즈타니는 그 후 반세기 넘도록 친구로 지내게 되는데, 첫인상은 서로 좋지 않았다. 요코미조는 미즈타니를 '이상하게 무뚝뚝한 녀석'이라고 생각했고, 미즈타니는 요코미조가 시선을 바삐 움직이는 게 신경 쓰였다. 하지만 모임이 끝나고 나란히 걸을 때 미즈타니가 주머니에서 수첩을 꺼내 "머릿속에 떠오른 트릭을 적어두었다"라고 했다. 그러자 요코미조도 주머니에서 수첩을 꺼내 "나도"라고 대꾸하여 서로 의기투합, 기나긴 우정은 이렇게 시작되었다.

요코미조가 편집에 참여한 첫 잡지인 10월호부터 란포의 「파노라마섬 기담」 연재가 시작되었다. 란포는 『40년』에서 요코미조 세이시가 《신세이넨》에 들어가자마자 내게 장편 연재를 시키려고 작정하고 계속 재촉했기 때문에 나도 마음이 내켜' 쓰기 시작했다고 했다. 하지만 요코미조의 이야기는 그리 간단하지 않다. 『옛이야기』에 실린 「『파노라마섬 기담』과 『음울한 짐승』이 나오게 된 이야기」에서 그는 이렇게 말했다.

'내가《신세이넨》에 들어가자마자 바로 시작한 일은 란포에게 원고를 조르는 것이었다. "나를 《신세이넨》에 집어넣지 않았느냐. 그 선물로 뭔가 작품을 써다오. 장편이 제일 좋겠지만, 그게 어렵다면 단편이라도 좋다. 안 그러면 모리시타 씨에게 면목이 없지 않겠는가?'"

요코미조는 가구라자카에 있는 하숙집 가구라칸에서 지냈는데, 그곳에서 란포의 집이 있는 쓰쿠도하치만정까지는 걸어서 10분도 걸리지 않았다. 요코미조는 매일 저녁 찾아가 설득했다. 하지만 란포는 "쓰겠다"라는 말을 쉽게 하지 않았다. 란포는 세 편의 장편소설이 모두 잘 써지지 않아 풀이 죽어 있었다. 도쿄로 이사한 뒤, 이제부터 작정하고 쓰자고 생각했지만 '내 창작력은 일찌감치 고갈되는 참상을 드러냈다' '1927년부터 글이 써지지 않았는데 사실은 이 1926년부터 이미 꾸준히 글쓰기를 그만두고 싶었다'라는 상황이었다. 영화 제작을 추진하려고 한 까닭도 작가로서 잠깐 다른 분야를 기웃거린 게 아니라 소설 쓰기를 그만두기 위한 구실이었을지도 모르고, 정말로 소설이 싫어져 영화 쪽으로 가려고 한 것인지도 모른다.

요코미조가 7월부터 하쿠분칸에 근무했고, 란포는 이미 《구라쿠》 9월호에 「어둠에 꿈틀거리다」를 써낸 상태였다. 하지만 다음에 나올 10월호 원고는 쓰지 못했다. 그런 상황인데 요코미조는 매일 찾아와 장편소설을 써달라고 졸랐다.

란포는 《구라쿠》 원고 마감과 요코미조로부터 도망치기 위해 가출했다.

요코미조는 그런 줄도 모르고 여느 때처럼 란포의 집을 찾아갔으나 란포는 없었다. 란포의 아내인 류코는 남편이 어디로 간다는 말도 없이 여행을 떠났다고 했다. 요코미조는 '맥이 풀리기도 하고 분하기도 해서 제길, 결국 도망쳤구나, 하고 속으로 심하게 탓하는 한편, 10월호 기획을 변경해야 하나 싶어 갈피를 잡지 못했다'.

그러던 8월 어느 날, 란포가 가구라칸으로 찾아왔다. 여행에서 방금 돌아왔다는 그는 유카타 차림이었다. 란포는 요코미조를 밖으로 데리고 나가 소설 구상을 이야기하기 시작했다. 그게 「파노라마섬 기담」이었다. 깜짝 놀란 요코미조는 "소설 구상을 다듬기 위해 여행을 떠났던 거냐"고 물었다. 란포는 그 물음에 대해 아무런 대답도 하지 않았다.

며칠 뒤 도착한 원고를 읽고 요코미조는 만족했다. 이렇게 해서 《신세이넨》 10월호부터 「파노라마섬 기담」이 연재되기 시작했다. 12월호와 이듬해 3월호는 건너뛰었기 때문에 4월호까지 모두 5회 연재한 셈이 된다.

이 소설은 《신세이넨》 연재 때는 「파노라마섬 기담奇譚」으로, 책으로 나올 때는 「파노라마섬 기담奇談」으로 표기된 적도 있다. 란포는 '단편소설'로 여기지만 고분샤문고판 전집에서는 120페이지가량 되기 때문에 요즘 기준으로는 중편소설이다. 감쪽같이 다른 사람이 된다는 일인이역의 트릭이 기본으로 깔리지만 작은 섬에 만든 인공적인 '이상향'의 묘사가 중심인 이야기다. 섬의 위치는 작품 속에서 'M현 S군 남쪽 끄트머리에 있는 섬'인데 미에현 시마군이며, 도바조선소에 근무하던 시절 란포가 어린이들에게 옛날이야기를 들려주는 활동을 할 때 들렀던 어느 섬의 이미지가 바탕이 되었는지도 모른다. 아내인 류코가 살던 곳도 그런 섬 가운데 하나다. 그렇다면 여주인공 '지요코'의 모델은 류코인가?

한편 《구라쿠》의 「어둠에 꿈틀거리다」는 11월에 9회가 실렸지만, 그 뒤로는 연재가 중단되었다.

하지만 장편소설이 지겨울 텐데도 란포는 12월부터 첫 신문 연재를 시작했다. 도쿄와 오사카에서 각각 발행되는 《아사히신문》에 연재된 「난쟁이」였다.

「난쟁이」

11월 하순 혹은 12월 초에 《아사히신문》 학예부장이 란포를 찾아왔다. 연재 중인 야마모토 유조[115]의 「살아 있는 모든 것」이 작가의 병으로 인해 연재를 중단하게 되었다, 그다음에는 무샤노코지 사네아쓰[116]가 연재할 예정이었는데 3개월 후로 약속이 되어 있다, 그사이에 지면이 빈다, 도와줄 수 없겠는가 하고 의뢰했다. 야마모토의 원고는 겨우 5일 치만 남아 있다고 했다.

그때 란포는 아직 두루 알려진 작가와는 거리가 멀었다. 탐정소설이 일반 신문에 연재된 적도 없었다. 이렇게 급한 상황이 아

---

115 山本有三(1887~1974), 소설가, 극작가, 정치가. 『여자의 일생』『길가의 돌』 등이 대표작으로 꼽힌다.

116 武者小路実篤(1885~1976), 소설가, 시인, 극작가, 화가. 귀족 출신으로 톨스토이에 빠져 《시라카바白樺》 창간에 참여했다. 일본 인도주의 문학의 창시자로 꼽히며, 대표작으로 『인간만세』『어떤 사내』『애욕』 등이 있다. 1918년에는 이상향을 실현하기 위한 공동체 '새마을'을 건설하기도 했다.

니면 오지 않을 기회였다. '감당할 수 없다는 걸 뻔히 알면서도' 받아들일 뻔했지만 '하룻밤만 생각할 시간을 달라'고 했다. 이튿날 거절하려고 했는데 《아사히신문》 쪽에서 간절하게 매달리는 바람에 원고 청탁을 받아들이고 말았다.

이렇게 해서 간사이와 간토 지역 합계 발행 부수 200만 부를 찍는 《아사히신문》에 12월 8일부터 에도가와 란포의 「난쟁이」 연재가 시작되었다. 이 연재 덕분에 란포의 이름이 널리 알려지게 되었다. 《신세이넨》이나 《구라쿠》가 아무리 잘 팔리는 잡지라고 해도 몇만 부밖에 되지 않는다. 물론 200만 부라고 해도 모든 구독자가 연재소설을 읽지는 않겠지만 탐정소설 작가 에도가와 란포는 지금까지보다 몇 배, 몇십 배나 되는 독자를 얻은 것이다.

그때 《아사히신문》은 도쿄와 오사카라는 두 대도시권에서만 읽혔기 때문에 란포의 이름이 전국에 알려지는 시점은 나중에 고단샤가 발행하는 잡지 《킹》에 연재하면서부터로 여겨진다.

구상을 다듬을 시간도 없어 란포는 또 되는대로 스토리를 만들어갈 수밖에 없었다. 논리적인 본격 탐정소설이 될 리 없다. 그러나 신문 독자들이 바라는 것은 이야기 앞뒤에 모순이 좀 있더라도 매회 재미있는 읽을거리였다. 여러 날 전에 실린 내용을 다시 읽을 사람도 없으니 그때그때 땜질하듯 넘어가도 읽을 수 있는 문장만 쓰고 매회 볼만한 장면을 만들어주면 된다. 이건 란포에게 맞는다면 맞는 편이었다.

「난쟁이」는 란포 스스로 '통속 장편'이라고 부르는 소설 가운데 첫 번째 작품이었다. 이런 형식의 장편소설을 쓰기 위해서는 독자가 쉽사리 친근감을 느낄 주인공이 필요하다. 하지만 연재를 수락하고 나서 시작할 때까지 며칠밖에 주어지지 않았으므로, 란포는 무無에서 새로운 주인공을 만들어낼 수 없었다. 그래서 아케치 고고로를 부활시키게 되었다.

이렇게 해서 「D언덕의 살인사건」에서 '옷차림은 전혀 신경 쓰지 않는지 늘 목면 기모노에 한 폭으로 된 허름한 허리띠를 둘렀다'라고 묘사한 아마추어 청년 탐정은 길게 자란 머리카락에 손가락을 넣어 긁적이는 버릇은 여전했지만, '흰색 중국옷'을 걸치고 다시 등장했다.

아케치가 「천장 위의 산책자」 사건을 해결한 뒤 중국 상하이로 건너갔다가 귀국한 지 반년쯤 지난 때였다. 아카사카에 있는 기쿠스이 여관에 묵으며 사설탐정으로 개업한 상태였다.

도쿄 아사쿠사에 있는 공원에서 '고바야시 몬조'가 절단된 팔을 가지고 걸어간다. '열 살쯤 되는 어린아이 몸통 위에 번듯한 어른 얼굴이 어디서 빌려 온 듯 얹혀 있는' '불쌍한 난쟁이'를 발견하는 장면부터 이야기가 시작된다. 야마노 가문의 귀한 딸 미치코가 행방불명된 사건과 관계가 있는 듯해서…… 라고 하는 줄거리다. 이지적이며 논리적인 본격 탐정소설과는 아주 거리가 멀기 때문에 제2의 데뷔작이라고 해도 좋을 정도다. 일반적으로 데뷔작에는 그 작가의 모든 것이 응축되어 있다고들 하는데, 분명히 「난쟁이」는 엽기, 기괴, 에로티시즘, 그로테스크, 기형 같은 란포의 통속 장편에 나타나는 요소를 두루 갖추고 있다.

「난쟁이」는 연재를 시작하자마자 인기를 끌었다. 연재가 끝나기도 전에 쇼치쿠와 렌고영화예술가협회 두 곳에서 영화화 제의도 받았다. 쇼치쿠는 난쟁이 역할을 맡을 배우를 찾지 못해 포기했지만 나오키 산주고가 이끄는 렌고영화예술가협회가 영화로 만들었다. 아케치 고고로를 맡은 배우는 이시이 바쿠[117]였고, 감독은 시바 세이카[118]였다.

「난쟁이」는 이듬해인 1927년 2월 20일, 67회로 완결되었다 (오사카에서는 21일까지 66회 연재). 그사이에 다이쇼 일왕이 세상을 뜨고 쇼와 시대가 열렸다. 일왕의 장례가 치러진 관계로 《아사히신문》이 특별 지면을 만들게 되어 도쿄와 오사카는 게재일이 다르다. 큰 사고는 없었지만 란포가 글이 막혀 몇 차례 연재를 쉰 적도 있다. 원고가 늦어지는 바람에 삽화를 그리는 화가도 고생했다. 그래서 독자의 인기를 얻기는 했지만 그 뒤로 《아사히신문》은 란포에게 연재 의뢰를 망설이게 되었다.

한편 《신세이넨》은 「파노라마섬 기담」을 연재하고 있었다. 앞에서 이야기했듯이 란포는 12월호와 이듬해 3월호 연재를 건너뛰어 요코미조를 곤란하게 만들었다. 요코미조는 매회 원고를 받을 때마다 감탄하며 재미있다고 느껴 영화로 만들 수 없을지 영화사에 문의할 정도였다. 그러나 란포에게 '재미있다'고 말하

---

117 石井漠(1886~1962), 무용가. 고전 발레를 공부하고 유럽에서 유학한 후 돌아와 일본에 근대 무용을 전파했다.

118 志波西果(1900~1960), 영화감독, 각본가. 영화관 직원으로 근무하다가 시나리오가 채택되어 각본가로 영화 제작에 참여하게 되었다. 1927년에 「난쟁이」를 나오키 산주고의 각본으로 영화화하게 되지만 촬영 도중 손을 떼, 나오키가 직접 감독하여 영화를 완성시켰다.

지는 않았다. 그래서 란포는 편집부가 이 소설에 불만을 품고 있으리라 멋대로 짐작했다. 남자끼리는 이따금 서로 대화가 부족해 이런 오해를 낳기도 한다.

「파노라마섬 기담」을 연재하던 중, 요코미조는 1월에 일단 고베로 돌아가 계모 아사에의 먼 친척뻘인 나카지마 다카코와 결혼했다.

다카코가 나중에 이야기한 바에 따르면, 나카지마 집안은 오카야마의 한적한 마을에 살고 있었으며 다카코의 이모가 아사에의 친정으로 시집가고 아사에의 조카(언니의 딸)가 다카코의 작은오빠에게 시집온 겹사돈 관계였다. 아사에는 오지랖이 넓었다고 하니 의붓아들인 세이시의 신붓감으로 친척 가운데 적령기에 이른 다카코를 소개했으리라. 다카코의 아버지는 일찍 세상을 떠났으며, 큰오빠는 의사로 일하고 있었기 때문에 요코미조가 약국을 이어받았다는 점과도 약간의 인연이 되어 혼인하게 되었다. 하지만 요코미조는 약국을 내팽개치고 도쿄에서 출판사에 근무하게 되었는데 그래도 파혼에 이르지는 않고, 설날에 요코미조가 고향에 돌아왔을 때 고베에 있는 요코미조 집안의 약국 2층에서 식을 올렸다. 다카코의 큰오빠가 "설날은 병원을 쉬는 기간이어서 환자들을 돌보기에 지장이 없어서 좋다"라고 하여 급히 결정되었다고 한다. 나코도[119] 역할은 아사에의 언니 부

---

119 仲人, 흔히 '중매인'이라고 하지만 우리나라와는 다른 역할이다. 양가의 중간에서 두 집안을 연결하고 부부의 후견인 같은 역할도 한다. 일본 전통 혼례에서는 매우 중요한 역할로 여긴다.

부가 맡아야 했지만, 그 집의 장남이 도쿄에서 결혼식을 하게 되어 일정이 겹쳤다. 그때 마침 미즈타니 준이 도쿄의 탐정소설 동료를 대표해 아내와 함께 참석해서 급히 나코도를 맡아달라고 부탁하게 되었다.

이렇게 해서 요코미조는 서둘러 결혼하고 다카코를 데리고 도쿄로 돌아왔다. 그리고 일단 요코미조가 하숙하던 가구라칸에서 신혼 생활을 시작했다.

요코미조가 고베에 머무는 동안 모리시타 우손이 신혼집을 알아봐주었다. 우손이 사는 도쿄 고이시카와의 고히나타다이정 아주 가까이에 번역가이자 나중에《신세이넨》에 들어와 일하게 되는 노부하라 겐, 화가 마쓰노 가즈오, 후에《다이요》편집장이 될 평론가 히라바야시 하쓰노스케도 살았다. 요코미조는 이 신혼집으로 이사하고 아버지 기이치로와 동생 다케오도 불러 함께 살았다. 새어머니는 조금 더 고베에서 지내기로 했다. 가구라칸은 란포의 집에서 가까웠지만 우손의 집 근처로 이사해 란포와 심적인 거리가 생기고 말았다. 란포는 요코미조를 아우처럼 여겼는데 자기와 의논도 하지 않고 걸어서 10분 걸리는 곳을 떠나고 말았다는 사실에 쓸쓸함을 느끼지 않았을까? 요코미조가「파노라마섬 기담」에 대한 감상을 란포에게 이야기하지 않았기 때문에 생긴 틈새는 요코미조가 고이시카와에서 살게 되면서 더욱 벌어지게 되었다.

그 뒤 두 사람의 인생을 보면 그들이 아주 가까이 살았던 것은 요코미조의 가구라칸 시절뿐이다. 요코미조가 결혼하고 이사를 하면서 그런 시절이 끝나고 두 사람은 물리적으로나 심적으로나 멀어지고 말았다.

2월에 「난쟁이」가 끝나고, 「파노라마섬 기담」도 3월에 발매된 4월호로 끝났기 때문에 란포는 3월부터 일이 없었다. 그런데도 다음 일을 받으려고 하지 않았다. 첫 번째 '휴필' 상태에 들어간 것이다.

이 두 건의 연재 덕분에 2천 엔이 생겼다. 그래서 란포는 와세다대학 정문 앞에 있는 지쿠요칸이라는 하숙집의 권리를 사들여 아내에게 운영을 맡기기로 했다. 작가로서 아무것도 쓰지 못해도 생계를 꾸릴 수 있게 하기 위해서였다. 란포의 아내 류코는 하숙집을 한다는 게 내키지 않았던 모양이지만, 그 시절에 남편의 명령은 절대적이었다.

란포는 그즈음의 자신을 '소설가로서 매우 어설프고, 소심하며, 어떤 의미에서는 순수했다'라고 회상한다. '마음에도 없는 글을 쓰고 싶지는 않았다. 방랑의 여행길에 올라 뭔가 새로운 정열이 솟아오를 때까지 글을 파는 일을 그만두기로 마음을 굳히고 있었다.'

초창기의 순전히 이성적인 탐정소설이 보여주었던 완벽함과 소설을 향한 순수한 마음, 그리고 마구 써내는 통속 장편 사이의 모순은 이 작가가 지닌 가장 큰 수수께끼이자 매력이기도 하다.

대필 사건

하쿠분칸에 입사해 3개월도 되지 않았을 무렵이다. 요코미조는 모리시타 우손으로부터 머지않아 사내에 큰 개혁이 있을 거라는 말을 들었다. 우손이 입사했을 때는 하세가와 덴케이가 편집국장이 되어 구조조정을 감행했는데, 이번에는 그 덴케이가 물러나고 모리시타가 편집국장을 맡는 개혁안이 만들어지고 있었다. 이것은 아직 극비 사항이었다. 우손은 자기가 국장이 된 뒤에는《신세이넨》을 요코미조에게 맡기려는 생각에 은밀하게 이야기해주었던 것이다.

이 대개혁은 오하시 가문의 내부 다툼과 얽혀 있었다. 하쿠분칸의 2대째 주인인 오하시 신타로는 재계 활동으로 바빠 장남인 신이치에게 회사를 맡기고 있었는데, 1926년(다이쇼 15)에 신이치를 해임했다. 여자관계가 복잡해 이런저런 나쁜 소문이 났던 것이다. 그래도 사장 노릇을 잘 해냈으면 문제가 없었을 테지만 경영 수완도 의문스러웠다.

신이치의 여자관계가 복잡해진 데에는 아버지 신타로에게도 원인이 있었다. 오하시 신타로는 신이치가 열두 살 때 아내와 이혼하고 전에 게이샤였던 스마코와 결혼했다. 신이치와는 일곱 살밖에 차이가 나지 않는 새어머니였다. 신이치는 스마코나 그녀가 낳은 동생들과 가까워지지 못했고 같은 어머니에게서 태어난 동생이 병으로 세상을 떠나자 집안에서 고립되었다. 게다가 야마나시현의 재벌 딸과 결혼해 두 아들을 낳았지만 그 아내가 일찍 죽는 바람에 더 고독해져 여자들을 사귀기 시작했다.

이처럼 신이치에게도 동정의 여지는 있지만 신타로는 신이치를 자리에서 물러나게 하고 후처 스마코가 낳은 첫아들 유키치를 다음 사장으로 내세웠다. 그리고 미국에 유학 중이던 둘째 아들 다케오도 귀국시켜 전무 자리에 앉혔다. 유키치는 몸이 약해 사장의 격무를 견뎌낼 수 없을 걸로 보였다. 요코미조에 따르면 실질적으로는 다케오가 난을 일으키려 했다고 한다.

오하시 유키치·다케오 형제의 난은 3월에 실행에 옮겨졌는지, 어중간한 상태가 되었다. 《다이요》 《분게이클럽》 《고단講談》 《포켓》 등 대부분의 잡지 편집장이 물러났는데 가장 중요한 하세가와 덴케이는 편집국장에 유임되었다. 그래서 모리시타 우손의 편집국장 취임은 늦어져 《분게이클럽》 편집장으로 옮겼지만, 《신세이넨》은 예정대로 요코미조 세이시가 3월호부터 편집장을 맡게 되었다. 미즈타니도 일을 거들었는데 아직 학생이었기 때문에 요코미조는 새로 와타나베 온渡辺温을 입사시켰다.

와타나베 온(본명은 '온溫'을 '유타카'로 읽는다)은 1902년에 홋카이도에서 태어났다. 요코미조와 동갑이다. 한 살 위인 형 와타나베 게이스케渡辺啓助(1901~2002)도 탐정소설 작가가 된다. 아버지 직업[120] 때문에 도쿄, 이바라키로 옮겨 다녔다. 온은 구제旧制 미토중학교를 졸업하고 게이오기주쿠 고등부에 진학했다 (게이스케는 아오야마가쿠인 고등부). 재학 중이던 1924년, 플라톤샤의 《구라쿠》 《조세이》 같은 잡지가 1천 엔 현상금을 내걸고 영화 줄거리(시나리오도 아니고 소설도 아닌)를 모집하자 「그림자」라는 제목의 작품으로 응모해 1등으로 뽑혔다. 심사를

---

120 시멘트 기술자였다.

맡은 사람은 오사나이 가오루와 다니자키 준이치로였다. 특히 다니자키가 와타나베 온을 수상자로 강력 추천했다.「그림자」는 당시 유행하던 독일 표현주의 영화를 떠올리게 하는 내용이었다. 수상을 계기로 와타나베 온은 오사나이 가오루의 쓰키지 소극장에 드나들게 되었고, 오사나이를 스승으로 모시며 연극의 길을 걸으려 하고 있었다.

「그림자」가 《구라쿠》와 《조세이》에 게재되자 탐정소설을 좋아하는 이들 사이에서도 화제가 되어 요코미조도 읽었다. 와타나베 온은 그 뒤에도 《슈후클럽主婦俱楽部》 《미타분게이진三田文藝陣》 《유벤》 등에 작품을 발표하고 있었다. 1926년 3월에 게이오기주쿠 고등부를 졸업하자 취직은 하지 않고 소설을 썼다. 그리고 9월에 다이닛폰유벤카이코단샤에 입사했지만, 반나절 만에 그만두고 말았다.

요코미조가 란포에게 속아 도쿄로 왔을 때, 처음 묵었던 가구라칸에는 미야타 신하치로라는, 나중에 《슈칸아사히》의 편집장이 되는 게이오기주쿠 학생이 있었는데, 요코미조가 도쿄에서 사귄 첫 친구였다. 와타나베 온도 게이오 출신이라 요코미조가 미야타에게 "아느냐"고 묻자 그는 "잘 안다"고 답했다. 와타나베는 게이오 안에서 꽤 유명했던 모양이다.

와타나베의 「그림자」를 읽었을 뿐인데, 요코미조는 뭔가 자기와 맞을 것 같은 느낌을 받았다. 그래서 미야타에게 와타나베를 소개해달라고 부탁해, 가구라칸의 미야타 방에서 만나게 되었다. 요코미조는 와타나베 온에게 '한눈에 반했다'고 『50년』에 썼다. 바로 하쿠분칸에 들어오지 않겠느냐고 권했다. 이미 미야타에게 이런저런 이야기를 들은 와타나베는 "저 같은 사람도 일할 수 있을까요" 하고 겸손하게 말했지만 요코미조가 거듭 권하자 "아무쪼록 잘 부탁드린다"며 고개를 숙였다. 그 바람에 '주르륵 흘러내린 장발을 쓸어 올리는 손짓이 인상적이었다'고 요코미조는 썼다.

이렇게 해서 와타나베 온은 1927년 1월에 하쿠분칸에 입사했다. 요코미조는 '70년이 다 되어가는 기나긴 생애를 돌이켜볼 때 온짱과 둘이 《신세이넨》을 만들던 그때가 내겐 가장 즐거웠던 시절이었다는 생각이 든다'고 회상했다.

이때만 해도 하쿠분칸 사원들은 아직 일본 전통 복장을 입고 다니는 경우가 많았는데 와타나베는 고급 서양 정장을 입고 실크해트를 썼던 모더니스트였다.

요코미조는 와타나베를 얻고 풍자와 유머가 있는 모더니즘 잡지로 《신세이넨》 지면을 쇄신했다.

요코미조는 모더니즘과 탐정 취미는 양립한다고 생각했다. 탐정소설이란 근대적인 수사 방법을 전제로 하며, 도시에서 일어나는 사건을 다루는 이야기이니 모더니즘 그 자체였다.

요코미조가 편집장이 된 뒤, 첫 번째로 낸 증대호인 4월호에는 「파노라마섬 기담」 마지막 회가 실렸고, 고가 사부로와 히라바야시 하쓰노스케, 오시타 우다루 등의 이름이 올랐으며 나아가 조 마사유키, 미즈타니 준, 와타나베 온, 그리고 요코미조도 작품을 썼다. 증대호일 때는 요코미조도 원고료를 받을 수 있었다. 5월은 '넌센스호', 6월은 '세계 구경거리호', 7월은 '루이코 단편집호', 8월은 '넌센스 여름 나기호', 다음에는 매년 내는 '여름 증간 탐정 걸작집'인데 모두 번역물이었다. 9월은 '연극과 영화호', 10월은 '창작 번역 걸작집', 11월이 '유머 단편집', 12월이 '크리스마스호'로 특집의 제목만 보더라도 지면 쇄신은 분명했다.

란포는 요코미조가 추진한 모더니즘 노선이 마음에 들지 않았다. 자기가 부정당하는 기분이었으리라. 이 시기에 글을 쓰지 않고, 요코미조가 아무리 원고를 부탁해도 거절했던 이유를 란포는 이렇게 설명했다. '사실 나를 그렇게 만든 것은 《신세이넨》이었다. 요코미조 군이 주장하는 모더니즘이라는 괴물이 오랜 맛을 지닌 탐정소설을 부끄러운 처지로 내몰고 말았다. 이제 르블랑이나 르코크, 우드하우스[121], 아니면 카미[122]처럼 품위 있는 프랑스식 콩트가 아니면 《신세이넨》에 얼굴을 내밀 수 없는 분위기가 만들어졌다.'

란포는 요코미조를 볼 때마다 "나는 지금의 《신세이넨》 같은 모던한 잡지에는 어울리지 않는다"라고 했다. 요코미조는 집필을 거절하기 위한 구실이라고 생각했지만 그리 진지하게 받아들이지 않았다. 하지만 란포는 그렇게 자기 속마음을 이야기했던 셈

---

121 Pelham Grenville Wodehouse(1881~1975), 상류사회를 무대로 신사다운 모습에 걸맞지 않게 순진하고 우스꽝스러운 행동을 일삼는 인물들을 주로 그린 작가. 특히 예리한 관찰력을 지닌 '지브스' 캐릭터로 수십 년간 인기를 끌었으며, 추리 작가인 앤서니 버클리와 도러시 세이어스에게도 영향을 미쳤다.

122 Pierre Cami(1884~1958), 프랑스 작가. 1920년대에 유머 작가로 이름을 떨쳤으며, 셜록 홈스를 패러디한 작품을 쓰기도 했다.

이다.

가을이 깊어지며 란포가 작품을 써주지 않은 채로 1928년 신년호를 편집할 시기가 되었다. 요코미조는 신년호에 국내외 탐정소설을 쭉 늘어놓을 궁리를 하고 있었다. 거기에는 뭐니 뭐니 해도 란포의 작품이 필요했다. 란포를 설득하러 찾아갔지만 그는 여행을 떠나 교토에 머물고 있었다. 미즈타니와 술을 마시며 그런 이야기를 했더니 미즈타니는 "당장 교토로 찾아가면 어떻겠느냐"라고 했다. 교토까지 찾아가서 설득하면 란포도 싫다고는 하지 못할 것이다. 미즈타니는 여비도 빌려주었다. 요코미조는 바로 교토로 출발했다. 찾아온 요코미조를 보고 란포는 깜짝 놀랐다. 그렇지만 바로 "쓰겠다"라는 말은 하지 않았다. 요코미조가 사흘쯤 매달리자 그제야 "앞으로 한 달가량 더 교토에 머물다가, 돌아가는 길에 나고야에서 고사카이 씨를 만날 예정이다. 거기서 만나자. 그때까지 써둘 테니까"라고 했다. 요코미조는 안심하고 도쿄로 돌아왔다.

약속한 날, 요코미조가 나고야에 있는 고사카이의 집으로 찾아가자 란포도 도착해 있었다. 하지만 "도저히 써지지 않았다"라고 하는 게 아닌가. 요코미조는 낙담했다. 그렇지만 그냥 빈손으로 돌아갈 수는 없다고 생각했다. 아무리 상대가 란포라고 해도 편집장이 두 번이나 장거리 출장을 간다는 사실에 내부에서 비판의 목소리가 나왔다. 요코미조는 마음을 굳게 먹었다. "나도 이번 호에 소설을 쓴다. 내 입으로 이런 말을 하기는 쑥스럽지만 형편없는 작품은 아니라고 생각하니 그걸 당신이 쓴 것으로 해서 신게 해줄 수 없는가"하고 부탁했다. 함께 자리한 고사카이도 요코미조를 측은하게 여겨 란포를 설득해주었다.

란포는 허락했다. 요코미조는 고사카이의 집에서 장거리전화를 걸어 사무실을 지키고 있던 와타나베에게 그런 내용을 전달하고 자기 소설을 란포가 쓴 걸로 하라고 지시했다.

그날 밤, 요코미조와 란포는 나고야에서 같은 숙소에 묵게 되었다. 자는 줄 알았던 란포가 일어나서 가방을 들고 뭔가 찾더니 그걸 들고 방을 나갔다. 그리고 돌아와서 깨어 있는 요코미조를 보더니 "사실은 글을 썼다. 하지만 그다지 자신이 없어서 고사카이 씨 앞에 내놓을 수 없었다"라고 털어놓았다. 깜짝 놀란 요코미조는 이불을 박차고 일어나 "그걸 달라. 아까 그 이야기는 전화를 걸어 취소하겠다"라고 말했다. 하지만 란포는 "방금 변소에 가서 찢어버리고 왔다"라고 했다.

이때 란포가 버린 소설은 다름 아니라 나중에 「오시에와 여행하는 남자押絵と旅する男」로 세상에 나올 작품의 원형이었다.

요코미조는 어쩔 수 없이 자기 작품인 「은막의 비밀あ·てる·てえる·ふいるむ」을 란포의 이름으로 신년 증대호에 싣고, 편집 후기에는 '에도가와 란포 씨는 8개월 만의 집필이다. 이 작품 하나로도 이번 증대호는 충분히 증대호의 의미를 지닐 수 있게 되었다고 믿는다. 잠시 글에서 멀어졌던 이 위대한 작가가 이 작품을 계기로 다시 탐정소설 문단에 돌아오면 본지뿐 아니라 일반 독서계의 기쁨이며, 이보다 더 반가울 수 없을 것으로 믿는다'라고 적었다. 이렇게까지 하지 않으면 독자를 속일 수 없었다.

대작에 관해서는 란포와 요코미조, 고사카이, 그리고 편집부의 와타나베 온 말고는 아무도 몰랐다. 요코미조가 이 사실을 세상에 밝힌 것은 태평양전쟁이 끝난 뒤인 1949년이다.

전집 붐

1928년(쇼와 3)이 되었지만 란포는 여전히 여러 작가와 합작하는 작품 말고는 《신세이넨》 외의 다른 잡지에도 작품을 쓰려하지 않았다.

1927년 봄에 「난쟁이」 「파노라마섬 기담」의 연재가 끝난 뒤, 란포가 소설을 쓰지 않아도 생활이 곤란하지 않았던 까닭은 1927년에 헤이본샤가 간행한 '현대 대중문학 전집'의 세 번째 권으로 『에도가와 란포집江戸川乱歩集』이 나와 6만 부 넘게 팔리며 베스트셀러가 되었기 때문이다.

이 전집이 바로 '엔폰[123]' 붐이 한창일 때 나온 책이었다. 간토대지진으로 인쇄 회사도 피해를 입어 출판계 전체가 잠시 생산을 멈추는 심각한 타격을 받았다. 도산한 출판사가 있는가 하면 그 직전까지 내몰린 출판사도 많았다.

가이조샤도 경영 위기에 몰려 사장인 야마모토 사네히코는 큰 도박을 걸었다. 1926년 11월, 전권 예약제로 한 달에 한 권씩

---

123 円本. 한 권에 1엔인 전집, 시리즈물을 가리킨다. 쇼와 시대 초기에 여러 출판사에서 많이 나왔다. 일본의 전쟁 세대에 큰 영향을 끼쳤으며 출판계에서 제작부터 판매까지 대량생산 시스템이 갖추어지는 계기가 되었다. 엔폰의 인기 때문에 잡지와 일반 단행본은 한동안 발행 부수를 줄이기까지 했다.

배본하는 '현대 일본문학 전집' 전 63권을 내기로 한 것이다. 한 권이 대략 600쪽인데 가격을 1엔으로 저렴하게 책정해 박리다 매를 노렸다. 그즈음 전집은 대부분 1천 부쯤밖에 예약이 들어오지 않았다. 그런데 이 전집은 23만 명이 예약해, 23만 엔이라는 금액이 들어왔다. 이 돈으로 가이조샤는 도산을 피할 수 있었다. 다른 회사가 가만히 보고만 있을 리 없었다. 당연히 가이조샤의 뒤를 따랐다.

가이조샤가 '일본문학'이라면 신초샤는 '세계문학전집' 전 57권을 1927년 3월에 간행해 40만 부 예약, 슌요도 역시 '메이지·다이쇼 문학 전집' 전 60권을 1927년 6월에 간행해 15만 부의 예약을 받았다. 헤이본샤도 '현대 대중문학 전집' 전 40권(호평을 얻어 속간을 내놓아 전체 63권)을 1927년 5월에 간행했는데 25만 부의 예약이 들어왔다. 이 전집 덕분에 '대중문학'이라는 용어가 널리 알려지게 되었다.

'대중문학'이라는 표현을 처음 쓴 사람은 시라이 교지였다. 시라이는 1889년(메이지 22) 출생이니 란포보다 다섯 살 많다. 하쿠분칸이 내던 《고단잣시》를 통해 작가로 데뷔했고, 이 무렵에는 《호치신문報知新聞》에 대하소설이 될 「후지산에 선 그림자」[124]를 연재 중이었다. 1925년(다이쇼 14)에 하세가와 신, 구니에다 지로, 에도가와 란포, 고사카이 후보쿠, 나오키 산주산(나중에

124　나카자토 가이잔中里介山(1885~1944)의 『대보살고개』, 요시카와 에이지의 『미야모토 무사시』와 함께 가장 큰 인기를 끈 대중문학 작품으로 꼽는다.

'나오키 산주고'로 개명) 같은 작가들과 함께 대중작가 친목 단체인 '21일회'를 만들어 이듬해 이 모임의 기관지《다이슈분게이》를 창간했다. 문예지에 실리는 순문학과는 다른, 많은 부수를 발행하는 잡지나 신문에 실리는 소설은 오락소설, 통속소설, 요미모노분게이讀物文藝 등 여러 이름으로 불렸는데, 시라이는 '일반 민중에게 넓게 열린 문학'이라고 해서 '대중문학'이란 이름을 주장했다. 시라이는 헤이본샤가 내놓은 이 '현대 대중문학 전집'에 기획 단계부터 관여했다.

'현대 대중문학 전집'을 내놓은 헤이본샤는 1914년(다이쇼 3)에 시모나카 야사부로下中彌三郎(1878~1961)가 창립했다. 시모나카는 1878년(메이지 11)에 효고현의 도자기를 만드는 집안에서 태어났다. 하지만 세 살 때 아버지를 잃고, 소학교는 3학년까지밖에 다니지 못했다. 가업인 도자기 만드는 일을 하면서 공부해 교원 자격을 땄다. 자기가 소학교를 3학년까지밖에 다니지 못해 교육행정에 관심이 많았다. 게다가 농본주의 영향도 받아 학습권, 교육위원회 제도, 교원 조합 결성 등 교육제도 개혁을 요구하는 운동에도 참여했다.

시모나카가 출판업에 나선 까닭은, 사람들을 계몽하기 위해서는 학교 교육도 중요하지만 책을 만들어 지식을 넓히는 일도 중요하다고 생각했기 때문이다. 1914년에 그는 '시모나카 호가쿠下中芳岳'라는 이름으로『포켓 고문顧問―야, 이거 편리하다』라는 책을 내놓았다. 세이케이샤成蹊社란 출판사에서 낸 이 책은 새로 생긴 말이나 유행어, 고사성어, 글씨 쓰는 법, 읽는 법을 설명하는 내용이었는데, 제목처럼 주머니에 들어갈 만한 작은 사전이었다. 그렇지만 이 출판사는 망했기 때문에 시모나카는 헤이본샤를 설립했다. 처음에는 통신판매로 팔았다. 『야, 이거 편리하다』가 성공을 거두어 기초가 다져졌다. 헤이본샤는 엔폰 붐을 보고 '현대 대중문학 전집'을 내놓았다.

앞에서 이야기한 각 전집의 예약 부수는 원래 전권을 예약한 독자 수였다. 예약한 사람은 한 권 값인 1엔을 예약금으로 지불하고, 첫 권이 배본되면 그 대금 1엔을 내고 산다. 이런 식으로 반복해 마지막에 나오는 책은 맨 처음에 지불한 예약금으로 구입하는 시스템이다. 하지만 책이 계속 간행되면 다음 권을 사러 오지 않는 고객이 늘어간다. 그런 사람들에게는 예약금 1엔을 돌려주지 않는데, 고객은 앞으로 수십 엔을 더 내며 읽지 않을 책을 계속 사느니 1엔을 포기하는 게 낫다고 생각한다. 그 결과 팔리지 않은 책이 쌓이고 이걸 처분하기 위한 헌책 시장이 비약적으로 성장했다.

전집물은 필연적으로 배본이 이어질수록 발행 부수가 점점 줄어든다. 따라서 작가로서는 첫 회 배본에 채택되면 가장 많이 팔 수 있게 된다. 란포는 애초에 세 번째 작가로 우대받았으나, 6월부터 동해 연안에서 지바 등을 방랑하고 있었기 때문에 출판사와 연락이 닿지 않아 제5회나 제6회 배본으로 순서가 밀리게되었다. 제3회 배본으로 나왔다면 발행 부수가 20만 부쯤 되지 않았을까?

'현대 대중문학 전집'의 제1회 배본은 시라이 교지였다. 그가 헤이본샤와 작가들을 연결하는 역할을 맡기도 했다. 란포 이외의 탐정 작가로는 시대 추리소설인 체포록을 포함하면 고사카이 후보쿠, 오카모토 기도, 고가 사부로, 마쓰모토 다이가 한 권씩 냈다. '신진 작가집'이란 제목이 붙은 책에 하야시 후보, 야마시타 리사부로, 가와다 이사오, 오시타 우다루, 히사야마 히데코[125], 쓰노다 기쿠오, 조 마사유키, 야마모토 노기타로[126], 미즈타니 준, 하시모토 고로[127]의 작품이 수록되어 있다.

　란포 작품을 책으로 내 처음 10만 부 넘게 팔린 것이 이 헤이본샤의 '현대 대중문학 전집'이었다. 란포의 지명도가 올라가 더 큰 수입을 얻게 되었다. 란포는 이 전집 인세로 와세다에 더 큰 하숙집 권리를 사들이고, 기존의 하숙집은 처분했다. 하숙집을 그만두지 않고 사업을 확장한 까닭은 아직 작가로 계속 살아가기가 불안했기 때문일까?

운노 주자

　《신세이넨》편집장 시절 요코미조 세이시가 데뷔시킨 작가들 중 한 명이 운노 주자(1897~1949)다. 그는 란포와 요코미조 사

125　久山秀子(1896~1976), 얼굴을 드러내지 않은 복면 작가였다. 여성 이름으로 작품을 발표했지만 실제로는 남성이다. 본명은 가타야마 노보루, 나중에 개명해 요시무라 노보루가 된다. 히사야마 히데코를 주인공으로 삼은 '오히데' 시리즈가 유명하다.

126　山本禾太郎(1889~1951), 본명은 야마모토 다네타로. 1926년에 《신세이넨》을 통해 데뷔했다. 탐정소설에 기록주의, 다큐멘터리즘을 도입했다는 면에서 마쓰모토 세이초松本清張의 선구적 존재로 평가받기도 한다.

127　橋本五郎(1903~1948), 여러 개의 필명을 사용하여 본격 추리소설에서부터 시대 추리소설에 이르기까지 다양한 작품을 선보였다.

이에 긴 세대다. 도쿠시마현 도쿠시마시에서 어전의[128]였던 집안에 태어나, 고베로 이사했다. 와세다대학에 들어가 이공과에서 전기공학을 전공하고 통신성 전무국 전기시험소에서 무선통신 연구를 하고 있었다. 본명은 사노 쇼이치인데 이 이름으로 과학 관련 이야기나 논픽션을 쓰기도 했다. 번역가이자 나중에《신세이넨》편집장이 되는 노부하라 겐(1892~1977)도 이때 전기시험소에 근무하고 있었다. 와세다대학에서나 직장에서나 노부하라는 선배였다.

운노는《신세이넨》에 여러 차례 소설을 투고했다. 그렇지만 한 번도 입상하지 못했다. 그래서 전기시험소에서 내던 기관지 같은 잡지에 탐정소설을 썼다. 이 소설은 요코미조의 기억 속에만 남아 있어서 실물을 확인할 수 없지만「딸꾹질하는 박쥐」라는 제목이었다고 한다. 노부하라는 그 기관지를 읽고 요코미조에게 "후배가 쓴 소설인데 재미있으니 읽어보라"며 청했다고 한다. 요코미조는 마음에 들었다. 요코미조는 노부하라와 마찬가지로 고히나타다이정에 살았다. 큰길 하나를 사이에 둔 이웃이었기 때문에 노부하라는 운노가 집에 찾아왔을 때 요코미조에게 소개했다.

운노의 회상에 따르면,「삼각형의 공포」라는 소설이 과학 잡지에 실렸을 때 평을 듣고 싶어 노부하라를 찾아갔는데, 노부하

---

128 御典医, 율령제 아래서는 중앙의 최고 위생 행정기관 역할을 맡았던 전약료典薬寮에 소속된 의사를 가리키는 말이었지만, 에도 시대에는 쇼군 가문을 위해 봉사하던 의사도 어전의라고 불렸다.

라가 "탐정소설을 쓰고 싶다니 잘되었다. 꼭 써라.《신세이넨》편집자가 맞은편에 살고 있으니 부르겠다"라며 요코미조를 소개했다고 한다.

만난 과정에 대한 기억은 두 사람이 제각각이지만, 어쨌든 요코미조는 운노에게 집필을 의뢰해 「전기 욕조의 괴사사건」이 도착했다. 이 단편소설이《신세이넨》1928년 4월호에 게재되어 운노 주자가 데뷔하게 된 것이다. 또 다른 이과 계열 작가의 등장이다.

이때 요코미조는 무척이나 바빴다. 하쿠분칸이 내는 다른 잡지 소속의 편집자에게 원고 정리를 부탁했는데, 그 편집자가 운노의 원고에 손을 많이 대고 말았다. 게다가 요코미조의 실수로 본문에는 작가 이름이 운노 주자로 되어 있는데 차례에는 본명인 '사노 쇼이치'로 나가고 말았다. 운노가 소설을 썼다는 사실이 직장인 통신성 전무국 전기시험소에 알려지면서 골치 아픈 일이 생겼다. 운노가 화를 내도 당연한 상황이었지만 너그러운 성격 탓인지 그는 요코미조에게 아무런 불평도 하지 않았다고 한다.

운노 주자는 데뷔 후 계속 탐정소설을 써냈고, 과학소설에도 손을 대 나중에는 '일본 SF의 선구자'로 불리게 된다.

요코미조가 편집장이었던 시절을 전후해《신세이넨》으로 데뷔한 작가는 운노 주자 외에도 유메노 규사쿠, 하마오 시로浜尾史郎 등이 있다. 하지만 교류는 거의 없었다.

유메노 규사쿠(1889~1936)는 국가주의 운동의 거물인 후쿠오카 센요샤[129]의 스기야마 시게마루의 아들로 태어났다. 게이오기주쿠대학을 중퇴하고 후쿠오카에서 스기야마농원을 운영하면서 출가해 중이 되기도 했고, 르포와 동화를 쓰기도 했다. 《신세이넨》 현상 공모에 응모한 「기괴한 북」이 2등으로 입선해 1926년(다이쇼 15) 10월호에 게재되었는데, 이 소설은 요코미조가 《신세이넨》에 들어가기 전에 입선이 결정된 상태였다. 요코미조가 게재한 작품은 1928년 3월호에 실린 「사람의 얼굴」뿐이며, 유메노가 《신세이넨》에 자주 작품을 싣게 되는 때는 노부하라 겐이 편집장이 된 뒤부터였다.

하마오 시로(1896~1935)는 가토 남작 가문의 넷째 아들로 태어나(친동생은 코미디언인 후루카와 롯파[130]), 도쿄제국대학 법학부를 졸업한 뒤에 자작인 하마오 가문의 딸과 결혼해 양자가 되었다. 검사가 되었지만 연극과 범죄심리를 분석한 책을 내는 등 저술 활동도 하고 있어, 요코미조는 고사카이 후보쿠가 "대단한 수재이자 제국대학 총장을 지낸 하마오 아라타의 양자이며, 자작이면서 검사이고, 게다가 탐정소설에도 깊은 조예와 관심을 보인다"며 "뭔가 쓰게 하면 어떻겠느냐"라고 소개해 만나러 갔다가 집필을 의뢰했다. 탐정소설이 저속하게 여겨지던 때였기 때문에 귀족이자 검사라는 신분을 지닌 사람이 써주면 번듯해

---

129 玄洋社. 일본 후쿠오카 지역을 중심으로 1881년에 결성된 범아시아주의 정치단체. 일본 최초의 우익단체다. 유메노 규사쿠의 부친인 스기야마 시게마루는 관직에 앉거나 선거에 나서지는 않았지만 중요 인물들의 참모 역할을 맡아 '정계의 흑막'으로 불렸다.

130 古川緑波(1903~1961), 유명한 코미디언. 편집자, 수필가로도 활동했다.

보일 거라는 생각도 있었다.

이렇게 해서 하마오는 우선 「라쿠고와 범죄」라는 수필을 《신세이넨》에 썼고, 그 뒤로 계속해서 탐정소설을 쓰게 되는데 이때는 이미 요코미조가 《신세이넨》에서 다른 곳으로 옮겨 간 뒤라 첫 계기만 마련했을 뿐 가까이 사귀지는 않았다.

「음울한 짐승」

요코미조는 이 기간에도 란포에게 계속 집필을 의뢰했지만 긍정적인 대답은 듣지 못했다. 하지만 1928년(쇼와 3) 5월 5일에 《신세이넨》 6월호 임시 증대호가 발매되자 분위기가 바뀌었다. 이 호에 요코미조는 '사카이 사부로坂井三郎'라는 이름으로 흄[131]의 『이륜마차의 비밀』이라는 장편소설을 번역해 한꺼번에 게재했다. 그러자 바로 란포로부터 『이륜마차의 비밀』에 대한 감상을 적은 편지가 도착했다. 요코미조는 일부러 구로이와 루이코 스타일로 번역했기 때문에 란포는 읽자마자 요코미조가 옮겼다는 걸 간파했으리라.

란포로부터 잡지 게재 작품에 대한 감상을 적은 편지가 오는 일은 드물었기 때문에 요코미조는 그 편지에 '(내가 작품을) 써도 괜찮겠지'라는 뜻이 담겼다고 받아들였다.

---

131 Fergusson Wright Hume(1859~1932), 미스터리 작가. 런던에서 태어나 뉴질랜드에서 공부하고 호주 멜버른에서 변호사 서기로 일했다. 에밀 가보리오의 영향을 받아 소설을 쓰기 시작했으며 『이륜마차의 비밀』로 데뷔했다. 1888년에 영국으로 돌아가 정착했고, 다수의 베스트셀러를 써서 빅토리아 시대 최고의 작가로 자리매김했다.

란포의 편지를 받은 요코미조는 가능성이 있다고 생각해 얼른 그를 찾아갔다. 5월 7일 혹은 8일의 일이었다. 그리고 "증간호에 100매쯤 써달라. 원고료는 한 장에 8엔을 지불하겠다"라고 했다. 「파노라마섬 기담」 원고료가 한 장에 4엔이었으니 곱절인 셈이었다. 란포도 이 청탁에 놀라 정말이냐고 되물었다. 그렇지만 쓰겠다는 약속은 해주지 않았다.

요코미조는 8월 증간호 편집을 진행하고 있었는데 아무래도 내용이 빈약한 느낌이 들었다. 그래서 다시 란포에게 편지를 보내 간곡히 청했다. 그러자 바로 답장이 왔다. 다른 잡지의 의뢰를 받아 100매쯤 되는 소설을 쓰고 있는데, 그걸 《신세이넨》 쪽으로 돌려도 괜찮겠다고 했다. 요코미조는 기쁜 마음에 바로 달려갔다. 하지만 원고는 아직 완성되지 않은 상태였다. 란포는 50매나 60매쯤 되는 원고를 보여주며 《가이조》에서 의뢰를 받아 쓰기 시작했는데 지금까지 쓴 분량의 세 배인 200매가량을 쓰고 싶어졌다, 그런데 《가이조》는 그 정도 분량은 곤란하다고 한다, 라며 사정을 설명하고, 소설의 내용과 사용한 트릭에 대해서도 설명했다. 요코미조는 그 내용에 끌려 어떻게든 원고를 받아내고 싶다고 생각했다. 그런 내용이라면 《가이조》보다 《신세이넨》에 어울린다고 란포를 설득했다.

란포도 요코미조에게 편지를 보낸 시점에 《신세이넨》으로 옮겨 실을 작정이었으리라. 그래서 원고료를 다시 확인했다. 요코미조는 8엔을 지급하겠다고 약속했다. 란포는 200매를 한꺼번에 게재해달라고까지 했다. 이 요구에 대해서 요코미조는 명확하게 대답할 수 없었다. 페이지는 어떻게든 조정해본다고 해도 증간호의 원고료 예산은 2천 엔인데 란포에게 1600엔을 지급하면 다른 작가에게 원고료를 줄 수 없다.

한꺼번에 싣는 문제는 란포도 고집을 부리지 않았기 때문에 나중에 어떻게든 해볼 수 있었지만, 다른 문제가 하나 더 있었다. 란포가 붙인 제목이 광고하기에는 너무도 평범했다. 요코미조는 「가능한 이야기出来る話」라는 글에서 그 제목이 뭔지 잊었다고 했지만, 란포에 따르면 제목은 「무서운 승리恐ろしき勝利」였다. 이 첫 제목은 나중에 요코미조의 작품과 관계를 갖게 된다.

이렇게 해서 편집장 요코미조는 란포로부터 200매짜리 중편 소설을 받아냈다. 이 소설이 「음울한 짐승」이다. 이 작품의 일본어 제목은 '陰獣'인데 란포가 만든 말이다. 고양이처럼 '얌전하고 음침하면서도 어딘가 비밀스러운 공포와 으스스함을 지닌 짐승'을 나타내려는 의도였다. 하지만 이 작품을 읽은 독자는 '그늘 음陰'이 아니라 '음란할 음淫'의 이미지를 느끼게 되어 '淫獣'로 오해하는 사람도 많다.

「음울한 짐승」은 작가인 '에도가와 란포'가 작품 속 트릭이 되는 전대미문의 소설이었다. 이런 트릭은 인기 작가가 아니면 성립할 수 없다. 탐정소설 작가인 '사무카와'를 1인칭 '나'로 내세워 쓴 소설이다. 처음에는 독자로 하여금 '나=란포'가 아닐까 하는 생각이 들게 만들었다가 이야기가 진행되면서 '오에 슌데이'라는 다른 탐정 작가의 이야기가 된다. 이 오에 슌데이는 란포를 모델로 삼은 듯하다. 그런데 오에의 본명이 '히라타 이치로平田一郎'

이다. 란포의 본명이 '히라이 다로'라는 사실을 일반 독자가 얼마나 알고 있었을지는 모르겠지만 탐정소설 팬이라면 오에 슌데이=히라타 이치로=히라이 다로=에도가와 란포라는 식으로 이미지를 연결시킨다. 나중에 요코미조는 이 설정을 이용해 전작 장편소설인 『저주의 탑呪いの塔』을 쓰게 된다. 요코미조가 어떻게 란포의 영향을 받았는지 살펴보는 데에도 중요한 작품이다.

요코미조는 「음울한 짐승」을 8월 여름 증간호에 한꺼번에 실을 마음은 없었다. 예산 문제도 있었지만, 내용을 보더라도 3회로 나누어 게재하면 독자들이 다음 이야기를 기대하며 꾸준히 관심을 보이리라고 판단했다. 그래서 증간호, 9월호, 10월호에 나누어 싣기로 했다.

첫 회가 실린 증간호의 편집 후기에 요코미조는 이렇게 썼다. '「음울한 짐승」 175매를 단숨에 읽고 나는 생각했다. 탐정소설 문단은 이 한 편으로 제2의 활동기에 들어가게 될 거라고. 그만큼 이 소설은 자극적이었다. 시각에 따라 이거야말로 에도가와 란포 씨가 지금까지 해온 작업의 총결산으로 보이기도 한다. 게다가 이 소설 뒤에 숨은 놀라운 비밀은 탐정소설이 시작된 이래 볼 수 없었던 훌륭한 트릭이라 해도 지나친 말이 아니리라.'

증간호가 발매되자 「음울한 짐승」은 큰 인기를 끌었다. 란포는 『40년』에 이 증간호를 3쇄까지 찍었다고 썼는데, 그것은 란포의 착각이고 중판한 호는 마지막 편이 실린 10월 증대호였다고 한다.

그《신세이넨》 10월호의 편집장은 요코미조가 아니었다.《분게이클럽》편집장으로 발탁되었기 때문이다. 요코미조는《신세이넨》편집부에 2년간 근무했고, 그중 1년 반 동안 편집장을 맡았다.《신세이넨》은 노부하라 겐이 편집장을 맡았고 미즈타니 준이 그 아래 배치되었다. 노부하라는 번역가로 계속 활동할 작정이었으나 모리시타 우손의 명령에 따라 하쿠분칸에 입사해 갑자기 편집장이 되었다.

요코미조는 마지막 호의 편집 후기에 '우리《신세이넨》이 잡지라는 존재를 조금이나마 참신하게 만들었으리라'라고 적었다. 충족감을 느꼈던 것이리라.

이 무렵 하쿠분칸의 대표적인 잡지인《다이요》가 1928년 2월호를 끝으로 폐간하게 되었다.《주오코론中央公論》《가이조》같은 사회주의적 논조를 지닌 종합지와《킹》같은 대중 종합지 사이에서 존재감을 드러내지 못해, 1895년에 창간한 이래 30여 년의 역사의 막을 내렸다. 이에 따라 하세가와 덴케이 밑에서《다이요》의 편집 주간으로 일하던 히라바야시 하쓰노스케도 물러났다. 우손의 역할은《다이요》를 대신할, 그리고《킹》을 뛰어넘을 종합지를 창간하는 일이었다.

이런 변화에 따라 모리시타 우손은《분게이클럽》을 떠나게 되었고 그 후임으로 요코미조가 기용되었다.

「음울한 짐승」의 마지막 회가 실린 10월호는 요코미조의 손을 떠나 있었지만, 순조롭게 판매되어 중판을 찍을 수 있었던 것은 누가 보더라도「음울한 짐승」덕분이었다. 그달에 요코미조는《분게이클럽》10월호를 만들었는데 이 잡지도 잘 팔렸다. 이 잡지는 하쿠분칸의 간판 잡지였지만 적자가 이어지고 있었다. 요코미조는 자신이 만드는 첫 호를 괴담 특집으로 꾸리기로 했다. 하지만 기존에 모인 괴담만 가지고는 아무래도 분량이 모자라 인기를 끌고 있던 오사라기 지로에게 부탁하고 란포와 마찬가지로 400자 원고지 한 장에 8엔이라는 원고료로 설득해 「비녀」라는 시대소설을 쓰게 했다. 그 덕분에 잡지는 날개 돋친 듯 팔렸다.

하쿠분칸 영업부는 두 잡지 모두 중판하는 일에 신중한 태도를 보였다. 결국 《신세이넨》만 중판에 들어갔다. 이 일은 요코미조 세이시가 편집자로서 얼마나 솜씨가 좋았는지 보여준다.

요코미조 세이시가 편집자로 일했던 《신세이넨》 시절은 란포의 「파노라마섬 기담」에서 시작해 「음울한 짐승」으로 끝났다.

이 기간에 해당하는 1927년 1월에 요코미조는 결혼하고, 그로부터 1년 뒤인 1928년에 큰딸 요시코가 태어났다. 《분게이클럽》으로 이동한 뒤 1929년에 아버지가 세상을 떠났고, 1931년 1월에는 장남 료이치(신문기자를 거쳐 음악 평론가로 활동)가 태어났다. 또 새어머니인 아사에와 동생 히로시도 함께 살게 되어 가족 구성에 큰 변화가 생겼다.

아내 다카코에 따르면 요코미조는 매일 밤 술을 마시며 돌아다니느라 밤늦게 귀가했고 회사에는 오후가 되어서야 나갔다. 식량은 외상으로 사 왔지만, 월말에는 현금이 필요했다. 그러자 요코미조는 다른 필명으로 소설이나 번역을 단숨에 해치워 그 원고료로 생활비를 메꾸었다. 다카코는 어찌할 도리가 없어서 자기 언니에게 전보를 보내 설을 쉴 돈을 꾸기도 했다.

큰딸이 태어난 1928년, 그때까지 살던 집이 비좁아져 3층에 있는 집으로 이사했다. 하지만 그해 여름에 요코미조는 가마쿠라로 피서를 가겠다면서 자이모쿠자[132]에 집을 얻어 가족은 그리로 이사했다. 하지만 '여름 한 철만 지낼 작정이었는데 도쿄로 돌아갈 돈을 마련하지 못해 찔끔찔끔 연장하며 눌러살게 되었'고, 요코미조는 가마쿠라에서 하쿠분칸으로 출퇴근하고 있었다. 자이모쿠자에 살 때에 아버지가 세상을 떠났다.

장남인 료이치가 태어나자 요코미조는 다카코에게 '지바의 호조(지금의 다테야마시)에 친구가 집을 알아보았으니 아이를 데리고 가서 좀 쉬다 오라'고 했다. 다카코는 요시코와 갓 태어난 료이치를 데리고 그 집으로 갔다. 요코미조는 며칠 뒤에 전차를 타고 왔다. 이때 요코미조는 왠지 모를 불안감을 느끼고 공포에 질렸다. 그래도 가족을 만나서 아이를 데리고 바닷가로 놀러 갔다. 다카코는 어린 료이치와 집에 있었다. 그 바닷가에서 요코미조는 각혈했다. 그러나 피를 그리 많이 토하지는 않았기 때문에 다카코에게는 이야기하지 않았다. 이때 그는 이미 폐가 병들어 있었다.

전차를 타고 느낀 불안과 공포, 그리고 각혈이 연결되어 그 뒤로 요코미조는 전차를 비롯한 교통수단을 두려워하게 되었다. 탈것 공포증에 걸린 것이다.

---

132 材木座, 메이지 시대에 해수욕장이 생겼으며, 나쓰메 소세키의 『마음』에 등장해 유명해졌다.

요코미조가 《분게이클럽》으로 옮길 때 《신세이넨》을 함께 만들던 와타나베 온을 데리고 가지 않아 와타나베는 회사를 그만두었다. 요코미조는 『50년』에 '해고를 알린 건 나였다'라고 적었다. 하지만 그 뒤에도 와타나베는 요코미조의 집을 자주 찾아갔고, 심지어 가마쿠라의 근처로 이사 올 만큼 친했다.

요코미조는 『50년』에 해고 이유를 밝히지 않았지만, 그 문장 앞뒤를 살펴보면 와타나베가 작품에 전념하기를 바랐던 것으로 보인다. 즉 그의 재능을 인정했기 때문이다. 실제로 《신세이넨》 편집자였던 때에 와타나베는 단편소설을 10여 편 써서 《신세이넨》에 게재해 호평을 받았다. 하지만 그는 좀처럼 쓰려고 들지 않았다. 하쿠분칸에서 급여를 받는 생활이 안정적이었기 때문이다. 그게 없어지면 정신을 차리고 쓰게 되지 않을까, 하고 생각해 요코미조는 와타나베에게 그만두라고 했던 듯하다. 그건 우정에서 나온 조언이었다. 요코미조는 놀러 오는 와타나베에게 몇 번이나 소설을 쓰라고 했다.

그러나 와타나베 온은 어지간해서는 펜을 들지 않았다.

줄지어 나오는 전집

여러 출판사가 일본문학, 세계문학, 대중문학 같은 전집을 내놓자 이후 이어지는 기획은 분야를 더 좁혀 들어가게 된다. 애초에는 '과거와 현재의 명작을 망라'한다는 콘셉트였던 '전집'의 성격도 '모두 모은다'나 '명작을 고른다'에서 '권수가 정해진 시리즈물'로 바뀌어갔다.

1929년(쇼와 4)이 되자 헤이본샤가 '뤼팽 전집' '세계 탐정소설 전집', 가이조샤가 '고사카이 후보쿠 전집' '일본 탐정소설 전집', 하쿠분칸이 '세계 탐정소설 전집', 슌요도가 '탐정소설 전집'을 내기로 결정했다.

'고사카이 후보쿠 전집'은 그해 4월 1일에 후보쿠가 38세라는 젊은 나이로 갑자기 세상을 뜨자 간행되었다. 란포은 은인에게 보답하기 위해 온 힘을 보탰다. 후보쿠는 폐결핵을 앓았는데, 감기에 걸려 몸져누웠다가 며칠 뒤 갑자기 숨을 거두었다. 슌요도와 가이조샤 두 회사에서 고사카이 후보쿠 전집을 내고 싶다는 제안을 받고, 란포는 '지금까지 고사카이의 책을 내온 슌요도가 내야 마땅하지만 이 출판사는 순박해서 크게 선전해 많은 부수를 팔 수는 없을 것이다. 가이조샤는 반대로 대대적으로 선전해 많이 팔 수 있을 것이다'라고 어느 쪽에서 내야 좋을지 고민했다. 최종적으로는 유족의 뜻에 따라 가이조샤에서 내기로 결정했다. 이 일로 란포와 슌요도의 관계는 얼마간 악화되었다. 편집 실무는 란포가 오사카지지신보에 있을 때 동료였던 오카도 부헤이가 맡았다.

오카도 부헤이(1897~1986)는 고사카이 후보쿠의 문하생이기도 했다. 그는 이 일을 계기로 란포와 친해져 같은 해 7월 하쿠분칸에 들어가 《분게이클럽》 편집부에서 편집장인 요코미조와 함께 일하게 된다.

'고사카이 후보쿠 전집' 이외의 각 출판사 탐정소설 관련 전집에도 란포는 이런저런 형태로 관여했다.

1929년(쇼와 4) 1월호를 창간호로 하쿠분칸은 모리시타 우손 편집국장 지휘 아래 《킹》에 대항하는 《아사히朝日》를 내놓았다 (발매는 1928년 12월). 《다이요》를 폐간한 지 1년 가까이 지났을 때였다. 우손은 그동안 《킹》을 연구하며 새 잡지를 기획하고 있었던 셈이다.

「애벌레」에서 가려진 글자들

하쿠분칸에서 《신세이넨》 등의 잡지를 담당하는 인원은 편집 장을 포함해 두 명이나 세 명뿐이었지만, 《아사히》 편집부는 아홉 명이나 되었고, 거액의 제작비와 홍보비를 들여, 그야말로 회사의 운명을 건 잡지가 되어 있었다. 제호 글씨는 도고 헤이하치로[133] 원수가 썼고, 첫머리에 내각총리대신 다나카 기이치의 짧은 글을 실었으며, 기쿠치 간, 하세가와 신, 야마나카 미네타로[134] 등의 작가가 쓴 소설도 있는가 하면 고단, 라쿠고, 학술 기사까지 실은 종합잡지였다. 정가 50센에 50만 부를 찍어 홍보비로는 25만 엔을 책정했다.

란포는 새 잡지 《아사히》에서 연재소설을 의뢰받았다. 큰 은인인 모리시타의 부탁이라 의뢰를 받아들이고 창간호(1929년 1월호)부터 「외딴섬 악마孤島の鬼」를 연재했다. 완결은 이듬해인 1930년 2월호였으며 총 14회였다. 연재를 쉰 적은 한 번도 없었

---

133   東郷平八郎(1848~1934), 해군 대장. 최종 계급은 원수, 작위는 후작이다. 메이지 시대에 해군 장교로 영국에 관비 유학했으며 정계에 나서지 않고 평생 군인으로 살았다.

134   山中峯太郎(1885~1966), 소설가이자 번역가.

고, 1930년 5월에 가이조샤가 단행본으로 내놓았다.

하지만 《아사히》는 고전했다. 엄청난 홍보비가 들어가는 창간호가 적자를 내는 거야 어쩔 수 없다지만 적자는 계속되었다. 때마침 쇼와대공황이 겹친 것도 불운이었다.

란포는 《신세이넨》 1929년 1월호에 「악몽惡夢」을 실었다. 나중에 「애벌레芋虫」로 제목이 바뀌는데, 이것이 란포가 붙인 원래의 제목이었다. 편집장인 노부하라 겐이 "벌레 이야기 같다"며 「악몽」으로 바꾼 것이다.

전쟁터에서 다쳐 팔다리를 잃고 귀도 들리지 않으며 말도 못하게 된 청년과 그 아내를 그린 작품으로, 처음에는 《가이조》에 싣기 위해 쓴 단편이었다. 그런데 '반군국주의인 데다가 긴시훈장[135]을 경멸하는 문장이 담겨 있어, 당시 좌익 쪽에 가까운 평론으로 정부가 특별히 주시하고 있던 가이조샤는 복자[136]를 쓰더라도 도저히 위험해서 실을 수 없다고 하기에' 란포는 이 작품을 《신세이넨》에 주었다. 이렇게 해서 《가이조》는 「음울한 짐승」에 이어 란포의 걸작을 두 차례나 게재하지 않는 명예롭지 못한 기록을 남기게 되었다.

《신세이넨》도 그런 사정을 알고 작품을 복자투성이로 실었다. 그래도 '좌익 쪽에서 격려의 편지를 여러 통 받았다. 반전反戰 소

---

135 金鵄勲章, 일본 건국신화와 관련된 조류인 금빛 솔개의 이름을 딴 훈장으로, 군인에게 수여된다.

136 伏字, 인쇄물에서 밝히지 못할 글이 있을 때 해당 활자를 뒤집어 꽂아 검은색만 보이게 하거나 ○× 표시로 인쇄한 글자를 가리킨다.

설로 상당히 효과적이다, 앞으로도 그런 이데올로기가 담긴 작품을 써달라는 내용이었다'라는 독자 반응이 있었다.

란포의 「악몽(애벌레)」이 실린 잡지는 《신세이넨》 신춘 증대호였는데, 다음에 나온 2월호와 3월호 사이에 '신춘 증간 탐정소설 걸작집'이 나와 거기에 요코미조의 단편 「쌍생아双生児」가 실렸다. 이 작품은 란포에 대한 요코미조의 도전이나 마찬가지였다. 앞머리에 영문으로 'A sequel to the story of same subject by Mr. Rampo Edogawa'라고 적혀 있었다.

란포에게도 「쌍생아」라는 단편이 있다. 다섯 번째 작품으로 1924년에 《신세이넨》에 게재되었다. 꼭 닮은 쌍둥이 형제에 관한 이야기인데, 형은 재산을 상속받고 동생이 좋아했던 여성을 아내로 삼는 등 모든 것을 누린다. 동생은 질투심에 형을 죽이고 형으로 행세하며 재산은 물론 아내도 차지한다. 작품은 동생의 범죄가 어떻게 발각되느냐에 중점을 두었는데, 꼭 닮은 쌍둥이라 해도 남편이 다른 사람으로 바뀐 사실을 아내가 눈치채지 못하는 것은 자연스럽지 못하다—요코미조는 이렇게 생각하고, '꼭 닮은 쌍둥이 형제'가 있는데 한쪽이 다른 한쪽을 죽이고 그 사람 행세를 한다는 동일한 설정으로 더 리얼한 소설을 썼다.

란포는 《신세이넨》 6월호에 전에 나고야에서 버렸다고 한 「오시에와 여행하는 남자」를 쓰고, 《가이조》 6월호와 7월호에 「벌레蟲」를 썼다. 마침내 《가이조》에 작품이 게재되었지만 성격이상자를 주인공으로 삼아 연인의 시신이 아주 미세한 생물에 의해 분해되어가는 모습을 그린 탓에 역시 복자투성이인 상태로 실렸다.

란포, 하쿠분칸과 고단샤에 동시 연재

란포가 처음으로 연재한 고단샤 잡지는 《고단클럽》으로, 1929년 8월호부터였다. 「거미남蜘蛛男」이란 제목이었는데, 아케치 고고로가 등장하는 통속 장편소설 두 번째 작품이었다. 연재가 끝난 뒤, 10월에는 고단샤에서 단행본으로 나왔다.

「거미남」을 시작으로 「난쟁이」를 비롯해 아케치 고고로가 주인공으로 등장하는 장편소설이 계속 쓰였다. 란포는 이런 작품들을 '통속 장편'이라고 부르며 비하하지만, 탐정소설을 널리 알린 점에서는 공적이 크다.

이전에도 고단샤 잡지는 란포에게 여러 차례 원고 청탁을 했다. 하지만 란포는 거절했다. 이유는 단 하나, 하쿠분칸에 대한 의리 때문이었다. 그뿐만 아니라 고단샤가 너무 통속적인 소설을 요구했기 때문에 작가들 사이에서 '고단샤 잡지에 글을 싣는 것을 좋게 여기지 않는 풍조'가 있었다고 한다. 게다가 남녀노소 누구나 이해할 수 있도록 다시 써달라는 요구를 자주 한다는 소문도 있어 란포는 꺼리는 상태였다.

하지만 그러던 중에 란포는 고단샤를 다시 보게 되었다. 몇 번이나 거절했는데도 편집자가 꾸준히 찾아와 원고를 부탁했다. 부서 상사가 지시해 찾아오는 거라 여겼는데 차츰 그런 마음이 옅어졌다. 고단샤 직원은 다들 회사를 위해 재미있는 잡지, 인기 있는 잡지를 만들고자 하는 열정을 가지고 있다는 생각이 들었다. 란포는 그걸 신기하게 여기고 호감을 품게 되었다. 그런데 그즈음 란포는 자포자기 상태여서 고단샤에서 내는 잡지에 글을 썼다고 비판받아도 상관없다는 기분이었다. "모든 사람이 좋아할 글은 쓸 수 없다, 싫어하는 사람들이 있을 텐데 괜찮겠느냐"라고 묻자 상관없다는 대답이 돌아왔다.

이렇게 해서 「거미남」 연재가 시작되었다. 란포는 하쿠분칸과 고단샤라는 라이벌 회사에서 동시에 연재하게 된 셈이다. 인기 작가로 절정에 올랐다는 이야기나 마찬가지였다.

《아사히》에 싣는 「외딴섬 악마」와 《고단클럽》에 연재하는 「거미남」, 이 두 작품은 1930년 2월호까지 함께 연재되었다. 그리고 「외딴섬 악마」가 2월호로 끝나기를 기다리지 않고 하쿠분칸의 요코미조 편집장이 만드는 《분게이클럽》 1월호부터 「엽기의 끝猟奇の果」 연재가 시작되었다. 즉 1월호와 2월호에는 세 작품을 함께 연재하고 있었던 셈이다.

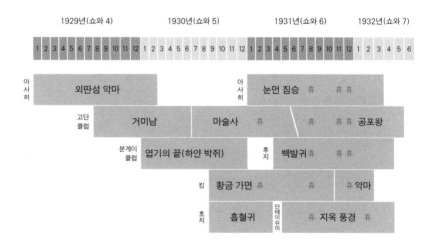

에도가와 란포의 장편 연재 1

이 시기에 오래간만에 본격 탐정소설로 쓴 작품이《지지신보》 1929년 11월 28일부터 12월 29일까지 1개월에 걸쳐 연재한「누구何者」였다. 아케치 고고로가 맨 마지막에 등장한다.

게다가 1930년 2월부터 홋카이도에서 나오는《홋카이타임스北海タイムス》나 규슈에서 나오는《규슈일보九州日報》에 란포와 요코미조가 합작으로 쓴「복면 쓴 미인覆面の佳人」이 연재되었다.《규슈일보》에는「요녀妖女」라는 제목으로, 미국의 A. K. 그린이라는, 구로이와 루이코도 번안했던 작가가 쓴 작품을 둘이서 번안해 실었다. 원작이 있다고는 해도 거의 창작에 가깝다. 창작 과정에서 란포와 요코미조가 서로 의논하며 썼느냐 하면 그렇지 않다. 사실 란포는 이름만 빌려주고 요코미조가 혼자 쓴 것으로 보인다.

그때 요코미조는 하쿠분칸에서 받는 급여를 모두 술값으로 쓰던 상태였기에 생활을 위해 원고료를 받을 수 있는 일을 해야 했다. 하지만 '요코미조 세이시'라는 이름은 탐정소설 팬 사이에서는 이미 알려진 상태였어도 대중적인 인지도가 낮았기 때문에 신문에 연재하면서 란포의 이름이 필요했을 것이다.

란포 이름으로 요코미조가 단편 몇 작품을 대신 썼다는 사실을 두 사람 모두 태평양전쟁이 끝난 뒤에 인정했다. 그런데 이 작품에 관해서는 둘 다 존재마저 언급하지 않았다.「복면 쓴 미인」은 요코미조가 세상을 떠난 뒤인 1997년에 슌요도의 슌요문고에서 간행되었다. 문고판으로 500쪽이 넘는 꽤 긴 소설이다. 《분게이클럽》에 싣던「엽기의 끝」은 편집장인 요코미조가 강력하게 원해서 연재하게 된 소설이다. 처음에는「어둠에 꿈틀거리다」「호반정 사건」 같은 작품으로 쓰고 있었는데 전체 분량의 절반쯤 쓴 6월호에 이야기가 풀리지 않았다. 요코미조도 이대로는 안 되겠다고 생각해, 이때까지는 전반으로 치고 후반은 아케치 고고로가 나오는 「거미남」 스타일로 만들면 어떻겠느냐고 제안했다. 그래서 7월호부터는 「하얀 박쥐」로 제목을 바꾸고 연재를 이어가게 되었다.

《아사히》의 「외딴섬 악마」 연재가 2월에 끝나고, 이듬해인 1930년 5월에 하쿠분칸이 아닌 가이조샤에서 단행본이 나왔다.

《킹》에서도 연재가 시작되었다. 「황금 가면黃金仮面」이 9월부터 연재되기 시작했다. 같은 고단샤의 《고단클럽》에 연재하는 「마술사魔術師」도 이어지고 있었다. 게다가 9월부터는 《호치신문》 석간에서 「흡혈귀吸血鬼」 연재가 시작되었다. 이 시기의 《호치신문》은 고단샤의 노마 세이지가 경영을 맡고 있었다. 《분게이클럽》의 「엽기의 끝」도 「하얀 박쥐」로 제목을 바꾸었지만 연재가 계속되고 있었기 때문에 9월부터는 네 편이 동시에 연재되는 상황이었다.

「엽기의 끝(하얀 박쥐)」은 12월호(11월 발매)로 연재가 끝나고 이듬해인 1931년 1월에 하쿠분칸에서 단행본으로 나왔다.

1931년 1월호부터는 다시 하쿠분칸이 내는 《아사히》에 「눈먼 짐승盲獸」을 연재하기 시작했다. 하쿠분칸이 내는 잡지지만 이 소설은 통속 장편소설이었다. 역시 란포는 요코미조가 담당하지 않으면 통속소설이 되고 마는지 스스로 실패작으로 인정한다.

《호치신문》에 실린 「흡혈귀」는 3월에 끝나, 같은 달에 하쿠분칸에서 단행본으로 나왔다.

4월부터 고단샤가 내는 잡지 《후지富士》에 구로이와 루이코가 번안한 『백발귀白髮鬼』를 번안해 연재했다. 4월에는 「황금 가면」 「마술사」 「눈먼 짐승」 「백발귀」가 동시에 연재되고 있었던 셈이다. 《고단클럽》 6월호에서 「마술사」가 끝나자 6월호부터는 「공포왕恐怖王」 연재를 시작했다.

그리고 나중에 이야기할 헤이본샤의 '에도가와 란포 전집'에는 부록으로 각 권마다 '탐정 취미'라는 제목의 소책자를 함께 주었으며 란포의 신작 「지옥 풍경地獄風景」이 여기 연재되었다.

1929년부터 1932년 초에 걸친 3년 동안 란포는 「외딴섬 악마」 「거미남」 「엽기의 끝」 「마술사」 「황금 가면」 「흡혈귀」 「눈먼 짐승」 「백발귀」 「공포왕」 「지옥 풍경」까지 모두 열 편의 장편소설을 늘 세 작품에서 네 작품가량 동시 연재하고 있었던 셈이다.

이 가운데 「외딴섬 악마」 「거미남」 「엽기의 끝」 「흡혈귀」 네 작품은 연재가 끝나자 바로 단행본으로 나왔는데, 나머지 여섯 작품은 1931년 5월부터 간행되기 시작하는 '에도가와 란포 전집'에서 처음 책으로 묶여 나왔다.

5월에 전집이 간행되었을 때는 「마술사」의 연재가 끝났다. 「황금 가면」 「눈먼 짐승」 「백발귀」 「공포왕」 「지옥 풍경」을 연재하고 있었는데 그러면서도 전집이 매달 한 권씩 배본되었고, 연재가 완결되면 그달이나 다음 달에 전집 한 권으로 간행되는 일정이 짜였다.

1929년부터 1931년까지 란포가 쓴 통속 장편소설에서 아케치 고고로가 활약하는 작품은 모두 다섯 편으로, 「거미남」「엽기의 끝」「마술사」「황금 가면」그리고 「흡혈귀」이다.

란포가 바빠질수록 아케치 고고로도 바빠졌다.

첫 번째 '에도가와 란포 전집'

『40년』에는 헤이본샤의 시모나카 야사부로 사장이 란포에게 "전집을 내지 않겠는가?"라고 의사를 물은 때가 1931년 1월이나 2월이었다고 되어 있다. 헤이본샤는 '현대 대중문학 전집'을 성공시켰고, 이어서 '세계 미술 전집'도 성공했다. 그래서 하쿠분칸과 마찬가지로 《킹》에 대항할 종합잡지를 만들려고 1928년에 잡지 《헤이본平凡》을 창간했다. 그렇지만 하쿠분칸과 마찬가지로 실패로 끝났다. 전집으로 벌어들인 돈을 모두 까먹고 5호까지만 낸 뒤 《헤이본》은 더 이상 나오지 않았다.

시모나카 사장이 란포와 의논하러 갔을 무렵인 1931년 1월에는 100만 엔의 부도를 내고 도산 위기에 허덕이고 있었다. 그때 헤이본샤의 월 매출이 35만 엔 전후였다고 하니 3개월 치에 가까운 금액이었다. 시모나카는 기사회생을 위한 도박에 나섰다. 인쇄 회사, 제본 회사, 종이 회사, 집필자들에게 설명하고 협조를 구했다. 그리고 전 28권의 『대백과사전』간행을 결정, 같은 해 11월에 내놓기 시작했다. 이 백과사전은 대대적으로 홍보한 덕분에 2만 5천 부 예약을 받는 데 성공했다.

현재 일본 출판 역사에서 이 『대백과사전』의 성공과 그에 따른 '백과사전의 헤이본샤라는 이미지의 정착'은 널리 알려져 있다. 그렇지만 반년 전에 헤이본샤 재건을 위한 비장의 카드로 란포 전집이 간행되어 성공을 거둔 사실은 잊혔다. 지금 헤이본샤 홈페이지에 적혀 있는 회사 발자취에도 란포 전집 이야기는 들어가 있지 않다.

전집의 내용 샘플에 들어갈 광고 문구는 요코미조가 썼다. 전 13권의 구성은 란포 본인이 직접 했다. '편집자' 에도가와 란포가 맡은 중요한 작업이 자기 전집 제작이었다. 소설만으로는 원고가 많이 모자란다는 사실을 깨닫고 번역과 수필은 물론 다른 평론가나 작가들이 쓴 란포론乱歩論도 모두 넣기로 했다. 란포는 자기 작품에 대한 비평을 보관하고 있었다. 1923년에 데뷔했으니 9년째라 그간의 자료가 집대성되었다. 이 첫 란포 전집의 구성은 다음과 같이 되어 있었다. 소설만 적어둔다.

第1권 음울한 짐승/파노라마섬 기담/2전짜리 동전/몽유병자의 죽음/냉혹한 사랑人でなしの恋

第2권 난쟁이/천장 위의 산책자/두 폐인/영수증 한 장/백 가지 얼굴을 지닌 배우/복면 쓴 무용가

第3권 어둠에 꿈틀거리다/누구/D언덕의 살인사건/오시에와 여행하는 남자/도난

第4권 벌레/호반정 사건/흑수단/목마는 돈다木馬は廻る/화성의 운하/모노그램/에도가와 란코江戸川蘭子/영화의 공포/공기남

第5권 외딴섬 악마/인간 의자/백일몽/메라 박사의 이상한 범죄目羅博士の不思議な犯罪

《킹》에 연재하던 「황금 가면」이 1931년 10월호로 완결되고 같은 달에 전집 제10권에 실려 나왔다. 그 뒤를 이어 11월호부터 《킹》에 「악마」가 연재되는데 이 소설은 이듬해 2월까지 3회만 연재하는 작품이었다.

《아사히》에 싣던 「눈먼 짐승」이 1932년 2월 발매된 3월호로 완결되고, 3월에 전집 제9권에 실렸다. 9권에는 「악마」도 실렸다.

《후지》에 연재하던 「백발귀」는 1932년 3월에 발매된 4월호로 끝났고, 4월에 전집 제11권에 실렸다.

이 기간 동안에 새로운 연재도 시작해 《고단클럽》1931년 6월호에는 「마술사」 마지막 회와 「공포왕」이 함께 실렸다. 이 「공포왕」이 1932년 5월호로 끝나고 5월에 전집 마지막 권인 제13권에 실렸다. 그리고 란포는 다시 글을 쓰지 않는 시기에 들어갔다.

이 전집의 첫 배본 부수는 3만 부였고, 초기에는 인세가 매달

3천 엔 이상 들어왔다. 게다가 잡지 연재로 벌어들이는 원고료가 1200엔에서 1300엔은 되었다. 많은 달에는 월수입이 5천 엔을 넘는 '평생 가장 수입이 많았던 해'가 되었다. 하지만 그럴 때는 늘 그러듯 지출도 많아졌다. 란포의 무질서한 소비가 시작되었다.

하쿠분칸의 정변

란포가 다작하는 동안 하쿠분칸은 다시 위기에 빠졌다. 사운을 건《아사히》는 헤이본샤의《헤이본》만큼 심각하진 않았지만 고전 중이었다. 1929년 여름, 모리시타 우손은《아사히》편집부를 강화하기 위해《신세이넨》에서 일하던 노부하라 겐을 이동시켰다. 10월호부터는 노부하라 겐이 편집장을 맡았다.《신세이넨》편집장으로는 미즈타니 준을 승격시켰다. 미즈타니는 요코미조가 개척한 모더니즘 노선을 이어받아 프랑스 스타일의 유머, 에스프리를 가미해갔다.

편집장이 된 미즈타니는 요코미조에게 "좋은 편집자 없느냐"며 의논했다. 요코미조는 자기가 그만두게 한 와타나베 온을 채용해달라고 간곡하게 부탁했다. 요코미조는 와타나베 온이 집필 활동에 전념하기를 바라며 하쿠분칸을 그만두게 했지만, 그 뒤 와타나베는 생활이 웬만큼 안정되지 않으면 글을 쓰기 힘든 부류라는 걸 깨닫고 후회하고 있었다. 그 무렵 와타나베 온은 란포의 부탁으로 형인 게이스케와 함께 에드거 앨런 포의 작품을 대신 번역하고 있었다. 이 번역물은 헤이본샤의 란포 전집에 수록되었다(이 포의 번역은 2019년에『포 걸작집—에도가와 란포 명의 번역, 와타나베 온·와타나베 게이스케 번역』으로 주코문고中公文庫에서 간행되었다).

이렇게 해서 1929년 11월에 와타나베 온은 하쿠분칸으로 복귀했다. 같은 달에 가이조샤가 내고 있던 '일본 탐정소설 전집'의 제18권으로『구니에다 시로·와타나베 온』이 간행되었다. 이 전집은 모두 스무 권으로, 제13권까지는 1인 1권, 제14권부터 제20권까지 일곱 권은 작가 2인이 1권이었다. 그래서 모두 스물일곱 명의 작가가 참여했다. 1인 1권에 참여한 작가로는 란포 말고도 모리시타 우손, 요코미조 세이시, 미즈타니 준도 있어, 그즈음 하쿠분칸 편집자가 톱클래스 작가이기도 했음을 보여준다.

복귀한 와타나베는 존경하던 작가 다니자키 준이치로에게 집필을 의뢰하려고 알고 지내던 쓰지 준[137]에게 소개해달라고 부탁했다. 1930년 2월, 다니자키 준이치로를 만나기 위해 와타나베는 친구인 하세가와 슈지(나중에 탐정소설 번역가가 된다)와 함께 고베로 갔다. 다니자키는 영화 분야의 현상 공모에서 와타나베가 상을 받은「그림자」를 기억했다. 그 작품을 쓴 사람이라면 만나보겠다고 했다.

다니자키를 만나고 돌아가던 길에 와타나베와 하세가와를 태운 택시가 니시노미야시 슈쿠가와의 건널목에서 화물열차와 충돌했다. 하세가와는 목숨을 건졌다. 와타나베는 병원으로 옮겨졌으나, 뇌타박상으로 숨을 거두고 말았다.

137　辻潤(1884~1944), 번역가, 사상가. 일본 다다이즘의 중심인물 가운데 한 명이다.

하쿠분칸에 소식을 전한 사람은 다니자키였다. 요코미조와 미즈타니, 그리고 와타나베의 아내까지 세 명은 간사이로 출발했다. 그나마 세상을 떠난 와타나베의 얼굴이 생전 그대로였다는 사실만이 작은 위안이었다. 즉사에 가까워 어떤 공포나 고통도 없었을 거라고 했다. 와타나베와 요코미조는 같은 해인 1902년에 태어나 생일을 맞이하기 전이었으니 만 27세였다. 요코미조는 『50년』에 '그야말로 온짱이 남긴 주옥같은 단편을 닮은 생애였다'라고 쓰고 이렇게 덧붙였다. '온짱의 죽음은 내 청춘이 끝났다는 의미이기도 했다.'

요코미조 세이시에게 니시다 도쿠시게에 이어 동갑 친구라고도 할 수 있는 탐정소설 동료의 죽음이었다. 도쿄에서 와타나베의 빈소는 요코미조의 집에 마련되었다. 요코미조는 와타나베 온의 형인 와타나베 게이스케(圭介, 啓介라는 필명도 있다)를 처음 만나 '서로 부둥켜안고 울었다'.

란포는 와타나베와 그리 친하지 않지만 『40년』에서 그를 위해 두 쪽이나 할애했다.

와타나베가 세상을 떠난 뒤 《신세이넨》에는 이누이 신이치로(1906~2000, 본명은 우에쓰카 사다오)가 들어왔다. 이누이는 아오야마학원에 다니던 시절, 요코미조가 편집장이었던 시기에 번역 원고를 보내 채택되었다. 그 뒤로 이누이는 《신세이넨》 편집부에 드나들고 있었다. 1930년 봄에 대학을 졸업한 이누이는 정식으로 하쿠분칸에 입사했다.

한편 하쿠분칸의 사주인 오하시 가문 안에서 다시 심상치 않은 사태가 일어났다. 1930년 3월에 아버지 신타로가 사장인 아들 유키치를 해임했다. 다케오도 전무에서 평이사로 내려갔다. 신이치가 사장으로 복귀했다. 그 배경에는《아사히》의 부진이 있었다고 한다.

1931년 10월, 신이치는 모리시타 우손을 밀어주던 호시노 준이치로 전무를 해임하고, 11월에는 모리시타 우손도 해고했다. 《아사히》의 판매 부진 책임을 물은 셈이었지만, 신이치가 사장에 오른 지 1년 반이 지나도록 그가 정한 방침이 철저하게 지켜지지 않은 것은 편집자들 모두가 모리시타 우손을 따르고 우손이 시키는 대로 움직이는 분위기였기 때문이기도 하다.

그때 우손은 사내에서 후배 직원들과 잡담하던 중에 "이제부터 하쿠분칸도 종업원지주제를 도입해야 한다"라고 말했는데, 이를 우연히 오하시 신이치가 들었다. 신이치는 "모리시타, 자네 빨갱이인가?" 하며 그를 해고했다. 모리시타 우손은 만년에 아들에게 퇴사의 진상을 이렇게 이야기했다.

공산주의를 좋아하는 경영자는 없을 테지만, 오하시 신이치는 이상하리만치 싫어하고 경계심을 드러냈다. 이런 성격이 제2차 세계대전이 끝난 뒤, 하쿠분칸의 수명을 단축시켰다.

이렇게 해서 모리시타 우손은 13년 동안 근무한 하쿠분칸을 그만두었다. 아들 신이치에게 회사를 맡기기로 했기에 오하시 신타로도 그 인사 발령을 뒤집을 수는 없었다. 하지만 우손의 공로에 보답하는 의미로 도쿄 무사시노의 기치조지에 새집을 지어 퇴직금으로 주었다. 우손은 그 뒤 작가로서 살아가게 된다.

『40년』에서 란포는 모리시타 우손이 퇴사하자 요코미조 세이시, 노부하라 겐, 오카도 부헤이 등도 따라서 그만두었다고 썼지만, 모두 한꺼번에 그만두지는 않았다. 적어도 요코미조는 1년 더 하쿠분칸에 머물렀으니 란포의 기록은 착각 때문이리라.

우손은 그만두기 직전에 새 잡지《단테이쇼세쓰》를 창간하고, 《아사히》에 있던 노부하라 겐을 빼내 편집장을 맡겼다. 요코미조는 이 창간 작업에 관여하지 않았지만, 『50년』에서 우손이《신세이넨》의 탐정소설 비중이 작아지면서 거기 원고를 싣던 번역자들의 일이 줄어들었기 때문에 탐정소설 전문지 창간을 기획했을 것으로 추측했다.

노부하라는《아사히》8월호까지 작업한 뒤,《단테이쇼세쓰》9월 창간호 편집을 시작했다. 일본 작가, 해외 작가를 합쳐서 모두 스무 편쯤 되는 장편, 단편이 게재되었다. 란포도 수필을 썼다. 12월에 발매된 이듬해 1월호에 크로프츠의『통』이 모리시타 우손의 번역으로 한꺼번에 게재되어(실제로 번역한 사람은 나고야에 사는 이노우에 요시오[138]), 니시다 마사지가 홈스에 관해 연구한 수필을 쓰는 등 예전《신세이넨》동창회 같은 내용이었다. 우손이 퇴사한 때가 11월이었으니, 이 신년호와 이듬해 1월 발매된 2월호까지는 우손도 편집에 관여했을 것으로 보인다.

---

[138] 井上良夫(1908~1945), 평론가. 중학교 때부터 탐정소설 동인지《오모카게画影》를 발행했다. 1933년 이후 서양 탐정소설에 대한 평론 활동을 했으며, 이 시기에 해외 작품 번역 동향에 큰 영향을 끼쳤다. 이든 필포츠의『붉은 머리 가문의 비극』, 엘러리 퀸의『Y의 비극』등 여러 고전 명작을 번역하기도 했다.

그리고 2월호 편집이 끝나자 노부하라는 하쿠분칸을 그만두었다. 퇴사 시기는 확실하지 않지만 2월호까지는 책임을 졌으니 12월까지는 근무하지 않았을까? 그렇다면 우손을 따라 그만두었다는 란포의 기록과 일치한다.《단테이쇼세쓰》2월호에는 노부하라의 퇴임 인사가 실렸다. 그는 '일신상의 이유'라고만 밝혔다. 그리고 '편집을 그만두더라도 변함없이 여러분과 지면상에서 자주 만나게 될 것입니다'라고도 썼다.

요코미조 세이시는 조금 더 하쿠분칸에 머물렀다.《단테이쇼세쓰》1932년 3월호부터 노부하라의 뒤를 이어 편집장이 되었다.《신세이넨》편집장은 요코미조에서 노부하라로 이어졌지만, 이번에는 노부하라가 요코미조에게 자리를 물려준 셈이다.

재직 중에 요코미조의 이복동생 다케오가 하쿠분칸에 입사했다. 다케오는 미즈타니 준 밑에서《신세이넨》편집부에 근무했고 태평양전쟁 중에도 계속 근무하다가 전쟁이 끝난 뒤에는 편집장이 된다.

요코미조가《분게이클럽》편집장을 지낸 기간은 3년 남짓으로《신세이넨》보다 길었지만 이 잡지에 관해서는 거의 이야기하는 일이 없다.『독본』에 실린 고바야시 노부히코와의 대담에 그 얼마 되지 않는 언급이 있다.《고단클럽》같은 잡지였으며 '장편소설이 여덟 편 정도 실리죠. 그러면 시라이 교지, 오사라기 지로 같은 그런 대가가 즐비합니다. 그리고 단편이 네댓 편쯤. 그 밖에 수필 같은 것이 있는, 그런 잡지였죠'라고 했을 뿐이다.

《분게이클럽》은 1895년(메이지 28)에 창간된 잡지인데, 요코미조가 물려받은 시점에 이미 30년이 넘는 역사를 지니고 있었다. 포맷이 완전히 짜여 있어서 편집장이 되었다고 해도 새로운 체제를 내세울 수도 없고, 또 그걸 요구받지도 않았다. 요코미조에게 주어진 가장 중요한 업무는 매달 잡지가 제대로 나오게 하기 위한 진행 관리였을 것이다.

《분게이클럽》편집장 시절에 요코미조는 자기 이름으로 쓴 소설을 실은 적이 없다. 확인되는 범위에서는 1928년 11월호에 「빈집의 괴이한 시체空家の怪死体」를 '가와하라 산주로川原三十郎'라는 필명으로 썼다. 그러니 다른 필명으로 썼을 가능성도 있다.

《분게이클럽》시절의 요코미조 세이시는 자기 잡지에는 탐정소설을 손수 쓰는 일도 없었고 적극적으로 싣지도 않았지만 다른 잡지에는 어느 정도 창작과 번역물을 실었다.

《신세이넨》1930년 5월호부터 8월호에 걸쳐 요코미조는 「후요 저택의 비밀芙蓉屋敷の秘密」을 연재했다. 가도카와문고판으로 140쪽 안팎의 분량이었는데, 시라토리 후요라는 여배우가 저택에서 살해된 사건을 다루는 이야기다. 범인이 누군지 밝혀내는 본격 탐정소설인데, 대학 총장을 지낸 자작(하마오 시로가 모델이라고 한다)의 차남인 쓰즈키 긴야 청년이 해결하고, 그걸 왓슨역을 맡은 '나'가 돕고 기록한다는 스타일이다.

이 소설은 시작 부분에 '7인의 용의자가 경찰에 걸러지며' 이들이 지닌 동기는 '질투, 치정, 절도, 원한, 복수, 우정, 자식에 대한 사랑'이며, '살인사건의 동기로 떠올릴 수 있을 만한 모든 감정'을 검토했다고 선언하고 사건 이야기를 풀어간다. 「후요 저택의 비밀」이 8월호로 끝나자 요코미조는 두 달간 쉬고 고단샤의 《고단클럽》 11월호부터 이듬해인 1931년 5월호까지 반년 동안 「살인력殺人曆」을 연재했다. 같은 시기 같은 잡지에 란포가 「마술사」를 연재하고 있었다.

「살인력」은 오락소설 잡지에 게재되었기 때문에 란포의 「마술사」처럼 스릴과 서스펜스가 있는 소설이지 본격 탐정소설은 아니었다. 신문광고에 다섯 명의 유명인 사망 광고가 실린다. 하지만 모두 살아 있다. 악질적인 장난일 테지만, 누가 무슨 목적으로 이런 짓을 한 걸까. 이윽고 그 가운데 한 명인 여배우가 살해된다. 그러자 경시청의 유키 사부로가 사건을 담당하지만, 범인을 찾는 수수께끼 풀이가 아니라 액션 복수극이 된다.

나중에 요코미조 세이시는 긴다이치 고스케가 등장하는 본격 탐정소설과 함께 '통속 스릴러'도 많이 쓰게 되는데, 이 소설이 그 원점이라고 할 수도 있다.

《분게이클럽》을 편집하는 와중에도 요코미조의 창작 활동은 계속되었다. 그때 하쿠분칸의 사내 정변 때문에 모리시타 우손이 회사를 떠나게 되었다. 요코미조도 그만둘 생각을 했다. 그런데 왜 이때 요코미조는 그만두지 않았을까. 『독본』에는 《단테이쇼세쓰》를 계속 만든 까닭에 대해 '노부하라 겐 씨가 그만두게 된 거죠. 회사 내부의 복잡한 사정 때문에'라는 말뿐이다.

요코미조, 하쿠분칸을 떠나다

헤이본샤의 '현대 대중문학 전집'은 1927년 5월에 배포되기

시작했다. 1932년에도 제2기 간행이 이어지고 있었다. 1월 5일 발행된 이 전집의 제2기 제18권『신선新選 탐정소설집』에는 호시노 다쓰오, 요코미조 세이시, 하마오 시로 세 사람의 작품이 실렸다. 요코미조의 작품은「살인력」「촉루귀髑髏鬼」「팔찌腕環」「단 부인의 화장대丹夫人の化粧台」「카리오스트로 부인カリオストロ夫人」「머리카락 세 올三本の毛髪」「죽음의 방死の部屋」과「요코미조 세이시 소전横溝正史小傳」이 수록되었다. 모두 1930년과 1931년에 발표한 새 작품들이었다. 그리고 전집 마지막 권을 장식한 제20권은 에도가와 란포의 제2집이었다.

1931년에 란포는 전집에 두 권이나 포함될 만큼 큰 작가인 반면 요코미조는 한 권을 다른 작가와 함께 셋이 나누는 입장이었다. 조숙했던 요코미조는 데뷔가 빨랐지만, 란포에게 추월당해 편집자로 일하는 동안 크게 차이가 벌어졌다.

요코미조의 저서로는 첫 단편집인『광고 인형』이 1926년 6월에 슈에이카쿠에서 나온 뒤, 1929년 9월에 가이조샤판 '일본 탐정소설 전집' 제10권『요코미조 세이시집』에 단편소설이 열여섯 편 수록되었고, 같은 해 12월에 슌요도에서 낸 '탐정소설 전집' 제5권『요코미조 세이시·미즈타니 준집』에 열 작품이 실렸다. 그다음에 란포, 고가 사부로, 오시타 우다루, 유메노 규사쿠, 모리시타 우손과 함께 이어 쓴『에도가와 란코』가 1931년 하쿠분칸에서 나왔다. '현대 대중문학 전집'은 그다음에 나왔으며, 저서로 이름이 실린 책으로는 다섯 번째였다. 단독 저서는 두 권뿐이라 모두 열세 권의 전집이 나온 란포와는 하늘과 땅 차이였다.

요코미조가 편집장이 되어 두 번째로 만드는《단테이쇼세쓰》 1932년 4월호부터 엘러리 퀸의『네덜란드 구두 미스터리』번역 연재가 시작되었다. 옮긴이는 반다이 구伴大矩라고 한다. 요코미 조에 따르면 이때를 전후해 하쿠분칸 윗선에서는《단테이쇼세 쓰》를 폐간하고《신세이넨》에 흡수시키자는 의견이 있었다고 한다. 요코미조에게 그렇게 이야기하기도 했다. 요코미조는《단 테이쇼세쓰》가 잘 팔리지 않는다는 사실도,《신세이넨》과 겹치 는 측면이 있다는 사실도 잘 알고 있었기 때문에, 도대체 왜 발 행하는지 이상하게 여기고 있었다. 하쿠분칸은 일기장으로 돈을 벌고 있었고[139], 다른 사업도 있었기 때문에 잡지 하나둘쯤 적자 가 나더라도 기둥이 흔들릴 일은 없었다.《아사히》처럼 대규모 로 만드는 잡지가 적자라면 문제이므로 모리시타 우손이 책임을 지게 되었지만, 그렇게 많은 적자를 내는《아사히》마저도 아직 발행하는 상태였다.

그때 요코미조는 "폐간은 어쩔 수 없지만 조금만 기다려달라" 고 부탁하고 번역이 끝나면 나누어 연재하려던『네덜란드 구두 미스터리』를 한꺼번에 싣기로 했다. 8월호까지만 내고 폐간하기 로 하고 K. D. 휘플[140]의『종유동 살인사건』을 5월호에 가와바타 고로川端悟郎라는 이름을 써서 요코미조가 손수 번역하고, A. E. W.

---

139 일기장은 하쿠분칸의 히트 상품이다. 한 차례 사업을 접었다가 다시 설립한 '하쿠 분칸신샤博文館新社'가 첫 번째로 '각종 일기'를 꼽을 만큼 여전히 중요한 사업으로 여긴다.

140 Kenneth Duane Whipple(1894~1974), 미국 소설가. 1920년대부터 1930년대에 걸 쳐 여러 잡지에 단편소설을 발표했다.

메이슨[141]의『화살의 집』을 6월호에, E. C. 벤틀리의『트렌트 최후의 사건』을 7월호에, 마지막인 8월호에는 A. A. 밀른[142]의『붉은 저택의 비밀』을 각각 한꺼번에 실었다.『트렌트 최후의 사건』은 노부하라 겐이 옮겼으며,『붉은 저택의 비밀』은 아사누마 겐지浅沼健治로 되어 있지만, 실제 번역자는 요코미조 세이시였다.

이런 소설들이 실리고 얼마 지나지 않아 란포는 "그렇게 재미있는 게 있다면 왜 더 일찍 소개하지 않았느냐"라고 요코미조를 나무랐다.

여기서 해외 작가의 동향을 확인해보자.

F. W. 크로프츠는 1879년에 태어났으며,『통』은 1920년 작품.

밴 다인은 1888년 출생으로,『그린 살인사건』은 1928년,『비숍 살인사건』은 1929년 작품이다.

애거사 크리스티는 1890년 출생으로,『애크로이드 살인사건』은 1926년 작품.

엘러리 퀸은 두 사람 모두 1905년 출생이며,『Y의 비극』과『이집트 십자가 미스터리』가 1932년 작품이다.

딕슨 카는 1906년 출생이며,『모자 수집광 사건』은 1933년 작품.

란포는 1894년에 태어났고, 요코미조는 1902년생이니 그들과

---

141 Alfred Edward Woodly Mason(1865~1948), 영국 소설가. 프랑스인 탐정 '가브리엘 아노' 시리즈로 유명하다.

142 Alan Alexander Milne(1882~1956), 영국 소설가.『곰돌이 푸』와 같은 어린이 소설로도 유명한 작가다. 앤서니 길링엄이라는 아마추어 탐정을 주인공으로 삼은 시리즈를 썼으며『붉은 저택의 비밀』또한 길링엄이 탐정 역할을 맡는다.

같은 시대를 사는 셈이었다. 영국과 미국에서 본격 장편 탐정소설이 나오게 된 것은 바로 이 시대였다.

폐간까지 계획을 세운 시점에 요코미조는 《단테이쇼세쓰》마지막 호를 만들고 하쿠분칸을 그만두기로 마음먹었으리라. 그이유를 요코미조는 이렇게 설명하고 있다(『50년』).

'《신세이넨》《분게이클럽》《단테이쇼세쓰》에서 일하면서, 나는 지칠 대로 지쳤다.' 그리고 '내겐 세상을 만만하게 보는 버릇이 생기고 말았다. 《신세이넨》에는 미즈타니 준 군이 있고, 다른 잡지 편집장에도 친한 친구들이 많이 있는 데다 내겐 타고난 잔재주가 있었다. 정기적인 수입이 없어지더라도 어떻게든 먹고살수 있을 거라며 만만하게 여겼다. 작가로 일어서자는 결심도 없지는 않았지만, 글을 팔아 먹고살 수 있으리라 생각했다'.

미즈타니도 모리시타 우손을 존경했기 때문에 당연히 퇴사를 궁리했다. 하지만 미즈타니마저 그만두면 요코미조를 비롯한 다른 필자들이 글을 쓸 곳이 없어질 우려가 있었다. 게다가 하쿠분칸에서 탐정소설의 횃불을 지켜내기 위해서라도 누군가는 남아있어야만 했다.

미즈타니가 그 역할을 맡았다. 요코미조는 퇴사하자마자 《신세이넨》에 장편소설을 연재하기 시작했다. 6월에 발매된 7월호부터 실린 「반 후작 일가蟠侯爵一家」였다. 처음에는 3회 연재 예정이었지만 독자 반응이 좋아 12월호까지 모두 6회에 걸쳐 연재되었다. 가도카와문고판으로는 150쪽이니 요즘 기준으로는 중편소설로 분류해야 할지도 모르겠다. 이야기는 안개 자욱한 런던에서 시작되는데, 등장인물은 모두 일본인이다. 영국에 유학하고 있는 후작 집안의 일곱 번째 아들과 인기 없는 화가가 뒤바뀐다. 그리고 무대는 일본으로 옮겨져, 반 후작 일가의 후계를 둘러싼 음모와 사랑, 복수의 드라마가 펼쳐진다. 게다가 국수주의 단체의 국가 전복 계획까지 얽혀 큰 스케일을 보여준다.

「반 후작 일가」는 엄청난 부호 일족의 이야기이며, 나아가 주인공이 가짜라고 의심받자 어음을 쓰게 해 그 지문을 감정한다는, 훗날의 『이누가미 일족』의 원형 같은 작품이라고도 할 수 있다.

저주의 탑

1932년(쇼와 7) 8월, 요코미조가 쓴 『저주의 탑』이 신초샤 '신작 탐정소설 전집'의 한 권으로 간행되었다. 하쿠분칸을 그만두기 직전이었다.

문학 출판사로 지금도 사업을 이어가고 있는 신초샤는 1896년(메이지 29)에 창립되었다. 1932년은 창립 36주년이 되는 해였다. 창업자인 사토 요시스케佐藤義亮(1878~1951)는 아키타현 센보쿠군 가쿠노다테정의 초물전[143]을 하는 집에서 태어났다. 문학을 좋아해, 고등소학교 졸업 후 사회생활을 시작해야 했지만 부모에게 공부를 더 하게 해달라고 졸라 아키타에 있는 세키센학사積善学舎에 입학했다. 그 무렵에는 하쿠분칸이 내던 《힛센조筆戦場》라는 투고 잡지에 계속 글을 보내는 문학청년이 되어 있었다.

---

143 草物廛, 광주리, 바구니, 방석, 비처럼 풀이나 나무로 만든 물건들을 파는 가게.

1895년에 세키센학사를 그만두고 도쿄로 가서 인쇄 회사인 슈에이샤(지금의 다이닛폰인쇄)에서 직공으로 일하며 공부했다.

사토는 문학가로서 재능이 없다는 사실을 자각했지만, 문학과 관련된 일을 하고 싶다고 생각하고, 출판 사업을 목표로 절약하는 생활을 하며 돈을 모으고 있었다. 그걸 알고 슈에이샤의 부장의 아내가 자금을 마련해주어, 1896년 7월에 《신세이》를 창간했다. 41쪽에 정가 5센이었는데 800부를 찍어 매진시켰다. 그러나 이 잡지는 실패로 끝났다. 하지만 1904년에 《신초》를 다시 창간해 지금까지 발행하고 있다.

신초샤도 엔폰 붐이 일었을 때는 '세계문학전집' 전 57권을 내놓아 성공을 거두었다.

1929년 5월에 신초샤는 《신초》에 더해 《분가쿠지다이文學時代》를 창간했다. 란포는 '청년 문학 잡지라는 느낌'이라고 설명하고 《신세이넨》과 비슷한 면이 있는 잡지였다고 말한다. 편집장인 사사키 도시로는 농민문학 전문가였지만 탐정소설도 좋아해 직접 《신세이넨》에 단편을 발표하고 있었는데, 《분가쿠지다이》를 창간하자 세 번째 호인 7월호를 '특집 탐정소설호'로 만들었다. 이 특집호에 실린 좌담회에는 란포, 모리시타, 고가 사부로, 오시타 우다루, 하마오 시로, 가토 다케오(신초샤의 고문)가 참석했다. 사사키는 특히 고가 사부로와 친했다.

《분가쿠지다이》는 1932년 7월호까지만 내고 폐간되었지만 요코미조도 「슌키치의 줄타기舜吉の綱渡り」를 썼다.

'신작 탐정소설 전집'이 바로 사사키가 기획한 작품이었다. 사

사키가 없는 이 전집은 상상할 수 없는데, 간행되고 있던 1933년에 사사키는 란포에 따르면 '폐를 앓아' 세상을 떠났다. 《분가쿠지다이》에 실린 간담회에도 참석했던 신초샤의 고문 가토 다케오와 사장인 사토 요시스케의 차남(나중에 전무)인 사토 도시오가 탐정소설 팬이었기 때문에, 나중에 창간하는 《히노데日の出》에는 란포를 비롯해 여러 탐정소설가의 작품이 실리게 된다.

일본 최초라는 전작 모음인 '신작 탐정소설 전집'은 《분가쿠지다이》가 폐간된 뒤에 간행되어 나온다. 이 잡지가 폐간되어 대신 전집이 나온 것이거나, 아니면 전집을 내기 위해 잡지를 폐간했으리라. 이 전집은 고가 사부로가 아이디어를 냈다. 사사키가 그의 제안에 동의했고, 사토 도시오도 뒤를 받쳐주어 신초샤 내부를 설득해 탄생하게 되었다.

그때까지 일본의 탐정소설은 단편이 주류를 이루었다. 장편은 모험 활극, 스릴러, 스파이물이 대부분이었고 장편 본격 탐정소설은 적었다. 한편 앞에서 이야기했듯이 영국과 미국에서는 밴 다인, 크리스티, 크로프츠, 퀸 같은 작가들이 활약하며 장편 탐정소설의 황금시대를 맞이했고, 그런 작품들이 일본에도 건너와 번역되는 중이었다. 신초샤는 1931년에 밴 다인의 『딱정벌레 살인사건』을 모리시타 우손과 야마무라 후지의 번역으로 내놓았다.

'신작 탐정소설 전집'은 각 권 원고지 600매에서 800매 사이 분량이었으며, 450쪽 전후, 케이스에 담아 1엔 50센이라는 호화로운 장정으로 다음과 같이 열 권이 11월부터 이듬해 4월에 걸쳐 간행되었다.

- 꿈틀거리는 촉수蠢く触手(에도가와 란포)
- 기적의 문(오시타 우다루)
- 형체 없는 괴도(고가 사부로)
- 이리 떼(사사키 도시로)
- 의문의 3(하시모토 고로)
- 쇠사슬 살인사건(하마오 시로)
- 수인獸人의 감옥(미즈타니 준)
- 백골의 처녀(모리시타 우손)
- 암흑공사(유메노 규사쿠)
- 저주의 탑(요코미조 세이시)

기획자인 사사키 도시로 자신도 참여해 맨 마지막에 배본되었다. 하지만 란포의 경우 본인이 쓴 작품이 아니라 오카도 부헤이가 대신 쓴 소설이었다. 자기 이외에도 다른 사람이 쓴 경우가 있다고 란포는 기록을 남겼다.

『저주의 탑』은 요코미조가 실제로 썼는데, 가도카와문고판으로 약 390쪽에 이르는 어엿한 장편소설이다. 제1부 '안개 낀 고원'은 가루이자와가 무대이며 제2부 '마의 도시'에서 배경은 도쿄로 옮겨 온다. 제1부의 주인공은 탐정 잡지 편집자이며 작가이기도 하다. 요코미조 자신을 모델로 삼은 인물 '유이 고스케', 그가 인기 작가인 '오에 구로시오'로부터 가루이자와에 있는 별장으로 피서를 오라는 초대를 받고 방문하는 장면으로 시작된다. 이 오에 구로시오라는 작가는 누가 보더라도 에도가와 란포를 모델로 삼은 것이었다. 「음울한 짐승」에서 란포가 자신을 모델로 삼았다고 여겨지는 작가의 이름이 '오에 슌데이'다.

그뿐만 아니라 『저주의 탑』에는 란포의 본명인 '히라이 다로'에서 따온 '시라이 사부로'라는 탐정소설 마니아이자 오에 슌데이의 분신 같은 인물이 나온다. 「음울한 짐승」을 읽지 않았어도 재미있게 읽을 수 있지만, 읽지 않은 사람은 알 수 없는 장치가 여기저기 깔려 있어서 이 소설에 대한 평가가 갈린다.

오에 구로시오 주변에는 일곱 명이 있었는데, '바벨의 탑'이라 불리는 건축물에서 탐정 게임을 하고 있었다. 그런데 정말로 오에 구로시오가 살해된다. 범인은 그 일곱 명 가운데 있을 수밖에 없다. 게다가 그들 모두 오에를 죽일 만한 동기를 갖고 있었다.

아직 '외딴섬 이야기'나 '닫힌 산장 이야기' 같은 장르 이름이 생겨나지 않았을 때지만, 그 선구 격인 작품이다. 또 '네 손가락의 사나이'가 등장해 『혼진 살인사건』에 나오는 '세 손가락의 사나이'와도 연결된다. 앞에서 이야기했듯이 란포의 「음울한 짐승」과의 연관 자체가 이 소설의 트릭으로 두 겹 세 겹 설치되어 있다. 작품 속에서 오에 구로시오가 쓴 소설은 '무서운 복수'라고 하는데, 「음울한 짐승」의 첫 번째 제목은 '무서운 승리'이며, 이걸 알고 있는 사람은 란포와 요코미조뿐이었다. 요코미조는 나중에 쓴 수필에서 「음울한 짐승」의 원래 제목을 잊어버렸다고 했지만, 그게 과연 사실일까?

란포는 『40년』에서 신초샤의 이 '신작 탐정소설 전집' 전체에 대해서는 첫 시도로 그 의미를 인정하지만 '대리 작품은 나 혼자만이 아니었던 것 같고, 설사 자기가 썼더라도 마감에 쫓겨 서둘러 마무리한 작품이 많아 모처럼의 획기적인 기획인데도 결과적으로 이렇다 할 성과를 거두지 못한 듯하다'라고 했다. 그러면서도 고가 사부로의 『형체 없는 괴도』는 통속적이지만 플롯이 잘 짜여 있고, 하마오 시로의 『쇠사슬 살인사건』은 역작이라고 할 수 있으며, 오시타 우다루가 쓴 『기적의 문』과 요코미조가 쓴 『저주의 탑』은 '나쁘지는 않았다'고 평했다.

『저주의 탑』은 8월에 발행되었으니 역산하면 4월과 5월 사이에는 원고가 완성되었을 것이다. 요코미조는 이 작품을 통해 장편소설을 쓸 자신감을 얻었으리라. 그는 작품 속에서 자신을 모델로 한 '유이 고스케'를 이렇게 표현했다.

'탐정소설 잡지 편집을 할 뿐 아니라 이따금 자기 탐정소설도 쓰고 있었다. 그는 두 가지 일을 병행하는 생활이 매우 내키지 않았다. 그렇지만 어느 쪽도 그만둘 수 없었다. 두 가지 일에서 얻는 수입이 거의 비슷했기 때문에 어느 한쪽을 그만두면 수입이 절반으로 줄어들기 때문이었다. 먹고사는 일에 심하게 겁이 많았던 이 잡지 편집자 겸 탐정소설가는 오랫동안, 어느 쪽 일을 하고 있는지 분간이 되지 않는 생활을 하고 있었다. 그리고 넘쳐나는 일에 대한 부담감으로 요즘은 점점 생활이 무기력해지는 상태였다.

요즘 이런저런 기회에 그런 사실을 의식하게 되었다. 겁이 많은 이 남자는 갑자기 지금까지의 겸업 생활이 지겨워졌다. 그러자 남자는 버릇처럼 모든 것을 다 때려치우고 싶어졌다. 이 남자는 방금 말한 대로 겁이 아주 많으면서도 상황이 막다른 골목에 몰리면 아주 뻔뻔해져 결단력이 생긴다. 그건 배짱이 아니라 우습게 여기는 것이었다.

"뭐, 어떻게 되겠지."

이것이 앞뒤가 꽉 막혔을 때 내세우는 이 남자의 모토였다. 그래서 요즘 결국 그런 마음을 먹게 되었다.'

픽션이라는 옷을 걸치고 있어서 오히려 진심을 드러낼 수 있다고 할 수도 있다.

이 1932년 5월에 요코미조는 만 서른 살이 되었다.

11월에 아카사카에 있는 '고라쿠'라는 요릿집에서 그를 격려하기 위해 '요코미조 세이시 군을 위한 모임'이 열려, 당시 도쿄에 있던 탐정 작가 거의 전부가 참석했다. 『하리마제 연보』에 《요미우리신문》 1932년 11월 15일 자 기사 스크랩이 실려 있는데, 거기에는 '지난 12일 아카사카 고라쿠에서 열린 요코미조 군을 위한 모임에서는 모리시타 우손 씨의 개회사를 시작으로 에도가와 씨, 다쓰노 씨 이외에 여러 사람이 격려사를 했고, 이날 밤에는 탐정소설가가 총출동하는 성황을 이루어 모인 인원이 69명에 달했다. 모임이 무르익어갈 무렵 쓰다 화백이 갑자기 벌거벗고 혼이덴 군의 노래에 맞추어 에로틱하면서도 그로테스크한 춤을 추어 참석자들을 놀라게 했다. 다들 요코미조 군을 위해 만세를 삼창하고 모임을 마친 때는 오후 9시가 지나서였다. 정면 상석에 에도가와 씨, 하마오 씨의 빛나는 머리[144]가 자리 잡았다.

심술궂은 참석자가 "안타깝게도 삼광三光이 아니로군"이라고 한

순간 옆에 있던 모리시타 씨가 머리를 들자 이마가 번쩍번쩍'이

라고 적혀 있다.

　파티는 무척 성황을 이루었던 듯하며, 이를 통해 요코미조가

동료들에게 사랑받고 있었다는 사실을 엿볼 수 있다.

144　대머리라는 의미.

제4장

위
기

「괴인 이십면상」「신주로」

1932~1940

에도가와 란포와 요코미조 세이시―두 사람을 해와 달에 비유할 수 있을지도 모르겠다. 란포가 왕성하게 작품을 쓰던 시기에 요코미조는 쓰지 않았다. 요코미조가 왕성하게 작품 활동을 하던 시기에 란포는 침묵했다.

하늘에 해와 달 둘 다 보이는 시간이 짧은 것과 마찬가지로 두 사람이 함께 왕성하게 탐정소설을 쓰던 시기는 아주 짧다.

두 번째 휴필과 심각한 각혈 : 1933년

헤이본샤에서 낸 전집 덕분에 당분간 쓸 생활비를 마련한 란포는 요코미조가 아직 하쿠분칸에 있던 1932년(쇼와 7) 3월에 두 번째 휴필에 들어갔다. 「눈먼 짐승」은 3월호로, 「백발귀」는 4월호로, 「공포왕」은 5월호로 각각 완결된 상태였다. 그 작품들을 끝내자 란포는 '휴필한다'라고 쓴 엽서를 인쇄해 출판사와 지인, 친구들에게 보내어 그야말로 '휴필 선언'을 했다. 당시 엽기적인 사건이 일어나면 란포가 쓴 소설의 영향이라는 비판이 나왔기 때문에 거기에 염증을 느꼈으리라고 신문들은 제멋대로 기사를 썼다.

란포의 두 번째 휴필은 1933년 10월까지 1년 반 동안 이어졌다. 6월에는 여동생 다마코가 세상을 떠났다. 그사이에 쓴 작품은 열 명의 작가와 함께 쓴 연작소설 『살인 미로殺人迷路』의 다섯 번째 순서를 맡은 것과 신초샤의 『꿈틀거리는 촉수』뿐이며, 이것은 앞에서 이야기했듯이 다른 사람이 썼으니 거의 아무것도 쓰지 않은 셈이다.

1933년 4월에 란포는 요도바시구 도쓰카정에서 시바구(지금의 미나토구) 구루마정 8번지로 이사했다. 그때까지 하던 하숙은 팔았다. 하숙인들과 다툼이 일어나 운영하기 싫어졌다.

4월에 신초샤는 '신초문고'를 창간했다. 이 명칭은 1914년(다이쇼 3)에 처음 사용했다. 작은 판형에 저렴한 가격의 번역문학 시리즈를 낸 것이 최초인데, 43점이 간행되었다. 이와나미쇼텐이 이와나미문고를 창간한 때는 1927년(쇼와 2)이니 13년 빨랐다. 이때는 사륙반판(사륙판의 절반 크기) 사이즈였는데, 그 뒤 1928년(쇼와 3)에 일본문학을 중심으로 한 시리즈로 19점을 간행해 그것들을 통합하는 형태로 1933년 4월에 새로 창간한 것이다. 애초에는 현재의 문고판보다 훨씬 큰 국반판 크기였다.

이 신초문고의 첫 배본 작품 가운데 란포가 쓴 『파노라마섬 기담』이 있었다. 143쪽, 정가 20센으로 1937년까지 27쇄를 찍었다. 신초샤는 제2차 세계대전이 끝난 뒤 에도가와 란포의 작품은 거의 내지 않아 신초문고에도 '명작선'이 있을 뿐이었는데, 이 시기에는 관계가 깊었다(2016년 이후 '소년 탐정' 시리즈를 세 권 냈다). 그 뒤에『황금 가면』『흡혈귀』『검은 도마뱀黑蜥蜴』『꿈틀거리는 촉수』『외딴섬 악마』까지 모두 6종을 간행해, 란포는 그 인세로 생활할 수 있었다.

슌요도 역시 1931년에 일본소설문고를 창간해 1939년까지 19종의 란포 작품을 냈다. 맨 처음 출간된『외딴섬 악마』는 1932년 1월에 나왔으며, 시리즈 번호로는 2번이었다. 1번은 기쿠치 간의『유우화』[145], 3번은 나오키 산주고의『세키가하라』, 4번은 사토미 돈의『어둠에 열리는 창』이니 다른 세 사람과 비교하면 란포가 얼마나 오래 작품 활동을 했는지 알 수 있다.

1933년 1월 요코미조도 이사했다. 모리시타 우손이 오하시 사장이 지어준 집이 있는 도쿄 기타타마군 무사시노정 기치조지로 이사한 것이다.

요코미조는 프리랜서가 된 뒤에도 일이 잘 풀렸다.《신세이넨》의「반 후작 일가」가 좋은 평을 얻어 게재 기간을 연장, 1932년 12월호에 연재를 끝냈다. 이듬해인 1933년 1월호에는「얼굴 이야기面影双紙」를 발표했다.「후요 저택의 비밀」『저주의 탑』「반 후

---

145 有憂華, 일본 발음으로는 '우유게'. 기쿠치 간이 만든 조어造語다. 석가의 어머니 마야 부인이 룸비니 동산의 이 나무 아래서 석가를 낳아 어머니와 아들 모두 평안했다고 해서 그 나무를 '무우수(無憂樹, aśoka의 번역)'라고 불렀으며, 그 나무의 꽃을 무우화(無憂華, 일본 발음으로는 '무유게')라고 한다.

작 일가」로 본격 탐정소설 노선이 이어졌지만,「얼굴 이야기」로 요코미조 세이시는 요염하고 아름다운 탐미적 노선을 개척했다. 이 밖에《올요미모노オール読物》3월호에「9시의 여자九時の女」,《단테이클럽探偵クラブ》5월호에「건축가의 죽음建築家の死」을 썼다.

하지만 순조롭다고 생각했던 요코미조에게 비극이 찾아왔다. 5월 7일, 많은 피를 토한 것이다. 결핵 때문이었는데, 의사는 '절대 안정'이 필요하다고 했다.

원고를 쓰는 일은, 가만히 앉아 있는 듯해도 머리를 최대한 쓰는 일이고 팔도 움직이기 때문에 생각보다 '안정'적인 작업은 아니다. 당연히 집필도 금지되었다.

이때 요코미조는《신세이넨》에 100매짜리 중편을 쓰기로 되어 있었다. 나중에 미즈타니가 제2차 세계대전이 끝난 뒤《호세키》에 쓴 수필「완전범죄 핀치 히터 이야기」와 요코미조의 『옛 이야기』를 바탕으로 살펴보겠다.

미즈타니는 탐정소설을 다루는《신세이넨》의 방식에 문제가 있다고 판단해, 타개책으로 매호 잡지 앞머리에 1회로 끝나는 중단편소설을 싣기로 하고 작가에게 의뢰한 상태였다. 6월에 발매하는 7월호가 요코미조의 차례였고,「사혼자死婚者」라는 제목으로 예고를 내보냈다. 요코미조는 열심히 구상을 다듬고 있었다. 막 원고를 쓰려던 참에 그만 피를 토하고 만 것이다.

글을 쓸 수 없게 되어 당연히 아쉬워하면서도 요코미조는 편집자였기 때문에 100매나 되는 원고가 빠지는 게 편집부에 얼마나 심각한 문제인지 잘 알고 있어 미즈타니에게 미안한 마음이

가득했다.

실제로 미즈타니는 머리를 감싸 쥐고 있었다. '100매짜리 원고를 여기 있다며 냉큼 건네줄 사람도 없다. 설령 있어도 6월호까지 원고를 게재한 사람이라면 곤란하다. 나는 곤란한 상황에 빠졌다.'

미즈타니는 이럴 때가 아니면 읽지 않을, 투고로 들어온 원고를 읽어보기로 했다. 그 가운데 고가 사부로의 추천장을 들고 왔던 청년이 맡기고 간 원고가 있었다. 미즈타니는 그 청년이 매우 무뚝뚝했던 걸 기억했다. 자기를 알리기 위한 홍보도 하지 않았고, 탐정소설에 대해 열변을 토하지도 않았다. 그런 의미에서는 이상하다 싶어 인상에 남았지만 투고 태도로는 실패였다. 미즈타니는 무뚝뚝한 청년이 두고 간 원고를 바로 읽지 않고 서랍에 넣어둔 채 잊고 지냈다.

그 원고 제목은 '독자성이 없어 마치 부제副題 같은' 것이었다고 한다. 그래도 읽어보니 '글씨도 삐쭉삐쭉 뾰족한 느낌이 들었고, 게다가 어려운 한자가 많아 첫인상은 그리 좋지 않았다'. 하지만 원고 매수가 마침 100매쯤 되어 미즈타니는 참고 읽어보기로 했다. 그러던 중에 '이 글을 쓴 사람이 독자적인 경지와 시야를 지닌 이상한 힘을 갖추고 있음을 인정하지 않을 수 없게 되었다'. 다 읽고 난 뒤에 미즈타니는 결심했다. '좋아, 이 원고로 모험을 한번 해보자.'

미즈타니는 요코미조가 보낸 사과 편지에 '적당한 길이의 작품이 있으니 원고 걱정은 하지 말고 잘 요양하라'는 내용의 답장을 썼다.

요코미조는 각혈하고 나서 한 달쯤 지나자 '절대 안정' 상태에서 몸을 일으키는 훈련을 할 만큼 회복되었다. 그 무렵《신세이넨》7월호가 도착했다. 거기에는 신인 작가의 작품이 실려 있었다. '나는 읽어보고 경탄하지 않을 수 없었다'라고 요코미조는 『옛이야기』에서 그 충격을 숨기지 않았다.

이 작품이 바로 오구리 무시타로小栗虫太郎의 데뷔작 「완전범죄」였다.

오구리 무시타로는 1901년(메이지 34)에 도쿄시 간다하타고정에서 대대로 술도가를 하던 가문의 작은집 아들로 태어났다. 본명은 에이지로이며 요코미조보다 한 살 위다. 열 살 되던 해에 아버지를 잃었다. 하지만 집세 수입이나 큰집의 도움으로 생활에 어려움은 없었다. 중학교를 졸업하고 히구치전기상회에 입사했다. 그 뒤 1922년에 아버지의 유산을 밑천으로 '시카이도'라는 인쇄소를 설립했다. 이 시기에 탐정소설에 눈을 떠 발표할 곳도 없이 글을 쓰고 있었다. 그는 1926년에 인쇄소를 닫고 아버지가 남긴 골동품을 팔아 생활하면서 탐정소설을 썼다. 1927년에《단테이슈미》에 「어느 검사의 유서」가 실렸는데, 이때는 오다 세이시치라는 필명을 썼다. 그러나 어느 잡지에서도 원고 청탁이 들어오지 않아 무명기가 이어졌다.

1933년 봄, 오구리는 「완전범죄」를 써서 고가 사부로에게 보냈다. 만난 적은 없어도 중학교 선배라는 사실을 알고 있었기 때문에 보내본 것이다. 고가는 원고를 읽은 뒤, 재미있다고 답장을 보내주었다. 오구리가 부탁하자 고가는 추천서를 써주었다. 오구리는 그걸 들고《신세이넨》편집부를 찾아갔다.

이렇게 해서 오구리 무시타로는 탐정 문단에 등장해, 바로 인기 작가가 되었다.《신세이넨》10월 증대호에 쓴「후광 살인사건」에서는 명탐정 노리미즈 린타로를 등장시키고 이듬해인 1934년 4월 증대호부터는「흑사관 살인사건」을 연재하기 시작했다.

요코미조는 '내가 건강했다고 해도「완전범죄」만큼 매력적인 걸작을 쓸 자신은 없었다'라고 『옛이야기』에 썼다. 이때 요코미조가 쓰려고 했던「사혼자」는 구상을 수정해「신주로真珠郎」라는 장편소설로 탄생한다.

란포, 집필 재개

쓰고 싶어도 쓸 수 없게 된 작가를 쓸 수 있는데 쓰지 않는 작가가 병문안한 때는 6월 말이나 7월 초였다. 란포는 요코미조에게 나가노현 스와군에 있는 후지미고원 요양원으로 옮기라고 권하고, 치료비에 보태라며 현금 1천 엔을 두고 갔다. 요코미조는 그 조언을 따라 7월 초에 후지미고원 요양원에 들어갔다.

란포가 후지미고원 요양원을 권한 까닭은 이곳 소장이 마사키 후조큐正木不如久(1887~1962)라는 필명을 쓰는 탐정소설 작가로 그와 알고 지내는 사이였기 때문이다. 요코미조도 당연히 마사키와 친해진다.

란포는 요양원에도 문병하러 갔다. 내친김에 나가노 젠코지,

가미스와, 하코네, 아타미, 이카호 등을 여행하고, 여행지에서 《신세이넨》의 미즈타니 준에게 보낸 엽서에 '소설 줄거리를 생각하고 있다'라고 썼다. 그래서 미즈타니는 편집 후기에 '에도가와 란포 씨의 장편을 올해 신년호부터 학수고대하고 있는데 드디어 란포 씨도 무거운 엉덩이를 들었다'라고 썼다.

그 뒤에도 미즈타니는 매호 편집 후기에서 란포가 소설을 쓸 거라고 예고했다. 이것은 독자에게 알리는 예고라기보다 란포를 압박하기 위한 것이었으리라. 그 보람이 있어 10월이 되자 드디어 란포가 글을 쓰기 시작했다.

다시 집필하기로 마음먹자 란포는 한꺼번에 많은 일을 받아들였다. 이때도 《신세이넨》에 원고를 쓰겠다고 결정하기를 전후해 다른 세 곳에 연재를 결정했다. 그중 하나가 신초샤가 내던 잡지 《히노데》였다. 이 잡지 또한 고단샤의 《킹》을 의식한 종합지였다. 고단샤에서 《킹》에 근무하던 편집자를 스카우트해 1932년 8월호로 창간했다. 30만 부로 시작했지만 절반은 반품으로 돌아와 고전하던 중이라 어떻게든 란포의 소설을 연재하고 싶었다.

란포는 《히노데》로부터 처음 집필 의뢰가 들어왔을 때는 거절했다. 하지만 네 차례, 다섯 차례 계속 거절해도 꾸준히 찾아왔다. 열 번 넘게 찾아왔을 때 란포는 편집자에게 "당신들 정성은 알겠다"라며 "쓰기는 쓰겠는데, 요양 중인 요코미조의 책을 신초샤에서 내주지 않겠는가?" 하고 교환 조건을 제시했다. 편집자는 회사에 돌아가 단행본 편집부와 의논한 끝에 내도 좋다는 답을 얻었다. 그렇게 전하자 란포는 "고맙다. 또 한 가지 부탁이 있다. 그쪽에서 요코미조를 찾아가 의논할 때 나와 한 이야기는 절대 비밀로 해달라"라고 했다. 이 이야기는 《분게이쓰신文藝通信》 1935년 4월호에 문단의 뒷이야기 중 하나로 소개되었다. 그 기사를 오려 붙인 『하리마제 연보』에 란포는 '사실에 가깝다'라는 메모를 적어 넣었다. 요코미조는 란포와 신초샤 사이에 그런 이야기가 오갔으리라고는 꿈에도 생각하지 못했으리라.

이렇게 해서 《히노데》 1934년 1월호(12월 발매)부터 란포의 연재가 시작되었다.

또 《킹》에서도 란포를 찾아와 1933년 12월호부터 연재가 결정되었다.

《킹》과 《히노데》에 앞서 《신세이넨》에서 1년 7개월 만에 에도가와 란포의 신작 「악령悪靈」이 연재되기 시작한 것은 10월에 발매된 11월호부터였다.

집필을 멈춘 지 1년 반이 지나자 슬슬 글을 쓰고 싶어진 걸까? 잡지사의 원고 청탁이 끈덕졌기 때문일까? 혹시 병에 걸려 쓰고 싶어도 쓰지 못하게 된 요코미조의 모습이 다시 펜을 들게 한 건 아닐까? 요코미조의 몫까지 내가 쓰자, 라고.

미즈타니는 란포가 연재를 시작할 때까지 《신세이넨》 편집 후기에 매번 란포와의 교섭 상황을 알리고, 이제 곧 시작할 거라고 예고했다. 그러나 연재를 시작한 11월호 편집 후기에는 란포에 관한 언급이 없었다. 이게 불만이었는지, 란포는 『40년』에 11월호에 대해서 '이 호 앞머리에 「악령」 1회가 실렸는데 편집 후기에는 한마디도 언급하지 않았다'라고 적었다.

10월 하순에 요코미조는 후지미고원 요양원을 나와 기치조지에 있는 집으로 돌아왔다. 후지미고원에서 쓴 작품인지, 《다이슈클럽大衆俱楽部》10월호부터 12월호까지「귀신 들린 여자憑かれた女」가 연재되었다. 이 소설이 각혈 후 첫 작품으로 보이는데, 나중에 이 중편소설을 대폭 손질해서 '유리 린타로' 시리즈로 만든다. 잡지 게재 때는 유리 린타로가 등장하지 않는다.

요코미조가 도쿄로 돌아왔을 때「악령」1회가 실린 11월호가 서점에 나와 있었다.

11월 발매된《킹》12월호부터는 란포의「이상한 벌레妖虫」연재가 시작되었다.

그리고 12월 발매된《히노데》1934년 1월호부터「검은 도마뱀」연재가 시작되었다. 그뿐만이 아니었다.《킹》에 소설이 실릴 거라는 이야기를 들은《고단클럽》도 란포를 설득해 1월호부터「인간 표범人間豹」연재를 시작했다.

이렇게 해서 또 네 작품을 동시에 진행하게 되었다. 1929년부터 1931년에 걸쳐 세 작품에서 네 작품을 동시에 쓰던 때도 그랬지만, 란포는 통속 장편소설은 줄거리를 정해두지 않고 매회 그때그때 썼다. 이런 식으로 스토리가 전개되면 때론 모순이 생기기도 해서 스스로 비하했지만 이건 천재 스토리텔러밖에 구사할 수 없는 기술이었다.

원고 청탁을 최대한 받아들였기 때문에 연재하는 기간에는 늘 여러 작품을 동시에 쓰게 된다. 거꾸로 말하면 그런 극한 상황이 아니면 이런 작품은 쓸 수 없을지도 모른다. '느긋하게 생각하

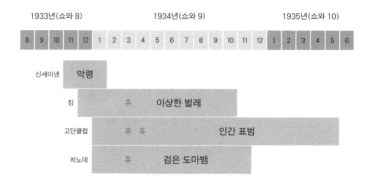

에도가와 란포의 장편 연재 2

	1933년(쇼와 8)						1934년(쇼와 9)												1935년(쇼와 10)					
	8	9	10	11	12	1	2	3	4	5	6	7	8	9	10	11	12	1	2	3	4	5	6	

신세이넨　악령

킹　휴　이상한 벌레

고단클럽　휴 휴　인간 표범

히노데　휴　검은 도마뱀

고 쓰는' 상황이 아니기 때문에 이런 통속 장편소설이 태어난 것이다. 작가 가운데는 여러 편의 연재를 떠안고 있는 시기에 걸작이 집중되는 부류도 있는데, 란포는 그 전형인 작가다. 다작하는 작가는 대개 그런 경향을 보인다.

「검은 도마뱀」 등은 그런 집필 방식으로 성공하지만 「악령」은 제대로 풀리지 않았다.

같은 해 5월 교세이카쿠共生閣라고 하는 좌익 계열 출판사가 폐업에 몰렸다. 출판법상 서적이나 잡지는 발행 후 3일 이내에 당국에 납본해 검열받아야 하는데, 교세이카쿠는 납본을 제대로 하지 않았다. 75종이나 되는 서적을 납본하지 않고 판매했다는 사실이 밝혀졌다. 납본하면 검열 때문에 모두 판매 금지가 될 책들이었다.

이 교세이카쿠의 창업자는 후지오카 준키치[146]다. 구로이와 루이코, 바바 고초, 모리시타 우손 등 탐정소설 여명기에는 고치 현 출신이 많았는데 후지오카도 그중 한 명이었다. 그는 란포나 요코미조와 직접적인 관계는 없다. 하지만 이후에도 이 책에 여러 차례 등장하기 때문에 기억해두어야 한다.

후지오카는 요코미조와 같은 해인 1902년에 고치현 안키군 야스다촌의 나름 큰 선주 집안에서 태어났다. 하지만 소학교 2학년 때 갑자기 아버지가 세상을 떠나, 바로 지독하게 가난해지고 말았다. 소학교를 마친 후지오카는 가게에 취직하게 되었다. 측은하게 여긴 친척의 소개로 스즈키 상점에 들어가 다롄大連 지점 수습사원이 되었다. 하지만 쌀 소동[147] 때 회사가 공격받는 것을 보고 사회주의에 눈을 떴다. 후지오카는 회사를 그만두고 사회주의 운동가 사카이 도시히코를 찾아가 제자가 되어 일본공산당 결성에도 참여한다. 하지만 당내 투쟁에 염증을 느껴 탈당하고, 1926년(다이쇼 15)에 출판사 교세이카쿠를 설립, 사회주의 관련 서적 출판으로 성공을 거두었다.

1933년에 납본하지 않은 사실이 들통나 궁지에 몰린 후지오 카는 "지금까지 낸 책을 모두 태우겠다"라고 검사에게 말하고, 실제로 태워 불기소처분을 받았다. 그러나 재고를 모두 잃었으

---

146 藤岡淳吉(1902~1975), 사회운동가, 출판인. 1922년에 일본공산당에 입당했으며, 1923년에 제1차 공산당 사건으로 체포되어 1924년 출옥했다. 1926년에 교세이카쿠를 설립해 레닌의 『국가와 혁명』을 비롯해 마르크스, 엥겔스 등의 저서 약 500종을 냈다.

147 1918년 쌀 도매상의 담합으로 인한 가격 폭등에 민중들이 항의한 사건.

니 출판사는 폐업하지 않을 수 없었다.

후지오카가 책을 태울 생각을 한 것은 1933년에 독일에서 히틀러 정권이 탄생했는데, 책을 태웠다는 소식이 크게 보도되었기 때문이다.

일본에서도 군화 소리가 점점 커지고 있었다.

「악령」 연재 중단 사건 : 1934년

란포는 명탐정이 괴사건을 해결하는 형식이기는 하지만 도저히 본격 탐정소설이라고 부를 수는 없는 소설들을 다른 잡지에는 실어도 《신세이넨》에만은 본격 탐정소설을 쓰고 싶었다. 「악령」을 시작할 때도 '우리 본거지인 《신세이넨》에 싣는 작품이라 대략적인 플롯은 미리 구상해두었다'. 그러나 3회까지는 어찌어찌 썼는데 '등장인물의 성격이나 사람들의 관계, 사실관계 등의 모순이 마구 튀어나와 도저히 더 쓸 수 없게 되었다'.

새해에 나오는 2월호는 연재를 쉬고, 1934년이 되자 3월호 마감이 다가오는데 「악령」의 원고는 아직 쓸 수 없었다. 시바구 구루마정에 있는 자택은 도로나 철도 소음 때문에 신경이 쓰여 글을 쓰기 힘들었다. 그래서 란포는 아자부구에 있는 호텔에 묵기로 했다. 보름쯤 누구에게도 알리지 않고 머무르고 있었는데 그래도 글이 써지지 않아 3월호도 연재를 건너뛰었다.

신초샤는 2월에 란포와 약속한 대로 요코미조 세이시의 책을 내놓았다. 《신세이넨》에 연재한 「반 후작 일가」를 묶었다. 이 작품만으로는 짧아서 「여왕벌女王蜂」(제2차 세계대전 후의 긴다이치 고스케가 등장하는 「여왕벌女王蜂」과는 다른 작품), 「후요 저택의 비밀」 「유령 기수幽靈騎手」도 수록되었다. 과연 요코미조는 이 책이 우정의 산물이라는 사실을 알고 있었을까?

몇 월인지는 확실하지 않지만, 란포는 요코미조를 병문안하며 "미즈타니 군은 내가 쓰는 「악령」에 대해 편집 후기에 전혀 써주지 않네"라고 투덜거렸다고 한다. 앞에서 이야기했듯이 1회가 실린 11월호에는 분명히 전혀 언급되지 않았다. 하지만 12월호에는 「악령」은 나오자마자 말 그대로 선풍적인 인기를 얻어 전국을 휩쓸었다. 그래서 재판을 찍지 않을 수 없는 지경. 아, 요즘 보기 드문 쾌거였다'라고 썼다. 하지만 3회가 실린 1월호에는 란포가 각 잡지의 신년호에서 활약하고 있다고 썼을 뿐, 분명히 「악령」에 대해서는 언급하지 않았다.

요코미조가 "란포가 편집 후기에 써주지 않았다고 하더라"라고 전하자 미즈타니는 "쓰려고 해도 쓸 수 없지 않나? 원고가 들어올지 어떨지 모르는데"라고 대답했다. 그 이야기를 란포에게 전하자 '어떻게든 써낼 수 있을 것 같다'라는 답변이 돌아왔다. 이 말에 요코미조가 발끈한 모양이다. '그만둬라'라고 써서 보냈다. 이 일화는 란포가 세상을 떠난 뒤, 잡지《겟칸우와사月刊噂》[148] 1971년 9월호 란포 특집에 실린 좌담회에서 요코미조가 밝힌 내용이다. 자기는 안정을 취해야만 해서 쓰고 싶어도 쓸 수 없는 상황인데 '편집 후기에 써주지 않는다'라며 떼를 쓰는 란포의 모습

---

148 '우와사噂'는 소문이나 떠도는 말을 뜻한다.

에 화가 났으리라.

그리고 요코미조는 이런 발언도 남겼다. 그는 1976년 1월에 발행된 《별책 몬다이쇼세쓰問題小説 겨울 특별호》에서 쓰즈키 미치오[149]와 대담을 나누었는데, "그건 안타까운 일이었죠. 란포의 「악령」이 그랬거든요. 내가 독설을 날리자 그만두었어요"라고 했다. 이 발언 앞뒤를 보면 「악령」은 편지 형식의 소설인데, 그 트릭을 바로 눈치챈 요코미조가 란포를 만나 지적하자 그는 그걸 인정했다고 한다. 자기가 트릭을 눈치채자 란포가 집필 의욕을 잃었다고 말하는 것처럼 읽히지만 그렇게 단정 짓는 발언은 아니다. 「악령」이 중단된 데에는 여러 가지 요인이 있을 것이다. 요코미조에게 편지로 '그만둬라'라는 말을 듣고, 게다가 트릭마저 간파당해 영향을 받았을지도 모른다.

2월에 발매된 3월호에서는 「악령」뿐만 아니라 「이상한 벌레」 「인간 표범」 「검은 도마뱀」도 연재를 쉬었다. 모두 「악령」 때문이었다. 이 문제가 해결되지 않으니 다른 연재 작품도 쓸 수 없게 되었다.

1938년과 1939년에 걸쳐 쓴 『탐정소설 15년』에 따르면 란포는 「악령」의 '그때까지 쓴 부분을 다시 읽어보니 내가 보기에도 재미가 없었다. 나는 늘 그러하듯 열병 같은 열등감에 사로잡혀 도저히 글을 쓸 수 없게 되었다'. '어차피 치욕을 당할 바에야 도저

---

149 都築道夫(1929~2003), 소설가. 《EQMM》 일본어판 편집장을 지내기도 했다. 1959년부터 본격적으로 작가 생활을 시작해 많은 작품을 남겼으며, 2001년에 제54회 일본추리작가협회상과 제6회 일본미스터리문학대상을 수상했다.

히 어찌할 수 없는 이런 글을 꾸역꾸역 쓰기보다는 중단하는 게 훨씬 낫겠다는 생각'이 머릿속을 가득 메웠다. 4월호 마감이 코앞에 닥친 날에 그는 미즈타니에게 와달라고 해 '자수하는 죄인' 같은 심정으로 고개를 숙이고 연재를 중단하는 변명을 적은 쪽지를 건넸다.

《신세이넨》4월 증대호에는 란포가 쓴 「악령」에 관한 '사과 말씀'이라는 제목의 글이 실렸다. '작가로서 무능력함을 고백하며 「악령」의 집필을 일단 중단하게 되었습니다'라고 알렸다. 그러나 탐정소설에 대한 열정이 사라지지는 않았으므로 기력이 회복되기를 기다렸다가 '다시 이 잡지의 독자 여러분을 뵐 날을 고대하겠습니다'라고 하고, 「악령」에 대해서도 '언젠가 원고를 고쳐 발표하고 싶다는 생각도 있습니다'라며 글을 맺었다.

이 '사과'가 실린 4월호의 편집 후기에서는 '기다리신 애독자 여러분께 드릴 말씀이 없다' '이제 완전히 체념했다. 언젠가 다시 보상해드릴 작정이다'라는 말로 참담한 심경을 드러냈다.

그리고 4월호에 실린 '마이크로폰'이라는 칼럼난에는 요코미조 세이시가 쓴 「에도가와 란포에게」라는 짧은 글이 실렸다.

이 글은 '부활 이후 에도가와 란포는 그야말로 비극 이외에 아무것도 아니다'라는 충격적인 문장으로 시작한다. '나는 (란포가) 재작년 휴필을 선언할 때까지 쓴 모든 작품에 크게 공감하고 존경심을 품고 있었다. 그가 오로지 대중만을 생각하고 쓴 「황금가면」이나 「마술사」 같은 작품도 그건 그것대로 훌륭하다고 생각했다. 하지만 2년 동안 쉬고서 써낸 요즘 작품은 대체 뭔가 하는 생각이 든다. 뭐 하러 2년이나 쉬었느냐고 따지고 싶다. 지금 껏 해온 작업을 전집 발간으로 한 차례 매듭짓고서 푹 쉰 다음 더 자유롭고 양심적인 작업에 정진하리라 생각했다. 매듭지은 뒤에는 아무렇게나 해도 괜찮을 거라는 생각은 말도 되지 않는다. 물론 작심하고 세상을 이해한 다음에 하는 작업이라면 그건 또 그것대로 다시 봐야 하겠지만, 중풍이 든 듯이 무기력하고, 이달도 다음 달도 연재를 쉬겠다고 하니 지켜보는 사람은 괴로워진다.'

요코미조는 「악령」뿐만 아니라 다른 연재소설 세 작품까지 비판했다. 그리고 '에도가와 란포는 지금 쓰고 있는 장편소설 네 편을 모두 그만두고 다시 휴양에 들어가야 한다. 그렇게 해서 먹고 살기 힘들면 예전 생활로 돌아가면 된다. 이 방법 외에 달리 구원받을 수 있는 길은 없을 것이다'라고 마무리했다. 아주 혹독한 글이었다.

란포는 당연히 요코미조가 분노에 차서 쓴 수필을 읽었다. 그는 『탐정소설 15년』에 이렇게 썼다. '요코미조 군은 나를 과대평가하는 독자 가운데 한 명으로, 그런 독자를 대변하는 의미에서 이 글을 투고한 걸로 보이는데, 그는 한편으로는 동업자이기도 하고, 또 개인적으로 상당히 가까운 친구였기 때문에 직접 내게 이야기하지 않고 느닷없이 이런 글을 쓴 것에 나는 적잖이 불쾌했다. 글은 엄밀히 말하자면 매우 옳은 내용이지만, 여러 사람 앞에서 채찍질하기 전에 먼저 나를 직접 꾸짖었어야 하는 것이 아닌가 하는 생각을 지금도 한다.'

1954년에는 『40년』의 연재[150]에 '이건 술에 취해 쓴 글인 모양이라는 생각도 들었다. 하지만 친구처럼 여기는 사람이 얼굴을 마주할 때는 아무 말도 않다가 편지도 없이 불쑥 이런 글을 썼으니 깜짝 놀랐고 화가 잔뜩 났다'라고 썼다.

란포와 요코미조의 우정에 금이 갔다.

이 일에 대해 요코미조가 란포와 이야기를 나눈 것은 제2차 세계대전이 끝난 뒤였다. 란포는 '요코미조 군이 기분 좋을 때 비로소 나를 매도했던 그 글에 관해 사과의 뜻을 밝혀, 나도 지난 일로 넘기기로 했다'라고 『40년』에 적었다. 실제로는 이 일이 일어난 뒤에도 두 사람은 만났기 때문에 인연을 끊은 것은 아니었다.

요코미조는 몸져누웠다 일어났다 하면서도 의뢰를 받으면 원고를 쓰는 생활로 돌아온 상태였다. 하지만 조금만 글을 써도 쉽게 지쳤다. 그런 상황을 아는 미즈타니 준, 모리시타 우손, 오시타 우다루가 걱정하며 의논한 끝에 '앞으로 1년 동안 절대 글을 쓰지 말 것, 가족을 데리고 다른 곳에 가서 요양할 것, 이 두 가지 조건을 받아들인다면 1년 동안 매달 200엔을 친구들이 모아서 보내주기로 보증한다'라고 결정하고 미즈타니가 요코미조에게 그런 내용을 전달했다. 요코미조는 그 따뜻한 마음을 감사히 받아들여, 7월에 신슈 가미스와에 있는 요양원으로 옮겨 본격적인 투병 생활에 들어갔다. 가미스와를 고른 이유는 후지미고원 요양원의 마사키 후조큐가 가까이 있었기 때문이었다.

---

150 연재 당시의 제목은 「탐정소설 30년探偵小説三十年」이다.

요코미조와 미즈타니의 수필을 보면 요코미조가 요양에 들어가 신세를 진 사람들 이름이 나오는데, 거기에 란포는 보이지 않지만 요코미조의 아내 다카코는 '모리시타 씨와 에도가와 란포 씨를 비롯한 분들이' 간곡하게 권했다고 말했다.

요코미조는 아내와 일곱 살 난 큰딸, 네 살 난 큰아들과 함께 넷이서 기치조지에 있는 집을 떠나 가미스와로 갔다. 집은 장모와 동생들에게 맡겨두기로 했다. 란포를 흉내 낸 건지, 집을 지을 때 아직 하쿠분칸에 다닐 무렵이었지만 쫓겨나도 걱정 없게끔 하숙집을 할 수 있는 구조로 해두었다. 그게 도움이 되어 장모는 요코미조가 없는 동안 하숙을 쳤다.

「악령」 연재 중단의 여파로 《고단클럽》 4월호에 실릴 예정이던 「인간 표범」도 쉬게 되었지만, 《킹》에 연재되던 「이상한 벌레」와 《히노데》에 연재되던 「검은 도마뱀」은 예정대로 실렸다. 그 뒤에 「이상한 벌레」가 10월호로, 「검은 도마뱀」도 11월호로 연재가 끝나자 12월에 『검은 도마뱀·이상한 벌레』라는 제목으로 두 편이 수록된 책이 신초샤에서 간행되었다.

이 기간에 란포는 단편 「석류柘榴」를 써서 《주오코론》 9월호에 게재했다. 이 작품은 자신이 있었으나 반응이 없었다. 일부 악평도 있어 란포는 다시 자신감을 잃고 말았다.

란포는 7월에 시바구에서 도시마구 이케부쿠로로 이사했다. 직장을 이리저리 옮기고 자주 이사했던 란포에게 이곳은 마지막 거처가 된다.

1935년(쇼와 10)이 되자 란포가 맡은 연재소설은 《고단클럽》

의 「인간 표범」만 남게 되었다. 5월호까지 연재한 뒤, 6월에 쇼하쿠쇼텐松柏書店에서 단행본으로 간행되었다.

이 쇼하쿠쇼텐은 슌슈샤春秋社의 관계사인 듯하다. 슌슈샤는 1918년(다이쇼 7)에 창업한 종교 서적, 악보 및 음악 관련 서적, 심리학과 의학 서적이라는 세 가지 기둥을 지닌 출판사였다. 간다 도요호(1884~1941), 가토 가즈오(1887~1951), 우에무라 소이치(1891~1934)가 중심이 되었다. 우에무라는 필명인 나오키 산주고로 더 유명한 작가이며, 가토는 시인이자 평론가, 간다는 노가쿠[151] 연구자로서 《노가쿠잣시能楽雑誌》를 편집하고 있었다. 슌슈샤가 처음으로 내놓은 책은 『톨스토이 전집』으로 3천 부 예약을 달성해 눈길을 끌었다. 가토는 나카자토 가이잔[152]과도 친분이 있어 그의 대하소설 『대보살고개』를 내놓았다. 1935년에 유메노 규사쿠가 쓴 『도구라마구라』를 관계사 쇼하쿠쇼텐에서 냈는데 이것이 처음 출간한 탐정소설이었던 듯하다. 란포의 『인간 표범』도 거의 같은 시기에 출간했다. 이듬해인 1936년에는 잡지 《단테이슌슈探偵春秋》를 창간한다. 일본인 작가의 작품, 번역물을 가리지 않고 몇 해 사이에 50종에 가까운 책을 내놓았으며, '한때는 탐정소설 전문 출판사로 보였을 정도였다'라고 란포는 기록했다.

그 뒤 란포는 한동안 소설을 전혀 쓰지 않았다.

---

151 能楽. 일본의 대표적인 가면 음악극.

152 中里介山(1885~1944). 소설가. 1913년부터 1941년까지 여러 신문에 연재된 대하소설 『대보살고개』가 대표작이다. 톨스토이의 영향을 받았다.

란포와 요코미조가 각자의 사정으로 집필을 중단한 사이, 탐정소설 문단에는 새로운 파도가 일고 있었다.

기기 다카타로 등장

기기 다카타로木々高太郎는 1897년에 야마나시현 니시야마나시군 야마시로촌 시모카지야(지금의 고후시 시모카지야정)에서 태어났다. 란포와 요코미조 사이에 낀 세대인 셈이다. 본명은 하야시 다카시라고 한다. 그는 게이오기주쿠대학 의학부에 입학해 유럽과 미국, 소련에서 유학했다. 소련에서는 '파블로프의 개'로 유명한 이반 파블로프 밑에서 조건반사학을 연구했다. 또 가네코 미쓰하루[153]나 사토 하치로[154] 같은 인물들과도 친분이 있어 동인지에 시를 발표하기도 했다.

기기는 과학지식보급회 평의원이 되어 운노 주자와 알게 된다. 그리고 운노의 권유로 단편 탐정소설 「망막맥시증」을 썼고 이 작품이 《신세이넨》 1934년 11월호에 게재되면서 데뷔했다. 이듬해인 1935년에는 《신세이넨》에 단편소설 「잠자는 인형」「푸른 공막鞏膜」「연모」를 연속해서 발표했다.

기기는 이과 계열의 작가인데도 탐정소설 예술론을 주장하며

---

153 金子光晴(1895~1975), 시인이자 화가. 와세다대학 고등예과 문과, 도쿄미술학교 일본화과, 게이오기주쿠대학 문학부 예과에서 공부했으나 모두 중퇴했다. 시인이자 소설가인 모리 미치요와 중국, 유럽 등 각지를 떠돌며 결합, 이별을 반복했다. 당시 군국주의로 기운 일본 사회체제를 비판하기도 했다.

154 サトウ・ハチロー(1903~1973), 시인, 소설가, 동요 작사가. 유머소설, 청소년 소설을 많이 썼다.

고가 사부로와 논쟁을 벌이게 된다.

고가 사부로는 1935년 잡지 《프로필ぶろふぃる》[155]에 1년에 걸쳐 「탐정소설 강화」를 연재하며 '본격 탐정소설'은 문학성보다 탐정적 요소를 중시해야 한다는, 퍼즐성을 중시하는 의견을 내놓았다. 수수께끼 해결을 근간으로 한 탐정소설을 '본격 추리소설'이라 부르고, 그 밖의 모험소설, 괴기소설, 환상소설, 범죄소설, 과학소설, 첩보소설 등을 '변격 탐정소설'이라고 불렀다. 이 주장은 우열을 따지는 것이 아니라 구별하자는 것으로 보인다.

이런 고가의 주장에 대해 기기 다카타로는 《프로필》 1936년 3월호에서 반론을 펼치며 '탐정소설은 본격적으로, 순수하고 올바르게, 탐정소설의 정수에 가까워질수록 더욱 예술이 되며, 더욱 예술소설이 된다고 생각한다'라고 주장했다.

이렇게 선언한 이상 기기 다카타로는 예술소설이 되는 탐정소설을 써야만 했다.

「도깨비불」: 1935년

요코미조는 『옛이야기』에 실린 「쓸쓸함의 끝에 서서淋しの極みに立ちて」라는 수필에서 가미스와에서의 '1년의 세월은 눈 깜빡할 사이에 지나갔다. 미즈타니 준은 지원 기간을 조금 더 연장해 주겠다고 했지만, 계속 호의에 기대어 지내기는 부끄러운 일이

---

155 1933년 교토에서 창간되어 4년 동안 모두 마흔여덟 권을 발행했다. 제2차 세계대전 종전 이전에는 가장 오래된 탐정소설 전문지였다.

고', 건강에도 자신이 붙기 시작했으므로 조금씩 집필을 시작했다고 한다. 가미스와로 간 지 1년이 지났다면 1935년 7월 이후일 것이다.

하지만 이미 1935년 1월에 「도깨비불鬼火」이 발표되어, 같은 수필에는 '1934년 가을부터 겨울에 걸쳐 「도깨비불」 160매를 썼다'라고 되어 있다. 발표 시기를 보면 이 기간에 「도깨비불」을 집필한 게 틀림없다. 아무것도 쓰지 않기로 약속하고 미즈타니를 비롯한 주변 사람들로부터 도움을 받던 시기에 「도깨비불」을 쓴 것이다.

'정말 답답하게도 하루에 서너 장밖에 쓸 수 없었다. 게다가 책상에 앉아 있는 시간 이외에는 자리에 누워 안정을 취하려고 했기 때문에 기분 전환은 엄두도 내지 못하고 늘 내일 쓸 문장의 글자 하나하나까지 생각하다 보면 가슴이 두근거리는 증상이 나타났다. 「도깨비불」을 완성했을 때 나는 지칠 대로 지친 상태였다.'

게다가 《신세이넨》 1934년 12월호와 1935년 1월호에는 '다테시나 산蓼科三'이란 이름으로 번역이 모두 세 편 게재되었으니, 요코미조는 '1년 동안 절대 펜을 잡지 말 것'이라는 약속을 몇 달 지나지 않아 깨고 펜을 들었던 셈이다.

『드문드문 남기는 기록 속편續·途切れ途切れの記』에서는 「도깨비불」을 쓰는 동안 너무 초조했다. 당시 이 제목에 심하게 집착해, 누가 먼저 제목에 쓰지 않을까 걱정했기 때문이다'라고 그때 심경을 적었다.

이렇게 해서 완성된 「도깨비불」은 《신세이넨》 1935년 2월호,

즉 1월에 발매된 잡지에 전편前篇이 실렸다. 미즈타니는 편집 후기에 '요코미조 세이시 씨가 오래간만에 출진. 1935년은 이렇게 밝은 출발을 약속한다. 하지만 「도깨비불」은 제목처럼 으스스해 읽다 보면 등골이 오싹해지는 이야기다. 에도가와 란포가 우리 잡지에 모습을 드러내지 않아 쓸데없이 팬들의 한탄을 듣는 이 때, 이 한 편의 출현은 여러분의 갈증을 씻어주기에 충분하다고 생각한다. 후편 100매 역시 기대하시기를'이라고 썼다. 그렇다. 「악령」중단 후 란포는 《신세이넨》에 평론 몇 편을 보냈지만, 소설은 결국 한 편도 쓰지 않았다. 미즈타니의 이 편집 후기는 병마와 싸우면서도 작품을 쓴 요코미조를 칭찬하는 한편, 쓰지 않는 란포를 슬며시 비난하고 있다.

요코미조가 새 작품을 발표하기를 기다리던 독자들은 《신세이넨》을 펼치고 깜짝 놀랐다. 「도깨비불」은 18쪽에서 시작해 51쪽으로 끝나는데, 36쪽 다음에 바로 47쪽이 나온 것이다. 요코미조는 '당시 검열 당국의 비위를 거슬러 일부가 삭제되는 화를 당했다'라고 『50년』에서 설명했다. 원래 출판물 가운데 검열에 걸리는 것은 사회주의 관련 내용인데 이 시점에서는 요코미조가 쓰는 탐미적인 묘사까지 탐탁지 않게 여겼기 때문이다. 검열은 인쇄, 제본을 마치고 책이 완성된 뒤에 했으므로 편집 후기에는 아무런 언급도 없다. 다 만들어진 잡지에서 문제가 된 페이지를 오려내고 배본한 것이다. 이 페이지에 있던 모든 문장이 문제인 것도 아닌데 너무 심한 조치였다.

도서(서적, 잡지 등)를 발행하면 3일 이내에 내무성에 두 권을 납본해야만 했다. 당국은 '왕실의 존엄을 모독하고 체제를 뒤엎으려 하거나 기타 공공 안전과 풍속을 해치는 내용은 발매, 배포를 금지'할 수 있었다. 즉 검열 단계에서 책이나 잡지는 완성된 상태이므로 '사전 검열'은 아니었다. 다만 이때의 《신세이넨》처럼 책을 다 만든 다음에 삭제 명령이 떨어지면 그 페이지를 오려내고 배포하거나 해당 부분을 삭제하고 다시 인쇄해야만 발매할 수 있었다. 오려내는 일이나 삭제하고 다시 인쇄하는 일이나 경제적인 부담이 크기 때문에 출판사는 위험해 보이는 부분을 자체적으로 규제하며 '복자'로 처리하고 있었다. 요코미조나 미즈타니나 설마 「도깨비불」이 검열에 걸릴 거라고는 생각도 못 했다고 한다.

3월호에는 이런 설명이 실렸다. '2월호 발매 직전에 그 내용을 삭제하라는 명령을 받아 애독자 여러분에게 큰 폐를 끼쳤다. 이 자리를 빌려 사과드린다. 삭제된 부분은 37쪽에서 45쪽까지 전체 9쪽, 또 111쪽과 113쪽까지 총 11쪽인데, 앞뒤 페이지가 있는 관계로 결과적으로 14쪽이 삭제되었다. 이 재난을 겪은 「도깨비불」은 작가가 1년 반 남짓 들여 쓴 회심의 역작인데 참으로 아쉬운 일이다. 하지만 다행히 이번 호에 실린 지난 줄거리와 함께 읽는다면 「도깨비불」의 전편이 찬란하게 빛나는 주옥같은 작품이라는 점을 의심할 수 없을 것이다. 숙독을 바라는 바이다.'

도대체 어떤 문장이기에 삭제 명령이 떨어졌을까? 「도깨비불」은 1935년 9월 슌슈샤에서 간행될 때 《신세이넨》에서 삭제한 부분의 앞뒤를 고쳐 썼다. 제2차 세계대전이 끝난 뒤에 《신세이넨》에서 삭제되기 전의 원고가 발견되는 등, 우여곡절을 겪은 탓에 「도깨비불」의 텍스트는 여러 종류가 된다. 그래도 삭제 부분을 보려면 소겐추리문고에서 나온 '일본 탐정소설 전집'의 『요코미조 세이시 모음집』과 슛판게이주쓰샤出版芸術社에서 나온 '이상한 문학관 시리즈'의 『도깨비불』이 낫다. 요코미조 세이시는 사회주의자가 아니기 때문에 그 작품 안에서 사회주의를 주장하지는 않았다. 문제가 된 점은 남녀의 사랑을 그리는 장면이었는데, 그것도 현재 독자가 읽으면 별것 아닌 내용이다. 예를 들면 이런 식이다.

'어머, 약았어. 그걸 보면 안 되지. 어서 이리 오라니까. 자, 어서.'

'얇은 옷을 걸친 오긴의 풍만한 육체가 휘감기듯 만조를 덮쳤다.'

'만조 쪽으로 눈을 찡긋찡긋해 보이고 나서.'

굳이 트집을 잡자면 '─실은 지금 경시청에서 돌아오는 길인데, 아무래도 안 될 것 같아. 다이스케 씨가 워낙 고집이 세서 경찰관 심문에 고분고분 대답하지 않는 모양이야'라는 부분이 경찰 비판으로 여겨졌을지도 모르겠다. 그 앞뒤의 내용, 소겐추리문고판으로 따지면 3쪽가량이 삭제되었다.

요코미조의 아내 다카코는 소겐추리문고판 '일본 탐정소설 전집'의 『요코미조 세이시 모음집』에 수록된 수필에 이렇게 썼다.

「도깨비불」은 《신세이넨》에 게재되었는데 잡지가 서점에 다 깔린 뒤에 일부분을 삭제하라는 당국의 지시가 내려와 무척 곤란한 상황이 되었습니다. 표현의 자유가 인정되는 요즘과 달리 그때는 관헌이 눈에 불을 켜던 시절이었죠. 남편은 그 소식을 듣고 마구 한탄하며 괴로워하고 잠을 이루지 못하는 날이 이어졌습니다.'

요코미조는 『드문드문 남기는 기록 속편』에 이렇게 썼다. '「도깨비불」 전편이 당시 검열 당국의 심기를 건드려, 일부 삭제라는 화를 당했다. 나는 큰 충격을 받아 다시 병이 도질 지경이었는데, 친구들의 격려와 위로 편지를 받고 겨우 충격을 딛고 일어설 수 있었다. 다행히 「도깨비불」을 쓰면서 다시 글을 쓸 체력이 되었다는 자신감을 회복했다.'

이렇게 해서 다음에 쓴 소설이 《신세이넨》 8월호에 실린 「곳간 안蔵の中」이다. 탐미적인 노선의 정점에 이르렀다고 할 만한 작품이다. 수수께끼와 비밀은 있지만 탐정소설 요소는 희박하다. 《신세이넨》에는 '아베 마리야阿部鞠哉'라는 장난스러운 필명으로 번역 작품도 실었다.

「신주로」: 1936년

1935년, 요코미조 세이시는 「도깨비불」 「곳간 안」이라는 탐미적인 노선으로 새로운 경지를 열었는데, 또 한 가지 변화는 아케치 고고로 같은 '명탐정'을 탄생시켰다는 점이다. 다섯 편의 장편과 스물여덟 편의 단편, 그리고 서른 편쯤 되는 소년소설에 등장하는 유리 린타로다.

유리 린타로가 등장하는 첫 번째 작품은 하쿠유샤博友社의 《고단잣시》 1935년 9월호에 실린 「수인獸人」이었다. '유리 린타로라는 학교를 졸업한 지 얼마 안 된 젊은 청년'으로서 독자들 앞에 등장해 '나중에 사설탐정이라는 이상한 직업으로 생계를 꾸리게 되었다'라고 '전력'은 없이 '후력'을 설명했다. 작품 속에서 어느 해에 일어난 사건인지 설명이 없다. 가도카와문고판에서는 이름이 '린타로麟太郎'인데 처음 나왔을 때는 발음은 같아도 한자가 '燐太郎'였다.

그런데 '린타로麟太郎'라고 하면 생각나는 것은 오구리 무시타로의 노리미즈 린타로다. 1933년 7월호에서 「완전범죄」로 데뷔한 오구리는 10월호에 실린 「후광 살인사건」에서 노리미즈 린타로를 등장시켰고, 이듬해인 1934년에 「흑사관 살인사건」을 썼으니 요코미조가 모를 리 없다.

이 시점에서 유리 린타로를 시리즈로 만들 마음이 있었는지는 요코미조가 확실하게 밝히지 않았다. 그뿐 아니라 이 작품을 잊었는지, 다음에 쓴 「석고 미인石膏美人」이 유리 린타로 시리즈의 첫 번째 작품이라고 제2차 세계대전이 끝난 뒤에 낸 『흑묘정 사건黑猫亭事件』 후기에서 이야기했다.

이 「석고 미인」은 「수인」을 발표한 다음 해인 1936년(쇼와 11)에 고단샤의 《고단클럽》 5월 증간호부터 8월호까지 이어 실렸다(처음에는 '요사스러운 영혼妖魂'이라는 제목이었다가 나중에 '저주받은 멍呪いの痣'으로 고친 다음 최종적으로 '석고 미인'이 되었다).

하지만 그 전에 《고단잣시》 4월호부터 역시 유리 린타로가 등장하는 「백랍괴白蠟変化」가 시작되어 12월호까지 이어졌다. 「석고 미인」이 먼저 완결되었기 때문에 요코미조는 「석고 미인」을 첫 번째 작품으로 인식했으리라.

우선 「백랍괴」부터 살펴보면, 가도카와문고판으로 206쪽 분량이며 유리 린타로는 100쪽 전후부터 등장한다. 즉 전반부에는 등장하지 않고 후반에 나타난다. 먼저 등장하는 인물은 신닛포샤라는 신문사에 근무하는 민완 기자 미쓰기 슌스케다. '청년'이라고 표현했다. 미쓰기가 그즈음 세상을 떠들썩하게 만든 사건에 관해 의견을 물어보러 찾아간 전문가가 바로 유리 린타로였다. 이 작품에서 유리는 경시청에 근무한 '왕년의 명수사과장'이며 지금은 경찰과 인연을 끊은, '쉰 살로는 보이지 않는', '겉보기에 정력적인 인물이었지만 이상하게도 머리카락만은 눈처럼 새하얬다'라고 소개된다.

미쓰기라는 성은 요코미조가 소년 시절 좋아한 작가 미쓰기 슌에이에서 따온 게 분명하다. 이른바 왓슨 역할이지만 그가 1인칭 시점으로 이야기를 끌어나가지 않으며, 또 미쓰기가 단독으로 행동하는 경우도 많다. 시리즈 가운데는 미쓰기가 등장하지 않는 작품이 있는가 하면, 유리가 등장하지 않는 작품도 있다.

유리 린타로는 총 8회 연재 중 5회 차에 등장하니 8월호이리라. 한편 「석고 미인」은 가도카와문고판으로 150쪽쯤 되는데 처음부터 미쓰기 슌스케가 등장해 그의 시점으로 이야기를 전개해 간다. 여기서도 유리 린타로는 이야기가 3분의 2쯤 진행되었을 때 등장한다. 미쓰기와 유리가 만나는 장면에서 두 사람은 이미 아는 사이로 표현된다. 하지만 독자가 보기에는 갑자기 등장해 미쓰기가 '유리 선생'이라고 부르는 이 인물이 무엇을 하는 사람인지 알 수 없는 상태로 200쪽가량 진행된다. 연재 때는 다음 회가 되어서야 겨우 '도대체 유리 린타로는 어떤 사람인가?' 하며 그 프로필을 소개한다. 「백랍괴」보다는 자세하게 '4, 5년 전 경시청에 이런 사람이 있다, 라고 이름을 알린 명탐정'이며 '그 시절에 유리 수사과장이라고 하면 나는 새도 떨어뜨릴 정도였지만' '갑자기 그 빛나는 자리에서 물러나 일개 백수가 되고 말았다'고 한다. 그 이유에 대해서는 경시청 내부의 정치적 갈등 때문에 희생양이 된 것으로 나오는데 자세한 내용은 알 수 없다.

퇴직 후 3년쯤 행방을 알 수 없어 '발광 끝에 어딘가에서 아무도 모르게 자살'했다는 소문도 났다. 미쓰기는 유리가 수사과장이던 때부터 신문기자로서 접촉이 있었다.

「석고 미인」에는 '세끼 밥보다 탐정소설을 좋아하는 괴짜 소년' 이소오카 게사지가 등장하고 '외국 유명 탐정소설은 물론 에도가와 란포의 작품까지 모두 읽고 번듯한 탐정인 체하며'라는 표현이 나온다. 이 소년은 이 작품에만 나오는데, 요코미조 세이시가 란포가 만들어낸 새로운 캐릭터를 의식해 등장시킨 게 아닐까?

요코미조가 유리 린타로라는 '명탐정'을 시리즈 캐릭터로 삼은 1936년은 바로 란포가 「괴인 이십면상怪人二十面相」을 연재하기 시작한 해이며, 여기서 1930년 작품인 「흡혈귀」에 등장했던 고바야시 소년이 크게 활약한다.

요코미조는 예전에 아케치 고고로가 나오는 단편을 한꺼번에 써낸 란포처럼 유리 린타로와 미쓰기 슌스케가 나오는 장·단편소설들을 대량으로 써냈다.

그 가운데 중요한 작품이 《신세이넨》에 발표한 「신주로」다. 이 작품이 바로 심한 각혈 당시 《신세이넨》을 위해 준비했던 원고지 100매짜리 소설 「사혼자」다. 구상을 고치고 다듬어 탐미소설과 본격 탐정소설을 융합한 장편으로 발표한 것이다.

「신주로」는 대학 강사인 시나 고스케가 남긴 기록이라는 설정으로 쓰였다. 전반부의 무대는 신슈 산골에 있는 옛 유곽이었던 고풍스러운 저택이며, 후반부에서는 도쿄로 무대를 옮긴다. 앞부분은 그렇다 치고 뒷부분은 도쿄가 무대이기 때문에 미쓰기가 등장하지 않는 점은 부자연스럽지만, 이때까지만 해도 아직 유리와 미쓰기 콤비는 독자 사이에 자리를 잡지 못했으리라. 「신주로」는 1937년 1월에 발매된 2월호에서 완결되었으니 원고가 완성된 시점은 1936년 11월이나 12월 초다.

그 뒤로 유리와 미쓰기가 나오는 작품은 고단샤나 신초샤 등의 종합지에 오락소설로 실리게 된다. 《신세이넨》에 쓴 작품은 「신주로」뿐이었다. 이는 요코미조 또한 란포와 마찬가지로 본격과 변격(통속물)을 매체에 따라 구분해서 썼기 때문이다. 전쟁이 끝난 뒤에도 이런 방식은 계속되었다. 요코미조는 《호세키》와 그 외의 잡지에는 같은 긴다이치 고스케가 나오더라도 완전히 다른 타입의 작품을 실었다.

란포를 비판하면서도 결국 전업 작가로 살아가기 위해서는 요코미조 역시 많은 부수를 찍는 잡지에 통속물을 쓸 수밖에 없었다. 직접 겪고 나서야 요코미조도 비로소 그것을 이해하게 되었으리라. 그리고 통속물을 쓸 때는 캐릭터를 설정하고 시리즈화하는 쪽이 편하다는 사실도.

1936년 12월 요코미조 세이시의 단편집『장미와 울금향薔薇と鬱金香』이 슌슈샤에서 나왔다. 모두 같은 해에 잡지에 실린 작품들이었는데, 그 후기에서 요코미조는 '이런저런 사정으로「도깨비불」이전의 나와 그 이후의 나를 확실하게 선을 그어 구분하고 싶다'라고 했다.

이 책에 수록된 소설을 쓰던 시기에는 '그야말로 울적하고, 마음을 풀 길 없는, 기카이가시마섬[156]의 슌칸 같은 나날을 보내고 있었다'라며 '활발한 사회 활동과 보조를 맞추는 일은 금지된 상태였다'라고 요양 당시의 상황을 표현했다.

그래서 '묘하게 음산하고 예스러운 것들에 흥미를 갖게 되었다'라고 했다. 그러면서 '비평가 여러분에게는 비웃음을 사는 나의 미소년 취미, 곳간 안 취미, 밀랍 인형 취미'는 '그 시기에 느닷없이 생겨난 게' 아니고 원래 있던 것인데, 그게「얼굴 이야기」에서도 드러났지만, 이런 환경에 놓이자 '맹렬하게 조장되어 타고난 선이 가는 성격과 결합해 구제할 길 없을 만큼 건강하지 못한 것이 되었다'라고 스스로 분석했다.

마지막으로 '구사조지[157] 취미' 노선은 좀 질렸기 때문에 앞으

---

156 鬼界ヶ島. 1177년에 시시가타니 계곡의 음모 사건으로 승려 슌칸, 무사 다이라 야스요리 등이 유배된 섬이다. 이 섬은 '남쪽 바다 멀리 떨어진 섬'을 가리키는 일반명사로도 쓰인다.

157 草双紙. 에도 시대에 나돌던 그림이 들어 있는 대중소설을 두루 일컫던 말.

로는 '선 굵은 아카혼赤本 스타일의 탐정소설'을 쓰고 싶다고 선언했다. 요즘은 '아카혼'이 대학 입시 문제집을 가리키지만 그 시절에는 읽고 버리는 싸구려 대중소설을 가리키는 말이었다.

요코미조는 '그야말로 팡토마스 시리즈 같은 것'을 예로 들며, '거기에 바로 탐정소설 본래의 재미가 있다는 생각이' 든다며 '그런 아카혼을 제작하는 데에도 나름의 노력과 정열이 필요하리라. 실제로 아카혼에 대한 정열이 없어지면 그야말로 끝장이다'라고 쓴 다음 '정열과 긍지를 가지고 아카혼을 바라본다'라고 선언했다.

이 선언은 결국 란포의 '통속 장편'에 대한 도전이었다. 「악령」 중단을 비판할 때도 요코미조는 란포의 통속 장편을 평가하며 잔뜩 기대했는데 진지하게 쓰지 않았다고 화를 냈다. 그래서 자기가 정열과 긍지를 가지고 '아카혼' 즉 '통속 장편'을 쓰면 더 재미있는 작품이 될 것이라며 도전장을 던진 셈이다.

여기서 주목할 점은 요코미조가 아카혼에 대해 '집필'이나 '쓴다'나 '창작' 대신 '제작'이라는 표현을 쓰고 있다는 사실이다. 정말로 쓰고 싶은 것으로서의 '창작'과 구별해, 그야말로 독자를 즐겁게 해주기 위해서, 즉 팔기 위해서 쓴다는 인식인 셈이다. 실제로 그 뒤 요코미조는 유리 린타로라는 캐릭터로 많은 통속 탐정소설을 써낸다.

제2차 세계대전이 끝난 뒤 탄생한 긴다이치 고스케가 너무나 유명해진 탓에 유리 린타로와 미쓰기 슌스케의 존재감은 희미하지만 중·장편 아홉 편, 단편 스물두 편이 나왔고 그 밖에 미완성 작품이 두 편 있다(2018년부터 2019년에 걸쳐 가시와쇼보柏書房에서 『유리·미쓰기 탐정소설 집성』전 4권으로 묶어 냈다). 시리즈를 발매된 순서에 따라 적어둔다.

【1935년】「수인」(《고단잣시》9월호)

【1936년】「백랍괴」(《고단잣시》4~12월호),「요사스러운 영혼」(《고단클럽》5월 증간호~8월호, 종전 후「석고 미인」으로 제목 변경),「거미와 백합蜘蛛と百合」(《모던닛폰モダン日本》7~8월호),「고양이와 밀랍 인형猫と蠟人形」(《킹》8월 증간호),「신주로」(《신세이넨》10월호~1937년 2월호),「야광충夜光虫」(《히노데》11월호~1937년 6월호),「목매다는 배首吊り船」(《후지》10월 증간호, 11월호),「장미와 울금향」(《슈칸아사히》11월 1~22일호)

【1937년】「포락지형焙烙の刑」(《선데이마이니치》신춘 특별호),「환상의 여인まぼろしの女」(《후지》1~4월호, 처음에는 'まぼろしの女'로 표기했지만 종전 뒤 '幻の女'로 제목 표기를 바꾸었다),「앵무새를 키우는 여인鸚鵡を飼う女」(《킹》4월 증간호),「아름다운 해골花髑髏」(《후지》6월 증간호, 7월호),「미로의 세 사람迷路の三人」(《킹》8월 증간호)

【1938년】「원숭이와 죽은 미인猿と死美人」(《킹》2월호),「미라의 신부木乃伊の花嫁」(《후지》2월 증간호),「백랍 소년白蠟少年」(《킹》4월호),「악마의 집悪魔の家」(《후지》5월호),「악마의 설계도悪魔の設計図」(《후지》6월 증간호, 7월호),「쌍가면双仮面」(《킹》7~12월호),「가면극장仮面劇場」(《선데이마이니치》10월 2일~11월 27일호,『선풍극장

旋風劇場』으로 제목을 고쳐 간행, 1947년에 대폭 수정하고 제목을 『암흑극장暗黑劇場』으로 고쳤으며 나중에 『가면극장』으로 옛 제목을 되살렸다)

【1939년】 「은빛 무도화銀色の舞踏靴」(《히노데》 3월호), 「검은 옷을 입은 사람黒衣の人」(《후진클럽》 4월호), 「눈먼 개盲目の犬」(《킹》 4월 증간호), 「피로 그린 박쥐血蝙蝠」(《겐다이》 10월호), 「폭풍우 속의 어릿광대嵐の道化師」(《후지》 10월 증간호)

【1942~1943년】 「국화꽃 대회 사건菊花大会事件」(《단카이譚海》 1942년 1월호), 「세 줄짜리 광고 사건三行広告事件」(《마스라오益荒男》 1943년 8월호)

【종전 후】 「나비부인 살인사건」(《록ㅁ''ク》 1946년 5, 8, 10, 12월호, 1947년 1~4월호), 「귀신 들린 여자」(1948년 1월, 단행본, 같은 제목의 1933년 작품을 '유리' 시리즈로 개고한 것이다), 「미로의 신부迷路の花嫁」(《고단클럽》 1950년 1, 3월호, 「카르멘의 죽음カルメンの死」으로 제목을 바꿈)

【미완성 작품】 「신의 화살神の矢」(《무쓰비》 1946년 12월호에만 실리고 중단. 다시 《록》 1949년 1, 2, 5월호에 쓰지만 중단), 「모방 살인사건模造殺人事件」(《스타일요미모노판スタイル読物版》 1949년 10월, 1950년 1, 4월호)

이처럼 가미스와에 있던 1935년부터 1939년까지 5년 동안 요코미조는 매달 유리·미쓰기가 활약하는 탐정소설을 썼다. 그 가운데 1937년에 쓴 「환상의 여인」은 여성 도둑을 유리가 추적하는 활극 스타일의 소설인데, 란포가 1934년에 쓴 「검은 도마뱀」에 맞서는 의식이 느껴진다. 란포의 「검은 도마뱀」은 최고의 아름다움을 추구하는 이야기였지만 요코미조가 쓴 「환상의 여인」은 마지막 장면에서 피가 튀는 이야기로 바뀐다. 기본 설정은 같은데 전혀 다른 이야기로 만들어낸 점이 흥미롭다.

란포가 절정에 있을 때 요코미조는 휴양하면서 목숨을 깎아내는 각오로 쓴 「도깨비불」이 검열에 걸리는 비운을 겪으며 명암이 나뉘었다. 그러나 요코미조는 「신주로」로 더욱 높은 곳에 오르는 한편, 시리즈 캐릭터의 창조에도 성공한 것이다.

하지만 이 1936년도에 보다 큰 성공을 거둔 쪽은 에도가와 란포였다. 최고 히트작 「괴인 이십면상」이 탄생했기 때문이었다.

《쇼넨클럽》

고단샤의 《쇼넨클럽》 편집부는 매년 6월에 이듬해 신년호 기획안을 만들어 7월에 회사 내부 인원 수십 명으로 이루어진 '중회의'의 심의를 거친 뒤, 8월 하순부터 9월 초순 사이에 사장 저택에서 열리는 '대회의'를 통해 최종적으로 결정했다.

1935년 5월부터 6월에 걸쳐 편집부원들은 이듬해인 1936년 신년호를 위한 기획안을 짜고 있었다. 편집부 안에서는 탐정소설 기획을 검토했다. 이미 탐정소설을 싣고 있었지만 모두 소년이 탐정으로 활약하는 이야기들뿐이라 아무래도 박력이 부족했다. 그래서 몇 가지 특수한 능력을 지닌 명탐정을 주인공으로 내세운 소년 대상 탐정소설이 좋지 않겠느냐는 이야기가 나왔다.

편집부는 바로 그 조건에 맞는 인물로 아케치 고고로를 꼽아, 란포의 소설 연재를 검토하게 되었다.

그러나 중회의에 올라가자 란포가 이제껏 쓴 작품은 '미풍양속'에서 벗어나지 않느냐며, 란포와 소년을 위한 소설은 어울리지 않는 조합이라는 반대 의견도 나왔다. 편집부의 스도 겐조가 아케치 고고로가 얼마나 활달한 소년 대상 영웅인지 힘주어 설명하자 회의 참석자들 가운데서 이제껏《쇼넨클럽》이 사토 고로쿠[158] 등 분야가 달랐던 작가에게 원고를 부탁하여 걸작을 받아낸 실적이 있으니 믿어보자는 의견도 나와 란포를 기용하는 안은 중회의를 통과했다.

중회의를 통과한 뒤, 란포는 고단샤의 노마 세이지 사장 주변의 유명 작가 간담회에 초대받았다. 그 자리에서 스도와 처음 만나《쇼넨클럽》에 소설을 써달라는 부탁을 받았다.

"아니, 나에게 소년소설을 쓰라는 겁니까?"

란포는 깜짝 놀랐다. 하지만 며칠 뒤에 스도가 다시 집을 찾아오자 바로 쓰기로 마음먹었다.

1935년의 란포는 1934년부터 연재하던 「인간 표범」이《고단클럽》5월호로 완결된 후로 소설을 쓰지 않고 있었다. 그래도 생활이 곤란하지 않았던 건 모아놓은 돈도 있었고, 헤이본샤가 전집의 지형[159]을 써서 모두 열두 권짜리 '란포 걸작 선집'을 1월부

158　佐藤紅緑(1874~1949), 소설가, 극작가, 시인. 소년소설 분야에서 압도적인 인기를 모았다. 쥘 베른의 『15소년 표류기』를 번안하기도 했다.

159　紙型, 인쇄에 사용할 연판을 만들기 위해 활자 위에 얹어 찍어내는 두툼한 종이판.

터 매달 한 권씩 내놓고 있었기 때문이기도 했을 것이다.

「인간 표범」의 마지막 회를 쓴 때는 2월부터 3월 사이일 테니 반년쯤 창작을 하지 않던 시기에 《쇼넨클럽》에서 집필 의뢰가 들어온 셈이다.

란포는 『40년』에서 당시 왜 소년소설을 쓰기로 마음먹었는지 기억나지 않는다고 했다. '어차피 어른 잡지에 어린애 같은 소설을 쓰고 있으니 소년 잡지에 쓴다고 해도 다를 게 없지 않겠느냐는 생각이었으리라'라고 그때의 자기 심경을 추측했다. 큰 성공을 거둔 작품이기는 하지만 별로 쓰고 싶은 소설은 아니었기 때문에 기억이 희미할지도 모른다. 전부터 의뢰를 받았지만 '그리 열심히 부탁하는 것도 아니어서 나도 딱히 마음이 없었다'라고도 썼는데, 이 부분은 편집자인 스도 겐조의 회상과 차이가 있다. 스도는 란포가 의뢰를 받아들인 건 다른 잡지로부터 집필 의뢰가 별로 없는 상황인 데다 《쇼넨클럽》이 끈덕지게 부탁했기 때문이라고도 했는데, 이게 가장 큰 이유가 아닐까?

《쇼넨클럽》과 이야기가 진행되고 있었을 9월에는 란포가 편찬한 『일본 탐정소설 걸작집』이 슌슈샤에서 나왔다.

12월에 란포는 규슈 일주에 나서는데, 이때는 이미 《쇼넨클럽》 신년호가 나온 상태였으니 2회까지 다 쓰고 떠난 여행이지 원고 마감을 하지 않고 도망친 것은 아니었다.

「괴인 이십면상」 : 1936년

1935년 12월에 발매된 《쇼넨클럽》 1936년 신년 특대호부터

「괴인 이십면상」이 시작되었다. 처음에는 '괴도怪盜 뤼팽'을 본떠 「괴도 이십면상」이라고 했지만, 소년 잡지의 윤리 규정상 '도둑 도盜'라는 글자를 제목에 사용할 수 없었다. 그래서 '괴인'이 되었다. 결과적으로 이쪽이 뤼팽과 차별화할 수 있어 오히려 도움이 되었다.

'그 무렵 도쿄의 동네마다 집집마다 둘 이상이 얼굴을 마주하기만 하면 마치 날씨로 안부를 묻기라도 하듯 「괴인 이십면상」이야기를 나누었다.'

총 스물여섯 편의 장편이 나와 일본 어린이 도서 역사상 최대 히트작이 될 거대한 시리즈는 이렇게 시작되었다.

이윽고 소설 내용과 마찬가지로 일본 전역의 아이들이 둘 이상 모이기만 하면 마치 가볍게 인사하듯 란포의 「괴인 이십면상」이야기를 했다.

이십면상의 이름은 아무도 모른다. 변장의 천재라서 자기도 진짜 자신의 얼굴을 모르는 듯하다. 부자들 재산만 노리는 도둑이며, 사람을 죽이지 않는다는 사실도 널리 알려져 있다.

이십면상은 훔치러 들어갈 때 상대에게 예고장을 보낸다. 그걸 받은 부호가 믿고 의지하는 사람은 명탐정 아케치 고고로. 그를 돕는 인물이 고바야시 소년을 단장으로 삼은 소년 탐정단이다. 이때까지만 해도 어린이 대상 탐정소설은 어린이를 주인공으로 삼으면 일상적인 사건밖에 다룰 수 없고, 어른 탐정을 주인공으로 내세우면 어린이들의 인기를 끌 수 없다는 모순을 안고 있었는데, 어른 명탐정과 그걸 돕는 소년 탐정이라는 사제지간을 만들어내 란포는 전에 없던 성공을 거두었다.

이 소년 탐정 시리즈는 깊이 생각하며 읽으면 경찰과 군에 맞서는 소설이다. 등장하는 경찰은 늘 실수를 저지른다. 성공을 거두는 쪽은 민간인 아케치 고고로. 여기서 경찰에 대한 란포의 인식을 엿볼 수 있다. 이십면상은 사람을 해치지 않는다는 점에서 사람을 해치는 조직인 군에 대한 비판이 담겨 있다고 해석할 수도 있다. 란포는 자기가 쓴 「악몽」(후의 「애벌레」)이나 요코미조의 「도깨비불」이 권력에 의해 난도질당했다는 사실도 잊지 않았을 것이다.

최근에는 소설이나 드라마나 경찰관을 주인공으로 내세운 것이 대부분이지만 에드거 앨런 포나 코넌 도일 시절부터 애거사 크리스티와 엘러리 퀸 시대에도 경찰은 늘 무능해서 민간인 명탐정이 멋지게 사건을 해결하는 것이 탐정소설의 '틀'이었다. 물론 「괴인 이십면상」도 그 틀을 답습하고 있을 뿐인지도 모른다. 하지만 군화 소리가 점점 커지던 시절이라, 란포가 경찰을 무시하고 비폭력으로 일관하는 다크 히어로를 계속 그린 건 나름의 반골 정신 때문이 아니었을까?

《쇼넨클럽》에서 아케치 고고로와 고바야시 소년이 괴인 이십면상과 격투를 계속하는 동안, 《고단클럽》에서 「녹색 옷을 입은 괴물緑衣の鬼」, 《킹》에서 「대암실大暗室」이 동시에 연재되었다. 이 두 작품에는 아케치 고고로가 등장하지 않았다.

2월 26일, 일왕을 지지하는 육군 청년 장교들이 쿠데타를 일으켰다. 세상 사람들은 이 일을 '2·26 사건'이라고 부른다. 란포는 자유주의, 개인주의가 몰락하고 유미주의가 사라지는 시대가 시작되었다는 사실을 실감하고 의기소침해졌다.

그해 3월에 유메노 규사쿠가 세상을 떠났다. 란포는 그의 전집을 간행하기 위해 힘썼다. 또 5월에는 첫 평론집인 『괴물의 말 鬼の言語』이 슌슈샤에서 간행되었다. 이 무렵부터 탐정소설 평론을 쓰는 일이 늘어난다.

화해 : 1937년

1937년(쇼와 12)에 에도가와 란포가 연재한 장편소설은 다음과 같다. 《쇼넨클럽》 1월호부터 12월호까지 「소년 탐정단少年探偵団」을 썼고, 《킹》에 1936년 12월부터 연재하기 시작한 「대암실」이 1937년에도 이어졌으며, 《고단클럽》에 연재하던 「녹색 옷을 입은 괴물」이 2월호로 끝나자 3월호부터는 구로이와 루이코의 번안 소설을 바탕으로 다시 쓴 「유령탑幽霊塔」이 시작되었다. 《히노데》 9월호부터는 아케치 고고로가 등장하는 「악마의 문장悪魔の紋章」 연재가 시작되었다.

2월에 기기 다카타로가 쓴 『인생의 바보』가 제4회 나오키상을 받았다. 탐정소설이 예술작품일 수 있음을 작품으로 증명해 보인 셈이다. 탐정소설 작가로서는 첫 수상이었다. 란포는 이 일에 대해 '탐정소설 제1차 부흥기의 계기가 되었다'며 찬사를 보냈다.

요코미조 세이시는 《고단잣시》 4월호부터 「시라누이 체포록 不知火捕物双紙」을 연재하기 시작했다. 본격적인 시대소설로는 첫 작품이었다. 탐정소설에 대한 검열이 심해지는 가운데 '체포록'

에서 활로를 찾는 작가가 많았는데 요코미조도 그런 흐름을 탄 것이었다.

요코미조에게 체포록 장르를 권한 사람은 《신세이넨》 편집부에서 《고단잣시》로 옮긴 이누이 신이치로였다. 요코미조가 《신세이넨》 편집장이던 시절에 학생 신분으로 유머소설을 번역해 편집부에 보냈다가 눈에 들어 편집부를 드나들던 중에 하쿠분칸 사원이 된 청년이었다. 이누이는 모리시타 우손이 퇴사할 때 하쿠분칸의 사내 정변의 영향으로 1935년에 《신세이넨》에서 《고단잣시》로 옮겼다.

《고단잣시》도 발행 부수가 많지 않았기 때문에 이누이는 지면 쇄신을 요구받았다. 시행착오가 반복되며 일은 잘 풀리지 않았다. 그러던 어느 날, 문득 체포록 장르를 싣자는 생각이 들었다.

이누이의 회상을 담은 책 『《신세이넨》 시절』에 따르면 그즈음에는 오카모토 기도의 『한시치 체포록』, 사사키 미쓰조의 『우몬

에도가와 란포의 장편 연재 3

	1936년(쇼와 11)	1937년(쇼와 12)	1938년(쇼와 13)	1939년(쇼와 14)	1940년(쇼와 1...)
고단클럽 소년클럽	녹색 옷을 입은 괴물	유령탑		고단클럽 휴 암흑성	
	괴인 이십면상 / 휴	휴 / 소년 탐정단	요괴 박사	휴 대금괴 휴	
	킹	휴 / 대암실		후지 휴 지옥의 어릿광대	
		히노데 / 악마의 문장		히노데 휴 유령의 탑	

체포록』, 노무라 고도의 『제니가타 헤이지 체포록』 같은 것밖에 없어서 수요는 있을 것 같은데 작품을 써줄 이가 없었다. 이누이는 체포록도 사건이 일어나고 그걸 해결하는 이야기이므로 일종의 탐정소설이라고 생각했다.

'탐정소설가라면 문제없이 쓸 수 있을 텐데, 동시에 시대소설도 쓸 수 있는 사람이어야만 했다.' 하지만 적임자를 쉽게 찾을 수 없었다.

그때 요코미조를 떠올리고 가미스와로 『한시치』『우몬』『제니가타 헤이지』 시리즈, 에도 시대 연구의 일인자인 미타무라 엔교의 『체포 이야기』를 편지와 함께 보내며 체포록을 써주지 않겠느냐고 의사를 타진했는데, 요코미조는 이에 관심을 보였던 듯하다.

이렇게 해서 《고단잣시》 4월호부터 「시라누이 체포록」이 시작되었다.

아무리 그래도 참고 도서 딱 한 권과 다른 작가의 작품을 읽은 정도로 써내다니, 요코미조의 천재성은 놀라울 정도였다.

한편 4월에 요코미조 세이시의 『신주로』가 로쿠닌샤六人社에서 박스에 넣은 호화로운 장정으로 나왔다.

로쿠닌샤는 요코미조 다케오, 도다 겐스케, 혼이덴 준이치, 노무라 와사부로 등 잡지 편집자들이 만든 출판사였다. 이 책에는 「나의 탐정소설론」이라는, 수필도 아니고 평론이라 하기도 어려운 29쪽 분량의 글이 실려 있는데, 거기에 '지금 친한 친구들 몇이 출판사를 세워 그 첫 계획 가운데 하나로 내 보잘것없는 소설을 출판해주겠다고 한다'라는 내용이 적혀 있다. 요코미조 다케오는 하쿠분칸에 근무하면서 이 출판사에도 관계하고 있었다. 자료에 따라서는 회사 창립이 1933년이라고 되어 있으니『신주로』가 첫 책이 아닌지도 모른다.

단행본『신주로』의 제목에는 다니자키 준이치로가 쓴 글씨를 사용했다. 란포가 서문을 맡았고 미즈타니 준도 글을 보냈다.「악령」연재 중단을 둘러싸고 불화를 겪은 세 사람이 요코미조의 책 출판을 계기로 화해한 것이다.

란포의 서문은 이렇게 시작된다. '이 소설을 읽을 독자 여러분에게 먼저 한 말씀 드리고 싶습니다. 이 소설에는 작가가 발표한 명작「도깨비불」「곳간 안」「얼굴 이야기」등에서는 전혀 볼 수 없던 중요한 매력이 하나 더 생겨, 요코미조 탐정소설을 더욱 완벽하게 만들어 하나의 정점을 이루었는지도 모른다는 점입니다.' 그리고 요코미조는 탐정소설 작가이면서도 초기의 몇몇 예외를 제외하면 본격 탐정소설을 꾸준히 써오지는 않았지만『신주로』는 탐정소설로 필포츠의『붉은 머리 가문의 비극』을 떠올리게 한다고 했다. 나아가 요코미조는 전에 란포의「어둠에 꿈틀거리다」를 읽고 구로이와 루이코의『괴이한 것』냄새가 난다고 지적했는데, 란포는 '미소년 신주로의 정체 모를 괴이한 기운은 풀숲을 기어 다니는 뱀 같은 특성이 있는 "괴이한 것"입니다'라고 썼다.

그리고 작품 속에 나오는 기괴하고 공포스러운 묘사를 설명하며 '그것들 또한 요코미조 군과 나의 기괴한 아름다움을 좋아하는 공통된 취향을 드러내는 것입니다. 전에 게이한 철로 주변 모리구치정에 살 때 우리 집 2층에서 기이한 구경거리에 대해, 잔인한 마술에 대해, 야와타에 있는 한번 들어가면 나오지 못한다는 대나무 숲[160]에 대해 이야기를 나누던 시절을 그리워하게 만드는 종류의 것입니다'라고 밝혔다.

란포는 7월에 고야산으로 여행을 떠났다. 연재소설을 다 쓴 뒤에 혼이덴 준이치와 함께 가미스와에서 요양하던 요코미조 세이시를 찾아가 그곳에서 며칠 머물렀다.

「악령」을 둘러싼 필화 사건 뒤로 두 사람은 처음 만났다. 하지만 요코미조는 제2차 세계대전이 끝난 뒤에 사과했다고 하니 이때도 아직 마음의 앙금은 남아 있었는지도 모른다. 란포는 9월에도 신슈 나카부사 온천에 머물며 글을 썼다.

란포와 요코미조가 재회하고 있을 무렵 중국 대륙에서는 루거우차오사건[161]이 일어났다. 이른바 '중일전쟁'의 시작이다.

같은 해 5월 27일, 도쿄에서는 가수 후지모토 쇼지가 살해되는 사건이 일어났다. 이 사건이 가을에 오사카에서 일어난 가수 하라 사쿠라 살인사건과 관계가 있다는 사실을 이때 누가 알았겠는가. 그 하라 사쿠라의 시체가 공연 장소인 오사카에서 발견

160 야와타(지금의 지바현 이치카와시)에 있는 숲은 한번 들어가면 출구를 찾을 수 없어서 들어가면 안 되는 장소로 알려졌다. 이곳에 얽힌 으스스한 이야기들이 여럿 있다.
161 1937년 7월 7일 밤, 베이징 남쪽의 융딩강에 놓인 루거우차오 다리 부근에서 일본군과 중국군이 충돌한 사건. 중일전쟁의 발단이 되었다.

되었을 때는 10월 20일이었다. 시신이 콘트라베이스 케이스에서 발견된 기괴한 사건이었다.

그로부터 한 달 뒤인 11월 25일, 오카야마현의 농촌에서 그 지역 혼진[162]의 후예인 이치야나기 가문에서 살인사건이 일어났다. 그 지역 사람들이 나중에 '요사스러운 거문고 살인사건'이라고 부르는 괴사건이다.

같은 시기에 서로 떨어진 곳에서 발생한 두 살인사건 이야기를 요코미조 세이시가 쓰게 되는 것은 9년 뒤의 일이다.

제2차 세계대전이 끝난 뒤 첫 작품인 『혼진 살인사건』과 『나비부인 살인사건』의 시대 배경을 1937년으로 설정한 이유에 대해 요코미조는 1937년 이후 군국주의, 국가주의 분위기가 더 심해져 경찰이 아닌 탐정이 활약하는 모습에 현실감이 없어졌기 때문이라고 했는데, 란포와 오래간만에 만나 이야기를 나누었던 해에 대한 향수 때문이었는지도 모른다.

탐정소설 정체기로 : 1938년

1938년(쇼와 13)에 란포의 연재소설로는 《쇼넨클럽》에 세 번째 연재하는 「요괴 박사妖怪博士」가 1월에 시작되었고, 「유령탑」이 4월호까지, 「대암실」이 6월호까지, 「악마의 문장」이 10월호까지 이어졌다. 하지만 연재는 점점 줄어들어 11월호부터는 「요

---

162 本陣. 에도 시대의 역참으로 다이묘大名를 비롯해 고위 관리들이 묵어가던 공인 여관. 원칙적으로 일반인은 이용할 수 없었다.

괴 박사」만 남았다.

3월에 나온 4월호를 끝으로 탐정소설 잡지 《슈피오シュピオ》[163]가 폐간되어 몇 해 전에 갑자기 쏟아져 나오던 탐정소설 전문 잡지가 전멸했다. 《신세이넨》도 탐정소설 잡지의 색채가 옅어져갔다.

같은 해 11월에 내무성은 《고단클럽》 《올요미모노》 《히노데》 《후지》 《모던닛폰》 《킹》 《겐다이》 《유벤》 《신세이넨》 《고단잣시》 《하나시話》 《지쓰와잣시実話雑誌》 《지쓰와요미모노実話読物》의 편집 담당자를 불러 연애소설, 하쿠토소설[164]을 비롯해 기타 사회 풍속에 나쁜 영향을 미치는 내용을 흥미 위주로 다루는 기사에 대해 개선하라고 지시했다.

이처럼 탐정소설이 퇴조하는 시기에 란포는 신초샤의 이토 도시오로부터 헤이본샤판 전집 이후에 발표한 작품을 중심으로 총 열 권짜리 선집을 내자는 요청을 받았다. 란포는 '신초샤라는 오래된 출판사가 열 권짜리 선집을 내자고 하니 의외이기도 했고, 고맙기도 했다'라고 생각해 흔쾌히 승낙하고, 자기가 직접 편찬해 9월부터 배본을 시작했다.

---

163 탐정소설 전문 잡지 《프로필》의 애독자들은 1934년에 '탐정 작가 신인 클럽'이라는 모임을 만들고 회지 《신탄테이新探偵》를 발행한다. 하지만 이 모임의 운영 방침에 반기를 들고 독립한 그룹이 동인지 《탄테이분가쿠探偵文学》를 창간해 1935년부터 1936년 12월까지 모두 스물한 권을 발행한다. 그러다 1937년에 제호를 《슈피오》로 바꾸고 완전히 새로운 모습을 갖추었다. 우노 주조, 오구리 무시타로, 기기 다카타로가 편집인을 맡았으며 1937년 5월 특별호는 기기 다카타로의 나오키상 수상을 축하하는 기념호로 제작되기도 했다.

164 股旅小説, 이곳저곳 떠돌아다니는 노름꾼을 주인공으로 삼은 통속소설. 쇼와 시대 초기부터 사용된 표현이다.

각 잡지에 싣던 연재소설을 끝낸 뒤에도 다음 작품 의뢰가 들어오지 않아 란포는 자기 인기가 없어졌다고 생각했지만 소년소설 덕분에 새롭게 란포를 알게 된 어린 독자층이 란포의 책을 사준 덕에 단행본도 잘 팔렸다. 특히 신초샤가 냈던 『검은 도마뱀』 『유령탑』이 많이 팔렸기 때문에 신초샤는 선집을 생각했다. 하지만 선집이 배본되던 중에 검열이 심해져 고쳐 쓰라는 지시를 받는 일이 잦아졌다.

란포는 『40년』에 '이 선집은 단행본으로 나온 것들뿐'이라고 썼지만 『대암실』과 『악마의 문장』은 이 선집을 통해 처음 책이 되어 나왔다. 첫 번째로 배본한 『대암실』은 4쇄까지 찍었지만 그래도 9천 부였다. 마지막에 배본한 『석류』는 3200부밖에 찍지 못해 총 5만 700부로, 이전의 헤이본샤판 전집과 비교가 되지 않는 수치였다. 란포가 싼 가격에 대량으로 팔기보다 좀 높은 가격을 매겨 많이 팔리지 않아도 채산을 맞추는 쪽을 원해, 정가를 1엔 50센으로 정하고 장정에 신경 쓰고 상자에 넣어 판매했기 때문이기도 하다.

검열

란포는 신초샤판 선집을 내면서 내무성 검열 때문에 내용을 고쳐 쓰느라 고생했다. '쇼와 14년(1939)에 들어서면서부터지만, 전시 통제에 따른 출판물 검열이 아주 심해 고치라는 명령이 마구 쏟아졌다. 그 시절에는 사전 검열 제도가 있어 내무성인가 경시청인가에 원고나 교정지를 제출하면 풍기상 마음에 들지 않는 곳에 빨간 줄을 그어 돌려주었다. 출판사는 그걸 작가에게 보내 고쳐 써달라고 부탁하는 게 관례였다'라고 란포는 『40년』에서 설명했다.

검열관은 '고쳐 쓰라'고 명령하지 않는다. 어디까지나 '충고'다. 그리고 판원이 그 충고를 따르지 않고 간행하면 '판매 금지' 처분을 내린다. '판금'이 되면 곤란하니 출판사는 작가에게 고쳐 써달라고 의뢰한다. 작가도 책이 나오지 않으면 곤란하니 따르지 않을 수 없다.

'그렇지만 내 경우에는 한두 줄이 아니었다. 한두 쪽에 걸쳐 문장 전체를 고쳐 쓰라고 했다. 그 검열은 이미 조판이 끝난 교정지 상태에서 받았다. 빨간 줄이 그어진 부분을 삭제하면 나머지를 전부 다시 조판해야 한다. 빨간 줄이 그어진 부분이 몇 줄인지 세어보고 거기에 꼭 맞는 다른 문장을 써야 한다. 그래서 일단 원래 의미와 비슷한, 온건한 문장을 써서 넘기는데, 2, 3일 지나면 다시 돌아온다. 같은 의미라 곤란하다, 완전히 다른 의미를 지닌 지장 없을 문장으로 고쳐달라, '오늘은 날씨가 참 좋군요' 같은 아무런 의미도 없는 문장으로 해달라고 한다. 그러면 앞뒤가 이어지지 않아, 그런 말도 안 되는 요구를 하려면 선집을 그만 내자고 화를 냈는데 신초샤가 "사정 다 아시면서" 하고 사정하는 통에 어쩔 수 없이 앞뒤 연결이 전혀 안 되는 문장을 써서 겨우 검열을 통과하는 일이 거의 선집을 한 권씩 낼 때마다 있었다.'

원래 란포는 일왕 제도 폐지나 전쟁 반대, 사회주의 혁명을 일으키자는 사상적인 내용은 쓰지 않았다. 요코미조의 「도깨비불」

이 그러했듯, 란포 작품에서도 문제가 된 부분은 남녀가 끈끈하게 사랑을 주고받는 에로틱한 장면이었다. 하지만 통속소설은 에로틱한 장면 없이는 성립할 수 없으니 고쳐 써야 할 부분이 많았다.

애당초 「음울한 짐승」 같은 위험한 소설은 선집에 들어 있지 않았지만, 거의 모든 작품이 교정 단계에서 제재를 받아 삭제하거나 고쳐 써야만 했다.

탐정소설의 겨울이 다가오고 있었다.

한 해 전부터 체포록을 쓰게 된 요코미조는 그해에 새로운 캐릭터 닌교 사시치人形佐七를 탄생시켰다. 그 뒤로 엄청난 분량의 단편소설을 쓰며 체포록의 주인공을 여러 명 만들었지만 대부분 책으로 낼 때는 그 이름을 닌교 사시치로 바꾸었다. 요코미조가 쓴 체포록의 전체적인 모습을 파악하기는 무척 힘들다. 닌교 사시치가 등장하는 작품은 최근의 연구 결과 180편으로 확정되었다. 슌요도가 2019년부터 열 권짜리 『완본 닌교 사시치 체포록完本人形佐七捕物帳』을 간행하고 있다.[165]

요코미조는 그해에 탐정소설로는 「쌍가면」 「가면극장」이라는 두 편의 장편소설을 연재했다.

10월에 란포는 요코미조의 초대로 가미스와에서 열리는 성대한 마쓰리를 구경하러 갔다. 하지만 마쓰리 구경은 핑계에 지나지 않았다. 란포는 요코미조로부터 "나는 어떤 소년을 유심히 지켜보고 있다"라는 고백을 들었다. 그래서 어떤 소년인지 보려는

---

165 일본에서 이 책이 나온 이후인 2021년에 완간되었다.

것이 이 여행의 진짜 목적이었다. 두 사람은 모두 소년애少年愛 취
향이 있었다.

이 일이 있고 나서 요코미조는 도쿄로 돌아왔다. 《신세이넨》
의 관계자가 환영회를 열었다. 이 모임에서 란포가 "이 전쟁이
내 생전에 끝날까?"라고 했던 말을 요코미조는 먼 훗날까지 또
렷하게 기억했다.

전쟁으로

1939년(쇼와 14) 1월호에서 란포는 세 건의 새 연재를 동시에
시작했다.

《쇼넨클럽》에 「대금괴大金塊」, 《고단클럽》에 「암흑성暗黑星」,
《후지》에 「지옥의 어릿광대地獄の道化師」였다. 모두 아케치 고고로
가 등장한다. 4월부터는 《히노데》에 벨기에 작가 조르주 심농의
'매그레' 시리즈를 번안한 「유령의 탑幽鬼の塔」[166]까지 더해 모두
네 작품을 연재하게 되었다. 이것이 전쟁이 끝나기 전 통속소설
다작 시대의 마지막이 된다.

「암흑성」과 「지옥의 어릿광대」는 12월호로 끝나고, 「유령의
탑」은 이듬해인 1940년 3월호로 완결되었다.

「대금괴」는 '소년 탐정단' 시리즈인데 아케치 고고로와 고바야시
소년은 등장하지만 어린이 대상 소설에서는 범죄를 그리는 게 바

---

[166] 조르주 심농의 『생폴리앵에 지다』에서 아이디어를 얻어 썼다. 실제로는 '번안'이라
고 할 만큼 원작과 비슷하지는 않다. 아마추어 탐정 가와즈 사부로가 등장한다.

람직하지 않다고 해서 이십면상을 등장시킬 수 없었다. 그래서 암호를 풀어 1억 엔어치 금괴를 찾는 모험 이야기로 만들었다.

이때까지 발표한 '소년 탐정단' 시리즈 네 편은 《쇼넨클럽》에서 연재가 끝나면 바로 고단샤가 단행본으로 출간했다.

1937년 9월, 하쿠분칸에서 《고단잣시》를 재건한 이누이 신이치로는 오하시 사장에게 불려가 《신세이넨》 편집장을 맡으라는 지시를 받았다. 미즈타니는 새로 만든 기획부로 이동하게 될 거라는 이야기였다.

이 무렵에는 이미 《신세이넨》 지면에도 군사 관련 내용이 점점 많아지고 있었다. '탐정소설도 시국 때문에 살인사건 장면 묘사를 삼갈 수밖에 없는 분위기였다'라고 이누이는 그 시절을 되돌아보았다. 그러자 지금까지 유지되던 독자가 떨어져나갔다. 그간 걸어온 노선을 고집하다가는 당국에 밉보이게 된다. 사장은 이누이에게 '군부가 하는 일을 적당히 긍정적으로 묘사하고 전쟁에 찬성해 이런 시대를 넘어설 수 있을지도 모른다'는 기대를 품은 모양이지만, 그는 그리 쉬운 일이 아니라고 생각했다.

하지만 《신세이넨》 편집장이라는 자리는 매력적이었다. 학생 때부터 동경하던 잡지였다. 이렇게 해서 1938년 1월호부터 이누이 신이치로가 모리시타 우손, 요코미조 세이시, 노부하라 겐, 미즈타니 준에 이어 제5대 《신세이넨》 편집장이 되었다. 이누이는 오하시가 말은 하지 않지만 전쟁을 지지하는 지면을 만들어주기를 기대하고 있음을 느꼈다. 하지만 그걸 무시하고 1년 동안 잡지를 만들었다. 그러다 오하시에게 불려가 "출판계에서는 어느 회사나 다들 전쟁을 지지하는 지면을 만들어 회사를 지키려고 한다"라는 말을 들었다. 그렇게 하라는 명령은 내리지 않는 오하시의 묘한 성격이었다.

결국 이누이는 고민 끝에 1938년 12월호를 마지막으로 편집장 자리에서 물러나 하쿠분칸을 그만두었다.

하쿠분칸을 그만둔 이누이는 동인지《분가쿠켄세쓰文学建設》의 편집을 떠맡게 되었다. 동인지라고 해도 가이온지 조고로[167]와 니와 후미오[168], 무라사메 다이지로[169], 구로누마 겐[170], 기쿠타 가즈오[171], 오카도 부헤이, 란 이쿠지로[172], 기타마치 이치로[173] 등이 참여한 상당히 호화로운 잡지다.

이 1938년에 가이온지가《선데이마이니치》에 연재하던 「야나

167　海音寺潮五郎(1901~1977), 본명은 스에토미 도사쿠. 1934년에 데뷔해 역사소설을 주로 썼으며, 1936년 제3회 나오키산주고상을 수상했다.

168　丹羽文雄(1904~2005), 사소설, 풍속소설, 전쟁소설 등 다양한 작품을 썼다. 각종 문학상 심사위원으로 활동했으며 일본문예가협회 회장, 이사장을 역임했다.

169　村雨退二郎(1903~1959), 독학으로 시를 공부하며 잡지에 투고했고 농민운동에도 참여했다. 1928년에는 3·15사건(공산당원을 타깃으로 한 대규모 검거 조치)으로 체포되었다가 출소 후 역사소설을 쓰기 시작했다. 이후 시대소설과 역사소설을 주로 썼다.

170　黒沼健(1902~1985), 소설가, 번역가. 과학소설을 많이 썼으며《신세이넨》을 중심으로 활동했다. 도러시 세이어스, 코넬 울리치, 니컬러스 블레이크 등의 작품을 번역하기도 했다. 일본추리작가협회 이사를 역임했다.

171　菊田一夫(1908~1973), 극작가, 작사가.

172　蘭郁二郎(1913~1944), 과학소설과 추리소설을 썼다. 1931년에 헤이본샤에서 내던 '에도가와 란포 전집'의 부록에 아주 짧은 소설이 당선되어 데뷔했다. 1935년에는《단테이분가쿠》창간에 동인으로 참여하기도 했다.

173　北町一郎(1907~1990), 대학 재학 중에 시와 평론 등을 발표했다. 졸업 후 잡지사에 입사, 1936년 슌슈샤 주최 장편 탐정소설 모집에 응모한 「백일몽」이 입선해 데뷔했다.

기사와 소동」이 '이런 시기에 건전하지 않다'라는 이유로 연재 중지로 내몰리는 사건이 일어났다. 겐로쿠 시대[174]의 농익은 풍속 묘사가 거슬렸던 모양이다. 그래서 가이온지를 비롯한 작가들은 자유롭게 작품 발표를 할 수 있는 자리로 동인지 발행을 결정했다. 이누이는 기타마치 이치로와 친했기 때문에 하쿠분칸을 그만둔 사실을 안 기타마치에게 편집을 맡아달라는 부탁을 받게 되었다.

《신세이넨》편집장으로는 미즈타니가 복귀했다. 그는 전쟁 지지, 전의 고취 잡지를 만들면서도 요코미조에게 조금이라도 작품을 쓸 수 있게 하려고 애썼다. 그러나 미즈타니는 이때의 일 때문에 전쟁이 끝난 뒤 전쟁 협조자 명단에 오르게 된다.

요코미조 세이시가 오랜 요양 생활을 마치고 도쿄로 돌아왔을 때는 1939년 12월이었다.

이 뒤로 1945년까지 란포와 요코미조 모두 도쿄에서 지냈다.

1939년에 요코미조가 쓴 작품은 시대소설 대표작이 되는『도쿠로켄교髑髏検校』『장미왕薔薇王』이 있다. 그리고 둘째 딸 루미가 그해 6월, 아직 가미스와에 있을 때 태어났다.

1940년 6월 22일에는 바바 고초, 8월 30일에는 하세가와 덴케이가 죽었다. 모리시타 우손의 스승, 은인들이 연달아 세상을 떠

174　元禄時代, 에도 시대 중기 5대 쇼군인 도쿠가와 쓰나요시가 다스린 1688~1704년을 가리킨다.

난 셈이다.

모리시타는 하쿠분칸을 그만둔 뒤 작가로서 활약하고 있었는데, 도쿄가 싫어졌고 글쓰기에도 지쳐 이듬해인 1941년 1월에 고향인 도사로 돌아갔다. 모리시타의 귀향 소식을 들은 이들은 모두 슬퍼했다. 3월 16일에 란포와 요코미조를 비롯한 열여덟 명이 송별 잔치를 마련했다. 그리고 하쿠분칸 관계자들끼리만 모인 송별회도 있었다. 술에 취한 요코미조는 '우손, 어이하여 돌아가는가'라고 붓으로 썼다.

귀향한 모리시타 우손은 은어 낚시를 하며 채소를 가꾸는 은퇴 생활에 들어갔다.

일본 탐정소설 여명기에 활약한 인물들이 차츰 모습을 감추고 있었다.

Interval

막
간

1940~1945

전쟁 중에도 에도가와 란포와 요코미조 세이시는 '글쓰기'로 생계를 꾸리기 때문에 이 기간에도 작품을 썼다. 이 기간에 대해 간략하게 이야기하겠다.

1940년(쇼와 15) 에도가와 란포가《쇼넨클럽》에 연재한「신 보물섬新宝島」은 이십면상은 물론 아케치 고고로와 고바야시 소년도 등장하지 않는 모험소설이었다. 4월부터 이듬해인 1941년 3월호까지 연재했지만 고단샤에서는 단행본으로 내지 않아 1942년에 다이겐샤大元社에서 나왔다.

「신 보물섬」이 3월호로 끝났는데도 란포는 다음 연재가 없었다. 그해 12월에 태평양전쟁이 시작되는데, 그야말로 전쟁 직전에 발매한《쇼넨클럽》1942년 1월호부터 시작된「지혜로운 이치타로 이야기智惠の一太郎ものがたり」는 란포가 썼지만 '고마쓰 류노스케小松龍之助' 명의로 발표되었다.《쇼넨클럽》에서는 이십면상

이 먼저 사라지고, 그다음에 아케치 고고로와 고바야시 소년이 사라졌다. 그리고 끝내 '에도가와 란포'까지 사라지고 만 셈이다. 통속 장편소설도 1940년 3월호에 실린 「유령의 탑」이 끝난 뒤로는 어디서도 원고 청탁이 들어오지 않았다. 소설뿐만 아니라 수필, 평론도 크게 줄어들었다.

출판계에서 '란포 추방'이 일어난 계기는 1939년(쇼와 14) 3월 31일에 경시청 검열과가 슌요도의 일본소설문고판 『거울 지옥』에 수록된 「악몽(애벌레)」을 모두 삭제하라고 지시한 사건이다.

이 일로 '란포는 위험하다'라고 느낀 각 출판사는 계속 추가로 찍어내던 란포의 작품 중쇄를 중단하고 말았다. 1940년 연말까지 신초문고에서 6종, 슌요도가 내놓은 문고판으로 19종, 고단샤에서 내놓은 소년물 5종이 유통되었지만 1941년에는 다들 중쇄를 찍지 않게 되었다고 한다.

언론 통제 기관인 내각정보국은 1940년 12월 6일에 설치되었다. 정부 각 부처 간 정보 관련 연락 기관이었던 내각정보부의 조직을 개편해 만든 부서였는데, 담당 업무는 방대했다. 종전의 정보 수집, 선전 이외에도 내무성이 담당하던 언론 보도를 지도하고 검열, 단속하게 되었다.

출판계는 검열에 걸릴 만한 내용에 대해 이전보다 더 조심하며 자체 검열을 시작했다. 전체 삭제를 당한 란포의 작품은 「악몽」 한 편뿐이었는데 '이 작가는 위험하다'라며 출판사 측의 블랙리스트에 오르고 만 셈이다. 란포는 탐정소설의 대명사 같은 대작가라서 탐정소설 전반에 출판계의 자율 규제가 이루어져 작가들에게 '탐정소설이 아닌 이야기를 써달라'라는 단서가 달리게 되었다. 내각정보국이 '탐정소설은 금지'라고 공식적으로 발표하지는 않았다. 그런데도 탐정소설은 사라지고 말았다.

란포는 자기 필명이 '에드거 앨런 포'를 본떠 지었기 때문에 '미국 물이 들었다'라는 이유로 내각정보국에 미움을 사 눈엣가시가 되었다고 생각했다.

1942년, 란포와 운노 주자, 미즈타니 준, 조 마사유키, 오시타 우다루 등은 내각정보국을 찾아가 '제국대학 출신의 젊은 관리 여러분'과 대화를 나누었다.

'정보관이 쭉 앉은 쪽이 검사석, 우리 자리는 피고석 같은 느낌이 들었지만, 이 회합에서는 운노 군이 가장 자유롭게 발언했다. 그리고 써도 괜찮은 내용과 써서는 안 될 내용의 경계선을 어디에 그어야 하는지가 논의의 주제였다.

누군가가 그러면 가령 도스토옙스키의 『죄와 벌』 같은 작품이 지금 나왔다면 당신들은 그걸 발행 금지할 거냐고 비꼬듯 질문했다. 기기 군이었는지도 모르겠다. 기기 군이 그 자리에 없었다면 미즈타니 군이었을지도 모른다. 젊은 정보관들 중에 순문학에는 경의를 표하는 사람들도 있었기 때문에 이 질문에는 난처한 표정을 지었다. "그야 도스토옙스키 정도의 문학이라면 발표해도 지장이 없다. 통속 오락소설의 범죄물이 곤란한 거다"라는 의미로 대답했다. 그래서 모임은 그걸로 끝났다. 우리 쪽에서 더 따지고 드는 사람도 없었던 것 같다.'

기준 따위는 애당초 없었다. 위험한 것은 전부 중단하는 것이 출판계의 '분위기'가 되었다.

한편 내각정보국이나 경찰과는 별도로 육해군에서는 전쟁터에서 병사들이 오락으로 즐길 탐정소설이나 시대소설을 필요로 하여, 전문 출판사가 설립되고 란포의 작품도 발간되었다.

게다가 창가학회[175]의 도다 조세이[176]가 경영하는 출판사도 탐정소설 총서를 내려는 계획하에 란포에게 접근했다.

란포가 전쟁 기간 중 쓴 마지막 소설은 《히노데》에 1943년(쇼와 18) 11월호부터 1944년 12월호까지 연재한 애국적 스파이 소설 「위대한 꿈偉大なる夢」이었다. 이런 내용이라면 잡지도 실어주었다.

1945년, 란포의 집필 기록에 있는 작품은 《히노데》 1월호(전년 12월에 발매)에 실린 수필 「즐거운 도나리구미 방공진たのもしい隣組防空陣」[177]뿐이다.

란포는 1941년 12월에 태평양전쟁이 발발하자 집이 있는 이케부쿠로 마루야마정회 제16조 제3부장을 맡는 등 지역 명사로서 활동을 시작했다. 한편 1943년부터는 나고야에 거주하는 탐

---

175 創価学会, 일본의 승려 니치렌이 주창한 불법佛法을 바탕에 둔 종교단체. 개인의 삶의 가치를 창조하고 더 나은 사회를 건설하는 것을 목표로 삼았으며, 제2차 세계대전 중에는 군부에 의해 탄압을 받기도 했다.

176 戸田城聖(1900~1958), 종교가이자 교육자. 전쟁이 끝난 뒤에는 창가학회 2대 회장을 지냈으며, 사업가로도 활동했다.

177 '도나리구미隣組'는 제2차 세계대전 때의 행정조직으로, 5~10가구의 인원을 한 조직으로 묶어 상호 협력 및 감시하게끔 했다.

정소설 연구가 이노우에 요시오와 탐정소설에 관해 자주 편지를 주고받게 되었다.

1943년에는 《후진클럽》 《쇼넨클럽》의 특파원으로 가메아리에 있는 히타치 정밀기계 공장, 간바라 및 시미즈시에 있는 일본경금속 공장, 아시오 구리 광산 등을 견학하고, 8월부터는 요쿠산소넨단[178] 도요시마구 부단장을 맡았다. 종전 후 이런 활동이 비판을 받아 공직에서 추방당하는 상황을 겪게 된다.

1943년, 란포의 장남 류타로가 입대했다. 란포는 요코미조와 오시타 우다루, 운노 주자, 쓰노다 기쿠오에 미즈타니 준까지 다섯 명이서 '우리 집에서 아주 조촐한 자리를 마련하고자 한다'라며 안내장을 보냈다. 이 모임은 12월 7일 오후 5시부터 시작되었다.

1945년이 되자 전황은 점점 나빠졌다. 도쿄도 공습을 받게 되어 안전하지 않았다. 란포는 4월에 가족을 먼저 후쿠시마현 호바라정(지금의 다테시)으로 보냈다. 그 직후인 4월 13일 밤에 이루어진 공습 때 이케부쿠로 일대가 불바다가 되었지만, 란포의 집만은 기적적으로 화재를 모면했다.

란포는 몸 상태가 나빠져 6월 8일에 요양차 후쿠시마로 갔다.

후쿠시마로 떠나기 직전, 같은 이케부쿠로에 살던 오시타 우다루의 반지하 방공호에서 미즈타니 준과 셋이서 작별 술자리를 가졌다. 다시는 셋이 모일 수 없을 거라 생각했다.

---

178 翼贊壯年團, 일왕의 정치에 힘을 보태겠다며 활동하던 정치단체 다이세이요쿠산카이大政翼贊会가 1942년에 설립한 산하단체.

요코미조 세이시의 집필 기록은 태평양전쟁이 시작되고도 빼곡했다. 그 대부분은 체포록이었다.《고단잣시》에는 매년 시대소설을 연재했다. 전쟁 기간 중 요코미조의 홈그라운드는 이 잡지였다.

1940년에 내놓은 탐정소설은《선데이마이니치》1월 특별호에 「X부인의 초상X夫人の肖像」,《신세이넨》2월호에 「공작 병풍孔雀屛風」,《모던닛폰》7월호에 「호반湖畔」뿐이었다. 하지만 체포록은 스무 편 가까이 되었다. 닌쿄 사시치뿐 아니라 아사가오 긴타朝顔金太, 사기 주로鷺十郎 같은 시리즈 캐릭터도 가지고 있었다. 번역은 바로네스 오르치[179]의 『스칼렛 핌퍼넬』을 하쿠분칸의 '세계전기 총서' 가운데 한 권으로 내놓았다.

1941년에는《신세이넨》2월호에 스파이 소설「목마를 타는 아가씨木馬にのる令嬢」,《킹》3월호에 탐정소설「880번째 고무나무八百八十番の護謨の木」,《고단잣시》에 시대소설「기쿠스이 병담菊水兵談」을 1년 동안 연재했다.

1941년 6월부터 12월까지《니가타마이니치신문新潟毎日新聞》《니가타니치니치신문新潟日日新聞》에「설앵초雪割草」[180]라는 가정소설을 연재했다. 가정소설이란 주부를 대상으로 낮에 방영하는 드라마 같은 소설이다. 지방신문에 연재하는 데다 탐정소설도 체포록도 아니기 때문에 존재조차 알려지지 않았다. 2006년에 요코미조 저택 창고에서 초고가 발견되어, 니쇼가쿠샤대학 교수

---

179 Baroness Orcy(1865~1947), 헝가리 출신의 영국 소설가.
180 설앵초는 줄기가 15센티미터쯤 되는 여러해살이풀이다. 옅은 자주색 꽃을 피운다.

인 야마구치 다다요시, 탐정소설 연구가인 하마다 도모아키 등이 게재지를 밝혀내, 2018년 3월에 에비스코쇼슛판戎光祥出版에서 간행되었다.

1942년에는 《단카이》 1월호에 「국화꽃 대회 사건」을 실었다. '유리·미쓰기' 시리즈이기는 하지만, '효도 린타로兵頭麟太郎'와 '우쓰기 슌스케宇津木俊助'로 되어 있다. 전시 분위기가 물씬 풍기는 작품이라 애착이 있는 유리와 미쓰기는 등장시키고 싶지 않았던 게 아닐까?

그해에 요코미조는 딕슨 카를 읽었다. 존재는 알았지만 번역 사정도 있어 그 진가는 깨닫지 못한 상태였다.

스기야마쇼텐杉山書店에서 『닌교 사시치 체포 이야기人形佐七捕物百話』가 모두 다섯 권 예정으로 간행되어, 새로 쓴 작품도 많이 포함되었는데, 세 권까지 나오고 그쳤다. 이 스기야마쇼텐은 전쟁터에서 병사들이 읽을 책을 전문으로 내던 곳인 듯한데, 자세한 사정은 알 수 없다. 시대소설로는 《고단잣시》에 「기쿠스이 에도 일기菊水江戶日記」를 1년간 연재했다.

1943년에는 《마스라오》 8월호에 스파이 소설 「세 줄짜리 광고 사건」을 썼다. 이게 전쟁 기간 중에 쓴 마지막 '유리·미쓰기' 시리즈가 된다. 《고단잣시》에는 「야가라 돈베에 전장 이야기矢柄頓兵衛戰場噺」를 1년간 연재했다.

1944년에는 《고단잣시》에 「아사가오 긴타 체포 이야기朝顔金太捕物噺」를 연재하고, 《신세이넨》에는 현대소설 「죽창竹槍」을 실었다. 그리고 《고단잣시》 1945년 2월호에 실린 「긴타 체포 취조록

金太捕物聞書帳」의 「눈 내리는 밤 이야기雪の夜話」가 전쟁 중 마지막 발표작이 된다.

요코미조는 1945년 4월에 오카야마에 사는 친척 하라다 미쓰에(계모인 아사에의 딸)에게 신세를 져, 지금의 오카야마현 구라시키시로 옮겨 갔다.

탐정 작가 가운데는 전쟁 중에 종군 작가가 된 사람도 있다. 오구리 무시타로는 육군 보도반원으로 1941년에 말레이에 부임했고, 운조 주자는 해군에 징용당해 1942년에 남방 라바울[181]에서 순양함 '아오바'를 탔다. 쓰노다 기쿠오도 1942년에 해군 보도반원이 되어 남태평양제도로 갔다.

하쿠분칸을 퇴사한 이누이 신이치로가 관여한 《분가쿠켄세쓰》는 1939년 1월호로 창간했다. 하지만 1942년이 되자 일반 출판사도 인쇄용지 확보에 어려움을 겪게 되었다. 그래서 멤버 가운데 한 명인 무라사메 다이지로가 출판사에 근무하던 친구 사와 게이타로에게 발행처가 되어주지 않겠느냐고 의논했다. 그 출판사가 세이키쇼보聖紀書房였다.

일찍이 사회주의 관련 서적을 내는 좌익 출판사 교세이카쿠의 사장이었던 후지오카 준키치가 이 회사를 폐업한 후 민족학 책을 내기 위해 세운 것이 세이키쇼보였다. 이 출판사는 이시하라 간

---

181 Rabaul, 태평양 남서부에 있는 파푸아뉴기니령 뉴브리튼섬의 주도. 제2차 세계대전 당시 일본 해군 항공대의 기지가 있던 곳이다.

지[182]의 책도 냈다.

《분가쿠켄세쓰》의 발행처가 된 인연으로 세이키쇼보는 그때까지 내던 잡지《고쿠민노토모国民の友》나 민족학 관련 서적 이외에 가이온지 조고로의 『폭풍의 노래』, 무샤노코지 사네아쓰의 『니치렌日蓮』, 무라사메 다이지로의 『남기병대南奇兵隊』 등을 '명작 역사문학' 시리즈로 내놓았다. 하지만 1943년에 1700개에 달하던 출판사가 170개로 통합될 때 없어지고 만다. 후지오카의 회상에 따르면 1943년 10월에 '이쿠세이샤育生社, 덴시샤電子社, 세이키쇼보, 그 밖에 세 개 회사까지 모두 여섯 회사가 합병되어 쇼코쇼인彰考書院이 사원 약 50명으로 설립'되었고 후지오카는 전무이사를 맡았다.

1944년 후반이 되자 어느 출판사나 사원들 대부분이 전쟁터로 나가고, 인쇄 회사가 공습을 당하는 등 출판 활동을 이어갈 수 없게 되어 쇼코쇼인도 개점휴업 상태에 들어갔다. 1945년에 후지오카는 사와 게이타로의 아이디어로 공습 시 피난을 돕는 지도를 만들었다. 피난 지도라고 해봐야 엽서 반만 한 크기의 간토 지방 지도였고 피난 장소가 적혀 있는 것도 아니었다. 어디가 공습을 당할지 예상할 수도 없고, 풍향에 따라 어느 쪽으로 피하면 좋을지도 바뀐다. 후지오카는 후에 '부적 같은 것으로 아무 도

---

182 石原莞爾(1889~1949), 군인, 군사 사상가. 마지막 계급은 육군 중장. 도조 히데키와 대립해 태평양전쟁이 일어나기 전인 1941년에 예편했으며, 종전 뒤에는 전범으로 지정되지 않았다. 하지만 본인은 전쟁이 끝난 뒤 중국 언론과 인터뷰하면서 "나는 전범이다"라는 발언을 하기도 했다.

움도 되지 않는 것이었다'고 이야기했는데, '부적 같은 것'이라서 사람들은 앞다투어 피난 지도를 구했다. 후지오카는 30만 엔의 이익을 얻고 이를 사와 게이타로와 나누었다. 이렇게 쉽게 얻은 이익을 밑천 삼아 후지오카와 사와는 패전 후 출판계에서 일찌감치 사업을 재개해 하쿠분칸이나 고단샤를 상대로 큰 소동을 일으킨다.

제5장

재
기

「황금벌레」《록》《호세키》

1945~1946

1945년(쇼와 20) 8월 15일, 쇼와 일왕은 포츠담선언을 받아들였다. 즉 일본의 '패전'을 국민에게 라디오로 알렸다.

에도가와 란포는 일기 쓰는 습관이 없었으나 예외적으로 1945년 12월 24일부터 1946년 11월 6일까지 일기를 썼다. 그것이 『탐정소설 40년』에 수록되어 있는데 문장 전체를 옮긴 것은 아니라서 란포 자신이 베껴 쓴 부분밖에 알 수 없다.

한편 요코미조 세이시의 일기는 1946년 3월부터 1946년 12월 24일까지 「사쿠라 일기桜日記」라는 제목으로 『탐정소설 옛이야기』에 수록되었고, 《겐에이조幻影城》 1976년 5월 증간호 '요코미조 세이시의 세계横溝正史の世界'에 1947년 1월 1일부터 12월 31일까지 실렸다.

결국 패전 직후인 1946년 3월부터 같은 해 11월까지만 두 사람의 일기가 함께 남겨져 공개된 셈이다. 탐정소설계 전체에도 큰 전환기였기 때문에 두 일기를 바탕으로 자세하게 살펴보기로 한다.

란포와 일본 패전

에도가와 란포는 소개지인 후쿠시마현 호바라정에서 라디오를 통해 흘러나오는 일왕의 목소리를 들었다. 51세가 되는 해였다.

란포가 이곳으로 온 때는 6월이니 2개월 뒤의 일이다. 식량영단[183] 후쿠시마현 지부장으로 취직하려던 참이었다. 6월에 이미 결정되었는데 8월 중순까지 출근하지 않았던 까닭은 대장감염증으로 몸이 좋지 않았기 때문이다. 비쩍 말라 '뼈와 가죽만 남은 채로 누워 있었다'라는 상태였다. 아랫배를 손으로 누르면 뭔가 딱딱한 것이 만져졌다. 암이 아닌가 싶어 의사에게 진찰을 받았는데 그 딱딱한 것은 등뼈였다고 한다. 그만큼 야위었던 셈이다.

그런 상태에서 란포는 8월 15일을 맞이했다. 라디오로는 일왕의 목소리를 제대로 알아들을 수 없어서 무슨 이야기인지 몰랐다. 그 후 방송과 신문을 통해 겨우 일본이 항복했다는 사실을 알 수 있었다고 한다.

'그 뒤로 며칠 동안 미군이 상륙해 무슨 일이 일어날지 몰라 노인이나 어린이, 부녀자들이 도쿄를 빠져나가고 있다는 보도가 쏟아졌다. 그야말로 혼란스러워 온 국민이 넋이 나갔던 시기였다.'

그렇지만 미군에 의한 약탈, 살육, 폭행은 없다는 걸 알게 된다. 란포는 병상에 누워 생각했다.

'탐정소설의 나라 미국이 점령했으니 일본 고유의 대중소설은

---

183 '영단營團'은 '경영재단'을 줄여 부르는 명칭으로, 현재 우리나라의 공단, 공사와 비슷한 특수 기업 형태다.

안될지 몰라도 탐정소설 쪽은 틀림없이 번성할 것이다.'

그래서 란포는 식량영단에 취직하지 않았다. 이런 면은 낙천적이다. 탐정소설이 번성할 가능성은 있어도 란포의 책이 팔려 새 작품 집필 의뢰가 들어올지는 아직 알 수 없다. 그런데 이미 결정된 일자리를 거절한 것이다. 하지만 설사 취직했다고 해도 식량영단 자체가 전후 개혁으로 해체되기 때문에 어떻게 되었을지는 알 수 없는 일이었다.

란포의 후쿠시마 소개 생활, 아니 차라리 요양이라고 할 수 있는 생활이 11월까지 이어졌다. 그 마지막 나날에 란포는 3리쯤 떨어진 후쿠시마시 도서관까지 다니며, 에노시마의 지고가후치[184] 전설로 유명한 미소년 시라기쿠마루에 대해 조사하고 있었다. 쓰루야 난보쿠[185]의 〈사쿠라히메아즈마 문장桜姫東文章〉[186]의 모델이 된 전설이다. 시라기쿠마루의 출생지가 후쿠시마에서 가까워 그를 둘러싼 동성애 전설이 이 지방에 있다는 이야기를 듣고 그걸 조사했다. 우연히 그 지역이 시라기쿠마루와 인연이 있었기 때문이라고는 해도 패전으로 온 국민이 충격에 휩싸여 있을 때 에도가와 란포는 동성애 전설 연구를 했던 셈이다.

그 연구가 끝나자 란포는 11월 7일, 가족과 힘들게 옮겨 온 장서와 가재도구를 후쿠시마에 남겨두고 홀로 도쿄 이케부쿠로에

184　稚児ヶ縁, 가나가와현 후지사와시에 있는 관광 명소.

185　鶴屋南北, 가부키 배우 및 작가의 개인 이름 및 대대로 물려 쓰던 가명家名.

186　제4대 쓰루야 난보쿠 등이 지은 가부키. 1817년에 처음 무대에 올랐으며, 7막 9장으로 되어 있다.

있는 집으로 돌아갔다.

주위는 미군의 소이탄 공격을 받아 파괴되었지만 란포의 집은 무사했다. 문과 담, 창고는 소실되어도 본채는 멀쩡했으니 기적이었다.

11월 하순부터 여러 출판사가 란포를 찾아왔다. 란포 전집을 낸 헤이본샤, 작가 구메 마사오[187]가 운영하던 새로운 출판사 가마쿠라분코鎌倉文庫, 창업한 지 얼마 되지 않은 온도리샤雄鷄社 등이 란포의 기존 작품을 복간하고 싶어 했다. 란포는 이런 요청을 흔쾌히 받아들였다. 이듬해인 1946년이 되자 매달 란포의 작품이 간행되었다.

11월이 저물어가던 어느 날, 란포는 후쿠시마로 가기 전에 술자리를 가졌던 오시타 우다루와 미즈타니 준을 각각 부부 동반으로 초대해 도쿄로 돌아왔다는 인사를 겸한 식사 자리를 마련했다. 소고기와 맥주처럼 그즈음에는 귀한 음식으로 오시타와 미즈타니를 대접했는데 두 사람은 기운이 없었다.

"드디어 탐정소설이 부흥할 때가 왔다. 이제 번성하게 될 것이다"라는 란포의 말에 두 사람은 고개를 끄덕이면서도 장단을 맞추지는 않았다.

그 이유를 란포는 이렇게 설명했다. 오시타는 전쟁에 졌으니 죽음이 기다릴 거라 생각하고 아내와 자살할 준비를 하고 있었

---

187 久米正雄(1891~1952), 소설가, 극작가, 시인. 1945년 5월 가와바타 야스나리를 비롯한 가마쿠라 지역 문인들의 장서를 바탕으로 대본소 '가마쿠라분코'를 설립했다. 이 대본소는 일본 패전 뒤에 출판사가 되었고 구메 마사오가 사장을 맡았다.

다. 어디선가 청산가리를 구해놓았다고 했다. 미즈타니는 점령군이 하쿠분칸 문을 닫을 거라는 소문을 듣고《신세이넨》책임자인 자기는 추방될 거라며 불안에 떨고 있었다.[188]

란포만 의욕이 충만했던 까닭은 자기 작품의 복간이 계속 결정되고 있었기 때문이리라. 오시타나 미즈타니는 믿지 않았지만 란포는 탐정소설 붐이 코앞에 다가왔음을 확신하고 있었다.

요코미조와 패전

요코미조 세이시는 소개지인 오카야마현에서 일왕의 라디오 방송을 들었다. 마흔세 살이 되던 해였다.

요코미조가 이곳으로 온 때는 4월이었으니 4개월 뒤였다. 요코미조가 자리 잡았던 '사쿠라 부락'은 30호쯤 되는 마을이었다. 라디오가 있는 곳은 요코미조의 집과 다른 한 집뿐이었다. 전날 "내일 정오부터 라디오를 들으라"는 연락을 받고 마을 사람들은 요코미조의 집과 다른 한 집에 다들 모여 라디오에 귀를 기울였다.

후쿠시마에 있던 란포와 마찬가지로 오카야마의 요코미조도 전파 상태가 좋지 않아 일왕의 말을 잘 알아들을 수 없었다. 거기 모인 농민들도 뭐라고 하는지 알아듣지 못하고 요코미조에게 물었다. 하지만 그도 대답해줄 수 없었다. 그래도 요코미조는 "또한 교전을 계속할 수 없어……"라는 부분을 알아들었고, 일본이

---

188 1939년부터《신세이넨》편집장이었던 미즈타니는 실제로 1945년에 '공직 추방'되어 하쿠분칸을 그만두게 된다. 1950년 10월 13일에 추방에서 해제되었다.

항복했음을 알게 되었다.

'그 순간, 나도 모르게 속으로 절규했다. "자! 이제부터다!"'

그 자리에는 전쟁으로 남편을 잃은 여성도 있었기 때문에 차마 소리를 낼 수는 없었다. 하지만 '두 손에 침을 퉤퉤 뱉고 주먹을 불끈 쥐기라도 하듯 흥분했던 것을 지금도 또렷하게 기억한다'.

그렇다고 해도 요코미조는 란포처럼 미국은 탐정소설이 번성하니까 일본도 그렇게 되리라고 예측한 것은 아니었다.

'요 몇 년 동안 이어지던 군과 정보국의 압박을 받던 시대가 이제 무너질 거라는 사실에 대해 깊은 만족과 안도감을 느꼈다.' 그래서 '자, 이제부터다!'라고 생각한 것이다. 요코미조에게 '적'은 미군이 아니라 일본군과 정부의 정보국이었다.

요코미조도 오시타처럼 청산가리를 준비하고 있었다. 여차하면 다섯 식구 모두 동반 자살할 각오였다. 그 이유도 청산가리 입수 경로도 요코미조는 밝히지 않았다. 패전으로 청산가리는 필요 없어졌다. 하지만 미군 점령 정책이 어떤 것일지 알 수 없으므로 바로 버리지는 않았다.

패전 후 요코미조가 맨 먼저 한 일은 도쿄에서 가져온 외국 잡지 정리였다. 요코미조도 란포처럼 가재도구뿐만 아니라 장서까지 가지고 왔다. 가족을 지키기 위한 소개였지만 책도 함께 짊어지고 온 것이다. 목숨을 건지더라도 장서가 없어진다면 의미가 없다. 란포나 요코미조나 그렇게 생각하는 사람들이었다.

요코미조는 외국 잡지부터 정리하기 시작했다. 자기 같은 '삼류 작가'에게는 장편 의뢰가 들어오지 않을 거라 생각했다. 원고 청탁이 들어오더라도 단편일 테니 단편 탐정소설 쓰는 법을 살피기 위해 외국 잡지를 읽기로 한 것이다.

다음으로 준비한 것은 원고지였다. 작가가 주인공인 영화나 드라마를 보면 겨우 몇 글자 적다가 원고지를 구겨서 쓰레기통에 던지는 장면이 자주 나오는데, 요코미조는 그럴 수 없는 사람이었다. 그는 물건을 함부로 다루지 않는 사람이라, 잘못 쓴 원고지라도 소중하게 보관하다가 소개지까지 가지고 왔다. 이면지로 쓰기 위해서가 아니었다. 잘못 쓴 부분을 가위로 오려내, 그 조각들을 이어 붙여 사용했다. 그 수고로운 작업을 요코미조는 손수 했다.

이런 면에서 알 수 있듯이, 요코미조는 원고지가 없으면 소설을 쓰지 못하는 작가였다. 아무 종이에나 쓰지 못하는 타입인 모양이다.

가을이 되자 오카다촌에도 전쟁터에 나갔던 청년들이 돌아왔다. 그 가운데 '베이스 가수 지망생이며 우에노음악학교 성악부에 있다가 학도병으로 전쟁터에 끌려간' 이시카와 준이치가 있었다. 요코미조의 아내인 다카코에 따르면 이시카와가 나온 학교는 도요음악학교[189]다.

이시카와는 오카야마현이 아니라 요코미조가 태어나고 자란 고베의 히가시카와사키정 출신이었다. 가족이 오카다촌 부근으로 피해 지내고 있어 이곳으로 온 것이다. 이시카와는 탐정소설

---

189 東洋音楽学校, 1907년에 설립되었으며 1969년에 도쿄음악대학으로 교명을 바꾸었다.

팬이었으며, 전부터 요코미조를 알고 있었다. 고향이 같아 친밀감을 느꼈던 듯하다.

그 요코미조가 이웃 마을에 있다는 이야기를 듣고 이시카와는 용기를 내어 찾아갔고, 두 사람은 금세 친해졌다. 그러던 어느 날, 이시카와가 "란포가 쓴 소설 가운데 피아노에 시체를 숨기는 이야기가 있는데, 그런 일은 불가능합니다"라고 했다. 『난쟁이』 이야기다. 요코미조가 "그렇다면 시체를 숨길 만한 악기가 있나?" 하고 묻자 "콘트라베이스 케이스에는 들어갈 겁니다. 저도 넣어본 적이 있습니다"라는 대답이 돌아왔다. 이게 『나비부인 살인사건』의 원점이었다.

또 한 사람, 오카다촌 출신으로 오카야마의과대학(나중에 오카야마대학 의학부에 통합된다) 학생이었던 학도병 출신 후지타 요시후미라는 청년도 고향으로 돌아왔다. 그는 탐정소설에 대해 아무것도 몰랐지만 작가가 와 있다는 이야기를 듣고 찾아왔다. 요코미조가 후지타에게 트릭이 무엇인지 초보적인 내용부터 가르쳐주자 그는 흥미를 느껴 드나들게 되었다. 학생은 두 명뿐이지만 요코미조를 스승 삼아 탐정소설 학원 같은 것이 생긴 셈이다. 요코미조는 이시카와와 후지타가 오면 새로 궁리해낸 트릭을 들려주고 두 학생의 감상을 들었다.

이렇게 해서 트릭만 궁리하는 나날이 시작되었다. 요코미조는 그런 자신을 '트릭 괴물'이라고 불렀다. 무얼 보고 무얼 들어도 그게 트릭이 되지 않을까, 생각하고 있었다.

가르친 보람이 있어 후지타는 탐정소설을 이해하게 되었고,

어느 날 자신이 졸업한 오카야마1중(제1오카야마중학교, 후의 오카야마현립 오카야마아사히고등학교)에 퍼진 괴담을 요코미조에게 들려주었다. 오카야마1중에서는 무슨 괴변이 일어날 때마다 거문고 소리가 울려 퍼진다는 내용이었다.

요코미조는 누나인 도미에가 거문고를 배웠기 때문에 만지며 놀았던 적이 있었고, 그 덕에 악기의 구조와 거기 딸린 도구에 대한 지식도 갖고 있었다. 후지타로부터 '학교 괴담'을 듣자 트릭 괴물 상태였던 요코미조의 머릿속에서는 거문고를 이용한 몇 가지 밀실 트릭 아이디어가 형태를 갖추게 되었다. 더 설명할 필요도 없이 이게 『혼진 살인사건』의 원점이다.

이렇게 해서 두 가지 트릭이 요코미조의 머릿속에서 익어갔다.

게다가 그 지역의 옛일부터 속속들이 알던 가토 히토시라는 인근에 사는 농부가 전설이나 인습, 관습 등을 요코미조에게 가르쳐주었다. 이 지식이 오카야마를 무대로 한 일련의 긴다이치 고스케 탐정 이야기의 근간이 된다.

단편 탐정소설 쓰는 방식을 배우기 위해 외국 잡지를 읽고, 원고지를 만들고, 트릭을 궁리하고, 작가로서의 재출발 준비는 이미 마쳤다.

이제 남은 것은 원고 의뢰가 들어오기를 기다리는 것뿐이었다.

출판계의 패전

에도가와 란포와 요코미조 세이시는 당장이라도 탐정소설 부흥이 실현될 거라 생각한 모양이지만, 작가가 그렇게 생각한들 출판사가 움직이지 않으면 아무것도 이루어지지 않는다. 직업 작가란 출판사에서 원고 청탁이 들어와야 비로소 일을 할 수 있는 법이다.

출판업계는 전쟁으로 파멸 상태에 놓여 있었다. 이유는 여러 가지다. 우선 출판뿐 아니라 어느 직종이나 마찬가지지만, 미군의 공습으로 물리적인 피해를 입었다. 공습으로 약 1100개의 서점과 약 4800개의 인쇄 회사가 불에 탔다. 인쇄해줄 곳과 팔아줄 곳이 없으면 책은 만들 수 없고, 팔 수 없다. 특히 종이가 절대적으로 부족했다.

출판사 수도 정부가 통폐합하는 바람에 패전 직후에는 300여 개밖에 남지 않았다. 그중에는 사옥이나 사무실이 소실된 회사도 있었다. 사원들도 대부분 전쟁터로 끌려가, 일할 사람이 모자랐다.

그래도 출판계는 다른 업종보다 먼저 부흥에 성공했다. 활자가 찍혀 있으면 뭐든 팔 수 있었다. 패전 직후 일본인은 식량 부족 탓에 육체적으로 굶주렸을 뿐만 아니라 머리와 마음도 굶주린 상태였다. 교양과 지식, 오락을 원하는 사람들은 책과 잡지로 몰렸다. 공습으로 집이 불타, 가지고 있던 책을 잃어버린 사람들이 많았던 것도 책이 팔린 이유 가운데 하나였다.

'전후 첫 베스트셀러'는 10월 3일 자로 발매된 『일미 회화 수첩』이다. 세이분도신코샤誠文堂新光社의 관계사인 가가쿠쿄자이샤科学教材社가 발행했는데 사륙반판(B7판)으로 32쪽, 정가 80센이었다. 일본을 지배하게 될 미국인과 영어로 이야기해야만 한다고 생각한 사람들이 이 책을 구입해, 초판 30만 부가 순식간에 팔려나갔고 360만 부나 팔렸다. 사장인 오가와 기쿠마쓰는 '주문이 밀려들어 어마어마하게 팔렸다'라고 회상했다. 얼마 전까지만 해도 영어는 '적국의 언어'라며 쓰지 못하게 했는데, 패전과 동시에 영어 참고서가 베스트셀러가 된 것은 세상이 완전히 바뀌었음을 상징하는 사건이었다.

연합군 최고사령부[190]는 9월 24일에 신문 통제를 폐지하고, 29일에는 신문, 출판 및 기타 언론의 자유를 제한하는 법령을 모두 폐지하라고 일본 정부에 명령했다. 그때까지는 1943년 2월부터 적용된 '출판사업령'에 따라 출판업을 하려면 정부의 허가가 필요했다. 10월 6일에 출판사업령이 폐지되자 누구나 자유롭게 출판사를 세울 수 있게 되었다.

오가와 기쿠마쓰의 회상에 따르면 8월 15일 이후 『일미 회화 수첩』이 나오기까지 전쟁 중에 준비되어 있던 책을 두세 권 냈을 뿐이었지만, 이 책이 성공을 거두었기 때문인지 10월 말부터는 책이 계속해서 나오게 되었다. 오가와는 '특히 민주주의 관련 도서, 전쟁 반성 관련 도서'가 잘 팔렸다고 회상했다. 12월에는 이전까지 공식적으로는 한 번도 출간된 적 없던 마르크스, 엥겔스의 『공산당 선언』이 사카이 도시히코, 고토쿠 슈스이 번역으로 쇼코쇼인에서 나왔다. 『일미 회화 수첩』의 360만 부에는 미치지

190　General Headquarters(GHQ). 일본 항복에 따라 1945년 10월 2일부터 1952년 4월 28일까지 일본에 있던 연합군 사령부로, 사실상 일본을 통치하는 기구였다.

못했지만, 이 책도 많이 팔렸다. 전쟁 중에는 출판의 자유가 제한되어 사회주의 관련 서적은 나올 수 없었다. 그래서 마르크스의 저술을 낼 생각은 하지 못했는데, 패전으로 민주화, 자유화가 이루어져 그런 금지가 모두 풀렸다.

사카이 도시히코와 고토쿠 슈스이가 1904년에 번역한 『공산당 선언』은 그들이 내던 《헤이민신문平民新聞》[191]에 게재되었지만 바로 발행이 금지되었다. 그 뒤 고토쿠는 반역 사건으로 사형당하고, 사카이는 사회주의 운동을 시작해 일본공산당 창당에 힘을 쏟았다. 쇼코쇼인은 《분가쿠켄세쓰》를 발행하던 세이키쇼보가 전신이다. 사장인 후지오카 준키치는 사카이 도시히코의 서생이었다. 사카이는 생전에 후지오카에게 "나중에 출판해달라"며 『공산당 선언』의 원고를 맡겼는데 마침내 햇빛을 보게 된 것이다. 그게 자본주의의 총본산인 미국 군대가 펼친 민주화, 자유화 정책 덕분이라니 아이러니다.

점령군인 미군 병사와 대화하기 위한 책이 팔리는 가운데 소련 영향 아래 있는 사회주의 운동의 바이블도 잘 팔렸다. 영어 회화나 사회주의나 몇 달 전까지만 해도 '출판하자'라는 생각조차 못 하던 분야였다. 그야말로 가치관이 완전히 뒤집힌 셈이다.

란포와 요코미조가 예감했듯이, 탐정소설이 복권될 가능성은 컸다. 하지만 하쿠분칸이나 고단샤는 바로 움직이지 않았다.

---

191 사카이 도시히코, 고토쿠 슈스이를 주축으로 전쟁에 반대하는 이들이 만든 사회주의 단체 '헤이민샤平民社'가 발행한 주간신문이다.

1945년 연말부터 출판계에서 전범 추방 운동이 시작되었다. 그 선두에 섰던 하쿠분칸과 고단샤를 규탄한 인물이 후지오카와 사와 게이타로였다. 사와 게이타로는 공습 피난 지도로 얻은 이익을 바탕으로 진민샤人民社를 설립해 폭로 잡지 《신소真相》를 창간하며 단숨에 저널리즘계 총아가 된 상태였다.

큰 출판사들은 전쟁 중에 다들 정부와 군을 따랐다. 그건 작가들도 마찬가지였다. 이를 두고 '전쟁에 협력했으니 너도 전범이다'라고 한다면 모든 출판사, 모든 작가가 전범이 되고 만다. 최고사령부는 과연 어느 수준까지 전범으로 처리하려는 걸까?

전범으로 지목된 대형 출판사 중에는 세이분도신코샤처럼 일찌감치 베스트셀러를 낸 곳도 있었지만 하쿠분칸이나 고단샤는 움직임이 늦었다. 그 틈새를 파고들듯 새로운 출판사들이 이름을 내걸었다.

새로 생긴 출판사들

일본의 항복과 동시에 설립된 출판사가 나중에 해외 미스터리 출판을 가장 활발하게 하는 하야카와쇼보다. 이 회사의 창립일은 8월 15일이다. 어떤 날을 창립일로 정하는지는 회사마다 다르지만, 하야카와쇼보는 창업자인 하야카와 기요시[192]가 출판사를 차리겠다고 결정한 날이 일왕의 무조건 항복 방송을 들은 날

---

192 早川清(1912~1993), 하야카와쇼보 창업자, 사장. 하야카와쇼보는 해외 미스터리 번역에 중점을 둔 회사로, 1956년에 《EQMM》을 창간했으며 1966년부터는 《미스터리 매거진》으로 이어오고 있다. 또 1959년에는 《S-F매거진》도 창간해 일본 과학소설 육성에 이바지했다.

이었기 때문에 이날을 창립일로 삼은 듯하다.

하야카와는 그때까지 출판과는 아무런 관계가 없었다. 연극을 좋아해 《엔게키신론演劇新論》이란 동인지에 관계하고, 가이온지 조고로 등이 만든 동인지 《분가쿠켄세쓰》에도 참여했다니 연극과 문학에 관심은 있었던 셈이다. 하지만 읽거나 쓰는 일과 사업으로서의 출판은 다른 문제였다.

아버지가 다치카와비행기[193]라는 제조 회사의 하청 공장을 경영해, 그 사업을 물려받았지만 좋아하는 일은 아니었다. 간다에 있던 본사와 오지에 있던 공장이 공습으로 불탔기 때문에 하야카와는 패전을 계기로 연극 잡지와 연극 관련 도서를 내는 출판사를 차리겠다고 결심했다.

하지만 하야카와는 출판계나 인쇄업계에 인맥이 전혀 없었다. 그래서 종이를 제대로 구하지 못하는 등 실수를 거듭하며 고생했다. 기시다 구니오가 내던 잡지 《히게키키게키悲劇喜劇》[194]의 잡지 이름을 양도받아 하야카와쇼보의 잡지로 창간한 때는 1947년 11월이었다. 그 직전에 첫 단행본으로 도쿠가와 무세이[195]의 자서전 『무세이 만필』을 냈다.

---

193 立川飛行機, 일본 제국주의 시절 육군 항공대용 군용기를 제작했다. 1955년에 다치히키교立飛企業로 상호를 바꾸었으며 1976년에 미군으로부터 돌려받아 부동산 임대업을 하는 회사로 변신했다.

194 1925년에 창간되어 1929년에 폐간되었다. 1947년 하야카와쇼보에서 인수해 계간으로 다시 발간하기 시작했으며 1950년 1월호부터 월간으로 전환했다. 중간에 잠시 휴간과 복간을 겪다가 2015년부터는 격월간으로 바뀌어 지금까지 발행되고 있다.

195 德川夢声(1894~1971), 만담가, 작가, 배우. 일본의 멀티탤런트 원조로 불린다.

그 뒤로 하야카와쇼보는 연극 전문 출판사로 명성을 쌓아갔다.

1945년 11월, 나중에 요코미조 세이시의 운명을 바꿔놓을 가도카와쇼텐이 탄생했다.

창업자 가도카와 겐요시角川源義는 1917년(다이쇼 6) 10월 9일에 도야마현 나카니가와군 히가시미즈하시정(지금의 도야마시)에서 태어났다. 미곡상을 하는 집안의 아들이었다. 소매상이 아니라 농가나 지주로부터 쌀을 사들여 정미한 뒤 다른 현에 내다 파는 비즈니스였다. 가도카와는 중학 시절부터 시에 관심이 있었다. 동급생들과 문예 동인지를 만드는 등 문학에 뜻을 두었다. 4고四高(후의 가나자와대학) 입시에 응시하지만 불합격, 재수 후 1937년(쇼와 12)에 고쿠가쿠인대학에 들어가 오리구치 시노부[196]에게 배웠다.

1941년(쇼와 16) 12월에 미국, 영국과 전쟁이 시작되자 가도카와는 임시 징병제도에 따라 조기 졸업을 당해, 1942년(쇼와 17) 1월 일본에 있는 중국인 유학생에게 일본 정신과 일본 문화를 가르칠 목적으로 세운 도아학원東亜学院 교수가 되었다. 이 학교에는 언어학자인 긴다이치 교스케[197]의 아들 긴다이치 하루히코金田一春彦(1913~2004)도 있었다. 가도카와보다 네 살 위라 나이도 비슷해 두 사람은 금방 친해졌다. 1942년 1월 8일에 태어난 가도카

196　折口信夫(1887~1953), 민속학자, 어문학자, 시인. 일본 민속학의 일인자로 꼽힌다.

197　金田一京助(1882~1971), 언어학자, 민족학자. 아이누어 연구의 창시자로 꼽힌다.

와의 장남은 '하루키春樹', 이듬해에 태어난 차남은 '쓰구히코歷彦'라고 이름을 지었다. 이 형제의 이름은 긴다이치 '하루히코'에서 따온 것인지도 모른다. '가도카와와 긴다이치'는 이 무렵부터 인연이 있었던 셈이다.

1942년 5월, 가도카와가 재학 중에 쓴 『비극문학의 발생』이 세이지샤青磁社에서 나왔다. 그 시절에도 이름 없는 청년이 출판사에서 책을 내는 것은 드문 일이었다. 가도카와의 스승인 오리구치는 아직 이르다고 생각했는지 책 출간을 반대했다. 그런 상태에서 가도카와가 책을 내기 위해서는 상당한 후원이 필요했다. 야리타 세이타로가 쓴 『가도카와 겐요시의 시대』는 가도카와를 세이지샤에 소개한 사람이 언어학자 긴다이치 교스케일 거라고 한다. 긴다이치는 세이지샤에서 책을 내고 있었다. 아들인 하루히코를 통해 가도카와에 대해 알게 된 긴다이치 교스케가 세이지샤를 소개했을 가능성은 크다.

『비극문학의 발생』에 대해 일부 비평가는 '천재적인 재치가 엿보이는 눈문집'으로 평가했다. 가도카와는 도아학원에서 학생을 가르치는 한편, 세이지샤의 편집 일을 돕게 되었다. 이렇게 해서 출판계에 첫발을 내디뎠다. 지금도 교토에 세이지샤라는 이름을 쓰는 시집 전문 출판사가 있는데, 직접적인 관계는 없다. 가도카와가 편집 일을 도운 세이지샤는 1940년 연말이나 1941년 초에 설립된 듯하다(그 이전에 이 회사에서 나온 책이 없다). 사장은 요네오카 라이후쿠라고 하는데 우연히 가도카와와 같은 도야마현 출신이었다. 초창기에 낸 책은 1941년 3월에 발행한 괴벨스[198]의『선전의 위력』과 보들레르의『산문시』였다. 가도카와는 이 회사가 낸 미요시 다쓰지의 시집『아사나집朝菜集』(1943년 6월)과『꽃바구니』(1944년 6월), 긴다이치 교스케의 수필집『북쪽 사람』의 편집에 참여했다.

1943년 1월, 가도카와는 군대에 소집되어 가나자와에 있는 치중연대[199]에 들어갔다. 하지만 이때는 1개월 반 만에 제대해 다시 도아학원에 복직했다.

가도카와는 1944년 9월부터 사립 조호쿠중학(후의 조호쿠고교) 교사로 옮겼다. 이 학교는 고쿠가쿠인대학과 유대가 깊어, 그런 관계로 자리를 옮기게 되었다. 그때 알게 된 이사장이 돗판인쇄의 사장이었다. 이런 관계가 나중에 출판사를 세울 때 중요한 인맥이 되었다.

일본의 패색이 짙어진 1945년 4월, 가도카와에게 두 번째 징집영장이 날아왔다. 그는 출신지인 도야마에 있는 사범학교를 본부로 삼은, 새로 생긴 부대에 입대했다. 그리고 이 부대에서 일본이 항복을 선언할 때까지 근무했다.

가도카와는 제대 후 조호쿠중학으로 돌아왔다. 하지만 '학교 교사로서 교단에 서기보다 출판인이 되어 출판을 통해 아름다운 일본, 정겨운 일본을 사람들에게 이야기하고 싶다고 생각해' 가도카와쇼텐을 창업했다. 창업 자금은 아버지가 대주었다.

198　Paul Joseph Goebbels(1897~1945), 나치 독일의 선전장관.

199　輜重連隊, 군수품을 관리, 지원하는 전투 근무 지원부대를 말한다.

가도카와는 처음에 회사 이름을 아스카쇼인飛鳥書院으로 할 작정이었다. 외국 문화를 수입하면서도 일본의 독자적인 문화를 잃지 않았던 아스카 시대를 이상으로 삼았기 때문이다. 스승인 오리구치 시노부의 영향도 있었으리라. 그런데 이미 아스카쇼인이라는 현대 작가의 소설을 내는 출판사가 있었기 때문에(아스카쇼텐이라는 에로 서적을 내는 출판사가 있었다는 사료도 있다), 그 이름은 포기하고 가도카와쇼텐으로 정했다.

이렇게 해서 가도카와쇼텐은 일본이 항복한 1945년 가을에 창업해, 이듬해인 1946년 2월에 사토 사타로[200] 시집 『보도步道』와 노미조 나오코[201]의 단편집 『남천 저택』[202] 두 권을 간행하고 새로 등장한 출판사로 이름을 올렸다.

나중에 요코미조 세이시를 부활시키는 가도카와 하루키는 일본이 항복할 때 겨우 세 살이었다.

전쟁이 끝난 뒤 에도가와 란포에게 가장 중요한 출판사가 되는 고분샤도 같은 해에 태어났다.

원래 고분샤는 제로에서 출발한 회사가 아니다. 1944년 7월에 고단샤가 육군 보도부의 요청으로 설립한 '닛폰호도샤日本報道社'

---

200 佐藤佐太郎(1909~1987), 시인, 일본예술원 회원. 1952년에 제3회 요미우리문학상을 수상했다.

201 野溝七生子(1897~1987), 소설가, 비교문학자. 도요대학에서 일본 근대문학을 강의했다.

202 남천南天은 매자나뭇과의 상록 관목으로 일본에서는 행운을 가져오는 식물로 여긴다.

가 그 전신이다. 일왕이 항복 방송을 한 지 20일 뒤인 9월 4일에 이 회사의 정관을 수정하고 이름을 고분샤로 바꾸었다. 출판에 대한 연합군 최고사령부의 방침을 아직 알 수 없었지만, 전쟁 중 군부에 가장 많이 협력했던 고단샤는 해체될 위험이 있었기 때문에 만약을 대비해 다른 회사를 만들어둔 것이다.

고단샤 창업자 노마 세이지는 59세 되던 1938년 10월 16일에 급성 협심증으로 세상을 떴다. 장남인 히사시가 제2대 사장에 취임했지만 이미 직장암을 앓고 있었다. 그는 결국 11월 7일에 29세라는 젊은 나이로 세상을 등졌다. 히사시는 같은 해 2월에 결혼했는데 자녀가 없었다. 노마 세이지에게는 다른 아들이 없었다. 그래서 세이지의 아내 사에가 제3대 사장이 되었다.

결혼한 지 9개월 만에 남편을 잃은 히사시의 아내 도키코는 노마 집안에 남아 있다가 1941년 고단샤 감사인 다카기 산키치의 동생이며 남만주철도에 근무하던 쇼이치와 재혼했다. 사에의 조카딸이 다카기 산키치와 결혼한 사이라 인연이 이어진 듯하다. 쇼이치는 결혼과 함께 노마 집안의 양자가 되었다.

일본 패전 뒤인 1945년 11월, 사에가 사장 자리에서 물러나자 양자인 노마 쇼이치가 제4대 사장이 되었다. 결국 1대에 출판 왕국을 이룩한 희대의 출판인 노마 세이지의 혈통은 끊어졌지만 노마 가문은 이어져 지금도 고단샤를 경영하고 있다.

고분샤는 임원 여섯 명에 사원 열다섯 명으로 출발해 1946년 11월에 《쇼넨少年》을 창간한다.

란포와 요코미조가 가장 깊은 관계를 맺은 잡지《호세키》를
내는 출판사 이와야쇼텐岩谷書店을 창업한 이와야 미쓰루岩谷滿가
한반도에서 돌아온 것은 패전 후 3개월이 지난 11월이었다. 이와
야의 아버지가 '조선화약철포'라는 회사를 경영했기 때문에 한
반도에서 지내고 있었다.

이와야 미쓰루는 메이지 시대에 입신출세한 전형적인 메이지
시대 사람인 이와야 마쓰헤이의 손자다. 할아버지 마쓰헤이는
막부 시대 말기인 1849년에 가고시마에서 태어났다. 부모를 어
려서 잃고 주조업과 전당포를 운영하던 친척(본가)의 양자가 되
었다. 1877년(메이지 10) 도쿄 긴자에 사쓰마물산의 판매점 '사
쓰마야'를 열고 1880년(메이지 13)에는 담배 판매업을 하는 '덴
구야'를 열어 재산을 엄청나게 불려 '담배왕'이란 별명을 얻었다.
사업을 더욱 확장해 부자 순위 1위를 차지할 만큼 많은 돈을 벌
었고, 정계에도 진출해 중의원이 되었다. 하지만 담배 판매가 정
부의 전매사업이 되고부터 사업이 기울어 뇌졸중으로 반신불수
가 되는 등 불우한 만년을 보냈다. 사생활에서도 역시 메이지 시
대 사람답게 많은 첩을 두어 자식이 쉰세 명이나 되었다.

이런 엄청난 삶을 살았던 이와야 마쓰헤이의 차남 지로는 한
반도에서 사업을 했으며, 그 아들 미쓰루도 살림살이가 넉넉한
친척 집에 신세를 지고 있었는데, 출판 사업이 잘되는 모습을 보
고 출판사 창업을 결심했다. 이와야는 시를 써서 문학에 관심이
있었다. 그래서 이때 탐정소설 잡지를 내는 출판사를 생각하지
는 않았다. 마음에 드는 시를 모아 책으로 낼 생각이었다.

이와야가 조 마사유키를 만난 곳은 오이정에 있는 이와사 도이치로라는 시인의 집이었다. 1945년 말부터 1946년 초에 걸쳐 이와사의 집에서 책 교환 모임이 열렸다. 필요 없어진 책이나 잡지를 가져와 필요한 사람을 찾는 것이다. 생활비가 궁한 사람은 책을 팔고, 책을 구하는 사람은 원하는 책을 손에 넣을 수 있었다. 이와야는 이 교환 모임에 참석하고 있었으며 거기서 작가 조 마사유키, 젊은 시인 다케다 다케히코와 알게 된다. 이와야도 시를 썼기 때문에 세 사람은 의기투합했다.

조 마사유키는 탐정소설 작가로 '도련님 사무라이 체포록'[203]으로도 유명하지만 '조 사몬'이라는 이름으로 시도 쓰고 있었다. 시와 탐정소설은 전혀 관계없는 문학 장르 같지만 두 분야에서 활약한 작가가 상당히 많다. 하야카와쇼보의 편집자가 되어 번역도 많이 했던 다무라 류이치도 시인이고, 그 동료 시인 아유카와 노부오도 엘러리 퀸을 비롯한 여러 작가의 탐정소설을 번역했다. 일본 탐정소설 역사의 주요 장면에 많은 시인이 등장한다. 시와 소설은 둘 다 '형식이 있는 문학'이라는 점에서 닮았을지도 모른다. 시에는 정형시가 아닌 자유시라는 게 있는데, 시란 자유분방하게 쓰는 것 같아도 치밀하게 계산해 한 글자, 한 마디에 신경을 쓰며 만드는 문학이다. 복선을 깔아야 하는 탐정소설도 치밀한 설계가 필요하다.

---

203 일본 추리소설 역사에서 '5대 체포록' 가운데 하나로 꼽힌다. 여러 차례 TV 드라마와 영화로 만들어졌다.

이와야, 조, 다케다는 모두 탐정소설을 좋아한다는 점에서도 일치했다. 이와야가 시 잡지를 만들고 싶으니 편집장을 맡아달라고 하자 조는 그 제안을 받아들였는데, 시만 실어서는 팔리지 않을 테니 시와 탐정소설을 함께 싣는 잡지를 창간하자고 했다. 젊은 다케다는 유명 코미디언 후루카와 롯파가 이끄는 공연 단체의 문예부에 들어가기로 했었지만 그걸 포기하고 조 마사유키 밑에서 일하게 되었다.

새 잡지의 이름은 조가 제안한 《호세키》로 결정되었다(처음에는 제호를 줄이지 않은 한자 '寶石'로 표기했는데 나중에 약자를 써서 '宝石'라는 제호를 사용했다).

수예와 편물 관련 책들로 이름난 온도리샤(2009년 도산)도 패전 직후인 1945년 10월에 창업했다. 이 회사는 《온도리쓰신雄鶏通信》이라는, 란포의 표현을 빌리면 '인텔리 대상 문예, 과학 뉴스 잡지'를 냈다. 그리고 11월 말까지 기기 다카타로와 의논해 기기 감수하에 '추리소설 총서'를 내기로 했다. '탐정소설'이 아니라 '추리소설'로 하자고 주장한 이는 기기 다카타로였다.

그러나 '추리소설'은 전쟁 중이던 1942년(쇼와 17)에 이미 고가 사부로가 만든 단어였다. 1월에 나온 단편집 『소리와 환상』에서 자기 작품을 '추리소설' '범죄소설' '해학소설' '해양소설' '외지소설外地小說'로 분류하면서 만든 말이다. 고가는 '추리소설'을 '본격 탐정소설'이란 뜻으로 사용했다. 하지만 기기 다카타로가 전쟁이 끝난 뒤에 사용한 '추리소설'은 '추리와 사색을 기조로 한 소설'이며, 그 안에 '탐정소설'도 포함된다고 했다. 란포는 이와 반대로 탐정소설 가운데 '수수께끼와 논리의 흥미를 주된 목표로 삼는 것'을 추리소설이라고 정의했다.

그 뒤로 1960년 전후까지 '탐정소설'과 '추리소설'은 거의 동의어로 함께 사용되지만, 이 책에서는 당분간 탐정소설이란 명칭을 쓰겠다.

총서 출간이 결정되자 란포도 온도리샤에 나가《온도리쓰신》 편집장이 되는 하루야마 유키오를 만나고, 곧《온도리쓰신》에 해외 탐정소설 최신 정보를 전하는 기사를 쓰게 된다.

새 잡지《고가네무시》

조 마사유키가 편집하게 된《호세키》와는 별도로 같은 시기에 란포도 새로운 잡지 창간을 모색하고 있었다.

1945년 11월부터 란포의 집에는 여러 출판사가 찾아왔는데 새로 생긴 마에다슛판샤前田出版社도 그 가운데 하나였다. 이 출판사는 닛폰케이코쿠샤日本経国社라는 교육 전문 출판사에 근무하던 마에다 도요히데가 독립해서 세운 회사였다. 란포는 『난쟁이』 『누구』 『악령』을 복간할 수 있는 권리를 마에다에게 넘겼다. 마에다는 한 걸음 더 나아가 새로 창간하려는 잡지의 편집 주간을 맡아달라고 부탁했다.

란포는 "탐정소설 잡지라면 해봐도 괜찮겠다"라고 대답했지만, 마에다의 자금력이 얼마나 되는지 불안하기도 했다.

란포는 출판계 사정을 알아보려고 12월 12일에 옛 친구 혼이덴 준이치가 근무하던 오차노미즈에 있는 일본출판협회 사무소로 찾아갔다. 혼이덴은 하쿠분칸을 그만두고 협회에서 인쇄용지 배분 업무를 하고 있었다. 하지만 그때 홋카이도 출장으로 자리를 비워 란포는 협회의 다른 사람과 의논했다. 그때까지는 외국 작품을 자유롭게, 원저자의 허락을 얻지 않고 무료로 번역 출판할 수 있었는데, 앞으로 어떻게 되는지 질문하고 정보를 얻었다.

내친김에 란포는 우시고메의 오하시 저택에 있던 하쿠분칸을 찾아갔다. 《신세이넨》은 2월호까지 나오고 휴간했는데, 전쟁이 끝나자 10월호부터 복간한 상태였다. 하지만 아직 페이지가 얼마 되지 않고, 소설은 세 편밖에 싣지 않았다. 그 가운데 한 편은 오시타 우다루의 「토마토」라는 단편이었다.

란포가 하쿠분칸으로 찾아가니 미즈타니 준과 요코미조 다케오가 있었다. 란포는 《신세이넨》을 탐정소설 잡지로 되돌리자고 했는데 두 사람은 그럴 때가 아니라는 분위기였다. 곧 하쿠분칸이 전범 기업으로 영업정지를 당할 거라는 소문이 퍼져 있었다. 란포는 『40년』에 헛소문이라고 적었지만, 사실은 그렇지 않았다. 앞에서 이야기했듯이 그 무렵 하쿠분칸, 고단샤를 비롯한 대형 출판사는 전범이 되느냐 마느냐 하는 문제를 안고 있었다.

란포로서는 새로운 탐정소설 잡지에 관계하기 전에 《신세이넨》이 옛날처럼 탐정소설을 많이 실을 마음이 있는지 확인하고 싶었으리라. 하지만 미즈타니나 요코미조 다케오나 그럴 마음은 없어 보였다. 그렇다면 란포가 새 잡지를 만들어도 《신세이넨》과 부딪히지 않는다.

그 이튿날 뒤인 14일, 란포는 얼마 전 알게 된 탐정소설 팬이라는 청년 와타나베 겐지渡辺健治를 불렀다. 아들 류타로의 친구 소개로 알게 된 청년이었는데 화학 공장 중역의 자제였다. 와타나베는 동인지에 소설을 쓴 경험도 있고, 나중에 '와타나베 겐지渡辺劍次'라는 필명으로 작가가 된다.

란포는 이 청년에게 새 잡지 편집을 도와달라고 할 생각이었다. 16일에 란포와 와타나베는 고이시카와구 하라정[204]에 있던 마에다슛판샤를 방문했다. 하지만 그 결과 란포는 잠시 상황을 지켜보기로 했다. 마에다슛판샤의 경영에 대한 불안감을 씻어낼 수 없었기 때문이다. 이튿날도 와타나베를 만나 혼이덴과 의논할 때까지 결론을 내지 않기로 했다.

혼이덴은 12월 22일에 란포의 집으로 찾아왔다. 이야기가 어떻게 되었는지 알 수는 없는데, 란포와 마에다슛판샤가 나누어야 할 계약서 내용이나 편집 기획안에 관해 의논했던 모양이다. 이 무렵에는 와타나베의 아이디어로 잡지 이름을《고가네무시黃金虫》로 정한 상태였다. 에드거 앨런 포의 암호 탐정소설 제목[205]이다. 에도가와 란포가 꾸릴 잡지이니 제호는 에드거 앨런 포의 작품에서 따오려는 아이디어였을 것이다.

란포는 새 탐정소설 잡지를 자신이 쓴 새 작품을 발표할 공간이 아니라 국내외 과거 명작을 다시 수록하는 내용으로 꾸미고

---

204 지금의 도쿄 분쿄구 서쪽에 있던 행정구역. '고이시카와구'는 1878년부터 1947년까지 존재했다.
205 1843년에 쓴 단편 「황금벌레The Gold-Bug」를 가리킨다.

싶었다. 탐정소설 시대가 올 거라고 선언했으면서도 란포는 새 소설을 쓰려고 하지 않았다. 전쟁 때문에 읽을 수 없었던 서양의 최신 탐정소설을 읽고 그 동향을 파악하지 않으면 쓸 수 없다고 생각했다.

새 잡지 이야기가 나올 무렵부터 란포는 도쿄에 있는 노점이나 헌책방을 돌며 미군 병사가 읽고 내놓은 탐정소설을 사들였다. 그리고 미군이 우치사이와이정에 있던 방송회관 1층에 문을 연 도서관을 드나들었다. 그래서 '나는 그토록 굶주려 있었다'라고 인정할 만큼 탐정소설을 닥치는 대로 읽어갔다.

이렇게 해서 란포의 1945년은 끝이 났다. 후쿠시마에 있던 가족은 12월 14일에 도쿄로 돌아왔다.

요코미조 세이시, 새 출발

오카야마현 오카다촌에 있는 요코미조 세이시에게 운노 주자의 편지가 온 것은 일본 패전 직후였다.

운노 주자는 요코미조가 《신세이넨》 편집장일 때 그 잡지로 데뷔했는데, 요코미조가 그 뒤에 바로 《분게이클럽》으로 옮겨 친하지는 않았다. 그런 운노에게서 편지를 받고 요코미조는 놀랐다. 운노는 《신세이넨》에 있는 요코미조의 동생 다케오로부터 오카야마의 소개지 주소를 알아냈다. 그 뒤로 두 사람은 자주 편지를 주고받는다. 요코미조는 도쿄의 출판 사정이나 원고료 시세 같은 정보를 운노를 통해 알고 있었다.

요코미조에게 전후 첫 탐정소설 집필 의뢰가 들어온 것은 가을이 깊어갈 무렵이었다. 아무런 인연도 없는 센다이에 있는 가호쿠신포샤河北新報社가 발행하는《슈칸카호쿠週刊河北》[206]가 원고를 부탁했다.

요코미조는 머나먼 도호쿠 지방 센다이에서 원고 청탁이 들어오자 어리둥절했지만, '어떻게든 쓰고 싶었다'라는 상태였기 때문에 얼른 원고를 썼다. 그것이 「탐정소설探偵小説」이라는 제목의 탐정소설이다. 하지만 의뢰는 원고지 30매가량이었는데 76매로 곱절이 넘게 나왔다. 그래서 이 작품 말고 따로 34매짜리 「가구라 다유神楽太夫」[207]를 써서 보냈다. 오카야마가 무대이며 '탐정 작가'인 '나'가 주인공이다. '얼굴 없는 시체' 트릭을 거꾸로 이용한, 짧으면서도 짜임새 있는 작품이었다.

「가구라 다유」는 1946년 3월에《슈칸카호쿠》에 실려 전후 처음 발표된 요코미조의 탐정소설이 되었다. 전후 처음으로 잡지에 게재된 작품은 하쿠분칸의《고단잣시》1945년 10월호에 실린 '아사가오 긴타 체포 이야기' 시리즈의 「맹종죽孟宗竹」[208]이지만, 이 작품은 패전 전에 써서 보냈는데 잡지가 휴간되는 바람에 뒤늦게 게재하게 된 것이다. 이 작품은 나중에 '닌교 사시치' 시리즈로 개작하게 된다.

---

206 1897년 1월 17일 창간해 지금도 발행되고 있다.

207 신에게 제사 지낼 때 연주하는 무악舞楽인 '가구라神楽'에 맞춰 춤추는 사람을 '다유太夫'라고 한다.

208 맹종죽은 중국이 원산지인 높이 10~20미터짜리 상록 아교목. 죽순은 식용으로 쓰고 줄기는 세공용으로 사용하는 유명한 대나무 종류다.

그런데 왜 아무런 연결 고리도 없는 센다이 지역신문사에서 나오는 잡지가 탐정소설 집필을 의뢰한 걸까. 처음에 요코미조는 《슈칸카호쿠》가 《신세이넨》의 미즈타니에게 문의해 주소를 알게 되었을 거라 생각했다. 하지만 패전 이후 도호쿠대학東北大学에서 가장 많이 대출된 책이 '에드거 앨런 포의 작품'이라는 기사(《슈칸토호쿠週刊東北》에 실렸다고 한다)를 읽고 요코미조는 이렇게 추리했다. 포가 그토록 많이 읽힐 거라고는 생각할 수 없으니, 아마 도서관 직원이 '에도가와 란포'라고 했는데 기자가 '에드거 앨런 포'로 잘못 알아들었으리라. 한편 도서관에서 란포 작품이 많이 읽힌다는 정보를 들은《슈칸카호쿠》의 편집자는 란포에게 신작을 의뢰했을 것이다. 그렇지만 란포는 그 원고 청탁을 거절했을 테고, 자기 대신 요코미조를 추천한 게 아닐까? 안타깝게도 요코미조는 란포에게 이 일을 확인할 기회를 잡지 못했기 때문에 이것은 어디까지나 추측에 지나지 않는다.

분명히 요코미조의 소개지 주소를 아는 이는 드물었을 테니 란포나 다른 탐정 작가, 혹은 편집자가 소개했다고 생각할 수 있다.

「가구라 다유」를 쓸 때는 1945년 가을이었는데 작품이 실린 잡지는 이듬해 3월 18일에야 요코미조에게 도착했다. 그 시절 우편 사정과 출판 사정 탓에 거의 반년이 걸렸다.

《슈칸카호쿠》 다음에는 동생인 다케오가《신세이넨》에 실을 작품을 써달라고 했다. 요코미조는 단편「보조개靨」를 써서 보냈다. 다케오는 '아주 재미있었다. 3월호에 싣겠다'라는 답장을 보냈다. 하지만 게재는 한 달 늦어져 4월호에 실렸다. 이 또한 오카야마현 산골짜기를 무대로 한 어느 가문의 비극적 이야기다.

《호세키》의 조 마사유키가 요코미조에게 언제 집필을 의뢰했는지는 확실하지 않다. 요코미조는 이즈음에 주고받은 편지들을 분실해 확인할 수 없었다. 『긴다이치 고스케의 모놀로그金田―耕助のモノローグ』에는 '1945년이 저물어갈 무렵이었는지 1946년 이른 봄이었는지 정확하지 않은'이라고 적혀 있는데 다른 수필에서는 '1946년 초'라고 했다. 1945년 연말이면 아직 《호세키》 창간이 결정되지 않았을 테니 요코미조는 아마 해가 바뀐 뒤에 원고 청탁을 받았을 것이다.

요코미조는 바로 원고 청탁을 받아들이겠다는 답장을 썼다. 그때 심정을 『진설 긴다이치 고스케真説金田―耕助』에서 이렇게 회상한다.

'도쿄에 있는 여러 작가 가운데는 집이 불타버린 이도 있고, 그렇지 않은 이도 식량을 구하기 위해 바삐 뛰어다니느라 소설을 쓸 수 있는 마음 상태가 아니어서 이렇게 나 같은 삼류 탐정 작가에게 차례가 돌아왔을 거라고 비교적 마음 편하게 받아들였다.'

조 마사유키가 어떤 작품을 기대했는지는 모르지만, 요코미조는 의뢰가 들어온 시점에 '제대로 된 본격 추리를 쓰기로 결심'하고 있었다. 조가 의뢰한 작품은 '장편'이었다. 물론 연재소설이었다. 1회에 25매씩 6회 연재, 모두 150매를 써달라는 내용이었다. 요코미조는 거기에 맞게 작품을 구상하기 시작했다.

《호세키》가 요코미조를 기용한 데에는 미즈타니의 조언이 있었다. 요코미조는 『혼진 살인사건』이 단행본으로 나왔을 때 그 후기에서 '조 마사유키 씨를 설득해 내게 이 소설을 쓸 기회와 무대를 마련해주었다'라며 미즈타니의 이름을 언급해 감사의 마음을 전했다.

조는 요코미조가 《신세이넨》 편집장이었던 시절에 글을 실었으니 전쟁이 끝난 뒤에는 처지가 뒤바뀐 셈이다.

미즈타니는 이 무렵 여전히 하쿠분칸에 근무 중이었지만 조에게 조언을 해주었을 것이다.

오구리 무시타로의 도쿄 체류

새해가 밝아 1946년 1월 2일, 마에다슛판샤의 마에다가 란포를 찾아왔다. 새해 인사를 하러 왔는데 새 잡지에 관한 이야기도 나누었다. 란포는 연말에 만들어두었던 잡지 발간에 필요한 조건을 제시했다. 마에다슛판샤의 재무 상태가 불안하니 한 달 치 원고료에 해당하는 금액을 미리 맡기고, 이익의 3분의 1을 주간인 자신에게 달라는 내용이었다. 마에다는 10일쯤까지 회답하겠다고 약속하고 돌아갔다.

마에다슛판샤와 교섭이 진행되던 1월 9일, 나가노현에 피해 있던 오구리 무시타로가 란포를 찾아와 이틀을 묵었다. 오구리는 나가노현으로 간 뒤에 돼지감자에서 과당을 채취하는 사업을 시작했다. 이 과당에서 항공기용 고高옥탄가[209] 기름을 제조하

---

209 octane價, 휘발유의 내폭성을 나타내는 수. 옥탄가가 높으면 연료가 비정상적으로 연소되면서 생기는 이상 폭발이 일어나지 않는다.

고, 나아가 과당을 발효시켜 술을 빚고 짜낸 찌꺼기로 빵을 만든다는, 전쟁이 길어지더라도 견딜 수 있도록 하는 웅대한 구상의 사업이었다. 그 때문에 상당히 큰 빚을 내서, 나가노현 나카노에 있는 휴업 중인 공장을 빌려 시험 작업을 하고 있었다. 이렇게 해서 생긴 과당은 설탕만큼 달지 않았다. 하지만 설탕을 거의 구할 수 없던 시기라 나름대로 수요가 있었다.

그러던 중에 패전을 맞이했다. 오구리는 그래도 과당 제조를 계속했다. 그걸 밀매되는 쌀과 바꾼 덕분에 가족들은 굶지 않았다. 10월에는 아내와 함께 도쿄의 상황을 보러 갔지만 바로 돌아왔다. 집을 지키고 있던 자녀들에게 "끔찍해, 끔찍해"라고만 할 뿐, 자세한 이야기는 하지 않았다.

오구리에게도 잡지나 신문에서 원고 청탁이 들어왔다. 낮에는 과당을 만들고 밤에는 소설 구상을 위해 시간을 냈다. 그는 가족에게 "앞으로 장편만 쓰겠다"라고 말하고, "내가 안 하면 누가 하겠는가?" "내 시대가 올 거다"라며 자신감이 넘쳤다.

1946년 1월 4일, 오구리는 다시 도쿄로 운노 주자를 찾아갔다. 두 사람은 친구나 마찬가지였다. 오구리는 도쿄에 체류하는 동안 운노의 집에 머물며 출판사나 신문사를 방문해 집필, 연재 협의를 했다. 그리고 그 집에서 잡지 《록》의 편집장 야마사키 데쓰야와 만났다.

야마사키는 문학청년으로 《신세이넨》 애독자였는데, 일본이 항복할 때 해군에서 비행기 설계를 하고 있었다. 패전의 충격으로 넋이 나가 있다가 지인으로부터 탐정소설 잡지를 낼 건데 편집 일을 맡지 않겠느냐는 권유를 받고 깊이 생각하지도 않고 그 제안을 받아들였다. 야마사키가 그즈음에 대해 잡지 《겐에이조》 1975년 12월호에 쓴 「《록》 창간 무렵」은 기억이 잘못된 것으로 보이는 부분도 있지만, 그의 증언을 바탕으로 이야기를 진행한다.

1946년에는 다섯 가지 탐정소설 잡지가 창간되었다. 《록》 《호세키》 《톱トップ》 《프로필ぷろふぃる》 《단테이요미모노探偵よみもの》가 바로 그 잡지들이다. 제일 먼저 창간된 것은 쓰쿠바쇼린筑波書林(현재 이바라키현에 있는 같은 이름의 출판사와는 관계없다)에서 나온 《록》(정식 표기는 LOCK)이었다. 3월 1일에 창간호가 나왔으니, 야마사키와 오구리가 만난 1월에는 아직 발매되지 않은 상태였다. 하지만 이미 원고는 들어와 있었던 것으로 보인다. 창간호는 종이가 부족해 B6판으로 64쪽밖에 되지 않았다. 번역물, 체포록, 우에다 아키나리[210]의 괴기 이야기 등이 게재되었다. 유명한 작가의 작품은 없었던 셈이다.

창간호가 형편없다는 사실을 야마사키도 알았다. 그는 《신세이넨》 같은 잡지를 만들고 싶었다. 그렇지만 편집 경험이 없었고, 인쇄나 조판에 대한 지식도 없었다. 회사에 그런 걸 아는 선배도 없었던 모양이다. 야마사키는 잡지에서 핵심이 되는 연재소설이 필요하다는 걸 깨달았다. 누구에게 부탁할까? 야마사키

210　上田秋成(1734~1809), 에도 시대 후기의 작가, 시인, 국학자. 괴이소설 『우게쓰 이야기』의 작가로도 유명하다.

는 예전에 《신세이넨》에 실린 오구리 무시타로의 「완전범죄」와 「흑사관 살인사건」을 읽고 '탐정소설의 바이블'이라고 생각할 만큼 오구리에게 심취해 있어서 원고를 부탁한다면 오구리밖에 없다고 생각했다.

야마사키는 오구리의 주소를 알아내 세타가야구에 있는 주소로 찾아갔다. 집은 불타 없어졌지만, 집터 안마당의 나무 팻말에 소개지인 나가노의 주소가 적혀 있었다. 그러나 나가노라면 바로 찾아갈 수 있는 곳이 아니었다. 그런데 지나가던 이웃이 "오구리 씨는 지금 운노 주자의 집에 있다고 한다"라고 알려주었다.

야마사키는 운노 주자의 집으로 갔다. 오구리는 마침 긴자에 있는 출판사를 방문하느라 막 나간 상태였다. 야마사키를 맞이한 사람은 대작가 운노 주자였다. 그러나 야마사키는 오구리 무시타로를 만나러 왔기 때문에 운노에게 제대로 인사도 하지 않았다. 그럼에도 운노는 웃는 얼굴로 대하며 쫓아가면 역에서 만날 수 있을 거라고 알려주었다. 이렇게 해서 야마사키는 다마가와선 와카바야시역(지금의 도큐세타가야선 와카바야시역)에서 오구리와 만났다. 시부야까지 함께 가며 이튿날 운노 주자의 집에서 다시 만나기로 약속했다.

야마사키는 장편 탐정소설 연재를 부탁했다. 오구리는 바로 대답하지 않았다. 의뢰를 '듣는 둥 마는 둥 하는 표정이었다'고 야마사키는 회고했다. 그리고 전쟁 중에 쓴 비경 탐험소설 시리즈 같은 것은 쓰고 싶지 않다면서 '경향을 보면 단순한 수수께끼 풀이로 끝나지 않고 인생을 깊이 파고드는 사회주의적인 골격이 불가결할 것이라는 등의 말씀을 하셨다'.

결국 이때의 만남은 연재소설 청탁에 대해 생각해보겠다고만 하고 끝이 났다.

아마 이때 야마사키는 운노에게도 단편 집필을 의뢰했을 것이다. 제1호에 운노는 '오카 규주로岡丘十朗'라는 이름으로 「붉은 표범」을 썼다. 그리고 야마사키는 오카야마에 있는 요코미조 쪽에도 원고를 부탁했다. 요코미조는 야마사키와 일면식도 없었는데, 이때는 뭐가 어찌 되었건 탐정소설을 쓰고 싶었기 때문에 수락하고 단편 「문신한 남자刺靑された男」를 썼다.

오구리는 원고 청탁을 받아들이지 않았지만, 운노와 요코미조의 원고를 받게 되어 야마사키로서는 《록》의 앞날이 열린 셈이었다.

한편 오구리는 운노의 집을 나와 1월 9일에는 란포를 방문했다. 두 사람은 탐정소설에 대해 밤새도록 이야기를 나누었다. 란포가 무뚝뚝하기로 유명한 오구리와 이렇게 긴 시간 친밀하게 이야기를 나눈 적은 이때가 처음이었다.

오구리는 란포에게도 "이제부턴 본격 장편을 쓰겠다"라고 선언했다. 그리고 "에도가와 씨, 결국 나는 당신을 당해내지 못했군요"라고 했다. 란포는 "그렇지 않다, 자네가 나보다 더 나은 작가 아닌가?"라고 대꾸했다.

란포가 보기에 일반적인 지명도를 따지면 확실히 자기가 위일 테지만 작품을 따지면 오구리에 미치지 못한다는 생각이 있었던 셈이다.

"아뇨, 그렇지 않아요. 결국 저는 진 겁니다"라고 오구리가 다시 말하자 란포도 더는 반론하지 않았다. 오구리가 '졌다'라고 한 것은 진심이라고 하더라도 어디까지나 그 시점에서 한 이야기다. 진 상태가 괜찮다는 뜻은 아니다. 오구리는 란포를 넘어서려는 작가적 야심을 품었던 것이 틀림없다.

요코미조와 오구리의 서신 왕래

오구리 무시타로가 나가노로 돌아갔을 때, 그 손에는 필포츠가 쓴 『붉은 머리 가문의 비극』이 있었다. 오구리는 돌아가자마자 곧장 운노 주자가 가르쳐준 요코미조 세이시의 소개지 주소로 편지를 보냈다. 오구리는 전쟁터에 나간 뒤로 요코미조와 만난 적도, 편지를 주고받은 적도 없었다.

그 편지의 '내용은 의기양양했다'라고 요코미조는 회상한다. '아마 도쿄에서 에도가와 란포를 만나 대화를 나눈 결과일 테지만, 앞으로 탐정소설은 본격이어야만 하며 자기도 앞으로 본격 외길을 걸을 작정이라는 그런 의욕이 느껴지는 문장이었다.'

요코미조는 오구리가 보낸 편지 내용이 자기 생각과 너무 똑같아 바로 답장을 썼다. 『긴다이치 고스케의 모놀로그』에서는 마침 《호세키》에 연재할 소설 첫 회를 막 완성했을 무렵이었다고 했는데 이건 기억이 잘못된 것이리라. 소설 첫 회를 완성한 것은 2월 말이었을 것이다.

요코미조에게 보낸 편지에서는 의기양양했지만, 도쿄에서 돌아온 오구리는 건강에 이상이 생겼다. 아들인 오구리 노부하루가 쓴 「소전·오구리 무시타로」[211]에 따르면 '그때까지 건강했던 아버지의 모습에 초췌한 그림자가 드리우기 시작했다'. 노부하루는 '필사적으로 살아낸 전쟁 말기부터 쌓인 피로 때문이었을지도 모른다'라고 했다. 뚜렷한 원인은 없는 듯했다.

오구리는 '사회주의 탐정소설'이라는 이름을 붙인 장편 「악령」에 힘을 기울이고 있었다. 탐정소설을 쓰는 것은 무려 6년 만이라 마음처럼 써지지 않아 초조했을지도 모른다. 오구리는 오래 끊었던 술을 다시 입에 댔다.

란포, 나고야에 가다

한편 란포와 마에다슛판샤 사이에 진행되던 새 잡지 계획은 조건 부분에서 합의를 이루지 못해 1월 23일에 논의를 중단하기로 했다. 란포는 《엘러리 퀸 미스터리 매거진Ellery Queen Mystery Magazine》[212]을 본떠 '에도가와 란포 미스터리 북'이라는 제호로 국내외 명작을 재수록하는 구상을 했는데 더는 진행되지 못했다. 그러나 무리해서 창간해 두세 차례 내다가 끝낼 바에야 시작도 하지 않는 게 낫다며 마음을 정리했다.

그로부터 사흘 뒤인 1월 26일 밤, 란포는 나고야로 출발했다.

---

211 '오구리 무시타로 전집'(전 9권)의 제1권(1979)에 실렸다.

212 1941년에 미국에서 창간된 월간 미스터리 소설 전문지. 잡지 이름은 미스터리 작가이며 초대 편집장을 지낸 엘러리 퀸에서 따왔으며, 흔히 머리글자만 따서 《EQMM》으로 쓴다. 1956년 6월에 하야카와쇼보가 일본어판을 창간했으나 1966년 1월부터 《하야카와 미스터리 매거진》으로 제호를 바꾸었고, 1977년에는 미국판과 맺은 특약 관계가 해지되었다.

전쟁이 끝나가던 1945년 4월에 세상을 떠난 이노우에 요시오의 유족을 찾아가 문상하고, 이노우에가 가지고 있던 영문 탐정소설을 넘겨받기 위해서였다.

태평양전쟁 기간에 란포와 이노우에는 만나지는 못했어도 편지는 계속 주고받았다. 서양 탐정소설에 관한 정보를 교환하며 읽은 작품에 대해 의견을 나누었다.

이노우에의 집은 공습을 피했다. 하지만 이노우에는 야간 공습 때마다 경계하느라 감기에 걸렸다. 그 감기가 폐렴으로 이어져 세상을 떠난 것이었다. 전쟁 말기부터 패전 직후까지는 다들 자기 몸 하나 간수하기도 빠듯했던 시절이라 란포는 이노우에의 죽음을 해가 바뀌고 나서야 알게 되었다.

란포가 이노우에의 장서를 사들인 건 읽고 싶은 책, 가까이 두고 싶은 책이 있었기 때문일 테지만, 한편으로는 유족에게 경제적인 도움을 주고픈 마음도 있었으리라. 하지만 예전에 쓴 작품을 복간하기로 결정은 되었어도 란포 역시 아직 수입이 얼마 되지 않았기 때문에 장서를 모두 사들이지는 못했다. 그래서 나머지는 이와야쇼텐의 이와야 미쓰루에게 사라고 했다. 란포는 당장 읽고 싶은 책만 배낭에 넣고, 나머지는 철도편으로 받을 수 있게 조치한 뒤 28일 첫차를 타고 도쿄로 돌아왔다.

이때의 나고야 방문에 대해 나고야에서 창간된 동인지《신탄테이쇼세쓰新探偵小說》1947년 4월 창간호에 실린 수필을 바탕으로 서술했는데, 이걸 읽으면 이 시점에 란포는 이미 이와야 미쓰루를 알고 있었다는 이야기가 된다. 그런데 란포는 일기에 이와야 미쓰루가 조 마사유키, 다케다 다케히코와 함께 찾아온 것은 2월 26일이라고 적었다. 물론 이와야가 전에도 방문했을 가능성이 있다. 그래서 이미 이와야를 알고 있어 이노우에의 장서를 사들이라고 권했을지도 모른다. 『40년』에 실린 일기에서는 1월 26일에 나고야에 갔던 이야기를 한 뒤 2월 10일로 건너뛰어 약 보름에 걸친 공백이 있다. 실제 일기에는 그 기간에도 기록이 있을지 모르지만 책에 수록되지는 않았다.

2월 10일에는 이렇게 썼다.

'오전, 나가노현 오구리 무시타로 군이 세상을 떠났다는 전보가 왔다.'

오구리 무시타로의 갑작스러운 죽음과
「나비부인 살인사건」

오구리는 1월에 도쿄를 방문해 란포나 운노를 만났을 때까지만 해도 건강했는데 앞에서 이야기했듯이 나가노로 돌아온 후로 초췌해지고 술을 마시기 시작했다. 아들이 쓴 「소전」에 따르면 2월 3일 밤에 가벼운 뇌내출혈 증상을 일으켜 이튿날 의사를 불렀는데 "잠시 누워 있으면 나을 것"이라는 말에 마음을 놓았다. 하지만 이틀 뒤 앞머리 안쪽에 골프공만 한 혹이 생겼다. 핏덩어리인 듯했는데 본인도 신경 쓰지 않았고 의사도 아무런 조치를 하지 않았다.

그리고 2월 9일, 큰 눈이 내린 날 밤, 오구리는 저녁을 먹고 속이 좋지 않다며 자리에 누웠다. 조금 있다가 오구리는 '새가 우는 듯한 이상한 소리를 냈다'. 가족이 달려가 몸을 일으켰는데, 뭔가 말을 하려 했지만 목소리는 나오지 않았다. 그러고는 혼수상태에 빠져 이튿날인 2월 10일 아침 9시 15분에 눈을 감았다. 오구리 무시타로의 나이 마흔다섯이었다.

70년 전, 패전 직후 물자도 부족한 시절이라 어쩔 수 없는 일이었을지도 모르지만, 좀 제대로 된 의사였다면 어땠을까 하는 생각을 하게 된다. 처음 쓰러졌을 때나 핏덩어리 혹이 생겼을 때도 아무런 검사나 치료를 하지 않았다. 아들은 '지옥에나 떨어져라, 돌팔이 의사 놈!'이라고 「소전」에 썼는데 탐정소설 팬들도 마찬가지 심정이리라.

란포에게는 그날 오전에 전보가 도착했다. 란포는 바로 조전을 치고 조의금을 보냈다.

오카야마에 있던 요코미조도 그날 '부친 별세, 오구리'라는 전보를 받았다. 요코미조는 '오구리 무시타로'가 전보를 보낸 줄로 착각하고 왜 아버지가 돌아가신 걸 자기에게 알렸는지 의아해했다. 그러다 잠시 후 오구리 무시타로의 아들이 보낸 전보가 아닐까, 하는 생각이 들었다. '나는 더욱 깜짝 놀라 넋이 나가서 멍해지지 않을 수 없었다.'

요코미조는 세상을 떠난 사람이 오구리 본인인지 오구리의 아버지인지 몰라 어느 쪽이라도 지장이 없을 조의를 적은 편지를 보내고, 동시에 운노에게 어떻게 된 일인지 묻는 편지를 썼다. 그런데 며칠 뒤 운노로부터 답장이 도착했다. 아무래도 요코미조의 편지와 엇갈렸던 모양이다. 편지에는 오구리 무시타로가 갑자기 세상을 떠났다는 내용이 담겨 있었다. 요코미조는 다시 '깜짝 놀라지 않을 수 없었다'.

오구리가 세상을 떠난 지 며칠 뒤, 요코미조는《록》의 야마사키로부터 오구리 대신 장편을 연재해달라는 편지를 받았다.

1월에 야마사키가 운노 주자의 집에서 만났을 때 오구리는 《록》에 연재하겠다고 수락하지 않았지만, 그 뒤에 편지를 주고받으며 승낙한 것으로 보인다. 야마사키는 이제 잡지에 기둥이 세워졌다며 기뻐했다. 하지만 이내 오구리가 세상을 떠나고 말았다. 야마사키는 운노를 찾아가 어떻게 해야 좋을지 의논했다. 일단 편집이 진행되고 있던 제2호(4월호)는 오구리 추모 특집호로 꾸미기로 했다. 쓰다 만 장편소설 원고와 작품 전체에 대한 구상을 적어둔 메모가 있다는 사실을 알고《록》에 싣기로 했다. 원고지로 22매밖에 되지 않는「악령」이다. 탐정이 주인공인데 전범이자 제국주의자, 전향한 좌익 등이 나온다.

《록》에 실린 운노의 소개문에 따르면「악령」은 애초에 지쓰교노니혼샤가 내는 새 잡지《호프ホ-プ》에 연재할 예정이었다고 한다.《호프》는 사진 페이지가 많은 대중 종합지로 1946년 1월에 창간되었다. 오구리는 창간호부터 연재해달라는 의뢰를 받았지만 구상할 시간이 필요하다는 이유로 4월호나 5월호부터 연재하기로 하고 22매까지 썼는데 더 이어가지는 못했다.

그 미완의「악령」원고를 유족과《호프》편집부의 허락을 얻어《록》에 실었다.《호프》는 탐정소설 전문지는 아니기 때문에 끝을 맺지 못한 소설을 실어봤자 독자의 이해를 얻을 수 없다고 판단해 양보한 것으로 보인다. 운노는 '아마 완성되었다면 전체 (원고지) 400매가량 되는 장편소설이었으리라'라고 했다.

《록》의 예상 차례만 보면 제2호에 오구리의 「악령」이 실리고 3호부터 요코미조의 「나비부인 살인사건」이 시작될 예정이었으니 「악령」을 《록》에 연재할 예정인 작품이었다고 생각하게 될 테지만 사실은 그렇지 않다. 요코미조는 『모놀로그』에서 《록》에는 몇 호인가부터 오구리 무시타로 군이 장편을 쓸 예정이었고, 실제로 그 1회가 《록》에 발표되었는데 그 뒤에 오구리 군이 갑자기 세상을 떠났다'라며 기억이 뒤엉킨 듯한 모습을 보인다.

제2호는 오구리의 추모 특집이라는 모양새를 갖추었다. 미완의 유작 「악령」이 실리고 란포와 운노가 추모하는 글을 썼다. 이미 의뢰해두었던 요코미조의 단편 「문신한 남자」와 운노가 규주로라는 다른 필명으로 쓴 「붉은 표범」도 실렸다. 그러나 제3호부터 오구리 무시타로의 소설로 채울 예정이었던 장편 연재를 어떻게 메워야 할까. 야마사키는 운노와 의논했다. 그러자 운노는 요코미조에게 부탁하면 될 거라고 했다.

야마사키는 요코미조에게 '두세 차례 편지로 연락했는데 번거로워 어렵게 요코미조 씨의 집으로 찾아간 그때가 그립다'면서, '고인이 된 오구리 씨의 대타 같은 모양새의 원고 청탁이었지만, 요코미조 씨가 흔쾌히 수락해주어 긴 여행의 피로를 달랠 수 있었다. 게다가 밤늦도록 탐정소설 전문지 편집장에 관한 유익한 말씀까지 듣고 하루 묵었다'라고 썼는데 혹시 착각 아닐까?

만약 이 기록이 사실이라면 야마사키는 2월 중순에 오카야마에 갔다는 이야기인데 요코미조의 「사쿠라 일기」를 보면 6월 3일에 야마사키가 와서 4일은 종일 둘이서 이야기를 나누었으며 5일에 돌아갔다고 되어 있다. 「사쿠라 일기」는 3월 1일부터 시작하니 2월에 있었던 일을 알 수는 없다. 야마사키가 왔을 가능성도 있지만, 「나비부인 살인사건」을 쓰게 된 과정을 설명하는 요코미조의 수필 어디에도 야마사키가 오카야마까지 찾아와 부탁했다는 이야기는 없다.

편지로 야마사키에게 원고 청탁을 받았는데 요코미조는《호세키》에 연재하기로 한 상태였기 때문에 거절할 생각도 했다. 그렇지만 '야마사키 군의 편지 안에 나로서는 도저히 그냥 넘어갈 수 없는 한 구절이 있었다.《록》제3호부터 오구리 무시타로 군이 장편을 쓸 예정이었는데 오구리 군이 갑자기 세상을 떠나서 어떻게 해야 할지 모르겠다며 그 빈 원고를 꼭 써달라고 내게 청하는 내용이었다'.

그 마지막 한 구절이 요코미조의 가슴을 꿰뚫었다. 야마사키가 알고 있었는지는 몰라도 요코미조는 오구리에게 빚이 있었다. 13년 전인 1933년(쇼와 8), 요코미조가 피를 토하고《신세이넨》에 약속했던 원고를 쓸 수 없게 되었을 때 당시 이름 없는 신인이었던 오구리 무시타로가 「완전범죄」로 그 자리를 메워준 것이다. 그 일로 오구리는 요코미조에게 고마워했고 요코미조 역시 오구리에게 감사하며 빚을 졌다고 생각하고 있었다.

요코미조는 그 빚을 갚을 때가 왔다고 생각하면서, 덧붙여 조의를 표하는 마음으로 연재를 받아들이기로 했다. 그때 음악학교 졸업생 이시카와에게 음악계 이야기를 듣고 '웬만큼 자신감이 생겨 나는 비로소 야마사키 군에게 장편소설을 연재하겠다는 답장을 썼다'라고 후기에 썼다.

「사쿠라 일기」 첫날인 3월 1일에 '어젯밤 「나비부인 살인사건」의 구상을 다듬었다. 대략 정돈되었다'라고 했으니, 2월에 이미 '나비부인 살인사건'이라는 제목도 결정한 상태였다는 이야기다. 콘트라베이스 케이스에 사람 사체가 들어가는 트릭을 만들고 음악계를 무대로 정했으며, 살해되는 피해자는 푸치니의 〈나비부인〉이 특기인 오페라 가수로 설정해 제목을 「나비부인 살인사건」으로 결정한 것이다.

「사쿠라 일기」에는 3월 2일에 야마사키에게 편지를 써서 3일에 빠른우편으로 보냈다고 하니 이 편지가 연재 요청을 받아들이겠다는 내용이 아닐까?

란포와 《호세키》

요코미조와 마찬가지로 일본이 항복했다는 사실을 알게 된 그 순간부터 이제는 탐정소설의 시대라고 의기양양했던 에도가와 란포는 그 기간에 무엇을 하고 있었을까.

오구리가 세상을 떠난 지 엿새 뒤인 2월 16일, 《호세키》를 내는 출판사의 이와야 미쓰루와 조 마사유키, 다케다 다케히코가 란포를 찾아왔다. 세 사람은 《호세키》 창간 인사차 와서 장편소설 연재를 부탁했는데 란포는 이를 거절했다. 하지만 소설이 아니라면 뭐든 협력하겠다고 말했다.

《호세키》편집장이 된 조는 요코미조에게는 해가 바뀌고 바로 편지를 보내 원고를 의뢰했는데 왜 란포에게는 2월 16일까지 '인사'도 없었던 걸까. 이때 요코미조는 이미 「혼진 살인사건」 집필에 매달리고 있었다. 란포가 장편소설 연재를 받아들였다고 해도 창간호 원고 마감 때까지 작품을 써낼 수 있을지 모를 상태였다. 만약 란포가 창간호에 장편소설을 연재하기로 했다면 어떻게 되었을까.

란포가 마에다슛판샤에서 《고가네무시》라는 잡지를 계획하고 있다는 것은 탐정소설 작가들 사이에 널리 알려진 사실이었을 테니 조 마사유키를 비롯한 《호세키》 관계자들이 일부러 멀리하고 있었던 걸까? 하지만 이와야와 조가 탐정소설 잡지를 내려고 한다는 사실을 란포가 이날까지 몰랐을 거라고는 생각하기 힘들다. 란포는 《호세키》의 움직임을 알고 있었고, 자기에겐 《고가네무시》가 있다고 생각해 접근하지 않았던 걸까? 그렇다고 해도 《고가네무시》 계획이 틀어진 것은 1월 23일이니 조 마사유키 일행이 방문한 것은 이미 3주도 더 지난 때였다. 《고가네무시》를 창간할 거라는 이야기를 다른 탐정소설 작가들에게 했을 테지만 계획이 무산된 이야기는 하지 않아 조 마사유키는 2월 중순까지 몰랐을지도 모른다.

어쨌든 《호세키》와 가장 깊은 관계를 맺게 되는 작가인 에도가와 란포는 창간에 아무런 관여도 하지 않았다. 그래도 란포는 《호세키》 4월 창간호에 「미국 탐정소설 두 명의 신인ｱﾒﾘｶ探偵小説の二人の新人」이라는 평론을 썼다. 그 두 사람은 윌리엄 아이리시

(코넬 울리치)[213]와 크레이그 라이스[214]였다.

란포가 아이리시에 관해 쓴 까닭은 『환상의 여인』이 1942년 작품인데 태평양전쟁 중에는 서양 책이 들어오지 않아 일본에서는 존재조차 알려지지 않은 상태였기 때문이다. 란포는 도서관에 드나들기 시작한 지 얼마 지나지 않아 여러 작가의 작품을 묶은 단편소설집에서 코넬 울리치를 알게 되었고, '내가 가장 좋아하는 작풍'이라고 생각했다. 울리치에게 아이리시라는 다른 이름이 있고 『환상의 여인』이 유명하다는 걸 알고서 꼭 읽어보고 싶어 찾아다녔지만 찾을 수 없었다. 그러다 2월 중순 간다에 있는 헌책방 간쇼도에 들렀을 때 이 책을 발견했다.

간쇼도에서 발견한 『환상의 여인』을 둘러싼 에피소드는 유명한데, 새삼스럽게 다시 이야기하자면 다음과 같다. 란포는 《온도리쓰신》의 하루야마 유키오 편집장으로부터 미국 탐정소설계 근황을 써달라는 의뢰를 받은 상태였다. 그러던 어느 날 간쇼도에 들르니 서양 원서가 한 묶음 있었는데 맨 위에 아이리시의 『환상의 여인』이 보였다. 찾던 책을 발견한 란포는 뛸 듯이 기뻐하며 책을 사려고 했다. 그런데 점원이 그건 이미 하루야마에게 판 책이라고 했다. 하지만 포기할 수 없어 "하루야마 군이라면 괜찮다. 그 친구의 부탁을 받아 쓰는 원고의 자료니까 괜찮다"라

---

213 William Irish(1903~1968), 본명은 코넬 조지 호플리 울리치. '서스펜스의 거장'이라 불리는 미국의 추리소설가.

214 Craig Rice(1908~1957), 미국의 추리소설가. 여러 필명을 사용해 작품 활동을 했으며, '로만 변호사' 시리즈가 유명하다.

며 다른 책과 함께 포장하라고 했는데, 바로 그때 하루야마가 왔다. '마치 『환상의 여인』을 둘러싸고 두 남자가 옥신각신하는 듯한 장면이 있었지만, 나는 무작정 책 보따리를 품에 안고 후다닥 도망쳤다.'

20일 아침에 하루야마가 왔을 때 란포는 아직 『환상의 여인』을 다 읽지 못한 상태였지만 너무도 재미있어서 손수 번역하기로 마음먹었다. 하루야마에게는 『환상의 여인』을 《온도리쓰신》에 제일 먼저 소개하기로 약속했는데, 번역은 다른 회사에서 할지도 모르겠다고 양해를 구했다. 그리고 그날 중에 끝까지 다 읽었다.

그로부터 며칠 사이에 란포는 일본 패전 후 처음으로 잡지에 게재될 원고를 몇 가지 썼다. 《온도리쓰신》의 「최근 미국 탐정소설계最近のアメリカ探偵小説界」(연재물로 그 첫 회), 《록》에 오구리 무시타로 추도문, 《호세키》에 아이리시 소개 기사. 이런 글들이 4월에 발매되는 각각의 잡지에 게재되었다. '소설가 에도가와 란포'는 아직 부활하지 않았지만 '탐정소설 연구가·평론가 에도가와 란포'는 활동을 다시 시작했다.

란포와 운노는 24일 오후 1시부터 오구리의 납골 의식에 참석했다. 그 전에 란포는 《록》을 위해 오구리의 죽음을 애도하는 글을 써서 빠른우편으로 부쳤다. 이튿날인 25일, 《호세키》의 이와야와 다케다가 란포의 집으로 찾아왔다. 란포는 아이리시에 관해 쓴 원고를 건네고 《호세키》에 실릴 사진도 찍었다. 이때 건넨 원고에는 아이리시에 관한 내용뿐이었는데, 며칠 뒤 라이스에 대해 알게 되어 원고를 추가하고 제목도「두 명의 신인」으로 바꾸었다.

27일, 란포는 온도리샤에 가서 추리소설 총서에 관해 의논했다. 그 자리에는 기기 다카타로, 오시타 우다루, 운노 주자, 고지마 마사지로[215]가 참석했다. 이 모임에서 모두 열다섯 권, 그 가운데 여덟 권은 일본인 작가의 작품을 싣기로 했다. 모임에 참석한 다섯 명 이외에 오구리 무시타로를 더했다. 아쿠타가와 류노스케와 모리 오가이도 '추리소설'로 치는 것이 기기 다카타로 나름의 추리소설에 대한 정의였다. 외국 작품 일곱 권도 번역가까지 정했으나 번역권 문제가 생겨 내지 못하게 된다. 일본인 여덟명 가운데 요코미조 세이시의 이름은 보이지 않는다. 일본 패전 이전의 요코미조가 탐정소설 작가 순위 10위 안에 드는 수준으로 여겨지지 않았다는 사실을 이 총서의 필진을 보면 알 수 있다.

제1권은 란포의 작품으로 9월에 내기로 했다. 란포는「석류」를 비롯한 단편으로 짰다. 란포는 이 밖에도『트렌트 최후의 사건』번역도 맡게 되었으나 이 번역 소설은 나오지 않았다.

일본 패전 후 란포가 처음 낸 책은 헤이본샤에서 1월에 발행된, 코넌 도일의 '셜록 홈스' 시리즈 번역본『요견妖犬』이다. 발행일은 1월 20일. 초판은 1930년에 나왔으므로 이 책은 '제2판'이 되었다.『바스커빌 가문의 개』를 번역한 책이다. 6월에는 마찬가

---

215 小島政二郎(1894~1994), 소설가, 수필가, 시인. 1934년부터 오랜 세월 나오키상·아쿠타가와상 심사위원으로도 활동했다.

지로 코넌 도일의 작품『공포의 계곡』이 나왔다.

패전 후 처음으로 나온 란포의 작품은 3월 25일에 시즈카쇼보靜書房에서 나온『D언덕의 살인사건』이었다. 49쪽밖에 되지 않는 책이라 이것 한 편밖에 싣지 않았다. 이어서 30일에는『검은 도마뱀』이 후지쇼보ふじ書房에서 나왔고, 4월 18일에는 마에다슛판샤가 발행하는 마에다문고의 첫 번째 책으로『난쟁이』가 간행되었다.

이렇게 란포의 저작은 계속해서 다시 세상에 나왔다.

그런데 패전 직후에 요코미조와 마찬가지로 '이제부터는 본격 탐정소설이다'라고 생각한 에도가와 란포는 새 잡지 창간 제안에 정신이 팔려서인지 작품을 쓰려고 하지 않았다. 란포가 이 시기에 가장 열을 올렸던 일은 영미권 탐정소설을 사들이고 읽는 것이었다.

이렇게 해서 란포와 요코미조는《호세키》창간호 차례에 이름을 올렸다. 두 사람은 같은 배에 탄 여행자였다. 목적지는 본격 탐정소설이라는 왕도王道. 그러나 접근 방식은 달랐다. 그중 한 사람의 목표는 창작으로 본격 탐정소설을 일본에 뿌리내리게 하는 것이었다. 마치 두 사람이 의논해 역할을 나누기라도 한 듯하지만, 그런 사실이 있었는지는 확인할 수 없다. 요코미조가《호세키》에 본격 추리소설을 연재한다는 이야기는 란포도 본인에게 들어서 알고 있었을지 모르고, 그렇지 않더라도 조가 찾아왔을 때 요코미조의 작품이 실릴 거라는 이야기가 나왔으리라.

하지만 2월 16일 조 마사유키와 이와야가 란포의 집을 방문했을 때 「혼진 살인사건」 1회 원고는 아직 조에게 넘어오지 않은 상태였다. 요코미조의 머릿속에만 있었다.

동시에 집필한 「혼진 살인사건」과 「나비부인 살인사건」

그러면 요코미조의 「사쿠라 일기」를 바탕으로 「혼진 살인사건」과 「나비부인 살인사건」의 집필 과정을 더듬어보자. 같은 시기에 닌교 사시치와 단편 탐정소설도 쓰지만 그런 이야기까지 하면 번잡해지니 이 두 장편소설에 관해서만 이야기한다.

「혼진 살인사건」의 집필 기간에 대해 요코미조는 1947년 12월에 발행된 세이주샤靑珠社 판 '후기'에서 '1946년 2월 25일에 쓰기 시작했다'고 밝혔다.

《호세키》의 장편소설 연재 의뢰를 받아들인 요코미조는 전쟁 중 정신없이 읽었던 딕슨 카의 작품과 같은 논리적 트릭이 중심에 있으되 말투는 괴기 분위기가 가득한 이야기를 써보기로 마음먹었다. 그 트릭으로는 후지타 요시후미에게 들은 오카야마 1중학교의 거문고 소리 괴담이 머리에 있었기 때문에 거문고를 이용한 밀실 트릭을 궁리했다. 종이를 바른 문짝으로 칸을 나누는 일본식 가옥에서 밀실 살인은 불가능하다고 여겼지만, 거기에 도전했다. 그럼 어떤 집으로 할까? 소개지의 오카다촌에 혼진의 후손이 사는 큰 저택이 있어 그 집을 모델로 삼았다.

요코미조는 고베에서 태어나고 자라 그 뒤로는 쭉 도쿄에서 살았기 때문에 시골 풍습에 어두웠다. 지방에서는 '가문'이나 '가문의 품격' 같은 것이 여전히 중요하게 여겨지고 있다는 걸 알고서 오히려 신선함을 느꼈다. 그래서 '가문'을 동기의 중심에 두기로 했다.

이렇게 해서 1회를 완성하고 '요사스러운 거문고 살인사건'이라는 제목을 붙여 조 마사유키에게 원고를 보냈다. 그 뒤 제목은「혼진 살인사건」이 좋겠다는 생각이 들어 '제목은 혼진 살인사건으로 고치겠다'라는 내용의 전보를 쳤다.

3월 2일, 조가 28일에 메구로에서 친 전보가 도착했다(전보도 이틀 걸리는 경우가 있었다). 원고에 관한 문의였는지 이튿날인 3일에 요코미조는 '25일에 오모리大森에게 보냈다'라고 전보를 쳤다. 후기에 쓴 '25일에 쓰기 시작'이란 착각이고 25일에 1회를 완성한 것이 아닐까? 3월 5일, 조로부터「혼진」마음에 듭니다'라는 편지가 도착했다.

요코미조는 2월 25일에「혼진」1회를 보내고 3월 2일에는 2회를 집필하기 시작했다. 3월 7일에 초고를 마치고, 8일과 9일에 걸쳐 2회(59매)를 깔끔한 글씨로 베껴 쓴 다음 조 마사유키에게 보냈다. 이 기간에 동시에「나비부인」의 구상을 다듬었다. 이때 원고는 200자 원고지로 계산한 매수였다.

2회 원고를 받았다는 조 마사유키의 엽서는 3월 21일에 도착했다. 엽서가 늦게 도착했는데, 이유는 알 수 없지만 검열에 걸렸기 때문이었다. 『모놀로그』에 따르면 조는 2회를 읽고 '크게 칭찬해주었을 뿐만 아니라 연재 횟수도 6회로 한정하지 않겠다, 얼마든지 쓰고 싶은 만큼 써라'라고 적었다고 한다.

요코미조는 애초에「혼진 살인사건」에 명탐정을 등장시킬 생각은 없었다. 하지만 조가 길어져도 괜찮다고 해서 다음에 실릴 3회에 '긴다이치 씨'라고만 밝히고 등장시켰다. 이때도 아직 어떤 탐정으로 그릴지 아무것도 정하지 않은 상태였다. 4회를 쓸 때 정하면 된다고 생각했던 모양이다.

3월은 10일 이후로는 거의 집필을 하지 않았다. 4월에 들어 우선 닌교 사시치를 쓰고, 13일까지 「혼진 살인사건」 3회를 조금 썼는데, 도중에 중단하고 「나비부인」 1회(86매)를 쓰기 시작해 15일에 완성했다.

「혼진 살인사건」은 명탐정 없이 이야기가 시작되었지만 「나비부인 살인사건」은 처음부터 명탐정 유리 린타로 이야기라는 걸 확실하게 알 수 있다. 이야기는 전쟁이 끝난 뒤―즉 작품이 쓰이던 '현재'―, 신닛포신문사 기자인 '나' 미쓰기 슌스케가 도쿄 교외의 구니타치에 사는 유리 린타로를 찾아가는 장면으로 시작된다. 미쓰기는 신문사 급여만으로는 생활하기 힘들어 탐정소설을 쓰기로 하고 출판사와 이야기도 다 된 상태에서 아이디어가 하나 떠올라 유리와 의논하러 온 것이다. 그 아이디어는 두 사람이 관여한, 1947년 10월 소프라노 가수 하라 사쿠라가 살해된 사건, 즉 '나비부인 살인사건'을 소설로 만드는 것이었다. 유리는 흔쾌히 승낙하고, 사건 관계자 가운데 한 명이 그때 썼던 일기를 건네며 '이걸 보면 사건에 대해 자세하게 알 수 있다. 소설의 첫 부분은 이 일기를 그대로 살려서 쓰는 게 어떻겠느냐'라고 제안했다.

이렇게 해서 소설은 '나' 쓰치야 교조土屋恭三―즉 하라 사쿠라

가극단의 매니저─를 1인칭으로 내세워 1937년 10월에 일어난 사건을 이야기하기 시작한다. 이 소설 전체는 미쓰기가 쓴 '사실에 기초한 이야기'이며, 그 안에 사건 관계자인 쓰치야가 쓴 일기를 끼워 넣은 이중구조로 되어 있다. 더 이야기하자면, '미쓰기가 쓴 소설'이라는 것도 요코미조 세이시가 만들어낸 픽션이기 때문에 삼중구조라고 할 수도 있다.

그런데 「혼진 살인사건」은 '나'라는 '오카야마에 소개된 탐정소설 작가'가 일본 패전 뒤에 이야기를 쓰고 있다는 설정이다. 「나비부인 살인사건」에서 '나'는 미쓰기라는 가공의 인물이지만, 「혼진 살인사건」의 '나'는 이름이 나오지 않아 독자들이 요코미조라고 생각하게끔 장치해두었다. 그 요코미조로 여겨지는 '나'는 '작년 5월'에 소개해 오고 나서 '마을 여러 사람으로부터' 몇 번이나 '이치야나기 저택의 요사스러운 거문고 살인사건'에 관한 이야기를 들었다. 그래서 이 이야기를 탐정소설 소재로 삼기로 하고 1947년 11월에 일어난 이치야나기 저택 살인사건을 풀어간다. 과거에 실제로 일어났던 사건을 탐정 작가인 '나'가 재현해가는 구조다.

'나'가 참고한 것이 'F씨'라는 인물의 '메모'다. F씨는 이 마을 의사로 사건이 일어났을 때 현장에 제일 먼저 달려온 인물이었다. 이미 세상을 떠나 그 아들인 'F군'이 '나'에게 사건에 대해 가르쳐주고 아버지가 사건에 관해 써서 남긴 '자세한 메모'를 보여주었다, 라는 설정이다. 'F군'은 실제로 존재하는 후지타 요시후미가 모델이리라. 이따금 현재 시점에서 '나'가 해설하는데 기본적으로는 3인칭으로 쓰여, 이것이 '나'가 쓴 1인칭 소설이라는 점을 잊고 만다. 이 「혼진 살인사건」이 1인칭인지 3인칭인지 따지면 의견이 나뉠 것이다. 그만큼 교묘하기 때문이다.

두 작품의 메인 트릭을 따지자면 「나비부인 살인사건」은 알리바이 무너뜨리기, 「혼진 살인사건」은 밀실물로 분류할 수 있는데, 두 작품 모두 서술 트릭까지 이용한다.

그런데 「나비부인」 1회 원고를 완성한 때가 4월 15일이고, 「혼진」 3회 원고 집필로 돌아온 것은 22일이었다. 쓰기 시작하면 빨라서 24일까지 3회(57매)를 썼다. 이 3회의 5장에 '긴다이치'라는 인물이 이름만 등장한다.

그 이튿날 요코미조는 애거사 크리스티의 『그리고 아무도 없었다』를 원서로 읽고 '재미있었다'라고 썼다. 외딴섬에서 동요 가사를 본떠 일어나는 연속 살인을 그린 소설인데, 이 작품이 『옥문도』와 연결된다.

제6장

기
적

「혼진 살인사건」
1946~1948

한 편의 소설이 작가의 인생을 뒤바꾸는 일은 흔하다. 베스트셀러 한 권이 출판사를 성장시키는 일도 가끔은 있다. 하지만 소설 한 편이 장르를 변질시켜 새로운 역사를 여는 일은 거의 없다.

요코미조 세이시의 「혼진 살인사건」은 요코미조의 인생을 바꾸고, 게재된 잡지 《호세키》의 판매도 늘어나게 했다. 그뿐만 아니라 일본 탐정소설 역사까지도 뒤바꾸는 기적 같은 작품이 된다.

란포가 봉인한 감상

《호세키》 창간호(4월호)는 야마무라 마사오[216]의 『추리 문단 전후사』나 고바야시 노부히코의 『소설 세계의 로빈슨』을 보면

---

216 山村正夫(1931~1999), 기자, 소설가. 17세 때 써두었던 「이중 밀실의 수수께끼」가 1949년에 《호세키》에 게재되며 데뷔했다. 1981년부터 1985년까지 제6대 일본추리작가협회 이사장을 맡기도 했다.

1946년(쇼와 21) 3월 25일에는 서점에 나와 있었던 것 같은데, 「란포 일기」에는 4월 22일에 《호세키》의 두 사람이 찾아왔다. 《호세키》 제1호 제작 완료는 월말로 미루어졌다'라고 적혀 있다. 요코미조의 「사쿠라 일기」에는 5월 3일에 창간호가 도착했다고 하니 「란포 일기」와 모순되지는 않는다. 판권에는 발행일이 '3월 25일'로 되어 있는데 인쇄 사정, 유통 상황 때문에 서점에는 4월 하순에 진열된 게 아닐까?

창간호는 원래 8천 부를 찍을 예정이었다. 인쇄용지를 구할 수 없어서였다. 그런데 비공식적인 거래를 통해 더 많은 양을 구해 5만 부를 찍었다. 5만 부가 바로 다 팔려나갔다. 그즈음의 상황을 구키 시로[217]는 『탐정소설 백과』에 이렇게 썼다.

'《호세키》영업부에 발매 전부터 구매 신청 송금이 쏟아져 들어오고, 발매일에는 노점에서 새 책을 팔려는 얌체 상인이 이와야쇼텐 앞에 줄을 서는 등 요즘 같으면 상상도 할 수 없는 광경이 펼쳐졌다.'

《호세키》는 초창기가 가장 좋았던 시절이라고 할 수 있어, 순식간에 발행 부수 10만을 넘어섰다.

『40년』에 실린 「란포 일기」 4월 말 전후에는 《호세키》 창간호 발매 시기에 관한 이야기가 없다. 2월 25일(《호세키》의 이와야가 찾아와 창간호를 위한 사진을 촬영한 날)의 일기 끝부분에

217　九鬼紫郎(1910~1997), 소설가. 본명은 모리모토 시로이며, 1931년에 《단테이探偵》에 구키 단九鬼潭이라는 필명으로 「현장 부재 증명」을 발표하며 데뷔했다. 미카미 시로三上紫郎, 기리시마 시로霧島四郎 등 다양한 필명으로 탐정소설과 시대소설을 주로 썼다.

'주註'를 달아《호세키》창간 과정과 창간호에 실린 '탐정소설 모집' 내용만 적었을 뿐이다. 이 '주'는 잡지《호세키》에「탐정소설 30년」을 연재할 때 덧붙인 것이며 나중에 『탐정소설 40년』으로 제목을 정해 책으로 만들 때 집어넣은 '1960년에 추기追記'는《호세키》와「혼진 살인사건」에 대해 이렇게 썼다.

'창간호부터 요코미조 세이시 군의「혼진 살인사건」연재가 시작되었다. 그리고 이 한 작품이 전후 탐정소설계를 움직이는 큰 원동력이 되었다. 인쇄에 들어가기 전에 다시 읽어보고서 이 중요한 사실에 대한 언급이 빠졌다는 것을 깨닫고 짧게 써넣는다. 하지만 요코미조 군이 본격 추리로 전향했다는 이야기는 이 책 여러 곳에서 나오고《겐에이조》에 '「혼진 살인사건」을 평한다.'라는 긴 글을 실었으니 그쪽에 양보하고 여기서는 이 사실만 덧붙여두기로 한다.'

확인해봐도《호세키》에 게재된「란포 일기」에는 1946년 4월 말에《호세키》창간호 이야기는 없다. 오리지널 '란포 일기'에는 적혀 있을지 모르지만《호세키》에 실을 때는 없었다. 그 대신《호세키》지면에는 '2월 25일'의 '주'로서《호세키》창간 과정이 적혀 있다. 그런데 거기서도「혼진 살인사건」에 대해서는 아무런 이야기도 없다. 1961년에 『탐정소설 40년』으로 묶어 낼 때 다시 읽어보고, 연재 때「혼진 살인사건」에 대해 쓰지 않았다는 사실을 깨닫고서야 비로소 사실관계만 썼다.

많은 란포 연구가들이 지적했듯이 『탐정소설 40년』은 자서전으로나 탐정소설 역사에 관한 책으로나 매우 높은 가치를 지닌 작품인데, 동서고금의 수많은 자서전이 그러하듯 '적지 않은 내용'이 많고, 또 '적혀 있는 내용'이라도 기억이 또렷하지 않거나 얼버무린 부분도 있다. 「혼진 살인사건」에 대해 읽은 직후의 '감상' 또는 '생각', 나아가 '충격'은 '적지 않은 내용' 가운데 하나다.

오리지널 '란포 일기'에는 1946년 4월 하순 어느 날에 「혼진 살인사건」 1회를 처음 읽은 감상이 적혀 있다고 가정하고 이야기를 진행해보자. 그러나 그 감상은 분명히 남들이 읽으면 안 될 만큼 심한 '뭔가'가 있는 내용이다. 그래서 1957년에 《호세키》에 게재할 때는 '《호세키》 창간호를 받은 날'을 통째로 빼고 말았다. 《호세키》 창간호에 관해 썼으면 거기 「혼진 살인사건」에 대한 감상이 없는 것은 자연스럽지 못하기 때문이다.

그렇지만 「란포 일기」를 싣는 《호세키》에 그 창간호 이야기를 쓰지 않으면 이상하다. 그래서 창간호를 읽은 4월 어느 날이 아니라 이와야가 사진을 촬영하러 온 2월 25일에 '주'를 달아 언급했다. 그리고 시간이 흘러 1960년에 단행본으로 낼 때 다시 읽어보니 「혼진 살인사건」에 대해 아무 이야기도 쓰지 않은 것은 역시 이상하다는 생각이 들어 '추기'를 썼다. 여기까지는 추측이다.

「혼진 살인사건」에 대한 란포의 생각의 일단은 《호세키》 1946년 7월호에 쓴 「신인 교망新人翹望」[218] (수필집 『내 꿈과 진실わが夢と真実』에 수록)을 읽으면 알 수 있다. 이 글은 잡지 게재를 전제하

---

218 '교망翹望'은 머리를 새의 꽁지깃처럼 길게 빼고 바라본다는 뜻으로 매우 간절하게 기다리는 모습을 가리키는 말.

고 쓴 글이기 때문에 말하자면 공식 견해인 셈이다.

'요코미조 군의 「혼진 살인사건」은 여기저기서 화제가 되고 있다. 아직 1회를 읽었을 뿐이지만 그 의욕은 다들 인정한다. 우리 중 가장 먼저 본격적인 마음가짐으로 쓰기 시작한 작가에게 축복이 있기를.'

어쩐지 「괴인 이십면상」 앞머리에 나오는 '그 무렵 도쿄의 이 동네 저 동네, 이 집 저 집에서는 둘 이상만 만나면 마치 날씨 이야기로 인사를 건네듯 괴인 "이십면상"에 관한 소문을 나누었습니다'라는 대목과 비슷한 것은 괜한 생각인가?

나중에 요코미조는 지방에 머물고 있어 연재 중인 「혼진 살인사건」이 어떤 반응을 얻었는지 알 수 없었다고 했는데, 《호세키》에 이런 기사가 실리고 란포와 자주 편지를 주고받는 상태라서 당연히 도쿄 탐정 문단의 반응은 알고 있었으리라.

요코미조의 「사쿠라 일기」에는 누구한테서 편지가 오고 누구에게 보냈는지까지 기록되어 있어 란포와의 서신이 오간 상황은 알 수 있다. 게다가 현재 란포가 요코미조에게 보낸 편지는 란포의 유품 가운데 복사본(카본 카피[219])이 발견된 상태다. 그 가운데 일부는 신포 히로히사가 해독해 발표했다(《분게이 별책 에도가와 란포》[220]에 수록).

---

219 예전에는 종이 아래 먹지(카본지)를 넣고 그 아래 다른 종이를 넣어 글씨 쓸 때의 압력을 이용해 복사본을 만들었다.

220 《분게이 별책文藝別冊》은 가와데쇼보河出書房가 발행하는 무크지이며, 《분게이 별책 에도가와 란포》는 2003년 3월 19일에 발행되었다.

5월 3일 자로 란포가 보낸 편지는 요코미조의 「사쿠라 일기」에 따르면 7일에 도착했다. 먼저 윌리엄 아이리시의 『환상의 여인』에 대해 호평하고, 해외 미스터리 이야기를 조금 한 뒤에 《호세키》 1호에 실린 작품을 보았습니다. 정말 서스펜스가 대단하네요. 기대됩니다. 밀실 살인에 도전하겠다고 선언했으니 트릭은 대단하겠군요'라고 적었다. 그다음에는 해외 미스터리에 관한 이야기가 이어진다. 5월 30일 자 편지에는 요코미조가 보낸 딕슨 카의 원서 두 권과 원고 네 편을 받았다고 적혀 있다. 이 무렵 이미 란포는 오카야마에 있는 요코미조의 에이전트 역할도 (아마 무료로) 하고 있어, 잡지나 출판사와의 사이에서 원고를 중개해주었다.

앞에서 이야기한 란포의 「신인 교망」에는 '요코미조 군과는 20여 년 전 우리가 탐정소설을 쓰기 시작했던 무렵처럼 열심히 영미권 탐정소설 독후감을 나누었다. 우리 관심은 뜻하지 않게 딕슨 카(다른 이름은 카터 딕슨)의 작품들에 쏠렸다'라고도 했다. 「사쿠라 일기」 속 짧은 기술이 두 사람이 자주 편지를 주고받았다는 사실을 뒷받침한다. 먼 곳에 살기 때문에 두 사람은 편지로 읽은 책을 서로 소개한 것이다.

란포는 5월에도 여러 사람을 만나 해외 탐정소설을 읽고 평론을 쓰며 바쁘게 보냈다. 5월 14일에는 자신을 방문한 가이조샤 직원 '니시다 군'에게 '퀸 잡지처럼 탐정소설 잡지를 내도록 사토 군에게 권해달라고 부탁'했다. 여기서 '니시다 군'은 프랑수아 포스카[221]가 지은 『탐정소설의 역사와 기교』를 일본어로 옮긴 번역자이기도 하며, '사토 군'은 편집국장인 사토 쓰모루를 가리킨다. 란포는 아직 탐정소설 잡지를 손수 만드는 걸 포기하지 않았던 모양이다.

5월 25일, 다이에이[222] 소속 프로듀서가 찾아와 「심리시험」을 영화로 만들고 싶다고 했다. 그때 다이에이의 사장은 기쿠치 간이었다. 영화는 기쿠치 간이 직접 붙인 〈팔레트 나이프 살인〉이라는 제목으로 10월 15일에 개봉했다. 란포 작품이 영화화된 것은 1927년 〈난쟁이〉(렌고영화예술가협회 제작, 나오키 산주고 각본)에 이어 두 번째였다. 전쟁 기간에는 영화도 탐정물은 제작할 수 없었기 때문에 이 한 작품뿐이었다. 그런데 전쟁이 끝난 뒤 연합군 최고사령부는 시대극을 규제하기 시작했다. 가부키도 마찬가지 처지가 되었는데, 원수 갚는 이야기나 주군에 대한 충성을 소재로 한 이야기는 금지되었다. 그래서 영화사는 시대극 대신 탐정 영화로 눈길을 돌렸다.

이 무렵 란포가 얼마나 오지랖이 넓었는지 보여주는 일화가 있다. 필포츠의 『붉은 머리 가문의 비극』이 번역되어 나올 때였다. 온도리샤의 추리소설 총서로 오구리 무시타로가 번역해 내기로 했었는데, 오구리가 갑자기 세상을 떠나는 바람에 나고야에 살던 이노우에 요시오가 생전에 번역해두었던 원고를 오구

---

221 François Fosca(1881~1980), 프랑스의 작가, 비평가, 미술 평론가. 본명은 조르주 드 트라즈Georges de Traz이며, 피터 코람이란 필명으로 『목이 잘린 여인La femme décapitée』 『연속 살인Séquence de meurtres』 등의 탐정소설을 발표하기도 했다.

222 大映, 1942년부터 1971년까지 존재했던 일본 영화사.

리의 이름으로 내고 인세는 두 사람의 유족이 받을 수 있도록 주선했다. 오구리가 도쿄에서 돌아왔을 때 손에 들고 있던 책이 이 『붉은 머리 가문의 비극』의 원서였는데, 오구리는 란포에게 '용케 이런 궁리를 했다는 생각이 들어 야유 섞인 감탄을 했다'라고 한다. 유명한 사람을 번역자로 내세우고 실제로는 유명하지 않은 사람이 옮긴 번역서는 지금도 있지만, 그 시절에는 훨씬 많았다. '이노우에 요시오 옮김'이라고 하기보다 '오구리 무시타로 옮김'으로 하는 편이 더 잘 팔리기 때문이다. 이런 행태를 비난하기는 쉽다. 그렇지만 갑자기 남편을 잃은 여성을 돕기 위한 일이었으니 미담이라고 할 수도 있으리라. 란포는 출판사에서 받은 돈을 모두 유족에게 보냈다.

아직 '일본탐정작가클럽'은 태어나지 않았지만, 란포는 이미 탐정 문단의 우두머리 같은 존재가 되어 있었다. 서재에 틀어박혀 어둠 속에서 촛불 하나만 켜고 쓴다는 전설까지 생겨난 작가는 전쟁 기간 지역 모임 활동을 하며 사교의 중요성에 눈떴다.

앞에서도 이야기했지만 온도리샤가 낸 추리소설 총서는 번역권 문제 때문에 외국 작품은 내지 못했다. 그런데도 인세는 지급되었다. 란포와 요코미조의 그즈음 일기를 읽어보면 단행본은 출판사의 허락을 받고 원고를 건네면 바로 인세가 들어왔으며, 잡지에 글을 실었을 때도 잡지가 나오기 전에 원고료가 들어왔다. 그러니 이 『붉은 머리 가문의 비극』 역시 란포가 이노우에의 아내에게 원고를 받아 온도리샤에 건네자마자 바로 인세가 지급된 모양이다.

6월 6일, 쓰노다 기쿠오가 란포를 방문해「거미를 기르는 남자」라는 제목을 붙인 장편 탐정소설을 읽어봐달라고 내밀었다. 란포는 원고를 받아 읽고 감탄했다. 이 소설이『다카기 가문의 참극』이다. 요코미조의『혼진 살인사건』『나비부인 살인사건』과 함께 일본 패전 직후에 나온 명작으로 꼽힌다. 란포의 소개로 1947년에 《쇼세쓰小説》지에「총구를 향해 웃는 남자」라는 제목으로 게재되었으며, 아와지쇼보淡路書房에서『다카기 가문의 참극』이라는 제목으로 단행본이 나왔다.

쓰노다는 탐정소설 작가이기는 했지만 주로 전기소설을 썼다. 란포는 설마 쓰노다가 서양 스타일의 논리적인 탐정소설을 쓸 줄은 상상도 하지 못했다. 요코미조뿐만 아니라 쓰노다마저도 란포를 추월하고 만 셈이었다.

그해 6월부터 이와야쇼텐의 일부를 빌려 란포가 주관하는 '탐정소설을 이야기하는 모임'이 열렸다. 그 뒤로 매달 한 차례 토요일에 개최되어 '토요회'라는 이름을 얻었다. 이것이 '일본탐정작가클럽'의 전신이 된다. 란포는 점점 문단 활동을 늘려갔다.

이 무렵 미즈타니 준이 하쿠분칸을 그만두고 전업 작가로 나서기로 했다.

출판계의 전범 추방 운동은 진흙탕 싸움이 되어 있었다. 일본출판협회 내부의 전범을 추궁해야 한다고 주장하는 측(쇼코쇼인의 후지오카 준키치나 진민샤의 사와 게이타로)은 민주주의출판동지회를 결성했다. 2월 들어 협회 내부에 출판계 숙청위원

회가 만들어지고 후지오카와 사와는 하쿠분칸, 고단샤, 세이분도신코샤, 슈후노토모샤主婦の友社, 오분샤旺文社 등의 경영 간부를 불러내 규탄했다. 대형 출판사는 그런 움직임에 반발해 협회를 탈퇴, 4월 15일에 새로 일본자유출판협회를 설립하고 하쿠분칸의 오하시 신이치가 첫 번째 회장을 맡았다.

이때만 해도 오하시는 출판업에 아직 의욕이 있었던 듯하다. 하지만 민주주의 출판동지회의 호된 비판에 정신적인 타격이 약간 있었는지 "일본은 미국이 아니라 소련에 점령당했다"라고 했다. 그리고 앞으로 사유재산을 인정하지 않게 될 거라면서 가지고 있던 토지를 계속 팔기 시작했다.

미즈타니는 전쟁 기간에 편집 책임자로 일한 부분을 추궁받을 가능성이 있는 데다 공직 추방도 생각해 이때 퇴직했는지도 모른다.

긴다이치 고스케 등장

오카야마에 있던 요코미조는 사교와 거리가 먼 생활을 하고 있었다. 오카야마까지 찾아오는 편집자도 거의 없었고, 도쿄의 탐정소설 문단과는 몇몇 친한 사람들과 편지로나 연결되었다. 지역 사람들과도 친분이 거의 없었다. 따라서 요코미조는 24시간 내내 자기 시간을 누릴 수 있었다. 쓰고 싶을 때 얼마든지 쓸 수 있는 시간이 주어졌다. 요코미조는 스스로 이런 환경이 좋았다고 회상했다. 바꿔 이야기하면 전후 란포가 소설을 쓸 수 없게 된 까닭은 찾아오는 손님이 많고 외출할 일도 많아 창작할 시간이 없었기 때문이기도 하다.

5월 14일과 15일, 요코미조는 「나비부인 살인사건」 2회(84매)를 단숨에 써서 16일에 《록》 편집부로 보냈다. 4일 뒤인 20일, 요코미조에게 도쿄에서 처음으로 편집자가 찾아왔다(만약 《록》의 야마사키가 2월에 찾아왔었다면 두 번째 방문한 사람이 된다). 《호세키》의 조 마사유키였다. 요코미조에게 조는 '연재 중인 잡지의 편집장'이라기보다 오랜 친구이자 동료 작가라는 느낌이 더 컸으리라. 「사쿠라 일기」에도 그 뒤에 쓴 수필에서도 '조 군'이라고 부른다.

조 마사유키는 일본 옷만 입는 것으로 알려졌지만 이때는 양복 차림이었다. 철도를 이용한 긴 여행이라 움직이기 편한 양복을 입은 것이다. 요코미조는 양복 차림을 한 조를 본 유일한 작가가 된다.

20일 저녁에 도착한 조는 22일까지 요코미조의 집에서 이틀을 묵었다. 그는 왜 군이 오카야마까지 찾아온 걸까? 패전 직후라 교통 사정은 결코 좋지 않았다. 「사쿠라 일기」에는 21일에 '하루 종일 조 군과 이야기에 빠져들었다'라고 했으며, '조 군에게 건넨 것'으로 네 편의 옛 작품 타이틀을 열거했을 뿐이다. 《호세키》 제3호(6월호)에 이때 조가 찍은 요코미조의 사진이 실려 있으니 그 촬영도 목적 가운데 하나였을 테지만, 과연 오카야마까지 가서 요코미조의 근황 사진을 찍어 실어야만 했을지 이해가 되지 않는다. 원고 독촉도 아니다(종일 이야기에 빠져들면 원고 집필이 늦어진다). 혹시 원고료 같은 금전적인 일로 할 이야기가 있었을까? 아니다.「혼진 살인사건」이 재미있어서 밤새 이야기를 나누고 싶었을 뿐이라는 단순하면서도 소박한 이유 때문이었는지도 모른다.

22일에 조가 돌아간 뒤,「사쿠라 일기」에「혼진 살인사건」이 등장하는 것은 5월 30일로, 이날 일기에는 갑자기「혼진」을 이어 쓰다'라고 나온다. 31일에 4회(57매) 원고가 완성된 듯하다. 여기서 긴다이치 고스케가 등장한다(8장). 3회에서는 '긴다이치'라는 성만 나왔는데 마침내 본인이 등장한 것이다.

긴다이치의 모델은 여러 명이다. 그 '유유자적한 모습'이 A. A. 밀른이 쓴『붉은 저택의 비밀』에 등장하는 아마추어 탐정 앤서니 길링엄과 비슷하다고 표현했다. 전쟁이 끝나기 전에 밀른의 이 소설을 번역한 사람은 다름 아닌 요코미조였다. 그는 긴다이치를「혼진 살인사건」한 작품에만 등장시킬 작정이었다고 밝히기는 했다. 밀른의 길링엄도『붉은 저택의 비밀』한 작품에만 등장하는데, 밀른이 쓴 탐정소설은 이 작품뿐이기 때문에 요코미조와는 상황이 다르다. 아무래도 처음부터 아케치 고고로처럼 여러 작품에 등장할 명탐정으로 만들고 싶다고 생각했던 것은 아닐까?

극작가 기쿠타 가즈오의 젊은 시절도 긴다이치의 모델이었다. 요코미조는 기쿠타를 딱 한 번 만났는데 '얼핏 보기에 자그마하고 초라해 보였지만 내면에는 큰 재능을 간직한 인물'이라는 인상을 받았다. 기쿠타는 양복을 즐겨 입었다. 고지마 마사지로의『꽃 피는 나무』에 등장하는 리뷰극장의 전속 작가가 신문 연재

때 이와타 센타로[223]가 그린 삽화에서는 일본 옷에 하카마 차림으로 그려졌는데 이 그림이 기쿠타의 이미지와 흡사했다.

처음에는 '기쿠타이치'라는 성을 쓰려고 생각도 했지만 발음하기 불편했다. 요코미조는 소개지로 떠나기 전에 살던 도쿄 기치조지의 집 옆에 긴다이치 교스케의 동생이 살고 있어 알고 지냈기 때문에 '긴다이치'라는 성을 빌리기로 했다.

또 한 명의 모델은 조 마사유키였다. 오카야마에 갔을 때 조는 양복 차림이었지만 평소에는 일본 옷을 입었다. 요코미조는 조와 담배 이야기를 나눈 뒤 긴다이치 등장 장면을 썼으니 조의 이미지가 남았다고 해도 이상할 게 없다.

1976년 11월 조가 세상을 떠난 직후에 쓴 에세이에서 요코미조는 긴다이치의 모델이 기쿠타 가즈오이지만 일본 옷차림으로 한 것은 '조 편집장을 놀려주려는 내 심술 때문이다'라고 밝혔다. 원고를 받아 읽어본 조만 그런 사실을 눈치챘으리라.

그런데 「혼진 살인사건」의 이치야나기 집안에서 사건이 일어난 때는 1937년 11월로 설정되어 있다. 동시에 집필한 「나비부인 살인사건」도 1937년 10월에 발생한 일을 다룬다.

1937년은 7월에 루거우차오사건이 일어나 사실상 중일전쟁이 시작된 해이다. 본격적으로 전시체제에 들어간 뒤로 시대를 설정하면 사설탐정이 활약하는 이야기는 설사 픽션이라고 해도 무

223　岩田專太郎(1901~1974), 책 표지와 본문에 그린 독특한 스타일의 미인화로 명성을 얻었으며, 유명 작가의 연재소설 삽화를 많이 그렸다. 쇼와 시대 삽화가로는 일인자로 알려져 있다.

리가 있어 1937년이 긴다이치나 유리가 활약할 수 있는 마지막 해였다고 요코미조는 설명했다.

나비부인 살인사건, 즉 하라 사쿠라 가극단 살인사건은 오사카와 도쿄라는 대도시가 무대였다. 한편 이치야나기 가문의 사건은 오카야마라는 시골에서 일어났다. 같은 해, 한 달 차를 두고 일어난 사건인데도 그 양상은 전혀 달라서 자칫하면 같은 해에 일어난 사건이라는 걸 알아차리지 못한다.

「혼진」과 「나비부인」은 같은 세계

「혼진 살인사건」에서 긴다이치 고스케는 도쿄에 사무실을 둔 사설탐정으로 등장한다. '청년'으로 설정되어 있으며 나이는 '얼핏 보기에 스물대여섯'이라고만 언급된다. 긴다이치라는 성을 지닌 '유명한 아이누 학자가 있다. 이 사람은 분명히 도호쿠나 홋카이도 출신이었을 텐데, 긴다이치 고스케도 그 지방 출신인 듯'이라고만 서술해 출신지도 모호하다. 열아홉 살에 고향의 중학교를 졸업하고 도쿄로 와서 모 사립대학에 적을 두었지만 1년도 지나지 않아 '일본 대학은 시시하다는 생각이 들어' 훌쩍 미국으로 건너갔다. 샌프란시스코에서 일어난 사건을 해결하면서 그곳 일본인 사이에서 유명해져 구보 긴조라는 오카야마 사업가와 알게 되었다. 3년 뒤에 귀국한 긴다이치는 구보를 찾아가 도쿄에 탐정사무소를 낼 자금을 얻어낸다.

긴다이치는 이렇게 해서 사설탐정 업무를 시작했다. 하지만 일이라고 할 만한 의뢰는 거의 들어오지 않았다. 그렇게 반년쯤 지난 어느 날 '모 중대 사건을 멋지게 해결한 공로자'로 신문에 실렸다. 그리고 '오사카 쪽에 또 어려운 사건이 일어나 고스케는 조사차 오사카에 머물고 있었는데, 뜻밖에 사건이 일찍 해결되어' 휴식을 취하러 오카야마에 사는 구보 긴조를 찾아갔다. 하지만 구보는 조카딸이 이치야나기 가문의 장남과 결혼하게 되어 그 예식에 참석하기 위해 '오카○○촌'에 가야 했고, 긴다이치는 대신 집을 보고 있었다. 그러다 사건이 일어나서 구보에게 불려갔다.

긴다이치의 출생 연도를 역산해보면, 혼진 살인사건이 일어난 1937년(쇼와 12) 초에 사설탐정 사무소를 개업했고, 그 전에는 3년 동안 미국에 머물렀다. 미국에 건너간 것은 열아홉 살에 도쿄의 사립대학에 들어간 지 1년 이내이니, 스물세 살이나 스물네 살쯤이리라. 그렇다면 1913년(다이쇼 2) 혹은 1914년 출생이라는 이야기다. 요코미조는 1902년생이니 긴다이치가 1913년 출생이면 그보다 열한 살 어리다.

한편 「나비부인 살인사건」을 읽다 보면 '제6장 인기 가수의 죽음'에서 10월에 일어난 하라 사쿠라 살해와 관계가 있을 만한 사건으로 5월 27일에 일어난 가수 후지모토 쇼지 살인사건을 언급한다. 그러면서 이 사건에는 이 이야기를 쓰는 화자인 신문기자 미쓰기가 관여하지 않은 것으로 되어 있다. 왜 관여하지 않은 걸까? 그때 일어난 '모 고위 관리 암살 미수 사건'의 취재를 담당하고 있었기 때문이다. 긴다이치가 각광을 받았다는 '모 중대 사건'은 바로 이 사건을 말하는 게 아닐까?

게다가 이치야나기 가문 사건은 11월 25일에 일어났으며, 오사카에서 하라 사쿠라의 시체가 발견된 것은 10월 20일이다. 긴다이치가 오카야마에 있는 구보를 찾아가기 직전에 관계한 '오사카 쪽'에서 일어난 '어려운 사건'이란 바로 나비부인 사건이라는 주장도 성립할 수 있는 설정이다.

전혀 다른 세계에서 일어난 두 사건은 사실 연결되어 있으며, 하나의 커다란 세계에서 일어났던 일일지도 모른다. 이게 우연일까? 과연 몇 명이나 눈치챌지 시험해보려는 요코미조의 장난기가 발동했던 걸까?

「혼진 살인사건」의 단행본

요코미조는 「혼진 살인사건」과 「나비부인 살인사건」을 번갈아 썼다. 5월에는 초반에 「나비부인」 2회(84매), 후반에는 「혼진」 4회(57매)를 썼고, 6월에도 초반에는 「나비부인」 3회(76매), 후반에는 「혼진」 5회(57매)를 썼다. 7월에는 둘 다 쓰지 않아도 되었다.

8월에는 6일까지 「나비부인」 4회(86매)를 썼는데, 이것이 앞에서 이야기한 '제6장 인기 가수의 죽음'이다. 그 바로 뒤에 요코미조는 「혼진」 6회(71매) 집필에 착수해 9일에 원고를 완성했다.

9월에는 「나비부인」을 건너뛰고 9월 6일에 「혼진」 7회(74매)를 썼다.

10월 들어 「혼진」 마지막 회인 8회(139매)를 7일 만에 썼다. 이전까지 쓴 원고의 곱절이 되는 분량으로, 12월호에 게재되었다.

「혼진」 완성의 여운에 젖을 틈도 없이 12일에는 「나비부인」 5회 (71매)를 썼다.

「혼진」 집필을 마친 직후인 10월 14일의 「사쿠라 일기」에 '이나키 군으로부터 출판에 관한 이야기'가 있었다고 적었다. '이나키 군'이라는 인물에게서 단행본으로 내고 싶다는 제안을 받았던 모양이다.

여기서 말한 '이나키 군'은 독일문학 연구자 겸 번역가인 이나키 가쓰히코로, 미스터리에 대해서도 폭넓은 지식을 가지고 있었다. 란포는 요코미조에게 편지를 쓰며 이렇게 말했다.

'아직 호세키샤에서 「혼진」 출판을 제안하지 않았다니 뜻밖이군요.《호세키》는 단행본 출판 쪽까지 손을 대기 힘든 실정이겠죠. 다른 회사는 어차피 《호세키》와 약속한 상태가 아닐까 지레짐작하고 접근하지 않았을 겁니다. 이나키 군이 근무하는 회사는 엉겁결에 횡재를 한 셈. 나는 「혼진」은 어차피 어딘가와 계약이 끝났을 줄 알고 무책임한 소개장을 썼는데, 이렇게 되고 보니 좀 걱정이군요. 세이주샤는 아마 문제가 없으리라 생각하지만 아무래도 잘 모르는 출판사라서.'

추측하기에 란포는 요코미조에게 "이나키 군이라는 지인이 세이주샤라는 출판사를 차렸으니 기존에 발표한 작품을 내도록 허락해달라"고 부탁했던 모양이다. 이나키는 요코미조에게 「혼진 살인사건」을 낼 출판사가 정해지지 않았다면 자기가 꼭 내고 싶다고 밀져봐야 본전이라는 생각으로 편지를 썼다. 요코미조는 이나키에게 내도 좋다고 답장을 보냈다. 그 사실을 알게 된 란포는 깜짝 놀랐다—대략 이런 스토리 같다.

「사쿠라 일기」에는 10월 5일에 이나키가 출판을 허락해달라고 부탁했다는 이야기만 적혀 있다. 또 같은 날에는 '닛세이쇼보日正書房에 근무하는 도다'로부터 출판하고 싶다는 요청이 들어왔는데, 이 '도다'는 창가학회의 도다 조세이를 가리킨다. 도다는 이 무렵 란포와 가깝게 지냈으며, 1946년 12월에 닛세이쇼보에서 『엽기의 끝』이 나왔고, 이듬해인 1947년 6월에 요코미조의 『목매다는 배』도 나왔다.

그리고 11월 2일, 요코미조는 「옥문도」 1회(78매)를 완성했다. 《호세키》에 연재를 시작한 것이다. 「혼진 살인사건」 마지막 회를 썼을 때 요코미조는 몇 달 쉬고 나서 다음 장편을 쓰려고 구상을 다듬고 있었는데 조 마사유키가 바로 다음 호부터 써달라고 했다.

「혼진」과 「나비부인」이 동시에 집필된 사실은 너무도 유명하지만 사실 「옥문도」와 「나비부인」도 집필 시기는 겹친다.

「옥문도」 집필을 위해 구상을 다듬기 시작한 것은 일러야 4월 25일이었다. 고베 시절부터 앞길을 안내해주는 역할을 하던 니시다 마사지가 애거사 크리스티의 『그리고 아무도 없었다』 원서를 보내주었는데 다 읽은 때가 이날이었다. 「사쿠라 일기」에는 '독료讀了. 재미있었다'라고 썼다. 요코미조는 태평양전쟁 전에 밴 다인의 『비숍 살인사건』을 읽고 영국 동요 머더구스 가사에 맞춘 살인이라는 아이디어에 감탄했다. 그러나 같은 것을 일본에서 하더라도 흉내를 냈다는 비판을 받게 되리라 생각해 단념했다. 그렇지만 크리스티도 머더구스를 본뜬 살인사건을 썼다는 사실을 알게 되어 가사 그대로 살인사건이 일어난다는 아이디어는 누가 써도 괜찮다는 걸 알게 되었다. 그래서 자기도 써보기로 하고 머더구스 대신 하이쿠[224]를 떠올렸다.

무대는 세토내해[225]에 있는 섬이 좋겠다고 생각했다. 요코미조는 섬에 가본 적이 없었지만, 요코미조의 집을 드나들던 오카다촌에 사는 농부 가토 히토시가 한때 세토내해에 있는 섬에서 교사로 일한 적이 있어, 섬사람들의 인간관계나 풍물에 관해 이야기해주었기 때문에 그 정보를 바탕으로 옥문도라는 가공의 섬을 만들어냈다.

등장인물 배치까지 마친 상태에서 달리 이야기할 상대도 없어서 아내인 다카코에게 다음 소설은 이러이러한 설정이라고 이야기하자 다카코가 "범인은 ○○네"라고 했다. 그건 요코미조가 생각도 하지 못한 인물이었기 때문에 깜짝 놀라 처음에는 불같이 화를 냈다. 그런 범인으로 만들면 어떤 비판이 쏟아질지 모른다 싶을 만큼 엉뚱한 대답이었다. 하지만 요코미조는 이내 생각을 고쳤다. 자신도 생각지 못했다면 독자에게도 의외인 범인이 되리라. 부자연스럽기는 하지만 쓰기에 따라 방법이 생기지 않을까?

이렇게 해서 범인이 결정되자 더욱 꼼꼼하게 구상을 다듬어 갔다.

---

224 俳句, 일본의 아주 짧은 전통 정형시.

225 瀬戸内海, 혼슈와 시코쿠, 규슈에 둘러싸인 바다. 이곳에는 3천여 개의 섬이 있다.

11월은 잡지 《록》의 사정 때문에 「나비부인」을 쓰지 않아도 되었다. 6회(93매)는 12월 5일에 완성했다. 《록》은 첫해에 불규칙하게 책을 내는 바람에 매달 나오지는 않았기 때문이다.

12월 7일, 드디어 이나키가 다시 「사쿠라 일기」에 등장한다. 내용은 알 수 없지만 이나키가 보낸 편지가 도착했다. 그리고 다음 달인 1947년 1월 6일에 요코미조는 이나키에게 편지를 보냈다.

란포의 「혼진 살인사건」 비평

내용은 알 수 없지만 요코미조가 이나키에게 답장을 보내고 닷새 뒤인 1월 11일, 란포로부터 편지가 도착했다. 「사쿠라 일기」에는 '에도가와 란포 씨로부터 「혼진」에 대한 비평 및 「나비부인」 영화화 교섭'이라고 적혀 있다. 이 비평이 바로 《호세키》 1947년 2월·3월 합병호(발매일은 2월 25일)에 게재된 「『혼진 살인사건』을 읽다」였다(책에 실릴 때는 「『혼진 살인사건』」, 또는 「『혼진 살인사건』을 평하다」로 제목을 바꾸었다). 란포는 《호세키》에 게재되기 전에 요코미조에게 '이런 이야기를 썼다'며 원고 사본을 보냈다.

이날 편지에서는 「나비부인 살인사건」을 영화로 만들자는 제안이 들어왔다는 소식도 전했다. 란포의 「심리시험」을 바탕으로 〈팔레트 나이프〉라는 영화를 만든 다이에이의 제안이었다. 란포는 영화사와 요코미조 사이에서 중개 역할을 맡고 있었다.

요코미조는 이날 일기에 보기 드물게 '감정'을 토로했다. 「사쿠라 일기」에는 무엇이 오고, 무엇을 얼마나 썼다는 기록이 대부분이다. 그날그날 무슨 생각을 했는지는 거의 적혀 있지 않아서 이날의 일기는 유독 눈에 띈다. 요코미조는 딱 한 마디만 썼다.

'오늘은 기쁜 날이다.'

영화화 제안에 기뻐한 것은 아니리라. 란포가 쓴 「『혼진 살인사건』을 읽다」를 보고 기뻐한 게 틀림없다. 란포의 평론은 이렇게 시작한다.

'요코미조 군이 발표한 「혼진 살인사건」이 완결되어 처음부터 쭉 읽고 여러 가지 느낌을 받았다. 이 작품은 전후 첫 장편 추리소설일 뿐만 아니라 요코미조 군으로서도 데뷔작 이후 처음 쓴 순수 추리물이며, 또한 일본 탐정소설계에서도 두세 가지 예외적인 작품을 빼면 거의 처음 나온 서양 스타일의 논리적 소설이다. 걸작이냐 아니냐는 일단 미뤄두고라도, 그런 의미에서 크게 다루어야 할 획기적인 작품이다. 그래서 나는 이 작품을 우리에게 처음 제시된 하나의 표본으로 보고, 종전에 비해 더 상세하게 「혼진」 그 자체에 대한 비평뿐 아니라 탐정소설 일반론도 언급하면서 작품을 검토하고 싶다고 생각하는 바이다.'

'상세하게'라고 했듯이 이 평론은 상당히 길다. 고분샤문고판 전집에서는 제25권에 실렸는데 분량이 16쪽에 이른다. 요코미조가 어떤 작가인지 소개하고 과거 영미 탐정소설의 트릭과 비교하며 「혼진 살인사건」이 얼마나 멋진 작품인지 언급한다. 하지만 6쪽 중간에서 '이상은 이 소설의 장점에 대한 내 감상을 열거한 것인데'라고 하며 '이 작풍은 내가 주장하는 에드거 앨런 포, 코넌 도일에서 바로 이어지는 본래의 추리소설의 전형적인 형태를 갖추고 있는데, 나는 이 소설을 읽은 뒤 무조건 갈채를 보낼 수는 없었다. 잘 쓰기는 했지만, 서양 걸작에 비하면 뭔가 크게 부족한 면이 있었다'라며 다음 한 페이지에 걸쳐 불만을 이야기한다.

1975년 8월, 잡지《야세이지다이野性時代》에서 요코미조는 고바야시 노부히코와 대담(『요코미조 세이시 독본』에 수록)을 나누었는데, 고바야시는 「혼진 살인사건」이 발표되었을 때 중학생이었는데도 「혼진」은 물론《호세키》에 실린 란포의 평론도 읽었다. 그는 "역시 제겐 매우 강렬한 인상을 남겼습니다. 이건 이미 완벽한 작품이구나 하는 느낌이었으니까요. 그 비평도 대여섯 차례 읽은 것 같지만요"라고 했다. 고바야시는 「혼진 살인사건」을 읽고 완벽하다고 생각했는데, 란포가 이런저런 결점을 지적해 놀랐으리라.

이 말을 받아 요코미조는 "란포 씨가 그 글을 발표하기 전에 원고를 보내주었죠. '이러저러하게 썼는데' 하면서요. 뭐 나는 그 내용에 이의는 없어요"라고 한다.

란포가 「혼진 살인사건」에 대해 품은 불만 가운데 하나는 밀실 트릭이 너무 기계적이라 정말로 그런 일이 가능하겠느냐는 생각이 든다는 점, 또 하나는 범인과 그 범인을 돕는 인물들의 동기가 약하다는 점이었다.

요코미조 자신도 그 문제를 느꼈던 모양이다. 그래서 "이의는 없어요"라고 한 것이다.

고바야시와 나눈 대담에 대해 요코미조는 『요코미조 세이시 독본』앞머리에서 '속기와 녹음을 충실하게 해 두 사람의 일문일답이 아주 정확하게 전달되고 있다'라고 했다. 하지만 나중에 고바야시가 두 편의 수필에서 밝힌 바로는, "이의는 없어요"라고 한 뒤에 요코미조는 이렇게 덧붙였다.

"나는 단도를 받은 듯한 느낌이 들어 오싹했죠."

이건 1989년에 나온 고바야시 노부히코의 『소설 세계의 로빈슨』에 있는 요코미조의 발언으로, 고바야시가 10년 뒤인 1999년에 낸 『인생은 쉰하나부터』에서는 다음과 같이 말했다고 적혀있다.

"이의고 뭐고 느닷없이 내게 나이프나 비수를 들이댄 느낌이었다."

의미는 같지만 뉘앙스가 다르다. 어느 쪽이 맞는지는 녹음이 보존되어 있지 않은 한은 알 수 없다. 정말로 요코미조가 이런 뜻의 말을 했는지도 의심하자면 끝이 없다. 고바야시는 『소설 세계의 로빈슨』에서 이렇게 해설했다.

'(일본) 패전과 동시에 란포는 탐정소설 이론가로 지도적인 위치에 서서 새로운 바람을 추구했다. 그렇지만 (란포 이론을) 실제로 구현한 작가 1호로 등장한 사람은 바로 요코미조 세이시였다. 그리고 제2막의 주인공은 누가 보더라도 요코미조 세이시이지 에도가와 란포는 실제 작품이 없었다. 그런 상황에서 란포가 요코미조 세이시의 작품을 인정할 때는 고통과 기쁨이 동시에 느껴졌으리라. 그리고 란포의 성격을 빤히 아는 요코미조 세이시가 그걸 모를 리 없었다. 단도를 받은 느낌이 들어서 오싹했다

는 말이 실감이 났다.'

『인생은 쉰하나부터』에는 이렇게 썼다. '전쟁 중에 딕슨 카를 읽고 전쟁만 끝나봐라, 하고 의욕을 불태우던 란포가 동생뻘에다 결핵까지 앓는 세이시에게 추월당한 분함, 굳이 이야기하자면 「『혼진 살인사건』을 평하다」에서는 란포의 질투 비슷한 감정까지도 느껴진다. 요코미조가 "비수를 들이댔다"라고 느낀 것도 무리가 아니었다.'

물론 란포가 결점을 지적하고 그걸 《호세키》에 게재한 일에 요코미조는 불만을 품거나 혹은 짜증도 났을 것이다. 왜 편지로 전하는 데서 그치지 않았는가, 라고. 요코미조의 아내 다카코는 남편이 세상을 떠난 뒤 열린 좌담회(가도카와문고판 『풍선 마인·황금 마인風船魔人·黄金魔人』에 수록)에서 요코미조가 란포를 어떻게 생각하고 있었는지에 대해 이야기하던 중 이렇게 말했다.

"「옥문도」를 쓰던 무렵이었던가? '질 수 없지. 질 수 없어'라고 자주 말했어요. 면도를 하면서도, 세수를 하면서도, 변소에 가면서도요. 늘 란포 씨, 란포 씨 하고 입에 달고 살았어요."

란포는 이 시기에 요코미조를 위협할 만한 소설을 써내지 못하고 있었다. 이 '질 수 없지'라는 말은 란포의 비평에 질 수 없다는 의미였으리라. 요코미조가 여러 수필에서 「혼진 살인사건」은 '습작'이었다고 이야기한 이유는 란포의 비판 때문일 것이다. 하지만 이번에는 달랐다. 이번에야말로 란포가 트집을 잡을 수 없을 본격 탐정소설을 써내겠다, 요코미조는 틀림없이 이런 생각으로 「옥문도」를 썼을 것이다.

그런데 전후 란포와 요코미조 사이에 불화가 있었다며 그 원점이 란포가 쓴 「혼진 살인사건」 비평이 아니냐는 지적이 있다. 과연 그럴까? 이 글을 읽고 요코미조가 보인 반응은 '오늘은 기쁜 날이다'라는 한 마디뿐이 아니었던가? 그 유명한 란포가 자기 소설에 대해 이토록 긴 평론을 썼다. 요코미조는 란포가 자기를 밴 다인, 엘러리 퀸, 애거사 크리스티, 딕슨 카 같은 서양 일류 작가와 같은 위치에 놓고 논평해주어 기뻤다. 설사 집요하리만치 결점을 지적했다고 하더라도. 한편 요코미조는 란포의 어두운 면도 간파했다. 그걸 30년이 지나서도 잊을 수 없었다. 그래서 대담 상대인 고바야시에게 그 마음을 털어놓다 보니 그만 '단도' '나이프나 비수' 같은 표현을 입에 올리고 말았다. 하지만 원고나 교정쇄를 읽어보면 역시 이건 숨겨야 할 일이라며 삭제했다. 요코미조 세이시의 진심은 알 수 없다. 미스터리의 거장이 남긴 영원한 수수께끼다.

한 명의 바쇼[226]의 문제

《록》은 《호세키》보다 한 달 먼저 창간했지만 인기는 뒤졌다. 편집장 야마사키 데쓰야는 인기를 끌어올리기 위해 잡지에서 논쟁을 벌이기로 했다. 처음부터 그런 의도가 있었는지는 모르지만 1947년 1월호부터 기기 다카타로의 수필 연재를 시작했다. 제1회에서 기기가 '탐정소설 예술론'을 펼치자 다음 호에서는 란포

---

226 마쓰오 바쇼松尾芭蕉(1644~1694), 에도 시대 전기의 유명한 시인.

에게 반론을 쓰게 했다.

이것이 탐정소설 논쟁사에 기록된 '제2의 탐정소설 예술 논쟁' 또는 '한 명의 바쇼론'이다.

탐정소설에는 트릭과 논리적인 사색, 서스펜스가 반드시 있어야 하지만 소설로서도 예술품이어야만 한다고 기기 다카타로는 주장했다. 특별히 새롭게 내세운 주장이 아니기 때문에 '제2의'라는 수식이 붙었다. 기기가 주장한 바는 트릭의 독창성도 중요하지만 트릭이 새롭다거나 특이하기만 해서는 안 되며, 그 트릭이 온전히 범인의 '생활, 사상, 심리, 의도에서 끄집어낸 것이어야만 한다'라는 것이었다. 예를 들어 밀실 트릭이 아무리 대단하다고 해도 범인이 밀실 살인을 계획하고 실행한 이유에 설득력이 없으면 소용없다는 말이다.

'트릭이 있어야만 탐정소설이 성립하는 것은 아니다. 먼저 내용이 있고, 그 위에서 트릭은 그 내용에 의해 필연적으로 규정되어야 비로소 성립한다. 이렇게 되어야 그 소설은 비로소 탐정소설이며, 나아가 완전한 예술품이 되는 것이다.'

란포는 이 평론을 받아, 기기 다카타로가 '수수께끼와 논리가 아무리 재미있고 독창성이 있더라도 그것이 문학이 아니면 의미가 없다'라고 주장하는데, 자신은 '물론 문학을 배척하지는 않지만, 제아무리 문학으로서 뛰어나다고 해도 수수께끼와 논리의 재미에 있어서 수준이 떨어지면 탐정소설로는 흥미롭지 않다'며, 마치 같은 사물을 다른 각도에서 보고 이야기하는 것 같지만 그렇지 않다고 했다.

'문학과 탐정적 흥미가 둘 다 최고인 상태에서 혼연일체를 이루기는 너무도 어려운 일이기 때문에 현실적인 문제로 문학과 탐정소설 사이에는 양쪽의 생각에 상당한 거리가 생기는 것이다.'

즉 기기 다카타로는 문학 제일주의, 란포는 탐정소설 제일주의인데, 양쪽이 하나로 잘 어우러지면 이상적이겠지만 그건 쉬운 일이 아니다.

'문학적 맛이 있는 탐정소설'은 가능할지 몰라도 그 이상의 '문학으로까지 치고 나가는' 것은 너무 어려운 일이라서 '평범한 문학이 되었을 때 탐정소설은 이미 그 존재를 숨기고 만다'. 란포는 '탐정소설의 탐정소설다움을 사랑한다. 그 "다움"을 잃은 평범한 문학을 탐정소설이라고 부를 필요성을 나는 인정할 수 없다. 인정하는 순간 탐정소설이라는 장르는 소멸한다'.

그 예로 란포는 도스토옙스키가 쓴 『카라마조프가의 형제들』을 들었다. 이 세계문학 역사에 길이 남을 명작은 살인 장면이 나와 넓은 의미의 미스터리로 여겨지기도 하지만, 란포는 '탐정소설로 보고 평가하자면 수준이 그리 높지는 않다'고 했다. 문학을 지향하며 이런 소설을 쓰는 건 좋지만, 탐정소설로는 이런 소설을 써봐야 소용없다는 이야기다.

란포는 실제 작가로서 탐정소설 쓰는 법에 대해 이렇게 이야기한다. '인간을 창조하고, 그 인간의 필연을 따라가 지극히 자연스럽게 트릭을 만들어내는 게 아니다. 먼저 트릭을 고안한 다음, 그 트릭에 어울리는(가능한 한 필연성이 있는) 인간관계를 만들어내는 순서를 밟는 것이다. 문학의 상황과는 정반대이지만 바로 여기에 탐정소설의 숙명이 있다. 이 숙명을 무시하고 리얼리즘 문학이 걷는 일반적인 길을 나아간다면 거기서 태어나는 작품은 탐정소설이 아니다.'

이런 작법은 요코미조도 거듭 이야기했다. 트릭이 먼저 있고 인물은 그다음이다.

란포는 일본에서 지금까지 발표된 탐정소설은 '탐정소설적 재미보다 문학적 맛이 더 뛰어나다' '논리적 재미는 매우 희박'하다며, 세계의 주류와 너무 동떨어진 느낌이라고, '이제 다시 본궤도로 돌아와 본래의 탐정소설, 특히 장편 탐정소설에서 서양 걸작과 어깨를 나란히 하거나 혹은 능가할 작품을 내놓아야 한다'라는 지론을 펼쳤다.

그리고 지금까지 발표된 작품들은 '지금 당장'의 문제라며, '먼 이상'을 이야기하자면 다른 생각이 든다면서 드디어 '한 명의 바쇼'론을 꺼낸다.

'일류 문학이면서도 탐정소설 독자가 원하는 재미도 놓치지 않기란 그야말로 매우 어려운 일이다. 하지만 내가 그 가능성을 완전히 부정하는 것은 아니다. 혁명적인 천재가 출현할 가능성에 대해 비관하는 게 아니다. 어쩌면 탐정소설계에 한 명의 바쇼가 나올 수도 있지 않을까? 모든 문학 가운데 우뚝 선, 가장 높은 자리에 있는 왕좌에 탐정소설이 앉는 일이 꼭 불가능하지는 않기 때문이다.'

란포는 바쇼를 이렇게 평가했다. '원래 길에서 평범한 이들이 흔히 하던 놀이'에 지나지 않아 '귀족 시인들이 비웃던 이 평범한 표현과 이야기로 이루어진 하이카이[227]를' '비장한 기백과 온몸과 마음을 바쳐 벌인 싸움을 통해 마침내 더는 높은 곳이 없는 최고의 예술로 만들고 철학으로 만들었다'.

이런 바쇼가 이룩한 혁명이 엄연히 역사적인 사실, 즉 '100년에 한 명 나올까 말까 한 천재가 평생 피와 눈물을 바쳐 개척한 전인미답의 경지'로 존재하기 때문에 바쇼 같은 천재가 나타난다면 탐정소설의 혁명도 가능하다. 그래서 란포는 '아아, 탐정소설의 바쇼가 될 사람은 누구일까'라며 하소연했다.

이 글을 쓰며 란포가 요코미조를 떠올렸는지 어떤지는 알 수 없다. 집으로 배달된《록》을 읽으며 요코미조는 어떤 생각을 했을까. 그건 같은 해 가을이 되어야 알 수 있게 된다.

단행본과 영화

란포가 보낸 편지가 1947년 1월 11일에 도착했다. 거기에는 「혼진 살인사건」에 대한 비평과 함께「나비부인 살인사건」영화화 이야기도 적혀 있었다. 사실 다이에이는 애초에 「혼진 살인사건」의 영화화를 제안했다고 한다. 그때도 란포를 통해 제안했었는데, 요코미조는 영화계를 전혀 몰라서 란포에게 모든 권리를 맡긴 상태였다. 란포는 자기 경험으로 미루어 원작자의 주문은 절대 통하지 않는다는 점, 원작을 엉망진창으로 바꿔놓을지도

---

227 俳諧, 하이카이렌가俳諧連歌를 줄여 부르는 말로, 짧은 시 형태를 지닌 일본의 문예 형식 가운데 하나. 유희성이 높은 집단 문학이다.

모른다는 점을 설명하고 미리 각오할 필요가 있다고 알렸다. 요코미조는 그 말을 이해하고, 그 뒤로 가도카와에이가[228]와 일을 할 때도 영화화할 때는 아무런 주문도 하지 않았다.

다이에이가 「혼진 살인사건」 영화화를 제안한 것은 《호세키》에 연재하고 있을 때였다. 즉 요코미조 말고는 아무도 결말을 모르는 단계에서 영화 제작을 결정한 것이다. 긴다이치 고스케 역은 오카 조지[229]가 맡기로 결정된 상태였다. 하지만 연재 마지막 회를 읽은 뒤 다이에이는 너무 기계적인 밀실 트릭이라는 이유로 영화화를 포기했다. 대신 「나비부인 살인사건」을 영화화하기로 하고 다시 란포를 통해 허락을 부탁했다.

요코미조는 란포가 보낸 편지를 받은 11일에 《록》의 야마사키 편집장에게 전보를 쳤다. 내용은 알 수 없지만 영화화 이야기가 나오니 란포에게 연락을 취하라는 취지였을 것으로 보인다.

이때는 아직 「나비부인」이 완결되지 않은 상태였다. 7회(132매)를 쓰던 중이었는데 14일 오전 6시에 완성해 야마사키에게 보냈다.

그리고 19일, 야마사키로부터 '나비부인 도착 란포 씨에게 연락'이라는 전보가 왔다. 「나비부인 살인사건」의 원고를 받고 란포에게 보여주었다는 이야기다. 란포로서도 「혼진 살인사건」처

---

228 角川映画, 가도카와쇼텐을 비롯한 관계사들이 만들어내는 영화 전반을 가리킨다. 가도카와에이가 주식회사는 2002년에 설립되었고, 2011년 가도카와쇼텐에 합병되었다.
229 岡讓二(1902~1970), 본명은 나카미조 가쓰조. 1929년에 배우로 데뷔해 1966년까지 수많은 영화에 출연했다.

럼 영화화가 어려운 내용이 되지 않을까 걱정스러워 될 수 있으면 빨리 다음 편을 읽고 싶었을 것이다.

「나비부인 살인사건」 마지막 회(8회)는 2월 10일에 탈고했다. 마지막 회는 208매나 썼다. 그리고 같은 날 『『나비부인 살인사건』 영화화에 대하여」라는 수필까지 썼다. 하지만 4월 2일에 도착한 란포의 빠른우편에는 「나비부인 살인사건」의 영화화가 암초를 만났다고 적혀 있었다고 한다.

한편 도요코에이가東橫映画(지금의 도에이東映)에서 「혼진 살인사건」을 영화로 만들고 싶다고 했다. 이 제안은 요코미조에게 직접 들어왔는데, 요코미조는 이번에도 란포에게 맡기기로 했다. 이때는 작품이 완결된 상태였기 때문에 그 기계적인 밀실 트릭을 아는 상태에서 영화로 만들겠다고 나선 것이다. 연합군 사령부의 방침 때문에 예전처럼 시대극을 만들 수 없으니 다이에이는 시대극 스타인 가타오카 지에조[230] 주연으로 변장의 명수인 사설탐정이 주인공인 〈다라오 반나이多羅尾伴内〉[231](감독 마쓰다 사다쓰구, 각본 히사 요시타케)를 만들어 인기를 끌었다.

그때 각본을 썼던 히사 요시타케가 가타오카 지에조 주연, 마쓰다 사다쓰구 감독으로 「혼진 살인사건」을 영화화하자며 도요

---

230 片岡千恵蔵(1903~1983), 가부키 무대로 데뷔해 1923년 영화계로 넘어왔고, 이후 1981년까지 많은 영화와 텔레비전 드라마에 출연했다.

231 탐정의 이름을 딴 미스터리 영화 시리즈. '일곱 개의 얼굴을 지닌 남자' 시리즈 또는 '후지무라 다이조' 시리즈라고 부른다. 1946년부터 1948년까지 다이에이가 네 편, 1953년부터 1960년까지 도에이가 일곱 편을 제작해 큰 인기를 모았다. 나중에 텔레비전 시리즈로도 제작되었다.

코에이가에 팔았다. 결과적으로 이 작품도 히트해 시리즈가 되었고, 가타오카 지에조 주연의 긴다이치 시리즈는 여섯 작품이 만들어졌다.

이리하여 동시에 잡지 연재를 하던 두 작품은 동시에 영화화가 진행되었다. 그러나 연합군 사령부 방침에 따라 소설 제목에는 '살인'을 허가하지만, 더 대중적인 매체인 영화에는 적절하지 않다 하여 제목에 쓸 수 없었다. 「혼진 살인사건」은 〈세 손가락 사내〉, 「나비부인 살인사건」은 〈나비부인 실종사건〉이라는 제목으로 12월에 개봉했다.

영화화와 동시에 두 작품의 단행본 출간도 진행되었다. 이나키의 이름이 「사쿠라 일기」 2월 1일에 다시 등장한다. 그동안 일기에 나오지 않은 만큼 뭔가 사연이 있었던 모양인데, 2월 1일에 이나키가 인세의 일부로 5천 엔을 보내고 그걸 확인하고 나서 '이나키 씨에게 「혼진」 원고를 모아 보내다'라고 적혀 있다.

세이주샤판 『혼진 살인사건』에는 '2월 1일'에 썼다는 '후기'가 끄트머리에 실려 있다. 이 후기에서 요코미조는 란포의 평론에 대해서도 언급했다.

'《호세키》에 연재를 마치자마자 이 소설은 도쿄의 탐정소설 작가 및 탐정소설 동호인들로 이루어진 토요회 모임에서 꼼꼼하게 분석, 검토되었다. 그때 제일 먼저 발언한 에도가와 란포 씨는 내게 미리 비평 원고를 보여주었는데, 이 소설을 꼼꼼하게 해부해 장단점을 낱낱이 지적하는 내용이었다.'

또 '모임에 참석한 분들의 비평 요지는 에도가와 란포 씨와 미즈타니 준 씨가 편지로 알려주었다. 비판 의견을 한마디로 정리하면 살인 동기 면에서 독자를 충분히 이해시키지 못했다는 것이었다고 한다. 그건 나 또한 만족스럽지 못하다고 여기던 바이기에 마무리 부분을 손질했다. 또 에도가와 란포 씨의 비판을 존중해 시작 부분도 일부 수정하려고 했지만, 그러면 일이 너무 커질 것 같았다. 일단 마무리된 소설의 템포가 무너질 우려가 커서 앞부분 손질은 포기하고 그대로 내놓기로 했다'.

즉 10월에 《호세키》연재본을 완성하고 1월에 란포의 비평을 원고 상태로 읽고 가필하기로 했지만, 그 전부터 단행본을 내자는 이야기가 있었으니 이미 가필하던 중이었는지도 모른다. 어쨌든 이 가필을 언제 했는지 「사쿠라 일기」에는 기록이 없다.

일반적으로 책의 '후기'에는 그 출판사에서 나오게 된 사연을 이야기하는데, 이 '후기'에는 그런 정보가 전혀 없다. 이때까지만 해도 「사쿠라 일기」에는 출판사인 '세이주샤'의 이름이 나오지 않는다. 세이주샤판의 판권에 적힌 발행인은 구루 사이지久留哉治인데 이 이름은 「사쿠라 일기」에 한 번도 나오지 않는다.

2월에 인세 계약금을 받고 원고를 보냈는데,『혼진 살인사건』책은 12월에야 나왔다. 「사쿠라 일기」로 그 후 이나키와 주고받은 연락을 확인할 수 있다. 2월 24일에 이나키로부터 뭔가를 받고 6월 13일에는 뭔가를 보냈으며, 7월 12일 자에 '이나키 군으로부터 중간보고. 오시타 씨의 책(세이주샤)'이라고 적혀 있어 여기서 드디어 '세이주샤'라는 이름이 나온다. '오시타 씨의 책'이라는 것은 세이주샤에서 발행한 오시타 우다루의『부정성모不貞

^{聖母}』이리라.

7월 23일, 이나키에게 뭔가를 보냈다. 27일에는 '이나키로부터 작가계作家屆'라고 적혀 있고, 그걸 받아서인지 28일 자에 '이나키에게 빠른우편'이란 기록이 나온다. '작가계'라는 표현은 다른 출판사와의 우편 왕래에서도 나오는데, 그 시절에는 이런 작가의 책을 내겠습니다, 하고 연합군 최고사령부에 보고하도록 되어 있었으니 아마 그 서류인 듯하다. 8월에는 언급이 없다가, 9월 6일에 이나키로부터 뭔가를 받고 이튿날인 7일에 다시 그에게 우편물을 보낸다.

10월 3일, 이나키가 '에도가와 란포 씨의 서문'을 보냈다. 세이주샤판에는 란포가 쓴 서문이 들어갔다. 이 서문은 란포의 수필, 평론집에서 읽을 수 있다(고단샤에서 나온 '에도가와 란포 추리문고' 제62권[232]). 란포가 이 '서문'을 쓴 것은 9월이며, 이나키를 통해 보낸 사본이나 교정쇄가 도착한 것이 10월 3일인 것이다.

이 책의 서문은 추천사로 쓴 글이기 때문에 『혼진 살인사건』은 일본 추리소설계의 획기적인 명작이다'라는 말로 시작한다. 두 번째 문단은 '범인의 동기에 대한 설명이 부족하다는 느낌이 들고 트릭이 기계적이며 너무 복잡하다는 비판이 있지만, 그래도 수수께끼의 구성과 그 간명한 논리는 거의 전례를 찾아볼 수 없을 만큼 신선하다'라는 말로 시작해 '만약 이 역작이 독서계로

---

232 '에도가와 란포 추리문고'는 65권까지 나왔으며, 서문이 실린 제62권의 제목은 『환영성 통신幻影城通信』이다.

부터 크게 환영받지 못한다면 우리는 거기서 이미 일본의 본격 추리소설 발달에 대해 절망할 수밖에 없을 것이다'라며 문단을 맺는다.

그리고 마지막에 다시 '이 작품이 전후 일본의 베스트셀러가 되기를 간절히 바란다'고 강조했다. 결과적으로 『혼진 살인사건』은 전후 일본의 엄청난 베스트셀러 가운데 하나가 되는데, 그건 30년 가까이 지난 뒤의 일이다.

10월 9일에는 이나키가 '장정裝幀'도 보냈다. 장정의 교정쇄나 디자인 시안이 도착해 이튿날인 10일에 '이나키에게 장정'이라고 적혀 있으니 그 답장을 보냈으리라.

그리고 「옥문도」 9회를 10월 30일에 썼다.

요미우리신문사가 발행하던 《겟칸요미우리月刊讀賣》에 「깜짝상자 살인사건びっくり箱殺人事件」이 연재를 새로 시작하게 되어, 10월 23일에 이미 1회(60매)를 탈고한 상태였다. 일본 패전 후 네 번째 장편소설인 이 작품은 이듬해인 1948년 1월호부터 게재된다. 긴다이치도 유리도 등장하지 않고 도도로키 경부가 사건을 해결한다.

영화와 관련해서는 9월 6일에 〈나비부인〉의 대본이 도착했고, 8일에 프로듀서인 다카이와 하지메에게 편지를 써서, 24일에는 다카이와가 찾아왔다. 둘이서 〈나비부인〉의 '대본을 다듬었다'고 한다. 그리고 이날 원작료로 2만 5500엔을 받았다.

영화 〈나비부인〉 크레디트에는 란포가 '구성 지도' 역할로 올라가 있으니 란포도 대본에는 관여했다는 이야기다. 영화에서 란포와 요코미조 세이시의 공동 작업이 이루어진 작품이라고 할 수 있다.

재회

『혼진 살인사건』에 실린 란포의 서문을 받고 한 달 지난 11월 13일 「사쿠라 일기」에는 '에도가와 씨와 니시다 씨가 도요페트[233]를 타고 찾아와 기념 촬영, 오후 5시까지 에도가와 씨와 이야기를 나누다'라고 적혀 있다.

란포는 모교인 나고야의 아쓰타중학에서 개교 40주년 기념 강연을 해달라는 부탁을 받았다. 교장이 굳이 도쿄까지 찾아와 부탁했다. 개교 30주년에도 강연한 터라 또 맡기로 했다. 그리고 내친김에 오카야마에도 들르기로 한 것이다. 어차피 들르는 김에 그냥 만나러 가는 게 아니라 여기저기서 강연하게 되어 11월 8일부터 22일까지 14일에 걸친 여행을 하게 되었다. 그래서 여행 일정을 제대로 짰다.

8일 아침에 도쿄를 출발한 란포는 저녁에 나고야에 도착했다. 그날 밤은 여관에서 《나고야타임스名古屋タイムズ》의 좌담회가 열렸고, 이튿날인 9일에 강연을 했다. 10일에도 나고야에 머물렀고 11일에 고베에 도착했다. 나고야에서는 많은 지인, 친구들과 다시 만나 술자리를 가졌다.

고베에는 11일부터 12일까지 머무르며 니시다 마사지를 만났

---

233 도요타가 1947년 10월에 출시한 소형 트럭.

고, 《신코유칸神港夕刊》좌담회, 고베 탐정소설클럽 주최 강연회와 좌담회가 열렸다.

13일, 란포는 니시다와 함께 고베를 출발해 오후에 오카야마에 도착했다. 요코미조가 있는 오카다촌은 열차를 갈아타면 갈수 있지만 시간이 걸리기 때문에 나고야에 있는 도요타 본사의 지인에게 부탁해 오카야마 도요타의 전무에게 차를 준비해달라고 부탁했다. 그래서 도요페트를 타고 오카다촌으로 갔던 것이다. 승용차를 구하지 못해서인지 소형 트럭을 타게 된 것이다. 오카다촌은 그렇게 자동차가 자주 다니는 곳이 아니었다. 트럭 소리가 들리자 요코미조와 그 가족은 밖으로 나와 란포를 맞이했다.

란포의 이번 여행은 대규모여서 준비를 단단히 했기 때문에 출발 전에 탐정소설계 동료들의 귀에도 소식이 들어갔다. 운노 주자와 미즈타니 준은 각각 요코미조에게 편지를 보내 '경고'했다. 란포가 찾아갈 것 같은데, 전후 란포는 옛날과 완전히 달라졌으니 조심하라는 내용이었다.

요코미조는 1965년에 쓴 수필 「'이중면상二重面相' 에도가와 란포」에서 '사람이 그리 갑자기 막 변하는 존재는 아니다'라고 하면서도 패전 직후의 란포가 '오래 사귄 벗들에게 변했다는 인상을 준 것은 사실이었다'라고 썼다.

'란포는 무서우리만치 전투적으로 변했고 억지를 부렸고 권위적인 태도를 보였다. 옛날부터 사람을 끌어당기는 힘이 있던 인물이지만, 그 끌어당기는 방법에 전과 같은 부드러움이 사라지고 고집스럽게 변했던 듯하다.'

그래서 도요페트를 타고 온 란포를 본 순간 '정말 변했다는 느낌을 받았다. 니시다 마사지를 마치 비서처럼 부리며 태연하고 거침없는 고압적인 태도는 옛 란포에게는 없던 모습이었다'.

같은 이야기를 좌담회(《이너트립いんなあとりっぷ》1980년 3월호)에서는 더 노골적으로 한다.

'도요타에서 만든 지프를 타고 니시다 마사지 씨와 함께 왔는데, 니시다 마사지는 완전 비서 같았지. "어이, 자네. 그거 이리 가져와, 저거 가져와"하면서. 눈빛이 매섭더라고. 오카다에는 주민회관이 있었는데 전쟁이 끝난 뒤에 오카야마에서 부랑자들도 와 있었어. 그 패거리들 눈빛 같더라니까. 텔레비전에서 자주 전쟁이 끝난 뒤를 배경으로 한 영화를 방영하잖아? 어떤 명배우라도 그런 눈동자는 보여줄 수 없을 거야. 란포가 그런 눈을 하고 온 거지(웃음).'

그리고 란포가 온 이유에 대해서 '(란포의) 가상 적국은 오시타 우다루지. 나를 끌어들이러 온 거야, 란포가. 우다루는 전성기였거든, 그때'라고 설명했다.

수필 「'이중면상' 에도가와 란포」로 돌아오면, 운노와 미즈타니 앞에서는 '사람이 변한' 란포가 요코미조 앞에서는 옛 모습 그대로였던 이유를 이렇게 풀이한다.

'란포를 두고 전쟁이 끝난 뒤로 사람이 변했다고 지적한 도쿄의 탐정소설 작가들 역시 전쟁이 끝나기 전과 비교하면 어느 정도 변한 상태가 아니었을까? 전쟁 말기부터 전후까지 도쿄에 살면서 어느 정도 사람이 변하지 않았다면 그건 거짓말일 거다.' 그러나 오카야마의 오카다촌에서 살던 요코미조는 식량 문제로 곤란을 겪는 일도 없었다. '아주 느긋하게 소설을 쓰고 있던 나는 사람이 변할 필요가 없었던 것이다.' 그래서 옛 모습 그대로인 요코미조 앞에서는 란포도 옛날 모습으로 돌아갔던 게 아닐까, 라고.

요코미조가 전쟁이 끝난 뒤에 쓴 글이야말로 란포가 일본 패전 전부터 목표로 하던 '영국식 논리적 본격 탐정소설의 길'을 걷는 것이며, 란포에게 있어 요코미조는 '우리 편 사람'이었으므로 '전투적일 필요가 없었던 것도 당연하리라'.

지리적으로 떨어진 곳에 있어 편지로 소식을 주고받을 수밖에 없었지만, 자기만이 란포의 동지였다는 자부심이 느껴진다.

이렇게 해서 두 사람은 재회했고, 11월 13일부터 14일까지 란포와 요코미조는 밤새도록 이야기를 나누었다.

란포가 요코미조의 집을 방문하자 히로시마에서 기누가와 히로시[234]도 달려와 니시다까지 합쳐 네 명이 되었다. 기누가와는 《호세키》의 제1회 현상소설에서 입상한 신인 작가였다. 란포를 비롯한 손님 셋이 같은 방에서 자고 요코미조는 그 옆방에서 잤는데, '옆방의 요코미조 군과 머리 쪽 미닫이문만 열고 누워서 이야기했다. 요코미조 군과 나는 새벽 5시까지 대화를 나누었다'.

14일에는 구라시키시에서 강연회가 열려 요코미조도 단상에 올랐다. 마이니치신문 오카야마지국이 주최한 행사로, 현 방범

---

234 鬼怒川浩(1913~1973), 소설가. 1947년에 《호세키》를 통해 「앵무재판」이 입선되며 데뷔했다.

협회가 후원했다. 그래서 점령군이 구라시키 경찰서에 넘긴 대형 트럭이 마중하러 달려왔다. 이 시절의 탐정소설 작가는 '범죄의 권위자'로 인식되어 경찰과 친했다.

14일에도 란포 일행은 요코미조의 집에 묵었다. 15일 낮에는 《유칸오카야마夕刊岡山》가 마련한 좌담회에 참석하고, 밤에는 란포, 요코미조, 니시다 세 사람이 렌쿠²³⁵를 지으며 놀았다.

16일, 란포 일행은 오카다촌을 출발해 기누가와 히로시마로, 니시다와 란포는 동쪽으로 향했다. 니시다는 고베에서 내리고, 란포는 교토로 갔다. 17일, 란포는 처음으로 다니자키 준이치로를 만나, 점심 식사를 함께 했다. 이튿날인 18일, 란포는 나고야로 돌아와 옛 친구를 만났으며 19일에는 쓰²³⁶로 가서 성묘한 뒤 마쓰사카시로 갔다. 20일은 도바항에 갔다가 21일에 쓰로 돌아와 그날 급행열차를 타고 이튿날 아침에 도쿄에 도착했다.

란포는 이 여행의 기록을 《호세키》 1948년 1월호에 실린 「환영성 통신」에 쓰고, 여러 사람을 만날 수 있었던 것이 수확이며, 란포가 찾아간 곳곳에서 동호인들이 자극을 받아 도카이東海 탐정클럽, 주부中部 탐정소설 동호회 등이 만들어질 것 같다며 기뻐했다.

란포가 돌아간 뒤, 요코미조는 '운노 주자와 미즈타니 준에게 편지를 썼던 기억이 난다. 조심하라는 조언 감사하다, 나도 란포

---

235 連句, 17음절의 긴 구절과 14음절의 짧은 구절을 여러 사람이 일정한 규칙에 따라 서로 늘어놓는 형식의 일본 전통 시.
236 津, 미에현 중부에 있는 현청 소재지.

가 왔을 때는 분명 좀 달라졌다고 생각했다, 하지만 사흘 밤 묵고 오카다를 떠났을 때는 역시 옛날 란포 씨 그대로였다…… 라고'.

요코미조는 새벽 5시까지 이야기를 나눈 날 밤을 이렇게 기록했다.

'나는 란포에게 탐정소설 문단의 바쇼가 되시라고 권한 걸 기억한다.'

란포는 바쇼 같은 천재가 아니면 탐정소설을 문학으로 만들 수 없다고 했지만, 란포야말로 그런 바쇼가 되어야 한다. 요코미조는 이렇게 말한 것이다.

이 말에 란포가 뭐라고 대꾸했는지는 알 수 없다.

『혼진 살인사건』 간행

요코미조는 란포가 머무는 사이에도 부지런히 글을 썼다. 11월은 「옥문도」 10회의 13장과 14장을 쓴 달이다. 3분의 2쯤까지 집필했다.

2월에 원고를 건네고 계약금을 받았던 『혼진 살인사건』은 계속 책이 나오지 않다가 마침내 12월에 발행되었다.

그런데 이 단행본 『혼진 살인사건』은 마지막까지 개운치 않았다. 「사쿠라 일기」에는 12월 3일에 '이나키로부터 돈' '2만 6020엔 『혼진』 인세'라고 인세에 대해 기록되어 있지만, 책 자체에 관해서는 아무런 언급도 없다.

인세(2월에 5천 엔을 계약금으로 받았으니 합계 3만 1020엔)가 지급되었으니 책도 나왔다. 실제로 현물이 있으니 발행된 것은 틀림없는 사실이다. 판권에는 11월 30일이 인쇄일, 12월 5일이 발행일이며 가격은 55엔이라고 적혀 있다. 하지만 12월 31일까지 「사쿠라 일기」 어디에도 책이 도착했다거나 나왔다는 내용은 보이지 않는다. 다른 책의 경우 출판사에서 보내주면 그 사실만 기록한 내용이 있다. 혹은 「사쿠라 일기」는 1947년 12월 31일까지만 공개되었으므로 이듬해인 1948년 1월에 세이주샤판 『혼진 살인사건』에 대해 뭔가 언급이 있는지도 모른다.

책이 도착했다는 이야기는 없는데 12월 29일에 요코미조는 3640엔을 『혼진』 배상賠償'이란 명목으로 받았다. '배상'이라니, 뭘까? 그리고 31일에 보낸 우편물 가운데 '이나키 군(440엔)'이란 내용이 보인다. 즉 이나키에게 440엔을 보냈다는 소리다.

단행본 출간 과정이 불투명하기는 『나비부인 살인사건』도 마찬가지였다. 1948년 1월 10일을 발행일로 쓰키쇼보月書房라는 출판사에서 나왔다. 발행일은 『혼진 살인사건』과 한 달밖에 차이가 나지 않는다. 『나비부인』도 후기는 1947년 5월에 썼으니 책이 나오기까지 반년 이상 걸린 셈이다. 쓰키쇼보도 다른 책을 확인할 수 없는 수수께끼의 출판사다.

1947년 5월 26일에 『나비부인 살인사건』 관련 글 15매(반 페이지)'를 썼고, 이 글이 잡지 《신탄테이쇼세쓰》 7월호에 실렸다. 란포와 친하게 지내던 나고야의 이노우에 요시오의 가르침을 받던 사람들이 만든 신탄테이쇼세쓰샤新探偵小説社에서 나오던 잡지였다.

6월 11일에 야마사키에게 『나비부인 살인사건』의 '단행본 원고'를 보냈다고 한다. 그리고 7월 4일, 쓰키쇼보에서 계약금 1만 엔을 받았다.

그렇지만 『혼진 살인사건』과 마찬가지로 그 뒤 반년 동안 아무런 언급이 없었다. 느닷없이 12월 31일에 '쓰키쇼보로 검인 5천'이라는 말이 나온다. 그 시절에는 단행본 판권 페이지에 지은이가 도장을 찍은 종이를 오려 붙였다. 이 검인이 없는 책은 저자가 인정하지 않는 책이 된다. 저자는 검인을 찍어 인쇄 부수를 확인할 수 있었다. 이 기록에 따르면 쓰키쇼보는 『나비부인 살인사건』 초판을 5천 부 인쇄했다는 계산이 나온다.

요즘과는 출판 사정이 다르다고 해도 세이주샤나 쓰키쇼보나 영세 출판사로 보이는데 인세를 지불했으면 책을 빨리 내고 싶었을 것이다. 용지를 구할 수 없어서 늦어졌는지 모르지만, 이 두 책이 12월과 1월에 연달아 간행되었다. 그리고 같은 시기에 영화도 개봉되었다. 어쩌면 출판사는 요코미조나 란포로부터 영화가 만들어진다는 이야기를 듣고 영화 개봉에 맞추어 출간한 것은 아닐까?

그렇다면 가도카와에이가보다 30년 이른 1947년 시점에 책과 영화의 미디어믹스가 이루어졌다는 이야기가 된다.

란포와 요코미조의 단행본 출간

『혼진 살인사건』『나비부인 살인사건』이 이다음에 책으로 나오게 되는 것은 일단 1949년(쇼와 24)으로, 9월에 『혼진 살인사건』이 이와야쇼텐에서 이와야선서選書 가운데 한 권으로 나왔다.

《호세키》를 내는 출판사가 되찾아간 셈이다. 이어서 이와야선서는 1950년 1월에 『나비부인 살인사건』을 내놓는다.

1950년에는 5월에 나온 슌요도의 '현대 대중문학 전집' 제9권에 「혼진 살인사건」이 「밤 산책夜歩く」[237]「신주로」 등과 함께 수록되었고, 같은 해 9월에 고단샤가 내놓은 '장편소설 명작 전집' 제16권에는 「혼진 살인사건」「나비부인 살인사건」「옥문도」가 수록되었다. 슌요도에서는 이듬해 슌요문고로 『혼진 살인사건』이 나왔다.

요코미조 세이시는 세이주샤에서 『혼진 살인사건』을 낸 1947년으로부터 3년 후 고단샤, 슌요도 같은 대형 출판사가 내는 전집에 낄 만큼 인기 작가가 되었다. 그 뒤로도 매년 여러 출판사가 내는 많은 시리즈에 『혼진 살인사건』이 들어갔다.

란포가 상상한 대로 일본 패전 뒤에는 전에 없던 탐정소설 붐이 일어나고 잡지 창간이 이어졌을 뿐 아니라 단행본도 계속 나왔다. 그 덕분에 란포와 요코미조의 작품 복간이 줄을 이었다.

요코미조가 내놓은 전후 단행본은 체포록을 제외하고 탐정소설만 살펴보면, 1946년 5월에 『악마의 설계도』(긴분도金文堂 출판부)가 최초이며 7월에 『밀랍 인형 사건蠟人形事件』(이와야쇼텐)과 『야광충』(지유슛판샤自由出版社), 8월에 『저주의 탑』(산쇼샤三伴社, 상중하 세 권 예정었지만 '상'만 나왔다), 『신주로』(지쿠바쇼린筑波書林), 그리고 『백랍괴』(지유슛판샤)까지 1946년에만 해

---

237 존 딕슨 카의 『밤에 걷다It walks by night』(1930)로부터 영향을 받은 작품이다.

도 여섯 권이 나왔다. 1947년에는 3월에 『쌍가면』(소도샤蒼土社),
6월에 『공작 부인孔雀夫人』(쇼치쿠松竹)과 『목매다는 배』(닛쇼쇼
보日正書房), 7월에 『살인 미로』(단테이코론샤探偵公論社, 란포, 유메
노 규사쿠, 하마오 시로, 고가 사부로 등과 함께 쓴 릴레이 소설),
8월에 『도깨비불』(미와쇼보美和書房)과 『어둠 극장暗闇劇場』(이치
렌샤一聯社), 9월에 『쌍생아는 춤춘다双生児は踊る』(민쇼보民書房), 10
월에 『환상의 여인』(지유숏판샤)과 『보조개』(류분도隆文堂, 패전
후 쓴 단편 모음)까지 9종이 이미 나온 상태였다. 여기에 『혼진
살인사건』을 더해 그해에는 10종이 나왔다.

전쟁 전이나 전쟁 중에는 릴레이 소설, 대신 쓴 작품을 합쳐
22종뿐이었으니 전후에 나온 단행본이 얼마나 많은가. 그리고
또 요코미조 세이시라는 이름은 70년이 지난 지금도 유명한데,
여기 언급된 출판사는 이제 모두 존재하지 않는다. 얼마나 많은
출판사들이 우후죽순처럼 생겨났다가 사라졌는가.

하지만 란포는 더 엄청나다. 번역까지 포함해 1946년에 28종,
1947년에 37종이나 냈다. 독자들이 얼마나 란포의 작품을 원했
는지 알 수 있다. 그런데도 란포는 새 작품을 쓰려고 하지 않았
다. 10년 뒤인 1957년에 나온 수필집 『내 꿈과 진실』에서 란포는
일본 패전 직후 탐정소설의 부흥을 소개한 뒤에 이렇게 썼다.

'그러나 나는 소설을 쓰지 않았다.'

그리고 '오로지 서양 탐정소설을 읽어치우며 그 감상을 탐정
소설 관련 잡지나 일반 잡지, 신문에 계속 썼다'.

일본탐정작가클럽 발족

란포가 1946년 6월 15일에 시작한 탐정소설 모임은 매달 한 차례로 정례화되며 '토요회'로 불렸고 기관지도 발행하게 되었다.

이 모임을 전신으로 삼아 1947년 6월 21일, 일본탐정작가클럽이 발족했다. 창설 때의 회원은 103명. 초대 회장으로는 란포가 취임했다. 클럽 사업으로 '일본탐정작가클럽상'을 제정하기로 하고 제1회 심사위원으로 운노 주자, 에도가와 란포, 오시타 우다루, 기기 다카타로, 조 마사유키, 쓰노다 기쿠오, 니시다 마사지, 미즈타니 준, 요코미조 세이시, 모리시타 우손까지 모두 열 명을 뽑았다. 회원들이 추천한 후보작 가운데 심사위원이 수상작을 고르는 방식인데, 자기 작품이 후보에 오를 경우에는 어떻게 할까? 란포에 따르면 '추천받은 작품을 가진 위원이 채점표에 자기 작품의 점수를 쓰지 않았을 때는, 그 위원의 작품 중 최고점을 받은 작품에 주어진 총점을 추천자 수(표수)로 나누어 평균점을 그 총점에 더하고, 표수 역시 한 표를 더하는 식'으로 공정성을 지키기 위해 매우 복잡한 계산법을 도입했다. 요코미조는 단편 부문에서 「탐정소설」, 장편 부문에서 『혼진 살인사건』『나비부인 살인사건』이 후보에 올랐다.

요코미조는 오카야마에 있었기 때문에 1948년 3월 31일의 심사 모임에 출석하지 않고 우편으로 답변을 보냈다. 그 결과 『혼진 살인사건』이 장편 부문을 수상했다. 장편 부문의 다른 후보작에는 요코미조의 『나비부인 살인사건』과 쓰노다 기쿠오의 『다카기 가문의 참극』, 모리토모 히사시[238]의 『환상 살인사건』이었다.

탐정소설 전문가들은 『혼진 살인사건』을 선택했지만 일반 독자와 작가들 사이에서는 『혼진』은 트릭과 동기가 부자연스러워 『나비부인』이 더 평가가 좋았다고도 한다. 그중에서도 사카구치 안고[239]는 『나비부인 살인사건』을 절찬했다. 전후 첫 번째 나오키상을 뽑을 때—당시에는 작가들로부터 추천을 받아 후보작을 선정했다—에 추천했다. 이때 요코미조가 나오키상을 받았다면 탐정소설의 역사는 또 바뀌었을지도 모른다.

요코미조 세이시, 도쿄로

1948년(쇼와 23)이 밝아오자 요코미조는 도쿄로 돌아갈 궁리를 했다.

자신은 오카다촌에 있어도 불편한 일 없이 집필할 수 있었다. 식량 때문에 곤란하지도 않아 지내기 편했다. 오히려 도쿄에 가면 이런저런 사회생활을 하느라 글쓰기에 집중할 수 없을지도 몰랐다. 그렇지만 장남인 료이치가 와세다대학에 합격해 슬슬 도쿄로 돌아갈 생각을 하기 시작했다.

그런데 오카다촌으로 오기 전에 살았던 기치조지의 집은 강

---

238 守友恒(1903~1984), 소설가, 치과 의사. 1939년 하쿠분칸의 잡지 《메이사쿠名作》에 「푸른 옷을 입은 사내」를 발표하며 데뷔했다. 1940년에는 「최후의 낙인」으로 제3회 신세이넨상 후보에 오르기도 했다.

239 坂口安吾(1906~1955), 다자이 오사무太宰治 등과 함께 '무뢰파無賴派'로 분류되는 소설가, 평론가. 순문학부터 추리소설까지 다양한 작품을 발표했으며, 대표작으로 소설 『백치』, 평론 『타락론』 등이 있다.

제 소개 시 알게 된 사람에게 빌려주어 두세 가족이 함께 살고 있었다. 요코미조는 성격상 집을 비워달라고 말하지 못했다.

료이치는 와세다대학 입시를 위해 도쿄로 간 뒤로 스기야마 쇼텐 사장인 스기야마 이치사부로의 집에 묵고 있었다. 이 출판 사는 체포록이 전문 분야였기 때문에 요코미조의 '닌교 사시치' 시리즈를 많이 출판하고 있었다. 스기야마는 전쟁이 끝난 뒤 한 달에 한 번꼴로 오카야마에 찾아와 어서 도쿄로 돌아와달라고 부탁하고 있었다. 요코미조가 농담 반 진담 반 "돌아가고 싶은 마음은 굴뚝같다. 그렇지만 기치조지에 있는 우리 집은 몰수당 한 거나 마찬가지 상태다. 세상에 살 집이 없는 신세라는 게 바로 내 이야기다. 그렇게 도쿄로 돌아오라고 하려면 어디 집이라도 알아봐달라"고 했다. 그러자 스기야마는 세이조[240]에서 그럴듯 한 집을 찾아냈다.

스기야마는 료이치에게 그 집을 보여주고 "아버지에게 말해 서 사라고 해요. 돈은 어떻게든 마련할 테니까"라고 했다. 료이 치는 곧장 같은 세타가야구에 사는 운노 주자를 찾아가 집을 보 고 왔다고 이야기했다. 운노의 결핵이 도졌다는 사실을 아는 요 코미조가 아들에게 도쿄에 가면 병문안하라고 지시했기 때문이 기도 하다.

요코미조에게 원고료와 인세가 들어오기 시작한 지 2년이 지 난 상태였다. 나름대로 수입은 있는데 저축은 거의 없었다. 낭비

240 成城, 도쿄의 세타가야구에 있는 지역. 지금은 고급 주택가로 유명하다.

378

하지는 않았다. 출판사에서 송금한 돈은 모두 이웃 마을에 있는 우체국이나 은행으로 들어갔는데 작은 마을이라서 얼마를 저축했는지 온 동네가 다 알아 탈세는 생각도 못 했다. 그래서 세금을 많이 냈다. 당시의 세금 제도는 작가의 필요경비를 거의 인정하지 않았다고 한다. 요코미조는 운노에게 보낸 편지에서 그런 빡빡한 집안 형편을 농담처럼 이야기하기도 했다.

료이치에게 집안 사정을 들은 운노는 집이 얼마냐고 물었다. 료이치가 50만 엔이라고 대답하자 그는 돈다발을 꺼내놓더니 "이걸 가져가서 보태라"라고 했다.

그리고 운노가 편지로 스기야마에게 부탁해 스기야마도 돈을 빌려주기로 했다. 요코미조는 운노에게 30만 엔, 스기야마에게 10만 엔을 받고, 자기 돈 10만 엔을 더해 세이조에 있는 집을 샀다.

하지만 전 주인이 집을 비우기까지 시간이 걸릴 것 같았고, 또 둘째 딸이 아직 소학교에 다니고 있어 학기 중에 전학하는 것은 좋지 않겠다고 생각해, 아내만 먼저 보내고 요코미조는 큰딸 요시코, 둘째 딸 루미와 함께 여름까지 오카다촌에 남기로 했다.

여름에 돌아가기로 결정한 뒤, 요코미조는 과거 도쿠가와 이에야스가 에도성에 들어간 날이 8월 1일이라는 사실을 떠올리고 어떻게든 그날 도쿄에 도착하려는 계획을 세웠다.

《산요신문山陽新聞》[241]에서도 도움을 주어 원하던 대로 7월 31일 표를 구했다. 그날 오후 요코미조는 오카다촌의 사쿠라에 있던

---

241   오카야마현 오카야마시에 본사가 있는 지방신문. 1879년에 창간했다.

집을 떠났다. 기요네역까지 3킬로미터쯤 되는 길을 걸었는데, 배웅하러 따라온 마을 사람들이 그 뒤를 이었다.

돌이켜보면 일본 탐정소설 역사에 영원히 새겨질 불후의 명작 『혼진 살인사건』 『나비부인 살인사건』 『옥문도』 세 작품이 이곳 오카다촌에서 탄생했다. 미스터리 팬에게는 성지라고 할 수도 있다. 도쿄에서 온 작가를 이 마을이 따뜻하게 품어주었기에 명작이 탄생할 수 있었다.

요코미조에게 오카야마의 이 지역에 전해지는 민간전승이나 전설을 가르쳐주어 『혼진 살인사건』과 『옥문도』 『팔묘촌八つ墓村』의 힌트를 준 가토 히토시는 오카야마에 볼일이 있다면서 동행했다. 하지만 오카야마역에 도착해 작별할 때가 되자 가토는 엉엉 울었다.

'이렇게 좋은 사람을 두고 왜 나는 도쿄 같은 살벌한 곳으로 돌아가야만 하는 걸까, 생각하니 나도 그만 눈물이 줄줄 흘러나왔다.'

열차는 밤새 달려 아침에 도쿄에 도착했다. 그날 일을 요코미조는 탐정작가클럽 회보(1948년 8월 8일)에 보낸 에세이에서 이렇게 이야기했다.

'8월 1일 아침, 기차가 시나가와에서 점점 도쿄로 다가가면서 나는 배 속이 싸늘해지는 느낌을 받았다. 어째서 이런 곳으로 돌아와야만 했는가 싶어 몹시 후회스러운 심정이었다.'

철길 주변 풍경에 '비참하다'는 느낌밖에 들지 않았다고 한다. 도쿄에 도착해 오가는 사람들의 얼굴을 보니 더욱 딱하게 느껴졌다.

'이거 큰일이구나, 터무니없는 곳으로 돌아왔다, 바로 나도 저런 표정이 되는 걸까 생각하니 비참함이 점점 뼈저리게 느껴졌다.'

그렇게 절망에 빠져 있던 요코미조를 세이조의 새집에서 기다리던 사람이 있었다. 그 사람의 얼굴을 보고 요코미조는 '지옥에서 부처를 만난 기분이었다. 적어도 이방인이라는 두려움에서 벗어날 수 있었기 때문이다'라고 기록했다. 그리고 그 사람에게 말했다.

"당분간 도심에는 나가지 않을 겁니다. 그런 비참한 풍경과 표정은 보고 싶지 않아서요."

요코미조를 맞이한 사람은 알았다는 표정을 지었다고 한다.

그 사람은 에도가와 란포였다.

제7장

부
활

「청동 마인」

1948~1954

에도가와 란포는 일본 패전 후 잡지, 신문에 자주 수필과 평론을 쓰며 예전에 쓴 작품을 여러 출판사에서 내놓고 있었기 때문에 그 집필 기록과 출판 기록을 보면 엄청난 활약을 펼치는 대단한 인기 작가로 비친다. 하지만 요코미조 세이시가 도쿄로 돌아온 1948년 여름까지, 즉 패전 이후 3년 동안 소설은 한 편도 쓰지 않았다(썼을지 모르지만 발표되지는 않았다).

란포는 전쟁 중에는 읽을 수 없던 서양 탐정소설을 읽는 일과 그 작품을 소개하는 일로 바빴다. 게다가 탐정소설 문단의 리더로서 할 일도 많았다. 란포가 쓸 수 없었던 이유로 이처럼 '시간 없음'을 들 수 있는데, 그뿐만 아니라 요코미조의 『혼진 살인사건』 이후 작품을 접하고 더 뛰어난 소설을 쓸 수 있을지 자문자답하다 보니 소설을 쓸 수 없게 된 것이 아닐까. 정황증거로 추리하자면 그렇다는 이야기다.

그런 란포가 다시 소설을 쓰기로 마음먹은 것은 요코미조가 도쿄로 돌아온 뒤의 일이다. 그게 우연이었을까?

'소년 탐정', 고분샤에서 부활

일본 패전 이후 에도가와 란포의 첫 소설은 고분샤가 발행하는 잡지 《쇼넨》 1949년(쇼와 24) 1월호부터 연재를 시작한 「청동 마인青銅の魔人」이다. 잡지가 발매된 시기는 1948년 12월이니 역산하면 집필은 1948년 10월부터 11월 사이이고, 연재 결정이 난 것은 9월이나 10월이다.

고단샤가 사업을 이어갈 수 없는 상황에 대비해 설립된 고분샤는 패전 직후인 1945년 10월에 민주주의를 지지하는 잡지 《히카리光》를 창간하고 경영학자인 우에노 요이치[242]의 『신 능률 생활』을 내며 서적 발행도 시작했다. 고단샤도 같은 시기부터 잡지 발행을 재개하고 서적도 내기 시작했는데, 아직 연합군 사령부의 방침이 어떻게 될지 모르는 상태였기 때문에 본격적으로 움직이지는 못하고 탐색하던 중이었다.

고단샤는 1946년이 밝자 《겐다이》《고단클럽》의 폐간을 결정했다. 군국주의를 부채질한 대표적인 잡지였기 때문에 포기한 것이다(나중에 둘 다 복간한다). 한편 고단샤를 상징하는 잡지 《킹》은 전쟁 중에 적성국의 언어라고 해서 《후지》로 바꾸었다가, 1946년 1월호부터 《킹》으로 되돌렸다. 《쇼넨클럽》 같은 잡지도

242　上野陽一(1883~1957), 경영학자, 산업심리학자. 미국 매니지먼트 사상과 기술을 도입했으며, 일본 최초의 경영 컨설턴트로 불리기도 한다.

재출발했다.

어느 잡지나 인쇄용지가 부족해서 분량이 적었다. 몇 달 전까지 보여주던 국가주의, 군국주의적인 내용도 사라졌다. 새로운 시대에 걸맞게 다시 태어난 모습을 보여주고자 1946년 4월부터 《쇼넨클럽少年俱楽部》은 《쇼넨클럽少年クラブ》[243]이 되었다. 잡지 이름 변경에 그치지 않고 편집부 구성원도 새롭게 바뀌었다. 그래서 있을 곳이 없어진 옛 편집부원들이 고분샤로 이동해, 같은 해 11월호를 창간호로 하는 《쇼넨》을 내놓았다. 같은 사람들이 만들기 때문에 《쇼넨》은 《쇼넨클럽》을 이어받은 잡지라고 할 수 있다. 고분샤는 1949년 2월호를 창간호로 삼아 《쇼조少女》도 발행한다.

《고단클럽》은 연합군 최고사령부에 의해 워스트 매거진으로 지정되어 복간이 쉽지 않았다. 그걸 이어받는 형태로 고분샤가 1948년 신년호(1947년 12월 발매)부터 《오모시로클럽》을 창간했는데, 그 판매 상황을 보고 《고단클럽》도 1949년 신년호(발행은 1948년 12월 1일)부터 다시 발행하기 시작했다.

이렇게 고단샤와 고분샤는 《고단클럽》과 《오모시로클럽》, 《쇼넨클럽》과 《쇼넨》, 《쇼조클럽》과 《쇼조》가 경쟁하는 가운데 앞다투어 판매 부수를 늘려갔다.

1947년 초, 고분샤는 《쇼넨》을 창간한 직후였다. 란포의 표현에 따르면 '소설 종류와 학술서 등을 이것저것 출판하며 그날그

---

243 우리말 번역은 '쇼넨클럽'으로 동일하나, 실제로는 '클럽'의 일본식 음역어인 '구락부俱楽部' 대신 현재의 보편적 외래어 표기 방식인 가타카나 표기로 바뀌었다.

날을 버티는 형편에 지나지 않았다'라는 상황이었다. 그즈음 고분샤의 간키 하루오神吉晴夫가 찾아왔다.

간키 하루오는 1901년(메이지 34)생으로 도쿄제국대학 불문과를 중퇴하고 1927년(쇼와 2)에 고단샤에 들어갔다. 자회사인 킹레코드에서 일한 적도 있지만 〈갈매기 수병〉 같은 동요 음반을 기획해 히트시킨 적도 있었다. 하지만 잡지와 서적 분야에서는 아직 재능을 제대로 발휘하지 못한 상태였다. 1939년에 출판국 아동과 과장이 되었는데 별다른 성과는 내지 못하고 일본 패전 직전인 1944년에 만주로 파견되었다. 신징新京(지금의 창춘)에 고단샤의 만주 지사를 세우기 위해서였는데 이미 패색이 짙은 상황이라 아무것도 할 수 없었다. 그는 간신히 목숨을 건지고 귀국해 패전을 맞이했다. 그리고 고분샤가 창립되면서 상무이사로 자리를 옮겼다.

간키는 고단샤 아동과에 근무한 적이 있어서, 그때의 경험에 비추어 고분샤에서도 아동 서적을 내보기로 한 모양이다. 1947년부터 고분샤는 '쇼넨문고'와 '쓰카이문고'라는 B6판 어린이 대상 시리즈를 시작했다. '쇼넨문고'는 『신데렐라』 『신드바드의 모험』 『노아의 방주』 『서유기』 『톰 소여의 모험』 같은 세계 명작을 어린이용으로 다시 쓴 것으로, 그중에는 에드거 앨런 포의 『황금벌레』(에도가와 란포 번역) 같은 작품도 있었다.

'쓰카이문고'는 소년소설 시리즈인데 《쇼넨클럽》 《쇼조클럽》에 연재된 소설이 많다. 이 시리즈에서 처음 배본된 작품이 『괴인 이십면상』이었다.

간키는 '쓰카이문고'를 시작하면서 란포의 '소년 탐정' 시리즈가 필요하다고 생각했다. 그래서 판권을 쥐고 있을 고단샤 아동 도서 부문 책임자인 나카자토 다쓰오와 의논했다. 나카자토는 란포 작품을 고분샤에서 내도 좋다고 승낙했고, 간키가 란포의 집으로 찾아갈 때 함께 가기로 약속했다.

그날 간키는 나카자토와 함께 란포의 집을 방문하기로 했는데 나카자토에게 갑자기 다른 일이 생겨 혼자 가게 되었다. 란포의 집에 도착해 "고분샤에서 온 간키"라고 자기를 소개하고 "선생님을 뵙고 싶다"고 청했다. 당시에는 작가를 방문할 때도 미리 약속을 잡는 일이 드물었다. 아마 란포의 아내가 맞이했던 모양이다. 아내는 "잠시 기다리세요"라고 하고 안으로 들어갔다. 하지만 30분이 지나도 감감무소식이라 간키는 현관에서 내내 기다려야 했다. 한 시간 반쯤 지나자 간키도 화가 났다. 그냥 돌아가려고 하는데 그때 나카자토가 왔다.

나카자토가 다시 "실례합니다" 하고 고단샤의 나카자토라고 밝히자 이번에는 1분도 지나지 않아 란포가 나타났다. 간키는 더 화가 치밀었다. 하지만 꾹 참았다. 나카자토는 간키를 소개하고 고분샤와 고단샤의 관계를 설명한 다음 '소년 탐정' 시리즈를 고분샤에서 내게 해달라고 부탁했다.

란포는 제안을 받아들였다. '고단샤는 당분간 움직이지 못할 것 같으니 그 분신 같은 고분샤에서 내는 데는 전혀 이견이 없었다'라고 『40년』에서 회상했다. 하지만 간키를 한 시간 반이나 기다리게 한 일은 잊었는지 전혀 언급하지 않았다(이 일은 가타야

나기 다다오가 쓴 간키 평전 『갓파대장カッパ大将』에 기록되어 있을 뿐이다).

란포와 고단샤의 관계는 깊은 듯하면서도 얕고, 얕은 듯하면서도 깊다. 고단샤가 전쟁 전에 낸 란포의 책은 '소년 탐정' 시리즈 네 작품을 제외하면 『거미남』(1930년)뿐이었다. 그 밖에 《킹》《고단클럽》에도 연재했는데 그 작품들은 고단샤에서 책으로 나오지 않았다. 잡지에 연재한 작품을 같은 출판사에서 단행본으로 내는 것이 출판계 상식이 된 것은 1970년대부터이니 란포와 고단샤만 그런 관계였던 것은 아니다.

일본 패전 뒤에도 란포의 이름을 달고 나온 고단샤 책은 1946년 9월에 '소국민 명작문고少国民名作文庫'로 나온 부아고베의 『철가면』('에도가와 란포 글'로 되어 있으며 구로이와 루이코가 번역한 것을 다시 썼다고 하지만 실제로는 다른 사람이 쓰고 이름을 빌려준 듯하다)뿐이었다.

간키는 란포의 태도에 화가 나기는 했지만, 고분샤의 위치가 작가들 눈에 어떻게 비쳤는지 깨달았다. 같은 시기에 후나바시 세이치[244]에게도 신작 소설을 의뢰하러 갔다가 고분샤를 얕잡아본 후나바시로부터 인세 20퍼센트라면 써주겠다는 이야기를 들었다. 아주 유명한 작가는 고단샤의 관계회사라고 해도 새로 생긴 이름 없는 출판사에는 쌀쌀맞았다. 흔쾌히 수락한 란포는 마음씨가 좋은 편이었는지도 모른다.

244　舟橋聖一(1904~1976), 소설가. 메이지대학 교수를 역임했다.

이렇게 해서 고분샤는 고단샤에서 란포의 '소년 탐정' 시리즈를 양보받아 1947년 6월에 『괴인 이십면상』, 7월에 『소년 탐정단』, 이듬해인 1948년에 『요괴 박사』를 간행했다. 글자만 찍혀 있으면 뭐든 팔린다는 시대였기 때문에 읽을거리에 굶주린 건 어른들만이 아니었다. 아이들도 란포의 책에 마구 덤벼들어 엄청나게 팔려나갔다.

그래서 간키는 《쇼넨》 편집장에게 란포의 신작 연재를 부탁하라고 권했다. 하지만 그리 쉽게 이루어지지는 않았다.

《쇼넨》에서 들어온 원고 청탁

《쇼넨》에서 집필을 의뢰받은 란포는 처음엔 거절했다. 전쟁 중에 쓴 마지막 소설 「위대한 꿈」 이후 4년 동안 소설을 한 줄도 쓰지 않은 터였다. 펜을 들 마음이 그리 쉽게 들지는 않았다. 그 시점에―1948년 늦여름이던가―요코미조는 장편 탐정소설로 『혼진 살인사건』 『나비부인 살인사건』 『옥문도』 『깜짝상자 살인사건』을 완성했고 『밤 산책』이 연재 중이었다. 단편 탐정소설은 일본 패전 이후 서른 편 가까이, 체포록 장르도 서른 편 가까이 썼다.

게다가 쓰노다 기쿠오가 쓴 『다카기 가문의 참극』이 《쇼세쓰》 1947년 5월호에 한꺼번에 실렸고, 6월에 란포의 서문을 붙여 아와지쇼보에서 나왔다. 신인인 다카기 아키미쓰[245]의 『문신 살인

---

245 高木彬光(1920~1995), 에도가와 란포, 요코미조 세이시와 함께 일본 추리소설 전성기를 이끈 작가. 군수회사에서 일하다가 패전 이후 작가로 데뷔했으며, 명탐정 '가미즈 교스케'를 탄생시켰다.

사건』이 1948년 5월에 이와야쇼텐에서 란포의 서문을 붙여 나왔다. 사카구치 안고의 『불연속 살인사건』이 《닛폰쇼세쓰日本小説》에 1947년 8월호부터 연재를 시작해 1948년 8월호까지 이어졌다.

1948년 가을까지 일본 탐정소설계에는 요코미조의 세 작품에 더해 『다카기 가문의 참극』 『문신 살인사건』 『불연속 살인사건』까지 올타임 베스트 10에 꼽히는 명작들이 여섯 작품이나 줄줄이 탄생했다. 란포는 작품을 쓴다면 장편 본격 탐정소설이어야만 의미가 있다는 생각으로 패배를 맞이했는데, 서양 작품을 탐독하며 탐정 작가의 리더로 일하다 보니 기회를 놓쳤다.

『40년』에서는 '간키 군은 《쇼넨》의 편집장으로 일하며 내 소년소설을 자기 잡지에 연재하기로 했다'라며 여기서도 아주 간단하게 이야기하고 만다. 그런데 4년이나 소설을 쓰지 않은 작가에게 다시 펜을 들게 하려고 《쇼넨》 편집장은 고생해야만 했다.

고분샤 사원이었던 모리 아키히데는 『오토와 숲의 유전자』에 이렇게 썼다. 당시 편집장은 마루오 분로쿠, 란포를 담당했던 편집자는 가나이 다케시였다. 두 사람은 아케치 고고로와 소년 탐정단 이야기를 《쇼넨》에 연재해달라고 부탁했지만 거절당했다. 그래도 포기하지 않고 계속 찾아가니 '란포도 조금은 마음이 바뀌는 듯했다. 가나이는 푹 쉬면서 구상을 가다듬으라며 란포를 이즈의 유가시마 온천으로 데리고 갔다'.

며칠 머물렀는데 란포가 "여기는 너무 조용해서 개울물 소리가 들려 잠을 이룰 수 없다"라고 해서 이튿날부터는 다른 숙소로 옮기기로 했다. 그날 밤, 란포는 여관방에 걸린 족자를 가만히 보고 있다가 "저 글자를 제목으로 쓸 수 없을까?"라고 했다. 그 글자가 바로 '청동靑銅'이란 두 글자였다. 이렇게 해서「청동 마인」이란 제목이 결정되었다. 란포는 "난 제목을 결정하면 구상이 쉬워진다"라고 하며 숙소를 옮기자마자 바로 스토리 만들기에 들어갔다.

유가시마에 간 때가 몇 월인지는 나와 있지 않지만, 11월에 발매된 12월호에서는 다음 호부터「청동 마인」이 시작된다고 나와 있으니 10월에는 제목이 결정되었으리라. 역산하면 9월부터 10월 초 사이 유가시마로 갔고, 연재 의뢰는 그 전에 이루어진 셈이다. 요코미조 세이시가 도쿄로 돌아온 때가 8월 1일이니 그 무렵에는 첫 의뢰, 또는 의사 타진이 있었을 것이다.

란포가 세이조에서 요코미조를 맞이한 8월 1일, 두 사람이 무슨 이야기를 나누었는지는 알 수 없다. 그렇지만 당연히 이야기하다 보면 잡담이라고 하더라도 요코미조가 란포에게 '언제 소설을 쓰기 시작할 것이냐'라고 물었으리라. 전에도 다른 사람이나 편집자들로부터 같은 질문을 받았을 테지만 요코미조의 말은 란포에게 더욱 무겁게 느껴졌을 것이다.

그런가, 요코미조도 도쿄로 돌아왔어, 역시 나도 소설을 써야 해, 이런 생각이 들었을 때 마침 고분샤에서 집필 의뢰가 들어왔다. 이렇게 생각하면 시기적으로 앞뒤가 맞아떨어진다.

란포의 등을 떠민 사람은 요코미조 세이시였다고 생각하지 않을 수 없다.

'소년 탐정' 시리즈, 연재가 시작되다

《쇼넨》1948년 12월호(11월 발매)에 란포가 쓴 「전국의 애독자 여러분께」라는 연재 예고라고나 해야 할 인사말이 게재되었다. 「청동 마인」이란 타이틀도 공개했다.

'「청동 마인」이란 누구일까요? 동상 같은 빛깔을 지닌 금속으로 된 커다란 남자입니다'라고 시작한다. '명탐정 아케치 고고로와 사과 같은 뺨을 지녔으며 다람쥐처럼 재빠른 고바야시 군을 단장으로 하는 소년 탐정단의 귀여운 소년들이 이 청동 괴물과 맞서 지혜 대결을 벌입니다'라며 시리즈 최신작이라는 사실을 강조했다. 그리고 이번 적은 '그 유명한 괴인 이십면상보다 몇 배나 기분 나쁘고 무서운 상대입니다'라며 독자를 유혹했다. 이때까지만 해도 괴인 이십면상을 등장시킬 생각은 없었던 걸까?

태평양전쟁이 일어나기 전에 쓴 '소년 탐정' 시리즈는 네 작품인데, 마지막 『대금괴』에는 이십면상이 등장하지 않는다. 두 번째 작품인 『소년 탐정단』의 마지막 장면에서 지하실을 통째로 폭발시켜버렸다. 다만 그 마지막 장면에서는 '이렇게 해서 이십면상은 최후를 맞이했습니다'라고 하면서도, 불에 탄 흔적을 조사해도 '뼈와 살도 산산조각이 나 흩어져버렸는지 이상하게도 괴도의 시체는 물론 세 부하의 시체도 전혀 찾을 수 없었습니다'라고 했다. 죽었다고 볼 수도 있고, 살아 있다고 해석할 수도 있다.

그리고 세 번째 작품인『요괴 박사』에서는 이야기 중반에 그 때까지 등장하지 않던 '이상한 인물 히루타蛭田 박사'가 죽은 줄 알았던 괴인 이십면상이라는 사실을 알게 된다. 하지만 마지막 종유동에서 경찰관들과 난투극을 벌이는데, 결국 이십면상은 체포되고 만다.

다음 작품인『대금괴』에서 아케치 고고로와 소년 탐정단이 상대하는 적은 이십면상이 아니라 여성 도적이었다. 그 뒤로 일본은 전쟁을 일으켰고, 이십면상은 다음 사건을 저지르지 못했다.

예고가 실리고 다음 호인 1949년 1월호부터「청동 마인」이 시작되었다.《쇼넨클럽》에 실린 마지막 작품『대금괴』가 발표된 지 10년 만에 시리즈가 다시 시작된 셈이다.

《쇼넨클럽》지면에서 1936년(쇼와 11)에 열한 살 나이로『괴인 이십면상』을 처음 만났던 소년이라면 1937년에는 열두 살로『소년 탐정단』을 읽고, 1938년에는 열세 살이 되어『요괴 박사』를 읽고, 1939년에는 열네 살이 되어『대금괴』를 읽은 셈이니 1949년에는 스물네 살이라 이미 '소년' 독자는 아니었다.

한편 1949년에 나온《쇼넨》의 독자는 열 살이라면 1939년에 태어났을 테니『대금괴』연재 때는 갓 태어난 아기였다.

란포는 설명 없이 '명탐정 아케치 고고로'라거나 '그 유명한 괴인 이십면상'이라고 적었는데, 그건 고분샤에서 나온 책으로 이미 중요한 등장인물이 일본 패전 뒤의 독자에게도 낯이 익었기 때문이다. 연재가 시작되어 처음 아케치 고고로와 고바야시 소년을 알게 된 새로운 독자들은 부모에게 『괴인 이십면상』을 비롯해 지금까지 나온 작품을 사달라고 해서 읽었으리라. 잡지와 서적의 상승효과가 발휘되었다. 출판사로서는 아주 바람직한 전개였다.

이십면상의 정체는 이야기 중반에 밝혀진다. 『요괴 박사』의 마지막 장면에서 이십면상은 경찰에게 체포되었지만, 아케치의 말에 따르면 '1년도 지나지 않아 교도소를 탈출해 어디론가 모습을 감추고' '전쟁 중에는 나쁜 짓을 저지르지 않은 모양이었다'라고 한다.

여기서 나이 문제가 발생한다. 아케치는 몰라도 전쟁 전인 1930년대에 '소년'이었던 '고바야시 군'이 전쟁이 끝난 뒤에도 '소년'이라니 이상하다. 게다가 고바야시 소년은 일본 패전 직후에는 물론이고 1960년대까지 '소년'인 채로 활약한다. 아무려면 어떠냐고 하면 그만이지만 미스터리 팬은 이런 설정상의 모순을 어떻게든 합리적으로 해결하려는 편이기 때문에 아주 좋은 이야깃거리가 된다. 합리적이라고는 했어도 방법이 없으니 굳이 억지를 쓰자면 고바야시 소년은 태평양전쟁 전의 초대 고바야시 소년과 전쟁이 끝난 뒤의 2대, 그리고 1951년 이후의 3대 고바야시 소년까지 세 명이 있다고 생각할 수밖에 없다.

란포는 어떻게 생각했을까? 「청동 마인」 초판을 위해 쓴 수필 「고바야시 소년에 대하여」에서는 '고바야시 소년은 아직 열여섯 살의 사과 같은 뺨을 지닌 귀여운 아이입니다만 아케치 탐정에게 배워 고등학교를 졸업한 사람들만큼의 학식을 지니고 있습니다'라고 소개한다. 그러고서 『괴인 이십면상』 『요괴 박사』 등에서 보인 활약도 소개하기 때문에 「청동 마인」의 고바야시 소년은 태평양전쟁 전의 고바야시 소년과 같은 인물이라는 이야기가 된다. 히라야마의 주장을 따라 「청동 마인」이 1945년에 일어난 사건이라고 한다면 그해에 16세이니 1929년에 태어났을 테고, 그렇다면 1931년에 일어난 『괴인 이십면상』 때는 두 살이 되고 만다. 이건 아무리 생각해도 문제다.

란포는 작품 안에서 나이를 이야기하지만 몇 년에 일어난 사건인지는 분명하게 밝히지 않는다. 이 부분이 어떤 의미에서는 교묘하다고 할 수 있다. 어떻게든 해석해볼 수 있는 여지를 만들어준다고도 할 수 있다. 몇 년에 일어난 사건인지 못을 박지 않았기 때문에, 예를 들면 내 경우에는 1970년 전후에 이 시리즈를 읽었지만 '얼마 전' 이야기로 읽었다. 작품으로서의 수명이 영원에 가까워진 셈이다. 소년 독자는 다들 고바야시 소년과 자기가 같은 세대라고 생각하면서 소설을 읽었다.

고바야시 소년만이 아니라 이십면상도 여럿이라고 생각하는 편이 합리적이다. 아케치 고고로도 나이야 대략 앞뒤가 맞는다고 해도 애당초 인간은 나이를 먹을수록 성격이 변하는 경우가 많으니 오히려 리얼리티가 있다고도 할 수 있다.

그에 비해 요코미조 세이시의 캐릭터는 유리 린타로나 긴다이치 고스케나 사건 발생 때와 그들의 나이 사이에 큰 모순이 없다. 두 인물 모두 제대로 나이를 먹는 명탐정이다.

그 뒤의 '소년 탐정' 시리즈

「청동 마인」은 《쇼넨》 1949년 12월호(11월 발매)로 완결되자마자 고분샤에서 단행본으로 나왔다.

「청동 마인」 마지막 회가 공개된 다음 달, 1950년 1월호부터 「호랑이 어금니虎の牙」가 연재되기 시작해 역시 12월호로 끝을 맺고 동시에 단행본이 나왔다. 그 뒤로 《쇼넨》 1월호부터 12월호까지 한 편의 장편을 연재하는 사이클이 1962년까지 이어졌다.

서적 쪽에선 『호랑이 어금니』가 '쓰카이문고'가 아니라 '소년 탐정 전집'으로 간행되었다. 그리고 1951년에 나온 『투명 괴인透明怪人』부터는 '소년 탐정 에도가와 란포 전집'이라는 시리즈 이름을 붙이고 『괴인 이십면상』까지 거슬러 올라가 이 시리즈 이름으로 나온다.

반갑다고 생각하는 분도 있을 테니 일본 패전 이후의 작품 제목을 열거하자면 《쇼넨》 연재물은 다음과 같다.

- 「청동 마인」(1949년)
- 「호랑이 어금니」(1950년, 나중에 포플러샤ポプラ社에서 나올 때 제목은 『땅속의 마술왕地底の魔術王』)
- 「투명 괴인」(1951년)
- 「괴기 사십면상怪奇四十面相」(1952년)
- 「우주 괴인宇宙怪人」(1953년)
- 「철탑의 괴인鉄塔の怪人」(1954년, 포플러샤판에서는 『철탑 왕국의 공포鉄塔王国の恐怖』)

- 「해저의 마술사^{海底の魔術師}」(1955년)

- 「마법 박사^{魔法博士}」(1956년)

- 「요사스러운 인간 공^{妖人ゴング}」[246](1957년, 포플러샤판에서는『마인 공^{魔人ゴング}』)

- 「야광 인간^{夜光人間}」(1958년)

- 「가면 쓴 공포왕^{仮面の恐怖王}」(1959년)

- 「전기 인간 M^{電人M}」(1960년)

- 「요성인 R^{妖星人R}」(1961년, 포플러샤판에서는『하늘을 나는 이십면상^{空飛ぶ二十面相}』)

- 「초인 니콜라^{超人ニコラ}」(1962년, 포플러샤판에서는『황금 괴수^{黄金の怪獣}』)

이 가운데 1959년의 「가면 쓴 공포왕」까지 연재가 끝나자마자 바로 고분샤의 '소년 탐정 에도가와 란포 전집'으로 간행되었는데 「전기 인간 M」 이후 세 작품은 고분샤에서 단행본으로 나오지 않았다.

란포의 모든 업적 가운데 '소년 탐정' 시리즈는 '틈틈이 취미로 한 일'로 여겨질 때가 있는데, 1948년부터 1962년 가을까지 14년 동안 한 달도 쉬지 않고 계속 연재했으니 도저히 '틈틈이 취미로 한 일'이라고는 할 수 없는 집필량이다. 일본이 전쟁에

---

246 공^{gong}은 권투 경기에서 시작과 종료를 알리는 종 혹은 청동이나 놋쇠로 만든 징 종류를 가리킨다. 작중 인물이 징이 울릴 때와 비슷한 소리를 낸다고 하여 붙인 이름이다.

진 뒤 란포에게는 이 작업이 중심이었다. 게다가 초기 단편은 물론이고 통속 장편과 비교해도 판매 부수가 압도적으로 많을 것이다.

'소년 탐정' 시리즈의 독자는 판매 부수의 몇십 배는 될 것이다. 란포가 세상을 떠난 뒤, 포플러샤판 책이 초중등학교 도서실에 비치되었기 때문이다. 책 한 권을 몇십 년 동안 몇십 명, 몇백 명, 학교에 따라서는 몇천 명이 돌려 보았으리라.

이리하여 에도가와 란포는 일본 역사상 가장 많은 독자를 얻은 소년소설 작가가 되었다. 그 어떤 문학가도 란포를 따라가지 못한다.

1949년 2월, 고분샤에서 란포의 『대암실』이 '명작 읽을거리 선집'이라는 시리즈로 나왔다. 그 뒤로 12월까지 『백발귀』『흡혈귀』『녹색 옷을 입은 괴물』『검은 도마뱀』이 나오고 이듬해인 1950년에는 『황금 가면』『유령탑』『마술사』『유령의 탑』『꿈틀거리는 촉수』까지 모두 10종의 '통속 장편소설'이 간행되었다. 이런 상황에 대해 란포는 '일단 잘 팔리기는 했는데 전쟁이 끝난 뒤 여러 출판사에서 반복적으로 책을 냈을 뿐이지 소년소설만큼은 팔리지 않았다. 낼 수 있는 책이 몇 권 더 있었는데 고분샤에서는 여기까지만 내고 중단하고 말았다. 어른용 소설을 내면 팔리기는 했어도 소년용 소설처럼 여러 해에 걸쳐 책을 더 찍는 일은 없었다'라고 했다.

태평양전쟁이 끝난 뒤 처음 쓴 「청동 마인」 연재가 시작되자, 란포가 다시 작품을 쓰기 시작했다는 소식을 들은 신문과 잡지에서 줄이어 집필 의뢰가 들어왔다. 하지만 란포는 거절했다. 그리고 《쇼넨》에서 두 번째 작품 「호랑이 어금니」 연재가 시작되는 1950년 란포의 집에서 열린 신년 모임에서 《호치신문》 편집국장 시라이시 기요시가 단편소설 집필을 부탁했다. 시라이시는 란포를 편하게 만들어주었는지 '이야기를 나눌수록, 술에 취할수록 나는 왠지 기분이 좋아져 그만 《호치》에 단편을 쓰죠"라고 하고 말았다. 짧은 작품이라면 어떻게 되겠지, 라는 마음이었다.'

술자리에서 한 약속이었지만 란포는 그 말을 지켰다. 일본 패전 후 성인을 대상으로 한 첫 번째 소설 「낭떠러지斷崖」를 써서 《호치신문》 1950년 3월 1일부터 12회에 걸쳐 연재했다. 이 단편은 탐정작가클럽이 회보의 호외 《대란포大亂歩 드디어 일어서다!》를 발행할 만큼 큰 사건으로 여겨졌다. 전쟁이 끝난 뒤 처음 쓰는 성인 대상 창작물인 데다 1934년(쇼와 9)에 《주오코론》에 실린 「석류」 이후 16년 만의 단편이었다. 이 작품은 《호세키》 6월호에도 게재되었다.

드디어 란포가 완전히 부활했다며 더 많은 잡지에서 소설 연재를 의뢰해와, 다 거절할 수 없어 번안 작품이라도 괜찮다는 조건으로 받아들였던 것이 고분샤의 《오모시로클럽》에 1951년(쇼와 26) 1월호부터 12월호까지 연재되는 「삼각관의 공포三角館の恐怖」다. 이 잡지가 가장 열성적으로 원고를 청탁했기 때문이라고 했는데, 《쇼넨》에 연재하고 있어서 당시 가장 가깝게 지내던 출판사가 고분샤였기 때문이리라.

「삼각관의 공포」는 란포가 태평양전쟁 중에 원서로 읽고 '깊

은 인상을 남겼다'고 평한 로저 스칼릿[247]의 『엔젤가의 살인Mur-
ders Among the Angells』이 원작이며, '저작권자로부터 자유롭게 번
역해도 된다는 승낙'을 얻어 무대를 일본으로, 등장인물을 일본
인으로 바꾼 작품이다.

1950년 12월호에 실린 예고에서 이 번안 소설에 대해 '나로서
는 처음 하는 시도인데 마음에 쏙 들었던 원작이라서 의욕이 큰
것은 분명하다'라며 의욕이 넘치는 모습을 보였다. 연재 때는 범
인을 알아맞히는 현상 공모도 진행했다. 그러나 거의 사람들 입
에 오르내리지 못했다. 그래서인지 고분샤는 단행본으로 내지 않
았고, 1952년 9월에 분게이토쇼슌샤文藝図書出版社에서 나왔다.

그리고 란포는 다시 소년용 말고는 소설을 쓰지 않게 되었다.

출판 위기

일본 패전 때 300여 곳에 불과했던 출판사는 전에 없던 출판
붐 덕분에 폭발적으로 늘어나, 1946년에는 2459개, 1949년 1월
에는 4581개가 되었다. 3년 사이에 열다섯 배가 된 것이다. 하지
만 이 붐도 결국 끝날 때가 왔다. 그렇다고 책이 팔리지 않게 된
것은 아니다. 유통구조 개혁 여파로 도산하는 출판사가 많았기
때문이다.

태평양전쟁 중에 실시된 통제 정책으로 출판사가 통폐합되었

---

247 Roger Scarlett, 미국의 도러시 블레어와 이블린 페이지라는 두 여성이 함께 사용한
필명. 두 사람에 관한 자세한 내용은 거의 알려진 바 없다. 『엔젤가의 살인』은 1932년에
출간된 작품이다.

을 뿐 아니라 1941년에 전국 도매상을 통합한 일본출판배급주식회사(닛파이日配)가 설립되었다. 이 시스템이 일본 패전 이후에도 이어졌다. 그러던 중에 연합군 최고사령부가 경제민주화 정책 가운데 하나로 재벌 해체, 대기업 재편성을 통한 독점 금지법, 과도한 경제력 집중 배제법을 공포했다. 닛파이는 출판물에 대해 독점적인 지배력을 지니고 있다는 등의 여러 이유로 집중 배제법 대상으로 지정되어 1949년에 폐쇄 명령을 받았다.

이에 따라 일본출판판매, 도쿄출판판매(지금의 도한) 등이 줄줄이 창립되었다. 하지만 닛파이를 폐쇄한다는 결정이 나오자 이 회사에 대한 외상매입금 지급과 상쇄하기 위해 재고를 반품하는 서점이 속출했다. 그러면 거액의 채권을 안고 있던 닛파이는 적자 상태로 들어가게 된다. 닛파이는 서점에서 보낸 반품 도서를 출판사에 넘기고 출판사에 지급해야 할 외상매입금을 상쇄했다. 자금에 여유가 없던 출판사는 반품을 떠안았을 뿐만 아니라 닛파이로부터 받을 돈도 없어져 줄줄이 도산했다.

1949년 1월에 4581개였던 출판사는 2년 뒤인 1950년 말에 1869개로 절반이 넘게 줄어들었다. 숫자만 가지고 이야기하자면 60퍼센트나 되는 출판사가 사라져, 일본 패전 후의 출판 붐도 어쩔 수 없이 종언을 고하고 말았다.

출판사와 함께 잡지도 문을 닫았다. 계속 창간되던 탐정소설 전문 잡지라고 예외는 아니었다. 《톱》은 1948년 7월호, 《신탄테이쇼세쓰》도 1948년 7월호, 《G멘Gメン》은 1948년 11·12월호, 《X》는 1949년 10·11월 합병호, 《마스코트マスコット》는 1949년 9월호,

《록》은 1949년 9월호로 각각 휴간 및 종간되었다. 탐정소설 버블도 끝나려는 상태였다. 이런 상황은 1935년(쇼와 10) 전후의 상황과 비슷했다.

《록》 등은 전쟁이 끝난 뒤에 탄생했다지만, 1920년 창간되어 30년 역사를 이어온 《신세이넨》마저 종간에 내몰린 데에는, 판매 부진이 원인이라고는 하나 그 배경에 전범 문제가 있었다.

출판계의 전범 문제는 1948년 5월 30일에 점령군의 공직 부적격 심사위원회가 출판 관련하여 78개 회사의 217명을 추방 대상자로 결정한 것으로—추방 처분을 받은 사람들은 불만이 있었지만—일단락되었다. '공직 취임이나 정치적 발언과 행동을 금지하는' 영장이 이런 회사와 사람들에게 발부되었는데, 이걸 '공직 추방'이라고 한다. 출판계뿐만 아니라 정치가, 재계 인사, 공무원 등 전국 약 20만 명에게 추방령이 내려졌다.

작가로는 오자키 시로, 도쿠토미 소호, 기쿠치 간, 무샤노코지 사네아쓰, 이와타 도미오, 시시 분로쿠, 이시카와 다쓰조, 야마오카 소하치 등 331명이 추방되었다. 종군하며 기사를 썼다고 하여 군국주의자로 분류된 사람도 있었기 때문에 오구리 무시타로도 살아 있었다면 추방 처분을 받았을지 모른다. 이시카와 다쓰조처럼 리버럴한 작가로 여겨지던 사람까지 대상이 되었다. 전쟁 중에 국가 정책에 따른 소설을 썼기 때문이다. 이 처분은 늦어도 1952년까지 모두 해제된다. 정계와 재계, 관계에서 이 공직 추방이 이루어졌기 때문에 세대교체에도 진전이 있었다.

탐정소설 작가 가운데는 에도가와 란포, 운노 주자, 미즈타니 준이 공직에서 추방되었다. 란포는 1947년 10월에 지정되었다. 전쟁 기간에 쓴 국책 소설 「위대한 꿈」이 문제가 돼서가 아니라 다이세이요쿠산카이 도요시마 지부 사무장을 지냈다는 것이 그 이유였다. 란포는 애당초 소설가이기 때문에 '공직'에 취임할 생각도 없어 '아무런 영향도 없는 일이다'라고 생각하고 있었는데, 신문, 잡지가 추방된 작가를 꺼리는 풍조가 있다는 사실을 알고 해제를 위한 절차를 밟았다. 스스로 신청하고 해명서 같은 것(직역한 것인지 '증명'이라고 불렸다)을 쓰고 신원 조사, 이력 조사를 위한 '조사표'를 제출하는 등 노력한 끝에 이듬해인 1948년 2월에 해제되었다. 란포에 따르면 추방에는 내각이 처분을 결정한 무거운 추방과 도쿄도지사가 결정하는 가벼운 추방이 있었는데 란포는 후자였다.

그러나 전쟁 기간에 군과 관계가 깊었던 운노와 군국주의를 선동한 출판사 대표로 지목된 하쿠분칸에서 편집장을 지낸 미즈타니의 처분은 내각이 결정한 것으로 쉽게 해제되지 않았다. 그래서 운노 주자는 오카주로라는 별도의 필명으로 작품을 발표하기도 했다.

운노는 1949년 5월 17일―란포가 「청동 마인」 연재를 시작한 지 반년이 지났을 때, 그리고 요코미조가 세이조에서 살게 된 지 9개월이 지났을 무렵, 결핵으로 세상을 떠났다. 그의 나이 51세였다. 이때 추방 조치는 이미 해제된 상태였다.

요코미조가 결핵을 앓았던 이야기는 유명하다. 운노도 결핵을 앓은 적이 있었다. 그리고 전쟁이 끝난 뒤에 여러 차례 피를 토하

기도 했다. 요코미조와 운노는 같은 병을 앓고 있어 서로 더 친근
감을 느끼기도 했다.

1972년에 요코미조는 운노와의 교우 관계를 담은 수필을 썼는
데(『옛이야기』에 수록[248]) 그 글은 이렇게 끝을 맺는다. '주자의
집안은 대대로 아와[249]의 도쿠시마에서 대대로 어전의, 즉 의사
였다고 한다. 그런 인연 때문에 고인을 추모하는 사람들에 의해
도쿠시마 공원에 번듯한 비석이 세워졌다. 비문은 에도가와 란
포가 썼다. 하지만 다마영원多摩靈園에 있는 묘지에는 아직 비석이
없고 나무 기둥이 비바람을 견디며 색이 바래가고 있다. 내게 보
태줄 돈은 있어도 자기 돌 비석을 세울 여유는 없었던 걸까?'

다른 수필(『50년』에 수록)에는 '한마디로 이야기하면 운노 씨
는 성실한 사람이라는 표현이 딱 어울린다'라고 썼다. 그리고 '전
쟁 중에 운노 씨는 그 성실함을 유감없이 발휘하며, 자신을 속이
지 않고 살아냈다. 전쟁 기간을 산 작가 가운데 그만큼 자기 자신
에게 충실했던 사람은 달리 없지 않을까?'

공직에서 추방당한 출판인 가운데는 고단샤나 하쿠분칸의 전
쟁 책임을 추궁하던 측인 쇼코쇼인의 후지오카 준키치도 있었
다. 좌익의 선봉장이었던 후지오카인데 1933년에 그때까지 내던
사회주의 관련 책을 태운 일과 이시하라 간지의 책들을 낸 일이
문제가 되었다. 후지오카는 회상록에 '전혀 뜻밖이었다. 튀어나

---

248 「운노 주자와 패전 일기」라는 제목의 글이며 《아사히신문》 1972년 12월 18일 자에
게재되었다.
249 阿波. 도쿠시마현의 옛 이름이다.

온 못이 정을 맞는다는 걸 깨달았다'라고 썼다. 출판계의 전범 추궁 문제는 리더가 실각하자 움츠러들어, 흐지부지되고 말았다.

후지오카는 땅을 팔아 추방 해제 청원 비용으로 써서 이듬해 조치는 해제된다. 하지만 1년 반 동안 회사에 나가지 못했고 그 사이 경영이 어려워져 쇼코쇼인은 1948년에 도산했다. 후지오카는 어쩔 수 없이 50명 가까운 직원을 해고하고 재건을 도모하게 된다.

하쿠분칸의 최후

1948년, 하쿠분칸은 스스로 해체하는 길을 선택했다. 오하시 신이치는 출판에 대한 열정을 잃었고, 그보다 자기 자산을 공산주의자에게 빼앗길까 두려워 하쿠분칸 사장에서 물러나 잡지를 여섯 개 회사(고단잣시샤講談雜誌社, 스토리샤ストリ社, 노교세카이샤農業世界社, 야큐카이샤野球界社, 에고타쇼보江古田書房 등)로 나누고 제각각 오하시 집안사람을 발행인으로 내세워 새롭게 출발시켰다. 하쿠분칸 사원도 모두 10월에 그만두고 새로운 회사로 들어가게 되었다. 이렇게 해서 하쿠분칸의 60년에 걸친 역사는 10월에 일단 막을 내린다. 하지만 11월에 하쿠분칸은 단체로, 오하시 신이치는 개인으로 공직에서 추방되었다. 오하시는 하쿠분칸 빌딩과 하쿠분칸이라는 회사명을 팔아넘기고 말았다.

새로 설립된 여섯 개의 회사는 출판을 이어갔지만, 이 회사들은 하쿠분칸의 위장 회사로 여겨졌다. 분명히 새 회사의 사장은 모두 오하시 집안과 관계있는 사람이며, 판매 업무를 맡은 도카이

코교東海興業는 오하시 본점을 이름만 바꾼 것에 지나지 않았다.

　오하시는 내사를 받게 되자 이번에는 정말로 출판에서 완전히 손을 떼기로 하고 사원 세 명에게 양도하기로 했다. 세 명은 실제로 양도해준다면 받아들이겠다고 했다. 이렇게 해서 1948년 5월에 《야큐카이野球界》《노교세카이農業世界》《스토리ストリ》를 내는 하쿠유샤博友社, 《고단잣시》《신세이넨》《가테이에혼家庭エホン》을 내는 분유칸文友館, 사전과 서적을 내는 고분칸好文館이 생겨났다. 《신세이넨》을 내는 출판사가 된 분유칸의 사장은 다카모리 에이지高森栄次였다. 요코미조가 하쿠분칸에 근무하던 1928년에 입사해 처음에는 《아사히》에 배치되었다. 그 뒤로 《신쇼넨新少年》《단카이》 같은 소년지 편집부에 근무했었다.

　하지만 이런 공작을 진행한 것이 화가 되어 오하시 신이치는 1948년 7월에 공직 추방령 위반 혐의로 체포돼 유치장에 갇혔다. 불기소처분을 받기는 했어도 오하시는 이제 지긋지긋하다고 생각했으리라. 세 회사는 명목상 나뉘어 있기는 했지만 실제로는 한 덩어리인 상태였기 때문에 하쿠유샤로 모두 통합했다.

　한편 돈줄이라고 할 수 있는 일기에 대한 권리는 양도하지 않고 오하시 일가가 가지고 있었던지, 1950년 5월에 신이치의 딸이 하쿠분칸신샤를 세워 다시 발행하기 시작했다. 지금은 하쿠유샤도 오하시 일가가 경영하고 있으며 같은 사업장 안에 있다.

　《신세이넨》은 이런 사정 때문에 1947년 9월호까지는 하쿠분칸에서 발행했으며 10월호부터 1948년 3월호까지는 에고타쇼보에서 냈다. 미즈타니 준이 1946년 9월호까지 만들고 퇴직한 다음 요코미조 다케오가 편집장을 맡았다. 그때까지《신세이넨》지면은 과학소설, 유머소설, 모험소설, 스파이 소설 중심으로 구성되었지만, 다케오는 유머와 현대물 중심으로 개편했다. 또 다케오는 야마모토 슈고로[250]와 친했기 때문에 탐정소설 「잠꾸러기 서장」[251]을 지은이 이름을 감춘 채 연재시키기도 했다. 1948년 4·5월 합병호부터 1949년 1월호까지는 분유칸에서 발행했으며 이 회사 사장이기도 했던 다카모리 에이지가 편집장 역할도 했다. 1949년 2월호부터는 하쿠유샤에서 나왔고, 편집장은 다카모리가 계속 맡았다.

요코미조 세이시는 일본 패전 직후에《신세이넨》에 단편소설을 실었는데 친동생인 요코미조 다케오가 편집장을 맡은 기간에는 이 잡지에 아무것도 쓰지 않았다. 이윽고 새로운 체제가 확립된 1949년 3월호부터 「팔묘촌」을 연재하기 시작했다. 란포도 1946년 10월호에 「마술과 탐정소설魔術と探偵小説」이라는 수필을 쓴 것 말고는 일본 패전 후《신세이넨》에 아무것도 쓰지 않은 상태였다. 그러다 1949년 10월호부터 자서전 「탐정소설 30년」을 연재하기 시작했다. 요코미조 다케오는 형과 달리 탐정소설을 싫어했다. 그래서 란포나 요코미조에게 원고를 부탁하지 않았던

---

250 山本周五郎(1903~1967), 잡지 기자를 거쳐 소설가로 데뷔했다. 시대소설, 역사소설로 명성을 얻었으며, 그의 이름을 붙인 문학상도 유명하다.

251 모두 열 개의 이야기로 이루어진 연작. 성인을 대상으로 한 현대 탐정소설이다. 고도 샨쇼라는 40대 초반의 독신 남성 경찰서장이 탐정이며, 비서 역할을 맡은 '나'가 서장의 활약을 회상하는 형식으로 펼쳐진다.

모양이다. 어쩌면 란포와 요코미조는 미즈타니가 그만두었기 때문에 《신세이넨》과 거리가 멀어졌는지도 모른다.

사정이야 어찌 되었든 《신세이넨》은 1949년이 되어서야 드디어 란포와 요코미조라는 2대 간판스타를 얻으며 다시 탐정소설을 많이 싣기 시작했다. 하지만 그 수명은 얼마 남지 않은 상태였다. 이듬해인 1950년 7월호로 종간하게 된다. 요코미조의 「팔묘촌」은 3월호까지 연재하고 병 때문에 쉬고 있었다. 란포의 「탐정소설 30년」도 미완인 채로 끝났다. 두 작품 모두 《호세키》에서 연재를 이어가게 된다.

닛파이 폐쇄에 따라 자금력이 없는 출판사가 자취를 감추는 가운데, 메이지 시대부터 이어진 역사와 오하시 재벌이라는 대자본을 배경에 두었던 하쿠분칸도 실질적으로 출판사로서의 역사를 마감한 셈이다.

요코미조 다케오는 하쿠유샤로 옮겼지만 1960년에 퇴사한다.

이 휴간, 폐간 러시 때문에 요코미조 세이시가 연재하던 아홉 작품 가운데 다섯 작품이 중단되고 말았다. 「팔묘촌」 이외에는 《스타일요미모노판》의 「모방 살인사건」(1950년 4월호까지), 《쇼넨세카이》의 「황제의 촛대皇帝の燭台」(1950년 6월호까지), 《쇼넨쇼조오칸少年少女王冠》의 「심야의 마술사深夜の魔術師」(1950년 8월호까지)다. 소년 잡지가 고전을 면치 못하고 있었음을 알 수 있다. 또 한 가지가 연작인 「사몬 체포록左門捕物帖」을 연재하던 《닛코日光》인데, 이 잡지는 어떻게 되었는지 자세히는 알 수 없으나 이 무렵 자취를 감춘 것으로 보인다. 이 시리즈는 나중에 '닌교 사시치'로 새로 태어났다.

이 시기에 요코미조가 1951년에도 연재를 계속하던 잡지는 최대 출판사인 고단샤가 내는 《킹》과 《고단클럽》뿐이었다. 《킹》에는 「이누가미 일족」, 《고단클럽》에는 「미로의 신부」(나중에 「카르멘의 죽음」으로 제목을 바꾸었다)를 연재했다.

그런 풍파 속에서 가도카와쇼텐과 하야카와쇼보가 살아남았다.

가도카와문고 발간

가도카와쇼텐이 가도카와문고를 창간하는 때는 닛파이 폐쇄 때문에 출판업계가 심하게 흔들리던 1949년 5월이었다. 출판사를 세운 지 4년째 되던 해였다. 가도카와쇼텐은 첫 책으로 1946년 2월에 사토 사타로 시집 『보도』와 노미조 나오코 단편집 『남천 저택』을 냈고, 그 뒤에도 긴다이치 교스케 『정본 이시카와 다쿠보쿠[252]』, 야나기타 구니오柳田国男의 『이야기와 가타리모노[253]』를 '아스카신서飛鳥新書'라는 시리즈로 발행했으며, 호리 다쓰오[254] 작품집 간행도 시작해 『바람이 분다』 등을 내놓았다.

---

252 石川啄木(1886~1912), 시인. 본명은 이시카와 하지메. 1910년에 내놓은 첫 시집 『한줌의 모래』로 이름을 널리 알렸다. 한때 사회주의에 깊은 관심을 보였고 문학평론을 하기도 했는데 결핵으로 26세에 세상을 떠났다. 일본문학사에서 빼놓을 수 없는 시인으로, 긴다이치 교스케와는 친구 사이였다.

253 가타리모노語り物는 곡조를 붙여 악기 연주에 맞추어 부르는 이야기나 읽을거리를 말한다.

254 堀辰雄(1904~1953), 소설가. 프랑스문학과 심리주의를 적극적으로 받아들이고 일본 고전과도 융합하며 독자적인 문학 세계를 창조했다. 태평양전쟁 말기에 결핵이 악화해 일본 패전 뒤에는 거의 작품을 발표하지 못하고 투병하다가 세상을 떠났다.

아스카신서는 크기가 '신서판'이 아니라 B6판이었는데, 다니카와 데쓰조[255], 하야시 다쓰오[256], 이시카와 준, 다치하라 미치조, 미요시 다쓰지[257], 이즈미 교카, 진자이 기요시[258]의 작품을 비롯해, 외국 작품으로 고티에[259], 호프만슈탈[260], 보들레르, 베르트랑[261] 등의 번역서도 내놓았다. 시작한 지 얼마 되지 않은 출판사인데도 호화로운 라인업이다. 가도카와 겐요시는 인맥을 활용해 이런 작가들의 작품을 내고 있었다.

그 가운데서도 호리 다쓰오와 진자이 기요시는 가도카와쇼텐의 고문 같은 존재로(진자이는 정식 고문이 되었다) 가도카와에서 어떤 책을 내면 좋을지 조언을 해주고 있었다. 진자이가 중심이 되어 1948년 2월에는 잡지 《효겐表現》을 창간했다(앞에서 이야기한 대로 처음에는 '아스카'라는 제목을 붙이려다가 바꾸

---

255 谷川徹三(1895~1989), 철학자. 호세이대학 총장을 지내기도 했다.

256 林達夫(1896~1984), 사상가, 평론가. 서양 정신사, 문화사, 문명사를 연구했다. 도요대학, 호세이대학, 릿쿄대학 등에서 강의하며 활발한 활동을 펼쳤다. 또한 철학, 사상 서적 편집에도 깊이 관여했으며 헤이본샤의 백과사전 책임 편집자로 일하기도 했다.

257 三好達治(1900~1964), 시인, 번역가, 문예평론가. 1930년 12월에 첫 시집 『측량선』을 내놓았으며 신선한 리리시즘과 치밀한 언어 감각을 구사하는 시인으로 평가된다.

258 神西清(1903~1957), 러시아문학자이자 번역가, 소설가, 문예평론가. 도스토옙스키, 체호프, 푸시킨 등의 작품을 다수 번역했다.

259 Pierre Jules Théophile Gautier(1811~1872), 프랑스 시인, 소설가. 문예 비평, 미술 비평, 여행기 등을 남겼다.

260 Hugo von Hofmannsthal(1874~1929), 오스트리아 시인, 극작가. 우화소설이나 서정적인 상징시 등을 주로 썼다.

261 Louis Jacques Napoléon Bertrand(1807~1841), 프랑스 시인. 산문시에 몰두했다. 세상을 떠난 뒤인 1842년에 유일한 시집 『밤의 가스파르Gaspard de la nuit』가 나왔으며, 보들레르와 말라르메 등 초현실주의 시인들에게 큰 영향을 끼쳤다.

었다).

《효겐》은 문학평론지였다. 하야시 다쓰오, 가토 슈이치[262], 요시다 겐이치[263] 등의 이름이 창간호에 실렸다. 하지만 1년 뒤인 1949년 8월호를 끝으로 통권 13호까지 내고 종간했다.

《효겐》이 창간된 1948년에는 이 잡지 말고도 월평균 4종의 신간을 냈는데, 아스카신서에 이어 외국 문학 번역 시리즈로 철학선서哲学選書도 내기 시작했다.

그래도 경영 상황은 여전히 어려웠다. 가도카와에게 경리나 영업에 대한 개념이 부족했던 것도 원인 가운데 하나였다. 집에서 자금 지원을 받으며 근근이 꾸리는 모양새였다. 1948년 연말, 가도카와는 이와나미쇼텐 편집부장인 누노카와 가쿠자에몬布川角左衛門(나중에 도산한 지쿠마쇼보筑摩書房 관재인[264] 겸 대표이사)을 방문해 의논했다. "내 목표는 이와나미쇼텐 같은 출판사가 되는 것이며 닮고 싶은 사람은 이와나미 시게오岩波茂雄 씨입니다"라고 가도카와가 말하자 누노카와는 그 말에 감명받아 지인인 노다 다다시를 소개했고, 노다는 가도카와의 업무부장이 되었다. 노다는 경리 전문가였다. 가도카와는 그제야 회사 모양

---

262 加藤周一(1919~2008), 평론가, 의학박사. 조치대학, 예일대학, 베를린대학 등에서 교수와 강사를 역임했으며 많은 저작을 남겼다. '규조노카이九条の会(일본이 전쟁을 영원히 포기한다는 일본 헌법 제9조를 포함한 헌법 개정 움직임을 저지하기 위해 오에 겐자부로, 이노우에 히사시 등 작가 9인이 결성한 사회운동 단체)'를 만들었다.

263 吉田健一(1912~1977), 문예평론가, 번역가, 소설가. 영국, 프랑스 등 유럽문학을 바탕으로 삼아 평론과 소설을 썼다.

264 管財人, 법원이 선임한 재산 관리인.

새를 갖추게 되었다.

만약 이때 누노카와에게 도움을 청하지 않고 노다를 업무부장으로 맞이하지 못했다면 이듬해인 1949년 봄부터 시작되는 닛파이 폐쇄라는 격동의 시기에 가도카와쇼텐이 과연 버텨낼 수 있었을까? 그런 의미에서 가도카와는 운이 좋았다. 어쩌면 이대로는 위험하다는 감이 와서 움직였을 것이다. 그때까지만 해도 이와나미쇼텐의 편집부장이었던 누노카와 가쿠자에몬이 같은 업계의 다른 회사를 도운 것은 자신의 이름에도 '角川'라는 한자가 들어 있어서 친근감을 느꼈기 때문이라고 한다. 가도카와는 이름 덕도 본 셈이다.

가도카와 겐요시의 뒤를 이은 장남 가도카와 하루키는 '타도 이와나미 문화'를 공언하지만, 겐요시는 이와나미처럼 되는 것을 목표로 삼았었다. 그래서 1949년 5월, 가도카와문고를 창간했다. 그즈음의 사원은 열다섯 명뿐. 가도카와문고의 첫 번째 책은 도스토옙스키의 『죄와 벌』(요네카와 마사오 옮김)이었다. 그러나 책 띠지의 빨간색 잉크가 제대로 마르기 전에 납품되어 표지에 달라붙는 바람에 다시 찍지 않을 수 없었다. 겨우 서점에 책이 진열되었지만 얼마 지나지 않아 대부분 반품으로 돌아왔다.

회사 내부에서는 기념할 만한 첫 책의 제목이 『죄와 벌』이라 재수가 없다는 얘기가 있었다. 그래서 결과를 보고 '벌을 받았다'라는 말이 나왔다. 하지만 가도카와 겐요시는 포기하지 않았다. 가도카와문고를 더 강화하기 위해 태평양전쟁이 일어나기 전에 이와나미문고에서 편집자로 일한 하세가와 사토루를 스카우트해 명작을 냈다. 그런데도 가도카와문고는 팔리지 않아 반품이 산더미처럼 쌓이고 적자만 늘어났다.

문고는 적자여도 단행본에서는 히트작이 나왔다. 1949년 8월에 나온 교육 관련 서적 『생각하는 아이들』(다카모리 도시오[265] 지음)이 마이니치신문사가 주는 마이니치출판문화상을 받아 화제가 되었다. 1950년에는 가도카와문고에서 고다 로한이 공개하지 않던 환상의 작품 『풍류염마전風流艶魔伝』을 내게 되었는데 발행 전에 《도쿄니치니치신문》에 기사가 실려 도매상에 초판 1만 부를 반품을 받지 않는 매절 조건으로 넘길 수 있었다.

이렇게 해서 가도카와쇼텐은 다시 나아가기 시작했다. 하지만 탐정소설과는 아직 인연이 없는 상태였다.

하야카와쇼보, 탐정소설에 뛰어들다

연극 관련 서적을 내는 출판사로 시작한 하야카와쇼보도 책이 호평은 받았으나 많이 팔리지는 않아 경영에 어려움을 겪었다. 다른 분야로 넓혀보려고 했으나 하야카와 기요시는 문단이나 학계에 인맥이 없었다. 생긴 지 얼마 되지 않은 작은 출판사에 원고를 줄 유명한 작가나 학자는 없었다.

그래서 하야카와쇼보는 해외 작품 번역으로 활로를 찾기로

---

265 高森敏夫(1911~1992), 초등학교 교사. 『생각하는 아이들』 『연구하는 아이들』 『산수를 즐겁게』 등의 교육 도서를 집필했다.

했다. 아서 밀러[266]가 쓴 『세일즈맨의 죽음』, 시어도어 드라이저[267]가 쓴 『미국의 비극』과 비키 바움[268]의 『그랜드 호텔』 등이 1950년에 나왔다. 『세일즈맨의 죽음』은 연극이라 익숙한 노선이지만 『미국의 비극』은 그때까지 내던 간행물과는 관련성이 없다. 1925년 작품이니 신작도 아니다. 태평양전쟁 전에도 영화로 만들어졌고, 1951년에 개봉 예정으로 두 번째 영화화가 진행되던 시기였다.

『그랜드 호텔』은 그레타 가르보를 비롯한 유명 배우가 나온 태평양전쟁 전에 만들어진 할리우드 영화의 원작이다. 소설, 영화 등의 '그랜드 호텔 형식'의 원형이다. 이것도 신작은 아니고 태평양전쟁 전에 마키 이쓰마가 번역해 내놓았었다. 모두 분량이 많은 장편이라서 상하 두 권으로 냈다. 그런데도 초판 2만 부를 찍었다.

지금 상영되고 있는 영화의 원작이라면 팔릴 테지만 오래전 영화의 원작과 앞으로 개봉할 영화의 원작이 그렇게 많이 팔릴 리 없다. 실제로 『미국의 비극』은 반품이 쏟아져 들어와 여러 해 창고에 쌓여 있었다고 한다.

---

266 Arthur Miller(1915~2005), 미국의 극작가. 현대인의 소외와 불안을 그린 대표작 『세일즈맨의 죽음』이 브로드웨이에서 대성공을 거두며 연극계의 일인자로 떠올랐고, 오늘날 현대 희곡의 거장으로 불린다.

267 Theodore Dreiser(1871~1945), 미국 자연주의 문학의 거장으로 평가받는 작가. 저널리스트로 활동하며 사회의 부조리를 목격했고, 이를 바탕으로 『미국의 비극』을 집필했다.

268 Vicki Baum(1888~1960), 오스트리아 출생. 잡지사와 출판사에서 일하며 작품 활동을 시작했다. 1928년에 소설 『화학도 헬레네 빌퓌어Stud. Chem. Helene Willfuer』로 크게 주목받았으며, 나치를 피해 1938년 미국 국적을 취득했다.

하야카와쇼보가 이렇게 많은 부수를 찍은 까닭은 번역 출판 분야에서 아마추어였기 때문만은 아니었다. 도한에—나쁘게 이야기하면—속았기 때문이다. 닛파이 해체 후 도매상이 몇 군데 생겼지만 지금도 건재한 닛판[269]과 도한이 처음부터 가장 큰 곳이었다. 하지만 닛판은 서적 중심의 서점을 거래처로 하고, 도한은 잡지 중심의 서점과 거래했다. 도한은 서적 부문을 강화하여 닛판 계열의 서점과도 거래하기를 원했다. 그래서 하야카와쇼보가 『미국의 비극』을 내고 상담하러 찾아왔을 때 '도한만 취급하게 해달라(닛판에는 주지 말라)'고 하고 2만 부를 찍게 해 넘겨받았다. 도한은 이 장편소설을 잡지를 배본하던 감각으로 전국 서점에 뿌렸다. 게다가 잡지를 매대에 진열하고 파는 잡화점에까지 책을 배본했다. 그러다 보니 대부분 팔리지 않고 남아 반품으로 돌아온 것이다. 도한에서는 담당한 상무가 책임을 지고 잠시 물러나는 소동까지 일어났다.

도한은 팔고 남아도 반품하면 그만이지만 그걸 떠안은 하야카와쇼보는 회사 살림이 기울었다. 하야카와는 그래도 버텨냈다. 그때까지는 개인 상점 같은 곳이었지만 이를 계기로 주식회사로 바뀌었고, 하야카와 기요시는 한때 사장 자리를 사쿠라이 미쓰오에게 넘기기도 했다. 이즈음인지 분명하지는 않지만, 하야카와는 덴엔조후의 자택을 비롯해 많은 재산을 출판 사업 때문에 잃고 말았다고 한다.

---

269 일본출판판매(닛폰슛판한바이日本出版販売)의 줄임말.

하야카와쇼보에서 『미국의 비극』과 『그랜드 호텔』을 담당한 편집자는 이토 히사시였다. 이토는 시인 그룹 '아레치荒地' 회원이었으며 『그랜드 호텔』은 직접 번역도 맡았다. '아레치'에는 아유카와 노부오, 오카다 요시히코, 가지마 쇼조, 기타무라 다로, 다무라 류이치, 니시와키 준자부로, 홋타 요시에 등 나중에 미스터리 번역가로 활동하게 되는 인물들이 있었다. 가지마의 형이 하야카와 기요시와 친구였기 때문에 가지마가 번역한 윌리엄 포크너의 『무덤의 침입자Intrudrer in the Dust』를 하야카와쇼보에서 냈고, 이를 계기로 가지마의 친구와 지인들도 하야카와쇼보와 관계를 맺게 되었다.

《히게키키게키》편집장인 엔도 신고는 극단 하이유자[270]와 관련이 있는 연극인이었다. 엔도가 직접 번역한 그레이엄 그린의 『제3의 사나이』를 시리즈 1번으로 삼아 1951년에 하야카와쇼보는 '세계 걸작 탐정소설' 시리즈를 내기 시작했다. 이것이 하야카와 포켓 미스터리의 원형이 되었다. 출간 목록은 다음과 같다.

- 『제3의 사나이』, 그레이엄 그린 지음, 엔도 신고 옮김
- 『백주의 악마』, 애거사 크리스티 지음, 홋타 요시에 옮김
- 『3막의 비극』, 애거사 크리스티 지음, 다무라 류이치 옮김
- 『네덜란드 구두 미스터리』, 엘러리 퀸 지음, 니노미야 요시카게

---

270 俳優座, 1944년에 설립된 극단. 분가쿠자文学座, 극단 민게이劇団民藝와 함께 일본을 대표하는 현대연극 극단 가운데 한 곳이다.

(아유카와 노부오의 다른 이름) 옮김

- 『의혹의 그림자』, 존 딕슨 카 지음, 무라사키 도시로 옮김
- 『목요일의 남자』, G. K. 체스터턴 지음, 하시모토 후쿠오 옮김
- 『오시리스의 눈』, 오스틴 프리먼 지음, 니노미야 요시카게 옮김
- 『예고 살인』, 애거사 크리스티 지음, 다무라 류이치 옮김
- 『0시를 향하여』, 애거사 크리스티 지음, 미야케 쇼타로 옮김
- 『시태퍼드 미스터리』, 애거사 크리스티 지음, 다무라 류이치 옮김

홋타는 소설가가 되기 직전이었으며, 다무라, 아유카와까지 합쳐 '아레치' 인맥이 6종의 번역을 맡았다. 연극인과 시인이 초기 하야카와쇼보의 번역진이었다. 작가로는 크리스티가 반 이상을 차지했다. 이때부터 하야카와쇼보는 크리스티가 중심이었던 셈이다. 이 시리즈는 하드커버로 냈기 때문에 가격이 비쌌다. 그래서 많이 팔리지 않아 위의 10종으로 끝나고 말았다.

그 무렵—1953년—다무라 류이치는 가토의 부탁을 받고 하야카와쇼보에 입사했다. 특별히 하는 일도 없이 놀고 있었기 때문이다.

하야카와 기요시는 어떤 책을 내면 좋을지 모르겠어서 다무라에게 "무엇이 좋을지 생각해보라"고 했다. 그래서 미스터리 출판이 시작되는데, 그건 단순히 다무라가 '미스터리를 좋아해서' 만은 아니었다. 하야카와쇼보의 책은 반품된 뒤로 서점에서 주문이 들어오는 일도 없이 창고에 계속 쌓여 있었는데, '세계 걸작 탐정소설'만은 꾸준히 팔려나가더니 어느새 재고가 떨어졌다.

다무라는 이쿠시마 지로[271]와 나눈 대담(『잠자는 의식을 저격하라』에 수록)에서 이렇게 말했다.

"결국 돈 없이 할 수 있는 건 미스터리야. 새로운 작품이나 일본 작품은 받을 수 없지. 돈 없이도 할 수 있는 건, 일단 5류나 6류 번역가를 꼬드겨 판권이 없는 작품을 번역하게 하는 거야. (웃음) 그리고 '세계 걸작 탐정소설' 10종을 그 틈에 끼워 넣으면 되지 않겠는가, 그러다가 그중 뭔가 주목할 만한 작품이 나타나면 판권을 따서 알짜 상품으로 삼자, 이렇게 할 수밖에 없어." 이런 생각으로 다무라는 미스터리 시리즈 기획을 제안했다. 다무라는 하야카와도 제안에 응했다고 이야기하지만 같은 시기 하야카와 쇼보에 있던 미야타 노보루가 쓴 『전후 '번역' 풍운록』에는 이렇게 되어 있다.

'다무라가 하야카와 포켓 미스터리에 기획 초기부터 관여하지는 않았다. 하지만 그의 공로는 에도가와 란포를 감수자로 초빙해 해설을 쓰게 한 일이다(100권까지). 어떻게 란포와 연결되었는지에 관한 일화가 있기는 하나 여기서는 굳이 언급하지 않겠다. 다무라의 또 다른 공로는 란포의 인맥을 활용해 해외 미스터리 수집 분야에서 비교할 사람이 없는 젊은 다나카 준지를 편집자로 끌어들인 일이다. 그리고 기획 측면에서는 역시 란포의

---

271 生島治郎(1933~2003), 소설가. 본명은 고이즈미 다로. 하야카와쇼보에서 편집자로 일하다가 작가로 변신, 『끝없는 추적』으로 1967년에 나오키상을 받았다. 일본 정통 하드보일드의 기초를 닦은 작가 가운데 한 명으로 꼽히며 여러 시리즈를 써냈다. 1989년부터 1993년까지 일본추리작가협회 이사장을 지냈다.

추천을 거쳐 우에쿠사 진이치植草甚一(1908~1979)를 브레인으로 맞이했다(하지만 별로 활용하지 않았다).'

『40년』에는 우에쿠사와 어떻게 만났는지 이야기하는 내용이 있다. 우에쿠사를 란포에게 소개한 사람은 후타바 주자부로[272]였다. 1946년 5월 9일(란포가 일기를 쓰던 시기라 날짜를 정확하게 알 수 있다)에 처음 후타바 주자부로가 란포를 찾아왔다. 그가 외국 탐정소설을 많이 안다는 데 놀라자, 그는 "제 스승님이라 할 만한 분이 있는데 다음에 함께 오겠습니다"라고 하고는 12일에 우에쿠사 진이치를 데리고 왔다. 일본 패전 직후인 이 시기에 탐정소설을 좋아하는 청년들이 란포를 계속 찾아왔는데 후타바도 그 가운데 한 명이었으리라.

다무라와 어떻게 만났는지에 대해서는 『40년』에 아무런 이야기도 없다. '굳이 언급하지 않겠다'라는 미야타의 한마디와 얽혀 더욱 궁금해진다.

조각을 이어 붙이면 이런 생각을 해볼 수 있다. 다무라 류이치는 친한 시인들과 함께 《아레치荒地》를 내고 있었다. 이 동인지는 1947년 9월부터 1948년 6월까지 6호를 내는데 1, 2호는 다무라가 편집했고 발행은 이와야쇼텐이 맡았다(3호 이후에는 도쿄쇼텐東京書店). 다무라는 이와야쇼텐을 드나들다가 《호세키》 때문에 이 회사를 자주 찾아오던 란포와 만나게 되었을지도 모른다.

어쨌든 하야카와쇼보와 란포를 이어준 사람은 틀림없이 다무

---

272 双葉十三郎(1910~2009), 영화 평론가, 번역가.

라였으리라.

  '나는 일주일에 두 번쯤 이케부쿠로에 있는 릿쿄대학의 마장馬場 옆에 살던 에도가와 란포 선생이나 시모키타자와의 하숙집에서 부인과 살던 우에쿠사 진이치 씨의 지시를 받으러 갔다.'

  이렇게 해서 '에도가와 란포 감수 세계 탐정소설 전집' 간행이 결정되었고, 하야카와 포켓 미스터리 '101'로 1953년 9월에 미키 스필레인[273]의 『마지막 대본』[274]이 나왔다. 이 작품은 하야카와의 연극, 영화 관련 인맥인 시미즈 슌지[275]가 번역을 맡았다. 스필레인을 하야카와에게 추천한 사람도 시미즈였다.

  신서판으로 만들어 책의 절단면과 위아래를 노란색으로 칠한 것은 '세계 걸작 탐정소설' 시리즈가 하드커버에 값이 비싸 실패한 점을 반성하기 위해 자기가 제안한 것이라고 다무라는 썼다. 어쨌든 100종을 갖추어 서점 책꽂이를 확보해야만 했기 때문에 빠른 속도로 책을 냈다. 판권의 발행일을 살펴보면 9월에 5종, 10월에 2종, 11월에는 4종을 냈다. 모든 책에는 란포가 해설을 썼고, 이 글들은 나중에 『해외 탐정소설 작가와 작품海外探偵小説作家と作品』에 수록된다.

---

273 Mickey Spillane(1918~2006), 미국 소설가. 하드보일드 탐정소설 '마이클 해머' 시리즈가 유명하다.

274 원제는 『The Big Kill』이며, 1951년 작품.

275 清水俊二(1906~1988), 번역가, 영화 평론가. 추리소설 및 영화 자막 번역을 주로 했다. 레이먼드 챈들러, 미키 스필레인 등의 작품을 많이 소개했으며 일본에세이스트클럽상을 받았다.

리라이트판의 탄생

하야카와 포켓 미스터리가 나오기 시작한 1953년 가을, 란포의 통속 장편을 다른 작가가 어린이용으로 리라이트하는 시리즈가 시작되었다. 이 시리즈는 포플러샤가 1964년부터 내놓은 '소년 탐정 에도가와 란포 전집'의 제27권부터 제46권까지 20종에 해당하는데, 쇼와 시대까지는 계속 새로 찍어 배포했으나 헤이세이 시대에 들어 새로 단장한 '소년 탐정 에도가와 란포 전집'에 포함되지 않아 지금은 유통되지 않는다. 란포가 손수 쓴 것이 아니기 때문이리라.

그러나 이 리라이트판은 20년 이상 초중등학교 도서실이나 학급문고를 통해 가장 많은 독자를 얻은 란포 작품이라 그 영향력은 무시할 수 없다.

1952년(쇼와 27) 소년 잡지 《단테이오探偵王》에 란포 원작으로 '다케다 다케히코 글'이라고 하여 「황금 가면」이 연재된 것이 시작이었다. 잡지 《킹》에 1930년부터 1931년까지 연재한 「황금 가면」을 소년용으로 리라이트한 것이다. 다케다는 1948년 11월부터 《호세키》편집장을 맡았는데, 1950년에 이와야쇼텐을 그만두었다.

이 리라이트판 「황금 가면」을 읽은 포플러샤의 아키야마 겐지는 책으로 내고 싶어 란포의 집을 찾아갔다.

포플러샤도 일본 패전 후 출판 붐이 한창일 때 탄생했다. 가이세이샤偕成社 편집장이었던 구보타 다다오와 영업 담당인 다나카 하루오 등이 독립해 1947년에 창업했다. 초기에는 운노 주자의 『땅속의 악마』나 다카가키 히토미[276]의 『쾌걸 흑두건』을 냈는데, 후자는 베스트셀러가 된 상태였다.

포플러샤의 아키야마는—이 시절 다른 편집자가 대개 그러했듯이—미리 약속을 잡지도 않고 불쑥 란포의 집을 찾아와 면담을 요청했다. 전에 고분샤의 간키가 미리 약속을 잡지 않고 방문했을 때는 응하지 않았던 란포가 이때는 일단 만나주었다. 하지만 「황금 가면」을 내고 싶다는 요청에 "어린이 책은 고분샤에 맡기고 있어서"라는 이유로 거절했다. 오리지널 『황금 가면』이 1950년 1월에 고분샤에서 '명작 읽을거리 모음'으로 나와 얼마 되지 않았을 때이기도 했다.

아키야마는 그래도 포기하지 않았다. 2005년판 『땅속의 마술왕』 해설은 아키야마가 썼는데 거기에 그때를 회상하는 내용이 있다.

'어린이 책 전문인 포플러샤로서는 어떻게든 란포 선생님의 책을 출판하고 싶었기 때문에 그 뒤로 일주일에 한 번쯤 찾아뵙고 간곡히 부탁했습니다. 란포 선생님은 처음에는 만나주었지만, 그 뒤로는 류코 여사가 나와 "아무리 찾아와도 안 되는 건 안됩니다"라고 거절하셨습니다.' 그러나 「황금 가면」의 연재가 끝날 무렵에는 란포가 만나주었고 "자네의 열성에 졌다"라며 「황금 가면」을 포플러샤에서 내도록 허락했다.

1953년 11월 리라이트판 『황금 가면』이 포플러샤에서 나와, 그

---

276 高垣眸(1898~1983), 아동문학가, 소설가. 신문기자와 영어 교사를 거쳐 글을 쓰기 시작했으며, 1925년 《쇼넨클럽》에 「류진마루」를 발표하며 데뷔했다.

뒤로 지금까지 이어지는 에도가와 란포와 포플러샤의 긴 인연이 시작된다. 란포는 '머리말'에 '원래『황금 가면』은 어른 소설입니다. 그걸 내 친구인 다케다 다케히코 씨에게 쉽게 고쳐 써달라고 하여 어느 소년 잡지에 연재한 것이 이 소년『황금 가면』입니다'라며 다케다가 썼다는 사실을 밝혔다. 란포가 손수 쓴 '소년 탐정' 시리즈는 '-입니다, -합니다'라는 말투이지만 리라이트판은 '-이다, -다'로 되어 있다.

이『황금 가면』이 잘 팔려 기분이 좋아진 란포는 1940년에 쓴 『신 보물섬』도 내라고 했다. 란포가 어린이용으로 쓴 이 소설은 『황금 궁전黃金宮殿』으로 제목을 바꾸어 1954년 5월에 나왔다.

이렇게 되자 포플러샤는 란포의 작품을 더 내고 싶어졌다. 하지만 '소년 탐정' 시리즈 신작은 고분샤가 계속 내기 때문에 포플러샤에 돌아올 어린이 대상 책은 외국 작품 번역밖에 없었다.

포플러샤는 '세계 명작 탐정문고'라는 시리즈를 시작해 야마나카 미네타로의 홈스나 미나미 요이치로[277]의 뤼팽 등을 내는 가운데 부아고베가 쓴『해저의 황금』(1954년 11월), 매컬리[278]의 『암흑가의 공포』(1955년 5월), 새퍼[279]의 『쾌걸 드러먼드』(1955년 10월)를 란포의 이름으로 내놓았다. 이게 포플러샤의 홈스 시

277　南洋一郎(1893~1980), 교사이자 소설가, 번역가. 모리스 르블랑의 작품을 어린이용으로 번안한 '괴도 뤼팽 전집'의 번역자로 널리 알려졌다. '괴도 뤼팽 전집'은 1958년부터 미나미 요이치로가 세상을 떠난 1980년까지 나와, 모두 서른 권짜리 전집으로 완성되었다.

278　Johnston McCulley(1883~1958), 미국 소설가, 극작가. '쾌걸 조로'를 탄생시켰다.

279　Sapper(1888~1937), 영국 소설가. 본명은 허먼 시릴 맥닐이며,『쾌걸 드러먼드』의 원제는『Bulldog Drummond』(1920)이다.

리즈로 발전했다.

포플러샤가 란포와 접촉한 1952년은 처음으로 도서관을 겨냥한 『소년 박물관』 전 12권을 내놓은 해였다. 학교 도서관법이 국회를 통과한 것은 1953년이고, 이듬해인 1954년 4월에 시행되었다. 학교에 도서관을 설치할 의무를 규정한 이 법률에 따라 전국 초중등학교에 도서관('도서실'이라고 불리지만 법적으로는 도서관)이 설치되어 아동서 시장은 비약적으로 확대되었다.

학교 도서관이라는 거대한 시장이 에도가와 란포와 아케치 고고로, 고바야시 소년, 그리고 괴인 이십면상을 불후의 존재로 만들어주었다.

제2의 대필 작가

잘 팔리면 두 번째, 세 번째 책을 계속 내는 것이 출판계의 변함없는 모습이다.

리라이트판 『황금 가면』이 잘 팔리자 당연히 포플러샤는 다른 작품도 리라이트해서 낼 수 없을까 궁리했다. 때마침 다케다 다케히코는 『황금 가면』에 이어 잡지 《쇼넨쇼조탄카이少年少女譚海》에 「인간 표범」을 연재하고 있었다. 그래서 '다음엔 이걸 내고 싶다'라고 란포에게 부탁했다. 하지만 란포는 다케다가 아닌 다른 작가를 지명하며 그 사람이 쓰는 거라면 괜찮다고 했다. 란포가 지목한 사람은 히카와 로[280]였다.

히카와 로는 결국 창간되지 못한 잡지 《고가네무시》 때부터 란포 곁에 있던 와타나베 겐지의 형이며, 본명은 와타나베 유이치라고 한다. 형제 모두 탐정소설 팬인데, 히카와는《호세키》 1946년 5월호로 데뷔해, 그 뒤로도 작품을 발표하며 란포 주위에 있던 작가였다. 히카와판『인간 표범』은 포플러샤에서 1954년 11월에 나왔다.

다케다에서 히카와로 대필 작가를 교체한 까닭은 란포가 다케다의『황금 가면』을 마음에 들어 하지 않았기 때문이라고 생각하는 게 자연스럽다. 이 문제에 관해서는 신포 히로히사가 고분샤문고판 전집 제17권인『철탑의 괴인』을 해설하며 언급한 바 있다.

어린이용『철탑의 괴인』은 란포가 도겐샤桃源社판 전집 가운데 한 권인『이상한 벌레』에 쓴 '후기'에서 '전쟁이 끝난 뒤『이상한 벌레』의 아이디어를 가져와 어린이를 위한『철탑의 괴인』을 썼다'고 인정했다. 신포는 이걸 '나쁘게 이야기하면 재활용했다' '이토록 자기 모방에 철저한 사례는 달리 찾아볼 수 없다'라고 하며 란포가 이런 작업을 한 이유를『철탑의 괴인』연재 개시 직후에 다케다가 리라이트한『황금 가면』이 나온 걸 보고 '그 완성도가 못마땅해 한탄하며 리라이트는 이렇게 하는 거다 하고 몸소 시범을 보인 게 아닐까?'라고 추측했다. 물론 신포는 '상상일 뿐 뒷받침할 증거는 없다'고 했는데, 리라이트판을 맡은 사람이 다케다에서 히카와로 교체된 게 란포의 지명 때문이라는 사실은

---

280 氷川瓏(1913~1989), 소설가.《호세키》에「유모차」를 발표하며 데뷔. 환상적이고 기괴한 내용의 단편 탐정소설을 많이 썼으며 순문학에도 힘을 기울였다.

상황 증거는 될 수 있다.

『인간 표범』도 잘 팔렸기 때문에 포플러샤는 다시 란포를 찾아가 리라이트판을 만들고 싶다고 했다. 이번에는 다케다와 관계없이, 어느 잡지에 실린 작품을 책으로 내는 것이 아니었다. 처음부터 히카와가 쓰게 되었다. 이런 식으로 다음에 고른 소설이 『악마의 문장』이었다. 의논하는 자리에서 란포가 제목을 『저주의 지문呪いの指紋』으로 하는 게 좋겠다고 제안했다.

『저주의 지문』은 '일본 명탐정 문고'의 첫 번째 책으로서 1955년 8월에 간행되었다. 이 작품에 이어 『이상한 벌레』도 나오게 되었다. 제목은 『이상한 붉은 벌레赤い妖虫』라고 바꾸었는데 이 작품도 히카와가 리라이트했다. 결국 『이상한 벌레』는 란포가 손수 소년 탐정 시리즈로 고쳐 쓴 『철탑의 괴인』과 히카와가 쓴 『이상한 붉은 벌레』라는 두 편의 리라이트판이 나오게 된다. 같은 스토리를 지닌 이 세 작품에 관해서는 소겐추리문고의 해설에서 도가와 야스노부[281]가 자세하게 비교, 검토했다.

『저주의 지문』 『이상한 붉은 벌레』도 판매가 잘되었는데, 란포가 '리라이트판은 이걸 마지막으로 삼고 싶다'라고 해서 포플러샤는 후속작을 포기했다.

---

[281] 戸川安宣(1947~), 편집자, 미스터리 평론가. 도쿄소겐샤의 사장과 회장을 지내기도 했다. 고단샤의 편집자였던 우야마 히데오와 함께 일본 본격 추리소설의 발전에 힘썼으며 2004년에 제4회 본격미스터리대상 특별상을 수상했다.

「밤 산책」과 「팔묘촌」

1948년(쇼와 23) 여름에 도쿄로 돌아온 뒤, 요코미조 세이시는 긴다이치 고스케가 등장하는 장편을 한두 작품씩 계속 연재했고, 그 밖에도 단편 탐정소설, 체포록, 어린이 소설 등 매우 많은 글을 썼다.

도쿄에 돌아온 8월에는 아직 「옥문도」를 《호세키》에 연재하고 있었으며 10월호에 마지막 회가 실렸다. 이와야쇼텐판 '후기'에서는 마지막 회를 쓴 때가 8월이라고 했으니 도쿄로 돌아와 바로 썼다는 이야기가 된다. 《겟칸요미우리》에 실리던 「깜짝상자 살인사건」은 10월호로 끝나기 때문에 오카야마에서 탈고했다. 「밤 산책」은 《단조男女》라는 잡지에 2월호부터 연재를 시작해(이 잡지는 6월호부터 《다이슈쇼세쓰카이大衆小説界》로 제호를 바꾸었다), 전편이 11월호까지 실렸고, 후편은 이듬해에 연재되었다.

1949년(쇼와 24)에는 《신세이넨》 3월호부터 「팔묘촌」 연재를 시작해 이듬해 3월호까지 이어갔다. 또 《지지신보》 5월 5일부터 10월 17일까지 「여자가 보고 있었다女が見ていた」를 연재하는데 이 작품은 보기 드문 신문소설[282]로 긴다이치 고스케는 등장하지 않는다. 《다이슈쇼세쓰카이》 6월호부터 12월호까지는 「밤 산책」 후편을 연재했다.

스타일샤의 소설 잡지 《스타일요미모노》에 10월 창간호부터 연재한 작품은 「모방 살인사건」이었다. 유리 린타로가 등장하며

---

282 신문에 연재하는 소설.

당시 세상을 떠들썩하게 만든 시모야마 사건[283]과 비슷한 사건이 일어났다는 설정이었다. 제목은 시모야마 사건을 모방했다는 뜻이다. 이 작품은 잡지가 1950년 1월호와 4월호를 내고 휴간한 탓에 미완인 채로 끝났고 유리 린타로 시리즈도 그 후로는 쓰지 않았다.

「팔묘촌」 연재를 알리는 예고 기사가 《신세이넨》 1948년 12월호에 실렸다. 요코미조는 '잡지에 연재되는 긴다이치 고스케 이야기로는 세 번째 작품이다'라고 했다. 여기서 의문이 생긴다. 이 원고는 역산하면 10월에 쓴 것으로 보이는데 「밤 산책」의 연재는 그해 2월호부터 11월호까지였다. 이쪽이 더 먼저인데 요코미조는 계산에 넣지 않았다. 그래서 「밤 산책」을 확인하면 가도카와문고판(1973년)에서는 총 313쪽인 본문 가운데 긴다이치 고스케는 거의 중간인 163쪽부터 등장한다. 그 전에는 이 사건이 긴다이치에 의해 해결된다는 사실도 적혀 있지 않다. 이 소설은 등장인물 가운데 한 사람인 '인기 없는 삼류 탐정소설 작가 야시로 도라타屋代寅太'가 쓴 수기 형식이며, 그 인물이 긴다이치와 만나기 전부터 쓰기 시작한다는 설정이다.

「팔묘촌」 예고를 쓴 시점에는 「밤 산책」에 긴다이치를 등장시킬 계획이 없었는지도 모른다. 아니면 등장시킬 생각이었는데 독자에게는 아직 숨겨야 해서 애써 무시했던 걸까?

---

283 1949년 7월, 일본국유철도(국철) 총재인 시모야마 사다노리가 출근길에 미쓰코시 백화점에 들렀다가 행방불명되어, 며칠 후 국철 선로에서 열차에 치인 시신으로 발견된 사건.

「밤 산책」은 미스터리의 기본 트릭 가운데 하나인 '얼굴 없는 시체' 이야기다. 요코미조는 『혼진 살인사건』에서 밀실 트릭을 썼기 때문에 오카야마 시절부터 다음에는 '얼굴 없는 시체'를 쓰겠다고 생각했다. 그런데 다카기 아키미쓰의 데뷔작 『문신 살인사건』이 바로 그 트릭을 사용하면서 선수를 빼앗겼다. 하지만 요코미조는 포기하지 않고 『문신 살인사건』을 능가하는 이야기를 쓰기로 마음먹었다. 통속소설 잡지에 게재했기 때문인지, 기본적인 트릭은 본격 탐정소설의 왕도를 걷는데 그리는 사건은 복잡한 남녀 관계를 주축으로 삼은 엽기적이고 퇴폐적인 이야기다. 이건 같은 시기에 사카구치 안고가 쓴 『불연속 살인사건』이 지닌 노악露惡 취향에 대한 도전이기도 했으리라.

「밤 산책」은 연재가 끝나고 반년 뒤인 1950년 5월에 단행본으로 나왔다. 단독 출간이 아니라 슌요도에서 내는 '현대 대중문학 전집' 가운데 한 권이 요코미조 세이시로 채워져 「혼진 살인사건」「흑묘정 사건」「두레우물은 왜 삐걱거리나車井戸は何故軋る」「신주로」와 함께 수록되었다.

「팔묘촌」은 트릭만 따지면 『불연속 살인사건』에 대한 도전으로 보인다. 즉 사카구치 안고의 『불연속 살인사건』에 촉발되어 요코미조는 걸작을 쓰게 된 셈이다.

「팔묘촌」 연재를 예고하며 요코미조는 '주고쿠 지방과 산인 지방의 경계에 있는, 인습과 미신에 푹 빠진 마을'인 팔묘촌에서 일어난 '눈이 팽팽 돌 지경인 연속 살인사건. 긴다이치 고스케는 이 사건을 어떻게 파헤치는가. 다소 기이한 분위기에 휩싸이지만, 작가는 어디까지나 수수께끼의 합리성을 잊지 않고 써나갈 작정이다'라고 선언했다.

이야기의 배경을 이루는 서른두 명이 살해된 사건은 1938년(쇼와 13)에 오카야마현에서 일어난 '쓰야마 사건'[284]을 모델로 삼았다. 요코미조가 이 사건에 대해 알게 된 것은 소개지에서 일본 패전을 맞이한 뒤, 신문사 주최로 오카야마 현경 형사부장과 대담을 나누었을 때였다.

사건이 일어난 해, 요코미조는 결핵 요양을 위해 신슈 가미스와로 거처를 옮겨 지내고 있었는데 '같은 지방에서 이렇게 끔찍한 사건이 있었을 줄 전혀 몰랐기 때문에 나는 깜짝 놀라고 말았다'라고 되돌아보았다.

이 실제 사건을 모델 삼아 팔묘촌의 전설이 만들어졌다. 『불연속 살인사건』처럼 연속 살인사건이 일어난다. 이 기본 트릭은 사카구치 안고가 생각해낸 것이 아니었다. 애거사 크리스티의 작품에 이미 사용된 적이 있고, 요코미조도 그런 사실을 알고 있었다. 게다가 미국 영화 〈독약과 노파Arsenic and Old Lace〉도 힌트가 되었다.

고향 같은 잡지 《신세이넨》에 하는 연재였지만 그즈음 이 잡지는 탐정소설 전문지라고는 할 수 없었기 때문에 전기소설 요소를 강화했다. 그런 전기성이 나중에 큰 붐을 불러일으키는 계

---

284 21세의 청년 도쓰이 무쓰오가 쓰야마에서 칼, 엽총, 도끼로 서른 명을 죽이고 세 명을 다치게 한 사건. 범인은 자살했다. 마쓰모토 세이초가 『미스터리의 계보』에서 르포 형식으로 다루기도 했다. 시마다 소지島田荘司의 『용와정 살인사건』에서도 자세하게 언급된다.

기가 되는데, 그때는 아무도 예상하지 못했다.

「팔묘촌」은《신세이넨》에 1950년(쇼와 25) 3월호까지 연재되다가 4월호부터 연재를 쉬게 되었고, 그 전에도 두 차례 쉬었기 때문에 총 11회로 '도깨비불 연못'까지 연재했다.[285] 앞에서 이야기했듯이 재개하기도 전에《신세이넨》이 그해 7월호로 종간하게 되었고,《호세키》로 옮겨 11월호와 이듬해인 1951년 1월호에 '완결편'[286]을 게재했다. 1월호가 발매된 것은 12월이니 1950년이 저물기 전에 완결한 셈이다.

「이누가미 일족」과 「여왕벌」

1950년, 요코미조는 고단샤의《킹》1월호부터 「이누가미 일족」을 연재하기 시작해, 이듬해인 1951년 5월호에 끝냈다. 「팔묘촌」 뒷부분과 「이누가미 일족」의 앞부분을 동시에 쓴 셈이다.

「이누가미 일족」은 1950년 1월호(발매는 1949년 12월)부터 연재되었으니 1949년 10월과 11월 사이에 집필하기 시작했으리라. 고단샤의 간판 잡지인《킹》은 쇼와 초기부터 가장 번창했을 때 150만 부를 넘겼지만 일본 패전 뒤에는 용지를 확보하기 힘들었고, 다른 잡지도 많이 창간된 탓에 기세가 예전 같지는 않았다. 그래도《킹》에 연재한다는 사실은 작가에게는 명예로운 일이었다.

---

285 한국어판을 기준으로 앞뒤의 '발단'과 '대단원'을 제외하면 모두 8장으로 이루어졌는데, 제6장의 일부분이다. 한국어판(시공사, 2006) 소설 본문은 515쪽까지이며 '도깨비불 연못'은 336쪽부터 시작한다.

286 연재 때의 제목은 단행본에서는 찾을 수 없다.

요코미조는 《킹》 1949년 12월호에 실린 예고에서 '이 소설에서 피도 얼어붙는 공포의 세계와 반짝거리는 아름다움, 그리고 동시에 추리의 전개가 가져다주는 재미를 그려내고 싶다'라고 선언했다. 《호세키》 같은 탐정소설 전문지에 쓸 때는 독자가 마니아뿐이기 때문에 어설픈 이야기를 써서는 안 된다는 긴장감이 있다. 한편 대중잡지에 쓸 때는 독자를 따분하게 만들면 안 된다는 기술적인 어려움이 있다. 매회 클라이맥스를 설정해 가슴 두근거리게 만들려고 애써야 한다. 그러다 보면 '추리의 전개가 지닌 재미'를 놓치게 된다. 란포의 통속 장편소설이 그 좋은 본보기다. 요코미조는 통속소설이면서도 본격 탐정소설인 작품을 쓰고 싶었다.

요코미조의 탐정소설 작법은 먼저 트릭을 구상한 다음 거기 어울리는 인물과 상황을 떠올리는 방식이다. 그러나 「이누가미 일족」을 쓸 때는 처음에 큰 재산을 가진 가족의 유산 상속 이야기를 쓰기로 정하고 인물을 생각해냈다고 한다.

하지만 요코미조는 단순한 유산 상속 이야기로 만들지 않았다. 복잡한 내용의 유언을 만들어내기 위해 복잡한 가족 관계를 궁리했다. 인물 배치—이 경우는 이누가미 일족의 가계도—가 완성되고 나서 누구를 죽일지 궁리했다. 한 남자가 세 명의 여자와 자식을 낳는 가계도는 요코미조의 집안과 비슷하다. 연재가 시작되어 1회를 쓸 때까지 범인을 누구로 할지 정하지 못했다고 한다. 여기까지는 란포가 통속 장편소설을 쓰는 방식과 비슷한데, 완결된 「이누가미 일족」은 통속이면서도 본격이라는 기적적인 작품이 되었고, 이 통속성이 영화의 성공으로도 이어졌다고 할 수 있다.

요코미조의 새 연재소설 제목이「이누가미 일족」이라는 걸 알게 된 란포는 "자네 이번에「이누가미 일족」이라는 걸 쓰잖아? 난 개귀신犬神이니 뱀귀신蛇神이니 하는 거 아주 질색이야"라고 했다. 제목부터 이누가미犬神의 불길한 전설 같은 게 나올 거라고 생각했으리라. 란포가 세상을 떠난 뒤에 만들어진 그의 캐치프레이즈에 '환상과 괴기'라는 말이 있다. 분명히 란포의 작품 중에는 환상적인 느낌의 소설도 있고 통속 장편에는 프리크Freak와 에로스Eros, 그로테스크Grotesque가 가득하지만, 요괴 전설 같은 것은 없다. 그는 어디까지나 이지적인 해결을 추구한다. 그건 요코미조도 마찬가지다. 탐미적인 면이 있어도 그건 장식일 뿐이다. 나중에 엄청난 요코미조 붐이 일었을 때 그는 '괴기 탐정소설 작가'로 소개되는 데 화를 내며 자기가 쓰는 소설은 '괴기'가 아니라고 주장했다.

두 사람의 작품은 제목을 포함해 '환상과 괴기'라는 이미지가 강한데, 사실은 순수한 판타지, 호러는 적다. 두 사람 모두 수수께끼를 논리로 해결하는 탐정을 무엇보다 사랑했다.

1951년(쇼와 26),「이누가미 일족」이《킹》5월호로 끝나고 동시에 고단샤가 발간하는 '걸작 장편소설 전집' 제5권으로 간행되었다. 여기에는「팔묘촌」도 수록되었다.「팔묘촌」이 책에 실리기는 이때가 처음이었다.

《킹》에서는「이누가미 일족」이 끝난 다음 달인 6월호부터「여왕벌」 연재(1952년 5월호까지)가 시작되었다. 「이누가미 일족」
이 좋은 평을 받았기 때문에 편집부는 한 달도 공백을 두고 싶지
않았으리라. 소설은 이즈 앞바다에 떠 있는 작은 섬, 게쓰킨섬月
琴島의 역사를 이야기하며 시작한다. 미나모토 요리토모[287]로 거
슬러 올라가는 전설, 절세의 미녀와 세 명의 구혼자, 경고장 등.
이전에 쓴 작품에 나왔던 요소를 뿌리면서도 완전히 다른 이야
기가 된다. 특히 미녀와 세 명의 구혼자라는 설정은 「이누가미
일족」과 비슷해도 연애소설 요소도 강해 그리 비슷하다는 느낌
은 들지 않는다.

「여왕벌」은 1952년 5월호까지 1년 동안 연재하고 끝을 맺은 뒤,
역시 고단샤에서 내는 '걸작 장편소설 전집' 제14권으로 1952년
9월에 간행되었다. 고단샤에서는 이 무렵 이미 잡지에 연재한
장편소설을 바로 단행본으로 내는 시스템이 확립되어 있었다.

그러나 《킹》 연재는 「여왕벌」이 마지막이었다. 그 뒤로 '닌교
사시치'를 몇 작품 썼을 뿐이다. 엄청난 발행 부수를 자랑하던 이
잡지도 1957년에 종간하게 된다.

「악마가 와서 피리를 분다」

「여왕벌」과 함께 《호세키》에서 1951년 11월부터 「악마가 와
서 피리를 분다悪魔が来りて笛を吹く」가 시작되었다(1952년 11월호까

---

287 源頼朝(1147~1199), 헤이안 시대 말기부터 가마쿠라 시대 초기의 유명한 무장, 정
치인. 가마쿠라 막부의 첫 번째 정이대장征夷大将이다.

지).「팔묘촌」이 1951년 1월호로 끝났으니 10개월 만의 등장이었다. 《호세키》연재소설인 「혼진 살인사건」「옥문도」「팔묘촌」은 모두 오카야마현을 무대로 했는데 이 작품의 주요 무대는 도쿄였다.

우선 작가인 '나'가 이 이야기를 쓰게 된 사정을 설명하고 '솔직히 말하면 나는 이 이야기를 쓰고 싶지 않다. 이 무서운 사건을 활자화해 발표하는 게 마음이 내키지 않는 것이다'라며 처음부터 '무서운 이야기'라고 독자에게 겁을 준다. 이 문장은 나중에 요코미조 붐이 한창일 때 도에이가 영화로 만들면서 요코미조가 몸소 텔레비전 CF에 나와 읊은, "나는 이 무서운 소설만은 영화로 만들고 싶지 않았다"라는 대사와 이어진다.

앞부분에서 긴자의 보석상 점원이 독살당하고 보석을 빼앗기는 사건이 일어나는데, 이것은 데이코쿠은행[288] 사건을 모델로 삼았다.

1948년 1월 26일, 데이코쿠은행 시나마치 지점에서 도쿄도 방역반의 흰 완장을 찬 남자가 찾아와 후생성 기술관 명함을 내밀었다. 남자는 "부근에서 집단 이질이 발생했고 감염자가 이 은행을 다녀갔으니 예방약을 먹어야 한다"라며 은행원에게 약을 먹였다. 하지만 거짓말이었다. 예방약이 아니라 청산 화합물이었기 때문에 은행원 열두 명이 죽고 현금 약 16만 엔과 수표를 도난당한다. 범인으로 히라사와 사다미치가 체포(사형 판결이 났지

---

288 帝国銀行, 현 미쓰이스미토모은행의 전신이다.

만 계속 무죄를 주장했다)된 것은 8월—요코미조가 소개지에서 도쿄로 돌아온 무렵—이었다. 그런데 그 무렵 지인이 요코미조를 찾아와 자기도 데이코쿠은행 사건 용의자로 조사를 받았다고 털어놓았다. 발표된 몽타주 사진과 닮았기 때문이었다.

그 이야기를 들은 요코미조는 몽타주 사진과 닮았다고 지목된 A와 B라는 두 남자가 있을 때, 그 A와 B도 닮았다는 이야기라는 사실을 깨닫고 이를 탐정소설 트릭으로 사용하기로 했다.

1947년 다자이 오사무가 쓴 『사양』은 일본 패전 이후 개혁으로 몰락한 귀족을 그린 소설로 '사양족'이라는 유행어를 낳았다. 요코미조는 그걸 힌트로 삼아 몰락 귀족 집안에서 일어나는 살인사건을 궁리했다. 《호세키》에는 「옥문도」 다음 작품으로 '석양 살인사건'이라는 제목까지 예고했지만 트릭이 떠오르지 않아 쓰지 못하고 있었다.

「팔묘촌」과 「이누가미 일족」을 쓰는 중에도 '석양 살인사건'의 '시추에이션을 구상하면서 트릭을 계속 모색하다가', 근처에 사는 청년이 매일 밤 플루트를 연습하는 소리를 듣던 중에 트릭을 떠올렸다. 그리고 예고한 지 3년 만에, 제목을 「악마가 와서 피리를 분다」로 고치고 연재하기 시작한 것이다. 전에 자작子爵이었던 쓰바키 집안에서 일곱 명이 목숨을 잃는 사건을 그리는데, 그 아래에는 혈통에 얽힌 수수께끼가 있다.

「악마가 와서 피리를 분다」는 1953년 11월호까지 21회에 걸쳐 연재되었다(연재를 쉰 달과 합병호가 있었다). 이와야쇼텐은 바로 단행본으로 내기를 원했지만 1954년 5월이 되어서야 책으로 나왔다.

1950년대의 요코미조 세이시는 《호세키》에 본격 탐정소설을 연재하면서 동시에 일반 잡지, 대중지에는 통속 탐정소설을 연재하고 단편과 체포록, 어린이를 위한 소설도 썼다. 고단샤의 간판 잡지인 《킹》에 연재한 「이누가미 일족」과 「여왕벌」은 통속이면서도 본격 탐정소설이었지만, 그 뒤로는 통속소설 느낌이 더 짙어진다.

1952년에는 「악마가 와서 피리를 분다」가 내내 연재되었고, 「여왕벌」이 《킹》 5월호까지 연재되었다. 그다음에는 가부키계를 무대로 한 중편소설 「유령좌幽靈座」가 《오모시로클럽》(고분샤) 12월호에 개재되었다.

1953년에는 「악마가 와서 피리를 분다」가 11월호까지 연재되었으며, 「불사접不死蝶」이 《헤이본平凡》(헤이본슛판平凡出版, 지금의 매거진하우스スマガジンハウス) 6월호부터 11월호까지 연재되었다. 《헤이본》이 발행 부수 140만을 돌파한 때도 이해였다.

1954년에는 《고단클럽》(고단샤) 1월호부터 10월호까지 「유령남幽靈男」을 연재했으며, 10월에 고단샤에서 단행본으로 나왔다. 그리고 《고치신문高知新聞》 등 지방신문에서 4월부터 10월까지 「미로의 신부」도 연재했다. 「미로의 신부」에는 긴다이치 고스케가 나오지 않는다.

5월에 『악마가 와서 피리를 분다』 단행본이 이와야쇼텐에서 나왔고, 《호세키》 8월호 편집 후기에는 '날개 돋친 듯이 팔리고 있다'라고 적혀 있다. 당연히 이 잡지는 다음 작품을 의뢰했으며,

7개월에 걸친 공백 뒤에 7월호부터 「병원 골목의 목매달아 죽은 이의 집病院横町の首縊りの家」 연재를 시작했다. 중편소설로 쓸 작정이라 몇 회 안에 끝낼 예정이었던 모양인데 1회 만에 중단하고 말았다.

《호세키》8월호 편집 후기에는 '요코미조 세이시 선생님은 늘 걸으며 구상을 정리하는 분이다. 그래서 집필하게 되면 병으로 앓아눕더라도 걷는다. 그렇지만 비가 내리면 그럴 수 없다' 「병원 골목의 목매달아 죽은 이의 집」에 열정을 기울이던 선생님이 집필 도중 구성상 마음에 들지 않는 점을 발견했다. 이건 연일 이어지는 비 때문에 충분히 걸을 수 없었기 때문임이 분명하다'라고 했다. 병을 앓으면서도 구성에 부족한 점이 있음을 제대로 기억하는 것이다. 결국 요코미조는 이 작품의 연재를 포기하고, 오카다 샤치히코[289]와 오카무라 유스케[290]가 각각 따로 해결편을 써서《호세키》11월호에 게재했다. 하지만 요코미조는 이 중단 작품을 잊지 않고 20여 년 뒤 완성했다.

전쟁 전 란포가 《신세이넨》에 쓰는 작품과 다른 잡지에 쓰는 작품을 구별했듯이, 요코미조는 《호세키》에 온 힘을 다했다. 그래서 요코미조의 명작, 걸작은 《호세키》에 연재한 것들뿐이다.

---

289 岡田鯱彦(1907~1993), 언어학자, 소설가. 1949년에 유머소설 「하늘의 사악한 귀신」이 현상 공모에 당선되었다. 같은 해《호세키》의 제3회 현상 모집에 「요귀의 저주」가 선외 가작으로 뽑혔다. 1949년부터 대학교수로 활동했다.

290 岡村雄輔(1913~1994), 소설가. 《호세키》에 「홍준관의 참극」을 발표하며 데뷔했다. 1962년 작 「나무 위의 해녀」를 마지막으로 창작은 하지 않았다.

그다음 《호세키》 연재는 1958년 8월호까지 무려 3년이나 기다려야만 한다.

란포와 요코미조의 불화설

요코미조 세이시가 1948년(쇼와 23) 8월 1일 도쿄 세이조에 새집을 마련해 옮겼을 때 마중 나온 에도가와 란포에게 "도심에는 나가지 않겠다"라고 한 말은 진심이었다. 요코미조는 탐정작가클럽 모임에도 참석하지 않았다.

도심에 나가지 않은 것은 도쿄에 도착했을 때 좋지 않은 인상을 받았기 때문이기도 했지만 그보다는 탈것에 대한 공포증이 있었기 때문이다. 폐소공포증의 일종으로, 닫힌 밀실 공간에 오래 있을 수 없었다. 전철은 내가 내리고 싶어도 다음 역까지는 세워주지 않는다. 그런 생각만 해도 타고 싶지 않아진다. 어쩔 수 없이 전철을 타야만 할 때라도 모든 역에 멈추는 노선이 아니면 탈 수 없다. 하물며 비행기나 배는 도저히 불가능했다.

그러나 요즘과 달리 그 시절에는 탈것 공포증이 널리 알려지지 않았던 모양이다. '탈것이 무섭다는 건 터무니없는 소리다. 사실은 란포를 만나기 싫었던 것이 아닌가?' 하는 오해를 살 가능성은 분명히 있다. 요코미조가 도심에서 열리는 탐정소설 작가들 모임에 나가지 않으니 차츰 '요코미조가 란포를 만나고 싶지 않은 모양이다' 하고 두 사람의 불화설이 사실인 양 퍼져나갔다.

예를 들면 쓰즈키 미치오는 자서전 『추리 작가가 되기까지』에 이렇게 썼다. 여기서 말하는 '당시'란 1956년 무렵으로 보인다.

'당시 란포 씨는 요코미조 세이시 씨와 화해한 지 얼마 되지 않았다. 말하자면 얼마 전까지는 불화가 있었다. 주로 요코미조 씨가 란포 씨를 피했던 모양이다. 그 무렵 요코미조 씨는 탈것을 싫어해 모임 같은 데 참석하지 않아 란포 씨와 밖에서 만나는 일은 없었으리라. 방문하거나 전화, 편지를 주고받는 일이 없었다는 이야기이다. 하지만 1954년에 열린 란포 씨 환갑 기념 파티에는 요코미조 씨도 참석했다. 얼굴도 보기 싫어 할 만큼의 지독한 혐오는 아니었을지도 모른다. 아니면 불화를 겪게 된 때가 환갑 기념 파티 이후인가? 아니면 주변에서 수군거릴 만큼 사이가 나쁘지는 않았던 걸까? 나는 불화의 원인이 훨씬 전에 생겨났다고 들었다. 하지만 자세한 내용은 밝히지 않겠다.

어쨌든 1956년의 제2회 에도가와란포상 시상식이 히비야에 있는 마쓰모토루楼에서 열렸을 때 요코미조 씨가 참석해 란포 씨와 복도에서 악수했다. 우리가 두 사람을 둘러싸고 손뼉을 쳤으니, 불화가 있었고 화해가 있었던 것은 사실이다.'

두 사람이 정말로 사이가 좋지 않았는지는 알 수 없지만, 적어도 '두 사람이 불화를 겪고 있다는 소문'이 있었던 것은 사실이리라.

란포가 쓴 『40년』에는 1954년 10월 환갑 축하 모임에 관한 기록이 있는데 '보기 드물게 요코미조 세이시 씨도 부인과 함께 나왔다'라고 적혀 있다.

1948년 8월부터 1954년의 란포 환갑 축하 모임 사이에 두 사람이 면담했다고 확인할 수 있는 기록은 《호세키》 1949년 9·10

월호에 게재된 「'탐정소설' 좌담회」다('요코미조 세이시의 세계'에 수록). 대담은 6월 14일에 이루어졌으며, 장소는 세이조에 있는 요코미조의 집이니 란포가 찾아갔던 셈이다. '기자'가 중간중간 질문을 하기도 한다. 요코미조가 '다케다 군'이라고 부르는 것으로 보아 다케다 다케히코였을 것이다.

대담은 요코미조가 란포에게 "불면증은 요즘 어떠십니까?"라고 묻는 것으로 시작해 란포가 창고를 개조하기 시작한 이야기를 이어간다. 책이 너무 늘어나 보관하기 힘들어졌기 때문이었다. "창고에 틀어박히시는 건가 하는 생각이 들어 기대된다"라고 요코미조가 농담하자 란포가 트릭 분석을 시작한 이야기를 꺼낸다.

란포는 "소설을 쓰지 못하니까"라며 "모든 트릭을 계통적으로 조사하려 한다"라고 하더니 유형별 트릭 표를 만드는 일을 시작했다고 설명했다. 그리고 "완전한 트릭 표가 만들어질 텐데, 그게 바로 내 '참고서'가 될 거다"라며 웃었다. 요코미조는 "그게 완성되면 신나게 쓰시게 될 것"이라고 했는데 란포는 "트릭의 틈새가 발견되면 그렇지. 하지만 그런 짓을 하고 있다는 게 쓰지 못한다는 증거일지도 몰라"라며 자신을 분석했다.

요코미조는 트릭 분석을 시작한 건 "글을 쓰겠다는 의욕이 생겼다는 증거죠"라며 격려했고, 란포도 "쓸 수 없으면 안 된다고 생각한다"라고 대꾸했다. 그때 '기자'가 "어린이용 소설을 쓰기 시작하셨으니 어른용도 쓰게 되시지 않겠습니까"라며 끼어들었다. 란포는 "그건 운이죠"라고 했다.

란포에 따르면 "소설은 운에 따라 나오는 것이지 노력해서 나오는 게 아니다". 운이 없으면 아무리 노력해봐야 헛수고이고, 미완으로 끝난 「악령」 같은 신세가 된다. 그래서 "정말로 쓰고 싶을 때 쓰고 싶다"라고 한다. 자기는 이미 노인이기 때문에(이 말을 했을 때는 55세였다) 은퇴한 거나 마찬가지라며, 자꾸 쓰라고 하는 소리가 듣기 싫은 듯 "언제, 무엇을 쓸 건지는 확실하게 말할 수 없다"라고 정색했다.

요코미조는 "소설을 쓰기 시작했다가도 가끔 중간에 쉬실 때가 있다"라고 지적했고, 란포가 "30년 동안 제대로 쓴 기간이 10년쯤밖에 되지 않는다"라고 인정하자 "너무 안 쓰신다"라며 웃었다.

여러 편을 연재하며 '계속해서 걸작을 쓰고 있는 요코미조'에 비해 '평론과 어린이 소설밖에 쓸 수 없는' 란포라는 구도였다. 란포는 요코미조에게 핀잔을 들었다. 요코미조가 '만나기 싫어진다'라고 한다면 란포 역시 마찬가지이리라.

그 뒤 두 사람이 이제껏 무엇을 써왔는지를 이야기하게 되자 란포는 평론가답게 요코미조는 지금까지 네 번 바뀌었다고 지적한다.

"처음에는 「화실의 범죄」라거나 「언덕 위의 집 세 채」 같은 본격 추리소설을 썼고, 다음에는 「야마나 고사쿠의 이상한 생활山名耕作の不思議な生活」 같은 취향의 소설을 쓴 시대, 그다음에 「도깨비불」을 쓰는 시대를 거쳐 이번에는 『혼진 살인사건』이 나왔으니 네 차례 변화가 있었던 셈이다."

요코미조도 정정하지 않았고 그 뒤 이것이 정설이 되었는데,

「도깨비불」로 대표되는 탐미주의 시절은 아주 짧고, 『신주로』를 경계로 해서 그 뒤에는 유리 린타로를 주인공으로 내세워 활극을 섞은 통속소설을 양산한 시기가 전쟁 기간 중까지 이어졌다. 이 시기의 작품들은 그 수는 많지만 대개 잊혔는데, 그건 이 란포에 의한 분류의 어디에도 실리지 않기 때문일지도 모른다.

요코미조는 "지금이 내게 가장 잘 맞는다"라며 전후 본격파가 된 것은 딕슨 카를 읽고 "딱딱하지 않더라도 본격 추리는 쓸 수 있다는 자신감이 붙었기 때문"이라고 설명한다. 그리고 란포가 "전에는 왜 본격을 싫어했는가?"라고 묻자 이렇게 대답했다. "답답했기 때문이죠. 본격 추리라는 건 탐정이 나와 결국 이렇다 저렇다 하며 여기저기 조사하기만 할 뿐이라 무미건조해지니까. 그 안에 낭만이 있다는 사실을 깨닫지 못했던 거죠."

란포는 "크로프츠나 밴 다인이 쓴 건 싫은 거로군" 하고 확인했고, 요코미조는 "『옥문도』를 써보고, 그걸 확실하게 깨달았다"라고 인정했다.

이때 란포는 『혼진 살인사건』이 더 좋았다고 하는데 요코미조는 『혼진』에 일본 패전 후 첫 작품이라는 열의는 담겼지만 『옥문도』 쪽이 완성도가 더 높다고 자기 작품을 분석했다. 란포는 그만큼 『혼진 살인사건』의 결점을 지적했으면서도 이때는 『옥문도』보다 낫다고 한 것이다.

두 사람은 오랜 세월 친하게 잘 지냈다. 이때 불화를 겪었을 거라는 생각은 들지 않는다.

이 대담 전에 요코미조는 잡지 《X》 4월호에 실린 수필 「대작代作 참회」에서 편집자 시절에 란포의 작품을 대신 쓴 적이 있다고 밝혔다(『50년』에 수록). 란포를 깎아내리려고 폭로한 게 아니었다. 앞머리에 '에도가와 씨가 시대도 변했으니 이번 기회에 옛날 비밀(이라고 할 정도는 아니지만)을 털어놓고, 동시에 작품을 자네에게 돌려주고 싶은데 어떻겠느냐는 이야기를 했다'라고 썼다. 이렇게 요코미조가 편집자로 일하던 시절에 란포가 발표한 작품 중 세 편이 실은 요코미조가 대신 쓴 작품이었다고 밝히며 그 과정에 관해 썼다.

세 작품은 「범죄를 쫓는 남자」 「은막의 비밀」 「뿔 달린 남자角男」였는데, 그 뒤로 란포의 작품이 아니라 요코미조의 작품이 되었다. 이 수필은 '이상이 다른 이의 이름으로 작품을 쓴 일에 대한 나의 참회이다. 신이시여, 그리고 속은 독자 여러분이시여, 용서하시라'라며 끝을 맺는다. 칭찬받을 이야기는 아니지만, 이때 사실을 밝혔으니 죄는 줄어들리라. 그리고 요코미조가 썼듯이 란포가 제안해서 밝혔으니 이 또한 불화의 원인이 되지는 않았을 것이다.

적어도 1949년 6월에 대담을 나눌 때까지 두 사람 사이에 불화는 없었다. 1954년에 열린 란포의 환갑 축하 모임에도 요코미조는 참석했다. 그런데 앞에서 이야기했듯이 1956년 제2회 에도가와란포상 시상식에 요코미조가 찾아와 란포와 악수하니 주위에서 손뼉을 쳤다고 쓰즈키 미치오는 적었다. 그렇다면 1954년과 1956년 사이에 무슨 일이 있었던 걸까? 쓰즈키는 '불화의 원인은 훨씬 전에 생겨났다고 들었다'라고 하면서 '자세한 내용은 밝히지 않겠다'며 상세한 설명은 하지 않았다.

에도가와 란포와 기기 다카타로가 벌인 논쟁

1947년에 잡지 《록》에서 벌어졌던 란포와 기기 다카타로의 '탐정소설 예술 논쟁'은 거의 모든 문학 관련 논쟁이 그러하듯 승부가 나지 않았다.

《신세이넨》은 탐정소설로 유명한 오래된 잡지이면서도 일본 패전 후에는 이 분야에 관한 한 《호세키》에 크게 뒤져 있었다. 그래서 《신세이넨》 1948년 4·5월호부터 편집장이 된 다카모리 에이지는 화제를 만들자는 관점에서도 이 논쟁을 되살리기로 마음먹었다고 한다.

매년 설이면 란포의 집에서 큰 신년 모임이 열렸는데, 1950년 1월 5일에 미즈타니 준, 가야마 시게루, 시마다 가즈오, 야마다 후타로, 다카기 아키미쓰, 시라이시 기요시, 쓰바키 하치로, 히카와 로, 다케다 다케히코 등 스무 명쯤 모였다. 탐정소설 문단의 또 다른 중심인물이었던 기기 다카타로의 집에서도 신년 모임이 열려 친한 작가들이 모였다. 하지만 1950년 기기 다카타로의 신년 모임은 《신세이넨》을 발행하는 하쿠유샤에서 열렸다. 참석한 사람은 기기 다카타로 이외에 오쓰보 스나오, 나가세 산고, 오카다 샤치히코, 미야노 무라코, 히카와 로, 온마 다마요 등이다. 히카와가 양쪽 다 참석한 것으로 보아 다른 날짜에 열렸을 것이다.

하쿠유샤에 모인 기기 다카타로 일행은 가구라자카에 있는 작은 요릿집으로 안내되었다. 다카모리 편집장이 오늘 모임에서 오가는 대화의 속기록을 남겨 《신세이넨》에 싣고 싶다며, "예고 없이 열린 벼락치기 좌담회라는 형태입니다"라고 했다. 나중에 SF 작가들 사이에서는 《SF 매거진》 지면의 '복면 좌담회'가 큰 소동을 일으키기도 하는데, 옛날 잡지는 요즘과 달리 일부러 물의를 일으키기도 했다.

이 좌담회에 참석한 기기 다카타로 그룹은 '문학파', 란포 그룹은 '본격파'로 불리게 된다.

이 벼락치기 좌담회는 《신세이넨》 1950년 4월호에 실렸다. 일본 탐정소설의 역사, 본격과 변격, 추리소설이란 무엇인가, 탐정소설 예술론, 인생과 사회, 트릭과 유치한 속임수라는 여섯 가지 주제로 이야기를 나누었다.

문제가 된 부분은 탐정소설 예술론에 관한 이야기였다. 오쓰보 스나오가 본격파를 '낡은 관념'이라며 비판한 것이다. "낡은 관념이 유행하고 있는 것은 어쨌든 확실합니다. 낡은 관념이 몰락 직전인데도 그걸 지탱해주는 것은 그게 팔리기 때문이죠."

나아가 "저급한 탐정소설이 발행 부수가 많은 잡지에 실리는데, 그걸 지탱하는 유일한 이유는 경제적인 근거죠"라며 팔리는 것을 비판했다.

이름을 밝히지는 않았어도 란포와 그 그룹, 즉 다카기 아키미쓰와 야마다 후타로, 시마다 가즈오 등 인기 있는 작가를 비판한 것은 분명했다. '발행 부수가 많은 잡지'란 《호세키》일 것이다. 기기 다카타로는 오쓰보에게 좀 극단적인 의견이라며 조심하라고 했다. 그런데도 오쓰보는 독설을 그치지 않았다. "본격파의 인기 작가들이 생각하는 것은 어떻게 해야 돈이 될까 하는 것이죠"라고까지 해버렸다. 오쓰보를 향해 반론을 펼친 이는 오카다 샤치히코 한 사람뿐이었다.

이 벼락치기 좌담회가 실린 《신세이넨》이 발매되자 본격파로 지목되는 사람들은 화가 머리끝까지 났다. 그중에서도 다카기 아키미쓰의 분노는 대단했다. 오쓰보의 책과 작품이 실린 잡지를 욕조에서 태워버렸다고 한다. 란포도 가만히 있지는 않았다. 《호세키》 5월호에 「벼락치기 좌담회를 평한다」를 썼다. 《호세키》의 이와야 사장도 잔뜩 화가 나서, 그 좌담회에 참석한 작가의 원고는 모두 싣지 않겠다고 했다. 그런 사실을 알게 되자 문학파도 분노했다.

좌담회 내용을 발췌한 글이 탐정작가클럽 회보에 실리자 이번에는 회보에서 논쟁이 펼쳐졌다. 7월에 나온 제38호에서 애초 본격파 가운데 한 사람으로서 분개했던 요코미조 세이시는 양측의 휴전을 호소했다.

'본격파와 문학파의 논쟁, 아주 좋다. 많이 해야 한다. 하지만 좀 지저분한 느낌이 드는 건 왜일까? 특히 논쟁에 이어 에도가와 파라느니 기기파라느니 하는 소리가 들리게 되면 그야말로 웃음거리가 된다.' 그리고 태평양전쟁 전부터 탐정소설 작가들 사이에서 논쟁이 있긴 했지만 '감정이 격해져 인신공격하는 일은 없었다고 기억한다. 아주 신사적이었다'라고 썼다. 그만큼 격렬한 충돌이 있었다.

요코미조는 단호하게 발언했다. '에도가와·기기 두 분의 논쟁에 관해 양측의 숭배자나 지지자들이 과하게 흥분해서 파벌 싸움처럼 감정적으로 대립까지 한다면 참으로 어리석은 짓이다. 두 분에게도 폐가 될 것이다.'

란포를 가장 잘 이해하는 아우이자 작품 스타일에서도 본격파인 요코미조가 란포파에 가세하지 않고 중립을 선언했다. 탈 것 공포증 때문에 외출하지 않았으니 어느 쪽 신년 모임에도 참석하지 않았다. 그런 의미에서도 중립이었다.

란포는 이 논쟁에 관해 『40년』에서 '탐정소설 작가들을 갈라 놓을 만한 말을 하는 자도 있었지만 그건 무슨 일이 일어나기를 바라며 멋대로 지껄인 쓸데없는 소리였다. 실제로는 서로 그만한 반감을 품은 건 아니었다'라고 했다. 기기를 헐뜯기 위해 자신을 찾아오는 자가 있었다고 밝히면서도 '나는 그런 말을 믿지 않았다'라면서 기기 다카타로와 신뢰 관계가 있었음을 강조했다.

문학 논쟁은 작품으로 결판을 내야 한다. 《신세이넨》이 시작했으니 이 잡지가 적극적으로 문학파 탐정소설을 실었다면 상황이 또 다르게 전개되었을지도 모른다. 그러나 《신세이넨》은 '벼락치기 좌담회'를 게재한 4월호에서 3호 뒤인 7월호를 끝으로 긴 역사의 막을 내렸다.

란포의 환갑 축하 모임

1954년(쇼와 29) 10월 21일, 에도가와 란포는 만 60세가 되었다. 10월 30일, 란포의 환갑 축하 모임이 일본탐정작가클럽, 체포록작가클럽, 도쿄작가클럽의 공동 주최로 마루노우치에 있는 도쿄회관에서 성대하게 열렸다. 탐정작가클럽 회보에는 그날의 모습을 적은 기록이 실렸다. 그 글에 따르면 실행위원이 30명, 발기인이 107명이었으며 참석자는 500명이 넘었다.

동료 작가들은 물론이고 각계 유명인도 많이 참석했다. 실무를 맡았던 사람은 조 마사유키이며 사회자는 오시타 우다루였다. 참석자 가운데는 가부키 배우인 나카무라 간자부로(17대째)와 나카무라 우타에몬(6대째), 마쓰모토 고사부로(초대 마쓰모토 하쿠오), 이치카와 엔노스케(초대 이치카와 엔오), 신파[291]의 기타무라 로쿠로[292], 라쿠고의 하야시야 쇼조, 야나기야 긴고로 등도 참석해 여흥 시간에는 우타에몬의 샤미센 반주에 맞춰 간자부로가 노래하기도 했다. 정치계, 재계 인사도 참석했다.

회보에는 이렇게 적혀 있다. '도쿄회관 4층 대식당을 가득 메운 500명의 하객들은 근대 탐정소설의 창시자라고 할 수 있는 위대한 란포의 거대한 발걸음을 더듬고, 또 이날을 기해 재출발을 맹세하여 우레와 같은 박수를 아끼지 않았다.'

'재출발을 맹세'란 소설을 쓰겠다고 선언한 일을 말한다. 그뿐만이 아니었다. 모임 분위기가 무르익었을 때 기기 다카타로가 연단 위에 올라 중대 발표를 했다.

---

291 新派, 1888년에 시작된 일본 연극의 한 유파. 가부키와 달리 현대극으로 발전했다. 일본 패전 이후 여러 극단이 '극단 신파'에 통합되었으며 서민의 애환과 정서를 그린 작품이 많다.

292 喜多村緑郎(1871~1961), 배우. 초대 기타무라 엔로쿠. 1947년에 일본예술원 회원으로 선정되었으며 1955년에는 중요무형문화재 보유자로 지정되었다.

"방금 오늘 환갑을 기념해 에도가와 란포 씨가 일본탐정작가클럽에 100만 엔을 기부했고, 이 돈을 기금으로 삼아 탐정소설을 장려하는 상을 제정하겠다는 말씀이 있었다."

이것이 '에도가와란포상'이 된다. 대졸 신입사원의 초임이 5500엔 안팎, 30세 직장인의 월급이 겨우 1만 엔 전후였던 시대에 100만 엔이니 지금으로 따지면 3천만 엔에서 5천만 엔쯤 될 것이다. 이 기금 처리를 둘러싸고 임의 단체인 상태면 세금을 내야 하니 탐정작가클럽을 재단법인으로 바꾸자는 움직임이 일어난다.

이 성대한 축하 모임에 요코미조도 모처럼 참석했는데, 마이크 앞에 섰다는 기록은 없다.

이 시점에 일본 탐정소설 문단에서는 란포가 선두에 서 있었고, 그와 어깨를 나란히 하는 거장으로는 오시타 우다루와 기기 다카타로가 있었으니 말하자면 세 명의 거장이 모여 있었던 것이다. 요코미조는 탈것 공포증 때문이었는지 탐정작가클럽 모임에도 참석하지 않았으므로 실무적인 역할을 맡지도 않았다. 그저 작품만 쓰고 있었을 뿐이다.

모임에 참석한 하객들에게는 란포의 새 책 『탐정소설 30년』 특별판, 《별책 호세키》의 '에도가와 란포 환갑 기념호', 《단테이클럽》 12월호 '란포 환갑 기념 특집호', 나카지마 가와타로가 편집하고 발행한 동인지 《노란 방黃色い部屋》의 '에도가와 란포 선생 화갑華甲 기념 문집'을 답례품으로 나누어주었다.

그 《별책 호세키》에는 장편 「화인환희化人幻戱」 제1회가 게재되었다. 9월 말과 10월 초에 이토 온천에 머물며 쓴 작품으로, 전쟁이 끝난 뒤 어른 대상으로 쓴 첫 장편소설이었다.

게다가 이 12월부터는 슌요도에서 '에도가와 란포 전집'이 나오기 시작했다. B6판에 상자에 넣어 판매했으며 이듬해인 1955년 12월까지 전 16권이 간행되었다. 단편소설, 장편소설을 모아 어린이용을 제외한 소설을 망라한 셈이다. 슌요도판은 종전 후 처음 나온 란포 전집이었다. 이 전집을 바탕으로 슌요도는 1956년부터 '에도가와 란포 문고'도 내놓기 시작한다. 이건 '문고'라는 이름을 달았어도 전집과 마찬가지로 B6판이었으며 본문의 판형도 같아 장정만 바꾸어 내놓은 판본인 셈이다.

1954년은 쇼와 20년대의 마지막 해였으며 란포의 환갑 축하 모임이 클라이맥스를 이룬 해였다. 전쟁 전부터 알고 지내던 작가들도 전후에 등장한 신세대도 다들 란포를 경애하고 흠모했다. 본격파, 문학파라는 파벌이 존재하는 듯한 이야기도 있었지만, 그 한쪽의 우두머리인 기기 다카타로가 앞장서서 축하했다. 사이가 멀어졌다는 소문이 떠돌던 요코미조도 참석했다.

다들 앞으로 란포가 중심이자 정점이며, 란포가 앞장서서 탐정소설을 이끌어갈 거라고 믿었다.

그 모임 장소에는 없던, 이제 막 데뷔한 작가가 다음 시대를 짊어지게 될 거라고는 본인은 물론 그 누구도 예상하지 못했다.

그 신인 작가는 4년 전인 1950년에 현상소설 공모를 통해 데뷔한 뒤, 1953년에 아쿠타가와상을 받고 원래 살던 규슈에서 도쿄로 옮긴 지 얼마 되지 않은 상태였다. 아직 전업 작가가 아니라 신문사에 근무하면서 단편소설을 계속 썼다. 그중 범죄를 다룬 작품이 있긴 했어도 아직 탐정소설은 쓰지 않고 있었다.

그는 마쓰모토 세이초였다.

제8장

샛
별

「악마의 공놀이 노래」

1954~1959

에도가와 란포는 1894년(메이지 27)에 태어났고, 요코미조 세이시는 1902년(메이지 35)에 태어났으니 여덟 살 차이다. 마쓰모토 세이초는 1909년(메이지 42)에 태어났으니 란포와는 열다섯 살, 요코미조와는 일곱 살 차이가 난다.

　데뷔는 요코미조가 제일 빨라서 1921년(다이쇼 10), 란포는 1923년(다이쇼 12)이니 거의 같은 시기지만 마쓰모토 세이초는 1950년(쇼와 25)으로 30년 가까이 차이가 난다. 요코미조는 조숙했고 마쓰모토는 늦되었던 셈이다.

　란포와 요코미조는 형제 같은 나이 차이였다. 하지만 란포와 세이초는 세대가 다르다. 라이벌이 될 수 없다. 세이초가 데뷔했을 무렵, 란포는 이미 작가로서는 은퇴 과정에 있었다. 그렇지만 요코미조에게 마쓰모토 세이초는 자기를 위협하는 존재로 비치지 않았을까? 란포는 마쓰모토 세이초의 등장을 따뜻하게 맞이했다. 두 사람은 대담도 했고, 공저자로 책을 내기도 했다. 그렇지만 요코미조와 세이초는 미묘한 관계였다. 항간에는 세이초가 요코미조의 작품을 '유령의 집'이라고 평한 탓에 마음이 상한 요코미조가 슬럼프에 빠졌다는 이야기가 전해온다. 이 부분에 관해서는 나중에 다시 살펴보기로 한다.

마쓰모토 세이초의 조용한 데뷔

마쓰모토 세이초(이하 관례에 따라 '세이초'라고 한다)는 1909년 12월 21일에 후쿠오카현 시쿠군 이타비쓰촌(지금의 기타큐슈시 고쿠라키타구)에서 태어난 것으로 되어 있지만 출생지는 히로시마라고도 한다. 그는 고쿠라에서 자랐는데 집이 가난해 열다섯 살에 심상고등소학교를 졸업하고 주식회사 가와키타전기기업사 고쿠라 출장소의 급사가 되었다. 이 시기에 소설을 읽게 되는데 새 책을 살 여유는 없어 도서관에 다니며 아쿠타가와 류노스케, 기쿠치 간, 모리 오가이, 나쓰메 소세키, 다야마 가타이, 이즈미 교카, 그리고 신초샤의 '세계문학전집'을 열심히 읽었다. 바로 이 시기에 요코미조와 란포가 잇달아《신세이넨》으로 데뷔했다. 세이초도《신세이넨》을 통해 번역 탐정소설과 란포의 작품을 즐겨 읽었다. 1927년, 근무하던 출장소가 폐쇄되어 세이초는 실업자가 되었다. 인쇄 회사에 취직해 현장에서 일하며 제판용 원고와 광고 도안을 배웠다. 하지만 이 회사도 도산해 고생하다가 인쇄 자영업자가 되었다. 1937년(쇼와 12), 28세의 나이에 아사히신문 규슈 지사(지금의 서부 본사)에서 광고 원고를 만드는 작업을 하게 되었으며 이를 계기로 1939년에는 아사히

신문 규슈 지사의 광고부 임시직 사원이 되었다. 1940년에는 상근 임시직, 1943년에는 정사원이 되었지만 징집당해 입대했다. 일단 제대했는데 1944년 6월에 임시 소집되어 다시 입대한 뒤 한반도에서 패전을 맞이했다.

전쟁이 끝난 뒤 아사히신문에 복직하는 한편, 인쇄 회사의 제판용 원고 제작이나 상점 쇼윈도 장식 등 넓은 의미의 광고 일에 손을 댔다. 또 상금을 받기 위해 관광 포스터 콩쿠르에도 응모했다.

1950년, 《슈칸아사히》의 '백만 인의 소설—제1회 아사히 문예'에 처음 쓴 소설 「사이고사쓰西鄕札」[293]로 응모해 3등으로 입선했다. 우연일 테지만 란포는 「2전짜리 동전」으로, 세이초는 「사이고사쓰」로 둘 다 화폐를 소재로 한 작품으로 데뷔했으며, 생활이 곤궁한 시기에 거기서 벗어나고자 작가가 되려고 했다는 점도 닮았다.

세이초는 이 기회를 어떻게 살릴지 고민하다가 자신이 존경하는 세 작가, 오사라기 지로, 하세가와 신, 기기 다카타로에게 편지를 넣은 게재지를 보냈다. 그러자 오사라기와 하세가와는 편지를, 기기 다카타로는 엽서를 보내주었다. 기기 다카타로가 보낸 엽서에는 이런 수준으로 쓸 수 있다면 잡지를 소개해줄 수 있겠다고 했다. 해가 바뀌어 1951년, 신문사 일 때문에 도쿄로 출장을 가게 된 세이초는 경의를 표하기 위해 기기 다카타로를 방

---

293 '사이고사쓰'는 메이지 시대 초기의 내전 중에 사이고 다카모리의 군대가 군비 조달을 위해 발행했던 지폐를 가리킨다.

문했다. 그리고 새로 쓴 작품이 있다면 보여달라는 청을 받고 「기억」(나중에 「불의 기억」으로 개제)을 써서 보냈다. 기기는 이 단편을 그즈음 자기가 편집을 맡고 있던 《미타분가쿠三田文學》[294] 1952년 3월호에 실었다.

세이초는 「기억」이 《미타분가쿠》에 실리자 깜짝 놀랐다. 게이오기주쿠대학과는 아무런 인연도 연줄도 없는 지방에 사는 사람의 글이 이렇게 전통 있는 잡지에 실렸으니 '대단한 일이다'라고 생각했다. 그리고 '그런 생각이 들자 추리소설 비슷한 「기억」 같은 것을 보낸 일이 부끄러웠고, 기기 씨가 다른 작품도 보내달라고 하기에 더 문학적인 작품을 구상해서' 쓴 것이 「어느 '고쿠라 일기'전」으로, 이 작품은 《미타분가쿠》 9월호에 실리고 이듬해인 1953년 1월에 제28회 아쿠타가와상을 받았다.

하지만 그 시절 아쿠타가와상은 지금처럼 사회적인 뉴스가 되지는 않았다. 상을 받아도 규슈에 있었기 때문에 도쿄의 출판사로부터 의뢰가 들어오지 않는다고 판단해 세이초는 신문사에 도쿄 근무를 신청했고, 1953년 12월 아내와 딸을 남겨둔 채 홀로 도쿄로 갔다. 하지만 그해에만 《별책 분게이슌주別冊文藝春秋》 《올요미모노》 《슈칸아사히 별책》 등에 단편 열한 편을 발표했다. 결코 '인기 없는 작가'가 아니었다. 더 큰 비약을 추구했던 것이리라.

1954년, 세이초는 열두 편의 중·단편 소설을 썼다. 그중 「여죄수 이야기」 「협갈자脅喝者」(나중에 「공갈자」로 개제) 등 범죄를

---

294   게이오기주쿠대학 문학부를 중심으로 발행하던 문예지. 1910년 5월에 창간되었다.

그린 작품도 있었지만 아직 마쓰모토 세이초는 탐정소설 작가로 인식되지는 않았다.

란포, 완전 부활인가?

1955년(쇼와 30), 란포는 1월 1일부터 5일까지 이토 온천에 머물며 소설을 쓰기 시작했다. 이토에는 1954년 9월부터 와서 지냈으며 소설 구상을 다듬고 있었다.

그해에 란포는 네 편의 장편소설을 동시에 연재했다.《호세키》에 「화인환희」(《별책 호세키》 전년 11월호에 1회가 실렸고, 2회부터는 《호세키》에 게재), 고단샤의 《오모시로클럽》 1월호부터 12월호까지 「그림자 사나이影男」, 《쇼넨》 1월호부터 12월호까지 「해저의 마술사」, 《쇼넨클럽》 1월호부터 12월호까지 「회색 거인灰色の巨人」을 연재했다.

이때까지 어린이를 대상으로 한 소설은 《쇼넨》에만 실렸지만, 이해부터는 고향 같은 《쇼넨클럽》에도 함께 연재했다. 「화인환희」는 탐정소설 전문지에 연재했으니 당연히 본격 탐정소설을 목표로 했고, 「그림자 사나이」는 대중잡지에 연재했기 때문에 예전과 같은 통속 장편소설 노선이었다.

「화인환희」와 「그림자 사나이」는 모두 아케치 고고로가 등장한다. 소년 탐정을 제외하면 아케치가 전쟁이 끝난 뒤에 활약하는 장편소설은 이 두 작품뿐이다. 「화인환희」는 1949년 11월부터 12월에 걸쳐 일어난 사건이라는 설정인데, 「그림자 사나이」는 몇 년 몇 월에 일어난 사건인지 분명하지 않다. 또 이해에는 《올

요미모노》4월호에 중편「달과 장갑月と手袋」도 썼다. 이 작품에는 아케치 고고로가 등장하며, 1950년 2월부터 6월까지 일어난 사건을 다룬다.

네 편의 장편소설 연재에 더해 10월에는 전작 장편『십자로十字路』(고단샤)가 나왔다. 환갑은 란포에게 그야말로 '재생再生'이었다. 하지만 이 재생은 1년에 그치고 만다.

란포는 장편소설 연재도 버거워했지만, 전작 장편소설은 더 힘들어했다. 태평양전쟁이 일어나기 전인 1932년(쇼와 7)에 신초샤가 '신작 탐정소설 전집'을 기획해 란포는 이때 제1권을 맡아『꿈틀거리는 촉수』를 내놓았는데, 글이 도무지 써지지 않아 오카도 부헤이에게 대신 써달라고 했다.

그로부터 20여 년이 지나, 이번에는 고단샤가 같은 기획을 하고 다시 란포에게 의뢰했다. 란포는『꿈틀거리는 촉수』때 이미 전작 소설에 질렸기 때문에 거절했지만, 당신이 쓰지 않으면 다른 작가도 써주지 않을 거라고 출판사가 애원하는 바람에 도와줄 사람을 내세우는 조건으로 맡았다. 그 협력자는 와타나베 겐지였다. 그가 플롯을 짜고 그걸 기본으로 삼아 문장은 란포가 썼다. 란포에게는 첫 전작 장편소설이 되었다.

이렇게 해서『십자로』는 고단샤의 '전작 장편 탐정소설 전집' 제1권, 첫 번째 배본 작품으로 간행되었다. 그 시절의 인기 작가가 누구였는지 알 수 있도록 전체 목록을 적어둔다(번호는 저자의 이름을 일본 가나 순서로 정렬한 것이며 발행 순서와는 다르다).

1.『십자로』에도가와 란포(1955년 10월)

2.『본 사람은 누구냐』오시타 우다루(1955년 11월)

3.『마녀의 발자국』가야마 시게루(1955년 10월)

4.『빛과 그 그림자』기기 다카타로(1956년 1월)

5.『위를 보지 마라』시마다 가즈오(1955년 12월)

6.『노박 덩굴의 비밀』조 마사유키(1955년 12월)

7.『인형은 왜 살해되는가』다카기 아키미쓰(1955년 11월)

8.『다섯 마리의 눈먼 고양이』쓰노다 기쿠오(미간)

9.『밤짐승』미즈타니 준(1956년 4월)

10.『13각 관계』야마다 후타로(1956년 1월)

11.『가면무도회仮面舞踏会』요코미조 세이시(미간)

12.『선혈 램프』와타나베 게이스케(1956년 2월)

13.『검은 트렁크』아유카와 데쓰야(1956년 7월)

고단샤 문예과에 근무하며 이 전집을 기획한 하라다 유타카[295]
(나중에 슛판게이주쓰샤를 창업해 사장이 되었다)는 작가 선정
에 관해 이렇게 말했다.

"그즈음에 탐정소설을 쓰는 전문가는 태평양전쟁 전부터 쓰
던 분들을 포함해도 멤버가 빤했어요. 전후파 네 명, 에도가와 란
포를 비롯한 전전파가 여덟 명. 이분들은 누가 보더라도 의견이

295　原田裕(1924~2018), 편집자, 출판사 경영자. 야마오카 소하치의 베스트셀러『도쿠가와 이에야스』를 담당했으며, 많은 추리소설 시리즈와 전집을 기획, 편집했다.

일치하죠. 특히 편집자들 시각으로 보아 이분들뿐이라고 할 작가들은 이미 결정된 거나 마찬가지였죠. 그렇게 자타가 공인하는 작가는 모두 모아봐야 열두 명밖에 되지 않았어요."(슛판게 이주쓰샤판『가면무도회』[296] 권말 특별 인터뷰)

마지막 권은 애초에 정하지 않았다. '열세 번째 의자'로 공개 모집해 아유카와 데쓰야가 뽑혔다. 후보자로는 후지 유키오, 와시오 사부로, 니시무라 교타로, 미야노 무라코, 가지 다쓰오 등이 있었다.

그렇지만 열세 권 가운데 쓰노다 기쿠오와 요코미조 세이시는 제목까지 정해놓고도 결국 쓰지 못해 발간되지 않았다. 하라다는 이렇게 회고했다.

'에도가와 란포 선생은 이미 소설을 거의 쓰지 않는 상태였고, 쓰노다 기쿠오와 요코미조 세이시는 연재소설을 맡고 있어서 도저히 전작 장편소설을 쓸 수 있는 상황이 아니었어요. 이런 작가들에게 오케이를 받았다는 사실만으로도 편집자로서는 큰 공을 세운 셈이었습니다.'

쓰노다와 요코미조도 스스로 쓸 수 없을 거라 생각하지 않았겠느냐면서 하라다는 이렇게 말했다. '그때는 굳이 설명하지 않아도 자기들 이름이 들어가 있으면 이 전집 자체가 더 잘 팔릴 거라 생각하고 배려해주었죠. 그건 란포 선생님도 마찬가지여서

---

296 1962년 7월호부터 《호세키》에 연재했는데 건강 문제로 중단했다가 1974년에 완성했다.

그런 형태로 도와주신 거예요.'

전집이 발매되었을 당시 신문광고에는 제1회 배본인 에도가와 란포『십자로』와 가야마 시게루의『마녀의 발자국』을 제외하면 모든 작품의 제목이 열거되었다. 어느 정도 홍보 효과는 있었을 것이다.

이 전집에서 란포와 요코미조의 성격이나 탐정소설 문단에서의 위치 차이를 엿볼 수 있다. 란포는 자기가 전작 장편소설을 쓸 수 없다는 걸 알고 있었지만, 대형 출판사인 고단샤에서 전작 장편 전집이 나오는 것은 탐정소설계 전체를 위해 도움이 된다고 판단해 수락했다. 란포는 탐정소설계의 정상에 있는 처지라 의무를 다하는 셈 치고 받아들였을 것이다. 타고난 장남 체질이다. 그래서 본의 아니게 와타나베의 도움을 받아 소설을 완성했다. 글을 써서 책을 내는 일이 무엇보다 중요했다. 그 결과『십자로』는 새로운 경지를 목표로 했지만 높은 평가를 받지는 못했다.

한편 요코미조는 인기 작가라는 자각은 있었어도 스스로를 탐정소설계라는 집단의 책임자로는 인식하지 않았다. 타고난 아우 체질이다. 그런 번거로운 일은 란포에게 맡겨두고 창작에 전념하고 있었다. 그래서 쓸 수 없는 글은 못 쓴다며 마감이 지나서도 방치해놓는다. 무책임하다고 하면 무책임하고 프로 작가로서 칭찬받을 만한 모습은 아니다. 하지만 다른 관점에서 보면 쓸 수 있다는 생각이 들기 전에는 쓰지 않고, 자기 마음에 들지 않는 것은 발표할 수 없다는 예술지상주의적인 인물이기도 하다.

고단샤의 '전작 장편 탐정소설 전집'은 두 사람의 성격, 위치,

나아가 소설을 대하는 방법의 차이를 또렷하게 보여준 셈이다.

이렇게 해서 1955년, 지금까지 쓰지 않았던 것이 거짓말인 듯, 란포는 소년소설 두 작품을 더해 「화인환희」 「그림자 사나이」 『십자로』 세 작품을 동시에 써냈다. 태평양전쟁 전에도 란포는 장편을 세 작품, 네 작품씩 한꺼번에 연재했는데 이 작가는 그런 집필 방식을 좋아하거나 그런 식이 아니면 쓰지 않는 타입이다.

『십자로』는 고단샤의 장편 탐정소설 전집으로 나왔지만 「화인환희」는 슌요도의 란포 전집 제15권(1955년 11월)에, 「그림자 사나이」는 제16권(1955년 12월)에 수록된 것이 처음이었다.

란포는 신작을 맨 먼저 배본하는 편이 더 잘 팔릴 거라 생각했기 때문에 전집 간행을 1년 뒤로 미루면 좋겠다고 했지만 슌요도가 어떻게든 일찍 내고 싶다고 하는 바람에 1954년부터 내게 되었다. 결과적으로 란포의 염려가 들어맞았다. 이 전집은 별로 팔리지 않았고, 당연히 모처럼 내놓은 신작 두 작품도 이렇다 할 결과를 보여주지 못했다고 한다. 두 작품을 단독으로 낸 곳도 슌요도의 란포 문고인데 『그림자 사나이』는 1957년 6월, 『화인환희』는 7월에 나왔다.

1954년부터 1955년에 걸쳐 쓴 세 작품은 모두 그리 좋은 평가를 받지 못했다. 란포는 다시 자기혐오에 빠졌다. 하지만 같은 시기 어린이들 사이에서는 전에 찾아볼 수 없던 란포 붐이 일어나고 있었다.

'소년 탐정'의 미디어믹스

에도가와 란포는 성인 대상 장편소설에서는 생각만큼 좋은 평가를 받지 못했지만, 1954년부터 여러 해 동안 '소년 탐정' 시리즈는 전에 없는 인기를 누렸다. 영화, 라디오, 텔레비전에서도 시리즈를 만들기 시작한 덕분이다.

영화는 쇼치쿠가 1954년에 〈괴인 이십면상〉 세 편을 제작, 개봉한 것이 처음인데, 이어서 〈청동 마인〉 네 편이 1954년부터 1955년에 걸쳐 제작, 개봉되었다. 1956년부터 1959년까지는 도에이가 〈소년 탐정단〉 시리즈를 아홉 편 제작해 개봉했다.

라디오 드라마도 여러 방송국에서 만들었다. 1952년에는 오사카의 아사히방송이 〈란포의 청동 마인〉을 3회로 나누어 방송했고, 1954년 5월부터 11월에 걸쳐 라디오도쿄(TBS)가 〈괴인 이십면상〉, 같은 해 8월부터 1955년에 걸쳐 아사히방송이 〈소년 탐정단〉을 방송했다. '우, 우, 우리는 소년 탐정단'이라는 가사로 유명한 주제가(단조 후미오 작사, 시라키 요시노부 작곡)는 이 아사히방송 라디오 드라마를 위해 만든 것이다. 아사히방송판은 오사카에서 방송하기 위한 것이었기 때문에 간토 지역에서는 들을 수 없었지만, 1955년 6월부터 10월까지 닛폰방송이 아사히방송판의 음원을 빌려 〈라디오극 소년 탐정단〉으로 방송했다. 주제가도 아사히방송 것을 사용했기 때문에 널리 알려지게 되었다.

텔레비전 드라마가 만들어진 것은 1958년 11월이다. 닛폰TV가 〈괴인 이십면상〉을 1960년 6월까지 81회에 걸쳐 방송했으며, 바로 뒤이어 1960년 11월부터 후지TV가 〈소년 탐정단〉을 1963년

9월까지 무려 152회나 방송했다.

이 시기에 마치 약속이라도 한 듯《쇼넨》이외의 잡지에서 연재가 시작되었다. 고향이나 마찬가지인《쇼넨클럽》에는 「회색 거인」(1955년)부터 「황금 표범黄金豹」(1956년), 「서커스의 괴인サーカスの怪人」(1957년), 「기면성의 비밀奇面城の秘密」(1958년)에 이르기까지 네 작품,《쇼조클럽》에도 「마법 인형魔法人形」(1957년, 『악마 인형悪魔人形』이란 제목으로 낸 출판사도 있다), 「탑 위의 마술사塔上の奇術師」(1958년) 두 작품으로, 이 두 잡지에 연재한 작품도 나중에 고분샤 전집에 수록되었다.

1950년대에 란포가 한 작업의 커다란 기둥이 '소년 탐정' 시리즈였다.

영화, 라디오에서 인기를 끌면 책도 잘 팔린다. 그 시절에는 '미디어믹스'라는 단어조차 없었다. 출판사, 영화사, 방송국 사이에는 아무런 연결 고리도 없었고 조정할 광고 대행사도 없었다. 저마다 내키는 대로 만들었는데도 소년 탐정 붐이 일었다.

도쿄분게이샤와 도호샤

1955년에 요코미조 세이시는《고단클럽》1955년 1월호부터 12월호까지 「흡혈 나방吸血蛾」을,《쇼세쓰클럽小説倶楽部》(도엔쇼보桃園書房) 1955년 1월호부터 12월호까지 「삼수탑三つ首塔」을 동시에 연재하고 있었다. 「흡혈 나방」도 연재가 끝나자 12월에 고단샤에서 책으로 나왔다.

고단샤가 발행하는 잡지에 연재한 소설은 「이누가미 일족」

「여왕벌」「유령남」「흡혈 나방」까지 모두 네 작품인데 다 연재가 끝난 뒤에 책으로 나왔다. 지방지에 실린 「미로의 신부」는 1955년 6월에 도겐샤에서 단행본으로 내놓았다.

한편 《헤이본》에 실린 「불사접」, 《쇼세쓰클럽》의 「삼수탑」은 책이 바로 나오지는 않았다. 둘을 포함해 긴다이치 고스케가 등 장하는 작품을 처음으로 망라한 것은 도쿄분게이샤東京文藝社가 낸 '긴다이치 고스케 탐정소설선'이다. 1954년 8월부터 내기 시 작했으며, B6판에 상자에 넣어 배포했다.

도쿄분게이샤는 가도카와쇼텐 다음으로 요코미조 세이시의 작품을 많이 내고 판매한 출판사다. 1950년 전후부터 1990년 전 후까지 약 40년에 걸쳐 출판했는데, 시대소설을 중심으로 국회 도서관이 소장하고 있는 것만 해도 약 1500점을 간행했다. 그러 나 이 회사에 관한 기록이 담긴 문헌은 거의 없고, 어떤 출판사였 는지도 잘 알 수 없다. 한때는 전국에 3만 개나 있었다는 대본소 대상 출판사로 시작해, 대본소 업계가 쇠퇴하자 신간 서점 대상 으로 방향을 틀어 유지했었던 모양이다.

도쿄분게이샤는 그 뒤로 여러 차례 요코미조의 작품을 시리 즈로 내놓았다.

같은 시기에 요코미조 작품을 내게 된 출판사가 도호샤東方社 다. 이 출판사는 태평양전쟁 기간에 육군참모본부 직속으로 《FRONT》[297]를 내던 같은 이름의 회사와는 관계가 없다. 1947년

297   1942년부터 1945년 사이에 발행된 선전용 잡지.

에 창립되어 주로 대중소설을 냈다.

도호샤는 도쿄분게이샤의 긴다이치 시리즈에 맞서기라도 하 듯, 1956년 10월부터 전쟁 전에 쓴 '유리·미쓰기 탐정소설선'을 내기 시작해 모두 7종을 발간했다. 도쿄분게이샤와 도호샤는 공 존했다. 도호샤도 도쿄분게이샤처럼 대본소 중심의 서적 출판사 였던 듯하다.

슌요도는 전쟁 전부터 탐정소설에도 열성적이었다. 그래서 요 코미조 작품도 내놓았지만, 전쟁이 끝난 뒤에는 출판 붐이 끝나 고 신흥 영세 출판사가 도태되기까지 친분이 전혀 없었다. 앞에 서 이야기한 1950년 5월의 '현대 대중문학 전집'으로 요코미조 세이시의 작품이 나와 「밤 산책」「혼진 살인사건」 등이 수록되 었는데, 전쟁이 끝난 뒤 최초였다. 1951년 10월에 슌요문고로 『혼 진 살인사건』, 1953년 10월에 문고판 크기의 '일본 탐정소설 전 집' 제4권으로 『나비부인 살인사건』이 나왔을 뿐이다. 그 뒤에도 『혼진』과 『나비부인』 두 권은 여러 차례 장정을 바꾸어 내놓았 는데, 그 밖에 다른 작품은 나오지 않았다. 슌요문고에서 요코미 조 세이시의 작품이 많이 나오는 것은 가도카와문고가 내기 시 작한 뒤였다.

1950년대부터 1960년대에 걸쳐 서적을 계속 내며 요코미조 세이시를 지원했던 출판사는 도쿄분게이샤와 도호샤였다.

또 「불사접」부터는 장편소설이어도 단행본으로 낼 때 많이 손 질하기 시작한다. 혹은 단편이나 중편을 장편으로 만드는 작업 도 시작했다. 즉 처음부터 세부적인 구상을 마친 다음에 집필에 들어가지 않게 되었다. 란포의 통속 장편소설 집필 방식과 비슷해지는 것이다.

이런 식으로는 안 된다. 하지만 본격 탐정소설을 쓸 수 있는 잡지는 전문지인 《호세키》뿐이다.

그 《호세키》는 매출 부진 때문에 허덕이고 있었다.

세이초, 일본탐정작가클럽상 수상

1957년 2월, 그해의 일본탐정작가클럽상을 마쓰모토 세이초가 받았다.

기기 다카타로가 《미타분가쿠》 편집을 한 기간은 2년뿐이다. 마쓰모토 세이초가 가족을 도쿄로 부른 1954년에 세이초와 《미타분가쿠》의 인연, 즉 순문학과의 인연은 끊어졌다. 세이초로서는 당시 떠오르고 있던 중간소설 잡지에서 활로를 찾을 수밖에 없었다. 그 중간소설 잡지는 전성기를 향해 상승세를 보이고 있었다. 직장인이 늘어나고 통근 시간이라는 새로운 '독서 시간'이 생겨나자 '전철 안에서 가볍게 읽을 수 있는 소설'이 대량으로 필요해진 것이다.

1955년 들어서도 세이초는 여전히 아사히신문사에 근무하고 있었다. 중간소설 잡지에 중·단편 스물네 편을 썼다. 그 가운데 열네 편이 시대물이었다. 경력이 이대로 쭉 이어졌다면 세이초는 시대소설 작가가 되었으리라. 하지만 《쇼세쓰신초小說新潮》 12월호에 게재된 「잠복」이 세이초의 운명을 바꾸고, 일본 탐정소설계의 흐름을 바꾸고, 나아가 일본 출판계까지도 바꾼다.

「잠복」은 제목 그대로 형사가 범인이 나타날 만한 장소에 잠복하는 이야기다. 알리바이 트릭이나 밀실 트릭도 아니고, 얼굴 없는 시체도 나오지 않으며 뜻밖의 범인도 없다. 요즘 식으로 이야기하면 경찰 소설이다. 그 전에도 기기 다카타로의 말을 듣고 처음 쓴 「기억」 등 범죄를 다룬 작품이 있었다. 그러니 「잠복」이라는 작품이 느닷없이 태어난 것은 아니다. 하지만 이 작품으로 세이초는 뭔가를 움켜쥔 듯했다. 이듬해인 1956년, 《쇼세쓰신초》《슈칸신초週刊新潮》《별책 쇼세쓰신초別冊小説新潮》 같은 신초샤 발행 잡지에 드문드문 「얼굴」 「살의」 「왜 '별자리 지도'가 펼쳐져 있었나」 「반사」 「시장 죽다」를 썼다. 이 다섯 작품과 한 해 전에 쓴 「잠복」을 합쳐 여섯 작품이 1956년 10월에 고단샤에서 신서판 '로망북스' 가운데 한 권으로 『얼굴』이란 제목을 달고 나왔다. 모두 신초샤가 내는 잡지에 실린 작품들인데 신초샤가 아닌 고단샤에서 나왔던 까닭은 그때 신초샤가 미스터리에 별로 관심이 없었기 때문이리라.

신서판 로망북스는 1955년부터 고단샤가 내던 시리즈였다. 『얼굴』처럼 처음으로 책이 된 작품도 있는가 하면 자기 회사 잡지에 실린 작품이건 다른 회사 잡지에 실린 작품이건 따지지 않고 단행본을 냈다. 염가판에 해당하는 책도 있어, 요코미조의 작품인 『옥문도』(1955년 7월), 『유령남』(1956년 2월), 『흡혈 나방』(1958년 4월)도 이 시리즈로 나왔다.

세이초 자신도 예상 못 한 일이었겠지만, 이 단편집 『얼굴』이 1957년 2월에 제10회 일본탐정작가클럽상(지금의 일본추리작가협회상)을 받았다. 그때는 장편 부문, 단편 부문이 나뉘지 않았던 시절이라 후보로 올랐던 작품은 와타나베 게이스케의 「혈소도血笑島에서」, 쓰노다 기쿠오의 「악마 같은 여자」, 아유카와 데쓰야의 『검은 트렁크』였다.

세이초에게 있어 초창기 작품이자 탐정소설을 쓰려고 마음먹고 쓴 작품은 두 번째 작품인 「기억」(「불의 기억」)뿐이었다. 나머지는 자신도 탐정소설이라고 생각하지 않았다. 분명히 밀실이나 얼굴 없는 시체를 이용한 트릭도 없고 명탐정이 범인을 찾아내지도 않는다. 그러나 범죄를 다루고 수수께끼도 있다면 있고, 서스펜스가 넘치며 결말이 보여주는 의외성도 있다. 그래서 란포를 비롯한 일본탐정작가클럽의 작가들은 아유카와 데쓰야의 『검은 트렁크』라는 장편 본격 탐정소설이 아닌 마쓰모토의 단편집에 상을 주었던 것이다.

《호세키》의 위기

『혼진 살인사건』과 함께 출발한 《호세키》와 출판사 이와야쇼텐은 1949년의 출판 위기를 이와야 일가의 자산으로 버텼는지, 어찌어찌 극복해냈다. 그렇지만 1950년대에 들어서며 경영이 기울었다. 출판 불황 같은 외적인 요인이 아니라 내부에 원인이 있었다.

이와야쇼텐을 세운 사장 이와야 미쓰루는 시를 전문으로 다루는 잡지를 만들고 싶었으나 시만 다루면 팔리지 않을 거라 생각해 탐정소설 잡지로 방향을 바꾸었다. 그래서 1946년 4월에

창간한《호세키》에는 시를 싣는 페이지도 있었다. 그렇지만《호세키》가 잘 팔리자 반년 뒤인 9월에는 시 잡지《유토피아ゆうとぴあ》(나중의《시가쿠詩学》)를 따로 창간했다. 아직 출판 전체가 패전 직후의 붐을 이루고 있었기 때문에 이와야쇼텐도 그 바람을 타고 확대 노선을 택했다. 그 밖에도《이고슌주囲碁春秋》[298]도 내고 있었다.

확대 노선에서 으뜸가는 것이 1948년 6월에 창간(7월호)한 시대소설 중심의《덴구天狗》였다. 잡지 이름은 메이지 시대에 큰 성공을 거둔 이와야의 할아버지 이와야 마쓰헤이의 사업, 덴구타바코天狗煙草에서 따왔다. 그러나 덴구타바코가 이와야상회에 엄청난 부를 가져다준 반면 잡지《덴구》는 이와야쇼텐에 막대한 적자를 안겨주었다. 집필진은 호화로웠다. 오사라기 지로의 '구라마텐구鞍馬天狗'를 비롯해, 하세가와 신, 구니에다 간지 같은 거물들의 이름이 즐비했다. 요코미조도 '닌교 사시치'를 썼다. 잡지를 많이 찍었지만 반품이 쏟아져 들어와 9개월 만에 폐간했다. 게다가 당시 다카기 아키미쓰의『문신 살인사건』같은 단행본이 잘 팔리고 있었기 때문에 이와야선서라는 시리즈를 시작했지만, 잘 팔리는 책과 팔리지 않는 책이 있어 전체적으로 따지면 적자가 났다.

《호세키》의 부수는 초기 10만 부에서 5만 부가량까지 줄어들었어도 판매는 안정적이었다. 하지만 이와야쇼텐 전체의 경영

---

298   흔히 '바둑춘추'로 알려져 있다.

악화로 인해《호세키》의 중요한 이벤트 가운데 하나였던 '100만 엔 현상 공모'의 상금을 지급하지 못하는 상황까지 벌어졌다. 집 필자에게 줘야 할 원고료 지급도 늦어지게 되었다.『탐정소설 백 과』에 따르면 '부수를 줄이고 원고료 지급을 보류했다. 따라서 내용을 줄이면서도 탐정 작가들의 너그러운 지원 덕분에 명맥을 유지해왔다'라는 상태였다.

이와야 미쓰루는 원래 출판에 특별한 애착이 있었던 인물은 아니라서 경영이 악화하자 흥미를 잃고 1952년 9월에 사장직을 내려놓았다. 그 뒤를 이어 조 마사유키가 사장이 되었다. 란포는 『40년』에 이렇게 적었다. 【9월】4일 조 마사유키 군은 탐정작가 클럽 간사를 초대해 이와야쇼텐 조직 개편에 관해 밝히고 양해 를 구했다. 이와야 미쓰루 사장은 병환 때문에 물러나고 조 군이 새로운 사장으로 취임한 것이다.'

이 기록에서《호세키》가 탐정소설계 전체의 기관지나 다름없 는 존재였다는 사실을 엿볼 수 있다. 탐정 작가라면 다들 걱정했 다. 이 시기에 요코미조는「악마가 와서 피리를 분다」를 연재하 고 있었다.

사장 자리에 앉기는 했지만 조 마사유키는 경영 능력이 없었 다. 경리도 잘 몰랐다. 상황은 점점 악화되었다. 1956년에는 이 와야쇼텐의 부채와 분리해서 새 회사 호세키샤宝石社를 설립했다.

야마무라 마사오는『추리 문단 전후사』에 1957년 상황에 관해 서 이렇게 썼다. '그때 최악의 경영 상황에 빠져 있었다. 그 전에 도 몇 차례 부진했던 시기를 거치면서 원고료 지급 보류가 반복되어 일종의 만성적인 행사가 된 상태였는데, 그래도 매달 발행 부수는 2만 부를 유지했다. 그러다가 단숨에 7, 8천 부까지 줄어 들었다고 하니 영업 실적이 얼마나 악화했는지 상상할 수 있을 것이다.' 이런 부수로는 윤전기로 인쇄할 수 없어 상업 잡지라고 하기도 힘든 상황이었다는 내용까지 적혀 있다.

팔리지 않으니 자금 조달은 힘들어지고, 원고료 지급이 늦어 졌다. 편집자들은 작가에게 원고를 청탁하기 힘들어지고 좋은 원고가 들어오지 않아 지면이 빈궁해진다. 그래서 더 안 팔리게 된다. 이런 악순환에 빠져 있었다. 다른 잡지 같으면 폐간되었으 리라. 하지만 호세키샤는 《호세키》 외에 달리 잡지도 없었고 단 행본도 《호세키》가 있기 때문에 낼 수 있었다. 《호세키》를 폐간 한다는 것은 호세키샤가 문을 닫는다는 뜻이었다.

실제로 은행들이 융자를 해주지 않아 거래처에서 받은 약속 어음도 사금융을 통해서 월 5퍼센트라는 높은 금리를 지지 않는 한 할인해주지 않는 상황이었다. 호세키샤는 이미 망하기 직전 이었다.

하지만 탐정소설 작가들은 이 잡지에 크게 의존하고 있었고, 또 애정이 컸다. 집필하는 작가들이 독자들보다 이 잡지를 더 필 요로 했다.

란포는 이렇게 썼다. '잡지 《호세키》는 우리 추리소설가들에 게 본부 같은 곳이다.' 그 본부를 위기에서 구해내기 위해 에도가 와 란포는 선두에 서기로 마음먹었다. 손수 편집과 경영을 맡기 로 한 것이다.

1957년 봄에 탐정작가클럽의 간사 모임이 란포의 저택에서 열렸다. 《호세키》 문제가 논의되었고, 란포는 간사가 돌아가며 매호 책임지고 편집하자고 제안했다. 일본탐정작가클럽 회보 1957년 3·4월호에 란포는 이렇게 썼다.

《호세키》가 부진을 면치 못하는 근본에는 자금 부족 문제가 있다. 하지만 지금 우리가 그 문제까지 관여할 수는 없으니 궁여지책으로 우리 오래된 작가가 다들 실제로 편집하고 표지에도 이름을 올리며 정말로 마음을 담아 해보면 어떨까 생각했다. 클럽 간사회 자리에서 이야기했더니 다들 찬성하며 우선 나에게 해보라고 했다. 그래서 나도 마음을 굳히고 7월에 나올 잡지를 직접 편집할 것이다.'

이때만 해도 7월에 나올 잡지는 에도가와 란포가 편집을 맡기로 했고, 다음 호는 예를 들면 기기 다카타로가 편집을 맡는 식으로 매호 누군가가 편집을 맡는다는 구상이었다. 그렇지만 계획을 실현해가려는 단계에서 한 호만으로는 효과가 나지 않고, 그 평가도 할 수 없으니 내친김에 반년은 계속해야 한다는 주장이 나왔다. 란포는 그도 그렇다고 생각을 고쳤다. 하지만 반년 동안 란포가 뜻대로 편집하려면 나름의 체제가 필요하다. 자신의 한쪽 팔이 되어줄 편집자도 필요하지만, 원고를 부탁할 때 장애물인 원고료 연체 문제도 해결해야만 했다.

'한 호만 편집한다'에서 '반년 동안 편집한다'가 되고, 게다가 '경영도 거든다'로 란포의 부담은 자꾸만 커졌다. 그렇게 해서 만드는 잡지에 자기가 쓰고 싶은 것을 싣겠다는 야심이 있다면 그

건 작가의 취미 생활이라고 이해할 수 있다. 나중에 데즈카 오사무[299]가 『불새』를 싣기 위해 자신의 무시프로상사無プロ商事에서 《COM》을 창간한 사례도 있다. 하지만 란포는 《호세키》에 소설을 쓸 생각이 없었다. 순수하게 재미있는 탐정소설 잡지를 만들려고 했다.

일본 패전 직후, 란포는 마에다숏판샤로부터 잡지 창간 제안을 받고 《고가네무시》라는 제목까지 지으며 무척 적극적으로 임했지만 이 회사의 자금 사정이 불안해 중도 포기한 일이 있었다. 그때는 패전 직후라 란포도 저금이 바닥났고 경제적으로 앞날이 불투명했지만, 1957년에 란포는 탐정소설 문단에서 가장 인기 있는 작가였다. 마침 '소년 탐정' 시리즈나 포플러샤의 리라이트판 '명탐정 아케치 고고로 문고'가 날개 돋친 듯이 팔렸다. 성인 대상 소설도 슌요도를 비롯한 여러 출판사에서 다양한 형태로 나왔다. 신작이 없고, 한 권이 몇십만 부씩 크게 팔리는 건 아니었기 때문에 베스트셀러 목록에 란포의 이름이 오르지는 않았지만, 전체적으로는 엄청난 부수가 팔리고 있었다.

란포에게는 자금이 있었다. 3개월분 원고료와 편집 경비는 란포가 떠맡기로 했다. 그리고 사금융에서 높은 이자를 물고 할인하던 어음이 자금 조달 악화의 원인이었기 때문에 자기 저축액에서 신탁은행에 300만 엔을 정기예금으로 들고 이 예금을 담보

---

299 手塚治虫(1928~1989), 만화를 예술의 경지에 올려놓아 '일본 만화의 아버지'로 불리는 만화가. 〈철완 아톰〉으로 유명하다.

로 약속어음 이자를 낮추게 했다. 그리고 란포는 무보수로 일했다. 게다가 이전까지 한 달에 3만 엔이던 사장 조의 급여도 반으로 줄였다. 조는 아무 불평도 할 수 없었다. 깎이기 전에 받던 3만 엔도 사장 월급으로는 적은 액수였다.

탐정소설 붐

란포가 개인 재산과 지식, 인맥을 모두 쏟아부어도 괜찮다고 생각한 것은 무엇보다 탐정소설에 대한 정열이 있었기 때문이겠지만, 또 한 가지는 탐정소설 붐이 올 것이라고 느꼈기 때문이었다. 방식이 틀리지만 않는다면 잘 팔릴 거라는 확신이 있었다.

란포에게는 대전제가 되는 '역사관'이 있었다. 탐정소설은 10년을 주기로 융성한다는 주장인데, 그 융성기를 '산'이라고 칭했다. 첫 번째 산은 그와 요코미조 세이시가 데뷔했던 1920년대 초반. 다음은 란포가 「음울한 짐승」을 쓰는 한편 통속 장편소설이 마구 팔려나가던, 1930년 전후한 시기. 다음 10년 뒤는 단순 계산이라면 1940년 전후가 되지만 전쟁 때문에 어긋나서 세 번째 산은 일본 패전 직후, 요코미조의 『혼진 살인사건』『옥문도』와 다카기 아키미쓰의 『문신 살인사건』, 쓰노다 기쿠오의 『다카기 가문의 참극』을 비롯한 본격 탐정소설이 붐을 이루었던 시대다. 그리고 패전으로부터 10년이 지난 1955년부터 제4의 산이 찾아올 거라고 란포는 생각하고 있었다.

1954년 환갑 파티에서 란포가 기부한 100만 엔을 기금으로 삼아 에도가와란포상이 만들어졌다. 탐정소설계에 뛰어난 업적을 남긴 사람과 단체에 수여하기로 하고 1955년 제1회는 평론가 나카지마 가와타로에게 주었다. 대상이 된 것은 《호세키》에 연재 중인 「탐정소설 사전」이었다. 하지만 이 사전은 연재 중이었기 때문에 책에 준 상이라기보다 그때까지의 공적을 기린 것이다.

다음인 1956년 제2회는 하야카와 포켓 미스터리 간행과 관련해 하야카와쇼보와 이 회사의 하야카와 기요시 사장에게 주어졌다. 제2회 시상식은 6월 30일에 히비야에 있는 마쓰모토루에서 열렸다. 이 자리에는 상을 받는 하야카와쇼보에서 하야카와 기요시 사장과 다무라 류이치 편집장, 그리고 편집부원인 쓰즈키 미치오가 참석했다. 앞에서 이야기했듯이 이 시상식에서 란포와 요코미조가 악수하여 주위로부터 박수를 받았다.

네 번째 산이 나타날 조짐으로 번역 미스터리 붐이 몰아쳤다. 하야카와쇼보의 포켓 미스터리에 이어 도쿄소겐샤東京創元社도 1956년부터 '세계 추리소설 전집'(전 80권)을 내고 있었다.

도쿄소겐샤는 지금도 소겐추리문고 등 미스터리 전문 출판사로 건재한데, 이 분야에 진출한 것은 이 전집을 통해서였다. 소겐샤의 뿌리는 오사카에 있던 기독교 관련 서적을 취급하는 유통 회사인 후쿠인샤福音社다. 제2대 사장인 야베 료사쿠矢部良策(1893~1973)는 간토대지진 때 도쿄의 출판사들이 타격을 받은 것을 보고 오사카에도 출판사가 필요하다고 생각해 창업했다. 창업 때부터 도쿄 지사도 설치하고 고바야시 시게루小林茂(1902~1988)를 책임자로 임명했다. 고바야시는 같은 해에 태어났고, 고향도 같으며 성도 같은 평론가 고바야시 히데오[300]와 친했다. 1936년에 고바야시 히데오를 소겐샤 도쿄 지사 편집 고문으로 맞이하더니 그 뒤로 고바야시의 지식과 인맥을 이용해 '소겐선서創元選書'를 간행하며 다니자키 준이치로의 『춘금초春琴抄』 같은 소설이나 시, 평론, 사상 등 인문, 문예 도서를 전쟁 전후에 걸쳐 200종 넘게 펴냈다.

전쟁이 끝난 뒤인 1948년, 도쿄 지사는 독립해 오사카와 이름은 같지만 별개의 법인인 소겐샤가 되어 나쓰메 소세키, 아쿠타가와 류노스케, 나가이 가후[301], 다니자키 준이치로의 작품집, '세계 소년 소녀 문학 전집' '현대 수상 전집現代隨想全集' 등의 대형 기획에 더해, 1951년에는 '소겐문고'의 간행도 시작했다. 하지만 이 확대 노선이 실패해 1954년 7월에 도산했다. 도산 후 다른 법인으로 '도쿄소겐샤'를 설립해 구 소겐샤(도쿄)의 간행물을 이어받아 재출발하며 '세계 추리소설 전집' 간행을 결정했다. 모두 새로 번역해서 낸다는 엄청난 계획으로, 란포도 거들었다. 수록 작품은 고전이 중심이기는 해도 하야카와 포켓 미스터리와 겹치는 것도 있어서 란포는 걱정했지만, 결과는 성공이었다.

이 전집을 홍보하기 위해 란포와 도이타 야스지[302], 그리고 장

---

300 小林秀雄(1902~1983), 문예평론가, 편집자. 근대 일본의 문학평론을 확립한 인물로 꼽힌다.

301 永井荷風(1879~1959), 일본 탐미주의 문학의 선구자로 불리는 소설가. 대표작으로『지옥의 꽃』『꿈의 여자』『강 동쪽의 기담』등이 있다.

302 戸板康二(1915~1993), 추리소설 작가, 연극·가부키 평론가, 수필가로 활동하며 각 분야에서 수많은 저작을 남겼다. 44세 때 에도가와 란포의 권유로 데뷔했으며, 탐정 나카무라 가라쿠가 활약하는 「단주로 할복사건」으로 1960년 제42회 나오키상을 받았다.

정을 담당했던 《구라시노테초暮しの手帳》[303]의 하나모리 야스지와 좌담회를 열었다. 도이타 야스지는 가부키·연극 평론으로 유명하지만 탐정소설에도 조예가 깊었다.

도이타와 만나기 전에 란포는 가부키계를 무대로 한 탐정소설을 구상하고 있었던 모양이다. 란포는 자신도 가부키 공연을 하고, 17대 나카무라 간자부로의 후원회장을 맡은 적도 있는 무척 열성적인 가부키 팬이었다. 《호세키》 편집장이었던 다케다 다케히코는 란포가 가부키 배우의 생활을 테마로 삼아 '요시토시[304]가 그리는 무잔에[305] 같은 장편 추리소설을 쓰고 싶었을 것이다'라고 추측한다.

어느 날, 다케다는 란포에게 "진짜 가부키의 이면에 숨은 이야기를 쓰실 작정이십니까?"라고 물었다. 란포는 "글쎄, 잘 모르겠군" 하며 얼버무렸다. 그러자 다케다는 "쓰지 않을 거라면 요코미조 씨에게 써달라고 하겠습니다"라며 도발했다. 그러자 란포가 "더 잘 아는 사람은 없을까?"라고 물어 도이타 야스지의 이름을 댔다. 이즈음의 란포는 손수 작품을 쓸 마음은 없었지만, 그래도 요코미조에게 가부키 배우가 나오는 탐정소설을 쓰게 할 생각은 없었던 모양이다. 도이타를 만나게 되자 그에게 써보라고 권했다.

---

303 가정생활 관련 종합잡지로, '삶의 수첩'이라는 의미이다.

304 쓰키오카 요시토시月岡芳年(1839~1892), 우키요에 화가.

305 無残絵, 막부 시대 말기부터 메이지 시대 초기에 걸쳐 불온한 시대 분위기를 배경으로 끔찍한 장면을 묘사한 그림.

도쿄소겐샤에서 나오는 전집 말고도 신초샤의 '탐정소설 문고', 고단샤의 '크리스티 탐정소설집', 마스쇼보鱒書房의 '뤼팽 전집', 미즈우미쇼보湖書房의 '스필레인 전집', 일본 작품으로도 가와데쇼보가 '탐정소설 명작 전집'을 기획하고 슌요도가 '장편 탐정소설 전집', 오야마쇼텐小山書店이 '일본 탐정소설 대표작집' 등을 내놓았다. 1956년까지만 해도 아직 '추리소설'보다 '탐정소설'이란 이름이 더 많이 쓰였다.

　가와데쇼보의 '탐정소설 명작 전집'은 모두 열세 권인데 한 작가마다 한 권에 대표작을 수록했다. 에도가와 란포, 고사카이 후보쿠, 오시타 우다루, 요코미조 세이시, 쓰노다 기쿠오, 하마오 시로, 오구리 무시타로, 기기 다카타로, 사카구치 안고, 다카기 아키미쓰로 열 권을 구성하고, 11권은 여러 작가의 단편으로, 그리고 12권은 공개 모집 작품으로 채웠다. 이 시리즈는 고단샤의 '전작 장편 탐정소설 전집'을 참고해 만든 전집이었다. 1956년 5월부터 12월까지 열한 권을 냈고, 공모를 통해 뽑은 작품 모음 한 권이 남았는데, 가와데쇼보의 자금 조달이 힘들어져 간행이 중단되었다.

　가와데쇼보는 결국 1957년 3월 30일에 7억 2937만 엔의 부채를 떠안고 도산하고 말았다. 한 해 전인 1956년에는 연간 963종의 책을 출간하고 차입과 변제를 거듭하며 사업을 이어가려고 했지만, 결국 힘이 다하고 말았다.

　가와데쇼보에 이어 쇼코쇼인도 도산했다. 이 출판사는 사장인 후지오카 준키치가 공직에서 추방되며 도산한 뒤, 우여곡절을 겪으며 새 회사 설립으로 극복하려던 과정에서 유통 회사의 거래 계좌를 잃었다. 그래서 가와데쇼보를 발매원으로 삼아 출판을 계속하고 있었는데 가와데가 도산하자 자금 조달이 막히고 말았다. 쇼코쇼인은 패전 직후 사회주의 관련 도서를 내고 있었는데, 1950년대에 들어 후지오카의 아들 준스케와 게이스케가 가세해, 아직 도쿄외국어대학 학생이었던 오가사와라 도요키가 번역한 『마야콥스키[306] 시집』이나 예렌부르크[307]의 『해빙』이나 『제9의 파도』 등을 내고 문학 노선으로 전향했다. 세이키쇼보에서 낸 적도 있는 시대소설까지도 손을 뻗어 '명작 역사문학 선집'을 내기 시작했고, 나아가 오가사와라 도요키의 소개로 시부사와 다쓰히코의 『마르키 드 사드[308] 선집』 전 3권을 1956년 12월에 냈지만 도산했다.

오가사와라 도요키는 하야카와 미스터리의 번역진 가운데 한 명이 되었고, 시부사와 다쓰히코의 『사드 선집』은 헐값에 처분되어 고서점에 쌓이는 바람에 아이러니하게도 많은 사람이 읽게 되었다. 시부사와가 《호세키》에 「흑마술 수첩」을 연재하는 것은 1960년부터 1961년까지인데, 1961년 10월에 도겐샤에서 책을 내

---

306 Vladimir Vladimirovich Mayakovsky(1893~1930), 소련의 시인, 극작가. 시에서의 사회주의 리얼리즘 창시자로 불린다.

307 Il'ya Grigorevich Erenburg(1891~1967), 소련의 작가. 풍자적인 소설을 주로 썼으며, 제2차 세계대전 이후에는 평화운동가로 활약하기도 했다. 대표작으로 『해빙』 『파리 함락』 등이 있다.

308 Marquis de Sade(1740~1814), 흔히 사드 후작으로 알려진 프랑스의 소설가로 본명은 도나시앵 알퐁스 프랑수아 드 사드Donatien Alphonse François de Sade. 대표작으로 미완성 작인 『소돔의 120일』 등이 있다.

면서 시부사와의 이름은 널리 알려지게 되었다.

한편 란포는 에도가와란포상 제1회가 결정되자 계속 탐정소설계에 공헌한 인물들에게 상을 주는 게 아니라 전작 장편 탐정소설을 공모할 생각을 했다. 단편소설이나 연재소설은 잡지에 실리면 되지만, 장편 연재는 매회 클라이맥스를 설정해야만 해서 본격 탐정소설에는 어울리지 않는다는 사실을 란포는 누구보다 잘 알고 있었다. 새로 쓴 장편소설을 내줄 출판사는 그리 많지 않다. 그래서 고단샤와 의논해 수상작은 반드시 고단샤에서 출판하도록 하고 공모를 통해 상을 주기로 한 것이다. 응모 자격은 신인으로 한정하지 않고 기성 작가에게도 부여했다.

이렇게 해서 제3회부터 장편소설을 공개 모집하게 되어 지금에 이르고 있는데, 공모를 통한 첫 당선작인 니키 에쓰코의 『고양이는 알고 있다』는 가와데쇼보의 전작 소설 전집 제12권으로 출간을 기다리던 작품이었다. 가와데쇼보의 경영 악화로 인해 책이 나오지 못하게 되었지만 이대로 묻혀버리면 너무 아깝다는 생각에 란포상(그즈음 란포 자신은 '에도가와상'이라고 불렀다)으로 돌려 상을 받게 했다.

『고양이는 알고 있다』는 1957년 11월에 고단샤에서 나왔는데, 여성 작가라는 희귀성도 있어 10만 부가 넘게 팔리는 베스트셀러가 되었다.

란포가 《호세키》에 적극적으로 관여하겠다고 다짐한 것은 가와데쇼보가 도산하고 니키 에쓰코가 란포상을 수상하기까지의 기간이었다.

'본격'에서 멀어지는 나날들

요코미조 세이시는 「악마가 와서 피리를 분다」를 발표한 뒤 「병원 골목의 목매달아 죽은 이의 집」을 1회 연재하고 중단한 것 말고는 《호세키》에 글을 쓰지 않았는데, 그 이유 가운데 하나는 원고료 문제가 아니었을까? 《호세키》의 원고료는 다른 잡지보다 무척 적었다고 한다. 탐정소설 작가들도 《호세키》니까 적은 원고료에도 글을 쓰고 돈은 다른 잡지에서 벌었다. 하지만 경영이 기울어지자 그 원고료조차 지급할 수 없었다.

『추리 문단 전후사』에는 그런 환경에서도 요코미조 세이시만은 특별히 높은 원고료를 받았다고 적혀 있다.

요코미조는 《호세키》의 경영 사정이 심각하다는 걸 알고, 자기처럼 높은 원고료를 받는 작가는 출판사가 꺼린다고 생각했던 게 아닐까? '원고료를 적게 줘도 된다'라는 말은 프로 작가의 자존심이 허락하지 않았을 것이다.

1956년에 요코미조는 《올요미모노》(분게이슌주), 《고단클럽》 《쇼세쓰클럽》 같은 잡지들에 매달 중·단편을 썼다. 그 대부분은 장편으로 가필해 도쿄분게이샤의 '긴다이치 고스케 추리 전집'으로 출간된다. 요코미조는 아이디어 한 가지를 바탕으로 처음에는 단편을 써서 잡지에 싣고 다음에는 장편으로 고쳐 단행본으로 내는 방법을 생각해냈다. 인기 작가로서는 이상적인 방식이다. 그 가운데는 바로 책으로 나오는 것도 있고, 가필에 시간이 걸리는 작품도 있었다.

이 방법으로 1950년대에 요코미조가 쓴 긴다이치 고스케가

등장하는 통속 스릴러에는 「불사접」 「흡혈 나방」 「독화살毒の矢」 「사신의 화살死神の矢」 「마녀의 달력魔女の暦」 「미로장의 괴인迷路荘の怪人」(나중에 『미로장의 참극迷路荘の惨劇』), 「트럼프 테이블 위의 머리トランプ台上の首」 「항아리 속 미인壺中美人」 「문 뒤의 여자扉のかげの女」 「임대 보트 13호貸しボート十三号」 「불의 십자가火の十字架」 등이 있다.

《호세키》에 글을 쓰지 않는 동안 요코미조는 이런 일을 하고 있었다. 안타깝게도 이 시기에는 명작, 걸작으로 불릴 만한 작품이 없다.《호세키》에만 본격 탐정소설을 쓴다. 그런데 그《호세키》는 판매 부진 때문에 요코미조가 소설을 쓸 수 없다.《호세키》부진의 원인은 요코미조가 연재하지 않았기 때문이라고도 할 수 있다. 요코미조는 딜레마에 빠졌던 게 아닐까?

란포가《호세키》를 맡게 된 일은 요코미조에게 희소식이 틀림 없다.

호세키샤는 란포를 초빙하면서 인사를 쇄신했다. 편집장이었던 나가세 산고는 1957년 7월호를 끝으로 퇴사했고, 게쓰요쇼보月曜書房 출신인 다니이 마사즈미가 후임 편집장을 맡는 한편 고단샤에 있던 오쓰보 나오유키가 새로 채용되어, 두 사람이 원고를 받으러 다니고 편집과 교정 같은 실무를 담당하게 된다. 또 하야카와쇼보에 있던 다나카 준지가 란포의 개인 참모 격으로 편집에 가세했는데, 특히 번역 작품 선정을 담당했다.

「악마의 공놀이 노래」 시작되다

란포가 아직 편집을 정식으로 맡지 않았던 1957년 5월호《호세키》에 요코미조가 다음 호부터 새로 연재를 시작할 거라는 예고가 실렸다. 제목은 「사람을 죽여 이름을 남기다人を殺して名をのこす」라고 했다. 요코미조는 「작가의 말」에서 '제목은 살짝 재주를 부린 느낌이 들긴 하지만, 지방에 남아 있는 공놀이 노래의 한 구절이다'라고 설명했다. 그리고 『악마가 와서 피리를 분다』를 발표한 뒤 한동안 '장편 본격 탐정소설 집필'에서 떨어져 지냈다며, 앞에서 예로 든 여러 작품이 '본격'이 아님을 스스로 인정하고, 본격을 쓰지 않았던 까닭은 '1946년 2월 이후에는 가끔 찾아오는 병 때문에 12개월 집필을 쉰 기간 말고는 거의 쉴 새 없이 쓰느라 좀 지쳤기 때문이다'라고 하고는, 그러나 '기력도 회복된 것 같으니 오래간만에 또 본격 탐정소설 집필에 한바탕 땀을 흘리기로 한다'라고 선언했다.

요코미조가 쓴 「작가의 말」을 이어받아 편집부는 예고에서 '오로지 본격 탐정소설과 맞붙어 그 왕좌를 차지한 대가 요코미조가 오래간만에 기력을 차리고 한바탕 땀을 흘리기로 다짐!'이라며 흥분을 감추지 못하면서, '이제 곧 듣게 될 공놀이 노래 뒤에 숨겨진 괴이함, 나라야마부시[309]를 뛰어넘어 한층 잔인한 인

---

309   楢山節, 이즈음 일본에서 큰 관심을 모으던 후카자와 시치로(1914~1987)의 소설 『나라야마부시코楢山節考』(1946)를 가리킨다. 이 소설은 '노인을 산에 버리는 습속에 관한 전설'을 다루어 신인 작가의 데뷔작으로는 엄청난 관심을 모았다. 미시마 유키오는 '온몸에 물을 뒤집어쓴 느낌이 들었다'라고 평했다.

간 욕망을 그리는 큰 구상은 숙련되고 탄탄하며, 피를 짜내듯 자아내는 갈고닦은 문장은 독자의 가슴을 뒤흔들 것이다'라고 분위기를 띄웠다.

그렇다, 이때까지만 해도 「사람을 죽여 이름을 남기다」라는 제목이었던 신작이 바로 「악마의 공놀이 노래」다.

요코미조는 밴 다인이 쓴 『비숍 살인사건』을 읽고서 머더구스 동요를 본뜬 살인 아이디어에 놀라고, 애거사 크리스티의 『그리고 아무도 없었다』를 읽고서 다른 작가도 이 아이디어를 쓸 수 있다는 데 놀라, 그렇다면 나도 해보자는 생각으로 『옥문도』를 썼다.

『옥문도』에서는 동요 대신 하이쿠를 이용해 성공을 거두었지만, 그는 동요가 아니었다는 사실을 아쉬워했다. 하지만 살인사건과 연결시킬 만한 동요를 쉽게 찾지 못했다. 그러다가 후카자와 시치로의 『나라야마부시코』를 읽고 거기 나오는 나라야마부시가 후카자와의 창작이라는 사실을 알게 되었다. 그렇다면 나도 창작 동요를 만들면 되겠다고 생각해, 기억을 더듬어 어린 시절에 들었던 공놀이 노래를 떠올리고 그 기억을 바탕으로 '오니코베촌鬼首村 공놀이 노래'를 만들었다.

공놀이 노래를 만드는 과정은 이러했다. '가와치 10인 살해사건'[310]을 소재로 쓴 하세가와 고엔의 소설을 읽다가 거기에 '가와

---

310 河内十人切り. 1893년에 가와치 지역에서 일어난 대량 살인사건. 소설과 연극 소재로도 널리 쓰였다.

치온도'[311]의 '사나이라면 구마타로, 야고로, 열 사람을 죽여 이름을 남기다'가 실려 있는 걸 보고, 자기도 어린 시절에 들은 적이 있는 동요를 기억해냈다. 그리고 그 동요를 매만져 '사람을 죽여 이름을 남기다'라는 가사를 떠올리고 소설 제목으로 삼으려 했다.

그러나 6월호에 「사람을 죽여 이름을 남기다」는 실리지 않았다. 대신 「사과의 말씀」을 싣고 '의욕에 넘쳐 집필에 매달렸지만 신중하게 퇴고를 거듭하느라 결국 게재를 미루기에 이르렀다'라고 했다. 7월호에는 「다시 사과의 말씀」이 실렸다. 이번에는 연기 이유 없이 "8월에는 반드시" 게재될 테니 부디 기대해주시기 바랍니다'라고만 되어 있다.

7월호에서도 제목은 여전히 「사람을 죽여 이름을 남기다」였다. 그렇지만 요코미조는 어린 여자아이가 놀면서 부르는 노래인데 '사람을 죽여 이름을 남긴다'라고 하는 가사가 들어가면 이상하다는 생각이 들었다. 그러던 어느 날, 부엌에 가보니 못 보던 커다란 가죽 깔때기가 있었다. 어딘가에 필요해서 단골 술집에서 빌려 온 것이었다. '잠시 그걸 바라보는데 "잔으로 떠서 깔때기로 마시고"라는 구절이 자연히 머릿속에 떠올랐다.' 이렇게 공놀이 노래를 만들고, 트릭과 스토리도 동시에 짜냈다.

---

311 민요나 가라쿠雅樂 등에서 곡의 중요한 부분을 독창자가 노래하고 다른 이들이 따라 부르는 경우가 있는데, 이때 선창하는 이를 '온도音頭'라고 부른다. 또한 온도 형식을 이용한 악곡은 오봉 때 춤을 추며 노래하는 축제에 사용되는 일이 많아 각 지역의 이름을 앞에 붙이기도 한다.

그렇다면 5월호에 예고가 실린 단계에서는 트릭과 스토리가 아직 만들어지지 않았다는 이야기다. 그때부터 공놀이 노래를 다시 생각해 만들어내고, 트릭과 스토리를 짜야 하니 애초 계획보다 두 달 늦어진 것은 당연했다.

하지만 퇴고하는 중이라거나 구상을 다시 다듬고 있다는 이야기는 사실이라 해도, 요코미조로서는 란포가 8월부터 편집 책임자가 된다는 걸 알고 일부러 거기 맞춘 게 아닐까? 자기 연재가 실리면 어느 정도 부수가 늘어날 것을 기대할 수 있으리라는 자부심도 있다. 어차피 시작할 거라면 란포판《호세키》의 출발을 축하하고 싶지 않았을까?

이렇게 해서《호세키》는 1957년(쇼와 32) 8월호(7월 발매)부터 무나카타 시코의 판화로 표지를 장식하고《호세키》라는 제목 글자 위에 큼직하게 '에도가와 란포 편집'이라고 내세우며 다시 출발했다. 차례에는 앞에 실린 대표 작품으로 요코미조 세이시 「악마의 공놀이 노래」라는 글자가 찍혀 있었다. 편집장이 된 란포가 게재 작품의 소개글을 모두 직접 썼다. 「악마의 공놀이 노래」에도 이렇게 썼다.

'그런데 본지 앞머리에 과시하는 작품은 명배우 요코미조 씨가 오래간만에 본무대에 오른 본격 대장편이다. 제목도 예고와 달리 「악마의 공놀이 노래」. 새 제목이 명배우의 본무대에 훨씬 어울린다.' 어쩌면 제목 변경은 란포의 아이디어였을지도 모른다.

'요코미조 씨는 이 분야에서 유일한 스토리텔러다. 그 노련한 문장에는 다들 빨려들 수밖에 없는 마력이 있다. 게다가 이 작가

는 오래간만에 탐정소설 본무대에 당당히 진을 치고 등장했다. 무척 기대된다.'

「악마의 공놀이 노래」와 동시에 「나무처럼 걷다」도 연재를 시작했다. 사카구치 안고는 분게이슌주샤가 내는 잡지 《자단座談》 1949년 8월호부터 1950년 3월호까지 드문드문 다섯 차례에 걸쳐 「제대 장병 살인사건」을 연재 중이었는데 결국 끝을 맺지 못한 채 1955년 2월에 세상을 떠나고 말았다. 이 미완의 장편을 다카기 아키미쓰가 완결시키기로 하고, 《호세키》 8월호부터 11월호까지 안고가 쓴 분량을 다시 연재한 뒤 다음 호부터 다카기 아키미쓰가 이어서 쓰는 기획이었다.

란포는 탐정소설의 사회적 지위를 향상시키고 화제를 만들기 위해 순문학 작가와 다른 분야에서 활동하는 문화계 인사들에게 《호세키》에 탐정소설을 쓰게 할 생각으로 몸소 작가들을 찾아다니며 원고를 부탁했다. 그 결과 히노 아시헤이, 아리마 요리치카, 우메자키 하루오, 미우라 슈몬, 엔도 슈사쿠, 요시유키 준노스케, 이시하라 신타로, 다니자키 슌타로, 데라야마 슈지, 나카무라 신이치로 등이 《호세키》에 탐정소설을 썼다. 연극 평론가인 도이타 야스지도 란포로 인해 탐정소설을 쓰게 된 인물 가운데 한 명이었다. 도이타는 자기 전문 분야인 가부키계를 무대로 한 미스터리를 써서, 8대째 이치카와 단주로의 자살을 소재로 삼은 「단주로 할복사건」으로 1960년에 제42회 나오키상을 받았다.

「악마의 공놀이 노래」가 시작되고 얼마 후인 1957년 9월, 가도카와쇼텐이 발행하던 '현대 국민문학 전집' 제8권이 『에도가와 란포·기기 다카타로·요코미조 세이시 모음』으로 나왔다. 란포의 「외딴섬 악마」, 기기의 「인생의 바보」, 요코미조의 「팔묘촌」이 수록되었다. 이 책에 푹 파묻혀 읽던 15세 소년이 바로 가도카와 하루키였다. 그는 특히 「팔묘촌」에 마음을 빼앗겼다.

《호세키》는 '란포 편집'과 '요코미조의 신작'이라는 두 개의 간판에 호화로운 집필진이 더해져 부수 3만 부까지 회복하며 재기에 성공했다.

거기에는 또 한 명의 작가가 힘을 보탰다. 란포가 책임을 맡고 8호째가 되던 1958년 3월호에 「영齋의 초점」 연재가 시작되었다. 나중에 「제로의 초점」으로 제목이 바뀌는 작품이다.

마쓰모토 세이초의 탐정소설이 메인스트림에 등장하는 순간이었다.

「점과 선」

마쓰모토 세이초가 일본탐정작가클럽상 수상자로 결정된 날은 1957년 2월 24일이었다. 3월 6일에 도라노몬에 있는 식당 반즈이켄에서 시상식이 열렸다. 이렇게 해서 마쓰모토 세이초가 탐정 작가로 널리 인정받았을 때, 그는 이미 일본교통공사(지금의 JTB)가 내던 잡지 《다비旅》(나중에 신초샤가 인수해 발행하다가 2012년 휴간에 들어갔다) 1957년 2월호부터 「점과 선」 연재를 시작한 상태였다.

세이초와 《다비》가 관계를 맺은 것은 당시 편집장이던 도쓰카 후미코가 세이초의 어떤 작품을 읽고 여행 관련 수필을 청탁하면

서부터였다. 세이초가 쓴 네 편의 수필 가운데 특히 1956년 9월
호에 실린 「시각표와 그림엽서」가 무척 좋은 평을 얻었다. 추리
소설이 붐이 일기 시작하던 무렵이라《다비》도 추리소설을 실으
면 어떨까 싶어 세이초에게 의견을 물었다. 이 잡지가 소설을 연
재하는 일은 드물었다. 이때 세이초가 선택받은 것은 아직 신인
이라 원고료가 쌌기 때문이기도 했다.

「점과 선」은 시기적으로 적절한《다비》신년호부터 연재할 예
정이었지만, 국철의 시간표 개정을 기다렸다가 최신 시각표를
확인한 뒤 하기로 결정되어 2월호(1월 발매)부터 시작했다. 아직
일본탐정작가클럽상을 받기 전이었다.

연재가 시작되기 전, 고분샤 편집자인 마쓰모토 교코가 후배
사원과 함께 마쓰모토 세이초를 찾아왔다. 구체적인 집필 의뢰
는 아니었다. 마쓰모토 교코는 어릴 적부터 탐정소설을 많이 읽
은 터라 그에 관한 잡담을 나누다가 세이초가《다비》에 연재할
거라는 사실을 알게 되었다.

마쓰모토 교코는《다비》2월호가 발매되자 바로 읽었다. 이 작
품은 인기를 끌 수 있겠다는 생각이 들었다.

여기서 다시 간키 하루오가 일본 탐정소설 역사에 등장한다.
에도가와 란포가 어린이용 소설을 쓰게 된 계기를 만들어준 편
집자는 이 무렵 베스트셀러 메이커로서 업계에서 모르는 사람이
없는 거물 편집자가 되어 있었다.

간키와 고분샤가 비약적으로 성장하게 된 계기는《쇼넨》이었
고, 란포의 '소년 탐정' 시리즈였다. 1954년 10월에 창간한 신서

판 갓파북스가 큰 성공을 거두고 있었다. 이런 분위기에 이끌려 출판계에는 신서 붐이 일어났다. 고단샤의 로망북스도 이런 흐름 속에서 태어났다.

간키는 '창작 출판'을 주장했다. 그때까지는 작가나 대학교수 같은 '훌륭한 선생님'이 쓴 글을 감사하며 받아 책으로 만드는 것이 출판이라는 일이었다. '선생님'이 '자네 회사에서 이런 걸 내지 않겠는가?'라고 제안하면 '예, 저희가 내게 해주십시오'라며 완성된 원고를 받아 그대로 책으로 만드는 것이다. 하지만 간키는 출판사가 주도해 책을 만들어야 한다고 생각했다. 편집자가 '어떤 책이 팔릴까?'라는 관점에서 그때의 사회 정세나 사람들의 마음, 욕구를 조사하여 테마를 정하고, 그걸 쓸 수 있는 인물을 찾아 쓰도록 교섭한 다음, 원고가 완성된 후에도 독자가 알기 쉽게, 즉 팔릴 수 있게 다듬기를 요구한다. 요즘은 당연한 일이지만 당시로서는 획기적인 방법이었다. 이 '창작 출판'으로 인해 바쁜 저자가 구술을 하면 편집자가 그 내용을 글로 옮기는 새로운 방식이 탄생했고, 나아가 고스트 라이터라는 직업도 생겼다.

고분샤는 1954년—란포가 환갑을 맞이한 해—에 4종이 연간 베스트셀러 상위 10종에 오르는 등 빠른 속도로 진격하기 시작했다. 1955년에도 10위 안에 4종이 들어가 간키는 절정을 맞이했다.

하지만 1956년에는 10위 안에 든 책이 2종뿐이었다. 그해 1위는 이시하라 신타로가 쓴 『태양의 계절』이었다. 아쿠타가와상을 받은 작품이다. 문단 밖에는 거의 알려지지 않았던 이 상이 국민

적 인지도를 획득한 것은 바로 이때부터다. 전후 베스트셀러 목록에서 상위를 차지한 것은 대부분 논픽션이었는데, 1950년대에 들어서면서 소설도 순위에 오르게 되었다. 이시카와 다쓰조, 니와 후미오, 미시마 유키오 같은 작가들이 단골이었다. 고분샤는 픽션 부문이 약했다.

「점과 선」1회를 읽은 마쓰모토 교코는 간키에게 '제발 읽어봐 달라'며 잡지를 건넸다. 간키는 처음에는 내키지 않는 듯했지만 마쓰모토 교코의 계속되는 청에 마지못해 읽었다. 그리고 감동했다. 회고록『갓파병법カッパ兵法』에는 이렇게 썼다.

'무엇보다 나를 감동하게 한 것은 이 소설이 단순한 수수께끼 풀이 게임이 아니라 인간을 그리고 있다는 점이었다.'

이 책은 「점과 선」이 엄청난 베스트셀러가 된 뒤인 1966년에 나왔으니 정말로 연재 1회만 읽고도 거기까지 간파했는지는 의문이지만, 이전의 탐정소설에는 없던 점을 간키가 알아차리고 '이건 팔리겠다'라고 판단한 것은 틀림없으리라. 간키는 바로 마쓰모토 교코를 앞세워 세이초의 집으로 갔다. 읽기 전에는 아무런 관심도 없었는데 일단 읽고서 '이건 팔리겠다'라는 생각이 들자 바로 행동에 나선 것이다.

'(「점과 선」을) 우리 회사에서 출판하고 싶다고 하자 그는 두툼하고 붉은 입술에 여느 때와 마찬가지로 사람 좋은 미소를 지으며 말했다. "고분샤에서 출판해주신다면 인세 같은 건 필요 없습니다." 설마 인세 없이 원고를 주겠다는 이야기는 아닐 테지만 마쓰모토 씨의 그런 소박한 모습에 나는 깜짝 놀라고 말문이 막

했다. 나는 그만 반하고 말았다.'

일본 출판 역사에 남을 희대의 명편집자와 전후 최대 베스트
셀러 작가의 행복한 만남이었다. 일찍이 고분샤가 창업한 지 얼
마 되지 않은 무명 출판사였을 때 간키가 머리를 숙이며 찾아간
어느 대작가는 인세를 20퍼센트나 불렀는데, 세이초는 '필요 없
다'라고 했다. 고분샤가 10년 사이 큰 출판사로 성장해, 책을 내
면 베스트셀러로 만들어줄 거라는 이미지까지 갖추었기 때문이
리라.

이렇게 해서 「점과 선」은 연재가 끝난 뒤 고분샤에서 단행본
으로 내게 되었다. 하지만 연재 중인《다비》의 독자층과는 맞지
않았는지 아무런 반응도 없었다. 세이초는 작품을 계속 쓰고 싶
은 의욕을 잃었다.

한편 4월부터는《슈칸요미우리週刊読売》에서도 세이초의 작품
을 연재하기 시작했다. 이쪽도 추리소설인 「눈의 벽」이었다. 간
키는 이 작품의 1회를 읽고 또 세이초의 집을 찾아가, 단행본 출
간 약속을 받아냈다.

고분샤는 두 작품의 연재가 끝나기를 기다렸다가 1958년 2월
에『점과 선』과『눈의 벽』을 사륙판 단행본으로 내놓았다. 초판
은 5천 부를 찍었고 제목 위에 '장편 추리소설'이라고 적었다. 광
고에서는 '일본 추리소설에 새로운 바람을 몰고 온 최초의 본격
장편'이라고 선전했다.

발매되자『점과 선』『눈의 벽』은 바로 베스트셀러가 되었다.
특히『점과 선』은 제목도 좋았는지 순식간에 20만 부를 넘어섰

다. 이런 상황을 영화사가 간과할 리 없었다. 『눈의 벽』은 연재 중에 쇼치쿠에서 영화화(오바 히데오 감독)가 결정되어 1958년 10월 15일에 개봉했고, 이어서 도에이의 〈점과 선〉(고바야시 쓰네오 감독)이 11월 11일에 개봉했다.

〈눈의 벽〉과 같은 시기인 1958년 10월 22일에는 닛카쓰[312]의 〈그림자 없는 목소리〉(스즈키 세이준 감독, 원작은 단편 「목소리」), 같은 날에 다이에이의 〈공범자〉(다나카 시게오 감독)가 개봉되었다. 1958년 10월부터 11월에 걸쳐 쇼치쿠, 도에이, 닛카쓰, 다이에이에서 세이초 원작 영화를 줄줄이 공개한 것이다.

이 1958년은 일본 영화계의 연간 동원 관객 수가 최고에 달한 해다. 11억 2745만 명이 동원되었다.

그러나 1959년에 아키히토 왕세자가 결혼했다. 이 일을 계기로 텔레비전이 엄청나게 보급되면서 영화 산업은 기울기 시작한다.

영화계에서 세이초 붐이 일어났을 무렵, 세이초 자신은 잡지 《다이요太陽》(지쿠마쇼보가 내던 잡지로 헤이본샤가 같은 제목의 잡지를 창간하는 것은 1963년) 1958년 1월호부터 「허선虛線」이라는 장편소설 연재를 시작했다. 하지만 이 잡지는 2월호로 폐간되고 말았다.

란포는 《호세키》 편집을 떠맡게 되자 세이초에게도 연재를 의뢰했다. 세이초는 의뢰를 받아들였지만 탐정소설 전문지에 어설픈 작품은 쓸 수 없어 쉽게 작품 구상을 마무리하지 못하고 있

---

312 日活, 일본의 영화 제작 및 배급 회사로, '일본 활동사진 주식회사'의 줄임말이다.

던 상태였다.《다이요》 폐간으로 「허선」이 중단됐음을 알게 된 란포는《호세키》에 이어서 연재하지 않겠느냐고 했고 세이초는 그 제안을 받아들였다. 연재를 다시 시작하면서 제목을 「영의 초점」으로 고쳤다(고분샤가 책으로 낼 때는 『제로의 초점』이 되니 이제부터는 「제로의 초점」이라고 한다).

「악마의 공놀이 노래」와 란포

《호세키》는 1958년 3월호부터 「제로의 초점」을 연재하기 시작했다.

요코미조 세이시의 「악마의 공놀이 노래」 연재도 이어지고 있었다. 사실 한 달 전에 나온 2월호는 요코미조의 건강이 좋지 않아 연재를 쉬었지만, 3월호부터는 한 호도 쉬지 않고 1959년 1월호까지 이어졌다.

「제로의 초점」은 1960년 1월호까지 연재되기 때문에《호세키》1958년 3월호부터 1959년 1월호까지 11개월간이 란포, 요코미조, 세이초 세 사람이《호세키》차례에 나란히 이름을 올린 유일한 시기가 된다. 요코미조의 최고 걸작과 세이초의 최고 걸작이 같은 시기에 쓰였던 셈이다. 참고로 이 시기에 다카기 아키미쓰도《호세키》에 사카구치 안고의 뒤를 이어 「나무처럼 걷다」를 1958년 4월호까지 연재하고, 5월호부터 9월호까지 「칭기즈칸의 비밀」을 연재한다.

「악마의 공놀이 노래」가 연재를 마친 다음 달인 1959년 2월호에 요코미조는 「무대 뒤 이야기」라는 제목으로 수필을 싣는데,

거기 이렇게 적혀 있다.

'이 소설은 우연하게도 에도가와 란포 씨가《호세키》편집을 맡으면서 동시에 시작되었다. 이건 작가에게 아주 큰 행운이었다고 생각한다. 역시 게재하는 잡지가 흔들리면 쓰는 사람도 불안해져서, 사실 그래서는 안 되지만 아무래도 기운이 나지 않는다. 특히 나는 그런 문제에 민감해서 1년 8개월(한 달 연재를 쉬었다)에 걸쳐 아무런 불안감 없이 이 소설을 써나갈 수 있었던 점에 대해 에도가와 란포 씨에게 깊은 감사를 드려야만 하리라.'

요코미조가 고마워하고 있는 점은 란포의 편집 솜씨보다 경영 능력 쪽인 듯하다. 아니, 그보다는 원고료 지급이 안정되었다는 점에 감사하고 있다. 이런 감정도 진심일 테지만, 쑥스러움을 숨기는 것인지도 모른다. 요코미조에게 원고를 받으러 와서 원고를 맨 처음 읽는 사람은 편집부의 오쓰보 나오유키였지만, 요코미조는 란포를 최초의 독자로 여기며 그에게 작품을 보여주기 위해 썼던 게 아닐까?

당시 요코미조와 란포가 주고받은 편지가 공개되면 그 시절의 상황도 알 수 있을 테지만 「악마의 공놀이 노래」가 요코미조의 최고 걸작으로 꼽히는 명작이 된 것은 동서고금의 탐정소설을 섭렵한 란포를 놀래주려는 마음이 있었기 때문이 아닐까?

요코미조는 자기 작품에 대한 평가를 자주 바꾼다. 하지만 「혼진 살인사건」 「옥문도」 「악마의 공놀이 노래」는 변함없는 베스트 3이다. 그 가운데서도 「악마의 공놀이 노래」에는 자신감이 넘친다. 《호세키》 1962년 3월호에 실린 인터뷰에서 '내 작품 가운데서는 이것이 문장에 거슬리는 부분도 없이 가장 잘되었다고 생각한다'라고 했다.

일찍이 요코미조는《신세이넨》편집자로 일하며 란포로 하여금 「파노라마섬 기담」과 「음울한 짐승」이라는 걸작을 쓰게 만들었다. 이 두 작품은 요코미조가 있었기 때문에 탄생했다고 할 수도 있다. 그리고 전쟁이 끝난 뒤, 란포가 편집자가 되어 요코미조로 하여금 「악마의 공놀이 노래」라는 최고 걸작을 쓰게 했다.

연재 마지막 회가 게재된 호의 편집 후기에 란포는 이렇게 썼다. '요코미조 씨의 대형 장편소설이 완결되었다. 이 작품은 「옥문도」와 구성이 비슷하지만 그보다 더 수수하고 중후하며 매우 꼼꼼하게 쓴 대작이다. 아마 요코미조 씨의 인생작 가운데 한 편이 될 것이다. 작가의 노고에 깊이 감사하는 바이다.'

「악마의 공놀이 노래」 마지막 회는 1959년 1월호에 게재되었다. 발매된 것은 1958년 12월이니 탈고 시기는 11월이리라. 동시에 책도 준비되어 1959년 1월 15일을 발행일로 잡아 고단샤에서 상자에 넣은 단행본으로 내놓았다. 왜 게재지 출판사인 호세키샤가 아니라 고단샤에서 나왔을까? 예고만 나가고 책은 나오지 않아 환상 속의 장편이 되었던 「가면무도회」 때의 빚을 갚기 위해 고단샤에서 냈다는 주장도 있다. 하지만 당시 이 회사에 근무하던 하라다 유타카는 그렇지 않다고 한다. 「악마의 공놀이 노래」는 같은 해 6월에 고단샤의 '현대 장편소설 전집' 제29권에도 란포의 「화인환희」 등과 함께 수록되었다.

같은 시기에 연재되던 「제로의 초점」은 연재가 끝나자 고분샤가 1959년 12월에 창간한 갓파노블스의 제1탄으로 간행되었다. 고분샤는 『점과 선』 『눈의 벽』 2종을 내고 소설 분야에서도 성공을 거두었기 때문에 갓파북스의 자매 시리즈로 신서판 소설 시리즈를 내기로 했다. 처음에는 추리소설 전문 시리즈가 아니었다. 함께 발매된 소설은 난조 노리오[313]의 『뒤얽힌 관계』였다. 하지만 점점 세이초 작품을 중심으로 삼아 추리소설이 라인업의 대부분을 차지하게 된다. 『칭기즈칸의 비밀』은 갓파노블스 창간 직전인 1958년 10월에 고분샤에서 단행본으로 나왔지만 1960년에 갓파노블스로 다시 나온다. 세이초의 『점과 선』 『눈의 벽』도 마찬가지로 갓파노블스로 재출간되었다.

란포가 편집하는 《호세키》의 알짜 상품이었던 「악마의 공놀이 노래」와 「제로의 초점」 「칭기즈칸의 비밀」은 이런 이유로 호세키샤에서 단행본이 나오지 않았다. 이런 작품들도 호세키샤에서 나왔다면 경영도 안정되었을 테지만, 작가 입장에서는 자본력 있는 대형 출판사에서 내고 싶었을 테고 란포도 동업자로서 억지를 부릴 수는 없었을 것이다. 무엇보다 란포 자신이 호세키샤에서 소설책을 낸 적이 없다.

대작 「악마의 공놀이 노래」 집필을 마친 요코미조는 그 뒤로 《호세키》에는 수필을 제외하면 1962년 7월호까지 어떤 글도 쓰지 않았다. 하지만 다른 잡지에는 단편과 중편, 체포록이나 어린

313　南條範夫(1908~2004), 소설가, 경제학자. 역사소설과 시대소설 분야에서 수많은 작품을 남기는 한편, 여러 대학에서 금융론, 은행론, 화폐론 등을 강의했다.

이용 소설을 썼기 때문에 전체 작업량은 줄어들지 않았다. 「악마의 공놀이 노래」를 쓰기 전부터 시작한 단편을 장편으로 고쳐 책을 내는 일도 끝나서, 도쿄분게이샤의 '긴다이치 고스케 추리 전집'(전 15권, 속간 10권)으로 간행된다.

'란포·세이초' 대담

《호세키》에서 진행된 「제로의 초점」 연재는 중간에 쉬는 일이 많았다. 세이초가 다른 일을 많이 떠안고 있기도 했지만, 《호세키》의 독자, 즉 탐정소설 마니아들의 날카로운 안목을 의식해 어설프게 쓸 수 없다는 생각 때문에 집필이 쉽지 않았기 때문이다. 1958년 6월호는 예정했던 것의 절반밖에 쓰지 못했고, 7월호는 결국 연재를 쉬었다. 그 빈자리를 메우기 위해 란포와 세이초는 잡지에 「앞으로의 탐정소설」이라는 제목으로 대담을 실었다.

이 대담에서 세이초의 '문제 발언'이 나왔다. 현재 일본의 탐정소설을 어떻게 생각하느냐는 란포의 질문을 받고 '전체적으로 전쟁 이후의 젊은이들이 요코미조 세이시의 스타일에 큰 영향을 받아 그 아류처럼 느껴지는 작품이 많은데, 이는 바람직하지 않습니다'라고 대답했다. 특별히 요코미조 세이시의 작품을 비판한 발언은 아니다. 그 아류가 많다고 비판했을 뿐이다. 란포는 그런 점도 있지만 '요코미조 스타일의 본격파는 아주 적어요'라고 지적했다. 순수 본격을 쓰는 건 요코미조 이외에 다카기 아키미쓰와 아유카와 데쓰야 정도라고 했다.

세이초는 자기가 이야기하고 싶은 것은 본격이 아니라 '일반적인 탐정소설 작가의 작품 스타일이 매너리즘에 빠져 있다'는 점이며 '사회적인 동기나 분위기와 인물의 리얼리티 같은 부분이 무시되는 경향이 있다. 지금까지의 탐정소설은 배타적이고 아주 제한된 독자만을 상대해온 느낌이 있다'라고 했다. 그 시점에서 가장 잘 팔리는 작가에게 그런 이야기를 듣고 탐정소설 작가들 처지에서는 '팔리는 게 전부가 아니다'라고밖에 반박할 수 없다. 그래서 그건 반론도 되지 않는다. 란포는 세이초의 말에 동의했다.

대담은 계속 진행되었다. 인간을 그리는 탐정소설이란 어떤 것인가가 화제가 되었다. 란포가 앰블러[314], 아일스[315], 심농, 해밋[316], 챈들러[317] 같은 이름을 들자 세이초는 그런 사람들의 작품 스타일은 '일반소설에 가까워 추리를 사랑하는 독자는 만족하지 못하는 것 아닙니까?'라고 했다.

란포는 필사적이었다. '추리의 재미를 충족시키면서도 리얼한 소설을 쓴다는 이야기입니다. 그게 이상적이죠'라고 하며 세이

---

314   Eric Clifford Ambler(1909~1998), 영국 소설가. 스파이 소설에서 새로운 사실주의를 추구했다고 평가받는다. 1936년 『어두운 국경The Dark Frontier』으로 데뷔했다.

315   Francis Iles(1893~1971), 영국 추리 작가. 본명은 앤서니 버클리 콕스이며, 앤서니 버클리, 프랜시스 아일스, A. B. 콕스 등의 필명으로 활동했다. 아일스라는 필명으로는 주로 『살의Malice Aforethought : A Story of a Commonplace Crime』(1931) 같은 범죄심리소설을 썼다.

316   Dashiell Hammett(1894~1961), 대중의 흥미에 영합하는 가벼운 글로 치부되던 탐정소설을 '문학'으로 끌어올린 작가. 하드보일드 학파의 창시자로 불리며, 대표작으로 『몰타의 매』『붉은 수확』 등이 있다.

317   Raymond Chandler(1888~1959), 미국의 대표적인 추리 작가. 셜록 홈스와 더불어 탐정의 대명사로 불리는 '필립 말로' 캐릭터를 창조했다.

초의 『점과 선』은 그 이상에 가깝다고 칭찬했다. '소설이 뛰어나고, 게다가 트릭도 충분히 신경을 썼다.' 그래서 기기 다카타로와 논쟁을 벌였을 때 이야기를 했다. '한 명의 바쇼의 문제'라는 구절을 꺼내며 바로 앞에 있는 마쓰모토 세이초야말로 탐정소설에 있어서 바쇼가 될 수 있지 않겠느냐고 암시했다.

대선배이자 동경하던 작가이고 게재 잡지의 편집 책임자인 에도가와 란포에게서 이런 이야기를 듣고 감사하지 않을 리 없다. 마쓰모토 세이초는 다시 기운을 내서 「제로의 초점」을 완성시켰다.

마쓰모토 세이초를 탐정소설 문단으로 끌어들인 사람은 기기 다카타로였지만, 대표작이 되는 「제로의 초점」을 밀어준 사람은 에도가와 란포였다. 세이초에게 란포 또한 은인 가운데 한 명이 된다.

한편 원래 좋지도 나쁘지도 않던 요코미조와 세이초의 관계는 미묘해졌다. 앞에서 이야기했듯이 세이초는 요코미조를 부정하지는 않았다. 하지만 전체적인 흐름으로 부정되어야 할 탐정소설의 대표적인 예가 요코미조인 듯한 느낌을 준다고 할 수도 있다.

마쓰모토 세이초는 요코미조 세이시를 지목해서 부정하거나 시대에 뒤떨어졌다고 하지는 않았지만, 요코미조의 퇴조와 세이초의 융성이 같은 시대에 일어난 일이라 세상 사람들은 요코미조를 부정하고 세이초의 시대가 왔다는 인상을 품게 되었다.

마쓰모토 세이초가 요코미조의 작품을 '유령의 집'으로 평가했고, 그게 간접적인 원인이 되어 1960년대 들어서는 요코미조가 글을 쓸 수 없게 되었다는 설이 있다. 세이초가 베스트셀러 작가가 된 시점과 요코미조가 작품을 쓰지 않게 된 때가 같은 시기로 보이기 때문에 이 주장을 믿는 이가 많다.

하지만 (필자가 읽은 범위 안에서는) 마쓰모토가 쓴 추리소설론이나 수필에 그런 내용은 보이지 않는다. 그에 가까운 글이 수필『검은 수첩』에 수록돼 있는「일본의 추리소설」이라는 평론의 다음 구절이다. 그는 자기가 목표로 삼은 추리소설에 관해 이렇게 설명한다.

'물리적 트릭을 심리적인 작업으로 대체하기, 특이한 환경이 아니라 일상생활에서 설정 찾기, 등장인물도 특이한 성격을 지닌 사람이 아니라 우리처럼 평범한 사람으로 설정하기, 묘사 역시 "등줄기에 얼음이 닿은 듯 오싹한 공포" 종류가 아니라 누구나 일상생활에서 경험할 만한, 혹은 예감할 만한 서스펜스로 바꾸기를 추구했다. 쉽게 이야기하자면, 탐정소설을 "유령의 집" 같은 장치가 된 오두막에서 리얼리즘의 바깥 세계로 꺼내고 싶었다.'

여기서도 세이초는 요코미조의 작품을 들어 비판하지는 않는다. 하지만 세이초가 이야기한, 물리적 트릭을 중요하게 여기며, 특이한 상황, 특이한 성격을 지닌 인물이 나오는 탐정소설이란 바로 요코미조의 작품이 가진 이미지였다. 그래서 세이초가 요코미조의 작품을 '유령의 집'이라고 불렀다고 생각하는 게 아닐까?

리라이트판 '명탐정 아케치 고고로 문고'

란포는《호세키》에 관여하게 된 후에도 '소년 탐정' 시리즈를 계속해서 썼다.

1957년에는《쇼넨》에 「요사스러운 인간 공」(제목을 바꾸어 『마인 공』),《쇼넨클럽》에 「서커스의 괴인」을 연재했을 뿐 아니라,《쇼조클럽》에도 「마법 인형」(제목을 바꾸어 『악마 인형』),《다노시이산넨세이たのしい三年生》에 「마법 저택まほうやしき」과 「빨간 투구벌레赤いカブトムシ」를 썼다.

'소년 탐정' 붐은 아직 이어지고 있었다. 이런 상황을 보고 아동 서적 전문 출판사인 포플러샤는 어떻게든 란포의 작품을 내고 싶었다. 하지만 고분샤가 '소년 탐정' 시리즈를 놓으려 하지 않았다. 그래서 포플러샤는 1957년 10월부터 란포의 통속 장편 소설을 어린이용으로 리라이트한 '명탐정 아케치 고고로 문고'를 내놓기 시작했다. 이 시리즈는 모두 열다섯 권으로 이루어진 대규모 기획이었다(나중에 열일곱 권이 되고, 최종적으로는 스무 권이 된다).

포플러샤 리라이트판의 출발점은 앞에서 이야기한 대로, 다케다 다케히코의 손을 거쳐 1953년 11월에 나온 『황금 가면』이며, 이때부터 란포와 포플러샤의 관계가 시작되었다. 이어서 히카와 로가 맡은 『인간 표범』 『저주의 지문』(원래 제목은 『악마의 문장』), 『이상한 붉은 벌레』가 나왔을 때 란포가 이제 그만하자며 제동을 걸었다.

하지만 마지막이라고 했는데도 다시 다케다 다케히코의 리라이트로 쇼가쿠칸小学館의 《쇼넨로쿠넨세이少年六年生》 1956년 4월 호부터 「대암실」 연재가 시작되었다. 포플러샤가 가만히 있을 리 없었다. 란포를 찾아가 다시 교섭해 승낙을 받아냈다. 이것도 히카와 로가 새로 리라이트해, 1956년 12월에 '일본 명탐정 문고' 21로 나왔다.

이렇게 해서 『황금 가면』(다케다)으로 시작해 『인간 표범』(히카와), 『저주의 지문』(히카와), 『이상한 붉은 벌레』(히카와), 『대암실』(히카와) 다섯 작품의 리라이트판이 만들어졌다.

이 책들이 좋은 반응을 얻었기 때문에 포플러샤는 '명탐정 아케치 고고로 문고'의 발간을 계획해, 란포에게 통속 장편소설 전작품을 어린이용으로 리라이트해서 내고 싶다고 했다. 란포는 히카와가 쓴다면 괜찮다며 승낙해 간행이 결정되었다. '문고'라는 명칭이 붙었지만 문고판이 아니라 B6판으로 다음과 같이 간행되었다.

1. 『마술사』(1957년 10월)

2. 『검은 도마뱀黑いトカゲ』(원제 『검은 도마뱀黑蜥蜴』, 나중에 『검은 마녀黑い魔女』, 1957년 12월)

3. 『녹색 옷을 입은 괴물』(1958년 3월)

4. 『지옥의 가면地獄の仮面』(원제 『흡혈귀』, 1958년 6월)

5. 『삼각관의 공포』(1958년 7월)

6. 『저주의 지문』(원제 『악마의 문장』, 1958년 8월)

7. 『암흑성』(1958년 9월)

8. 『거미남』(1958년 11월)

9. 『지옥의 어릿광대』(1959년 1월)

10. 『유령의 탑』(1959년 2월)

11. 『대암실』(1959년 3월)

12. 『난쟁이』(1959년 4월)

13. 『이상한 붉은 벌레』(원제 『이상한 벌레』, 1959년 4월)

14. 『시계탑의 비밀時計塔の秘密』(원제 『유령탑』, 1959년 8월)

15. 『그림자 사나이』(1960년 4월)

아무리 원작이 있다고는 하지만 히카와는 엄청난 속도로 쓴 셈이다. 하지만 그의 이름은 당시 표지에 나오지 않았다. 어린이 독자들은 리라이트라는 사실조차 모르고 에도가와 란포가 쓴 아케치 고고로와 소년 탐정의 '이십면상이 나오지 않는 이야기'로 즐겼다.

포플러샤의 '명탐정 아케치 고고로 문고'가 15권까지 나온 1960년, 고분샤에서 발간하는 '소년 탐정 에도가와 란포 전집'은 23권 『철인 Q鉄人Q』까지 낸 상태였다. 하지만 어떤 이유에서인지 24권은 나오지 않았다. 1961년 《쇼넨》에는 「요성인 R」이 연재되고 있었는데 고분샤는 책으로 내지 않았다.

이때 이미 고분샤의 간키 하루오는 다른 달러박스를 발견했기 때문인지 란포 작품에 냉담했다. 그 달러박스란 설명할 필요도 없이 마쓰모토 세이초였다.

세이초는 에도가와 란포 덕분에 베스트셀러 작가가 되었는데

고분샤는 세이초라는 베스트셀러 작가를 얻자 란포의 어린이용

작품을 가볍게 여기게 된 것이다.

제9장

저
무
는
해

란포 세상을 떠나다

1959~1965

일본 영화계의 연간 동원 관람객 수는 1958년(쇼와 33)에 11억 2745만 명으로 피크를 이루었다. 영화사들이 마쓰모토 세이초의 작품을 경쟁적으로 영화화한 해였다.

'소년 탐정단' 시리즈 영화는 1956년부터 도에이가 만들었다. 1956년에 두 편, 1957년에 네 편, 1958년에 두 편이 제작되었는데 1959년에는 〈소년 탐정단—적은 원자력 잠수함〉 한 편뿐이었고 이게 마지막이 되었다. 그 밖에 1958년에 에도가와 란포 원작 〈거미남〉(신에이가샤新映画社), 1959년에 〈슈라자쿠라修羅桜〉(쇼치쿠)가 만들어졌지만, 이후로는 1962년의 〈검은 도마뱀〉(다이에이)까지 없었다.

요코미조 세이시 작품을 원작으로 삼은 영화는 이 시점에 열 편이었다('닌교 사시치'를 원작으로 하는 시대극은 제외). 첫 작품이 『혼진 살인사건』을 원작으로 한 〈세 손가락 사내〉(1947년, 도요코에이가, 가타오카 지에조 주연)와 〈나비부인 실종사건〉

(1947년, 다이에이, 오카 조지 주연)이며, 가타오카 지에조가 주인공을 맡는 긴다이치 시리즈가 〈옥문도(전편·후편)〉(1949년, 도요코에이가), 〈팔묘촌(전편·후편)〉(1951년, 도에이), 〈악마가 와서 피리를 분다〉(1954년, 도에이), 〈이누가미 일족의 수수께끼—악마는 춤춘다〉(1954년, 도에이), 〈삼수탑〉(1956년, 도에이)으로 제작되었다. 그사이에 〈여왕벌—독사도 기담毒蛇島奇談〉(1952년, 다이에이, 오카 조지 주연), 〈유령남〉(1954년, 도호東宝, 가와즈 세이자부로 주연), 〈흡혈 나방〉(1956년, 도호, 이케베 료 주연)도 있었다. 하지만 그다음에는 〈악마의 공놀이 노래〉(1961년, 도에이, 다카쿠라 겐 주연)가 있을 뿐이다. 극장용 영화로는 가도카와에이가의 〈이누가미 일족〉[318]이 나올 때까지 15년의 공백이 생긴다.

1959년은 《슈칸쇼넨선데이週刊少年サンデー》(쇼가쿠칸)와 《슈칸쇼넨매거진週刊少年マガジン》(고단샤)이라는 주간지가 창간된 해이기도 하다. 이에 따라 소년 잡지 세계에서는 월간지가 힘을 잃기 시작한다.

일반 잡지에서도 1956년에 신초샤가 출판사로는 처음으로 주간지 《슈칸신초》를 창간했고 다른 출판사들도 그 뒤를 따랐다.

1956년부터 1960년에 걸친 5년 동안은 영화에서 텔레비전으로, 월간지에서 주간지로 미디어의 왕좌가 교체되는 시기이기도 했다. 어린이 소설도 만화에 독자를 빼앗기게 된다.

---

318   1976년 10월 16일 개봉.

란포는 구세대 미디어의 마지막 빛을 짊어지고 있었던 셈이다. 그에게는 새로운 미디어로 갈아탈 체력이 남아 있지 않았다.

《호세키》 편집도 실무적으로는 1960년 3월호를 끝으로 물러났다. 하지만 표지에는 1962년까지 '에도가와 란포 책임 편집'이라고 광고했다.

『사기꾼과 공기남』

란포가 세상을 뜬 뒤인 1960년대 후반에 태평양전쟁 전에 나온 탐정소설 리바이벌 붐의 주역이 되는 도겐샤는 야기 도지矢貴東司(1907~1988)가 1951년에 창업했다. 야기는 1923년에 서적 판매업을 하는 '야기쇼텐矢貴書店'을 창업해 출판업계에 유통 분야로 들어왔다. 그리고 1940년에는 이 회사에 출판부가 생기며 출판 사업에 진입했다. 영화화되기도 한 가와구치 마쓰타로의 『아이젠카쓰라』[319]를 내서 베스트셀러가 되었으며, 태평양전쟁 중 출판사가 통폐합되고 총판도 닛파이에 통합된 상황에서도 살아남았다. 전쟁이 끝난 뒤인 1951년에는 야기쇼텐 출판부를 해산하고 도겐샤로 이름을 바꾼 다음 '쇼와 대중문학 전집' '신찬 대중소설 전집' 등을 내고 있었다.

319 　의사와 간호사의 사랑을 그린 작품으로, 1937년부터 이듬해까지 《후진클럽》에 연재되었다. '아이젠'은 애욕에 집착하는 현상을 나타내는 불교 용어 '애염愛染'의 일본어 발음이고, '카쓰라かつら'는 계수나무를 뜻하는데, 소설이 영화, 드라마 등으로 만들어져 엄청난 인기를 모으면서 작품에 등장하는 나가노현 우에다시의 큰 계수나무도 '아이젠카쓰라'로 불리게 되었다.

1959년에 도지의 아들 쇼지^{昇司}(필명 야기 노보루^{八木昇}, 1934~)가 입사하자 추리소설 분야에도 본격적으로 진출하여, 같은 해 11월에 '전작 추리소설 전집'을 내기 시작했다. 이 시리즈의 첫 권은 란포의 『사기꾼과 공기남^{ぺてん師と空気男}』이었다. 란포가 성인을 대상으로 쓴 마지막 소설이다.

이 전집은 모두 열다섯 권으로 예정되어 란포 이외에 오시타 우다루, 기기 다카타로, 요코미조 세이시, 쓰노다 기쿠오, 조 마사유키, 다카기 아키미쓰, 시마다 가즈오, 미즈타니 준, 야마다 후타로, 가야마 시게루, 와타나베 게이스케, 히카게 조키치, 아유카와 데쓰야, 니키 에쓰코가 목록에 있었다. 하지만 고단샤에서 낸 전작 전집 때와 마찬가지로 요코미조와 쓰노다는 쓰지 않았고, 미즈타니와 야마다의 작품도 나오지 않았기 때문에 열한 권만 출간되었다. 요코미조가 예고한 제목은 『검은 문장^{黒い紋章}』이었다.

란포도 처음에는 거절했으나 늘 그러듯 '내가 참여하지 않으면 다른 작가가 쓰지 않을 우려가 있어 마지못해 썼다'. 이 전집에서도 란포는 억지로 썼고, 요코미조는 무리하면서까지 쓰지는 않았다.

『십자로』 때는 와타나베 겐지에게 플롯을 짜달라고 했지만, 이번 작품은 모두 직접 썼다. 결국 이 소설이 란포에게는 손수 쓴 첫 전작 소설이었다. 그러나 장편이라고 하기에는 짧아서 책으로 만들 분량이 되지 않았고, 여섯 편의 수필도 함께 실어 책 한 권을 꾸몄다.

란포는 이 작품도 마음에 들지 않았다. '박력이 없어 실패로 끝났다. 앞부분은 그럭저럭 재미있는데 후반과 결말이 평범해 부끄러웠다'라고 돌아보았다. 신문과 잡지의 평도 좋지는 않아 란포는 이제 당분간 소설을 쓰지 않겠노라고 마음먹었다.

이 결심은 지켜졌다. 건강 문제가 가장 큰 원인이었다. 1958년 12월에 고혈압이 발견되어 란포는 세이로카병원에서 종합검진에 들어갔다. 이때 담당 의사가 '히노하라 박사'—2017년 7월 18일에 105세로 세상을 떠난 히노하라 시게아키이다. 이때 란포는 신장과 간장에는 별 이상이 없었으나 동맥경화가 보여 강압제를 처방받았다.

1960년 9월부터는 축농증 수술로 입원했다. 하지만 환부 치료가 늦어져 이듬해까지 통원 치료를 받았는데, 이번에는 면정[320]이 생기는 등 회복이 늦어졌다.

건강 문제도 있어 란포는《호세키》편집에서 실질적으로 손을 떼게 되었다.

이런 상황에서도《쇼넨》에 연재하는 '소년 탐정' 시리즈 집필은 이어가고 있었다. 나중에는 펜을 들 수 없어 구술했다고도 하는데, 그러면서도 계속 썼던 것이다.

1961년, 란포 작품을 즐겨 읽던 미시마 유키오가 『검은 도마뱀』을 희곡으로 만들어 1962년에 산케이홀에서 처음으로 공연했다. 신파의 미즈타니 야에코(초대)가 검은 도마뱀, 분가쿠자

---

320   面疔, 얼굴에 생기는 악성 부스럼과 종기.

의 아쿠타가와 히로시가 아케치 고고로를 맡았으며, 연출은 분가쿠자의 마쓰우라 다케오였다. 그 뒤로 많은 극단이 무대에 올렸으며, 미시마가 관여한 연극 가운데 최대의 히트를 기록했다.

한편 란포는『사기꾼과 공기남』을 통해 도겐샤와 관계가 깊어져, 1961년 7월에 이 회사에서 자서전『탐정소설 40년』을 내놓았다. 이미 란포는 환갑을 맞이한 1954년에 이와야쇼텐에서『탐정소설 30년』을 내놓은 일이 있는데, 그걸 보충하고 내용을 더한 책이었다.

도겐샤는 같은 해인 1961년 10월부터 모두 열여덟 권으로 이루어진 '에도가와 란포 전집'을 내기 시작했다. B6판에 권당 300쪽 내외의, 가지고 다니기 좋은 크기의 책이며 장정은 마나베 히로시가 맡았고 정가는 260엔이었다. 란포는 전체를 훑어보고 결정판으로 삼아 손질하며, 작품마다 어떻게 쓰였는지 설명을 남겼다.

그렇지만 이 전집 말고는 읽을 만한 신간이 없어 기대만큼 팔리지는 않았다.

도겐샤는《호세키》1960년 8월호부터 1961년 10월호까지 연재되던 시부사와 다쓰히코의『흑마술 수첩』도 이해에 내놓았고, 이를 계기로 시부사와의 저서와 번역서를 다수 출간하게 된다. 그리고 시부사와의 강력 추천으로 구니에다 시로의『신슈 고케쓰성神州纐纈城』을 1968년에 내고, 이것이 태평양전쟁 전의 탐정소설 전체에 대한 평가로 이어진다. 란포가 뿌린 씨는 그가 세상을 떠난 뒤에 활짝 꽃을 피운다.

거짓 전화 사건

1962년(쇼와 37), 에도가와 란포는 여전히 몸이 좋지 않았다.

그래도 자잘한 일들은 여러 가지 맡았다. 도겐샤의 '에도가와 란포 전집' 간행이 진행되어 각 권에 '후기'를 썼다. 그리고 수필도 여러 편 썼다.

그런 가운데 11월 28일부터 29일에 걸친 밤, '란포 위독'이라는 전화가 탐정소설 문단 관계자들 집에 걸려와 큰 소동이 일어났다. 한 남자가 "이케부쿠로 전화국에 근무하는 사람입니다" 하고 전화를 걸어 "전보 내용을 전달해드리겠습니다"라고 하더니 그 내용이라며 "란포 위독 빨리 와달라 에도가와"라고 읽었다.

전화를 받은 사람 가운데 한 명인 야마다 후타로가 이 일을 에세이에 썼다. 야마다는 그때 네리마구 니시오이즈미에 살고 있었다. 이케부쿠로에서 서쪽으로 가는 세이부이케부쿠로 철로 주변이었다. 밤새워 원고를 쓰고 있는데 그 전화가 걸려왔다. 란포의 건강이 좋지 않다는 사실은 잘 알고 있었기에 야마다는 깜짝 놀라면서도 '드디어 올 게 왔구나' 하고 생각했다. 그리고 가까운 전철 첫차를 타고 이케부쿠로에 있는 란포의 집으로 갔다.

야마다가 도착하니 란포의 집은 아주 조용했다. 아들인 류타로의 아내가 나와 장난 전화라고 했다. 몇 사람이나 찾아오고 전화가 걸려오기도 해 소동이 있었다고도 했다.

스무 명 가까운 사람에게 이 거짓 전화가 걸려왔다. 장난치고는 규모가 컸다. 탐정소설 작가들이 속았다고 하니 주간지가 재미있어하며 기사로 내보내고 '범인 찾기' 추리를 했다. 거짓 전화의 범인은 금전적인 이익을 전혀 얻지 않았다. 탐정소설 작가들을 속이는 것이 목적인 쾌락 범죄일 수밖에 없다. 탐정소설 작가들은 범인이 누구인지 추리 경쟁을 시작했다. 그 가운데는 에도가와 란포 자신이 범인이라는, 그야말로 미스터리 소설 같은 주장도 있었다. 야마무라 마사오가 지은 『추리 문단 전후사』에 따르면 번역가, 편집자, 신문기자 세 명이 '용의자'로 꼽혔다는데 결국 결정적인 단서가 없어 특정하지 못한 채 소동은 끝났다.

'소년 탐정'의 대단원

12월이 되자 잡지 《쇼넨》 신년호가 나왔다. 다른 해라면 새해 첫 호부터 란포의 '소년 탐정단' 시리즈 신작 연재가 시작되었을 것이다. 하지만 1963년 1월호에 '소년 탐정단'은 실리지 않았다. 1962년 11월에 발매된 12월호에서 완결된 「초인 니콜라」(포플러샤판에서는 『황금 괴수』)가 마지막 작품이 되고 말았다.

그 마지막 회는 이렇게 끝난다.

'니콜라 박사로 변신했던 괴인 이십면상과 그 부하들은 붙잡히고, 난쟁이 미치광이 의사도 교도소로 보내지고, 보석왕 다마무라 씨 일가, 미술상 시라이 씨 일가는 무사히 구출되고, 도둑맞은 보석 같은 것들은 모두 주인들 손으로 돌아갔습니다.

"이번 사건에서 가장 잘한 건 고바야시 군이지. 그리고 그걸 도운 소년 탐정단 여러분이야."

나카무라 경부가 웃으면서 말했습니다.

"아니, 평소 아케치 선생님이 가르쳐주지 않았다면 아무것도 할 수 없었을 거예요. 역시 선생님 덕분입니다."

고바야시 소년이 겸손하게 말했습니다. 그 말을 듣더니 열 명의 소년 탐정단원은 입을 모아 외쳤습니다.

"아케치 선생님, 만세……."

"고바야시 단장, 만세……."

그리고

"소년 탐정단, 만세…….'"

이 시리즈는 대부분 괴인 이십면상이 잡히고, 아케치 선생님, 고바야시 단장, 소년 탐정단이 만세를 부르며 끝난다. 그리고 다음 호(신년호)에서는 또 새로운 사건이 일어나고 수상한 인물이 등장한다. 독자인 어린이들은 이번에도 이십면상이 용케 탈옥해 다음 달이면 또 새로운 괴인이 되어 나타나리라 생각했다.

그러나 《쇼넨》 1963년 1월호에는 수상한 사건도, 이상한 인물도, 고바야시 단장도, 소년 탐정단 소년들도, 그리고 아케치 고고로도 등장하지 않았다.

'마지막 사건'이라고 알려주지도 않은 채 아케치 고고로는 퇴장하고 말았던 것이다.

「초인 니콜라」는 란포의 '소년 탐정단' 시리즈 마지막 작품이 되었을 뿐만 아니라 그가 발표한 마지막 소설이기도 하다. '그 뒤에 썼지만 미발표작'인 작품은 2020년 현재 발견되지 않았으니 「초인 니콜라」가 마지막 소설이라고 생각해도 괜찮으리라.

1922년(다이쇼 11) 「2전짜리 동전」(《신세이넨》 게재는 1923년)에서 시작한 프로 작가로서의 창작 활동은 도중에 집필을 쉬던 시기도 있었지만 40년 동안 이어졌다. 1962년, 그는 68세가 되었다.

하지만 에도가와 란포의 생애는 좀 더 이어진다.

「가면무도회」

1962년, 요코미조 세이시는 여느 때와 다름없는 페이스로 일했다.

단편은 잡지 《스이리스토리推理ストーリー》 1월호에 「백순보百唇譜」, 8월호에 「엽기의 경위서獵奇の始末書」, 그리고 《별책 슈칸망가 TIMES別冊週刊漫画TIMES》 8월호에 「해시계 속의 여자日時計の中の女」까지 모두 세 편을 쓰고, 그 가운데 「백순보」는 장편으로 만들어 10월에 『악마의 백순보悪魔の百唇譜』라는 제목으로 도쿄분게이샤에서 내놓았다.

장편소설로는 홈그라운드인 《호세키》 7월호부터 「가면무도회」의 연재가 시작되었다. 이 작품은 1955년에 고단샤가 기획한 '전작 장편 탐정소설 전집'에서 『가면무도회』란 제목으로 예고되었던 소설이다.

한편 《호세키》에는 「악마의 공놀이 노래」가 1959년 1월호로 완결된 이후 장편 연재가 끊어졌다. 편집자인 오쓰보 나오유키는 요코미조에게 장편 연재를 의뢰했으나 그는 쉽게 승낙하지 않았다. 그러던 중에 요코미조는 신문에 「백과 흑白と黒」을 연재했는데, 이 작품은 긴다이치 고스케가 등장하지만 본격 탐정소설과는 분위기가 다르다.

1960년, 오쓰보는 어떻게든 요코미조에게 본격 장편 탐정소설 연재를 맡기고 싶었다. 전작 장편을 쓰기에는 체력적으로 힘들 테니 《호세키》에 연재한 뒤 고단샤에서 책을 내면 되지 않을까 생각했다. 오쓰보가 그렇게 타진하자 고단샤는 전작이 아닌 연재 작품이라도 상관없으니 요코미조의 신작을 내고 싶다고 응했다.

고단샤 입장에서는 '전작 장편 탐정소설 전집' 가운데 한 권이라면 '전작'이어야 하는데, 이 전집은 요코미조의 작품이 나오지 않은 채로 간행이 끝난 상태였다. 전집의 한 권으로 내기에는 너무 늦었지만 요코미조의 신작이라면 '전작'이 아닌 연재 작품이라도 괜찮겠다고 생각했으리라.

오쓰보는 요코미조의 집을 방문해 고단샤와 미리 협의한 사실을 숨기고 "지금 몸 상태로는 전작은 무리예요. 그보다 제가 매달 원고를 받으러 올 테니 써주시지 않겠습니까?"라고 물었다.

요코미조는 "고단샤가 좋다고 할 리 없어"라고 했지만 오쓰보는 자기가 책임지고 고단샤의 약속을 받아 오겠다면서 설득했다.

그러나 바로 원고를 받을 수는 없었다. 《호세키》에서 요코미조 세이시의 「가면무도회」 연재가 시작된 것은 1962년 7월부터였다. 오쓰보에 따르면 매회 40매 전후의 원고를 받아내느라 힘들었다고 한다. 즉 요코미조도 쓰느라 고생했다는 이야기다.

그해에 요코미조는 만 60세가 되었다. 일본탐정작가클럽은 6월에 요코미조와 구로누마 겐(1902~1985), 나가세 산고(1902~1990), 와타나베 게이스케(1901~2002)의 합동 환갑 축하 모임을 열었다. 모임 장소는 호텔 오쿠라였고, 란포도 참석해 "요코미조는 참 대단해. 환갑이 되도록 작품을 쓰고 있어"라고 했다.

일본추리작가협회 탄생

1963년 1월, 일본탐정작가클럽은 사단법인 허가가 나와 일본추리작가협회로 발족했다. 란포와 쓰노다 기쿠오의 기부금이 임의 단체일 때는 반 가까이 세금으로 떼이기 때문에 1960년 7월 9일 총회에서 사단법인으로 전환하기로 했다. 그 뒤 문부성에 신청해야 했는데 절차가 복잡해 2년 반이나 걸렸고, 1963년 1월 31일에 겨우 허가가 났다.

사단법인이 되면서 친목 단체에서 직능 단체로 성격이 바뀌었다. 그리고 단체 명칭에서 '탐정소설'이 '추리소설'로 바뀌었다. 탐정소설 시대가 끝난 것이다.

하지만 '추리소설'로 이름이 바뀌었어도 이 분야의 일인자가 에도가와 란포라는 점에는 변함이 없었다. 란포는 1947년 탐정작가클럽 발족 때부터 1952년까지 회장을 맡았고, 그 뒤로 오시타 우다루(1952~1954), 기기 다카타로(1954~1960), 와타나베 게이스케(1960~1963)로 이어졌으며 사단법인으로 전환되는 시점에는 와타나베 게이스케가 회장을 맡고 있었다. 하지만 추리작가협회의 첫 이사장은 역시 란포여야 한다는 주장에 밀려 에도가와 란포는 이사장에 취임했다. 단 건강이 좋지 않으니 반년쯤만 맡는다는 조건을 붙였다. 동료 작가들은 란포의 상황을 알기 때문에, 더더욱 추리작가협회 역사의 첫 페이지에는 '에도가와 란포'라는 이름이 새겨져야만 한다고 생각했다.

란포는 8월까지 이사장으로 근무한 뒤 물러나고, 2대 이사장에는 마쓰모토 세이초가 취임해 1971년까지 맡았다. 란포는 후임으로 요코미조를 생각한 모양이지만 사교적인 일들을 싫어하는 요코미조는 거절했다.

탐정소설에서 추리소설로, 란포에서 세이초로, 시대는 완전히 변했다.

「가면무도회」 중단

1963년 란포는 파킨슨병이 악화되어 단편을 포함해 소설은 한 편도 쓰지 못했다. 수필 몇 편과 자기 전집에 들어갈 '후기', 다른 작가의 책에 실릴 추천사 등 자질구레한 글들만 썼다.

도겐샤판 전집은 7월에 모두 열여덟 권으로 완결되었다. 이 전집은 출판사와 란포가 기대한 만큼 판매되지는 않았다.

한편 이해에는 요코미조도 글을 쓰지 못했다. 그렇다고 란포처럼 큰 병을 앓은 것은 아니다.

《호세키》1962년 7월호부터 연재하던 「가면무도회」가 1963년 2월호의 제8회까지 실리고 쉬게 되었다. 원래는 9회가 게재되었어야 할 3월호 편집 후기에서 '요코미조 세이시 씨가 작년부터 감기를 앓아 도저히 집필할 수 없게 된 점을 깊이 사과드립니다'라고 했다. 4월호 편집 후기에서는 '요코미조 세이시 씨의 건강이 좋지 않아 이달에도 연재를 쉬게 되었습니다', 5월호에는 '요코미조 세이시 씨의 연재, 필자의 병세가 좋지 않아 쉬게 되었습니다'라고 했는데 그 뒤로는 아무런 언급도 없었다.

'감기'에서 '건강이 좋지 않아'가 되더니 '병세가 좋지 않아'로 점점 심각해졌다. 한편 요코미조는 단편을 발표했다.《스이리스토리》 3월호에 「푸른 도마뱀青蜥蜴」, 8월호에 「묘관猫館」이 실렸다. 「푸른 도마뱀」은 장편으로 고쳐 써서 『밤의 검은 표범夜の黒豹』이란 제목으로 이듬해에 간행되었다.

《호세키》 3월호에 작품을 싣지 못한 것은 감기 때문이었다고 하더라도 그 뒤로는 꾀병이었으리라. 요코미조가 편집부에 거짓말했다기보다는 편집부가 달리 댈 핑계가 없어 건강 문제로 연재를 쉬는 것으로 한 게 아닐까?

이 「가면무도회」 연재 중단 문제는 진상을 알고 있을《호세키》의 편집자 오쓰보 나오유키가 털어놓지 않은 탓에 알 수 없으나 몇 가지 가설은 나와 있다. 일례로 후타가미 히로카즈가 만든 「요코미조 세이시 작품 사전」(《겐에이조》 1978년 5월 증간호 수록)의 「가면무도회」 항목에서는 연재가 중단된 사태에 관해 '이유는 저자나 편집자나 공표하지 않기 때문에 추측할 수밖에 없지만, 일설에 따르면 한 독자가 보낸 철없는 투서에 화가 난 작가가 쓸 의욕을 잃었다고 한다. 자기 작품을 소중하게 여기는 요코미조 세이시 씨다운 에피소드이지만 사실인지 아닌지는 알 수 없음을 특별히 강조해둔다'라고 했다.

그리고 야마무라 마사오의 『추리 문단 전후사』에서는 「가면무도회」에 관해 '이제 와서 억지로 추측해보자면, 요코미조 선생은 창작 노트를 전혀 만들지 않고 쓰면서 구상을 정리해가는 타입의 작가였던 만큼, 도중에 구성이 제대로 되지 않았다는 사실을 발견해 연재를 중단하게 되지 않았을까 하는 생각이 들기도 한다'라고 했다. 야마무라는 이 글을 쓰기 6년 전인 1983년에 일본추리작가협회 기관지《스이리쇼세쓰켄큐推理小説研究》제17호에 '일부 설정에 중대한 문제가 있다는 사실을 발견했는데 그게 원인이 되어 앞으로 연재를 이어갈 의욕을 잃었다고 나중에 선생에게 이유를 들은 적이 있다'라고 썼다.

후타가미, 야마무라 두 사람의 주장을 합쳐보면 독자가 뭔가 지적했고 그 오류를 직접 확인하고서 작품을 이어갈 의욕을 잃었다는 주장도 나올 수 있다.

그러나 오쓰보는 「가면무도회」 가도카와문고판(1976년) 해설에서는 '감기로 연재를 쉬었다'라는 자신의 편집 후기를 인용해 요코미조가 '1933년에 하쿠분칸을 그만두고 작가 생활에 들어간 지 얼마 지나지 않아 피를 많이 토했다. 무리할 수 없는 상태다. 그해 가을에 본인 말에 따르면 "한때 위험 신호가 왔"던 것은 분명했다. 아무리 열정이 있어도 건강이 좋지 않으면 이겨낼 수 없기 마련이다'라고 하며 어디까지나 건강 문제가 원인이라고 했다.

란포, 삶을 정리하다

1964년(쇼와 39)은 도쿄올림픽이 열린 해였다.

요코미조는 계속 슬럼프에 빠져 있었다. 그해에는 순수한 신작 소설이《스이리스토리》5월호에 실린 단편 「박쥐남蝙蝠男」뿐이었다. 한 해 전에 쓴 「푸른 도마뱀」을 장편으로 고친 『밤의 검은 표범』이 8월에 도쿄분게이샤에서 나왔지만, 서적 출간도 이 책뿐이었다.

경영 부진에 빠진 잡지 《호세키》는 5월호의 '창간 250호 기념 특집호'를 내고 힘이 다해 폐간되었고 출판사인 호세키샤는 도산했다. 결국 「가면무도회」 연재 재개는 실현되지 못했다. 그 이유는 분명하지 않지만 「가면무도회」는 '환상 속 작품'이 되었다. 고단샤의 전작 장편소설 전집으로 예고되었을 때까지 포함해 두 차례나 '환상 속 작품'이 된 것이다.

그해에 에도가와 란포는 70세가 되었다. 4월에 일본문예가협회 총회에서, 7월에는 일본추리작가협회 총회에서 고희 기념품을 증정했다.

란포는 삶을 정리하기 시작한다.

란포가 편집에서 손을 뗀 잡지 《호세키》는 발행 부수가 줄어들어 다시 도산 직전에 몰렸다. 란포가 편집을 맡은 직후에는 3만 5천 부쯤까지 회복되었는데 차츰 줄어들어 실제 판매 부수는 2만 부 아래로 떨어졌고, 단행본도 판매가 시원치 않았다. 세간에는 추리소설이 붐을 이루는 상황이었는데, 그 붐을 이끌고 나아가는 작가들을 많이 배출한 잡지는 빈사 상태에 빠져 있었다. 호세키샤는 타개책으로 1959년 8월부터 《히치콕 매거진ヒッチコックマガジン》을 창간했다. 《호세키》에 '잡지 개선책'을 써서 보낸 나카하라 유미히코가, 그걸 본 란포의 추천으로 편집장을 맡았다. 그는 나중에 작가가 되는 고바야시 노부히코다. 《히치콕 매거진》은 잘

팔리는 호도 있었다. 하지만 나카하라는 신혼여행 중에 해고되고《히치콕 매거진》은 1963년 7월호가 마지막이 되었다.

그 무렵《호세키》의 마지막 편집장인 오쓰보 나오유키는 고분샤 출판 담당 임원인 마루오 분로쿠와 편집장 이가 고자부로로부터 만나자는 연락을 받았다. 그들은《호세키》에 게재될 작품의 단행본을 모두 고분샤에서 독점적으로 내고 싶다고 요청했다. 물론 나름의 금액을 지급하겠다면서. 마쓰모토 세이초의『제로의 초점』과 다카기 아키미쓰의『칭기즈칸의 비밀』등《호세키》연재 작품 가운데 다수가 고분샤에서 책으로 나왔지만, 일부 다른 출판사에서 나오는 것도 있었다.《호세키》에 실린 작품은 책으로 내면 팔리니, 고분샤로서는 다른 회사에 빼앗기고 싶지 않았던 것이다. 그러나 오쓰보는 작가들의 허락 없이 고분샤와 독점 계약을 맺을 수 없었다.

오쓰보는 별생각 없이 '《호세키》를 아예 고분샤에서 인수하지 않겠느냐'라고 제안했다. 오쓰보도 경영이 힘들다는 사실을 알고 있었다. 이에 고분샤가 관심을 보여 구체적인 조건 교섭이 시작되었다. 하지만 금전적인 문제가 쉽게 절충되지 않았다. 고분샤와 관계가 깊은 란포, 세이초, 그리고 쓰노다 기쿠오가 끼어들어 이야기를 정리했다.

이듬해인 1964년 4월,《호세키》라는 상표가 정식으로 호세키샤에서 고분샤로 넘어갔다. 인수 금액은 1500만 엔이라고도 하고 2500만 엔이라고도 한다. 호세키샤는 여기서 생긴 자금으로 지급하지 못했던 원고료를 비롯해 약 4천만 엔의 부채 3할 정도를 채권자 모두에게 지급하고 해산했다. 이 과정에는 이렇다 할 트러블이 없었다.

마지막 호는 1964년 5월호로 '창간 250호 기념 특집호'라는 이름이 붙었다. 1946년 4월호가 창간호이니 18년에 이르는 역사였다. 나카지마 가와타로에 따르면 증간호를 포함해 251호째이며 《별책 호세키》가 130권 나왔으니 합치면 381권이었다고 한다.

오쓰보는 《호세키》의 편집부원 모두가 고분샤로 옮겨 예전처럼 추리소설 전문지를 발행하는 줄 알았다. 하지만 고분샤는 오쓰보만 채용했다. 게다가 이듬해인 1965년 10월에 새로 창간된 《호세키》는 추리소설 전문지가 아니라 종합 월간지였다. 오쓰보는 이야기가 다르다며 그만두려고 했지만, "자네 혼자 고분샤로 가서 새로운 《호세키》에서 추리소설 특집호를 만들든가 해주면 돼. 그게 자네 사명이야"라는 란포의 말을 듣고 고분샤에 입사해 처음에는 추리소설을 모은 별책을 냈다. 그게 나중에 《쇼세쓰호세키小説宝石》로 이어진다.

우연인지 관련해서 일어난 일인지 모르지만, 그해에 《호세키》는 고분샤 소유가 되었고, 한편 고분샤가 가지고 있던 란포의 '소년 탐정단' 판권은 포플러샤로 넘어갔다.

이 '소년 탐정 에도가와 란포 전집'은 1960년에 제23권으로 『철인 Q』가 나온 것이 마지막이었다(『철인 Q』는 《쇼넨》이 아니라 쇼가쿠칸의 학년별 잡지에 연재된 작품). 《쇼넨》에 연재된 작품 중에는 1960년의 「전기 인간 M」, 1961년의 「요성인 R」, 1962년의 「초인 니콜라」 이 세 작품이 책으로 만들어지지 않은 상태였다.

1961년 12월,《쇼넨》에서「요성인 R」연재가 끝났을 때 고분샤는 '소년 탐정 에도가와 란포 전집'으로 이어서 내지 않고 장정을 새롭게 해 '소년 탐정단 전집'을 냈다. B6판으로 이번에는 케이스에 넣어 판매했다. 12월에는 첫 5종,『괴인 이십면상』『소년 탐정단』『요괴 박사』『대금괴』『청동 마인』이 발간되었다. 당시 예고로는 지금까지 책으로 나온 적이 없는「전기 인간 M」「요성인 R」, 그리고 연재가 막 시작된「초인 니콜라」를 포함해 모두 스물여섯 권이 될 거라고 알렸다.

하지만 그때까지 '소년 탐정 에도가와 란포 전집'은 120엔이었는데 케이스에 넣은 새 전집은 250엔으로 곱절이 넘게 비싸기도 해서 별로 많이 팔리지 않았는지, 시리즈는 초기 다섯 권까지만 출간한 후 중단되고 말았다. 아직 책으로 나오지 않은「전기 인간 M」과「요성인 R」부터 배본했다면 다른 상황이 펼쳐졌을지도 모르는데 무작정 제1작부터 다시 냈으니 팔리지 않았으리라.

그로부터 1년 뒤,《쇼넨》1962년 12월호에서「초인 니콜라」연재가 끝나자 란포와 고분샤는 사이가 소원해졌다.

한편 포플러샤는 '명탐정 아케치 고고로 문고'가 열다섯 권으로 일단 완결되고 반년 뒤인 1960년 10월에 '소년 탐정소설 전집' 전 10권을 내놓았다. 란포 외에 요코미조 세이시, 다카기 아키미쓰, 운노 주자, 시마다 가즈오 등의 작품으로 구성된 시리즈였다. 란포 작품으로는 제1권『황금 가면』, 제2권『인간 표범』, 그리고 제7권으로 히카와 로가 리라이트한『흰 날개의 수수께끼白い羽根

の謎』(원제『화인환희』)가 나왔다. 요코미조 작품은『유령 철가면幽靈鉄仮面』과『가면성仮面城』두 작품이었고, 이 두 작품은 요코미조가 쓴 어린이용 소설이었지만 모두 예전 작품이었다. 이렇게 해서 '소년 탐정 아케치 고고로 문고'에 들어가지 못했던『황금 가면』과『인간 표범』도 다시 시장에 나오게 되었다. 그 뒤 1963년 10월과 11월에 이 두 작품은 '명탐정 아케치 고고로 문고'에 들어갔다.

이렇게 해서 아케치 문고는 모두 열일곱 권이 되었다.『흰 날개의 수수께끼』만이 아케치 문고가 되지 못했는데, 이 18종은 란포가 살아 있는 동안에 간행된 공인 리라이트판이다. 란포가 쓴 서문도 붙어 있다.

리라이트판에서는 성적인 내용이나 잔혹한 장면은 삭제하고, 혹은 표현을 누그러뜨렸다. 또 아케치 고고로가 등장하지 않는 작품에서도 아케치가 등장해 사건을 해결한다. 게다가 원작에는 나오지 않는 고바야시 소년을 등장시키는 등 여러 군데 손을 댔다. 앞에서 이야기한 대로 문체도 란포가 쓴 소년 탐정단 시리즈는 '입니다'로 끝나는 말투인데, 리라이트판은 '이다'로 끝나는 차이가 있다.

란포 작품뿐만 아니라, 명작을 어린이용으로 리라이트하는 것에 관해서는 찬반양론이 있다. '리라이트판으로 읽은 기분이 들어 완역판을 읽지 않게 된다'라는 것이 대표적인 반대 의견인데, '리라이트판이라도 아무것도 읽지 않는 것보다는 낫다'라는 의견과 대립해 영원히 답이 나오지 않을 것이다. 하지만 포플러샤

리라이트판의 경우 20종 가운데 18종이 란포 생전에 나온 것이므로, 란포가 리라이트한 원고도 직접 살펴보았을 것이다. 그런 점에서 미나미 요이치로가 번역한 아르센 뤼팽 등의 다른 어린이용 리라이트판과는 다르다. 따라서 란포 작품에 준하게 취급되어야 하지 않을까, 하는 생각이 들지만, 대부분의 란포 연구서에서는 내용까지 파고든 경우가 없다.

가장 많은 독자를 얻었을 리라이트판이지만 란포 연구에 있어서 사각지대가 되었다. 이제는 도서관에서 빌리거나 헌책으로 사서 볼 수밖에 없으니 앞으로는 잊히게 될 것이다.

'명탐정 아케치 고고로 문고'의 성공으로 포플러샤와 란포의 관계는 깊어졌다. 고분샤에 '소년 탐정단' 시리즈를 낼 의사가 없다고 판단한 란포는 판권을 포플러샤로 넘겼다.

이렇게 해서 1964년 7월부터 11월에 걸쳐 포플러샤는 '소년 탐정 에도가와 란포 전집' 전 15권을 단숨에 내놓았다. 이 포플러샤판 '소년 탐정 에도가와 란포 전집'의 마지막 배본 작품 2종, 제12권 『황금 표범』과 제14권 『야광 인간』이 란포 생전에 출간된 마지막 책이 된다. 이것은 '전집'이라고 찍혀 있지만 '소년 탐정단' 시리즈의 모든 작품을 다 모은 것은 아니었다. 하지만 중요한 작품은 갖추어졌고, 잘 팔려서 포플러샤는 나중에 다시 작품들을 재편성해 전 26권으로 만든다.

이 시기에 란포가 교정을 보고 수정할 수 있었는지는 알 수 없지만 만들어진 책은 틀림없이 받아 보았을 것이다.

어쨌든 란포는 살아 있는 동안에 '소년 탐정단' 시리즈가 부활

해 기뻤다.

탐정작가클럽은 사단법인이 되고, '소년 탐정단'은 포플러샤라는 마지막 정착지를 얻었으며,《호세키》도 고분샤가 인수해주었다. 그해에 란포는 자신과 관련된 일들, 유산이 될 것들을 정리하며 마지막을 준비하고 있었다.

모리시타 우손의 죽음

모리시타 우손이 은둔해 살던 고치에서 뇌출혈로 쓰러진 것은 1963년 4월 8일이었다. 이로 인해 그는 오른쪽 반신을 쓸 수 없게 되고, 말도 하지 못하게 되었다. 그래도 1964년 여름에는 부축을 받으며 걸을 수 있을 만큼 빠르게 회복했고, 언어는 부자연스러워도 의식은 또렷했다. 1964년 말에는 몸이 좋아지고 있다는 내용이 담긴 편지를 연하장 대신 보내 친구와 지인들을 안심시켰다.

하지만 이듬해 5월이 되자 갑자기 병세가 악화해 16일에 세상을 떠나고 말았다.

요코미조는 이튿날 아침 8시에 전화로 소식을 들었다. 그때의 일을 '큰 충격. 눈물, 넋이 나갔다. 불효하던 자식이 갑자기 아버지를 잃은 듯한 심정이다'라고 일기에 적었다. 그러나 울고만 있을 수는 없어 관계자들에게 이리저리 전화로 알리고 아들 료이치에게 조사를 적은 종이와 10만 엔을 줘서 고치로 보냈다. 장례식에서는 료이치가 그를 대신해 조사를 읽었다.

병상에 누워 있던 란포는 조전을 쳤다. '탐정소설의 아버지를 잃은 통한. 그 자식 가운데 한 명인 저 역시 같은 병 때문에 밖에 나갈 수 없어 안타깝습니다. 집에서 모리시타 씨의 사진을 보며 경의를 표하고 있습니다.'

그해에 요코미조 세이시는 체포록 작가였다. 4월부터 고단샤에서 '닌교 사시치 체포록' 시리즈 전 10권이 간행되었고, 동시에 NHK에서 텔레비전 드라마로 만들어 4월 7일부터 이듬해 4월 1일까지 1년 동안 방영했다(마쓰카타 히로키 주연).

요코미조의 일기는 일본 패전 직후에 쓴 부분이 책에 실려 있는데, 그 뒤에 쓴 일기는 1965년의 내용이 『요코미조 세이시 독본』에 수록되었다. 이 일기를 바탕으로 모리시타가 세상을 떴다는 소식을 들은 뒤에 어떤 모습이었는지 살펴보면, 요코미조는 모리시타를 추모하는 모임과 관련해서 병상에 누워 있던 란포에게 지시를 빈번하게 받고 있었다. 일기에 적힌 단편적인 내용만으로도 병들어 움직일 수 없는 형이 부모의 장례를 아우에게 지시하는 듯한 분위기가 느껴진다. 애초에 란포와 요코미조는 추리작가협회장으로 치르려고 생각했는데, 사단법인이 된 관계로 무척 어려워져 그러지 못했다. 5월 25일에 란포는 요코미조에게 전화를 걸어 '성대하게 치르도록' 하라고 지시했다. 모리시타 우손을 추모하는 모임은 6월 19일로 결정되었다.

이틀 전인 6월 17일, 요코미조의 집에 조 마사유키, 미즈타니 준, 다카모리 에이지, 혼이덴 준이치 같은 《신세이넨》 시절의 동료와 야마무라 마사오가 모여 추모회에 관해 마지막으로 의논했고, 이튿날에도 요코미조는 여기저기 전화를 걸었다. 19일 아침,

고베에서 온 니시다 마사지와 모리시타의 아내, 장남이 요코미조의 집에 도착해 다 함께 이케부쿠로에 있는 란포의 집으로 향했다. 란포가 움직일 수 없어 인사를 하러 간 것이다. 란포 자택에서 점심을 먹고, 2시 15분쯤 유라쿠초에 있는 닛카쓰코쿠사이 호텔에 도착해 3시 반부터 요코미조가 개회사를 하고 추모회가 시작되었다. 란포의 조사는 장남인 히라이 류타로가 대신 읽었다. 요코미조는 일기에 '참석자는 74명. 온화하고 좋은 모임이었다고 생각한다'라고 적었다.

6월 26일, 모리시타 우손 추모 모임을 진행한 이들을 위로하는 모임이 요코미조 주최로 열렸다. 란포는 참석할 수 없어서 비용 일부를 송금했다. 위로회가 끝나자 요코미조는 '어깨의 짐을 내려놓았다. 이제 남은 일은 에도가와 씨 댁에 인사드리러 방문하는 것뿐'이라고 일기에 기록했다. 하지만 그 뒤 건강이 악화되어 요코미조가 란포의 집을 찾은 것은 7월 2일이었다. 만날 수는 있었다. 그러나 '란포 씨는 좀 힘들어 보였다. 25분 만에 나왔다'라고 했다. 이 25분 동안에 어떤 이야기가 오갔을까? 독자 여러분은 이미 눈치챘으리라. 이것이 란포와 요코미조의 마지막 만남이었다.

동석했던 란포의 아들 히라이 류타로에 따르면, 이때 란포가 "이제 글을 쓸 기운이 없어"라고 중얼거리자 요코미조는 "란포가 그런 소리를 하면 안 된다. 다시 기운을 내시라" 하고 격려했다. 그 눈빛이 너무도 슬퍼 보였다.

란포의 집을 방문한 날까지 요코미조는 매일 일기를 썼는데,

이튿날인 3일부터 28일까지는 공백이 이어진다. 몸이 좋지 않아 쓸 수 없었던 모양이다. 예년 같으면 7월 18일에 피서를 위해 가루이자와로 갔을 텐데 그해에는 계속 세이조에 머물렀다. 란포의 쇠약해진 모습에 충격을 받고 몸 상태가 나빠져 일기도 쓸 수 없게 되었는지도 모른다.

큰 별이 지다

7월 28일 오전에 요코미조는 혈압이 135에서 70으로 갑자기 떨어졌다. '이게 어떻게 된 일일까?' 생각하면서도 점심을 다 먹었을 때, 란포가 위독하다고 히라이 시즈코(장남 류타로의 아내)가 전화로 알려왔다. 요코미조는 이케부쿠로의 란포 집으로 달려갔다. 간신히 임종을 지킬 수 있었다.

장남인 류타로에 따르면 '돌아가셨을 때는 뇌출혈 같았습니다. 넘어진 게 원인이었죠. 워낙 고집이 세셔서, 몸을 제대로 움직이지 못하면서도 화장실에는 스스로 걸어가려고 하셨으니까요. 그러다 미끄러져서 뒤로 벌렁 넘어지신 거예요. 아직 죽을 때가 아니라고 생각하셨을 테니 유서 같은 건 없었죠. 사고로 돌아가신 거나 마찬가지였으니까요'라고 한다.

임종 순간을 류타로는 이렇게 말한다. '그때까지 내내 의식이 없었는데 눈을 번쩍 뜨시더니 주위에 있는 우리를 한 차례 둘러보셨어요.'(『추억의 작가들 1』) 요코미조도 그 자리에 있었다. 란포가 보았는지는 알 수 없다. 란포의 나이 일흔이었다.

란포의 마지막 순간을 요코미조 세이시는 이렇게 회상했다.

"하지만 란포 씨의 생명이나 인기는 영원불멸이겠지. 이분은 또 언젠가 대중들 속에서 되살아날 테니까……."

1965년 7월 28일 정오가 조금 지났을 무렵, 란포의 임종을 지키던 나는 속으로 남몰래 이렇게 중얼거렸다. 숨을 거둔 란포의 얼굴을 바라보면서 왜 하필 이런 말을 마음속으로 떠올렸는가 하면, 란포의 말년은 무척 쓸쓸했던 게 아닌가 싶어 내 나름대로 측은하게 여겼기 때문일 것이다. 란포의 쓸쓸함은 내 쓸쓸함이기도 하다. 그래서 내 처지처럼 여겨져 더욱 딱하게 느꼈을지도 모른다.'

하지만 요코미조의 장남 료이치의 회상은 다르다. 료이치는 그때 도쿄신문 문화부에 근무하고 있었기 때문에 란포가 세상을 떠났다는 소식을 듣자 바로 이케부쿠로의 란포 집으로 갔다. 요코미조는 료이치가 도착한 뒤 왔다고 한다. 당시 심하게 동요하던 아버지의 모습을 료이치는 가도카와문고판『풍선 마인·황금 마인』끄트머리에 실린 좌담회에서 이렇게 표현했다.

'나중에 달려온 아버지가 머리맡에서 우는 것을 보고 옆에 있던 미즈타니 준 선생이 "이봐, 요코 선생, 너무 울지 마. 다시 만날 수 있잖아"라고 하신 걸 기억합니다. 아, 참 좋은 위로 방법이구나 생각했죠.'

8월 1일에 아오야마 장례식장에서 에도가와 란포의 일본추리작가협회장이 거행되어 1200명의 문상객이 모여들었다. 오시타 우다루가 장례위원장을 맡고 친구 대표로 요코미조 세이시가 조사를 읽었다. 그 밖에 일본추리작가협회 이사장인 마쓰모토 세이초, 문예가협회 대표 도미타 쓰네오, 도쿄작가클럽 회장 시라이 교지가 조사를 읽었다. 정부는 정5위 훈3등 서보장[321]을 수여했다.

많은 잡지가 란포를 추도하는 특집을 꾸몄다. 요코미조는 일본추리작가협회 회보에 「란포 씨의 편지」,《올요미모노》에 「'이중면상' 에도가와 란포」,《스이리쇼세쓰켄큐》에 「란포 서간집」,《다이슈분가쿠켄큐大衆文学研究》에 「에도가와 란포·그 사람과 문학」을 실었다.

---

321   瑞宝章, '국가 또는 공공에 대해 여러 해 공로가 있는 자'에게 수여하는 훈장.

제10장

불
멸

요코미조 붐
1965~1982

어떤 베스트셀러 작가도 세상을 떠난 뒤에 '신작'이 나오지 않으면 몇 해 뒤 서점 진열대에서 사라지고 만다. 하지만 에도가와 란포나 요코미조 세이시는 '신작'을 쓰지 않는 사후에도 '신간'이 끊이지 않는다. 호랑이는 죽어서 가죽을 남기고 사람은 죽어서 이름을 남긴다. 란포와 요코미조는 엄청난 양의 책을 남겼다.

고단샤와 포플러샤의 전집

1965년(쇼와 40)에 아버지 같은 모리시타 우손과 형 같은 에도가와 란포를 연달아 잃은 요코미조 세이시는 1966년에 또 배다른 동생 다케오를 잃었다. 다케오는 하쿠분칸이 해체된 뒤 그 뒤를 이은 회사 하쿠유샤로 옮겼으나 1960년에 그만두었다. 그 뒤에는 골프 잡지 《골프돔ゴルフドム》에서 편집 일을 했지만, 재직 중에 세상을 떠났다.

그리고 란포를 따라가듯 오시타 우다루가 1966년 8월 11일에 세상을 떠났고, 1969년 10월 31일에는 기기 다카타로도 그 뒤를 이었다. 태평양전쟁 전부터 활동하던 작가의 수가 계속 줄어들었다.

요코미조는 탐정소설 작가로는 1964년 8월에 나온 『밤의 검은 표범』을 마지막으로 침묵하고 있었다(체포물은 계속 썼다). 하지만 일기를 보면 이미 《호세키》는 없어졌는데 1965년 8월 16일—가루이자와에 머물고 있을 때—부터 「가면무도회」를 쓰기 시작했다. 그 뒤로 쓰지 않는 날도 있었지만 200자 원고지로 15매에서 20매씩 써서, 9월 25일에 453매가 된 다음 날인 26일에 '고쳐 써야 해서 중단'되었다. 이후 한동안 일기에는 '「가면무도회」 오늘은 집필 쉼'이라고 썼는데, 그 상태가 여러 날 이어지더니 10월 5일을 마지막으로 '쉼'이라는 글자도 나오지 않게 된다. 쓰지 않는 대신 『악마가 와서 피리를 분다』나 『악마의 공놀이 노래』 등 자기 작품을 다시 읽고, 10월 27일 '옛것을 이리저리 다듬는 중에 완전히 바뀐 착상으로 잘 쓰면 재미있을지도 모르겠다'라고 하고 「상하이 씨의 컬렉션上海氏の蒐集品」을 쓰기 시작하지만, 11월 18일을 마지막으로 이것도 '중단'되어 버린다. 이 소설은 1980년에 《야세이지다이》에 게재될 때까지 햇빛을 보지 못한다.

란포가 세상을 떠난 지 2년째인 1967년, 포플러샤는 '소년 탐정 에도가와 란포 전집' 외에 '명탐정 시리즈' 전 15권을 내놓았다. 그 가운데는 란포의 작품을 히카와가 리라이트한 『황금 가면』(제1권), 『저주의 지문』(제2권), 『마술사』(제3권), 『대암실』(제5권), 『이상한 붉은 벌레』(제7권), 『지옥의 가면』(제11권),

『검은 마녀』(제13권),『녹색 옷을 입은 괴물』(제15권) 여덟 권이 포함되어 있었다.

1968년에는 도겐샤의 신서판 시리즈 '포퓰러북스'에서『그림 자 사나이』와『검은 도마뱀』이 나오고 고단샤의 '현대 장편문학 전집' 제5권으로「음울한 짐승」「난쟁이」「외딴섬 악마」「검은 도마뱀」을 수록한『에도가와 란포』가 나왔다.

1969년에 상황이 크게 변했다. 고단샤가 전 15권짜리 '에도가 와 란포 전집'을 4월부터 내놓기 시작했다. 마쓰모토 세이초, 미 시마 유키오, 나카지마 가와타로가 편집위원을 맡았다. 팥색의 크로스 장정 하드커버에 투명 비닐 커버를 씌웠다. 게다가 검정 케이스에 넣고 띠지는 권마다 다른 색으로 만들어 위엄이 있으 면서도 기괴한 분위기가 감돌았다. 고단샤가 란포 전집을 낸다 고 발표하자 추리소설계나 그 주변에서는 '이제 와서 란포가 팔 리겠느냐'라는 목소리도 있었지만 큰 성공을 거두었다. 애초 전 12권으로 '괴인 이십면상' 같은 어린이용을 제외한 소설 대부분 을 수록할 예정이었는데, 판매 상황이 좋아 자서전이면서 탐정 소설 역사를 기록한『탐정소설 40년』(상하)과『환영성』세 권을 더해 전 15권이 되었다. 1970년 6월까지 매달 한 권씩 배본해, 무 사히 완결되었다. 한 권 가격은 690엔이었는데 대졸 초임의 급 여가 4만 엔쯤 하던 시절이었다. 그 가운데 어떤 권은 증쇄할 만 큼 베스트셀러가 되었다.

출판계에서는 베스트셀러가 나오면 그 회사는 물론 다른 회 사도 비슷한 기획을 내놓는다. '란포는 잘 팔린다'라는 분위기가

형성되었기 때문에 포플러샤는 열다섯 권으로 끝낼 예정이었던 '소년 탐정 에도가와 란포 전집'을 이어서 내기 시작해, 1970년 6월에 《쇼넨》에 연재되었으나 여태 단행본으로 나오지 않았던 『가면 쓴 공포왕』(제16권), 『철인 Q』(제17권)부터 내고, 그 뒤에 『마법 박사』(제18권), 『회색 거인』(제19권), 『마인 공』(제20권), 『해저의 마술사』(제21권), 『하늘을 나는 이십면상』(제22권), 『악마 인형』(제23권), 『철탑 왕국의 공포』(제24권), 『황금 괴수』(제25권), 『이십면상의 저주二十面相の呪い』(제26권)를 1970년 11월까지 냈다.

포플러샤는 동시에 히카와 로 같은 이들의 리라이트판도 이 '소년 탐정 에도가와 란포 전집'에 넣기로 하고 『황금 가면』(제27권)을 1970년 8월(아직 16권부터 26권까지 간행 중)에 내고, 그 뒤 『저주의 지문』(제28권), 『마술사』(제29권), 『대암실』(제30권), 『이상한 붉은 벌레』(제31권), 『지옥의 가면』(제32권), 『검은 마녀』(제33권), 『녹색 옷을 입은 괴물』(제34권), 『지옥의 어릿광대』(제35권), 『그림자 사나이』(제36권), 『암흑성』(제37권), 『흰 날개의 수수께끼』(제38권), 『죽음의 십자로死の十字路』(제39권), 『공포의 마인왕恐怖の魔人王』(제40권)을 1972년 8월까지 냈다. 그리고 1973년 11월과 12월에 『난쟁이』(제41권), 『거미남』(제42권), 『유령의 탑』(제43권), 『인간 표범』(제44권), 『시계탑의 비밀』(제45권), 『삼각관의 공포』(제46권)까지 모두 여섯 작품을 내놓아 포플러샤에서 내놓은 '소년 탐정 에도가와 란포'는 모두 마흔여섯 권이 되었다.

이 중 『죽음의 십자로』(원제는 『십자로』)와 『공포의 마인왕』(원제는 『공포왕』) 두 작품은 이 시리즈를 위해 히카와 로가 새로 리라이트한 작품인데 에도가와 란포의 허락을 받지는 못했다. 란포가 손수 쓴 오리지널 어린이 소설과 어른 대상으로 쓴 소설을 리라이트한 작품을 구별하지 않고 한 시리즈로 묶어버렸다는 비판도 있다. 예를 들면 『황금 가면』을 리라이트판으로 읽은 어린이들이 많아 란포가 쓴 오리지널 『황금 가면』을 읽지 않는 사태가 일어난 것이다.

그래서인지 헤이세이平成 시대(1989~2019)에 들어 포플러샤는 '소년 탐정 시리즈'를 장정을 바꾸어 복간할 때 27권 이후는 내지 않았다.

한편 전집으로 성공을 거둔 고단샤도 1974년에 어린이 대상 리라이트판을 야마무라 마사오, 나카지마 가와타로, 히카와 로에게 쓰게 해, '소년판 에도가와 란포 선집'으로 『거미남』『난쟁이』『유령의 탑』『인간 표범』『삼각관의 공포』『유령탑』까지 여섯 권을 내놓았다.

그리고 1972년 6월부터 1973년 2월까지 슌요문고판 '에도가와 란포 장편 전집' 전 20권이 간행되었다.

이런 란포 리바이벌의 선구자가 된 것이 도겐샤의 '대로망大ロマ ン의 부활' 시리즈였다. 이 출판사가 낸 란포 전집은 그리 잘 팔리지 않았지만,《호세키》에 연재한 『흑마술 수첩』을 내놓고 나서 시부사와 다쓰히코와 관계가 깊어졌던 도겐샤는 1968년 8월에 시부사와 다쓰히코의 추천으로 구니에다 시로의 『신슈 고케쓰성』을

내서 좋은 평가를 받았고 판매 면에서도 좋은 성과를 거두었다.

이 시점에서는 시리즈로 낼 계획이 없었는데, 그 뒤로 12월에는 오구리 무시타로의 『인외마경人外魔境』, 이듬해인 1969년 3월에는 구니에다 시로의 『쓰타카즈라키소노카케하시』가 이어지고, 어느새 '대로망의 부활' 시리즈라는 이름을 달게 되었다. 요코미조 세이시의 『도깨비불 완전판』도 1969년 11월에 이 시리즈 가운데 한 권으로 나왔다.

1960년대도 후반으로 접어들자 마쓰모토 세이초에서 시작된 사회파 추리소설도 붐을 이룬 지 10년 가까이 흘러, 사회파가 아닌 추리소설은 많이 줄어들었다. 그런 시대에 새로운 세대의 미스터리 팬들 사이에서 태평양전쟁 전의 미스터리 작품에 대한 관심이 높아졌다. '대로망의 부활' 시리즈와 란포 리바이벌은 그런 분위기와 연동하고 있었다. 새로운 세대는 초등학교 도서관에서 '소년 탐정단' 시리즈와 어린이 대상 셜록 홈스, 뤼팽으로 미스터리를 만나 20세쯤 되자 다음에 읽을 책을 찾고 있었다. 포플러샤판 란포 전집이 1970년대의 '전쟁 전 탐정소설 붐'의 토양을 만들었다고도 할 수 있다.

『팔묘촌』의 만화화

구니에다 시로와 오구리 무시타로의 리바이벌과 같은 시기에 고단샤가 발행하는 잡지 《쇼넨매거진》[322]에 가게마루 조야가

322　1959년 3월 17일에 창간된 소년 만화 주간지.

『팔묘촌』을 만화로 그렸다.

1959년 3월에 창간호를 낸 쇼가쿠칸의 《쇼넨선데이》와 《쇼넨매거진》은 처음부터 부수 경쟁을 해야 할 운명이었다. 《쇼넨데이》쪽이 데즈카 오사무를 비롯해 데라다 히로오, 후지코 후지오(후지코·F·후지오와 후지코 후니오Ⓐ, 당시는 공동 필명), 아카쓰카 후니오 등 도키와장[323] 그룹을 품고 있기도 해서 우세했다. 그러나 1967년 1월 8일 발행호(1966년 연말에 발매)로 《쇼넨매거진》은 《쇼넨선데이》보다 먼저 발행 부수 100만 부를 돌파했다. 그 원동력이 된 것은 가지와라 잇키와 가와사키 노보루의 「거인의 별」로 1966년 5월 15일 발행호부터 연재가 시작된 상태였다.

하지만 원래 계획에 따르면 「거인의 별」은 2월부터 연재할 계획이었다. 편집부는 가지와라 잇키의 원작으로 야구 만화를 시작하기로 하고, 가와사키 노보루를 만화가로 결정했다. 가와사키는 《쇼넨선데이》에 「캡틴 고로」를 연재하고 있었으며 2월까지는 끝낼 예정이었다. 그런데 가와사키가 《쇼넨매거진》에 연재할 예정이라는 사실을 안 《쇼넨선데이》 편집부는 연재 종료를 연기하고 계속 연재해달라고 했다. 가와사키는 앞으로 《쇼넨선데이》는 물론 쇼가쿠칸과도 일하고 싶었으므로 그 부탁을 거절할 수 없었다. 그래서 《쇼넨매거진》에 「거인의 별」을 포기하고

---

[323] トキワ荘, 1952년부터 1982년까지 도쿄도 도시마구 미나미나가사키 3정목에 있던 목조 2층 연립주택. 데즈카 오사무, 후지코 후지오, 아카쓰카 후니오, 이시오모리 쇼타로 등 유명 만화가들이 입주해 있다는 사실이 알려지며 만화의 성지 같은 곳이 되었다.

싶다고 했다.

쇼가쿠칸과 고단샤는 원래 라이벌 회사다. 두 잡지는 치열한 부수 경쟁을 벌이고 있었기 때문에 인기 만화가를 서로 빼앗거나 다른 출판사로 가지 못하도록 잡아두는 경쟁도 치열했다. 그때 일어난 것이 1965년 8월의「W3(원더스리)」사건이다. 데즈카 오사무는 창간호부터 줄곧《쇼넨선데이》에 연재하고 있었는데,《쇼넨매거진》의 편집자가 3년 동안 달라붙어 결국 연재 약속을 받아냈다. 그 작품이「W3」인데 6회까지만 연재하고 중단되었다. 데즈카는《쇼넨선데이》에서 새로 연재하기 시작했다. 그 이유에 관해서는 여러 설이 있다.

이 사건으로 두 잡지의 관계는 악화했다. 그런 상황에서《쇼넨선데이》에 그리던 가와사키 노보루가《쇼넨매거진》에 그리게 되어 연재를 끝내고 싶다고 하자《쇼넨선데이》는 이를 방해하려고 한 것이다. 가와사키로부터 연재를 맡지 못하겠다는 말을 들은《쇼넨매거진》의 편집자 미야하라 데루오는 가와사키 외에 이 만화를 그릴 수 있는 사람은 없다고 생각했다. 미야하라는 가와사키와 밤새도록 만화에 관한 이야기를 나누고, 서로 어떤 만화를 만들고 싶은지 확인했다. 가와사키는 3개월 뒤로 해준다면 그 사이《쇼넨선데이》와 이야기를 마무리 지어 연재를 끝내고 오겠다고 했다. 미야하라는 알았다고 했다.

이렇게 해서「거인의 별」은 4월에 발매되는 제19호부터 연재하기로 결정되었다. 그 결과 8호부터 18호까지 11호분을 어떻게 메울 것이냐 하는 문제가 생겼다. 미야하라는 가지와라에게 기존 문학작품을 각색해 만화화하자는 아이디어를 내놓았고 가지와라도 제안에 응했다. 이렇게 해서 우선 시베리아호랑이[324]의 생애를 그린 러시아의 니콜라이 바이코프[325] 원작 『위대한 왕』을 가지와라가 각색하고 고시로 다케시 그림으로 만화화해 제11호부터 제18호까지 연재했다. 틈새를 메울 작정이었고 미야하라도 인기가 있을 거라고는 기대하지 않았는데 마지막 회에서 독자 앙케트 1위를 차지할 만큼 인기를 끌었다.

가지와라는 제19호부터 예정대로 「거인의 별」에 매달리는데, 미야하라는 이 일과는 별도로 문학작품의 만화화를 계속 이어가기로 했다. 그 일곱 번째 작품으로 허먼 멜빌의 『모비 딕』을 선정하고 가지와라 구성, 가게마루 조야 그림으로 만화화해 1968년 33호부터 37호까지 연재했다. 이때도 성공했다. 다음으로는 추리소설을 만화화하게 되어 가게마루 조야와 의논한 끝에 요코미조 세이시의 『팔묘촌』을 이번에는 각색자 없이 가게마루가 직접 만화로 만들게 되었다.

이렇게 해서 1968년 42호(10월)부터 「팔묘촌」 연재가 시작되어 1969년 16호(4월)까지 반년에 걸쳐 이어졌다. 그때 《쇼넨매거진》은 이미 100만 부를 돌파한 뒤였다. 부수는 100만 부지만

324　Panthera tigris altaica, 식육목 고양잇과에 속한 포유류. 아무르호랑이, 만주호랑이라고도 부른다. 호랑이 종류 가운데 가장 크고 당당한 체구를 자랑한다. 한국호랑이, 백두산호랑이로 부르는 우리나라 호랑이도 여기에 속한다.

325　Nikolai Apollonovich Baikov(1872~1958), 러시아 소설가. 제정 러시아의 군인으로 만주에서 근무하며 원시 자연에 매혹되었고, 이후 러시아혁명을 거치며 만주로 망명하여 자연과 동식물을 다룬 작품을 다수 써냈다.

그 시절 만화 독자들은 친구끼리 잡지를 돌려 보았고, 라면집이나 카페 혹은 이발소 등에 비치되어 한 권을 여러 사람이 읽기도 했기 때문에 실제로는 수백만 명이 읽었으리라. 초등학생부터 대학생까지 남학생 대부분이 《쇼넨매거진》을 읽었다고 해도 과언이 아니다. 그만한 수의 사람들이 「팔묘촌」을 읽어 요코미조 세이시의 이름은 기억하지 못해도 인상에 남는 「팔묘촌」이라는 제목은 기억되었다.

그러나 이 무렵 요코미조 세이시는 신작을 내지 않았다. 긴다이치 고스케가 등장하는 옛 작품들도 서점 진열대에 꽂혀 있는 상황은 아니었다. 기껏해야 1965년에 고단샤의 계열사인 도토쇼보東都書房에서 '요코미조 세이시 걸작 선집' 전 8권이 나와 있는 정도였다. 그 가운데는 『팔묘촌』도 있었다.

도겐샤는 오구리 무시타로의 거의 모든 작품을 내놓았다. 이와 함께 운노 주자, 히사오 주란, 마키 이쓰마, 노무라 고도, 란 이쿠지로, 가야마 시게루, 시라이 교지, 오시카와 슌로, 구로이와 루이코로 거슬러 올라간다. '일본 로망 시리즈'라는 이름이 붙은 이 시리즈 가운데는 앞에서 이야기했듯이 요코미조 세이시의 『도깨비불』과 『저주의 탑』도 있었지만 《쇼넨매거진》의 「팔묘촌」은 그보다 앞선 작품이었다.

같은 시기에 산이치쇼보三一書房는 '유메노 규사쿠 전집'과 '히사오 주란 전집' 전 10권을 내놓았다. 이해에는 1월부터 6월까지 란포와 요코미조의 전집이 나란히 나오고 있었다. 요코미조는 『자전적 수필집』에 실린 수필 「란포는 영원하며 불멸이다乱歩は

永遠にして不滅である」에 자신은 '란포 전집이 거둔 대성공의 혜택을 가장 많이 받았다'며 지인에게 "란포 씨가 살아 계실 때 내게 정말 많은 것을 베푸셨는데, 돌아가신 뒤에도 나는 이렇게 신세를 지고 있네"라고 말했다고 적었다. 요코미조 전집도 잘 팔렸기 때문에 고단샤는 1971년에 '정본 닌교 사시치 체포록 전집' 전 8권을 간행하고, 나아가 1972년에는 고희 기념으로 첫 수필집 『탐정소설 50년』을 내놓았다.

요코미조의 '닌교 사시치 체포록'은 1965년에 고단샤가 전 10권짜리 '닌교 사시치 체포록' 시리즈를 낸 뒤, 1968년에 긴레이샤金鈴社에서 '신편 닌교 사시치 체포록 문고' 전 10권도 내놓았다.

태평양전쟁 기간에 요코미조는 탐정소설을 쓸 수 없었기 때문에 닌교 사시치 체포록을 써서 생계를 이었다. 하지만 1964년에 『밤의 검은 표범』을 낸 뒤로는 탐정소설 '신작'뿐 아니라 '신간'도 적어졌다. 요코미조는 다시 닌교 사시치로 생계를 꾸렸다.

가도카와문고, 요코미조 작품을 내기 시작하다

가도카와쇼텐의 창업자 가도카와 겐요시에게는 아들이 두 명 있었는데, 둘 다 가도카와쇼텐에 입사한 상태였다. 장남 하루키는 편집을, 차남 쓰구히코는 영업을 담당하게 된다. 하루키가 입사한 때는 1965년, 란포가 세상을 떠난 해였다. 그가 기획해 1967년 1월부터 내놓은 '세계의 시집' 시리즈는 아주 많이 팔렸는데, 이어서 내놓은 '일본의 시집'은 기대만큼 팔리지 않아 적자를 내는 바람에 하루키는 좌천당하고 말았다.

그때 미국에서 베스트셀러가 된 소설을 접하고 일본에서는 이름이 없는 신인 작가였기 때문에 파격적으로 싼 판권료로 일본어판 권리를 획득했다. 그 소설은 할리우드에서 영화화되어 영화는 물론 책, 그리고 주제가까지 엄청난 인기를 끌었다. 『러브스토리』였다. 1970년 11월에 가도카와쇼텐이 내놓은 일본어판도 해외 문학으로는 이례적인 히트를 기록했다.

이 성공으로 가도카와 하루키는 사내에서 주도권을 잡았고 가도카와문고의 노선을 엔터테인먼트 쪽으로 전환했다. 아버지 겐요시는 이와나미문고를 목표로 가도카와문고를 창간했는데, 그런 상태로는 아무리 시간이 흘러도 이와나미의 뒤를 따라갈 뿐 추월할 수는 없다. 이와나미가 내지 않는 분야는 현대의 새로운 작가 작품이었다. 일본 작가의 작품은 거의 모두 신초문고가 내고 있어, 신초샤가 순문학 잡지 《신초》, 중간소설 잡지 《쇼세쓰신초》《슈칸신초》를 가지고 있는 반면 가도카와쇼텐에는 문예지가 하나도 없었다.

그래서 가도카와 하루키가 궁리한 것이 해외 문학이었다. 예전 하야카와쇼보와 마찬가지라고 하면 마찬가지 수법이었다. 해외 작품은 에이전트에게 제일 먼저 신청한 출판사가 우선권을 갖는다. 가도카와는 영화화될 작품을 중심으로 일본 판권을 따내 문고에 영화 스틸 사진을 이용한 컬러 인쇄 커버를 씌워 팔려고 했다. 그 뒤로 차츰 영화와는 관계가 없는 책도 컬러 인쇄 커버를 입혔다. 이런 방법을 하야카와도 따랐고, 그 뒤로 각 출판사가 창간하는 문고는 모두 컬러 인쇄 커버를 입히게 되었다. 이와나미문고만 예전과 같은 글라신Glassine지(파라핀지)를 이용한 커버였는데, 그것도 나중에는 없앴다. 결국 이와나미문고를 목표로 삼아 창간한 가도카와문고를 이와나미문고가 흉내 내기에 이른 것이다.

가도카와 하루키가 그다음에 생각한 것은 일본인 작가 가운데서도 신초문고가 낼 것 같지 않은 작가들이었다. 그렇다고 이름도 없고 팔리지도 않는 작가라면 내는 의미가 없다. 신초문고가 별로 관심을 보이지 않는 추리소설과 SF를 타깃으로 삼았다.

그런 가운데 업계 최대 출판사인 고단샤가 드디어 문고 시장에 뛰어들 것 같다는 소문이 출판계에 퍼졌다. 그게 사실이라면 가도카와문고에는 가장 큰 위협이 된다.

요즘 같으면 상상할 수 없는 일이지만, 1970년대에 들어서까지 폭넓은 장르의 라인업을 갖춘 종합적인 문고는 이와나미문고, 신초문고, 가도카와문고뿐이었다. 그 밖에도 소겐추리문고, 하야카와문고, 슌요문고 등이 있었지만 장르가 한정되어 있었다. 그 문고 시장에 가장 큰 출판사인 고단샤가 뛰어든다고 한다. 가도카와쇼텐은 신초샤는 물론 고단샤와도 싸워야 할 처지가 된다.

가도카와 하루키는 추리 작가와 SF 작가를 계속 찾아가 가도카와문고에서 작품을 내달라고 청했다. 작가 입장에서 보면 잡지에 쓰고 한 차례 단행본으로 나왔다가 잠들어 있던 작품을 그 시절 3대 문고(이와나미, 신초, 가도카와) 중 한 곳에서 내준다면 고마운 일이다. 추리소설 단행본을 내는 회사 중에는 문고가 없는 출판사가 대부분이라 베팅할 수도 없었다. 갓파노블스에서 마쓰모토 세이초, 다카기 아키미쓰를 비롯해 많은 추리소설을 내던 고분샤마저 그때 문고는 없었다. 미스터리는 요즘 출판사에 있어 중요한 축이지만, 그 시절에는 주류가 아니었던 것이다.

가도카와 하루키는 이른바 틈새 산업으로 추리소설 중심의 라인업을 갖추기로 했다. 누구 작품을 넣을까? 가도카와 하루키는 고단샤가 낸 요코미조 전집이 잘 팔린다는 사실과 《쇼넨매거진》에 실린 만화 「팔묘촌」을 많은 사람이 보고 있다는 사실을 알고 있었다. 게다가 그즈음에는 국철(지금의 JR)이 '디스커버 재팬'이라는 캐치프레이즈를 내걸고 대대적인 캠페인을 벌여, 일본의 토속적인 것으로 회귀하려는 움직임이 시작되고 있었다. 또 한편으로 가도카와는 출판 에이전트를 통해 해외 출판 정보를 얻고 있었기 때문에 미국와 유럽에서 오컬트 붐이 일고 있다는 것도 파악한 상태였다.

이런 정보를 종합적으로 분석해 가도카와는 '이제부턴 요코미조다'라고 생각했다. 그런 판단의 밑바탕에는 어렸을 때 가도카와쇼텐이 내던 '현대 국민문학 전집'에서 『팔묘촌』을 읽은 경험도 있었다.

이렇게 해서 『러브스토리』가 발매되는 시기를 전후해 1970년 12월 어느 날, 가도카와 하루키는 《호세키》의 마지막 편집장이었던 오쓰보 나오유키와 함께 세이조에 있는 요코미조의 집을 방문했다. 요코미조 작품을 가도카와문고에서 내게 해달라고 부탁하기 위해서였다.

이때 가도카와와 오쓰보 이외에 가도카와의 누나이자 작가인 헨미 준도 동행했다. 헨미가 요코미조 사후 1주기(1982년 12월)에 나온 『요코미조 세이시 추억 모음』에 쓴 글에 따르면, 오쓰보는 그녀가 풋내기 편집자 시절부터 알고 지내던 사이였고, 우연히 만났을 때 태평양전쟁 전후에 나온 탐정소설이 재미있다는 이야기를 나누었다고 한다. 그러면서 가도카와문고가 요코미조 세이시 작품을 내야 한다는 이야기도 나왔고, 헨미가 이런 내용을 전하자 가도카와는 당장이라도 만나러 가고 싶다고 했다. 헨미는 이미 한 해가 다 저물었으니 새해에 가자고 했지만 가도카와가 우겨서 오쓰보, 헨미와 함께 셋이 세이조에 있는 요코미조의 집으로 가게 된 거라고 했다.

오쓰보는 2007년 인터뷰(신포 히로히사 『미스터리 편집도』 수록)에서 날짜는 정확하지 않지만 가도카와 하루키가 가도카와쇼텐 안에서 불우했던 무렵에 만났다고 한다. '가도카와쇼텐을 그만두고 싶다고 하더라. 그때 그만두지 말라, 문고는 앞으로 대중화되어야 한다, 문고에는 미스터리가 좋다, 라고 이야기해 주었다. 미스터리의 파도가 10년이나 15년을 주기로 반드시 온다던 란포 선생의 말씀이 머릿속에 남아 있었던 거다. 그래서 지금은 요코미조 씨가 좋다, 그리고 막 등단한 모리무라 세이치[326] 씨라거나 호시 신이치 씨라거나 다카기 아키미쓰 씨라거나, 그런 작가를 몇 분 소개했고 자료도 건넸다'라고 했다.

---

326 森村誠一(1933~), 마쓰모토 세이초와 함께 대표적인 사회파 추리소설 작가로 꼽힌다. 대표작으로 '증명 3부작'이라 불리는 『인간의 증명』『청춘의 증명』『야성의 증명』이 있다.

이런 경위로 가도카와, 헨미, 오쓰보 세 사람이 1970년 12월에 요코미조의 집을 찾았다.

요코미조의 아내 다카코에 따르면 그때 그녀는 집에 없었는데, 가도카와 하루키와 그 누나인 작가 헨미 준이 찾아와서 "'선생님 책을 좀 팔고 싶습니다" 하며 서고로 들어가 대표작 몇 권을 가지고 돌아가신 게 처음이었죠'라고 한다. 하지만 헨미는 그때 다카코도 만나 '할머니라고 부르고 싶은 정겨움'을 느꼈다고 썼다.

이렇게 미묘한 차이가 나기는 하지만, 오쓰보가 중간에 서서 가도카와 하루키와 요코미조 세이시가 만난 것만은 틀림없다.

가도카와는 처음 집을 방문했을 때 요코미조의 몸이 좋지 않아 만날 수 있을지 모르겠다는 이야기를 들었다. 그런 경우에는 가족과 이야기하면 되겠다고 생각하며 찾아가 집 안으로 안내받았다. 그런데 뜻밖에 요코미조 본인이 나타났다. 이 첫 만남을 가도카와 하루키는 나중에 각색해서, 예를 들면 마야마 진과의 대담(『마야마 진이 이야기하는 요코미조 세이시』수록)에서 '이미 돌아가셨을지도 모른다고 생각했기 때문에 유족을 만날 작정으로 찾아갔죠. 그런데 본인이 나타난 겁니다'라고 했다. 나도 가도카와의 이 발언을 근거로 『가도카와에이가 1976~1986』에 그렇게 썼는데, 사실 가도카와는 오쓰보와 동행했고 '요코미조를 만나기 위한' 방문이었다.

가도카와가 방문한 것은 고단샤판 '요코미조 세이시 전집'이 완결된 지 얼마 지나지 않았을 무렵이었다. 도쿄분게이샤도 도쿄북스라는 시리즈로 요코미조의 작품을 내기 시작했다. 하지만 요코미조의 작품을 적극적으로 문고로 내는 출판사는 아직 없었다. 가도카와는 『팔묘촌』을 시작으로 모든 작품을 가도카와문고로 내고 싶다고 했다. 요코미조는 "내 책은 이제 읽는 사람이 없지 않나?"라며 당혹스러워했다고도 하는데, 이때는 고단샤의 전집이 잘 팔리고 있어 내심 자신감은 있었던 게 아닐까? 어쨌든 요코미조 작품은 가도카와문고에서 내게 되었다. 어느 작품부터 내느냐는 오쓰보가 아이디어를 냈다고 한다.

오쓰보는 오래간만에 만난 요코미조에게 "선생님, 이번 기회에 「가면무도회」를 꼭 완성해주세요"라고 했다. 그리고 "그렇게 많은 복선을 깔아둔 작품인데 기억하고 계시나요?"라고 묻자 요코미조는 "당연하지"라고만 했다. 그 이야기는 하고 싶지 않은 듯했다.

어쨌든 문고화 논의는 원만하게 진행되어 이듬해인 1971년에 가도카와문고의 요코미조 첫 작품으로 『팔묘촌』이 나왔다. 초판은 2만 5천 부였다. 요코미조가 세상을 뜬 지 1년이 지난 1982년 가을 기준으로는 46판 196만 부(이하 발행 부수는 요코미조 사후 1주년 되던 해 12월에 사가판[327]으로 나온 『요코미조 세이시 추억 모음』에 가도카와 하루키가 쓴 문장을 근거로 한다)라는 전에 없던 엄청난 기록을 세웠다.

요코미조 세이시가 인기를 끌자 가도카와문고는 1973년 5월에

327　私家版, 개인이 영리를 목적으로 하지 않고, 비용을 스스로 부담해 출판하는 책.

에도가와 란포의 『애벌레』(표제작 외에 「붉은 방」 「유령탑」 「춤추는 난쟁이」를 수록)를 내놓았다. 이후 가도카와문고는 1975년 10월까지 스무 권의 란포 작품을 냈다. 고단샤가 낸 란포 전집이 팔려 요코미조 전집이 나왔듯이 이번에는 요코미조 덕분에 란포 작품이 가도카와문고에서 나오게 되었다고도 할 수 있다.

이 1973년 5월은 2월에 슌요문고판 '에도가와 란포 장편 전집' 전 20권이 완결된 시점이었다. 그 뒤로 란포 작품은 슌요문고와 가도카와문고 두 종류가 늘 서점 진열대에 놓이는 상태가 된다. 애당초 슌요문고는 진열되는 서점이 한정적이었기 때문에 숫자로 따지면 가도카와문고 쪽이 더 많았으리라.

이 밖에도 다양한 출판사에서 여러 가지 판형, 시리즈로 란포의 작품이 복간되었고, 거의 모든 작품이 신간 서점에서 팔리게 되었다.

오쓰보는 헨미를 통해 가도카와 겐요시에게 "가도카와쇼텐도 소설 잡지를 내야 한다"라고 제안했다. 이후 "그렇다면 편집장을 맡아주겠는가?"라는 이야기까지 진행되었다고 한다. 하지만 가도카와쇼텐은 고분샤만큼 급여를 줄 수 없다고 해서 거절했다. 그 뒤 오쓰보는 고분샤가 쟁의로 흔들리게 되자 의욕을 잃었다. 그때 작가 이시하라 신타로에게서 "종교 단체인 레이유카이[328]가 자금을 낼 테니 잡지를 만들어달라"라는 부탁을 받고 고분샤

328　靈友會, 정식 명칭은 '종교법인 레이유카이'이다. 1920년에 창립되었으며 법화경 연구와 일상생활 속의 실천을 모색한다고 한다. 지금은 여러 분파로 갈라졌지만 2021년 『종교 연감』에 따르면 일본 내 신자가 100만 명을 조금 넘는다.

를 그만둔 다음 1972년 6월에 《이너트립いんなあとりっぷ》[329]을 창간한다. 그는 나중에 이너트립샤いんなあとりっぷ社의 사장으로도 일했으며 한정판 호화 장정본 『호세키 추리소설 걸작선』 같은 책도 내놓았다.

『가면무도회』 완성

1971년 가도카와문고는 『팔묘촌』에 이어 7월에 『악마의 공놀이 노래』 초판 2만 부(누계 156만 부), 10월에 『옥문도』 초판 2만 부(누계 195만 부), 1972년 2월에 『악마가 와서 피리를 분다』 초판 2만 5천 부(누계 139만 부), 6월에 『이누가미 일족』 초판 1만 5천 부(누계 232만 5천 부)를 낸다. 앞에 낸 다섯 권은 요코미조 붐이 일었을 때 모두 영화로 만들어졌다.

가도카와문고가 내는 요코미조 세이시 작품 커버는 스기모토 이치분의 그림인데 『팔묘촌』 초판은 고노 미치야스가 그렸다. 가도카와 하루키에 따르면 이때는 다른 사람에게 맡겨 커버 일러스트까지 점검하지는 못했고, 완성된 상태를 보고 이미지가 다르다고 생각했다고 한다. 가도카와는 새로 판을 찍을 때 커버를 바꾸기로 마음먹었는데, 마침 스기모토 이치분의 화집을 보고 그의 그림을 쓰기로 결정했다고 한다. 『악마의 공놀이 노래』 이후 스기모토 이치분이 커버를 그리고, 『팔묘촌』도 스기모토가 맡게 된다.

329   'inner trip'을 히라가나로 표기한 제호다.

가도카와문고는 계속해서 1972년 8월에 『삼수탑』, 1973년 3월에 『밤 산책』, 4월에 『혼진 살인사건』, 8월에 『나비부인 살인사건』, 9월에 『유령좌』, 10월에 『여왕벌』 등을 내놓아 시작 이후 3년 사이에 열한 권이 나왔다. 1974년에는 『악마의 총아悪魔の寵児』『백과 흑』『유령남』『악마의 강탄제悪魔の降誕祭』『신주로』가 나와 모두 열여섯 권이 되었다.

한편 1973년 9월부터 1974년 12월까지 슌요도가 문고판 '닌교 사시치 체포록 전집'으로 모두 열세 권을 내놓았다. 이 책이 팔리자 슌요도는 1974년 5월부터 문고판 '요코미조 세이시 장편 전집' 전 20권을 내놓았다. 당연히 가도카와문고와 겹치는 작품도 있는 상태로 두 문고에서 요코미조 작품이 발매되었다. 슌요문고판은 1975년 11월까지 스무 권이 나왔지만, 그 시점에 가도카와문고의 요코미조 작품은 27종이 되었다.

한편 고단샤는 1970년의 전집이 좋은 성적을 거두자 1974년 11월부터 '신판 요코미조 세이시 전집' 전 18권 간행을 시작했다. 11월에는 한꺼번에 3종이 배본되었다. 제8권 『팔묘촌』, 제10권 『이누가미 일족』, 그리고 제17권 『가면무도회』였다. 란포 전집은 이 뒤에 고단샤에서 두 번, 고분샤에서 한 번 나왔는데, 요코미조 세이시 전집이라는 이름이 붙은 것은 이 신판 전집이 현재까지 마지막이다. 전집의 구성을 기록해둔다. 『』는 표제작이 된 작품이며 그 밖의 수록 작품은 「」로 표시한다.

제1권　　『신주로』(1975년 5월), 「무서운 만우절」「언덕 위의 집 세 채」「슬픈 우편집배원」「야마나 고사쿠의 이상한 생활」
「가와고에 유사쿠의 이상한 여관川越雄作の不思議な旅館」「후요
저택의 비밀」「광고 인형」「진열창 속의 연인飾窓の中の恋人」
「범죄를 쫓는 남자」「단발 유행斷髮流行」「넥타이 기담ネクタイ
綺譚」「은막의 비밀」「뿔 달린 남자」

제2권 『백랍괴』(1975년 6월), 「쌍생아」「단 부인의 화장대」「얼
굴 이야기」「도깨비불」「곳간 안」「신기루 이야기かいやぐら物
語」「패각관 기담貝殻館の綺譚」「얼굴面」「혀舌」

제3권 『야광충』(1975년 6월), 「거미와 백합」「목매다는 배」「장
미와 울금향」「포락지형」「서른 개의 얼굴을 지닌 남자三十
の顔を持った男」「광고면의 여인廣告面の女」「백랍 소년」

제4권 『가면극장』(1975년 4월), 「일주일 동안 一週間」「악마의 설계
도」「쌍가면」「공작 병풍」

제5권 『혼진 살인사건』(1975년 3월), 「가구라 다유」「보조개」
「나비부인 살인사건」「메이지의 살인明治の殺人」「카멜레온か
めれおん」

제6권 『옥문도』(1975년 1월), 「여자 사진사女写真師」「촛불을 끄지
마消すな蠟燭」「박쥐와 민달팽이蝙蝠と蛞蝓」「탐정소설」「흑묘정
사건」

제7권 『깜짝상자 살인사건』(1975년 1월), 「밤 산책」

제8권 『팔묘촌』(1974년 11월), 「두레우물은 왜 삐걱거리나」「울
보 애송이泣虫小僧」

제9권 『여자가 보고 있었다』(1974년 12월), 「살아 있는 인형生ける

人形、「여괴女怪」, 「백일홍 나무 아래百日紅の下にて」, 「까마귀鴉」

제10권 『이누가미 일족』(1974년 11월), 「호수 밑바닥湖泥」, 「화원의 악마花園の悪魔」, 「중국 부채를 든 여인支那扇の女人」

제11권 『여왕벌』(1975년 5월), 「신기루섬의 정열蜃気楼島の情熱」, 「머리首」

제12권 『악마가 와서 피리를 분다』(1975년 3월), 「황폐한 정원의 괴물廃園の鬼」, 「유령좌」

제13권 『삼수탑』(1974년 12월), 「유령남」

제14권 『악마의 공놀이 노래』(1975년 2월), 「트럼프 테이블 위의 머리」

제15권 『악마의 총아』(1975년 4월), 「임대 보트 13호」, 「악마의 강탄제」

제16권 『백과 흑』(1975년 2월), 「향수 정사香水心中」

제17권 『가면무도회』(1974년 11월)

제18권 『탐정소설 옛이야기』(1975년 7월) 수필집

이 전집에서 가장 화제가 된 것은 첫 번째로 배본된 『가면무도회』였다. 1964년 『밤의 검은 표범』 이후 10년 만의 신작이었다. 1955년 고단샤의 '전작 장편 탐정소설 전집' 가운데 한 권으로 예고되었지만 나오지 못했고, 《호세키》에 1962년 7월호부터 연재했지만 8회로 중단되었던 작품이 갑자기 연재를 거치지도 않고 나온 것이다.

『가면무도회』에는 요코미조 세이시 작품으로는 유일하게 헌

사 '늘 내 곁에 있는 에도가와 란포에게 바친다'가 있다. 누구보다 란포가 읽어주기를 바라고 쓰기 시작했다는 사실을 엿볼 수 있다.

그리고 1975년 5월, 도쿄분게이샤에서 전작으로 『미로장의 참극』이 나왔다. 1956년 《올요미모노》에 게재된 단편 「미로장의 괴인」을 1959년에 같은 제목의 중편으로 내놓았다가, 이 작품을 손질해 장편으로 만들었다.

신작 장편 두 작품을 쓴 요코미조는 나카지마 가와타로에게 앞으로 쓸 예정인 세 작품의 구상을 털어놓았다. 첫 번째가 1954년, 《호세키》에 1회만 쓰고 중단한 「병원 골목의 목매달아 죽은 이의 집」을 완성하는 일이었다. 《호세키》에는 다른 작가가 쓴 해결편이 실렸는데 요코미조는 만족스럽지 않아 스스로 마무리하고 싶었다. 그다음이 '샴쌍둥이'를 소재로 삼은 완전한 신작 「악령도悪霊島」, 그리고 세 번째가 란포의 「악령」의 뒷부분을 이어 써서 완성시키는 일이었다. 「악령」이라는 제목의 소설은 요코미조에게도 있다. 1949년에 《킹》 7월 증간호에 게재된 단편 「악령」이다. 여기에는 긴다이치 고스케가 등장하지 않지만 《호세키》 1955년 5월호에 같은 트릭과 설정으로 긴다이치 고스케가 등장하는 중편으로 고쳐 썼다. 그때 「머리」라고 제목을 바꾼 까닭은 이미 란포의 「악령」을 언젠가 완성하겠다는 생각을 하고 있었기 때문인지도 모른다.

구상한 세 작품 가운데 「병원 골목」부터 쓰기로 하고 가도카와쇼텐의 문예지 《야세이지다이》 1975년 12월호부터 「병원 고개

의 목매달아 죽은 이의 집病院坂の首縊りの家」으로 제목을 바꾸어 연재하기 시작했다. 애초에 이 잡지의 특징인 수백 페이지를 한꺼번에 싣는 단기 집중 연재로 1회 130매, 합계 4회 500매가량으로 만들 작정을 하고 시작했는데, 써도 써도 끝이 나지 않아 연재는 1977년 9월호까지 이어졌고, 다음에는 퇴고에 반년이 걸려 1978년 2월에 간행되었다.

요코미조 붐이 시작되기 전후로 1975년 2월호(발매는 1974년 12월)를 창간호로 '탐정소설 전문지'라고 내건 《겐에이조》가 창간되었다. 죽은 말에 가까운 '탐정소설'을 전면에 내세운 마니아 대상의 잡지였다. 애초 태평양전쟁 전 미스터리의 발굴, 소개를 중심으로 삼았는데, 신인상을 만들고 이를 통해 아와사카 쓰마오[330], 구리모토 가오루[331], 다나카 요시키[332], 렌조 미키히코[333] 등을 배출했다. 요코미조나 란포를 특집으로 내세운 증간호도 나왔고, 또 《별책 겐에이조》에서는 요코미조를 다룬 호가 세 차례나 나오는 등 요코미조 붐에 편승했다고 할 수도 있고 측면에서 지원했다고도 할 수 있는 잡지였다.

330　泡坂妻夫(1933~2009), '일본의 체스터턴'으로 불리는 추리 작가.

331　栗本薫(1953~2009), 소설가, 평론가.

332　田中芳樹(1952~), 1978년 「푸른 초원에서……」로 겐에이조 신인상을 수상하며 데뷔한 후 『은하영웅전설』 『아르슬란 전기』 『창룡전』 등으로 큰 사랑을 받은 대중작가.

333　連城三紀彦(1948~2013), 서정적 문체와 독특한 작풍으로 사랑받았던 작가. 대표작으로 일본추리작가협회상을 수상한 단편 「회귀천 정사」과 장편 『백광』 등이 있다.

가도카와에이가와 요코미조 세이시

가도카와문고가 내는 요코미조 세이시의 작품이 잘 팔리던 1975년 6월 13일 금요일, 요코미조 세이시는 자기 집에서 가도카와 하루키를 맞이했다. 날짜까지 정확하게 이야기할 수 있는 것은 요코미조가 《슈칸도쿠쇼진週刊読書人》(1975년 12월 29일 게재)에 실린 수필에 적었기 때문이다. '13일의 금요일'에 왔기 때문에 기억에 남았다고 한다. 그날 요코미조에게는 보기 드물게 손님이 네 팀이나 찾아왔다.

'네 무리의 손님 가운데 한 무리가 가도카와쇼텐의 당시 국장, 지금의 새 사장인 가도카와 하루키 군이다. 그 하루키 군이 말하기를 "선생님, 그렇게 내기를 아까워하지 마시고 작품을 계속 주세요. 이번 가을까지 25점을 갖추고 500만 부를 돌파해 10월의 문고 축제를 '요코미조 페어'로 할 테니까요." 나는 진심으로 가슴이 철렁했다. 그런데 이 출판사의 젊은 직원이 작년(1974년) 연말에 가지고 온 집계에 따르면 내 문고본, 16점인가 17점인가로 틀림없이 303만 부였다. 그걸 10개월 만에 200만 부를 찍겠다는 소리이니 아무리 종수가 늘어난다고는 해도 진짜 무리한 주문이라고 생각하지 않을 수 없었다. 그래서 내가 말했다. "너무 무리하지 말아요."'

1974년 10월에 나온 『신주로』가 열여섯 번째이고, 1975년에는 『깜짝상자 살인사건』 『가면극장』 『도쿠로켄교』 『불사접』 『도깨비불』 『흡혈 나방』 『여자가 보고 있었다』 『야광충』 『마녀의 달력』이 차례로 매달 나와 가을에는 25종이 되었고 500만 부를 돌파했다. 가도카와 하루키가 말한 대로 이루어진 셈이다.

이 무렵 영화계에서도 요코미조의 소설을 영화로 만드는 움직임이 시작되었다.

요코미조 소설의 영화화는 1945년에서 1955년 사이에는 자주 있었는데 영화계가 기울면서 1961년 11월 15일에 개봉한 뉴도에 이[334]의 영화 〈악마의 공놀이 노래〉(다카쿠라 겐이 긴다이치 고스케 역할을 맡았다)를 마지막으로 끊어진 상태였다. 한편 마쓰모토 세이초 소설은 1960년대에나 1970년대에나 꾸준히 영화로 만들어졌고 한 해 전(1974년) 10월 19일에는 쇼치쿠가 〈모래그릇〉이라는 대작을 개봉, 엄청난 인기를 끌었다. 그러자 쇼치쿠는 소속 프로듀서이자 추리 작가이기도 한 고바야시 규조, 노무라 요시타로 감독에게 다음 작품을 준비하라고 지시했다.

고바야시는 영상화 가능한 미스터리를 몇 권 준비해 노무라에게 제안했다. 하지만 노무라는 어느 소설도 만족스러워하지 않았다. 4개월 동안 아무것도 하지 못한 채 시간이 흘렀다. 고바야시는 이때까지 노무라가 만들어온 리얼리즘 영화와는 완전히 반대편에 있는 듯한 요코미조 세이시에 관해 이야기했다. 그러자 노무라는 뜻밖에 '바로 이거'라고 생각했다'라고 한다. 각본가 (하시모토 시노부)도 요코미조 작품을 시나리오로 만들고 싶다

---

334 にュー東映. 도에이의 자회사. 1958년 7월에 주식회사 '도에이텔레비전·프로덕션'이란 이름으로 설립해, 1959년 2월에 '도에이텔레비전·영화 주식회사', 같은 해 5월에 '제2도에이 주식회사'로 이름을 바꾸었다. 1961년 2월에 '뉴도에이 주식회사'로 이름을 다시 바꾸지만 10개월 만에 제작을 중단했고 도에이에 흡수 합병되며 소멸했다.

고 했다. 고바야시와 노무라는 더 의논해『팔묘촌』을 골랐다.

이렇게 해서 쇼치쿠는 〈모래그릇〉의 뒤를 이을 대작으로『팔묘촌』을 기획했고, 고바야시와 노무라는 영화화 판권 교섭을 위해 요코미조의 집을 찾아갔다. 요코미조는 흔쾌히 허락했다. 이때가 1975년 봄이나 초여름 무렵이었다. 그러나 가도카와 하루키는『팔묘촌』영화화는 1975년 4월경에 제휴해서 영화를 만들지 않겠느냐고 가도카와가 쇼치쿠에 제안한 기획이라고 말하고 있어 고바야시의 기억과 서로 다르다.

한편 독립영화 세계에서 유명한 다카바야시 요이치가『혼진 살인사건』을 ATG와 제휴해 영화로 만들게 되어, 가도카와는 이 영화에 선전 협력비로 50만 엔을 냈다. 〈혼진 살인사건〉은 1975년 가을에 개봉되어 작은 영화관에서만 상영되었는데, 광고를 별로 하지 않았는데도 큰 인기를 끌어 ATG 영화로는 처음으로 배급 수입 1억 엔을 돌파한 작품이 되었다.

가도카와쇼텐은 같은 시기에 '요코미조 페어'를 대대적으로 전개했다. 앞에서 이야기했듯이 이미 이 시점에 가도카와문고의 요코미조 작품은 스물다섯 권이 되었고, 합계 500만 부를 돌파한 상태였다.

가도카와는 요코미조의 작품을 더 많이 문고로 내기로 하고, 분위기를 띄우기 위해 이듬해인 1976년 가을에는 영화가 필요하다고 생각했다. 그래서 쇼치쿠가 영화 판권을 산 〈팔묘촌〉과 제휴하자는 생각을 했다.

가도카와 쪽 주장을 보면, 직접 제작비와 간접 제작비에 대한 쇼치쿠와 가도카와의 인식이 서로 달라 이 기획은 암초에 부딪혔다. 쇼치쿠가 간접 제작비로 4억 엔을 요구하자 가도카와는 터무니없는 금액이라고 화내며 항의했다. 그러자 금액은 2억 엔, 다시 1억 엔까지 내려갔다. 내린 거야 좋지만 가도카와는 그 엉성한 태도에 화가 머리끝까지 치솟았다. 게다가 하시모토 시노부가 쓰는 각본이 언제 완성될지 알 수 없었다. 하시모토는 자기 프로덕션에서 닛타 지로 원작 〈핫코다산/八甲田山〉335의 제작을 시작한 상태였고, 이쪽은 모리타니 시로가 감독으로 결정되었는데 각본이 어려움을 겪고 있었다(1977년 6월 개봉). 그래서 〈팔묘촌〉의 시나리오도 잘 나오지 않았다. 언제 완성될지 알 수 없는 〈팔묘촌〉을 기다리다가는 가도카와문고를 이용한 요코미조 페어 계획도 제대로 세울 수 없을 터였다. 가도카와는 쇼치쿠와 함께할 수 없다는 결론을 내리고, 직접 영화를 만들기로 마음먹었다.

이처럼 요코미조 작품의 영화화를 둘러싸고 몇 가지 움직임이 뒤엉키는 가운데 1975년 10월 27일, 가도카와쇼텐의 창업자이자 현역 사장인 가도카와 겐요시가 58세의 나이로 세상을 떠났다. 11월 6일에 장남이자 편집국장이었던 가도카와 하루키가 가도카와쇼텐의 사장에 취임하고 차남인 쓰구히코는 전무가 되

---

335   핫코다산은 아오모리시 남쪽에 있는 해발 1585미터의 산과 열여덟 개의 산으로 이루어진 복수 화산을 두루 일컫는 명칭이다. 이 영화는 닛타 지로의 『핫코다산 죽음의 방황』을 원작으로 제작되었다. 원작은 1902년에 발생한 군대 산악 조난 사고(훈련 참가자 210명 가운데 199명 사망)를 소재로 한 산악 소설이다.

었다. 하루키 33세, 쓰구히코는 32세였다.

가도카와 하루키는 드디어 직접 영화 제작에 나서기로 하고 『팔묘촌』『혼진 살인사건』이외에 뭐가 좋을지 고민하다가 『이누가미 일족』으로 결정했다. 그 이유에 관해서는 이런저런 이야기가 있지만, 그 무렵 야마사키 도요코[336] 원작 『화려한 일족』이 히트를 쳤기 때문에 『○○○ 일족』이란 제목을 일본 사람들이 좋아한다고 판단한 것이 결정적인 이유였으리라.

이렇게 해서 이듬해인 1976년 1월 8일, 가도카와 하루키가 만 34세의 생일을 맞이한 이날, 영화 제작을 위해 '주식회사 가도카와 하루키 사무소'를 창립했다. 가도카와는 같은 해 5월에 『이누가미 일족』의 영화화를 발표했다.

이는 이후 십수 년에 걸쳐 일본 영화계에 선풍을 불러일으키는 희대의 프로듀서가 탄생한 순간이기도 했다.

엄청난 요코미조 세이시 붐

영화 제작과 함께 가도카와문고의 요코미조 작품도 계속 늘었다. 『혼진 살인사건』에 초점을 맞추었던 한 해 전의 페어에서는 스물다섯 권 500만 부였지만 1년 뒤에는 40종—즉 1년 사이에 15종을 내놓았다—발행 부수 누계가 1천만 부를 넘어섰다. 전국 서점에는 요코미조의 작품이 산더미처럼 쌓여 있었다.

출판 광고에 나오는 발행 부수는 부풀려진 경우가 많아 정말

---

[336]   山崎豊子(1924~2013), 소설가. 우리나라에는 『하얀 거탑』의 원작자로 유명하다.

로 1천만 부나 팔렸을지는 의문이지만, 요코미조 세이시는 이처럼 붐이 한창인 1976년 9월부터 1977년 8월까지 1년 동안《마이니치신문》에「진설 긴다이치 고스케」라는 수필을 일주일에 한 차례 연재하고, 단행본으로 출간할 때는 당시의 일기도 게재했는데, 거기에는 가도카와로부터 받은 부수 보고도 적혀 있다(같은 책의 문고판에는 일기가 실리지 않았다). 거기에는 엄청난 숫자가 적혀 있다. 예를 들면 '8월 23일 가도카와에서 중판 4종 ▲밤 산책⑭ 6만, ▲신주로⑧ 6만, ▲악마의 설계도(재) 5만, ▲이누가미 일족㉒ 5만' 같은 식이다. 원 안의 숫자는 중판 횟수를 말하며『밤 산책』의 14쇄가 6만 부라는 의미다. 그 이틀 뒤인 25일에는 신간 2종에 관한 보고가 들어왔고,『화려한 야수華やかな野獣』『독화살』『가면무도회』가 각각 10만 부라고 적혀 있다. 맨 먼저 나온『팔묘촌』은 초판이 2만 5천 부로 출발했으니 그 네 배가 된 것이다.

이다음에도 며칠 걸러 한 차례씩 중판 통지가 들어오는데, 9월 11일에는 '24종 96만 부'라고 되어 있다.『이누가미 일족』이 개봉하기 직전인 10월 13일에는 '5종 36만 부', 그 이튿날인 14일에는 '20종 118만 부'라고 되어 있으니 과대광고는 아닌 듯하다.

영화 개봉이 가까워지면서 요코미조 세이시의 이름을 모르는 일본인은 없는 상태가 되어갔다. '요코미조'와 '이누가미'는 유행어가 되었다. 본 사람이나 못 본 사람이나 화제로 삼았다.

〈이누가미 일족〉은 이치카와 곤이 감독을 맡았다. 이시자카 고지가 긴다이치 고스케를 연기하고 다카미네 미에코, 아오이

데루히코, 시마다 요코 등이 함께 출연했다. 화제를 만들기 위한 목적으로 요코미조 세이시가 긴다이치 고스케가 묵는 여관 주인 역으로 영화에 처음 출연했다.

〈이누가미 일족〉은 1976년 10월 16일에 도쿄에 있는 '히비야 에이가'라는 평소 서양 작품을 상영하는 영화관에서 먼저 선보였다. 이 영화관에서 상영한 첫 일주일 동안의 입장객 수는 5만 6335명. 흥행 수입이 6천만 엔을 넘어섰고, 이는 한 영화관에 일주일 동안 들어온 관람객 수로는 세계 신기록이 되었다.

기세가 올라 11월 13일부터 전국 도호 계열의 영화관에서 개봉되자 어디서나 만원을 기록했다. 제작비는 1억 6천만 엔이 들었는데 최종적인 배급 수입은 13억 2천만 엔(15억 5900만 엔이라고 한 자료도 있다)에 달해, 그해에 두 번째로 많은 흥행 수입을 올린 대히트작이 되었고, 가도카와문고의 요코미조 작품은 1800만 부를 돌파하고 『이누가미 일족』만으로도 200만 부가 넘었다.

도호는 시리즈화를 결정하고 『악마의 공놀이 노래』를 영화화해 이듬해인 1977년 4월에 개봉했다.

그리고 4월부터는 TBS 계열에서 마이니치방송 제작으로 '요코미조 세이시' 시리즈가 시작되었다. 이 요코미조 시리즈에서는 후루야 잇코가 긴다이치 고스케 역을 맡았으며 10월까지 반년 동안 〈이누가미 일족〉〈혼진 살인사건〉〈삼수탑〉〈악마가 와서 피리를 분다〉〈옥문도〉〈악마의 공놀이 노래〉 여섯 작품이 각각 3회에서 6회에 걸쳐 제작, 방영되었다.

게다가 8월 27일에는 이치카와 곤 감독, 이시자카 고지 주연의 시리즈 세 번째 작품이 되는 〈옥문도〉가 공개되고, 10월 29일에는 쇼치쿠의 〈팔묘촌〉이 개봉되어 빅히트를 기록했다. 한편 그해의 가도카와 영화는 모리무라 세이치 원작 〈인간의 증명〉(사토 준야 감독)이었다.

에도가와란포상은 란포가 세상을 떠난 뒤에도 이어져, 추리작가의 등용문으로 자리 잡았다. 마쓰모토 세이초에 의한 사회파 추리소설은 처음엔 신선했다. 그렇지만 붐이 일자 비슷한 작품이 늘어났다. 추리소설로 선전하면서도 그저 살인사건을 다루었을 뿐인 소설이 많아져, 트릭을 가볍게 여기게 되었다.

그 틈새를 메워 트릭을 중시하는 미스터리로서 요코미조 작품이 부활했는데, 모리무라도 또한 새로운 현대 추리소설로서 사회성을 중시하면서도 밀실이나 알리바이 등의 트릭을 중시해, 고층 호텔이나 공항, 신칸센 등 당시의 최첨단 도시 공간을 무대로 삼았다. 사회파이면서 동시에 본격이기도 한 추리소설을 써냈다.

1978년에 들어서도 영상화된 요코미조 작품의 인기는 이어지고 있었다. 도호의 이치카와와 이시자카의 네 번째 작품으로 2월 11일에 〈여왕벌〉이 개봉되었고, 4월부터는 텔레비전의 제2시리즈로 〈팔묘촌〉〈신주로〉〈가면무도회〉〈불사접〉〈밤 산책〉〈여왕벌〉〈흑묘정 사건〉〈가면극장〉〈미로장의 참극〉이 방영되었다.

2월에는 1977년 9월까지 《야세이지다이》에 연재되었던 「병원 고개의 목매달아 죽은 이의 집」이 단행본으로 나왔다. 연재했던 원고를 많이 고쳐 줄였는데, 그래도 사륙판 2단 조판으로 430

쪽, 문고판은 상하 두 권 합쳐서 700쪽이 넘는 장편이었다. '긴다이치 최후의 사건'이라는 부제를 붙여 홍보했다. 2월에 하드커버 단행본이 나오고 얼마 지나지 않아 12월에 가도카와문고판이 상하 두 권으로 나왔다.

요코미조가 이때 '최후의 사건'을 쓰고 있었던 것은 애거사 크리스티의 영향이었다. 크리스티는 70세가 지나서도 매년 크리스마스 시즌에 신작을 발표했는데, 1975년에는 신작을 쓰지 않았다. 그해에 85세였다. 그래서 제2차 세계대전 중 사후에 발표할 생각으로 쓴 「푸아로 최후의 사건」을 내놓기로 하고 1975년의 신작으로 『커튼』을 발표한 것이다.

명탐정 최후의 사건이라고 하면 작가의 사망으로 인해 결과적으로 최후의 사건이 되는 작품과 작가가 의도해 최후의 사건으로 정하고 쓰는 작품이 있다. 크리스티의 『커튼』은 후자였다. 집필 시기와 동일하게 제2차 세계대전 중에 일어난 사건인데 푸아로는 전후 1970년대까지 활약하게 되니 시간 축에 모순이 생기지만 그걸 손질할 체력이 크리스티에게는 남아 있지 않았다. 이 대작가는 『커튼』 출간 직후인 1976년 1월 12일에 세상을 떠났다.

요코미조는 기운이 있을 때 긴다이치 고스케 최후의 사건을 써두고 싶어서 『병원 고개의 목매달아 죽은 이의 집』을 마지막 사건으로 삼았다. 크리스티는 『커튼』에서 푸아로를 죽이고 말았지만, 요코미조는 긴다이치를 『병원 고개의 목매달아 죽은 이의 집』에서 죽이지 않고 미국으로 가서 그 뒤로 소식을 알 수 없다고 설정했다. 그 뒤에도 '최후의 사건'보다 전에 해결한 사건을 쓸 작정이었기 때문이다.

『병원 고개의 목매달아 죽은 이의 집』은《야세이지다이》1975년 12월호부터 연재하기 시작했다. 이때는 '최후의 사건'이라고 밝히지 않았기 때문에 쓰는 중에 『커튼』을 알게 되어 '최후의 사건'으로 하려고 마음먹었을 것으로 짐작된다. 가도카와쇼텐도 '긴다이치 고스케 최후의 사건'이라면 세일즈 포인트가 되기 때문에 다른 의견은 없었다.

해가 바뀌어 1979년 1월 20일, 도에이의 〈악마가 와서 피리를 분다〉가 공개되었다. 가도카와 하루키가 도에이에 고용되어 프로듀스한 작품으로 긴다이치 고스케 역은 니시다 도시유키, 감독은 사이토 고세이가 맡았다.

도호도 이치카와 곤과 이시자카 고지가 시리즈 제5작으로 5월 26일에 최신작 『병원 고개의 목매달아 죽은 이의 집』을 영화로 만들어 개봉했다. 이 영화에는 요코미조 세이시가 본인 역을 맡아 출연했다.

그리고 가도카와에이가의 첫 패러디 영화로 오바야시 노부히코 감독 〈긴다이치 고스케의 모험〉이 7월 14일에 공개되었는데, 이 작품에도 요코미조는 본인 역할을 맡아 출연했다. 긴다이치 역을 맡은 배우는 텔레비전판에서 호평을 얻은 후루야 잇코였다. 이 영화의 원작은 단편집 『긴다이치 고스케의 모험金田一耕助の冒険』에 실린 「눈동자 속 여자瞳の中の女」였다. 이 소설은 드물게도 사건이 해결되지 않은 채 끝난다. 이 사건을 깔끔하게 해결하게 만들려는 의도가 영화 〈긴다이치 고스케의 모험〉의 기본 플롯이

다. 우당탕 진행되는 코미디지만 '본격 미스터리'론, 혹은 '명탐정'론, 나가아 '긴다이치 고스케'론도 전개된다.

그해에는 니시다, 이시자카, 후루야라는 세 명의 긴다이치 고스케가 스크린에 등장했다.

요코미조는 그해 자기 작품 세 편의 영화화에 즈음해 두 작품에 본인 역할을 맡아 출연했고, 〈악마가 와서 피리를 분다〉에서는 예고편으로 텔레비전 광고에 나와 "나는 이 무서운 소설만은 영화로 만들고 싶지 않았다"라는 대사를 읊었다.

생각해보면 요코미조가 란포의 부름을 받아 고베에서 도쿄로 온 것은 영화를 만들자는 생각 때문이었다. 그때 만들려던 영화는 엎어졌지만, 반세기 뒤에 요코미조 세이시는 가장 성공한 영화 원작자가 되어 있었다.

「악령도」

요코미조 세이시는 《야세이지다이》 1979년 1월호부터 「악령도」를 연재하기 시작했다.

1970년 전후의 리바이벌 이후에 쓰인 세 편의 장편 『가면무도회』 『미로장의 참극』 『병원 고개의 목매달아 죽은 이의 집』은 쓰다가 중단한 작품이거나 중·단편을 장편으로 만든 것이기 때문에 완전히 새 작품이라고 하기 어렵지만, 「악령도」는 완전한 신작이었다. 76세에 다시 새로운 작품을 쓰기 시작했으니 세상 사람들은 깜짝 놀랐다. 연재는 1980년 5월호로 완결되었고, 7월에 가도카와쇼텐에서 책으로 나왔다. 『악령도』의 마지막은 이렇게 끝난다. 악령도라고 불리는 오사카베지마섬刑部島에서 일어났던 사건은 해결하고—늘 그러하듯 해피 엔딩을 맞이하지는 않는 다—긴다이치 고스케는 섬을 떠난다.

'긴다이치 고스케는 그 이튿날 약속된 보수를 받아 들고 오사카베지마섬을 떠났는데, 신은 긴다이치 고스케의 희망을 받아들였는지, 도모에 양의 시체는 발견되지 않았다.

이렇게 해서 외면사보살내심여야차[337]라는 말이 딱 어울리는 도모에 양은 빚 하나 이 세상에 남겨두고 완전히 사라져버린 것이다.『겐지모노가타리』의 끝맺지 못한 마지막 권처럼.'

『악령도』의 후기는 6월 23일에 쓰였는데, 이 작품에 대해 '지금 완성된 것을 다시 읽어보니 잘된 소설이라고 생각하지 않을 수 없다. 내가 지금까지 써온 소설들 가운데서도 상위를 차지할 가치가 있지 않을까 하는 자부심이 있다'라고 스스로 칭찬한 다음에 이렇게 끝을 맺었다. '어떤 사람은 이렇게 말한다. 이게 내 인생 마지막 작품이 될 거라고. 하지만 나는 그리 생각하고 싶지 않다. 나는 이제 일흔여덟 살이지만 아직도 계속 쓰고 싶다. 여러 모로 정교한 탐정소설을.'

요코미조 세이시는 긴다이치 고스케가 등장하는 장편을 두 편 더 구상하고 있었다. 한 작품은 도도로키 경부가 긴다이치와 대립한다는 내용의 「여자의 묘를 씻어라女の墓を洗え」, 또 한 작품

---

[337] 外面似菩薩内心如夜叉, 겉모습은 보살처럼 아름답지만 속마음은 야차처럼 무섭다는 뜻.

은 도도로키 경부와 이소카와 경부가 등장하는「센자후다 살인사건千社札殺人事件」[338]으로, 몇백 년에 걸쳐 서로 으르렁거리는 두 가부키 배우 가문의 사건이었다고 한다.

가부키계를 그린 요코미조의 탐정소설은 1952년 작품인『유령좌』가 있는데, 이 소설에서는 5대째인 나카무라 우타에몬의 두 아들, 5대째 후쿠스케와 6대째 우타에몬의 형제 관계의 비밀을 모델로 삼고 있다.「센자후다 살인사건」은 대체 어떤 가부키 배우의 이야기를 다루려던 것일까?

이 두 작품과는 별개로 란포의「악령」완결편도 생각한 적이 있고, 게다가『악령도』보다 먼저 구상한 작업으로「데스마스크死仮面」의 리라이트도 있었다. 오리지널은 1949년에 나고야에 있는 주부니혼신문사中部日本新聞社(지금의 주니치신문사中日新聞社)가 내던 잡지《모노가타리物語》에 8회에 걸쳐 연재한 소설인데, 긴다이치가 팔묘촌에서 돌아오는 길에 해결한 사건이다. 하지만 단행본은 나오지 않았고, 요코미조도 잊고 있었던 차에 나카지마 가와타로가 국회도서관에서 게재지를 찾아냈다. 하지만 8회 가운데 제4회가 게재된 호는 찾지 못했다. 그래서 요코미조는『악령도』를 쓰는 틈틈이 나카지마가 찾아낸 텍스트를 바탕으로 삼아 전체를 새로 쓰려고 준비하고 있었는데 그만 힘이 다했다. 결국「데스마스크」는 빠진 부분을 나카지마가 보충해서 요코미

---

338 '센자후다千社札'는 여러 사찰을 순례하는 '센자마이리千社參り'를 하면서 절의 기둥이나 천장에 자기 출신 지역, 이름 등을 적어 붙이는 종이를 가리킨다.

조가 세상을 떠난 뒤인 1982년 1월에 가도카와쇼텐의 가도카와 노블스로 간행되었다.

《야세이지다이》1990년 7월호와 9월호에는 「상하이 씨의 컬렉션」이 게재되고 이것이 요코미조 세이시의 생전 마지막 발표 소설이 되는데, 새 작품은 아니고 1965년에 썼던 소설을 고쳐 쓴 것인지 가필한 것인지 확실하지 않다. 《야세이지다이》의 편집자인 곤 히데키는 『추억 모음』에 기고한 글에서 '60매쯤 쓰고 그쳤던 작품을 완성했다'라고 설명하고 있고, 가도카와쇼텐은 이게 '절필'이었다고 선전했다.

그러나 나카지마 가와타로는 「상하이 씨의 컬렉션」이 수록된 가도카와문고 『데스마스크』의 해설에서 '절필이라고 표현하고 싶지만 사실 오래 지은이의 상자 속에 담겨 있었다'라고 했다. 나카지마의 말이 맞는다면 '최후의 소설'은 『악령도』가 되고, 앞에서 소개한 『악령도』의 후기가 60년에 이르는 창작 활동에서 마지막으로 쓴 글이 된다.

『악령도』가 간행된 뒤, 요코미조는 매년 그러듯 가루이자와에 있는 별장으로 피서를 떠났다. 그런데 그곳에 머물던 중 복통을 일으켜 지역 병원에 입원했다. 그리고 도쿄로 옮겨 수술을 받았다. 주변 사람들은, 그리고 나중에는 본인도 장폐색이라는 통보를 받았다. 그리고 이듬해인 1981년 3월에 퇴원해 세이조의 자택에서 요양했다.

가도카와쇼텐은 1980년에 요코미조의 업적을 기리며 신인 작가를 발굴하기 위해 에도가와란포상에 대항해 요코미조세이시상을 창설했고, 그 1회는 120편의 응모작 가운데 사이토 미오斎藤澪의 「이 아이의 일곱 번째 생일 축하로」가 수상했다. 1981년 5월 25일, 요코미조는 자신의 79회 생일을 맞이해 열린 제1회 요코미조세이시상 수상 파티에 참석했다. 같은 달에는 『악령도』가 가도카와문고에서 상하 두 권으로 나왔다.

파티에서 요코미조는 참석한 작가들과 담소를 나누며 즐거운 시간을 보냈다고 한다. 돌아가는 길에 야마무라 마사오에게 "올해도 에도가와 란포의 묘소에 참배하고 싶으니 계획을 짜달라"고 했다. 란포가 세상을 뜬 뒤로 요코미조는 7월이면 란포의 기일을 전후해서 나카지마 가와타로나 야마다 후타로 등과 함께 다마레이엔多摩霊園의 란포 묘소를 참배했다. 그리고 난 뒤에야 가루이자와로 피서를 떠났다.

하지만 그해에 성묘는 이루어지지 않았다. 다시 입원하게 되었기 때문이다.

가도카와에이가는 1981년 가을에 『악령도』와 태평양전쟁 전에 발표한 탐미적인 작품 『곳간 속』 두 작품을 영화화했다. 영화 〈악령도〉는 시노다 마사히로 감독에 가가 다케시가 긴다이치 고스케 역을 맡았고, 〈곳간 속〉은 〈혼진 살인사건〉을 찍은 다카바야시 요이치가 감독을 맡았다.

9월 8일에 영화 〈악령도〉의 완성 발표 시사회가 열렸는데, 그 자리에 원작자인 요코미조 세이시는 보이지 않았다. 그는 신주쿠에 있는 국립도쿄제일병원(지금의 국립국제의료연구센터병원)에 입원해 있었다. 가도카와 하루키는 시사회 직전에 요코미조를 병문안했다. 전날 밤 미리 요코미조에게 〈악령도〉를 비디오테이프로 떠서 보냈기 때문에 요코미조는 그걸 보고 있었다. 공개 시사회 전에 요코미조에게 보여주는 것이 원작자에 대한 경의의 표시였기 때문이다. 그때 나눈 두 사람의 대담이 극장용 프로그램에 실려 있다. 요코미조는 작품 완성도에 만족한 듯했고 특히 이와시타 시마를 크게 칭찬했다. 그러나 아내인 다카코에 따르면 비디오로 〈악령도〉를 본 이튿날, 가도카와 하루키가 "꼭 평을 듣고 싶다"고 하자 "풍경 하나는 좋군" 하고 한마디만 했을 뿐이라고 한다. 극장용 프로그램에 실린 대담은 립서비스, 혹은 창작된 내용인지도 모른다.

공개에 맞추어 가도카와쇼텐이 발행하는 잡지《버라이어티ᵇ라エティ》는 1981년 11월호에 영화 〈악령도〉 특집을 꾸렸고, 원작자 요코미조도 지면에 짧은 글을 실었다.

요코미조는 『악령도』를 다 썼을 때 이 작품을 영화화하는 건 어렵지 않을까 생각했습니다'라며, 오사카베 도모에의 이미지에 어울리는 배우가 떠오르지 않았다고 했다. 하지만 이와시타 시마가 맡는다는 얘기를 듣고는 영화화가 가능하리라 생각하게 되었다고 했다. 나아가 가가 다케시가 연기하는 긴다이치도 기대된다며, '영화가 크게 성공하기를 기원합니다'라는 말로 끝맺었다.

10월 3일, 〈악령도〉와 〈곳간 속〉이 도쿄에서는 각각 다른 영화관에서 개봉되었다(지방은 두 편 동시 상영).

『팔묘촌』으로 시작한 가도카와문고의 요코미조 세이시 작품은 이 문고의 정리 번호가 변경된 탓에 전모를 파악하기 힘들지

만 1981년 12월 기준으로는 69번인『피로 그린 박쥐』가 마지막 책이며 발매일은 8월 31일이다. 요코미조도 받았을 것이다. 69권 가운데 40번『긴다이치 고스케의 모험』은 1979년에 영화화 될 때 두 권으로 나뉘어 64번, 65번이 되었다. 또 세 권은 '닌교 사시치', 한 권은 에세이『진설 긴다이치 고스케』다. 정리 번호 80번『미궁의 문』부터는 어린이용이며 92번『푸른 머리 괴물靑髮鬼』까지는 생존해 있을 때 나왔다. 요코미조도 란포 못지않게 어린이용을 많이 썼다. 하지만 책으로 남아 있는 것은 적다. 이 가도카와문고판은 야마무라 마사오가 리라이트한 것으로, 그중에는 유리 린타로가 등장한 작품을 긴다이치 고스케가 주인공인 이야기로 고쳐 쓴 것도 있다. 그 밖에 98번『시나리오 악령도シナリオ惡靈島』, 99번『요코미조 세이시 독본』도 생전에 나왔다. 이 시점에 가도카와문고의 요코미조 작품은 80권이 넘었고, 누계 5천만 부를 돌파했다.

죽음

1981년 12월 28일, 요코미조 세이시는 79세로 생애를 마쳤다. 결장암이었다.

장례 밤샘 때 친인척 이외에 대기실로 초대된 사람은 친구인 미즈타니 준과 하쿠분칸의 편집자로 분사했을 때 사장 가운데 한 명이었던 다카모리 에이지, 모리시타 우손의 차남 모리시타 도키오, 그리고 가도카와 하루키까지 모두 네 명이었다. 세 명이 요코미조의 원점이라고 할 수 있는《신세이넨》관계자이며 한

명은 최종 도달점인 가도카와문고의 총수였다.

가도카와 하루키에게 장례 첫날 밤부터 발인까지 입회한 장례식은 아버지 겐요시 때 이후로 처음이었다. 밤샘 때 친구인 미즈타니 준이 이렇게 말한 것을 가도카와 하루키는 기억하고 있다.

'요코미조 군은 술이니 여자니 해서 꽤 거칠었던 시절이 있지만, 몸이 상해 좋은 소설을 쓰게 되었다. 결혼식 나코도도 맡겠다고 나서는 사람이 없어서 결국 내가 떠맡았는데, 그냥 아수라 같은 사내였다.'

해가 바뀌어 1982년 1월 12일, 아오야마 장례식장에서 정식으로 장례식이 열렸다. 장례위원장은 미즈타니 준이 맡았다. 그는 결혼 중매인과 장례위원장을 둘 다 맡은 셈이다.

세상을 뜨기 전에 요코미조는 「사세辞世」[339]라는 수필을 남겼다(세상을 떠난 뒤에 나온 사가판 『요코미조 세이시 추억 모음』 앞머리에 수록). 그 글에서 '만 78세 생일을 맞이했다'라고 했으니 1980년 5월 24일 이후에 쓴 것이리라. 『악령도』의 마지막 회가 실린 《야세이지다이》는 1980년 5월호이므로 그 뒤이다. 어느 잡지에 실으려던 글이었을까?

나중에 알게 되는데, 이 무렵 이미 요코미조는 암에 걸려 있었다. 이런저런 증상에 시달린 그는 '이렇게 건강에 자신감을 잃으면 생각하는 것이 모두 낡은 인습에 얽매여 편안함만 찾게 되고, 비관하고 절망하게 된다'라며, 정신적으로도 완전히 늙었다면서

---

339 '세상을 하직하며 남기는 글'이라는 뜻.

'그런 정신 상태로 지금까지 내가 써온 글을 돌아보니 전부 부질없다는 생각을 금할 수 없다. 왜 이런 하찮은 일에 귀중한 인생을 허비한 걸까, 하고 스스로에게 화를 내봐야 이제 와 돌이킬 수 없는 일이다. 그래서 이참에 사세를 지어두려고 기운을 짜냈다'라고 했다.

'도토리 떨어져 허무한 아스팔트'라는 구절을 적었다.

'그러나……, 그러나이다'라며 글을 이었다.

'나는 아직 죽지 않을 작정이다. 계속 탐정소설이란 걸 써나갈 작정이다. 그때는 또 다른 「사세」가 나올지도 모른다.'

하지만 다음 탐정소설도, 다른 사세도 나올 일은 없었다.

만약 요코미조 세이시가 에도가와 란포가 끝맺지 못한 「악령」을 마무리 짓고 떠났다면 두 사람의 우정과 라이벌 이야기는 아름다운 엔딩을 맞이했을 테지만 그렇게까지 '잘 짜인 이야기'는 되지 못했다.

에도가와 란포가 만들어낸 최대 작품은 '요코미조 세이시' 아니었을까?

두 인물의 교류 속에서 란포는 요코미조와 때로 탐정소설 애호가 동지로 의기투합하고, 때로는 형처럼 질책하고 격려했으며, 때로는 라이벌로 절차탁마했다. 때로는 벗으로서 이심전심 서로를 이해하고, 언제나 요코미조가 탐정소설에 대한 의욕을 잃지 않게끔 이끌었던 것 같다.

요코미조가 란포의 죽음을 전후로 10년에 걸쳐 탐정소설을 쓰지 않았던 까닭은 가장 중요한 독자를 잃었기 때문일 테고, 재출발을 알린 『가면무도회』를 내놓을 때 요코미조가 '늘 내 곁에 있는 에도가와 란포에게 바친다'라는 헌사를 붙인 일이나, 만년에 이르러서도 란포가 마무리하지 못한 「악령」에 마음을 썼던 것을 보면 두 사람이 정신적으로 얼마나 가까웠는지 알 수 있다.

이 책은 다른 사람들이 미루어 짐작할 수 없는 두 사람의 관계를 표면적으로 드러난 부분만 가지고라도 확인하려 애쓴 결과물이다. 파란만장하고 피가 끓고 힘줄이 불끈거리는 드라마가 되지는 않았지만 그래도 쓰다 보니 발견과 놀라움은 적지 않았다. 거기서 맛본 즐거움을 함께 누려주시면 감사하겠다.

담당인 하세가와 요이치 씨와 처음 만난 것은 1년 반쯤 전이었다. 애초에는 슈에이샤 신서 가운데 한 권으로 낼 계획이었는데, 하세가와 씨가 학예편집부로 이동하여 단행본으로 내게 되었다. 그래서 더 중층적인 내용으로 만들고자 출판 흥망사라는 요소도 가미했다. 아득한 차이가 있어 란포와 요코미조 두 사람에게는 미치지 못하지만, 나 자신도 편집자이자 작가, 그리고 규모는 작지만 출판사 경영자이기도 해서 출판계와의 관계에 특별히 흥미가 있었다.

봄에 간행 예정이었는데 가을이 되고 만 것에 대해 변명을 하자면, 에도가와 란포와 요코미조 세이시 때문이다. 두 사람의 작품은 몇십 년 전에 읽었고, 애당초 상세하고 정교한 작품론을 전개할 생각은 아니라서 집필 과정에 두 사람의 소설을 다시 읽을 필요는 없으리라는 전제로 스케줄을 짰다. 그런데 막상 쓰다 보니 이게 어떤 이야기였는지 확인하기 위해 문고본을 집어 들게 되었던 것이다. 뒤적뒤적 넘기다 보니 너무 재미있어서 그만 마지막까지 읽게 되어 결국 100권 가까운 책을 다시 읽었고 탈고가 크게 늦어지고 말았다.

읽어보면 아시겠지만, 두 사람의 인생과 출판계의 동향을 겹쳐 묘사하기 때문에 수많은 출판계 인물이 등장한다. 그중 두 사람과 직접 관계가 없는 인물이 한 명 있다. 왜 그 인물에 관해 지면을 할애했는가 하면 내 할아버지라는 개인적인 이유 때문이다. 그게 누구인지는 이 책 어딘가에 쓰여 있다. 이 책의 마지막 미스터리다.

2017년 9월 15일

나카가와 유스케

　일본 미스터리를 자주 접하지 않은 분들도 에도가와 란포와 요코미조 세이시라는 이름은 친숙할 겁니다. 두 사람은 서양에서 시작되었다고 여겨지는 이 미묘한 장르의 역사에서 일본을 독특한 위치에 올려놓았습니다. 두 작가 모두 세상을 떠난 지 수십 년이 흘렀는데도 여전히 소설이 읽히고, 영화나 드라마가 만들어지며, 그들이 만든 인물은 영상 속에서 살아 숨 쉬고 있습니다.

　이 책에 쓰인 표현처럼 '작가이자 편집자이고, 벗이자 라이벌'이었던 두 인물의 삶은 일본 미스터리의 역사 그 자체입니다. 이 책은 에도가와 란포와 요코미조 세이시의 일생과 작품뿐만 아니라 '일본 출판의 역사'까지도 다루고 있습니다. 수많은 출판사가 태어났다가 사라지고, 어떤 출판사들은 거인으로 성장합니다. 태평양전쟁과 일본의 패전, 그리고 고도성장기를 거치며 일본의 출판이 어떻게 생존하고 발전했는지를 우리말로 전달하는 데에는 작가와 작품에 관한 이야기를 전하는 것만큼이나 큰 노력이 필요했습니다.

예상보다 다섯 배쯤 많은 시간이 들었고, 짐작보다 훨씬 많은 노동이 필요한 작업이었습니다. 작업 기간 동안 옆에는 두 작가의 전집과 연구 서적들, 사전, 관련 잡지 등이 쌓였습니다. 작업실은 처음에 제법 책 읽는 이의 서재 모양이었는데 차츰 책 쌓인 창고가 되더니 나중에는 쓰레기통처럼 변했습니다. 그리고 좁은 작업실에 책들 사이로 오솔길이 나고, 그 사이로 몸을 틀어야 겨우 지나다닐 수 있게 된 지 한 해쯤 지나서야 겨우 이 글을 씁니다. 덕분에 두 작가의 작품을 버전별로 다시 읽을 기회도 얻었지만, 읽지 못했던 오래된 소설을 찾아 읽어야만 우리말로 옮길 수 있는 경우가 많아 애를 태우기도 했습니다.

작가는 후기에서 '이 책의 마지막 미스터리'를 이야기하는데 일본과 우리나라는 독자 환경에 차이가 있어 어쩔 수 없이 옮긴이가 주제넘게 그 답을 발설할 수밖에 없게 되었습니다. 제4장에 처음 나오는 후지오카 준키치가 바로 그 답입니다. 그의 아들인 후지오카 게이스케藤岡啓介(1934~) 역시 출판인, 편집자, 번역가로 활동했습니다. 손자인 나카가와 후미토中川文人(1964~) 역시 사업가이자 작가, 편집자이며, 또 다른 손자가 바로 이 책의 저자입니다.

옮긴이의 말을 쓰며 시원하고 섭섭하다느니 하는 일반적인 감상보다 제대로 다 점검했는지 걱정되어 뒷덜미를 잡아당기는 느낌에 개운치 못합니다. 특히 수많은 작품의 제목은 가장 고민스러웠던 부분입니다. 너그럽게 읽어주시기를 바랍니다.

코로나 따위는 상상도 못 하던 때에 시작된 작업이 그 끝이 보인다는 희망 섞인 전망이 나오며 일상으로 돌아가는 시기에 이르러서야 겨우 마무리되었습니다. 모두 옮긴이의 느린 걸음과 굼뜬 동작 때문입니다. 저보다 더 애를 태우며 마무리 작업을 해주신 편집부 여러분께 깊은 사과와 함께 감사 인사를 드립니다.

2022년 봄

권일영

참고 문헌

■ **에도가와 란포 관련**

에도가와 란포의 소설 가도카와문고판, 가도카와쇼텐, 1973~1975

에도가와 란포의 소설 소겐추리문고판, 도쿄소겐샤, 1987~2002

에도가와 란포 '에도가와 란포 전집' 전 15권, 고단샤, 1969~1970

에도가와 란포 '에도가와 란포 전집' 전 25권, 고단샤, 1978~1979

에도가와 란포 '에도가와 란포 추리문고' 전 65권, 고단샤, 1987~1989

에도가와 란포 '에도가와 란포 전집' 전 30권, 고분샤문고, 2003~2006

에도가와 란포 '아케치 고고로 사건부' I~XII, 슈에이샤문고, 2016~2017

에도가와 란포『하리마제 연보』, 고단샤·에도가와 란포 추리문고 특별보권, 1989

에도가와 란포·오쓰키 겐지『오쓰키 겐지가 이야기하는 에도가와 란포―내가 신경 쓰는 인물전』, 가도카와문고, 2010

황금해골모임『소년 탐정단 독본』, 정보센터출판국, 1994

기다 준이치로『란포 방황―왜 계속 읽게 되는가』, 슌푸샤, 2011

고하라 히로시『란포와 세이초』, 후타바샤, 2017

고바야시 노부히코『회상의 에도가와 란포』, 메타로그, 1994

고마쓰 쇼코『란포와 나고야―지방도시 모더니즘과 탐정소설의 원풍경』, 후바이샤, 2007

시무라 구니히로 엮음『에도가와 란포 철저 추적』, 벤세이슛판, 2009

진카 가쓰오『에도가와 란포 99의 수수께끼』, 후타미waiwai문고, 1994

신포 히로히사·야마마에 유즈루 엮음『에도가와 란포 일본 탐정소설 사전』, 가와데쇼보신샤, 1996

스미다 다다히사 편저『아케치 고고로 독본』, 나가사키슛판, 2009

다케미쓰 마코토 글·우메다 기요시 그림『에도가와 란포와 그 시대』, PHP연구소, 2014

하마다 유스케 엮음『자불어子不語의 꿈―에도가와 란포 고사카이 후보쿠 왕복 서간집』, 란포쿠라비라키 위원회, 2004

히라이 류타로 감수·신포 히로히사 엮음『에도가와 란포 앨범』, 가와데쇼보신샤, 1994

히라이 류타로『란포의 궤적―아버지의 스크랩북에서』, 도쿄소겐샤, 2008

히라이 류타로『이승의 란포―아버지·에도가와 란포의 추억』, 가와데쇼보신샤, 2006

히라이 류타로 감수『에도가와 란포의 '소년 탐정단' 대연구 상하』, 포플러샤, 2014

히라이 류타로·나카지마 가와타로 감수『에도가와 란포 집필 연보』, 나바리시립도서관, 1998

히라이 류타로 감수『에도가와 란포 저서 목록』, 나바리시립도서관, 2003

후지이 히데타다 엮음『'국문학 해석과 감상' 별책 에도가와 란포와 대중의 20세기』, 시분도, 2004

분게이슌주 엮음『추억의 작가들 1 (에도가와 란포, 요코미조 세이시)』, 분게이슌주, 1993

별책 다카라지마 편집부 엮음『우리가 좋아한 아케치 고고로』, 다카라지마SUGOI 문고, 2012

마쓰무라 요시오『란포 아저씨―에도가와 란포론』, 쇼분샤, 1992

『에도가와 란포 영상 독본』, 요센샤, 2014년

『에도가와 란포―모두가 사랑한 소년 탐정단』, 가와데쇼보신샤·분게이 별책, 2003

호리에 아키코 엮음『에도가와 란포와 소년 탐정단』, 가와데쇼보신샤, 2002

『에도가와 란포의 미궁 세계』, 요센샤, 2014

《겐에이조 증간 '에도가와 란포의 세계'》, 겐에이샤, 1975

『신문예 독본 '에도가와 란포'』, 가와데쇼보신샤, 1992

『나의 이력서 제3집 (에도가와 란포)』, 니혼게이자이신문사, 1957

■ 요코미조 세이시 관련

요코미조 세이시 소설 가도카와문고판, 가도카와쇼텐, 1971년~

요코미조 세이시 '요코미조 세이시 전집' 전 10권, 고단샤, 1970

요코미조 세이시 '신판 요코미조 세이시 전집' 전 18권, 고단샤, 1974~1976

요코미조 세이시 '요코미조 세이시 탐정소설선' I~V, 론소샤·론소미스터리총서, 2008~2016

요코미조 세이시 '요코미조 세이시 자선집' 전 7권, 슛판게이주쓰샤, 2006~2007

요코미조 세이시 『도깨비불 완전판』, 도겐샤, 1972

요코미조 세이시 『도깨비불』, 슛판게이주쓰샤, 1993

요코미조 세이시 『진설 긴다이치 고스케』, 마이니치신문사, 1977

요코미조 세이시 『탐정소설 50년』, 고단샤, 1977

요코미조 세이시·신포 히로히사 엮음 『요코미조 세이시 자전적 수필집』, 가도카와쇼텐, 2002

요코미조 세이시 『요코미조 세이시의 세계』, 도쿠마쇼텐, 1976

요코미조 세이시 『탐정소설 옛이야기』, 고단샤·신판 요코미조 세이시 전집 18, 1975

요코미조 세이시 『설앵초』, 에비스코쇼슛판, 2018

요코미조 세이시·구사카 산조 '유리·미쓰기 탐정소설 집성' 전 4권, 가시와쇼보, 2018~2019

요코미조 세이시·마야마 진 『마야마 진이 이야기하는 요코미조 세이시』, 가도카와문고, 2010

요코미조 세이시 옮김 『요코미조 세이시 번역 컬렉션』 후소샤문고·쇼와미스터리 숨은 보물, 2006

에도가와 란포·요코미조 세이시 『복면 쓴 미인—혹은 '여자 요괴'』, 슌요문고, 1997

가도카와쇼텐 엮음 『요코미조 세이시에게 바치는 새로운 세기로부터의 편지』, 가도카와쇼텐, 2002

고지마 유코&별책 다빈치 편집부 엮음 『긴다이치 고스케 the Complete』, 미디어팩토리, 2004

고바야시 노부히코 엮음『요코미조 세이시 독본』, 가도카와쇼텐, 1976

쇼와탐정소설연구회 엮음『요코미조 세이시 모든 소설 안내』, 요센샤, 2012

세타가야문학관 엮음『요코미조 세이시와《신세이넨》의 작가들』, 세타가야문학관, 1995

소겐추리클럽 아키타분과회 엮음『정본 긴다이치 고스케의 세계(자료편)』, 소겐추리클럽 아키타분과회, 2003

소겐추리클럽 아키타분과회 엮음『정본 긴다이치 고스케의 세계(투고편)』, 소겐추리클럽 아키타분과회, 2003

나카지마 가와타로 엮음『명탐정 독본 8―긴다이치 고스케』, 퍼시피카, 1979

미즈타니 준 엮음『요코미조 세이시 추억 모음』, 사가판, 1982

《요코미조 세이시 연구 창간호~6》, 에비스코쇼슛판, 2009~2017

『긴다이치 고스케 영상 독본』, 요센샤·에이가히호ex, 2013

《겐에이조 증간 '요코미조 세이시의 세계'》, 겐에이조, 1976

■ **하쿠분칸·《신세이넨》관련**

유아사 아쓰시·오야마 빈 엮음『총서《신세이넨》기키카키쇼』[340], 하쿠분칸신샤, 1993

이나가와 아키오『용과 같이―출판왕 오하시 사헤이의 생애』, 하쿠분칸신샤, 2005

이누이 신이치로『《신세이넨》시절』, 하야카와쇼보, 1991

가와이 미치오『전쟁 중의 하쿠분칸과《신세이넨》편집부』, 긴다이분게이샤, 2008

다카모리 에이지『추억의 작가들―잡지 편집 50년』, 하쿠분칸신샤, 1988

다무라 데쓰조『근대 출판 문화를 개척한 출판 왕국의 빛과 그림자―하쿠분칸 흥망 60년』, 호가쿠쇼인, 2007

쓰보야 젠시로『오하시 사헤이옹전』, 구리타슛판카이, 1974

---

340 '기키카키쇼聞書抄'는 직접, 또는 간접적으로 다른 사람에게 들은 내용을 써서 남긴 문서나 기록을 말한다.

쓰보야 젠시로『오하시 신타로전』, 하쿠분칸신샤, 1985

나카지마 가와타로 엮음『신세이넨 미스터리 클럽 환상의 탐정소설』, 세이주샤, 1986

나카지마 가와타로 엮음 '신세이넨 걸작선집' Ⅰ~Ⅴ, 가도카와문고, 1977

나카지마 가와타로 엮음 '신세이넨 걸작선' Ⅰ~Ⅴ, 릿푸쇼보, 1970

나카니시 유타카『홈스 번역으로 가는 길―노부하라 겐 평전』, 닛폰코쇼쓰신샤, 2009

모리시타 도키오『탐정소설의 아버지 모리시타 우손』, 분겐코, 2007

야마시타 다케시『《신세이넨》을 둘러싼 작가들』, 지쿠마쇼보, 1996

와타나베 온『와타나베 온 전집―안드로기노스의 후예』, 소겐추리문고, 2011

하마다 유스케·다니구치 모토이 감수『총서《신세이넨》와타나베 온』, 하쿠분칸신샤, 1992

■ 탐정소설·추리소설·미스터리 역사 관련

이쿠시마 지로『잠자는 의식을 저격하라―이쿠시마 지로의 유도심문』, 후타바샤, 1974

이토 히데오『다이쇼 시대의 탐정소설』, 산이치쇼보, 1991

이토 히데오『쇼와 시대의 탐정소설―1926~1945년』, 산이치쇼보, 1993

이노우에 요시오『탐정소설의 프로필』, 고쿠쇼칸코카이, 1994

에도가와 란포·마쓰모토 세이초 엮음『추리소설 작법―당신도 분명히 쓰고 싶어질 것이다』, 고분샤문고, 2005

오자키 호쓰키『대중문학의 역사(상권 전전편·하권 전후편)』, 고단샤, 1989

기다 준이치로『환상의 섬은 아득하여―추리·환상문학의 70년』, 쇼라이샤, 2015

기도 쇼헤이『바바 고초』, 고치시민도서관, 1985

구키 시로『탐정소설 백과』, 긴엔샤, 1975

고하라 히로시『일본 추리소설 논쟁사』, 후타바샤, 2013

고하라 히로시『이야기 일본 추리소설사』, 고단샤, 2010

곤다 만지·신포 히로히사 감수 『일본 미스터리 사전』, 신초선서, 2000

조 마사유키 『수필 에피큐리안』, 마기진자, 1976

신포 히로히사 『미스터리 편집도』, 혼노잣시샤, 2015

다무라 류이치 『다무라 류이치 미스터리 요리 사건』, 산세이도, 1984

다카기 아키미쓰/야마네 유즈루 엮음 『란포·세이시·후타로』, 슛판게이주쓰샤, 2009

다카하시 야스오 『소년소설의 세계』, 가도카와선서, 1986

다니구치 모토이 『변격 탐정소설 입문―기발한 발상의 유산』, 이와나미겐다이전서, 2013

쓰즈키 미치오 『추리 작가가 되기까지 상하』, 프리스타일, 2000

나카지마 가와타로 『일본 추리소설사 1~3』, 도쿄소겐샤, 1993~1996

나카지마 가와타로 『미스터리 핸드북』, 고단샤, 1980

히카와 로/구사카 산조 엮음 『히카와 로 작품 모음―수련부인』, 지쿠마문고·괴기 탐정소설 명작선 9, 2003

분게이슌주 엮음 『마쓰모토 세이초의 세계』, 분슌문고, 2003

호리 게이코 『일본 미스터리 소설사―구로이와 루이코에서 마쓰모토 세이초로』, 주코신서, 2014년

마쓰모토 세이초 『반생의 기록』, 신초문고, 1970

마쓰모토 세이초 외 『마쓰모토 세이초 대담집 발상의 원점』, 후타바문고, 2006

마쓰모토 세이초 『그르노블의 취주吹奏』, 신니혼슛판샤, 1992

미스터리문학자료관 엮음 『환상의 탐정 잡지 시리즈 1~10』, 고분샤문고, 2000~2001

미스터리문학자료관 엮음 『되살아나는 추리 잡지 시리즈 1~10』, 고분샤문고, 2002~2004

야기 노보루 『대중문예관』, 시라카와쇼인, 1978

야마무라 마사오 『추리 문단 전후사』 전 4권, 후타바샤, 1973~1989

『현대시 독본 다무라 류이치』, 시초샤, 2000

'일본 탐정소설 전집' 전 12권, 소겐추리문고, 1984~1996

■ 출판 역사 관련

이토 도모하치로『출판 왕국 '고단샤'』, 오에스슛판, 1994

오가와 기쿠마쓰『출판 흥망 50년』, 세이분도신코샤, 1953

오가와 기쿠마쓰『일본 출판계의 걸음』, 세이분도신코샤, 1962

가타야나기 다다오『갓파대장―간키 하루오 분투기』, 오리온샤, 1962

가토 가즈오『갓파의 책―'창작 출판'의 발생과 그 진전』, 고분샤, 1968

가토 겐이치《쇼넨클럽》시절―편집장의 회상』, 고단샤, 1968

간키 하루오『갓파병법―인간은 한 번밖에 살지 못한다』, 하나쇼보, 1966

기모토 이타루『잡지로 읽는 전후사』, 신초선서, 1985

고단샤 사사편찬위원회 엮음『고단샤가 걸어온 50년 메이지·다이쇼 편』, 고단샤,
    1959

고단샤 80년사 편찬위원회『고단샤가 걸어온 80년』, 고단샤, 1990

사쿠라모토 도미오『책이 탄환이었던 시절―전시하의 출판 사정』, 아오키쇼텐,
    1996

사토 기치노스케『모두 다 여기서부터 시작된다―가도카와그룹은 무엇을 목표로
    하는가』, 가도카와그룹홀딩스, 2007

사토 다쿠미《킹》의 시대―국민 대중잡지의 공공성』, 이와나미쇼텐, 2002

시오자와 미노부『출판계의 호화로운 일족』, 아사히슛판샤, 1989

시오자와 미노부『출판사 대전』, 론소샤, 2003

시오자와 미노부『출판사의 운명을 결정한 한 권의 책』, 류도슛판, 1980

시오자와 미노부/오다 미쓰오 엮음『전후 출판사―쇼와 시대의 잡지·작가·편집
    자』, 론소샤, 2010

시미즈 분키치『책은 흐른다―출판유통기구 성립사』, 니혼에디터스쿨출판부,
    1991

신카이 히토시『갓파북스의 시대』, 가와데북스, 2013

스즈키 데쓰조『출판인물사전―메이지-헤이세이 시대 작고 출판인』, 슛판뉴스샤,
    1996

다카하시 야스오『꿈의 왕국―그리운《쇼넨클럽》시대』, 고단샤, 1981

다도코로 다로『전후 출판의 계보』, 니혼에디터스쿨출판부, 1976

도키와 신페이『번역 출판 편집 후기』, 겐게키쇼보, 2016

일본출판학회 엮음『출판의 검증 1945~1995 패전에서 현재까지』, 분카쓰신샤, 1996

하시모토 겐고『출판 금지·외설, 알 권리와 규제의 변천―출판 연표』, 슛판미디어팔, 2005

하라다 유타카『전후 고단샤와 도토쇼보』, 론소샤, 2014

고노 겐스케『검열과 문자 1920년대의 공방』, 가와데북스, 2009

마쓰우라 소조『전후 저널리즘사―출판의 체험과 연구』, 슛판뉴스샤, 1975

미야타 노보루『번역권의 전후사』, 미즈즈쇼보, 1999

미야타 노보루『출판의 경계에서 살다―내가 걸어온 전후와 출판 70년사』, 오타슛판, 2017

미야타 노보루『쇼와 시대 번역 출판 사건 파일』, 소겐샤, 2017

미야타 노보루『전후 ‘번역’ 풍운록―번역자들이 신이었던 시대』, 혼노잣시샤, 2000

미야하라 데루오『실록―《쇼넨매거진》 명작 만화 편집자 분투기』, 고단샤, 2005

미야모리 마사오『하나의 출판·문화계 사화史話―패전 직후의 시대』, 주오대학출판부, 1970

모리 아키히데『오토와 숲의 유전자』, 리욘샤, 2003

야리타 세이타로『가도카와 겐요시의 시대―가도카와쇼텐을 어떻게 일으켰는가』, 가도카와쇼텐, 1995

에도가와 란포와 요코미조 세이시

초판 1쇄 펴낸날 2022년 6월 10일

지은이 나카가와 유스케
옮긴이 권일영
펴낸이 김영정

펴낸곳 (주)현대문학
등록번호 제1-452호
주소 06532 서울시 서초구 신반포로 321(잠원동, 미래엔)
전화 02-2017-0280
팩스 02-516-5433
홈페이지 www.hdmh.co.kr

ISBN 979-11-6790-106-4 (03800)

* 책값은 뒤표지에 있습니다.
* 파본은 구입처에서 교환해드립니다.